EDGAR ALLAN

POES

Geister der Toten

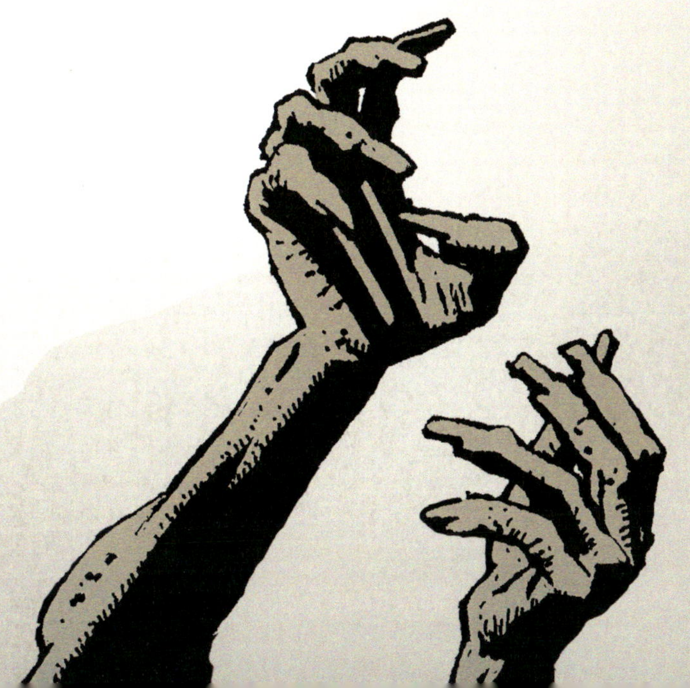

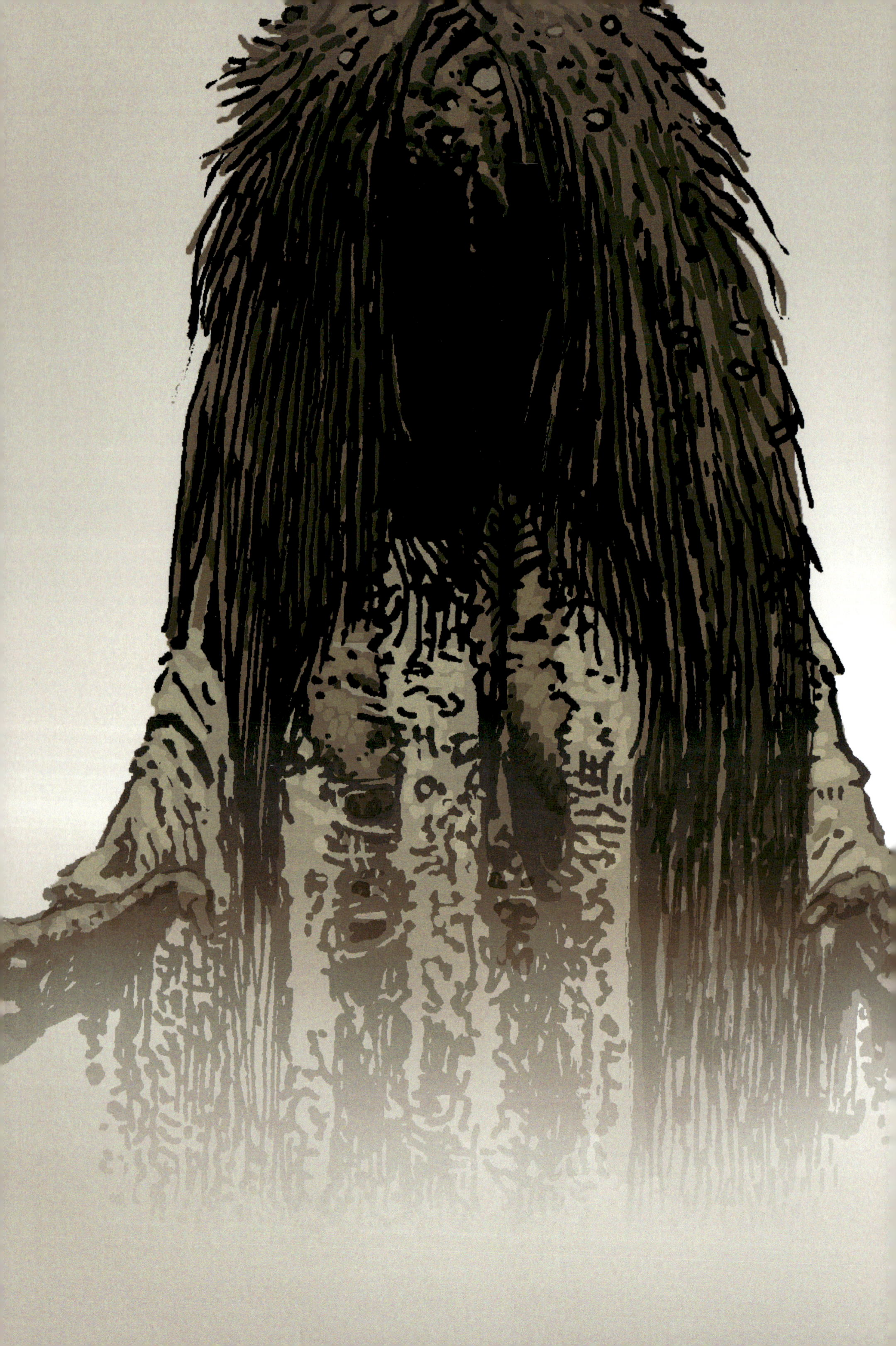

EDGAR ALLAN
POES

Geister der Toten

ADAPTION UND ZEICHNUNGEN

RICHARD CORBEN

FARBEN

RICHARD CORBEN
UND **BETH CORBEN REED**

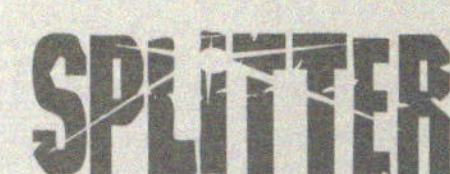

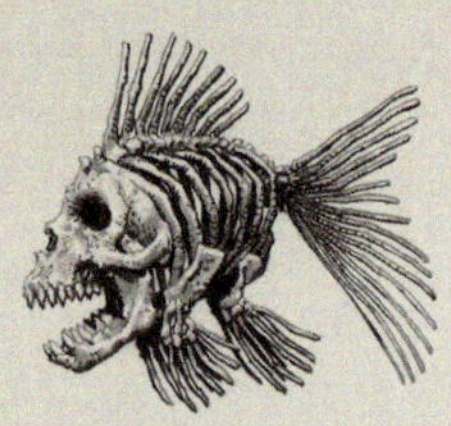

Originaltitel: **Edgar Allan Poe's *Spirits of the Dead***

Dieser Band sammelt *The Conqueror Worm* (2012), *The Fall of the House of Usher* #1 – 2 (2013), *The Raven and the Red Death* (2013), *The Premature Burial* (2014) und *Morella and the Murders in the Rue Morgue* (2014) sowie »The City in the Sea«, »Berenice«, »The Sleeper«, »Shadow«, »The Assignation« und »Alone«, die in *Dark Horse Presents* #9 (2012), 16 – 18 (2012) und 28 – 29 (2013) erstveröffentlicht wurden.

Gedichte: *Geister der Toten*. Übersetzt aus dem Englischen von Hedwig Lachmann (1901).
Die Stadt im Meer, Die Schlafende, Nachruf Henry Kings, Bischofs von Chichester, an seine Gattin, Das Geisterschloss.
Übersetzt aus dem Englischen von Theodor Etzel (1922).

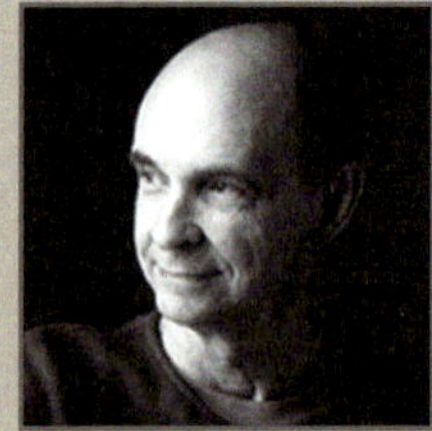

Richard Corben

Weitere Veröffentlichungen:

Corben
Creepy | Splitter
Die phantastische Welt des Richard Corben | Carlsen
Corben Index | Edition Comicographie
Wer ist Richard Corben | Volksverlag
Bloodstar | Volksverlag
Mutantenwelt | Volksverlag
Rowlf | Volksverlag
Den | Carlsen
Banner | Panini
Edgar Allan Poe | Panini
Bigfoot | Cross Cult
Vic and Blood | Edition Kunst der Comics

SPLITTER Verlag
1. Auflage 05/2015

Aus dem amerikanischen Englisch von Bernd Kronsbein
SPIRITS OF THE DEAD

Bearbeitung: Delia Wüllner-Schulz
Lettering: animagic, Bielefeld
Covergestaltung: Dirk Schulz
Herstellung: Horst Gotta
Druck und buchbinderische Verarbeitung:
Himmer AG, Augsburg

Printed in Germany
ISBN: 978-3-95839-145-1

Weitere Infos und den Newsletter zu unserem Verlagsprogramm unter:
www.splitter-verlag.de

INHALT

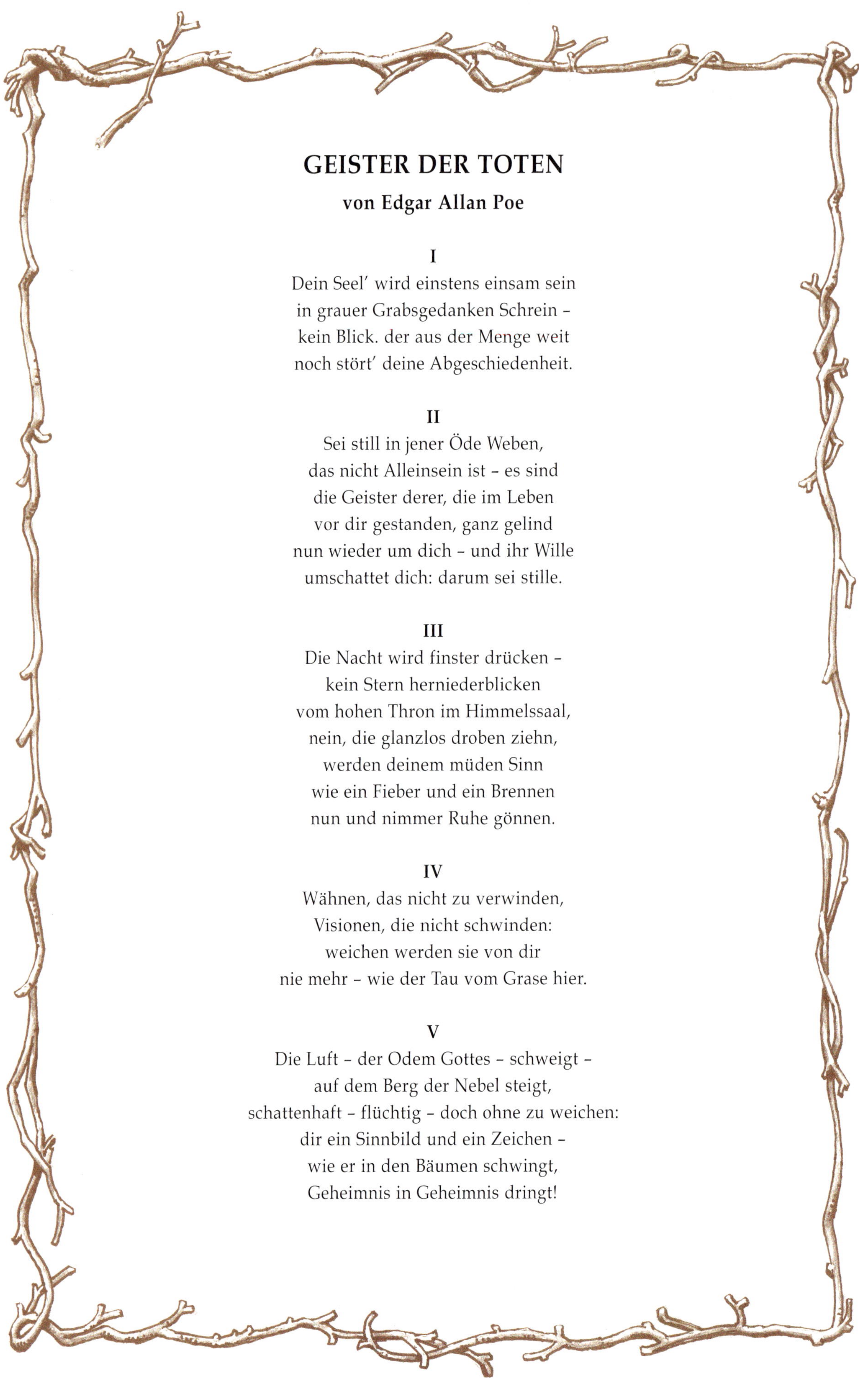

GEISTER DER TOTEN

von Edgar Allan Poe

I

Dein Seel' wird einstens einsam sein
in grauer Grabsgedanken Schrein –
kein Blick. der aus der Menge weit
noch stört' deine Abgeschiedenheit.

II

Sei still in jener Öde Weben,
das nicht Alleinsein ist – es sind
die Geister derer, die im Leben
vor dir gestanden, ganz gelind
nun wieder um dich – und ihr Wille
umschattet dich: darum sei stille.

III

Die Nacht wird finster drücken –
kein Stern herniederblicken
vom hohen Thron im Himmelssaal,
nein, die glanzlos droben ziehn,
werden deinem müden Sinn
wie ein Fieber und ein Brennen
nun und nimmer Ruhe gönnen.

IV

Wähnen, das nicht zu verwinden,
Visionen, die nicht schwinden:
weichen werden sie von dir
nie mehr – wie der Tau vom Grase hier.

V

Die Luft – der Odem Gottes – schweigt –
auf dem Berg der Nebel steigt,
schattenhaft – flüchtig – doch ohne zu weichen:
dir ein Sinnbild und ein Zeichen –
wie er in den Bäumen schwingt,
Geheimnis in Geheimnis dringt!

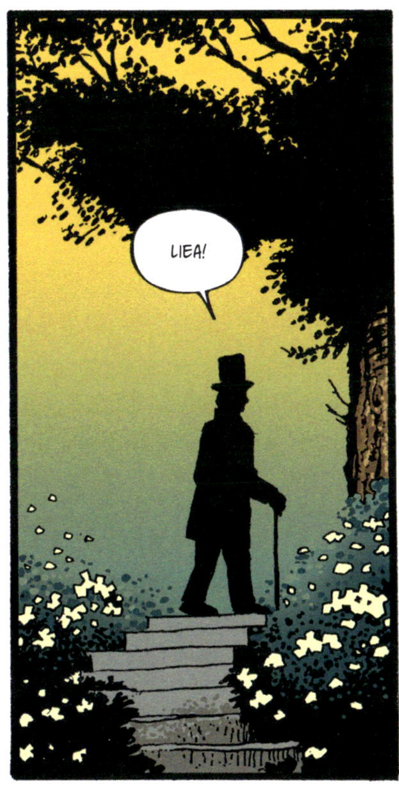

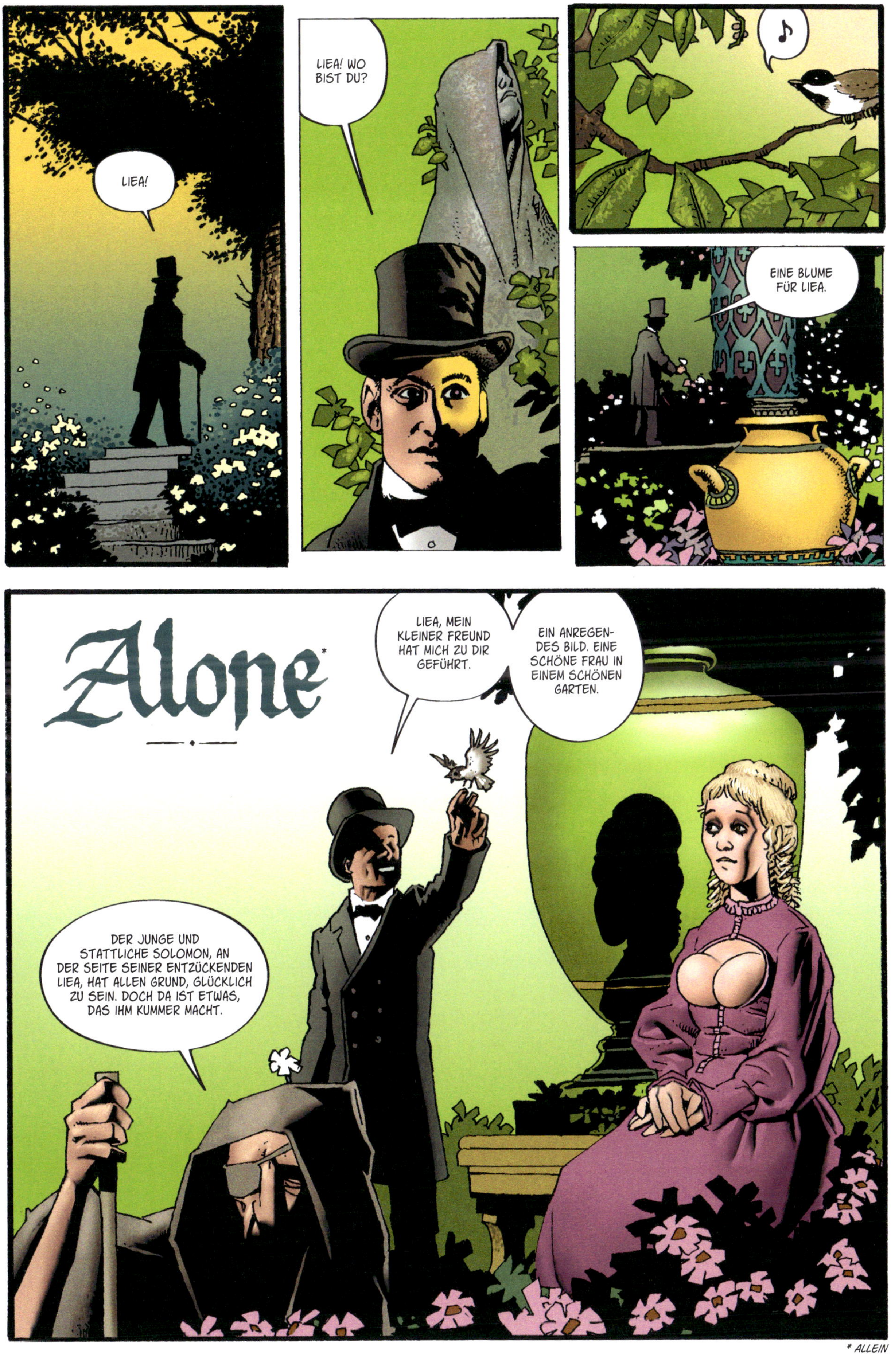

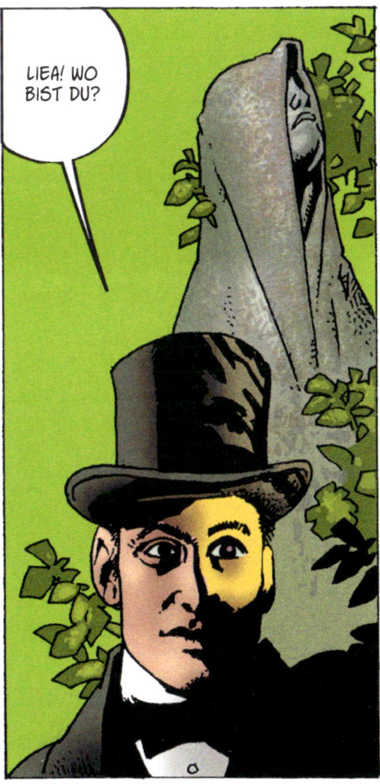

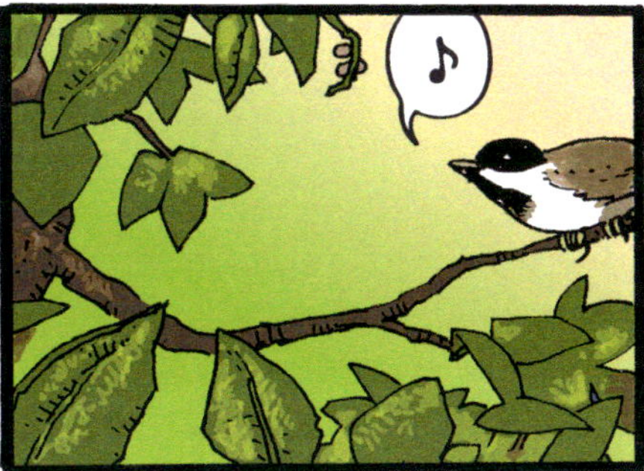

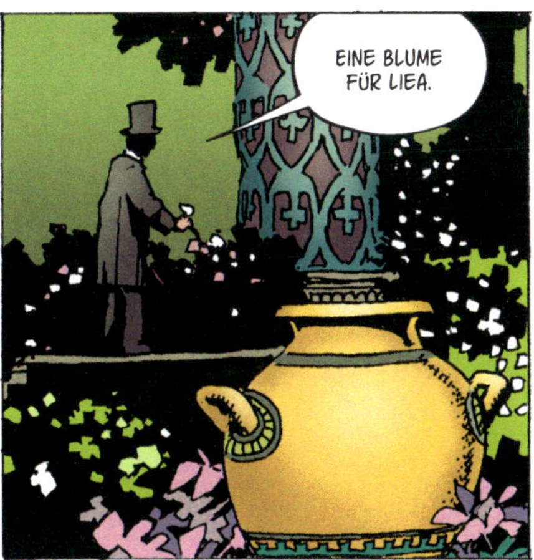

Alone*

LIEA, MEIN KLEINER FREUND HAT MICH ZU DIR GEFÜHRT.

EIN ANREGENDES BILD. EINE SCHÖNE FRAU IN EINEM SCHÖNEN GARTEN.

DER JUNGE UND STATTLICHE SOLOMON, AN DER SEITE SEINER ENTZÜCKENDEN LIEA, HAT ALLEN GRUND, GLÜCKLICH ZU SEIN. DOCH DA IST ETWAS, DAS IHM KUMMER MACHT.

* ALLEIN

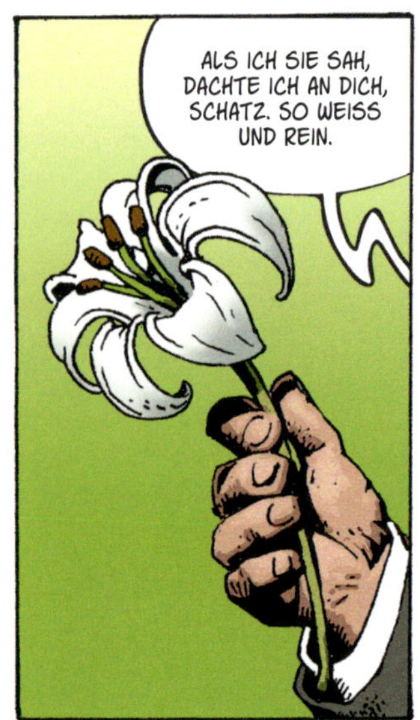
ALS ICH SIE SAH, DACHTE ICH AN DICH, SCHATZ. SO WEISS UND REIN.

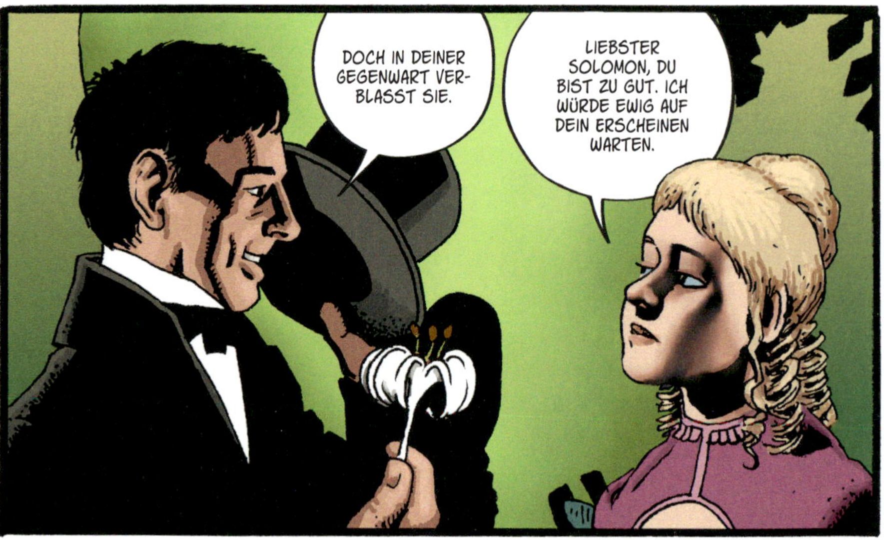
DOCH IN DEINER GEGENWART VERBLASST SIE.
LIEBSTER SOLOMON, DU BIST ZU GUT. ICH WÜRDE EWIG AUF DEIN ERSCHEINEN WARTEN.

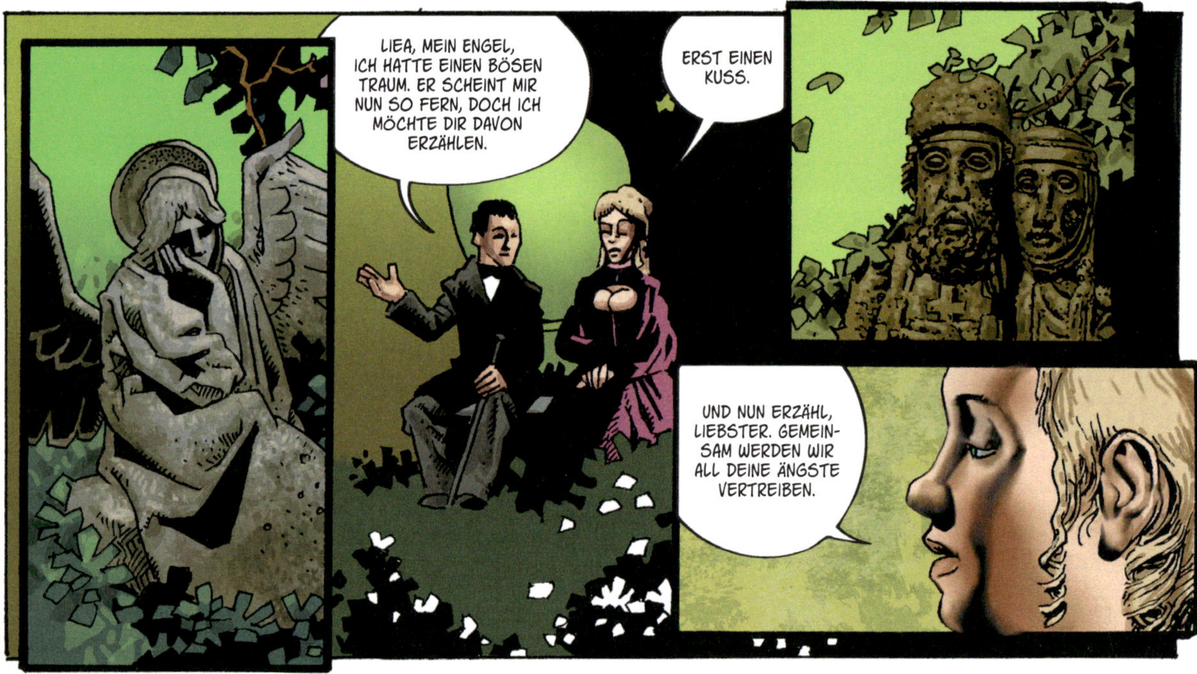
LIEA, MEIN ENGEL, ICH HATTE EINEN BÖSEN TRAUM. ER SCHEINT MIR NUN SO FERN, DOCH ICH MÖCHTE DIR DAVON ERZÄHLEN.
ERST EINEN KUSS.
UND NUN ERZÄHL, LIEBSTER. GEMEINSAM WERDEN WIR ALL DEINE ÄNGSTE VERTREIBEN.

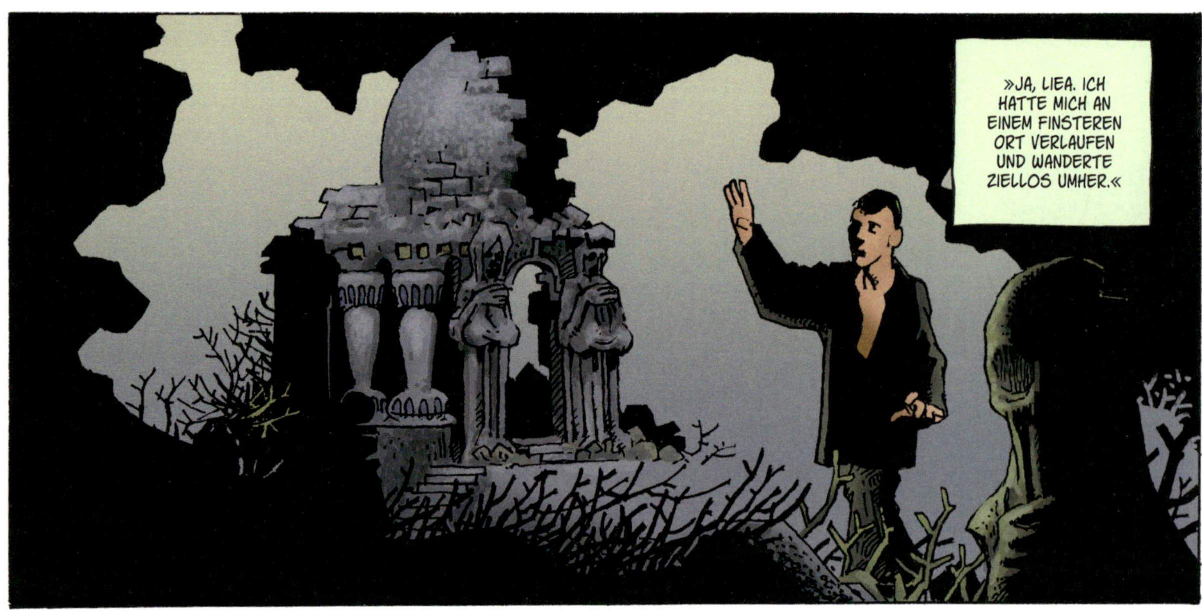
»JA, LIEA. ICH HATTE MICH AN EINEM FINSTEREN ORT VERLAUFEN UND WANDERTE ZIELLOS UMHER.«

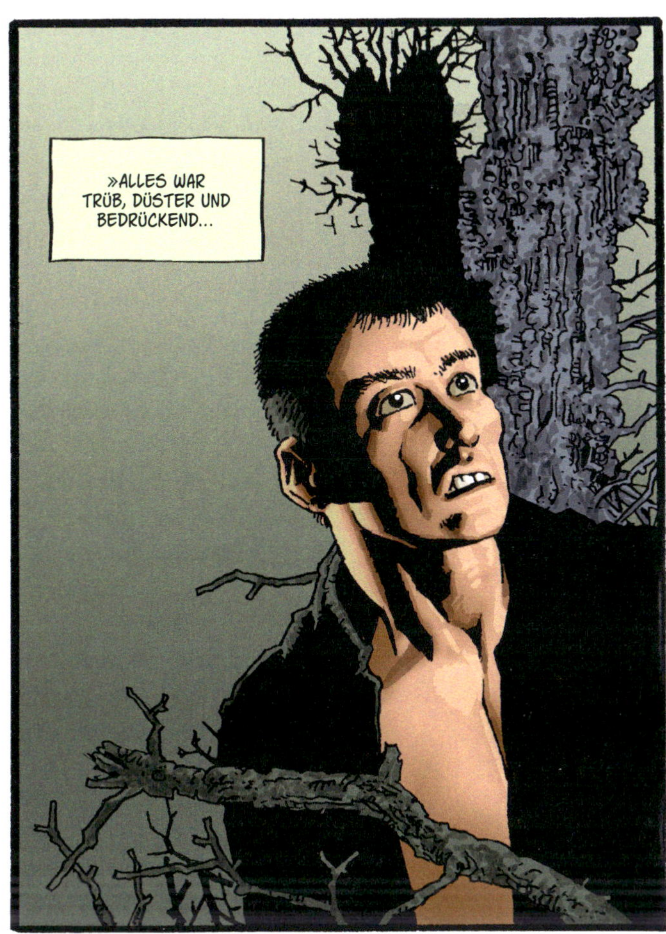
»ALLES WAR TRÜB, DÜSTER UND BEDRÜCKEND...

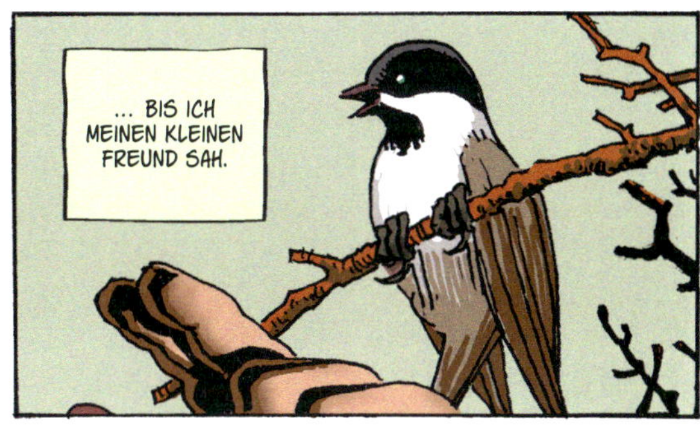
... BIS ICH MEINEN KLEINEN FREUND SAH.

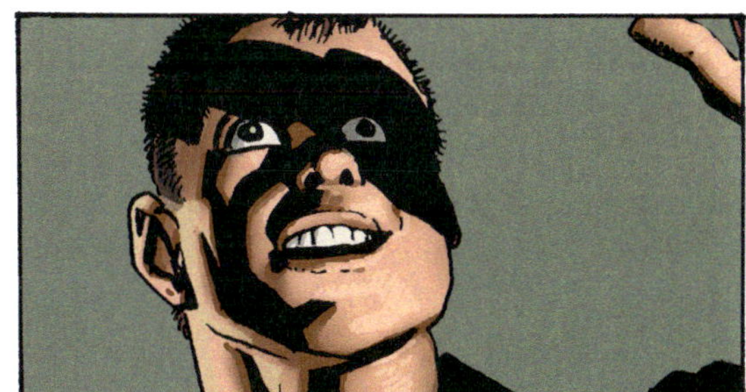

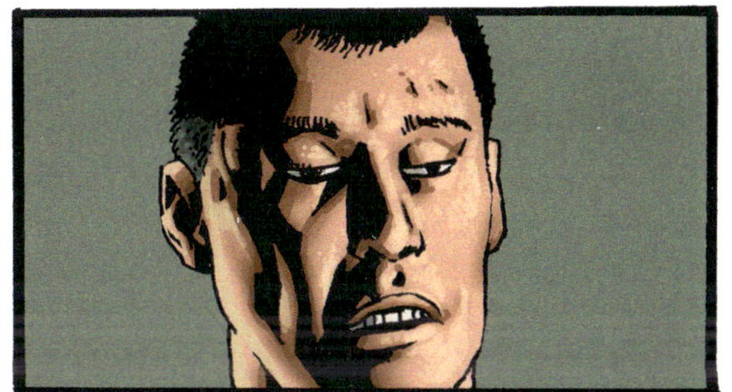

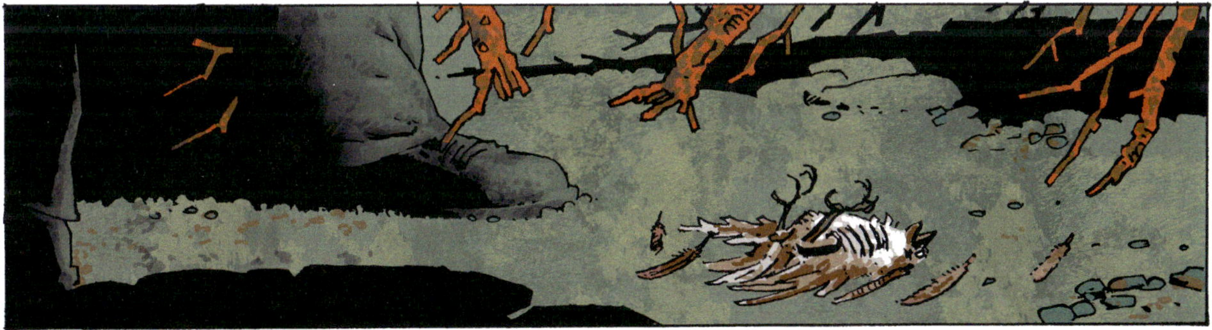

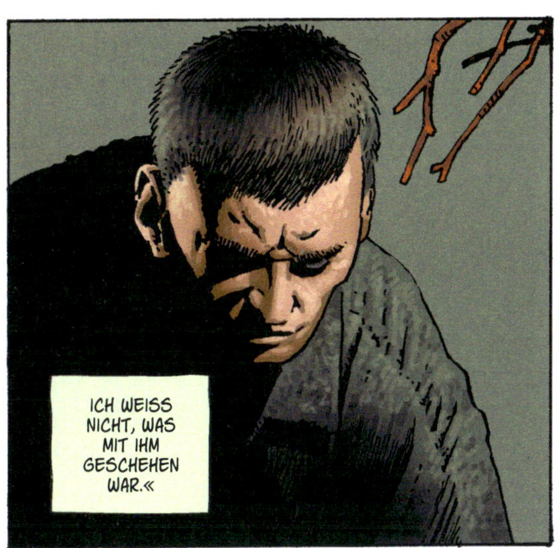
ICH WEISS NICHT, WAS MIT IHM GESCHEHEN WAR.«

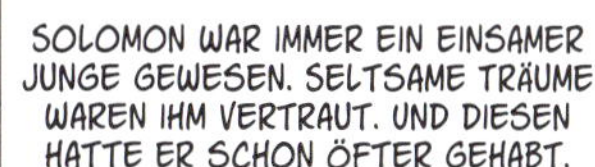
SOLOMON WAR IMMER EIN EINSAMER JUNGE GEWESEN. SELTSAME TRÄUME WAREN IHM VERTRAUT. UND DIESEN HATTE ER SCHON ÖFTER GEHABT.

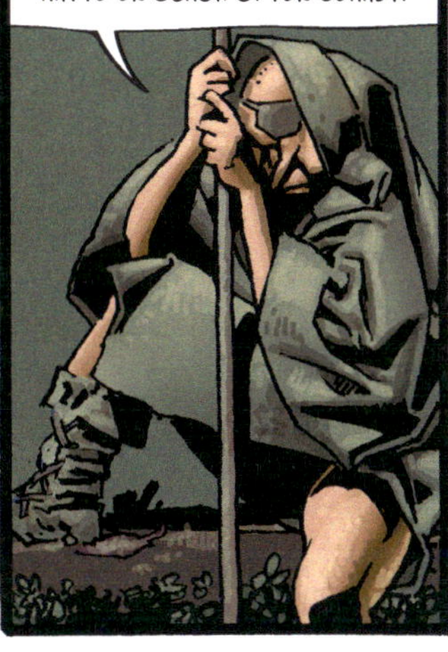

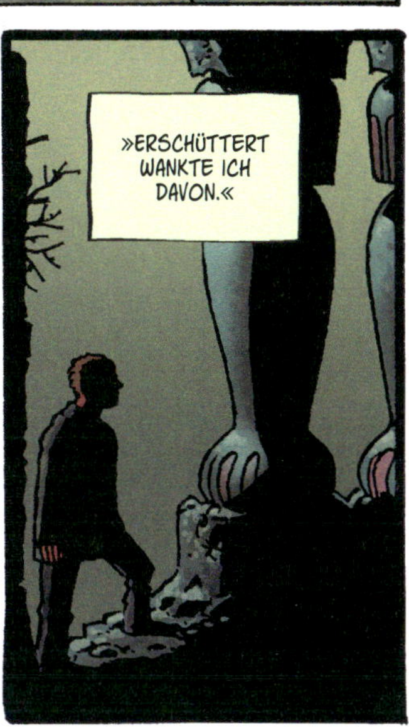
»ERSCHÜTTERT WANKTE ICH DAVON.«

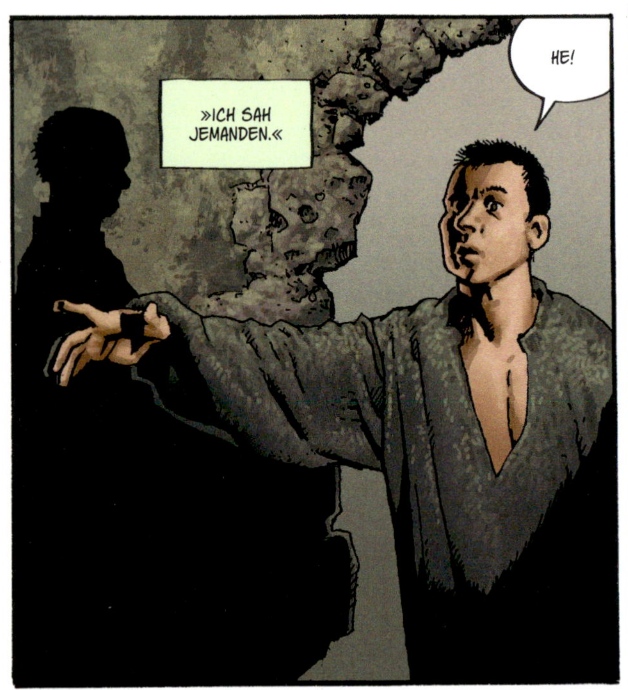
»ICH SAH JEMANDEN.«
HE!

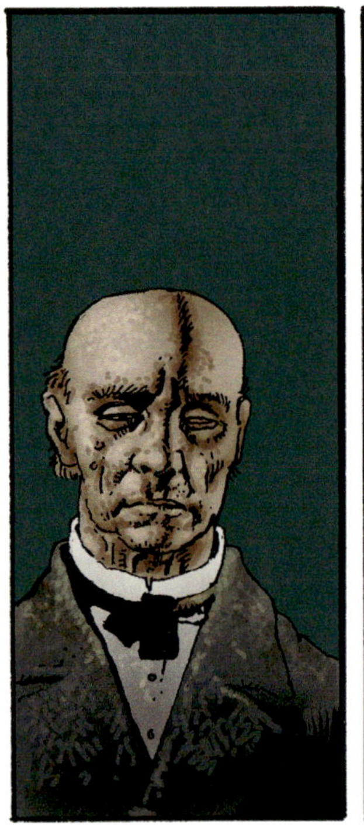

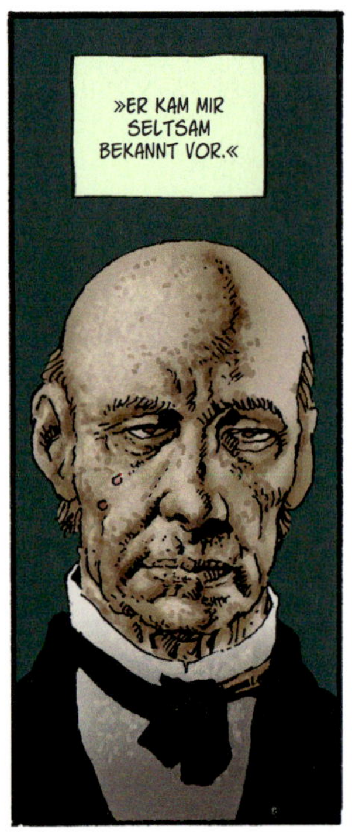
»ER KAM MIR SELTSAM BEKANNT VOR.«

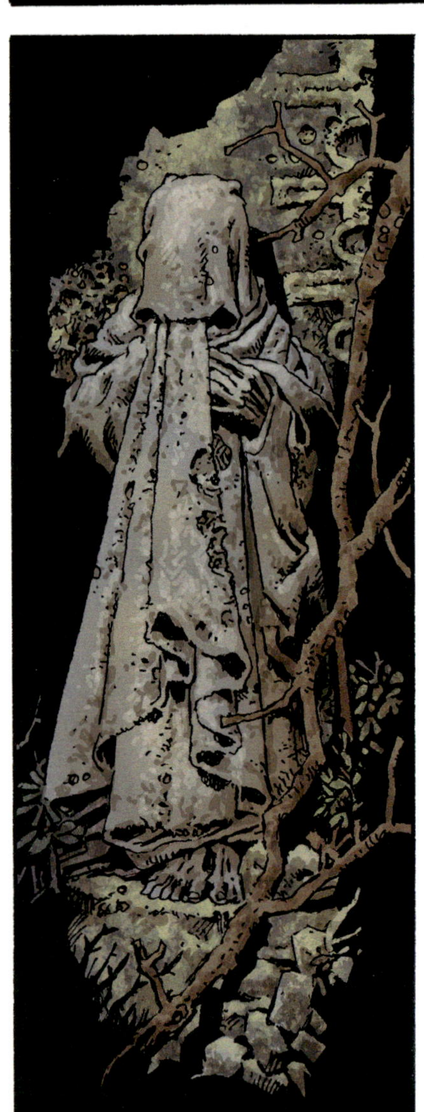

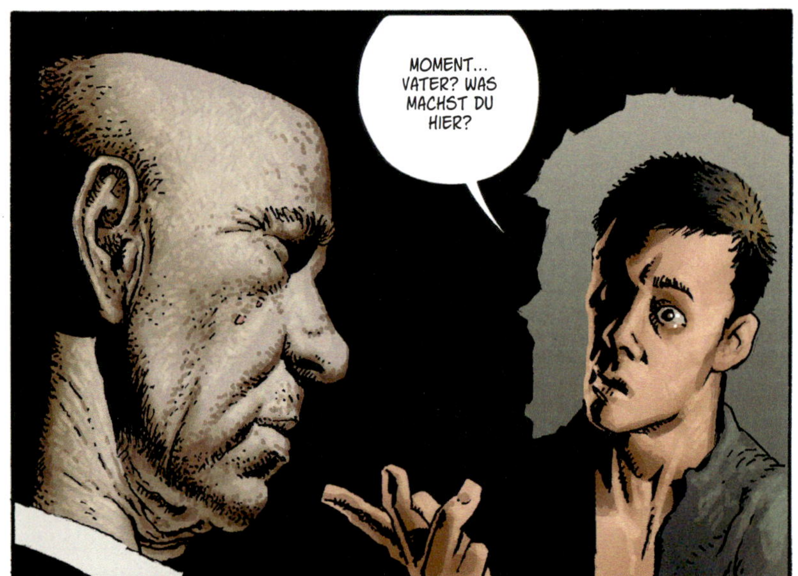
MOMENT... VATER? WAS MACHST DU HIER?

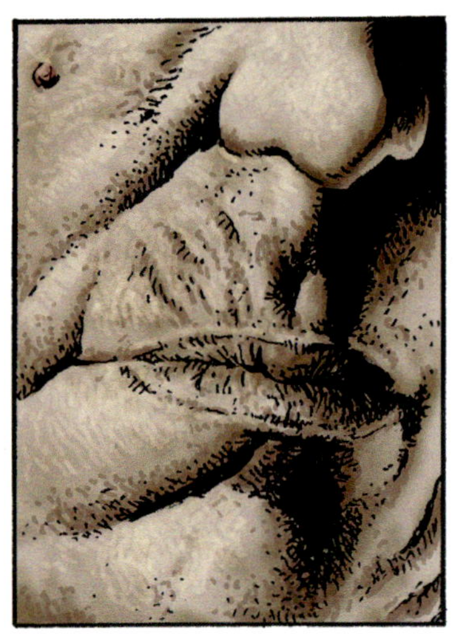

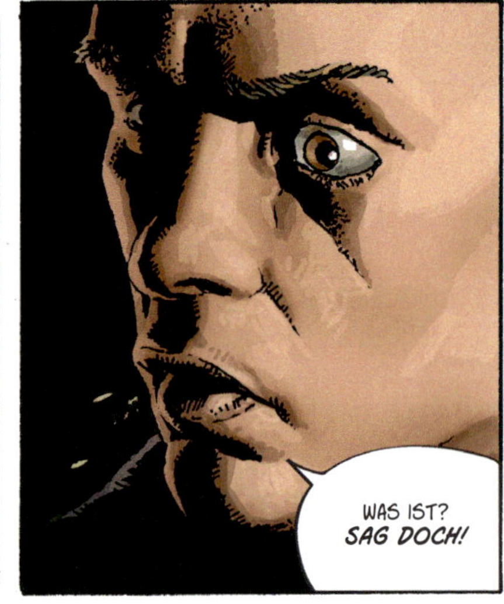
WAS IST? *SAG DOCH!*

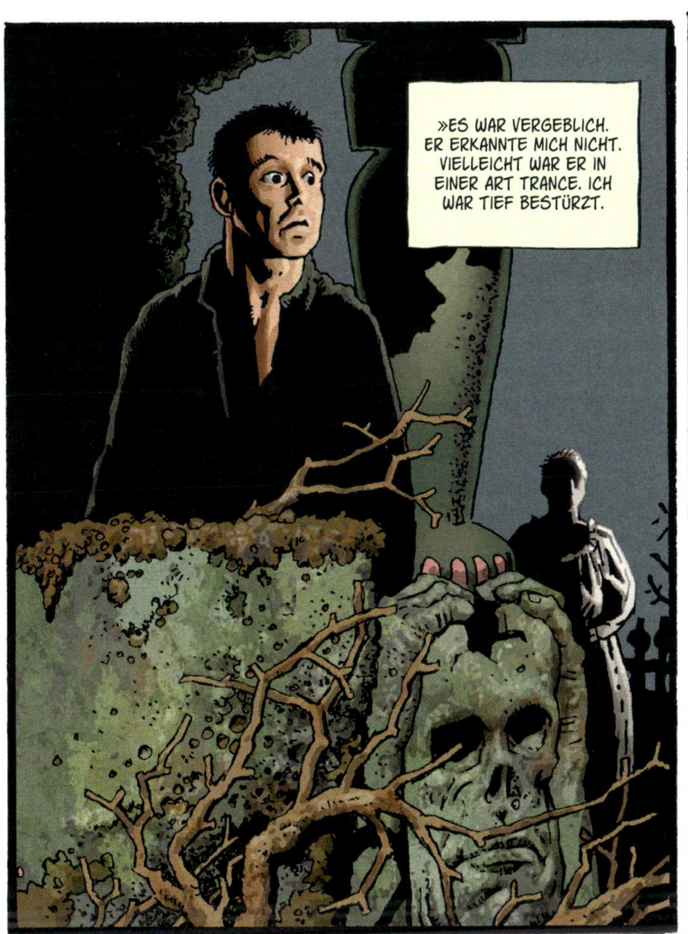
»ES WAR VERGEBLICH. ER ERKANNTE MICH NICHT. VIELLEICHT WAR ER IN EINER ART TRANCE. ICH WAR TIEF BESTÜRZT.

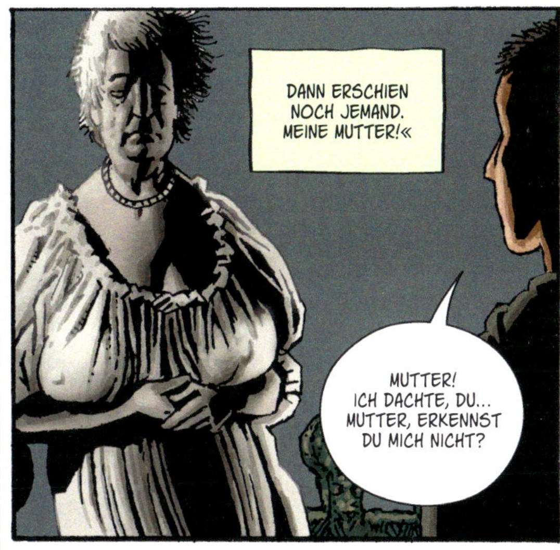
DANN ERSCHIEN NOCH JEMAND. MEINE MUTTER!«
MUTTER! ICH DACHTE, DU... MUTTER, ERKENNST DU MICH NICHT?

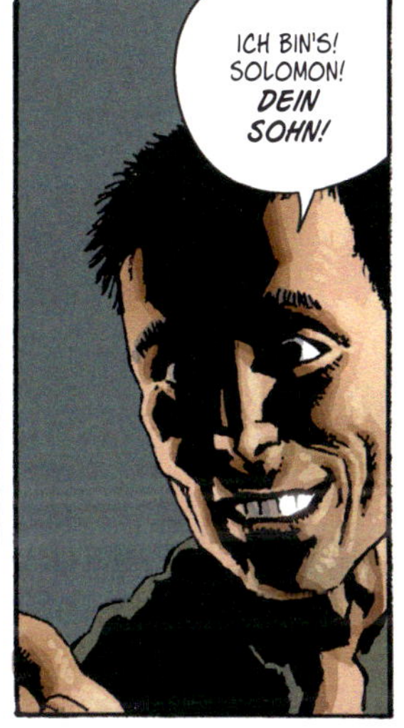
ICH BIN'S! SOLOMON! *DEIN SOHN!*

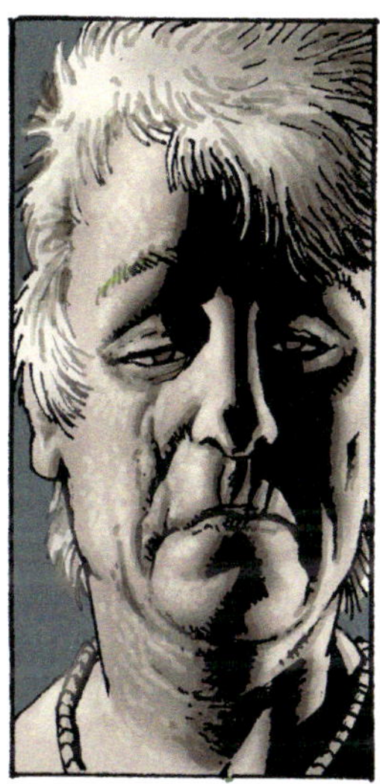

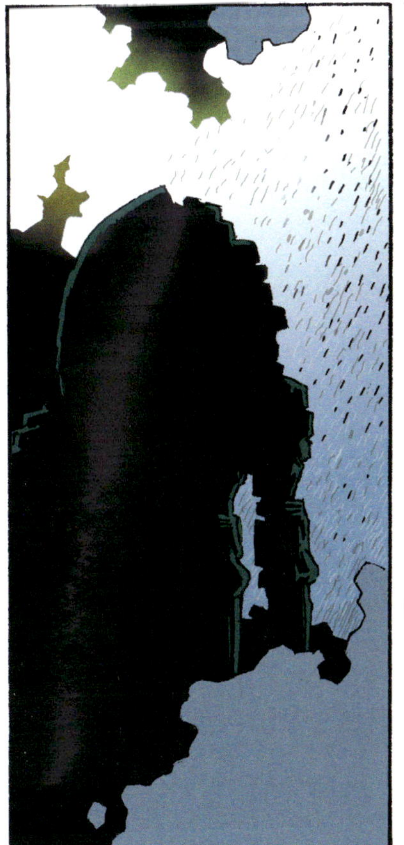

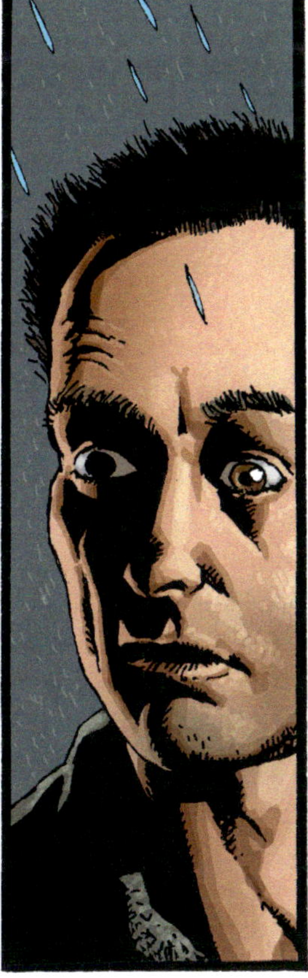

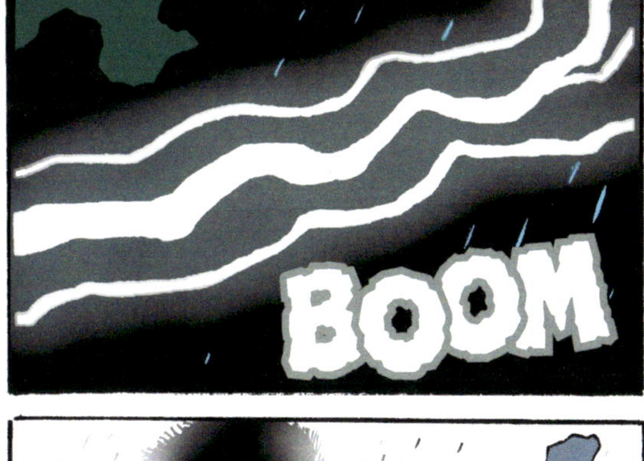
BOOM

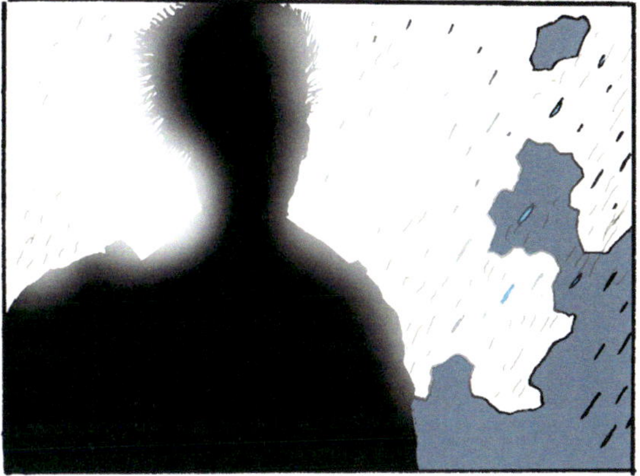

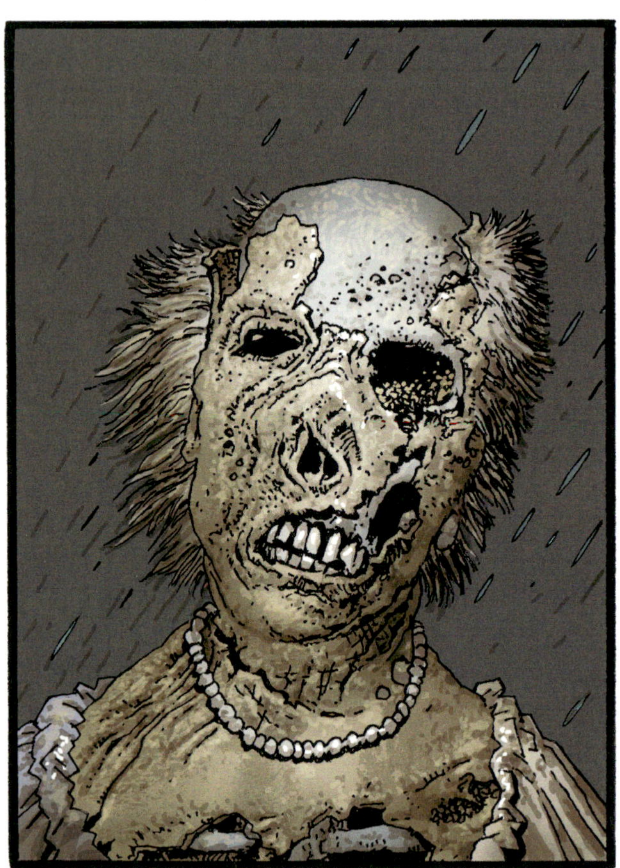
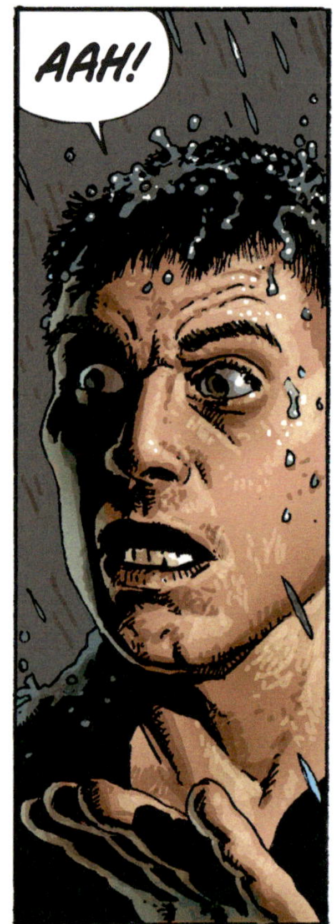
AAH!
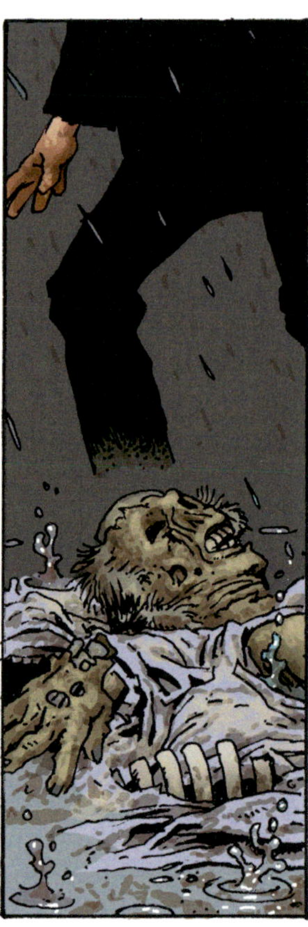
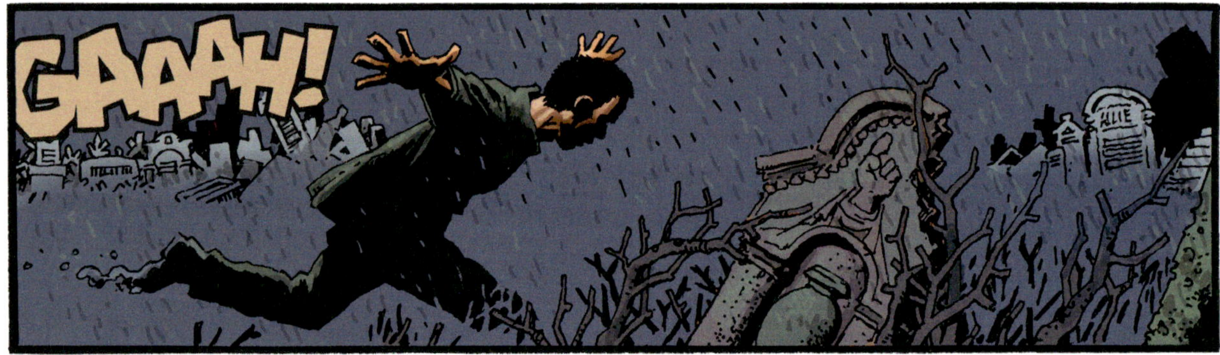
GAAAH!
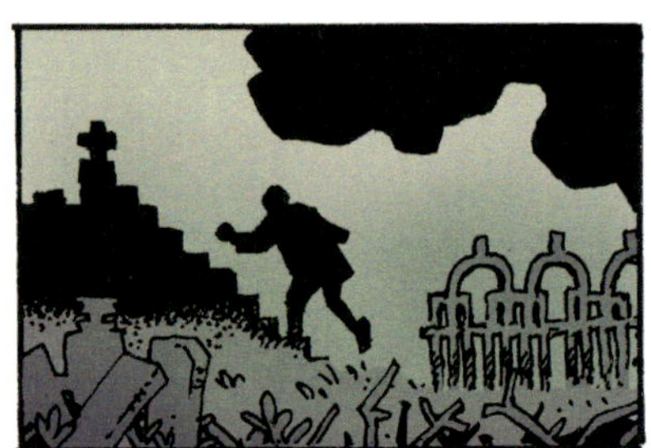
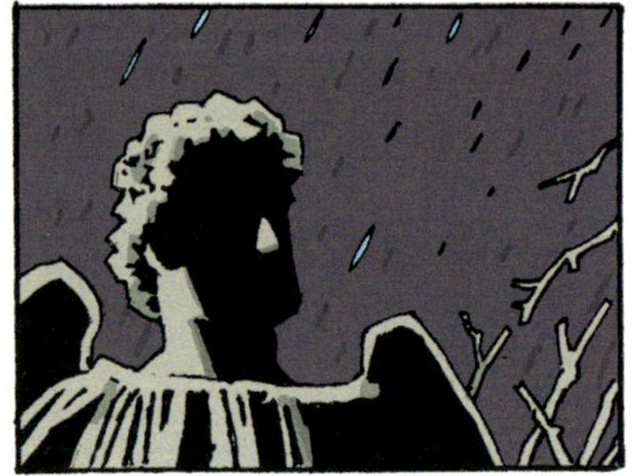
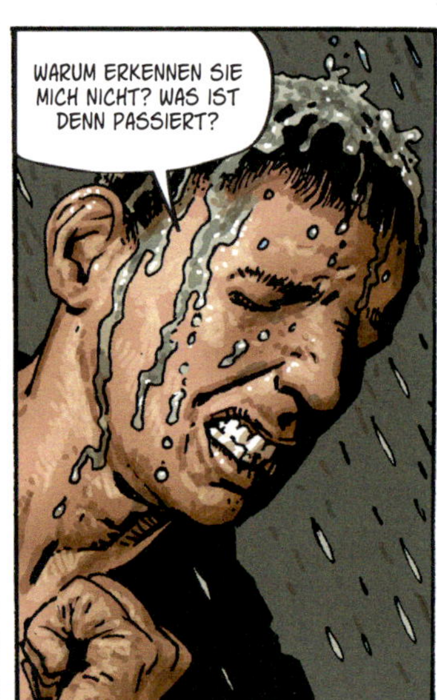
WARUM ERKENNEN SIE MICH NICHT? WAS IST DENN PASSIERT?
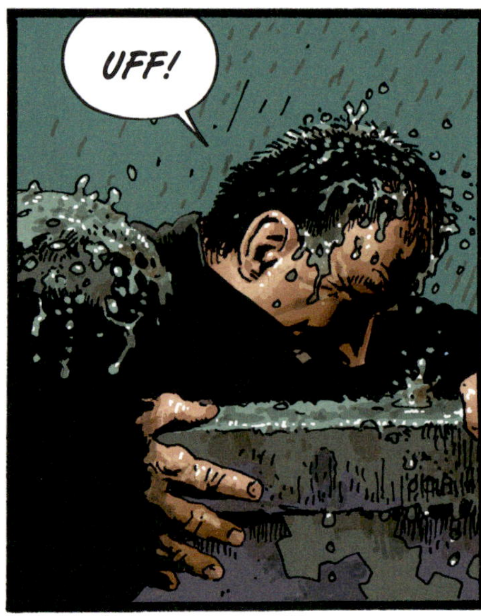
UFF!

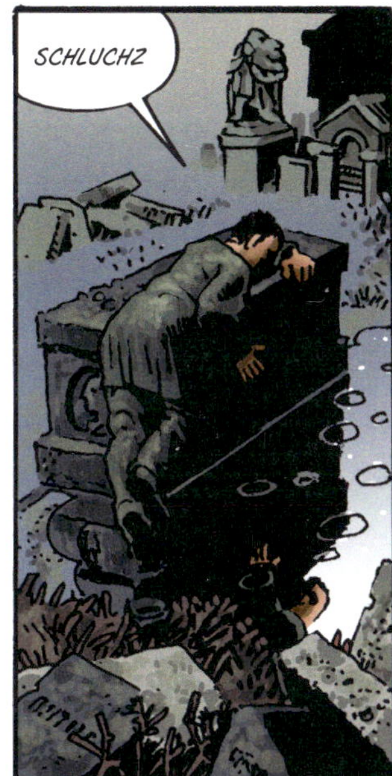
SCHLUCHZ

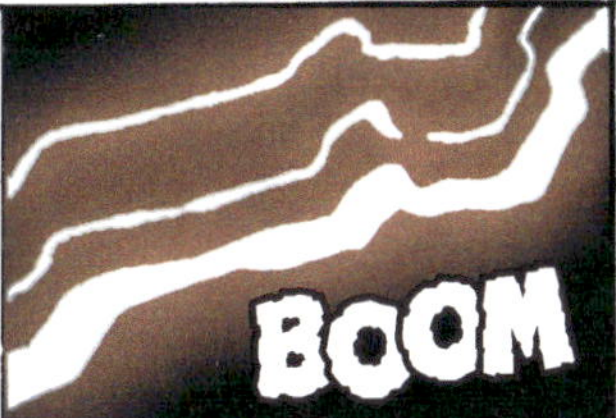
BOOM

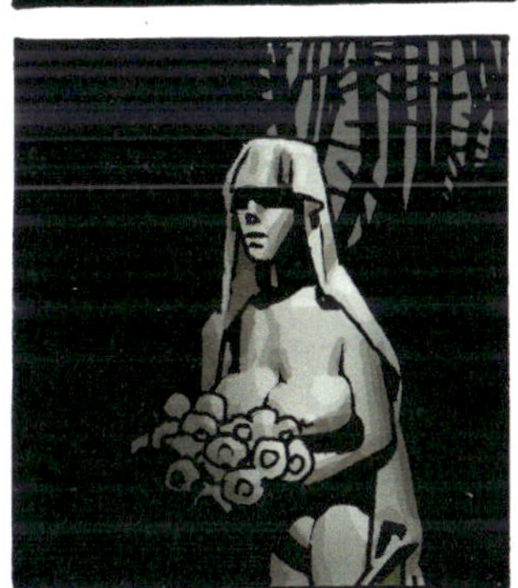

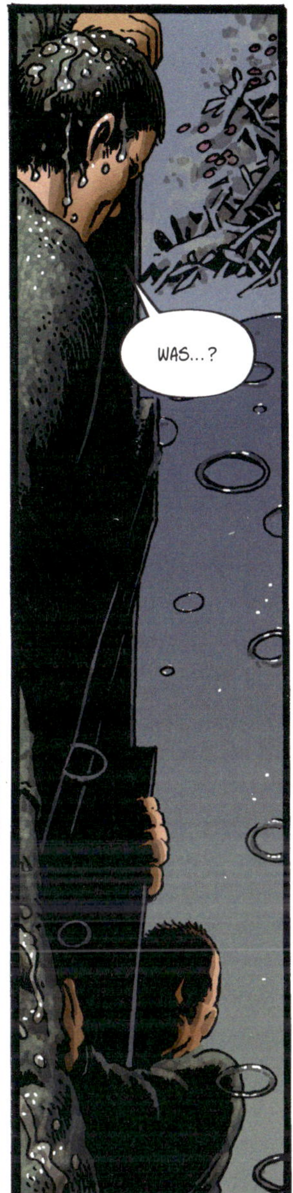
WAS...?

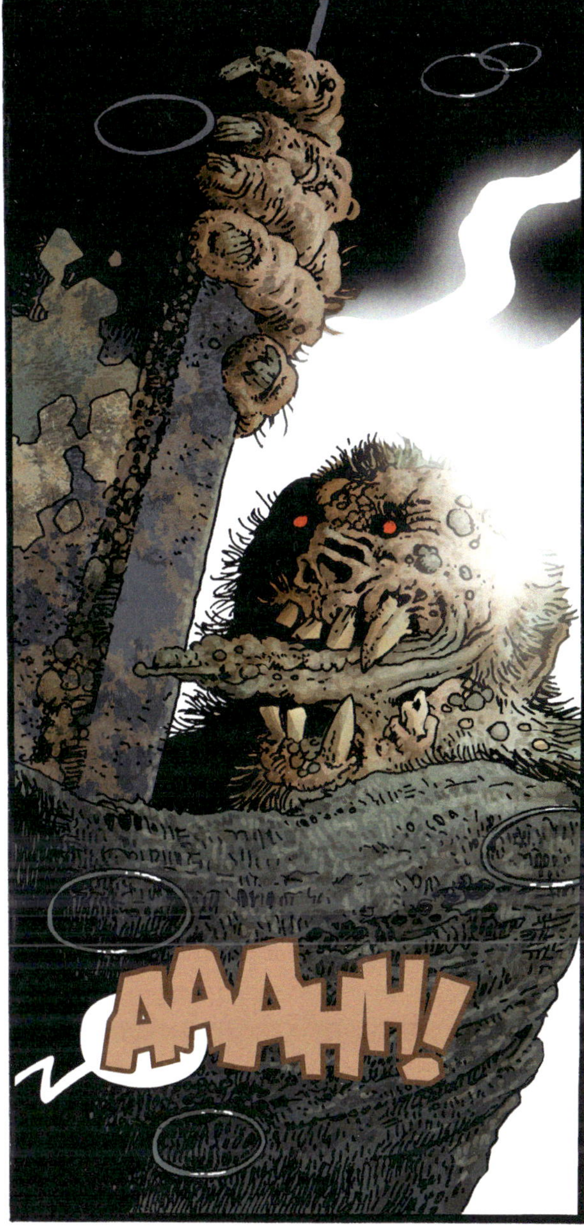
AAAHH!

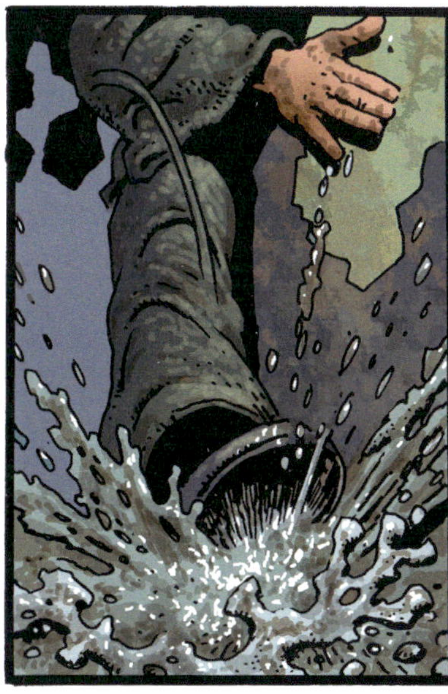

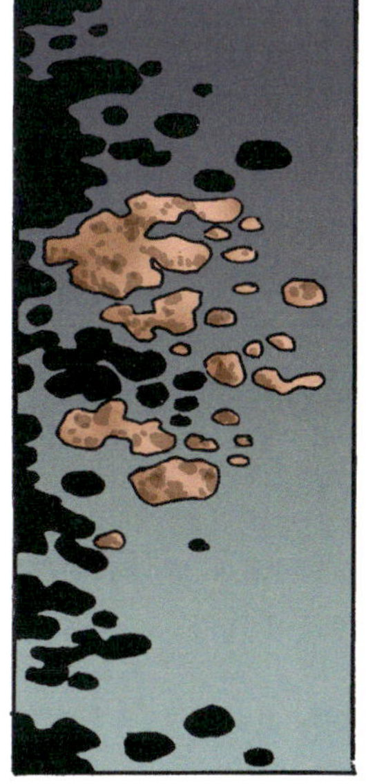

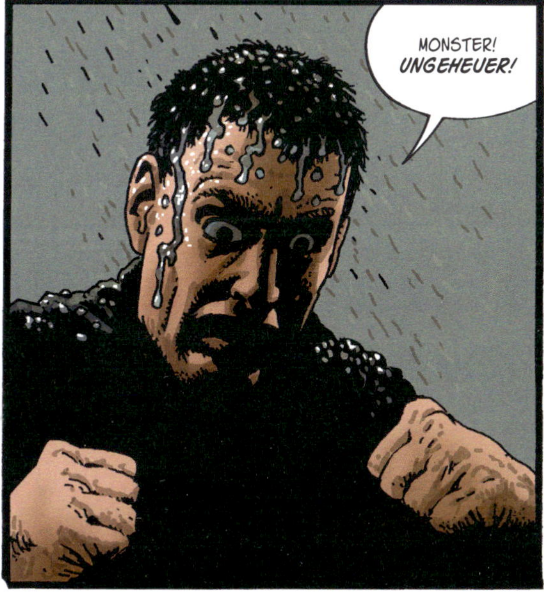
MONSTER!
UNGEHEUER!

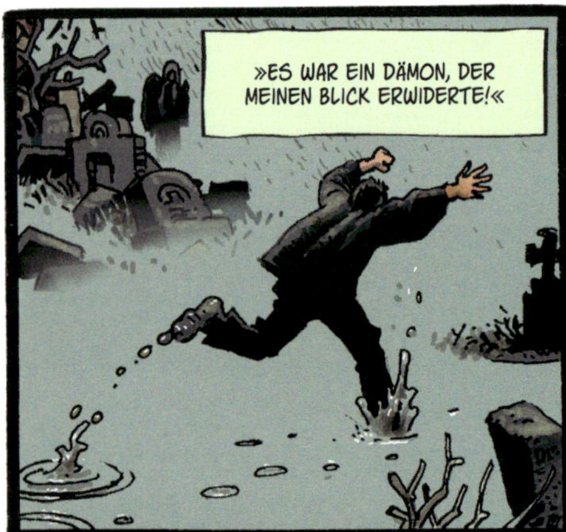
»ES WAR EIN DÄMON, DER MEINEN BLICK ERWIDERTE!«

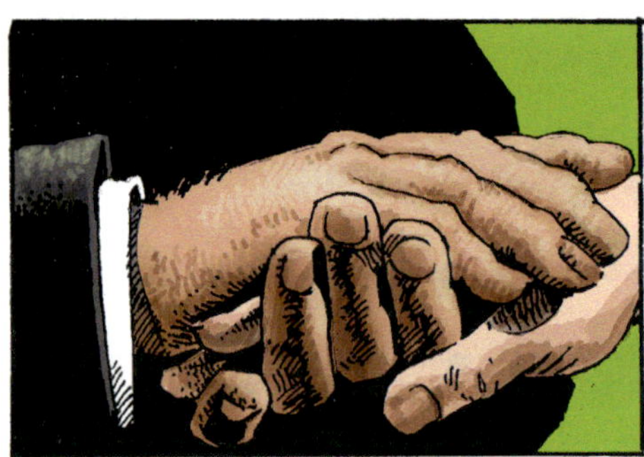

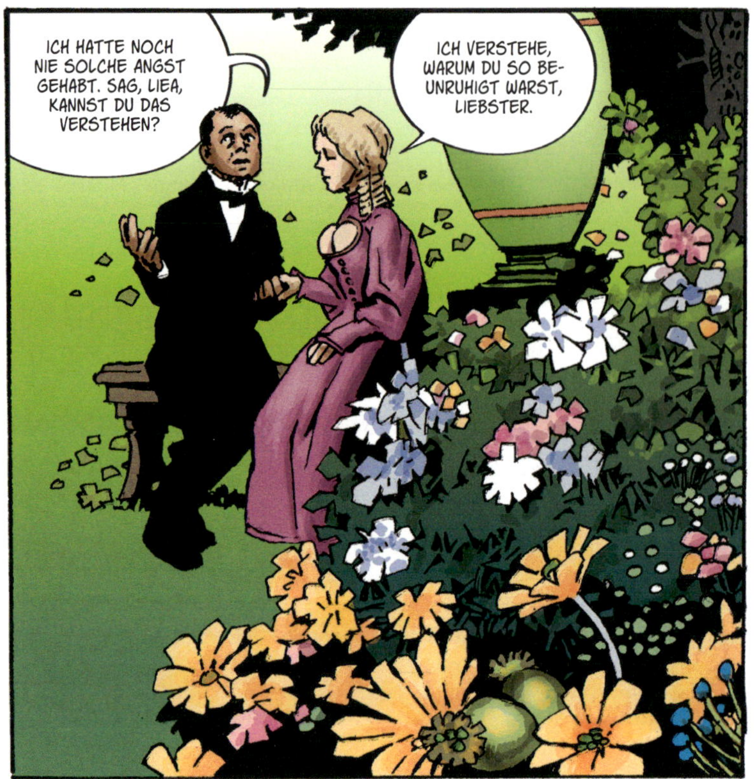
ICH HATTE NOCH NIE SOLCHE ANGST GEHABT. SAG, LIEA, KANNST DU DAS VERSTEHEN?
ICH VERSTEHE, WARUM DU SO BE-UNRUHIGT WARST, LIEBSTER.

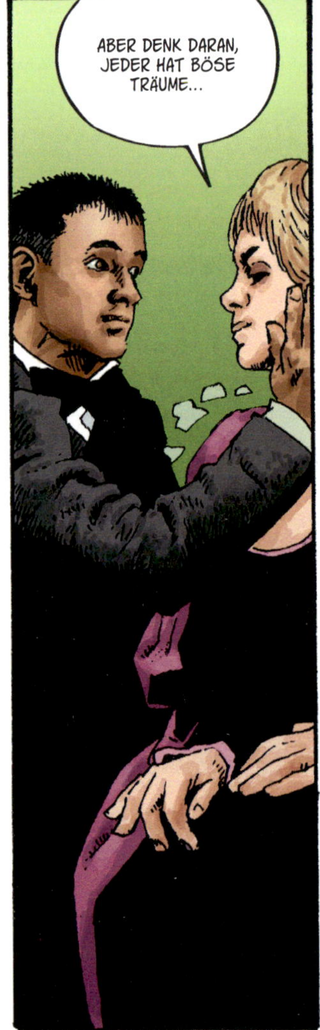
ABER DENK DARAN, JEDER HAT BÖSE TRÄUME…

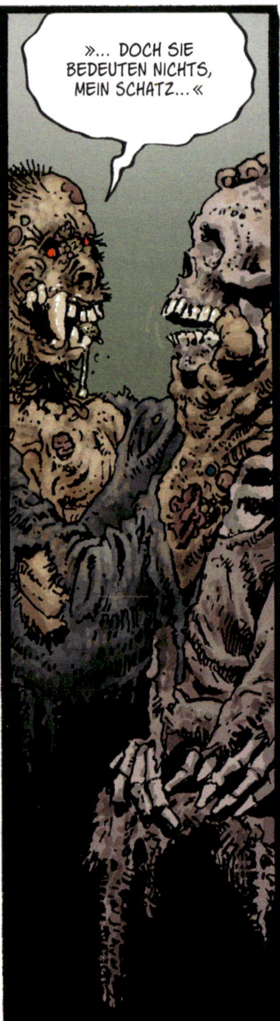
»… DOCH SIE BEDEUTEN NICHTS, MEIN SCHATZ…«

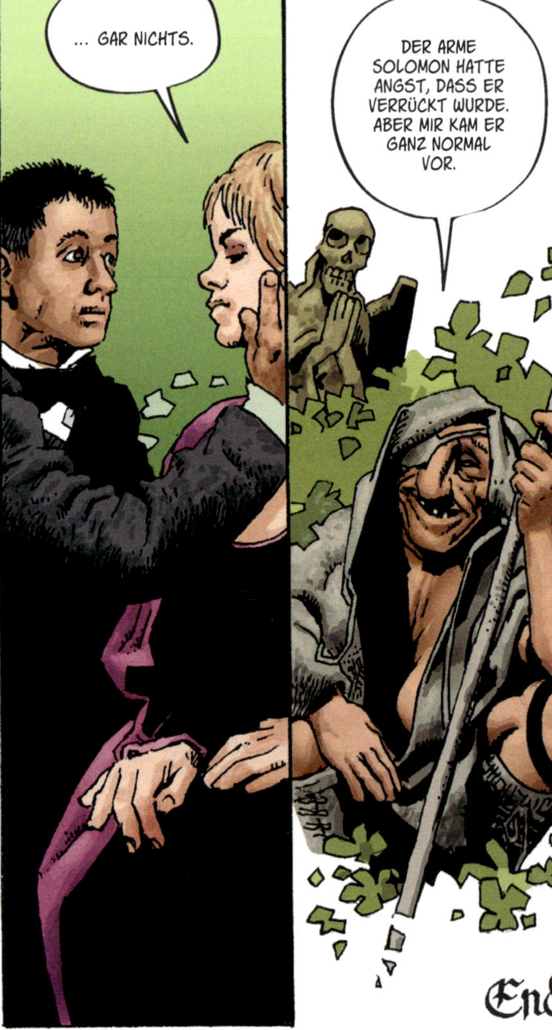
… GAR NICHTS.
DER ARME SOLOMON HATTE ANGST, DASS ER VERRÜCKT WURDE. ABER MIR KAM ER GANZ NORMAL VOR.
Ende

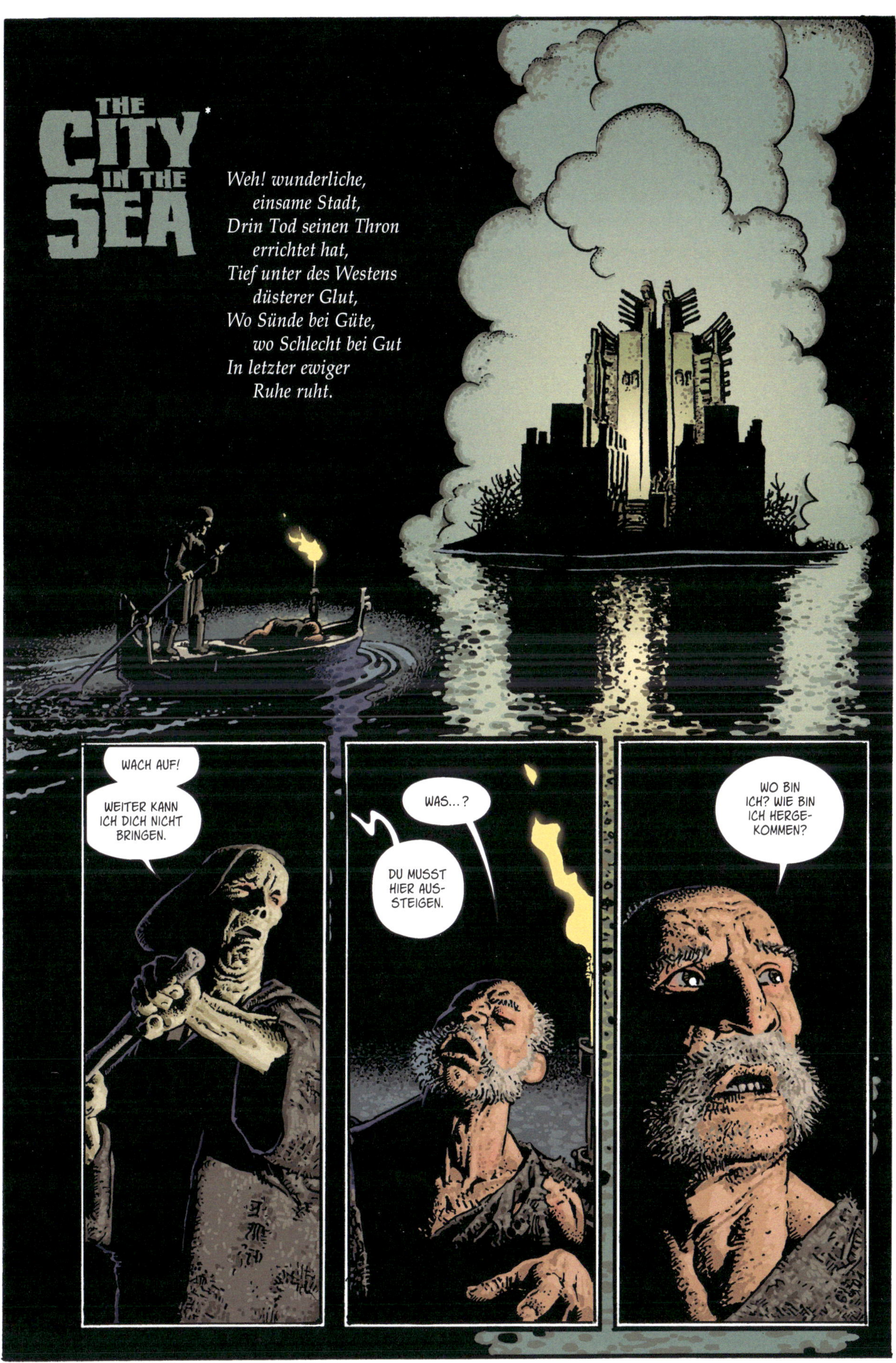

* DIE STADT IM MEER

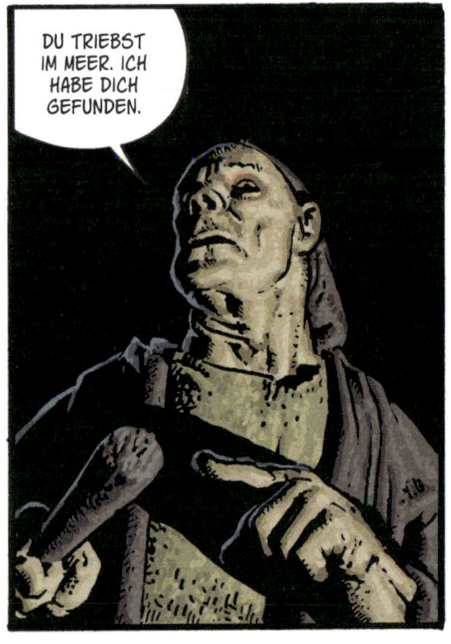
DU TRIEBST IM MEER. ICH HABE DICH GEFUNDEN.

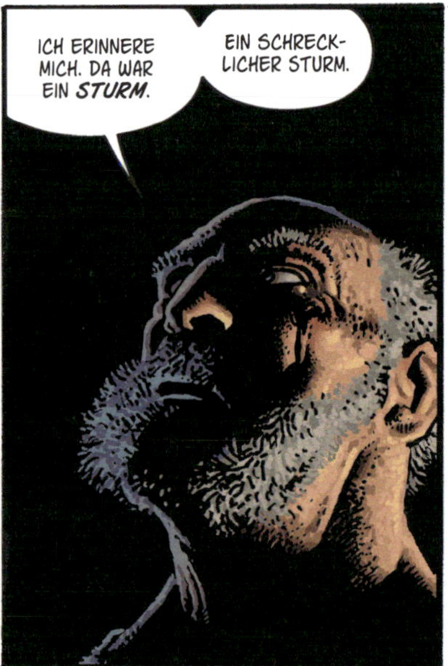
ICH ERINNERE MICH. DA WAR EIN *STURM*.
EIN SCHRECKLICHER STURM.

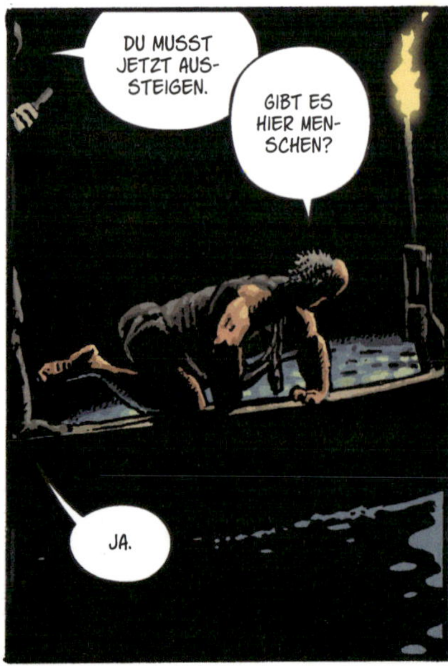
DU MUSST JETZT AUSSTEIGEN.
GIBT ES HIER MENSCHEN?
JA.

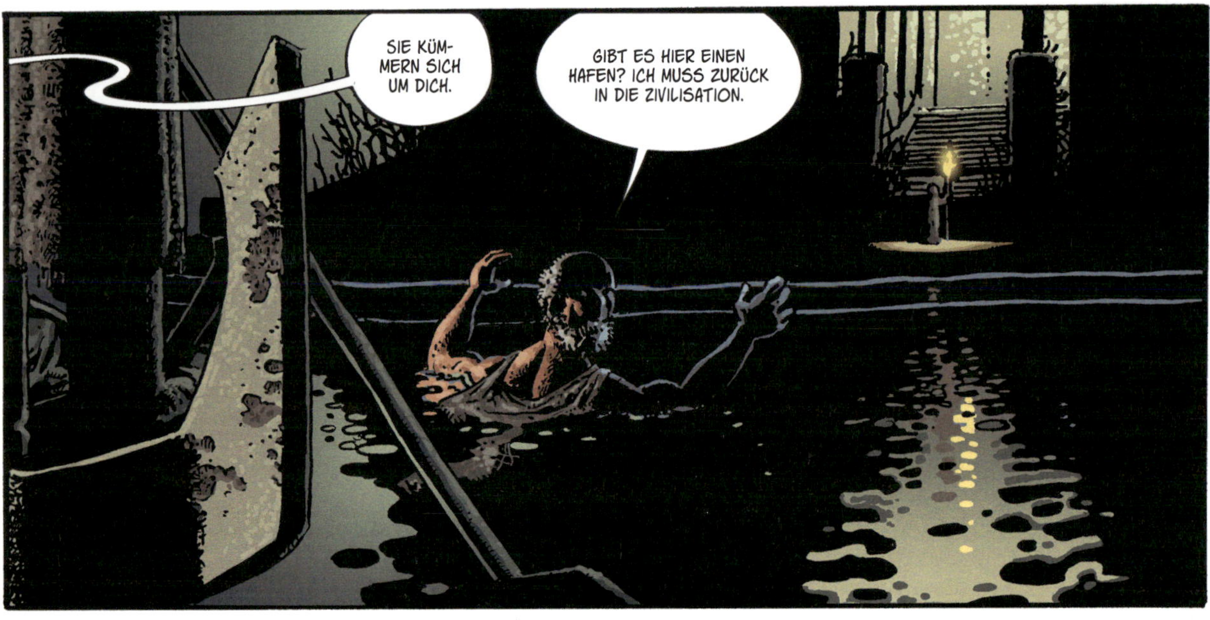
SIE KÜMMERN SICH UM DICH.
GIBT ES HIER EINEN HAFEN? ICH MUSS ZURÜCK IN DIE ZIVILISATION.

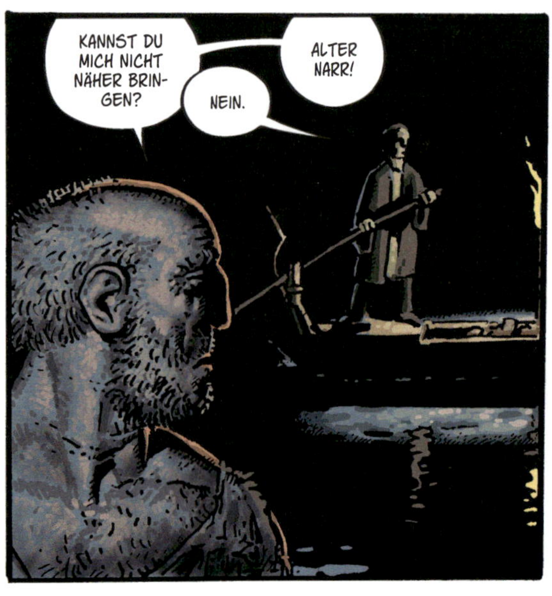
KANNST DU MICH NICHT NÄHER BRINGEN?
NEIN.
ALTER NARR!

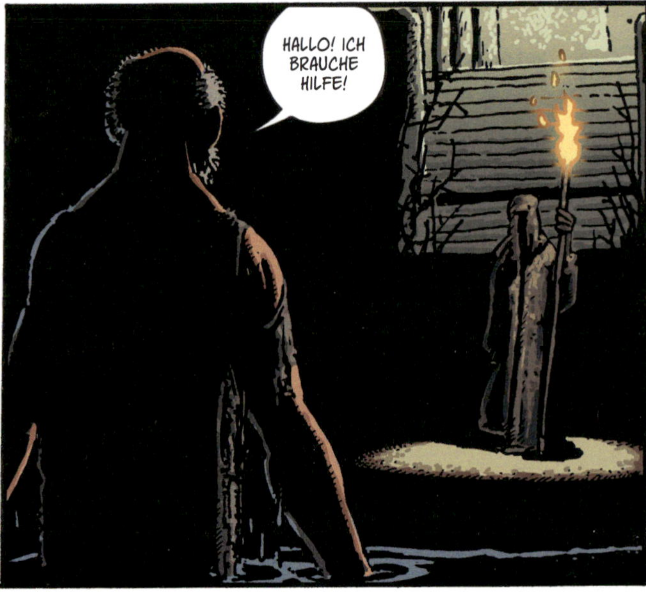
HALLO! ICH BRAUCHE HILFE!

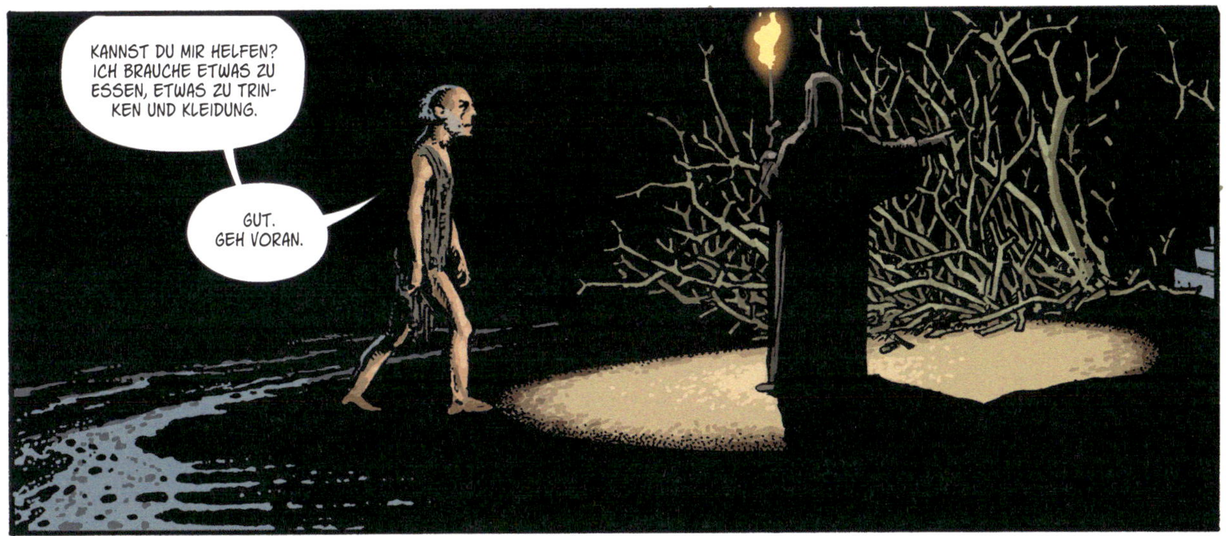
KANNST DU MIR HELFEN? ICH BRAUCHE ETWAS ZU ESSEN, ETWAS ZU TRINKEN UND KLEIDUNG.
GUT. GEH VORAN.

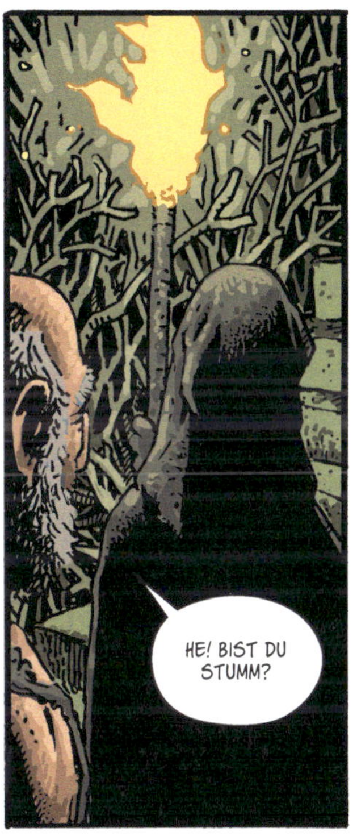
HE! BIST DU STUMM?

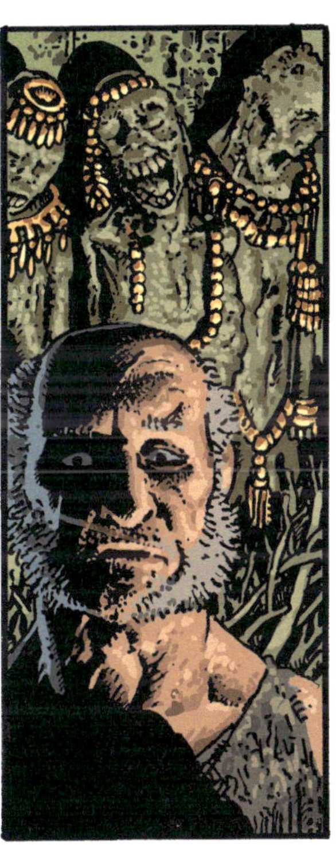

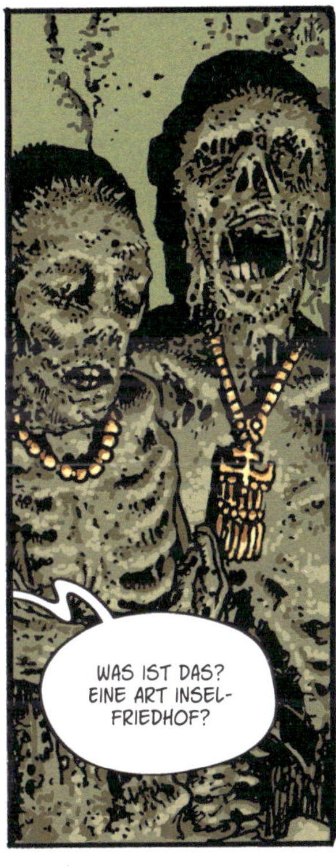
WAS IST DAS? EINE ART INSELFRIEDHOF?

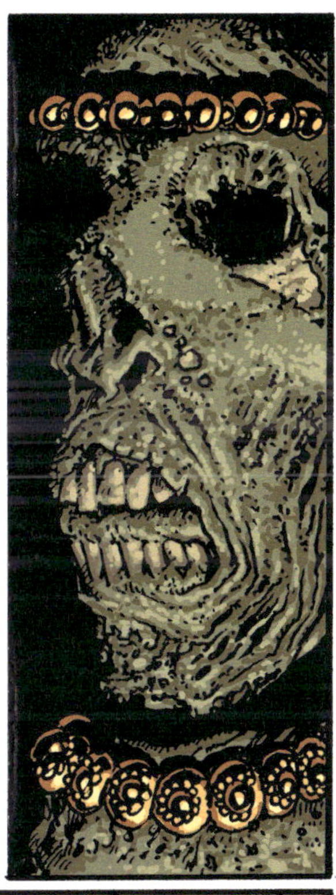

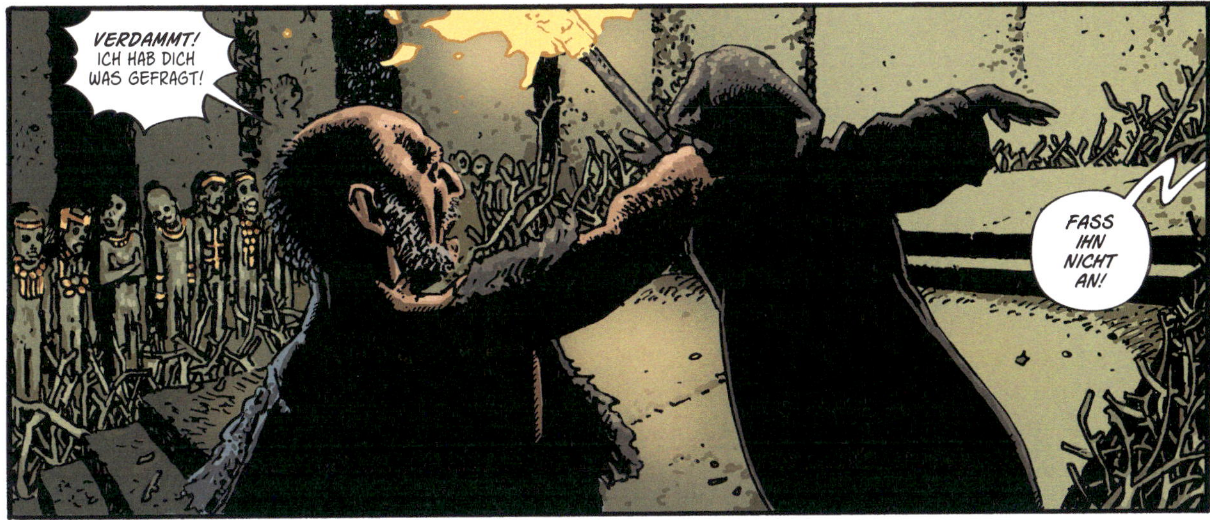
VERDAMMT! ICH HAB DICH WAS GEFRAGT!
FASS IHN NICHT AN!

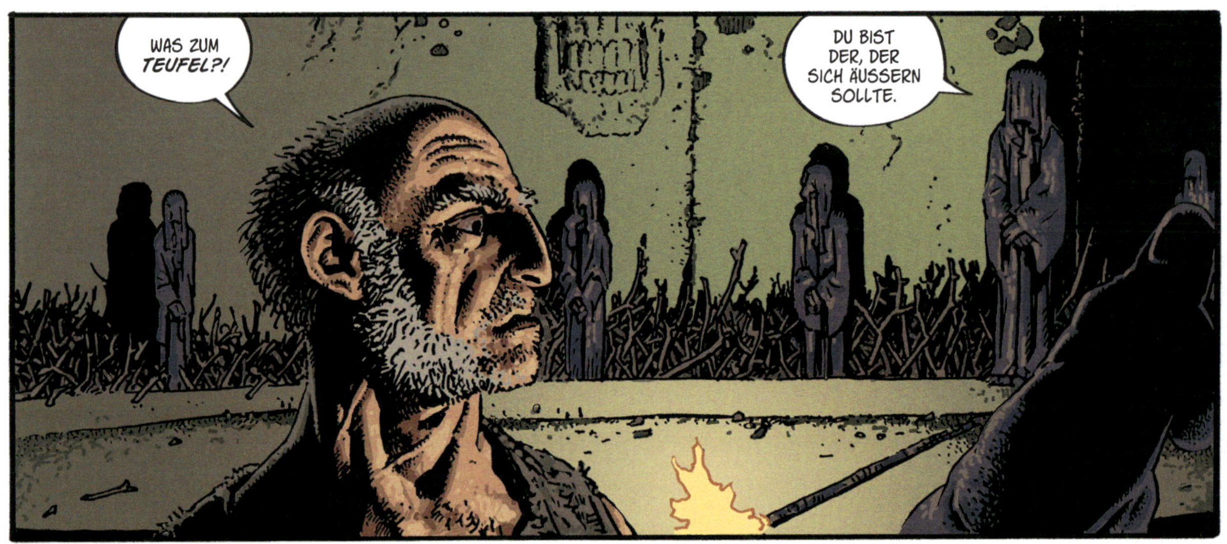
WAS ZUM *TEUFEL?!*
DU BIST DER, DER SICH ÄUSSERN SOLLTE.

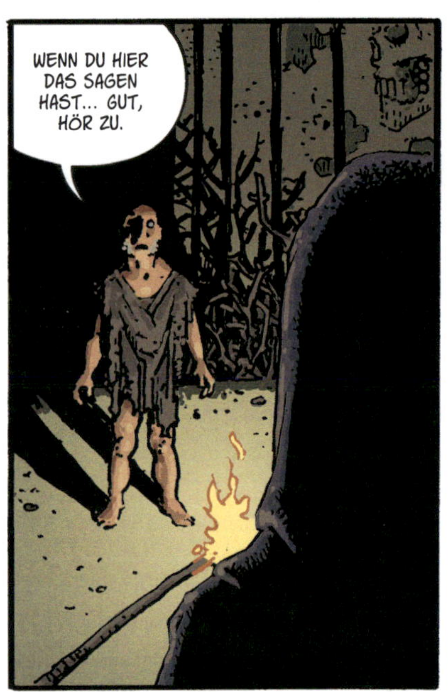
WENN DU HIER DAS SAGEN HAST... GUT, HÖR ZU.

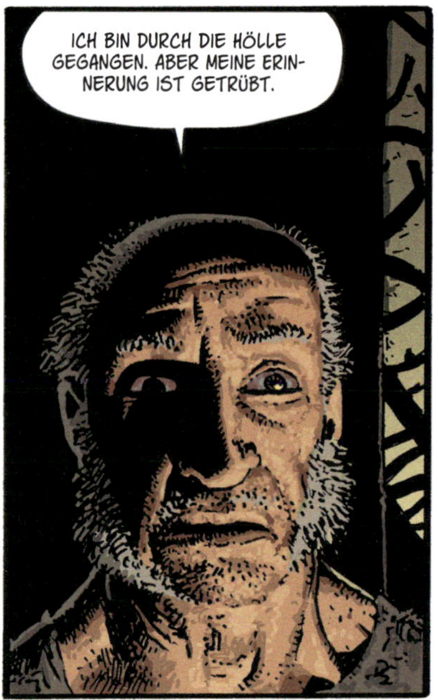
ICH BIN DURCH DIE HÖLLE GEGANGEN. ABER MEINE ERIN-NERUNG IST GETRÜBT.

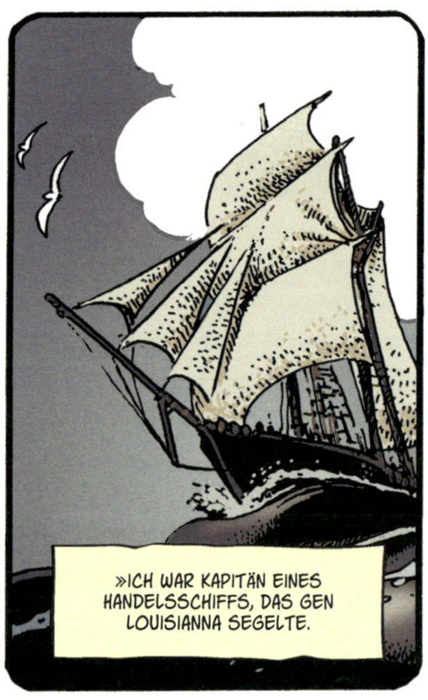
»ICH WAR KAPITÄN EINES HANDELSSCHIFFS, DAS GEN LOUISIANNA SEGELTE.

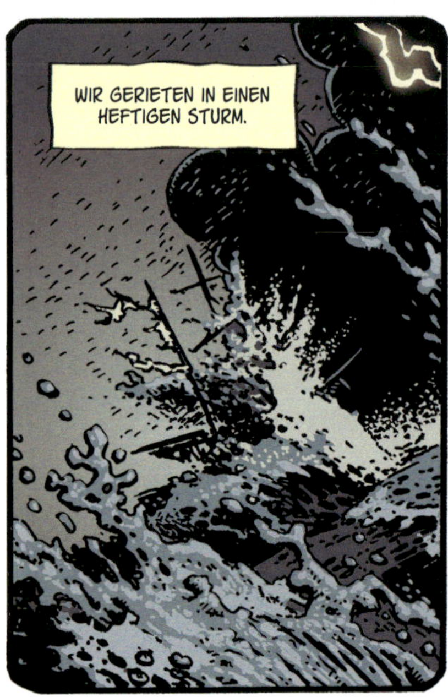
WIR GERIETEN IN EINEN HEFTIGEN STURM.

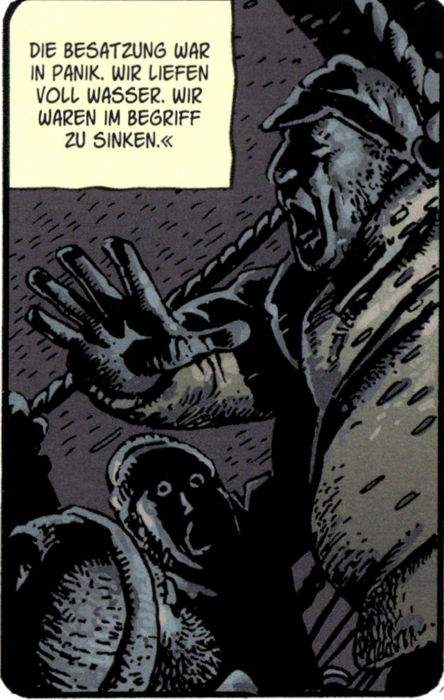
DIE BESATZUNG WAR IN PANIK. WIR LIEFEN VOLL WASSER. WIR WAREN IM BEGRIFF ZU SINKEN.«

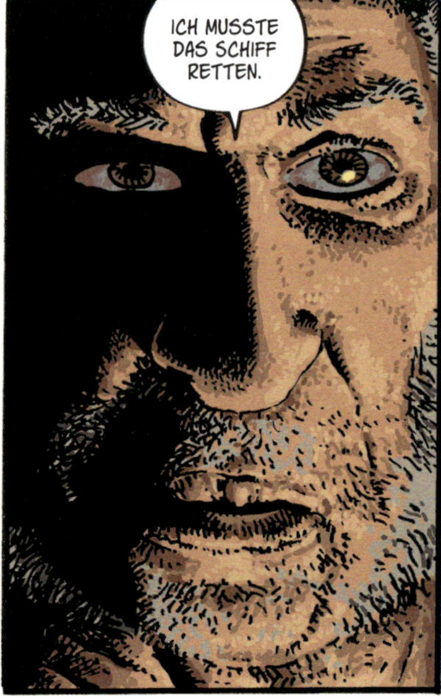
ICH MUSSTE DAS SCHIFF RETTEN.

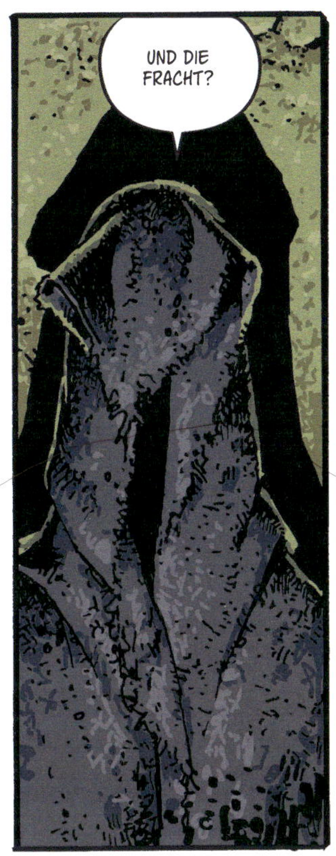
UND DIE FRACHT?
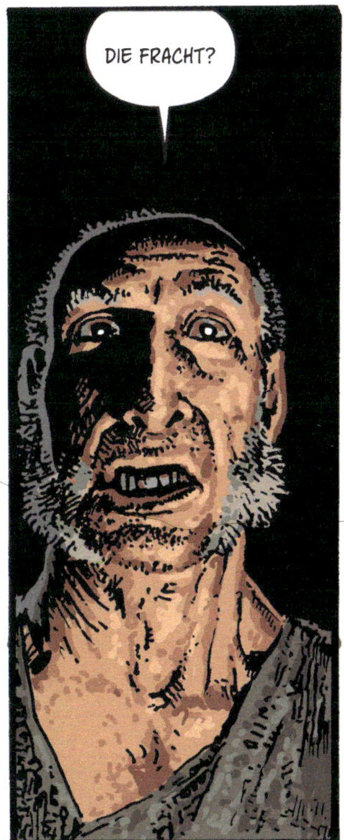
DIE FRACHT?
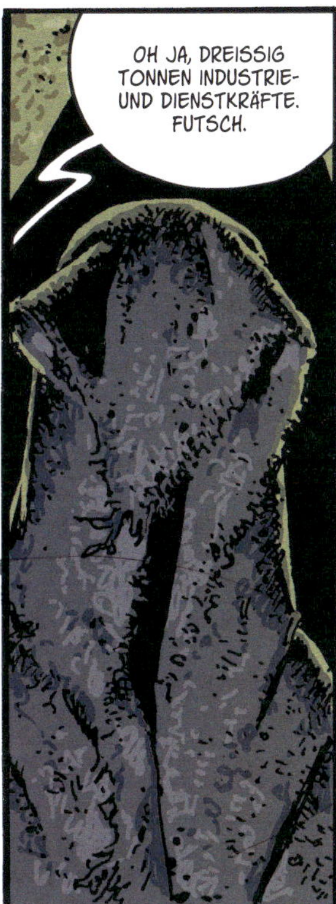
OH JA, DREISSIG TONNEN INDUSTRIE- UND DIENSTKRÄFTE. FUTSCH.
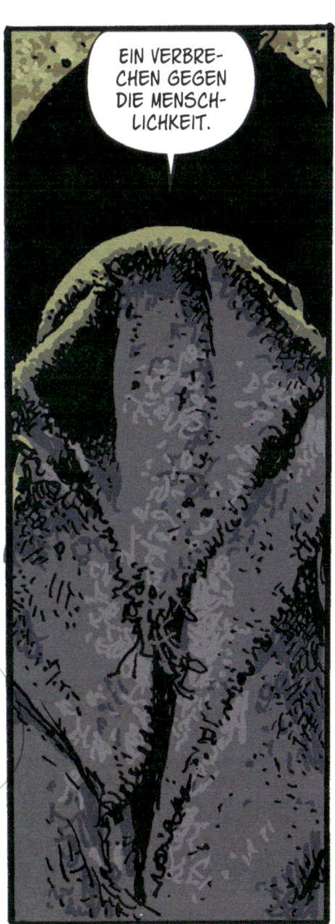
EIN VERBRECHEN GEGEN DIE MENSCHLICHKEIT.
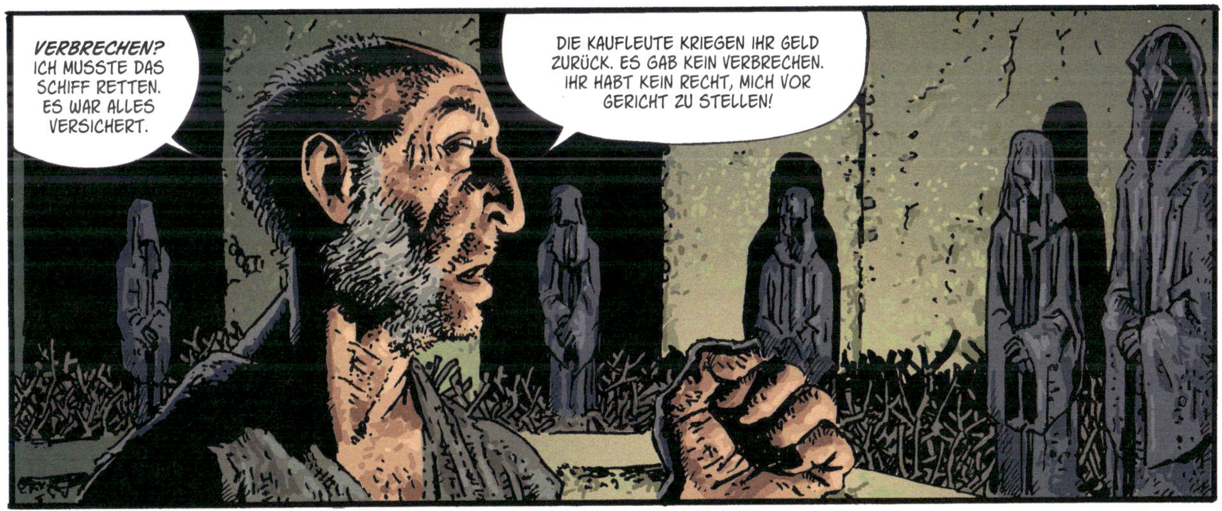
VERBRECHEN? ICH MUSSTE DAS SCHIFF RETTEN. ES WAR ALLES VERSICHERT.
DIE KAUFLEUTE KRIEGEN IHR GELD ZURÜCK. ES GAB KEIN VERBRECHEN. IHR HABT KEIN RECHT, MICH VOR GERICHT ZU STELLEN!
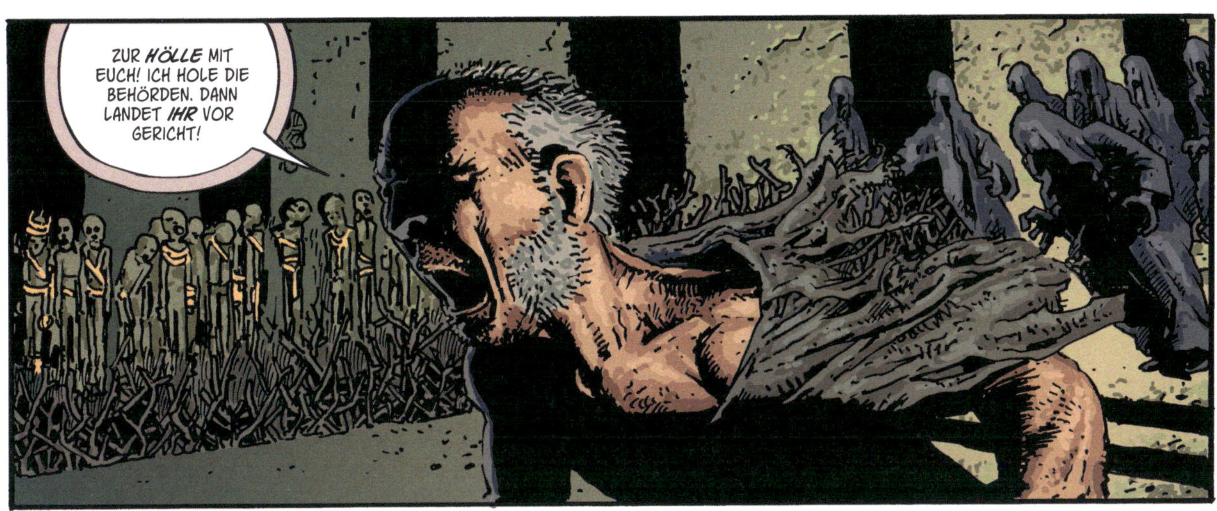
ZUR HÖLLE MIT EUCH! ICH HOLE DIE BEHÖRDEN. DANN LANDET IHR VOR GERICHT!

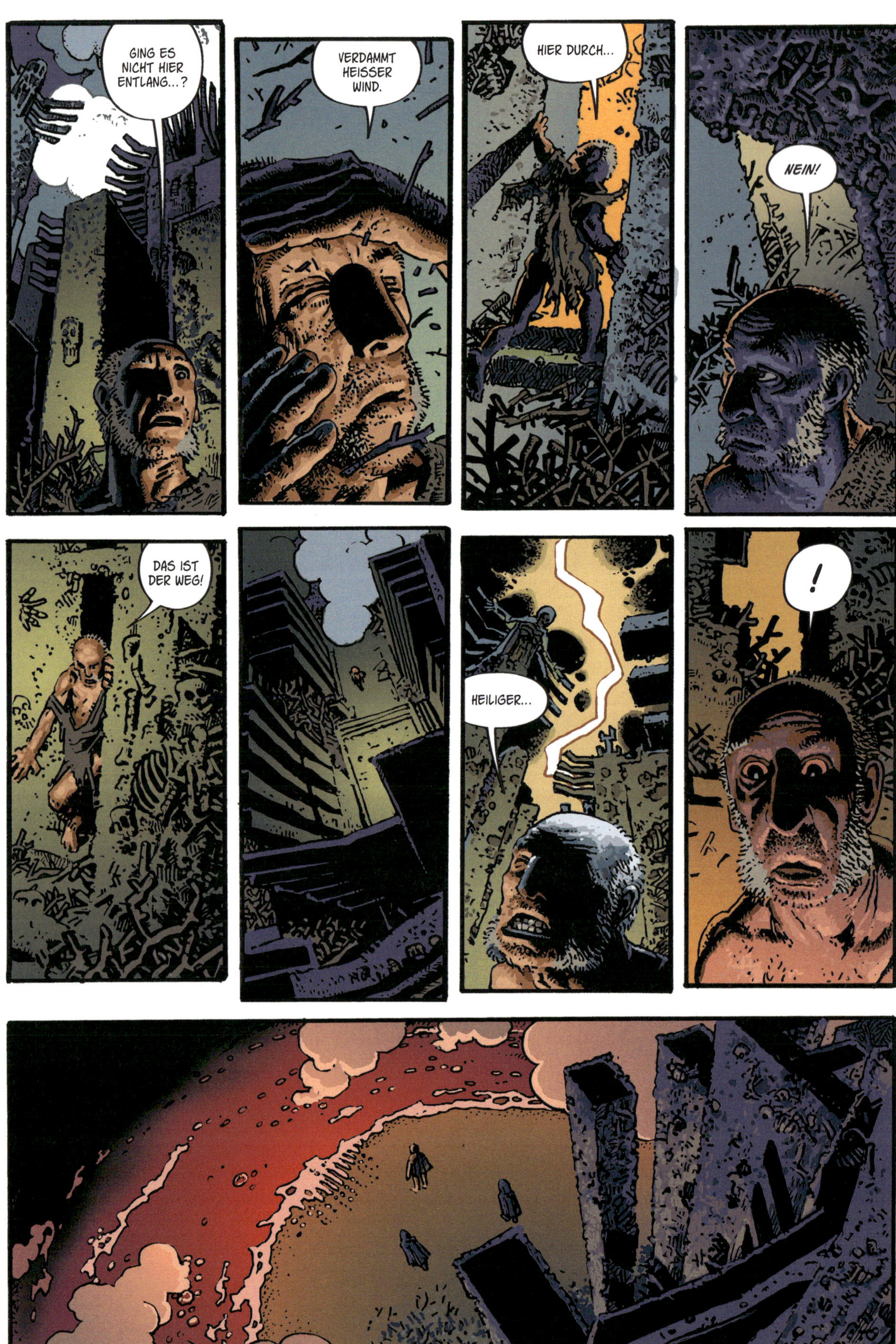
GING ES NICHT HIER ENTLANG...?
VERDAMMT HEISSER WIND.
HIER DURCH...
NEIN!
DAS IST DER WEG!
HEILIGER...
!

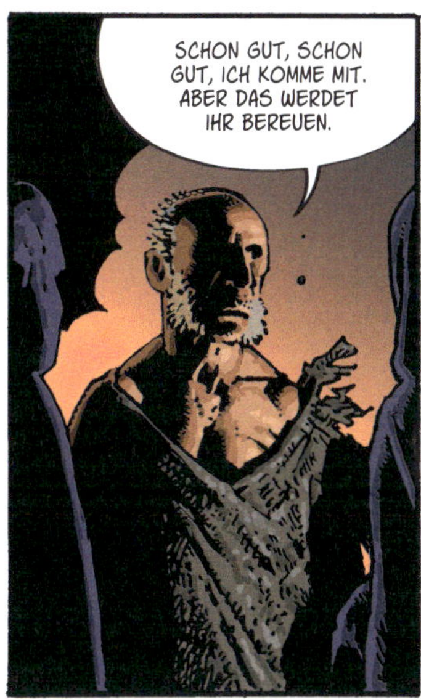
SCHON GUT, SCHON GUT, ICH KOMME MIT. ABER DAS WERDET IHR BEREUEN.

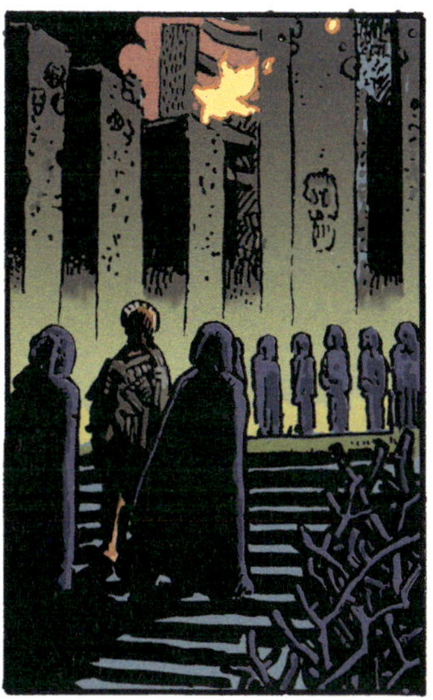

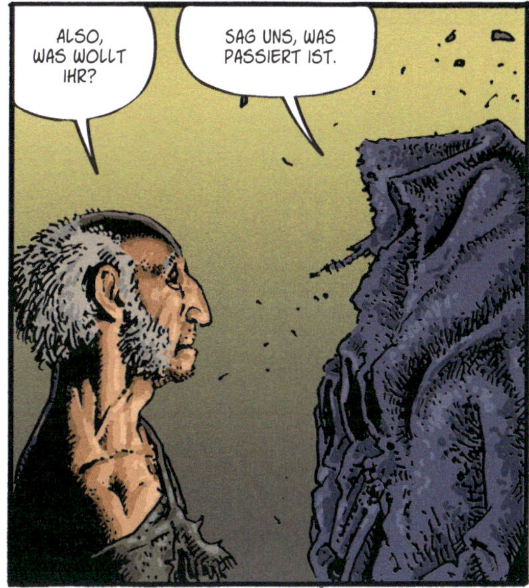
ALSO, WAS WOLLT IHR?
SAG UNS, WAS PASSIERT IST.

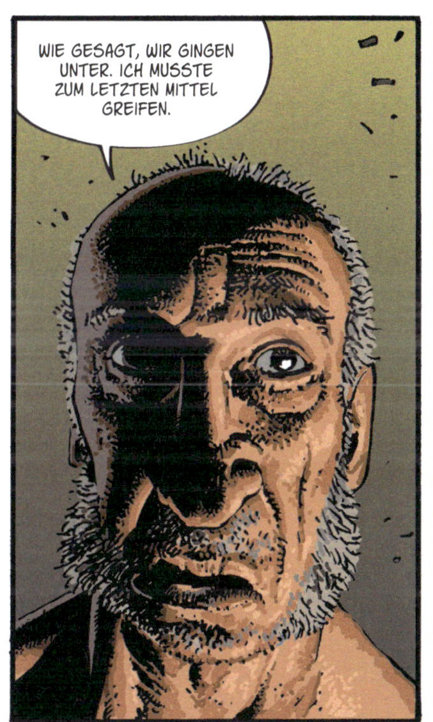
WIE GESAGT, WIR GINGEN UNTER. ICH MUSSTE ZUM LETZTEN MITTEL GREIFEN.

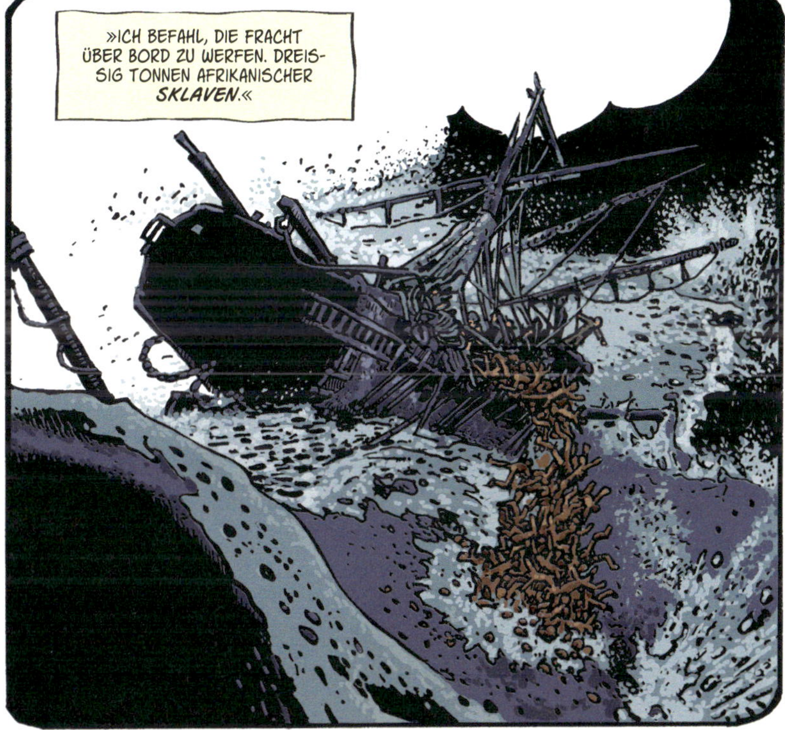
»ICH BEFAHL, DIE FRACHT ÜBER BORD ZU WERFEN. DREISSIG TONNEN AFRIKANISCHER SKLAVEN.«

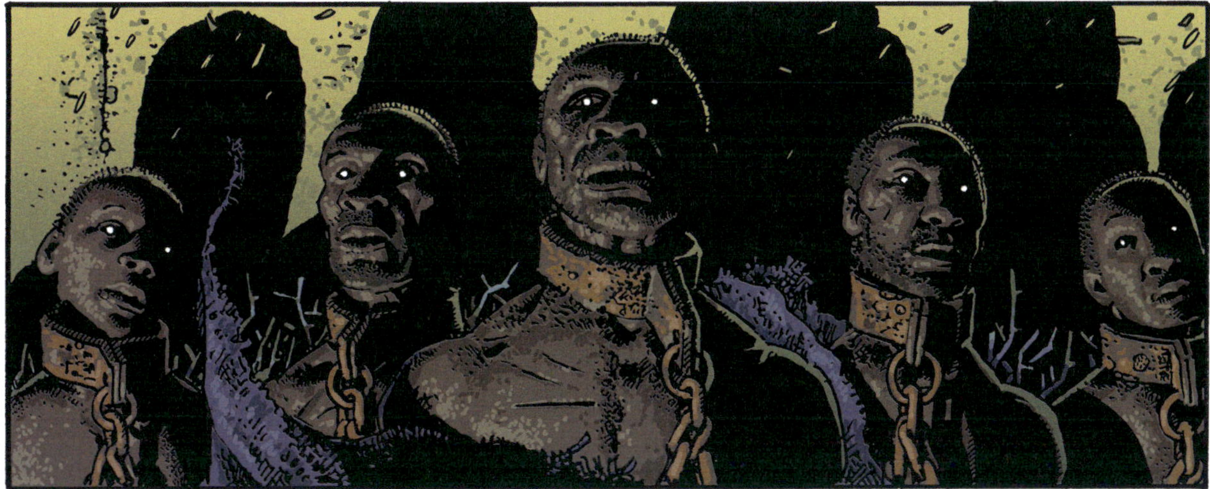

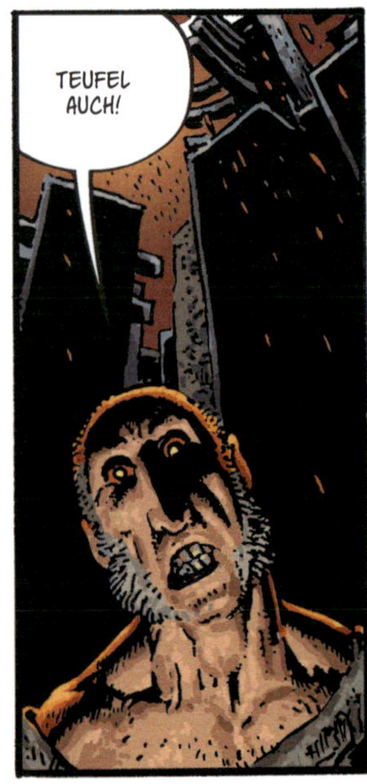
TEUFEL AUCH!

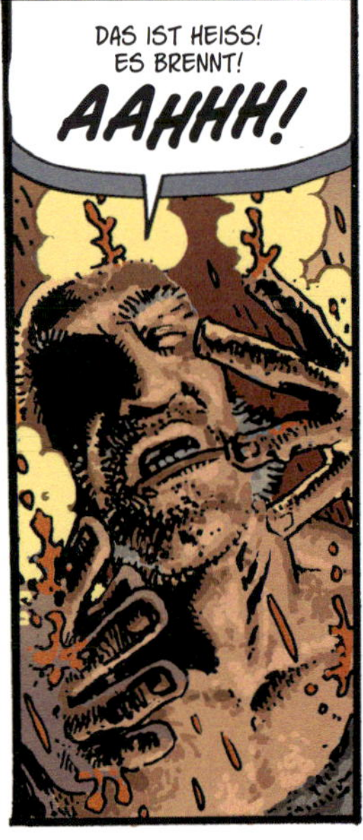
DAS IST HEISS! ES BRENNT!
AAHHH!

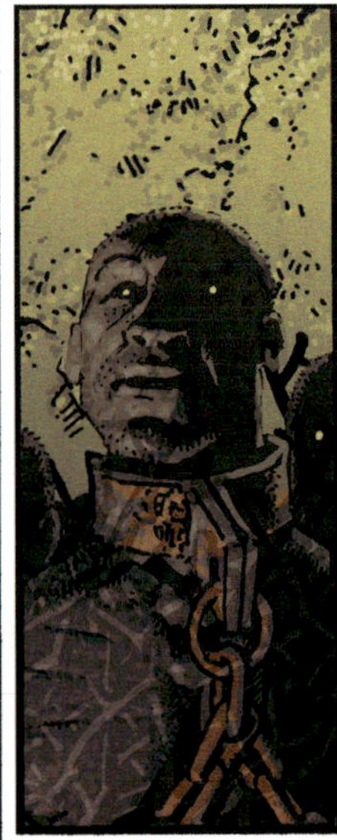

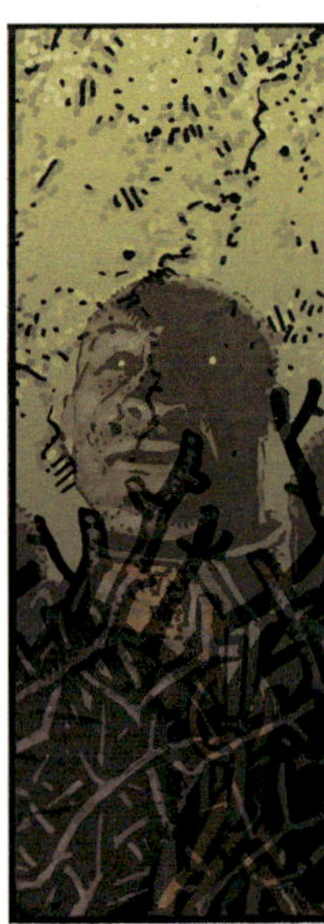

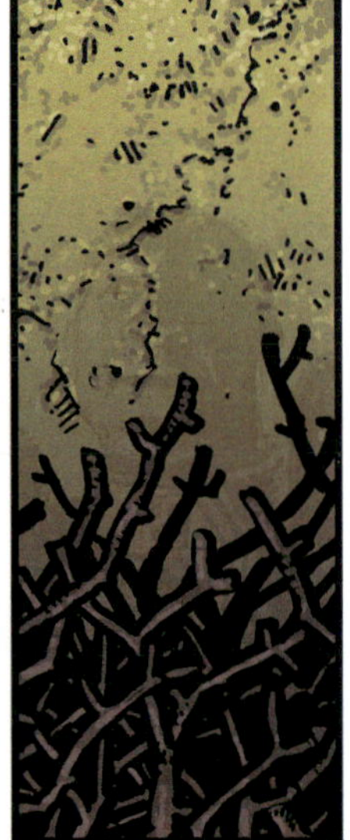

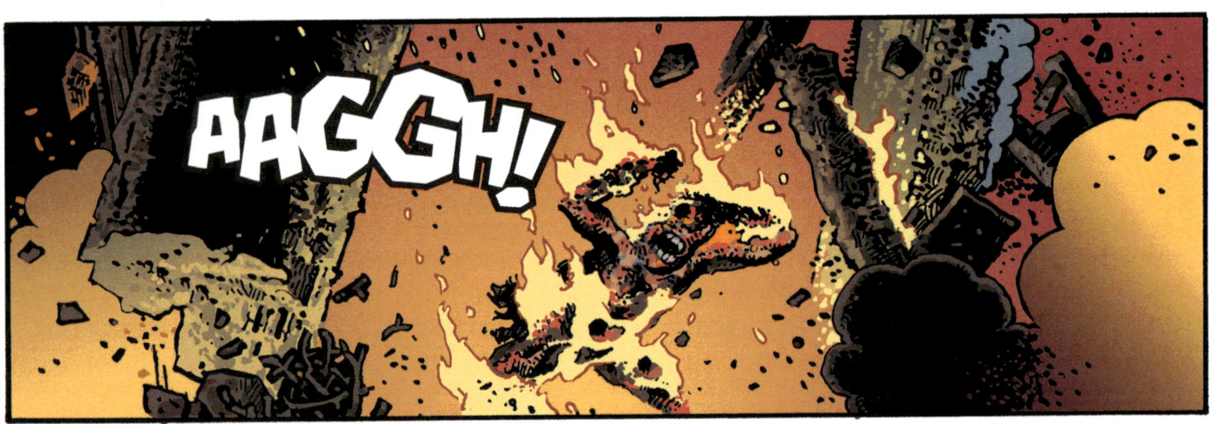
AAGGH!

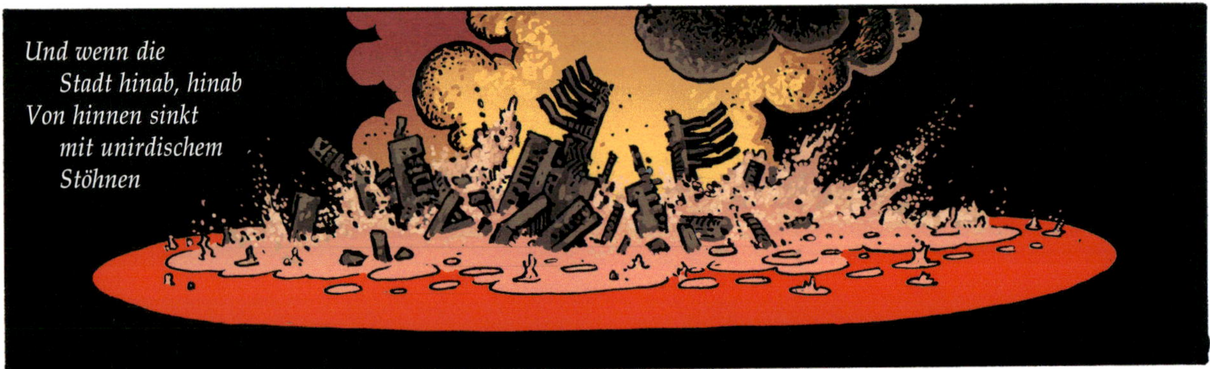
Und wenn die
Stadt hinab, hinab
Von hinnen sinkt
mit unirdischem
Stöhnen

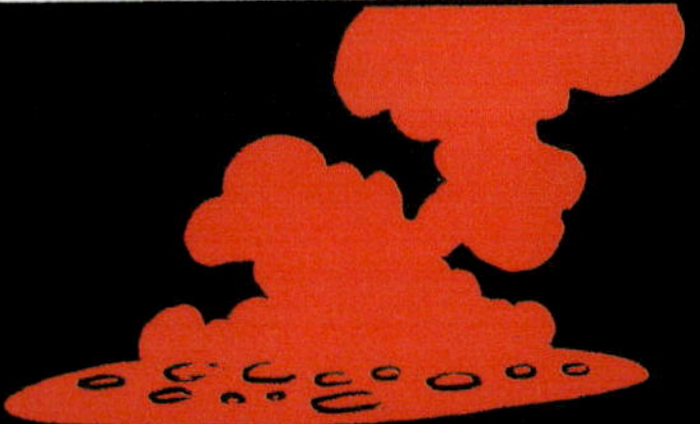
Wird ihr von
eintausend Thronen herab
Der Gruß der Hölle tönen.
Ende

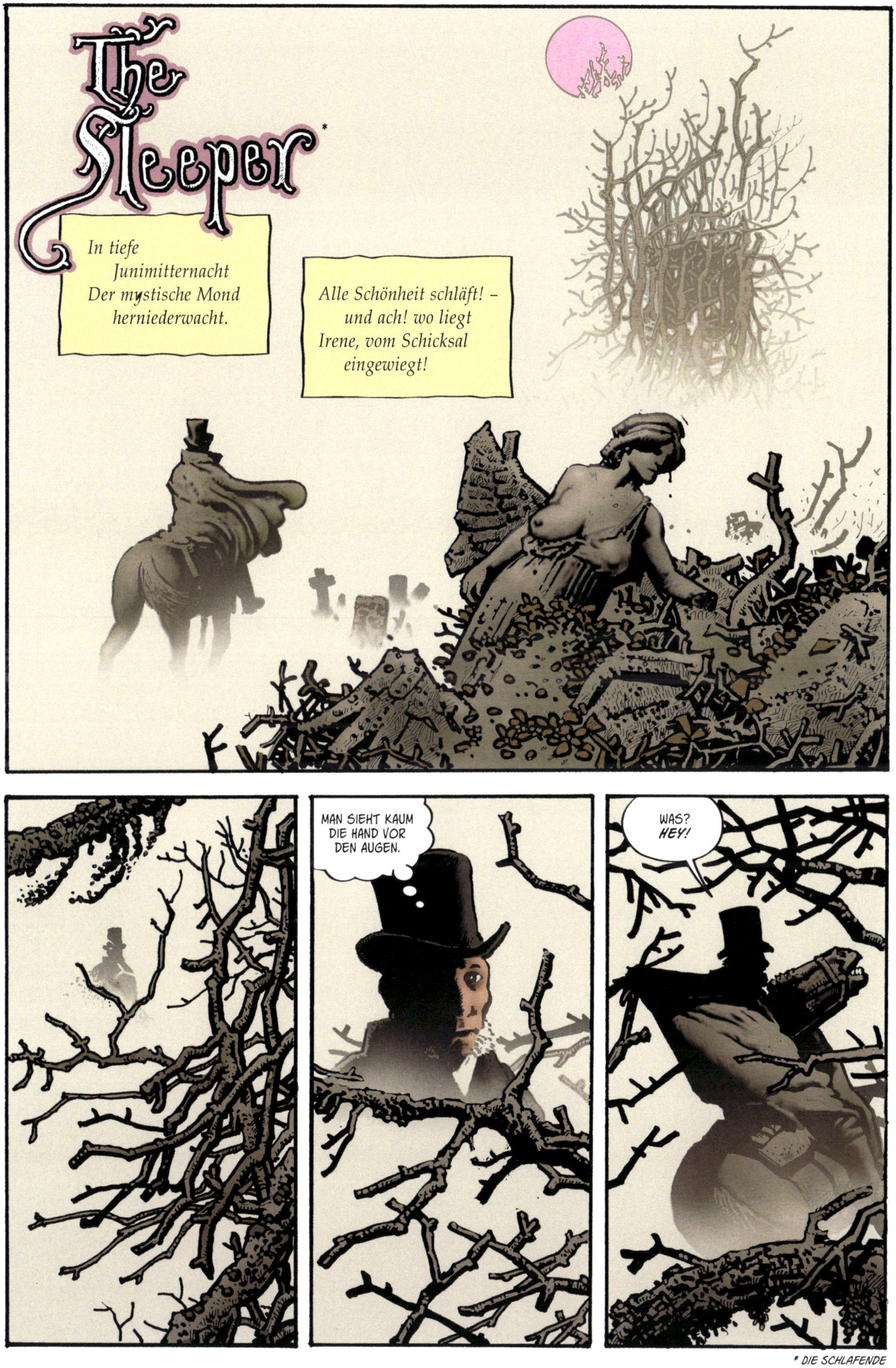

The Sleeper*

In tiefe
Junimitternacht
Der mystische Mond
herniederwacht.

Alle Schönheit schläft! –
und ach! wo liegt
Irene, vom Schicksal
eingewiegt!

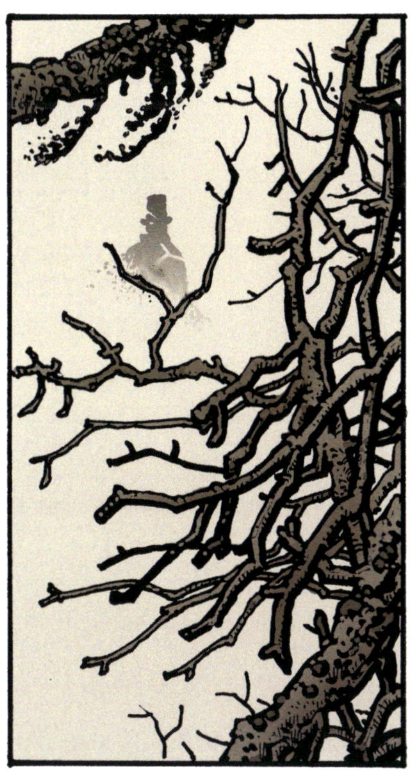

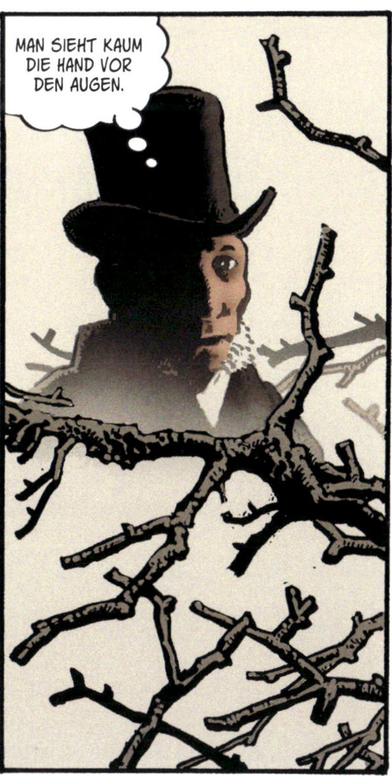

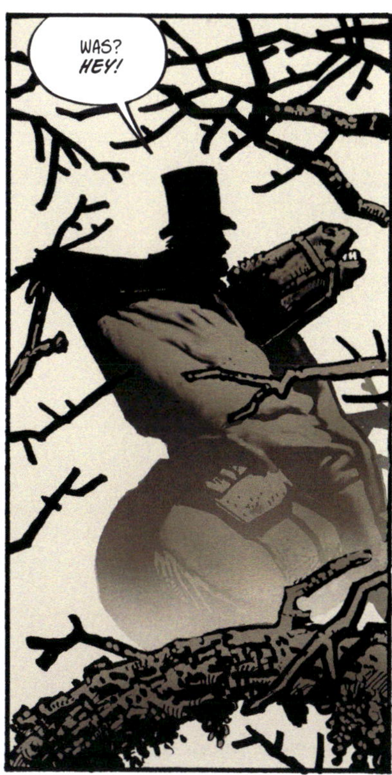

* DIE SCHLAFENDE

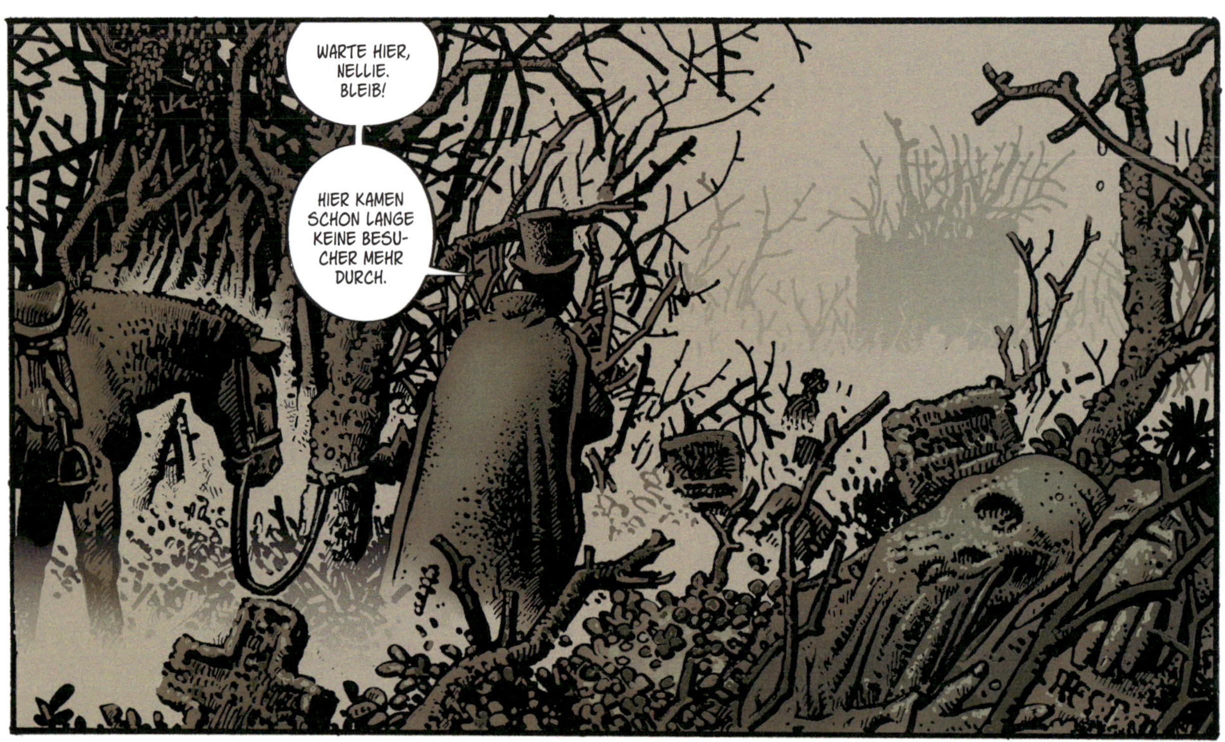
WARTE HIER, NELLIE. BLEIB!
HIER KAMEN SCHON LANGE KEINE BESU-CHER MEHR DURCH.

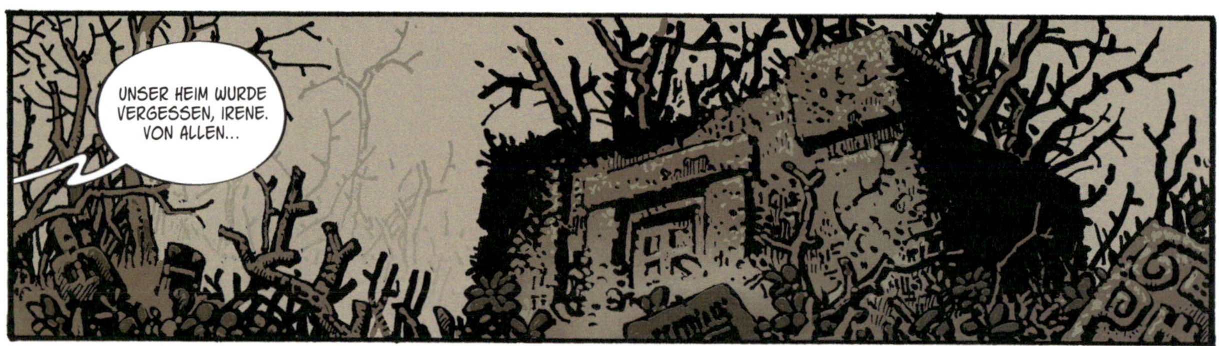
UNSER HEIM WURDE VERGESSEN, IRENE. VON ALLEN...

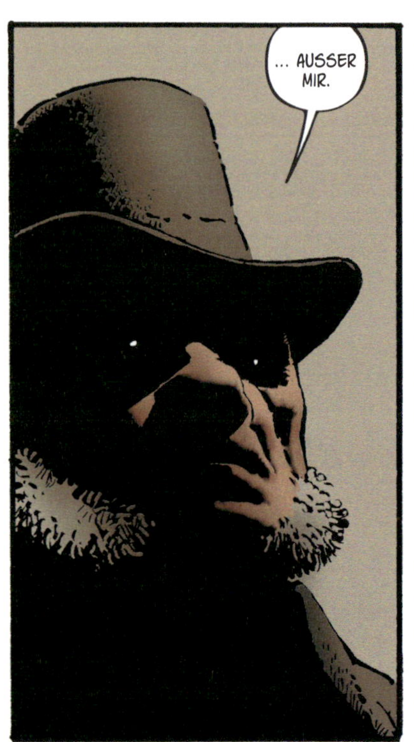
... AUSSER MIR.

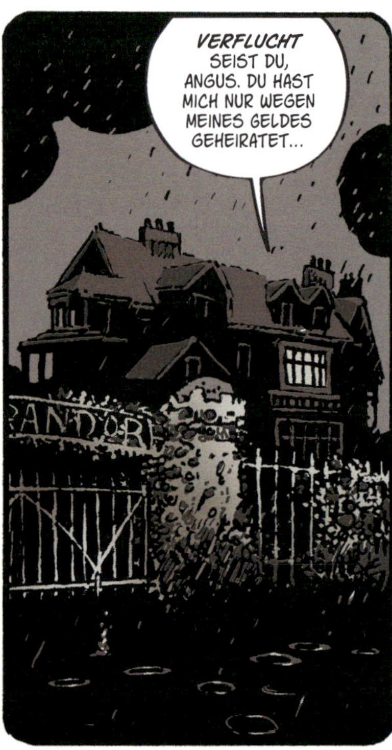
VERFLUCHT SEIST DU, ANGUS. DU HAST MICH NUR WEGEN MEINES GELDES GEHEIRATET...

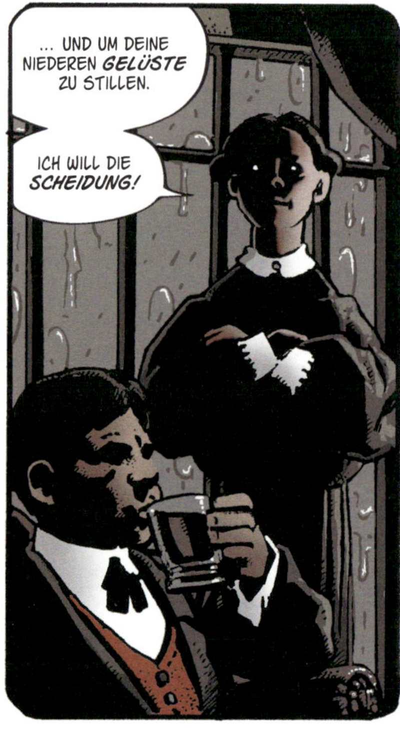
... UND UM DEINE NIEDEREN GELÜSTE ZU STILLEN.
ICH WILL DIE SCHEIDUNG!

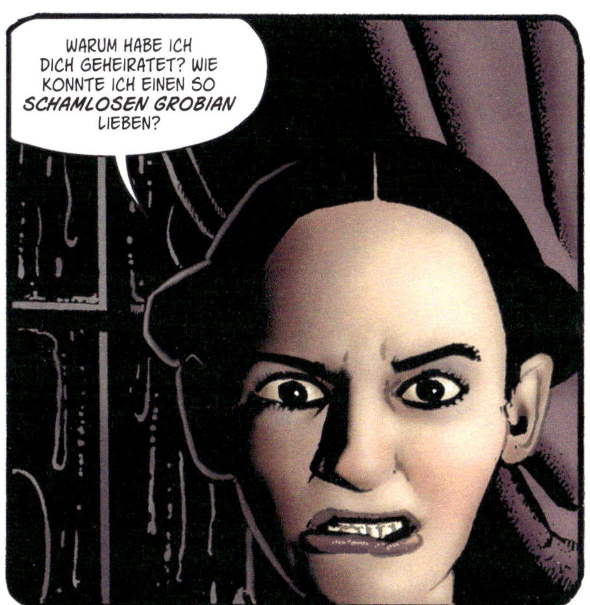
WARUM HABE ICH DICH GEHEIRATET? WIE KONNTE ICH EINEN SO SCHAMLOSEN GROBIAN LIEBEN?
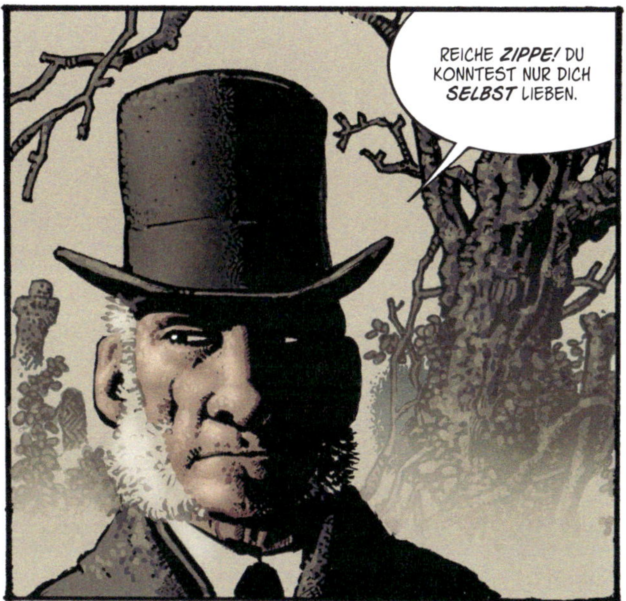
REICHE ZIPPE! DU KONNTEST NUR DICH SELBST LIEBEN.
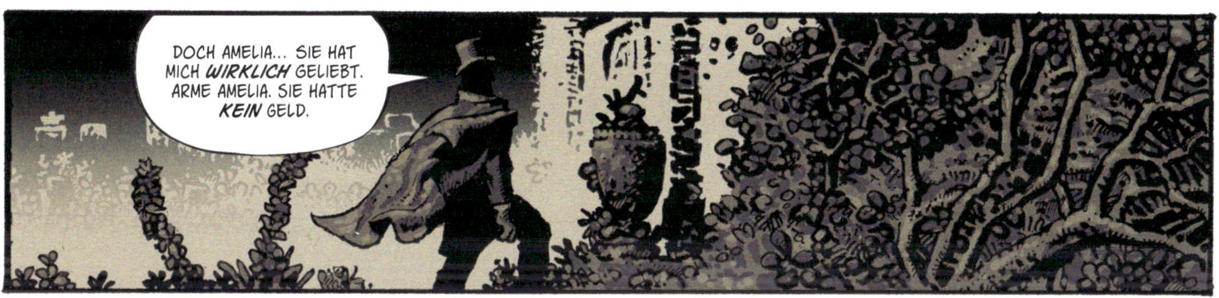
DOCH AMELIA... SIE HAT MICH WIRKLICH GELIEBT. ARME AMELIA. SIE HATTE KEIN GELD.
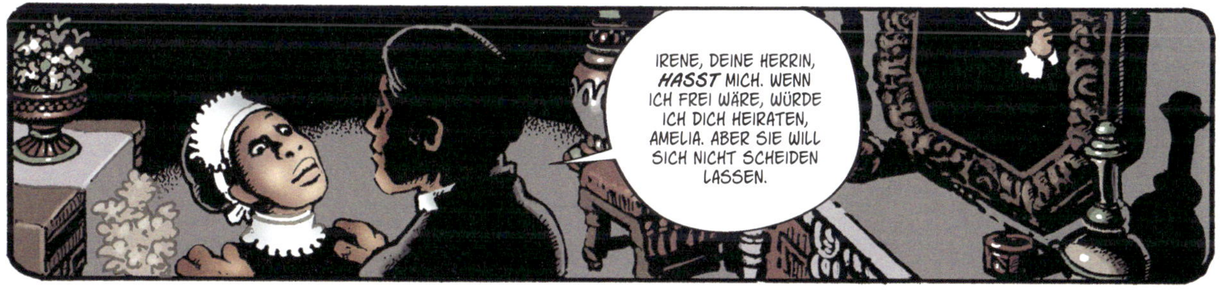
IRENE, DEINE HERRIN, HASST MICH. WENN ICH FREI WÄRE, WÜRDE ICH DICH HEIRATEN, AMELIA. ABER SIE WILL SICH NICHT SCHEIDEN LASSEN.
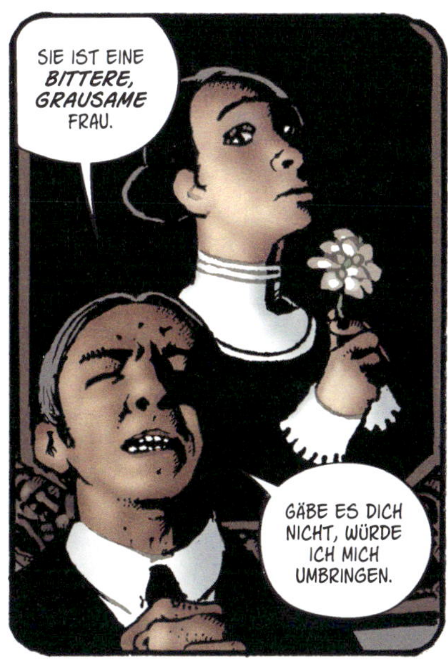
SIE IST EINE BITTERE, GRAUSAME FRAU.
GÄBE ES DICH NICHT, WÜRDE ICH MICH UMBRINGEN.
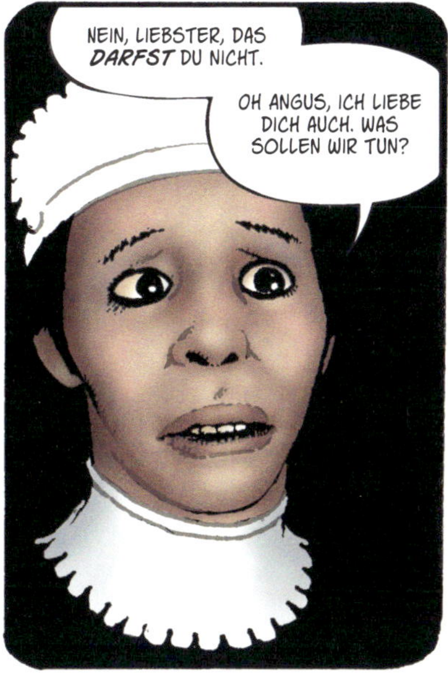
NEIN, LIEBSTER, DAS DARFST DU NICHT.
OH ANGUS, ICH LIEBE DICH AUCH. WAS SOLLEN WIR TUN?
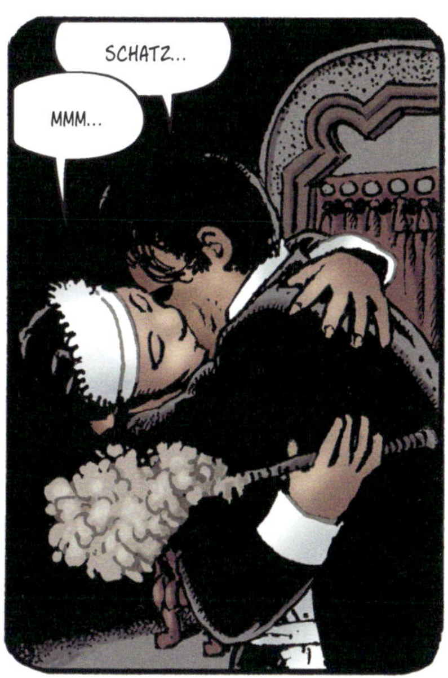
SCHATZ...
MMM...

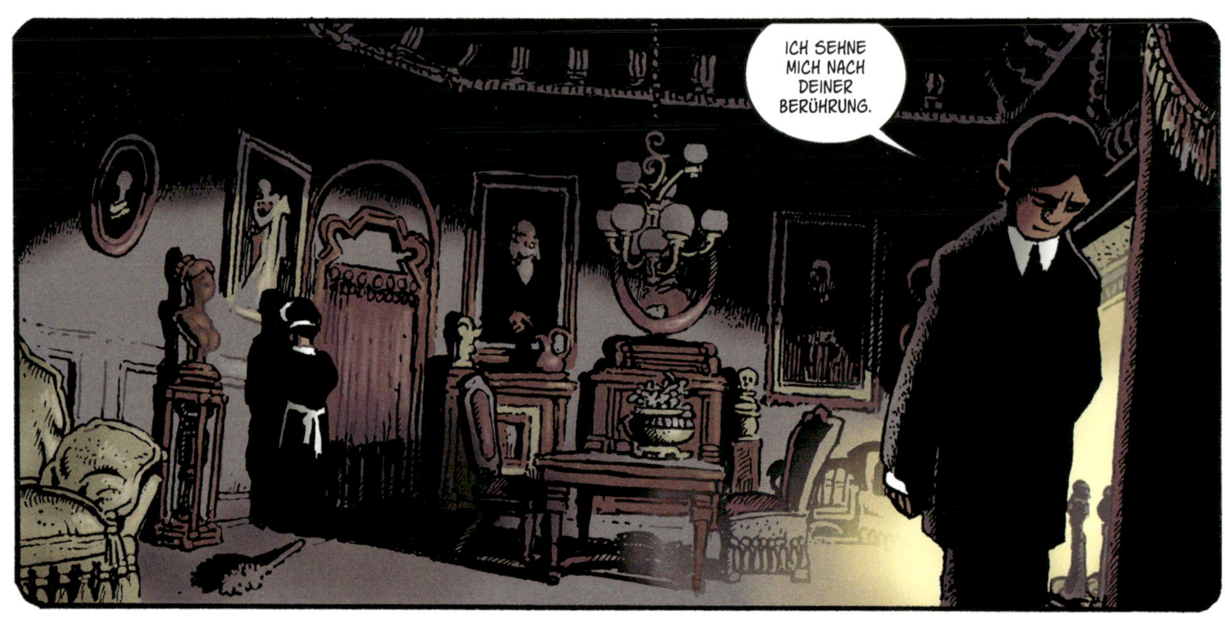
ICH SEHNE MICH NACH DEINER BERÜHRUNG.

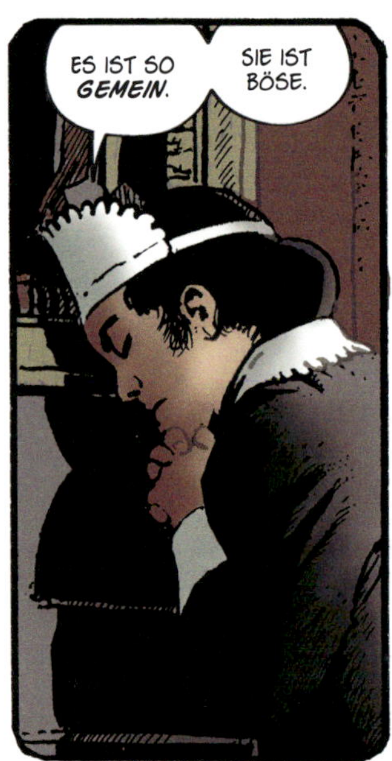
ES IST SO *GEMEIN*.
SIE IST BÖSE.

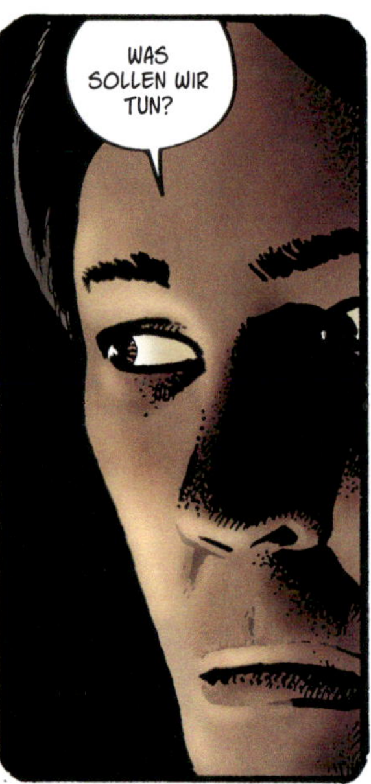
WAS SOLLEN WIR TUN?

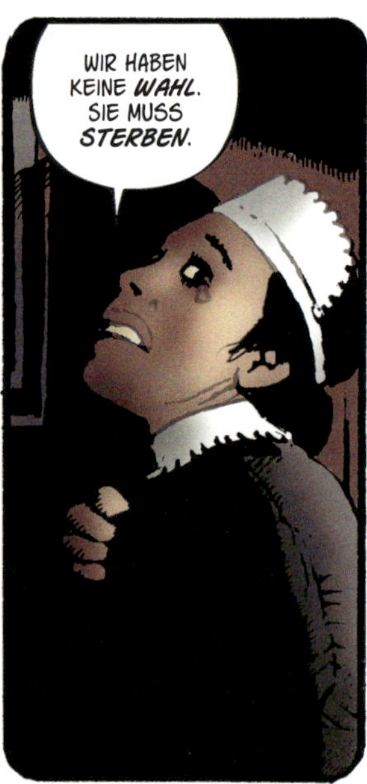
WIR HABEN KEINE *WAHL*. SIE MUSS *STERBEN*.

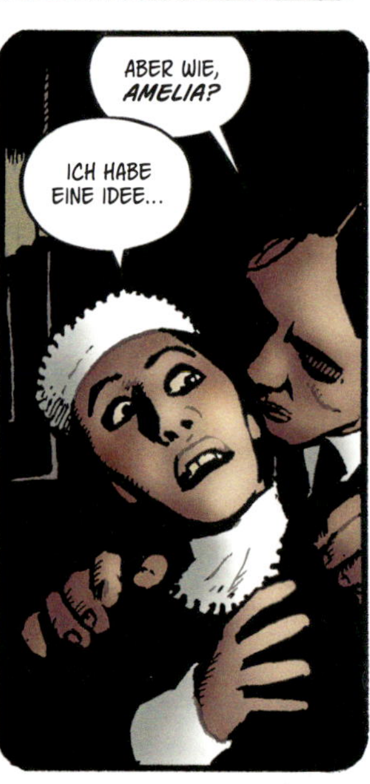
ABER WIE, *AMELIA?*
ICH HABE EINE IDEE...

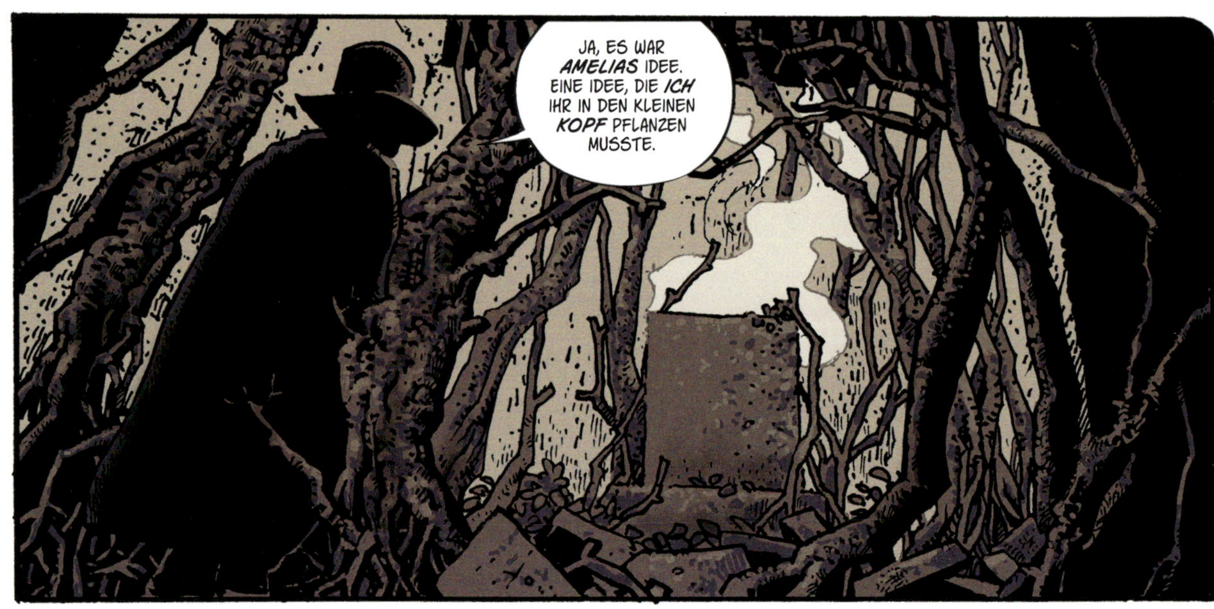
JA, ES WAR *AMELIAS* IDEE. EINE IDEE, DIE *ICH* IHR IN DEN KLEINEN *KOPF* PFLANZEN MUSSTE.

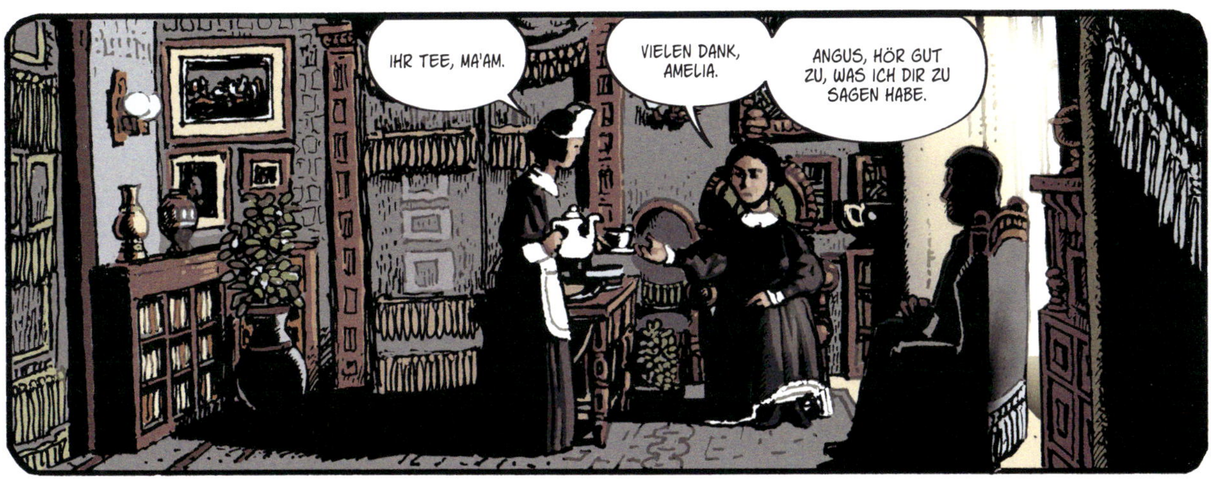
IHR TEE, MA'AM.
VIELEN DANK, AMELIA.
ANGUS, HÖR GUT ZU, WAS ICH DIR ZU SAGEN HABE.

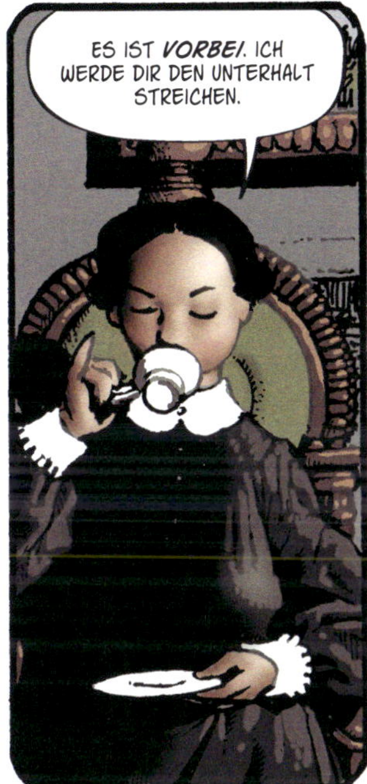
ES IST *VORBEI*. ICH WERDE DIR DEN UNTERHALT STREICHEN.

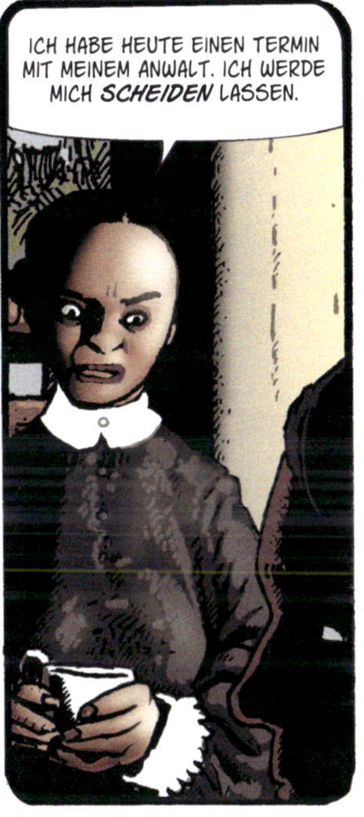
ICH HABE HEUTE EINEN TERMIN MIT MEINEM ANWALT. ICH WERDE MICH *SCHEIDEN* LASSEN.

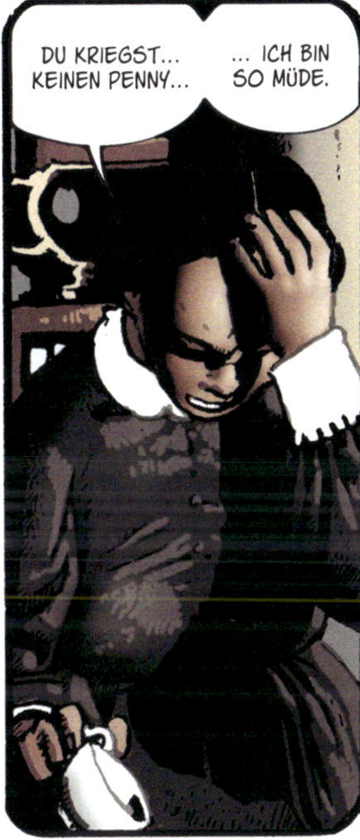
DU KRIEGST… KEINEN PENNY…
… ICH BIN SO MÜDE.

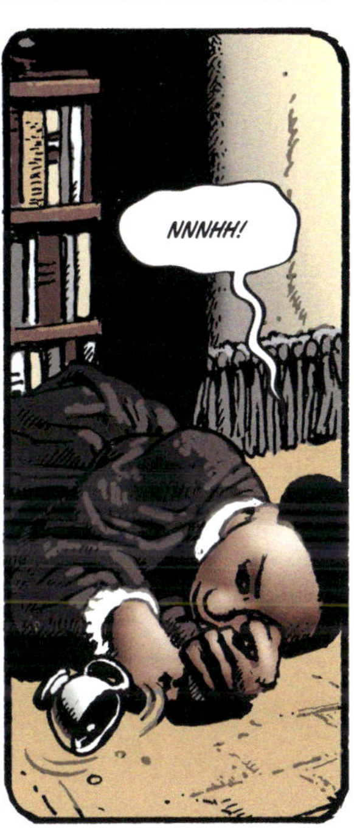
NNNHH!

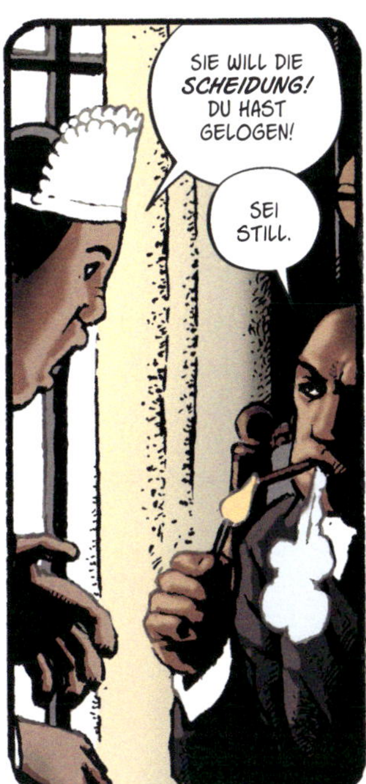
SIE WILL DIE *SCHEIDUNG!* DU HAST GELOGEN!
SEI STILL.

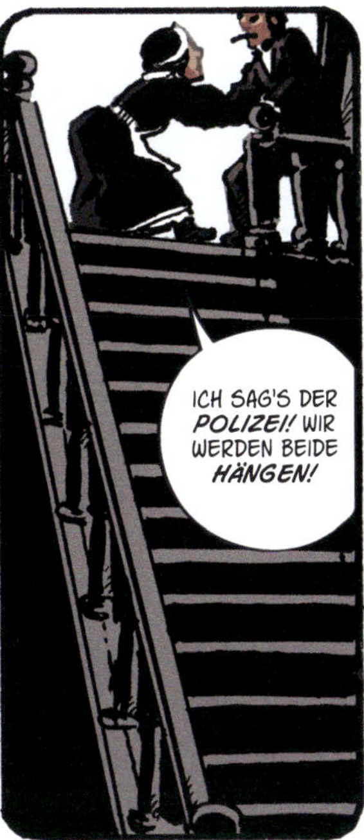
ICH SAG'S DER *POLIZEI!* WIR WERDEN BEIDE *HÄNGEN!*

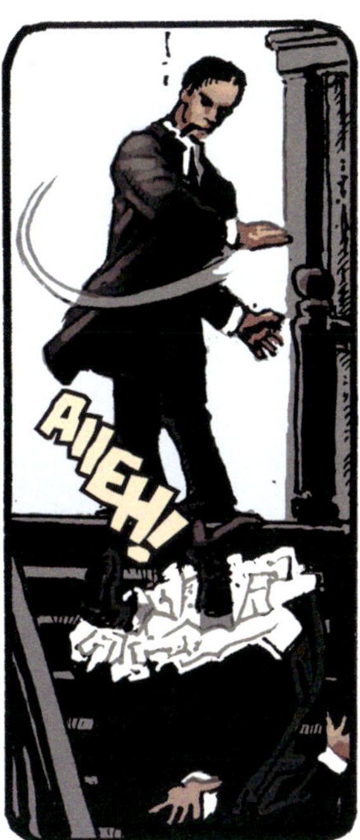
AIIEH!

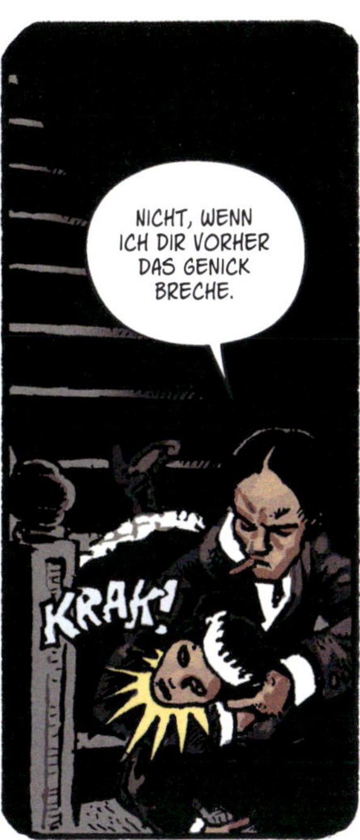
NICHT, WENN ICH DIR VORHER DAS GENICK BRECHE.
KRAK!

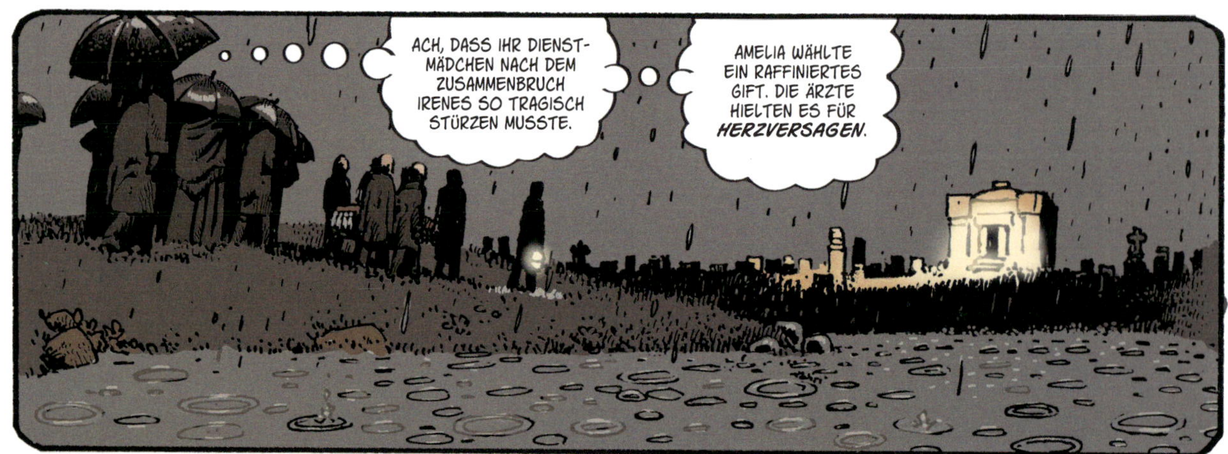
ACH, DASS IHR DIENST-MÄDCHEN NACH DEM ZUSAMMENBRUCH IRENES SO TRAGISCH STÜRZEN MUSSTE.
AMELIA WÄHLTE EIN RAFFINIERTES GIFT. DIE ÄRZTE HIELTEN ES FÜR **HERZVERSAGEN**.

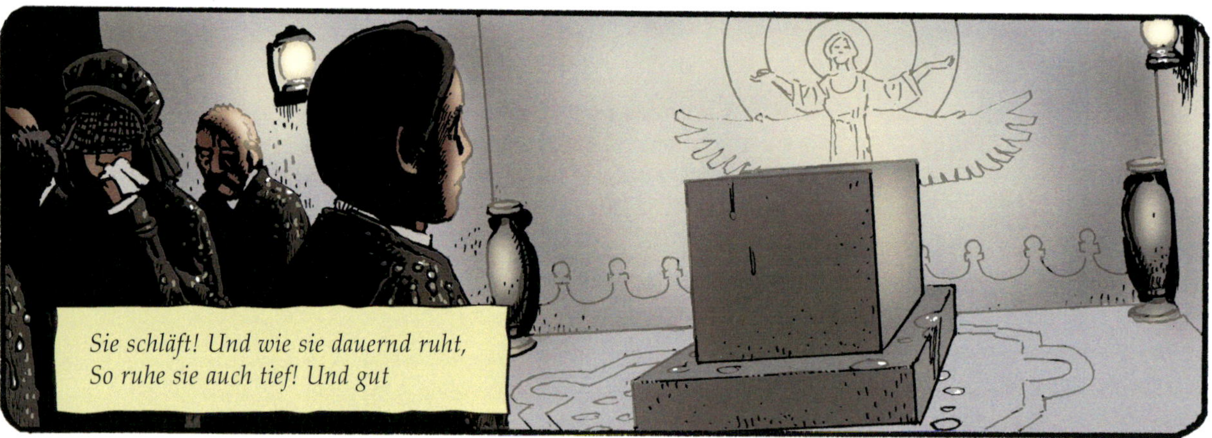
Sie schläft! Und wie sie dauernd ruht,
So ruhe sie auch tief! Und gut

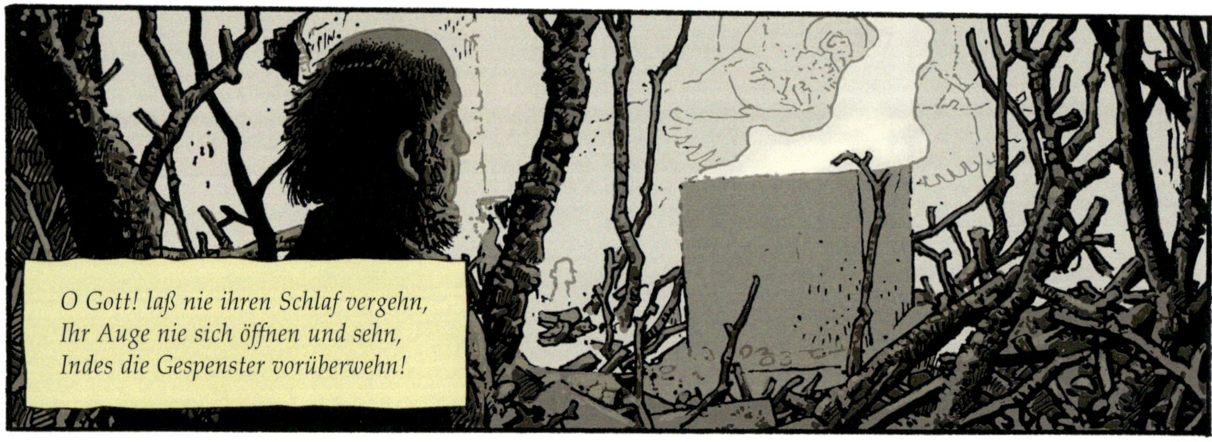
O Gott! laß nie ihren Schlaf vergehn,
Ihr Auge nie sich öffnen und sehn,
Indes die Gespenster vorüberwehn!

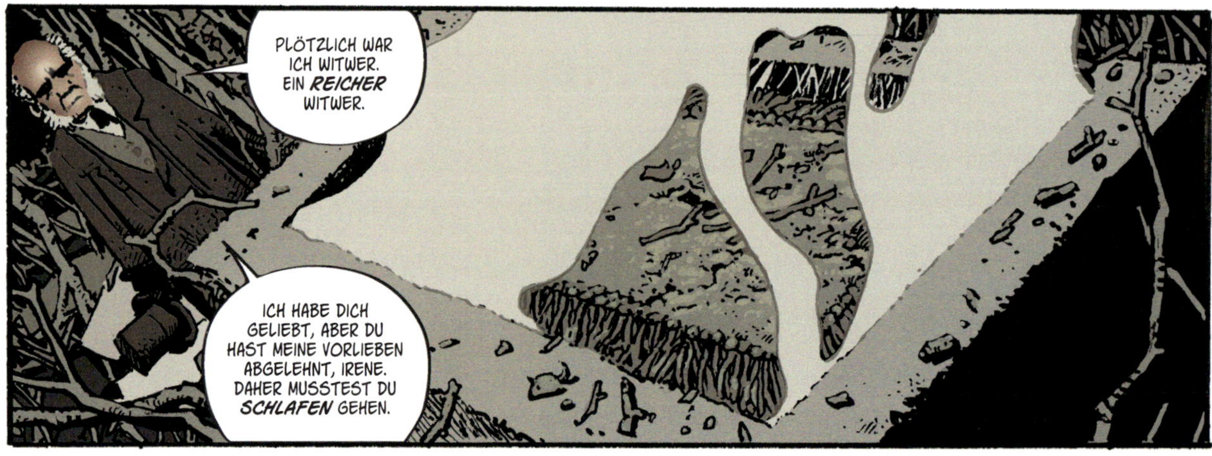
PLÖTZLICH WAR ICH WITWER. EIN **REICHER** WITWER.
ICH HABE DICH GELIEBT, ABER DU HAST MEINE VORLIEBEN ABGELEHNT, IRENE. DAHER MUSSTEST DU **SCHLAFEN** GEHEN.

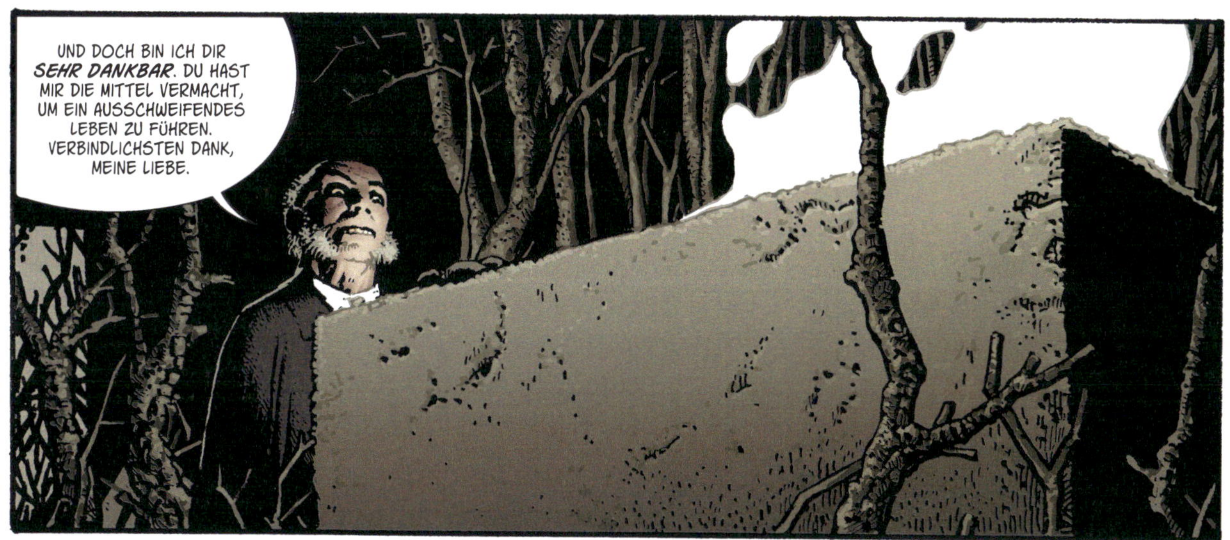
UND DOCH BIN ICH DIR SEHR DANKBAR. DU HAST MIR DIE MITTEL VERMACHT, UM EIN AUSSCHWEIFENDES LEBEN ZU FÜHREN. VERBINDLICHSTEN DANK, MEINE LIEBE.

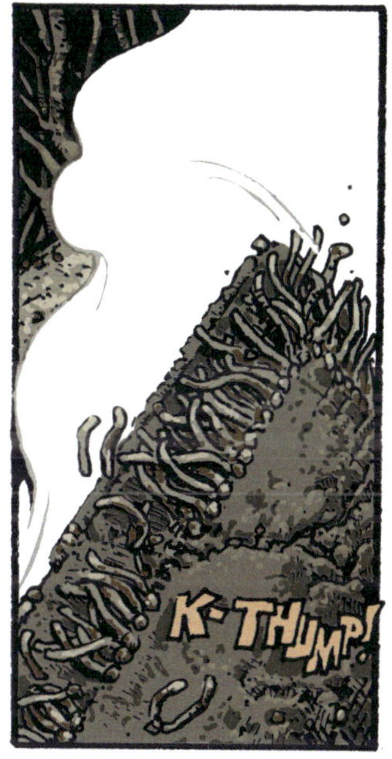
K-THUMP!

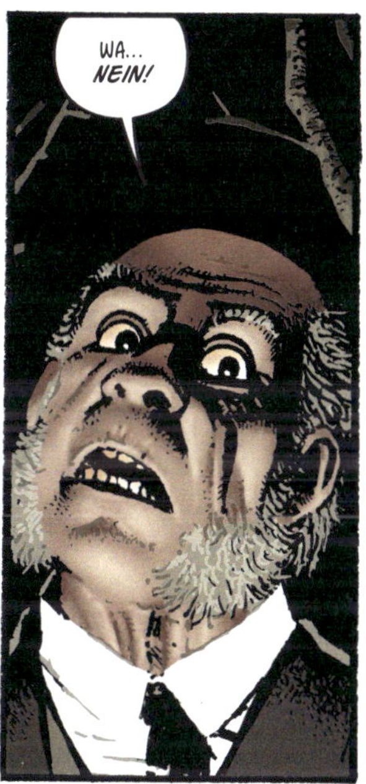
WA... NEIN!

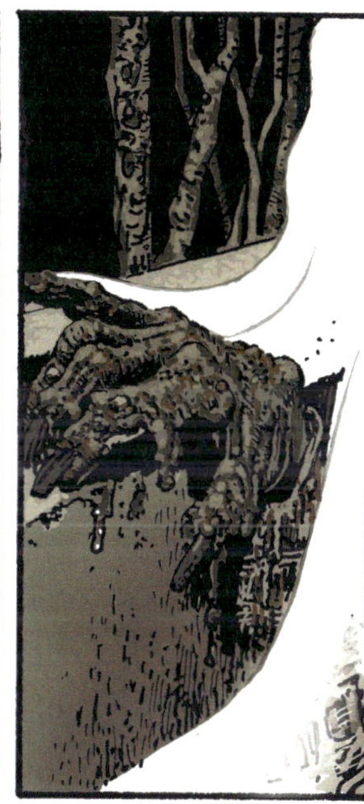

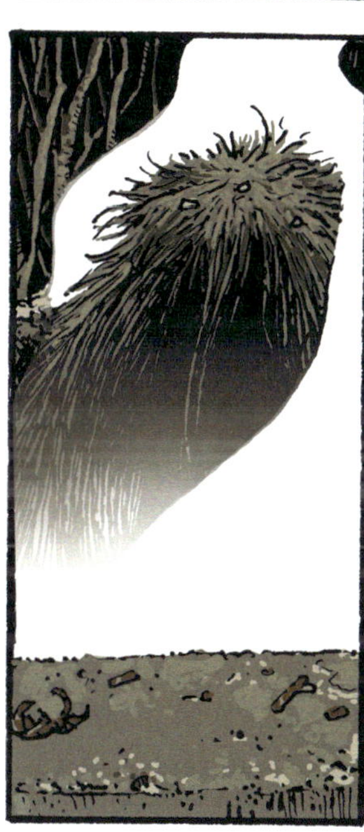

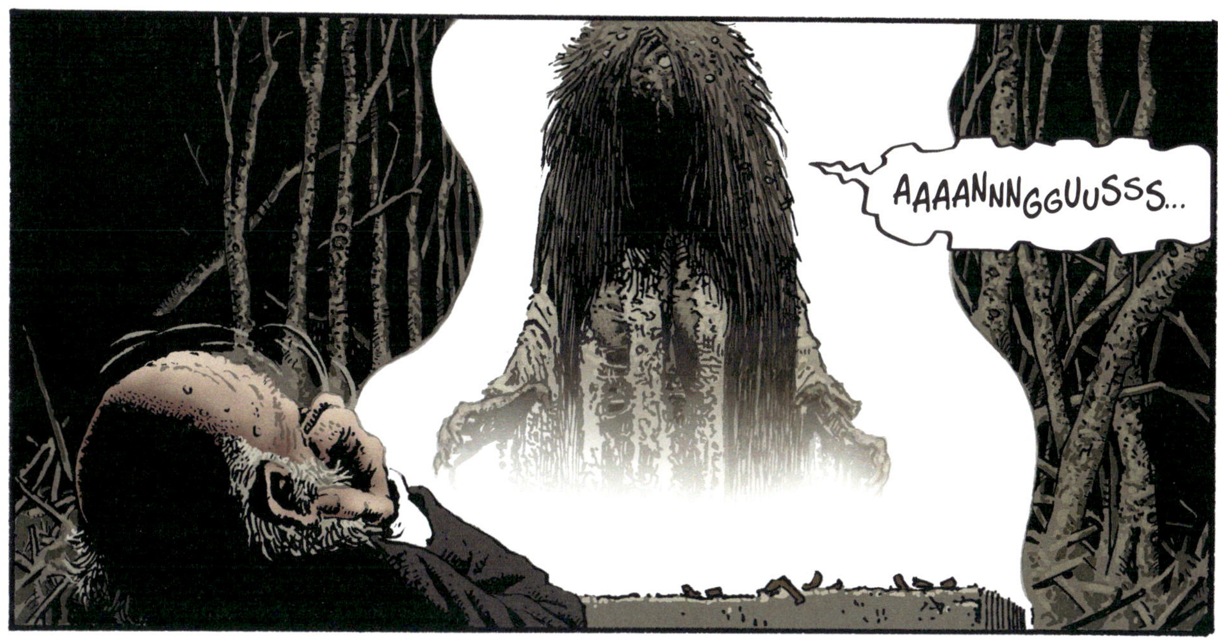
AAAANNNGGUUSSS...

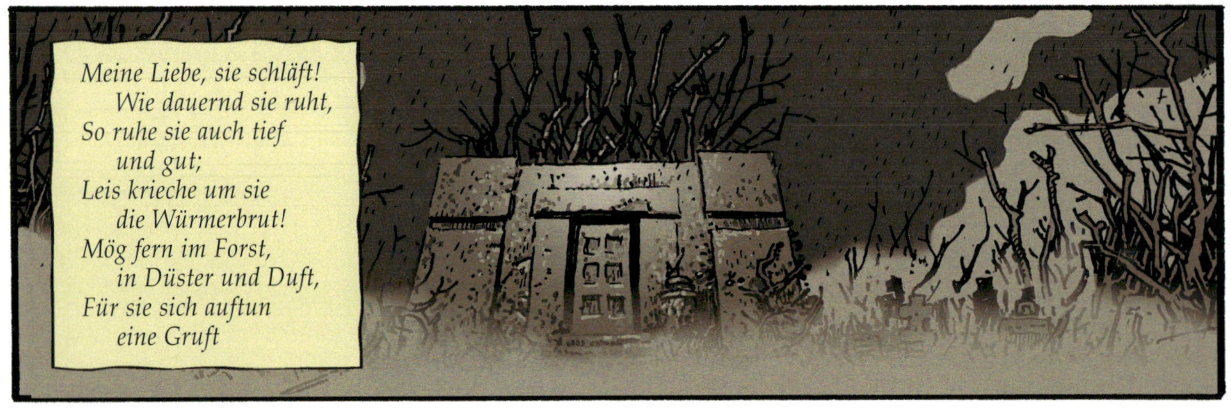
Meine Liebe, sie schläft!
Wie dauernd sie ruht,
So ruhe sie auch tief
und gut;
Leis krieche um sie
die Würmerbrut!
Mög fern im Forst,
in Düster und Duft,
Für sie sich auftun
eine Gruft

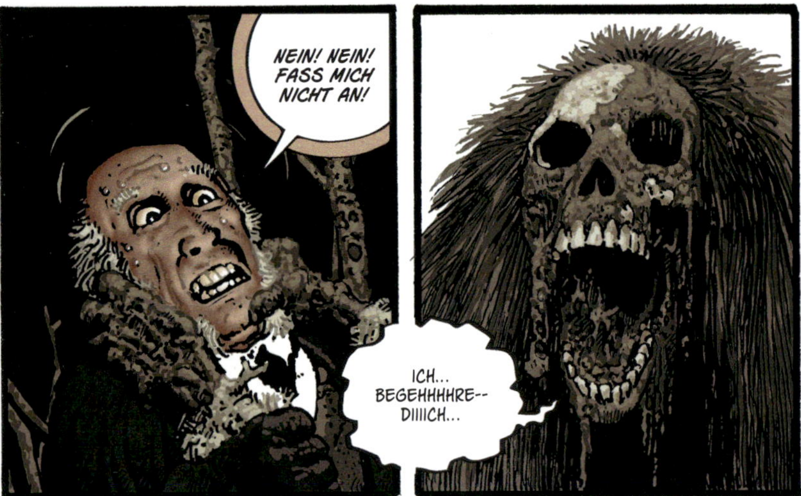
NEIN! NEIN! FASS MICH NICHT AN!
ICH... BEGEHHHHRE-- DIIIICH...

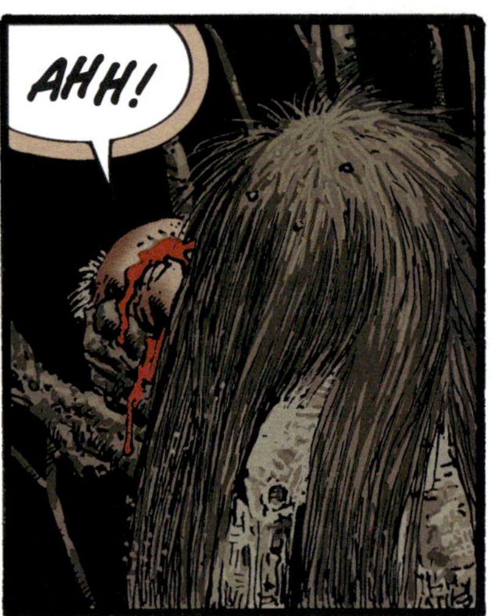
AHH!

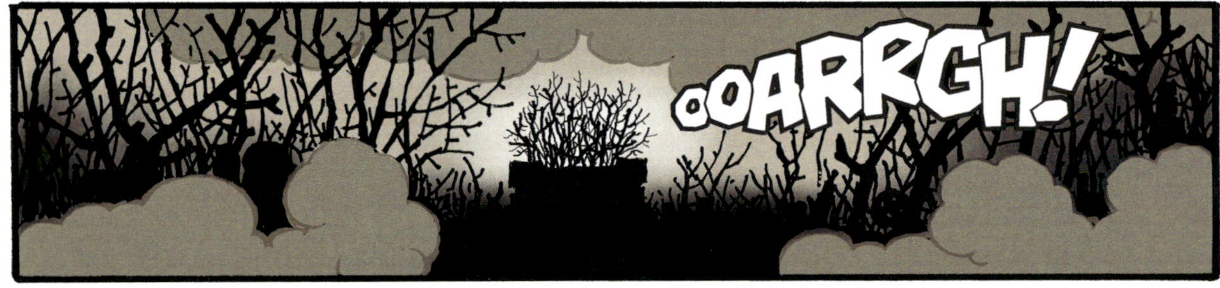
OOARRGH!

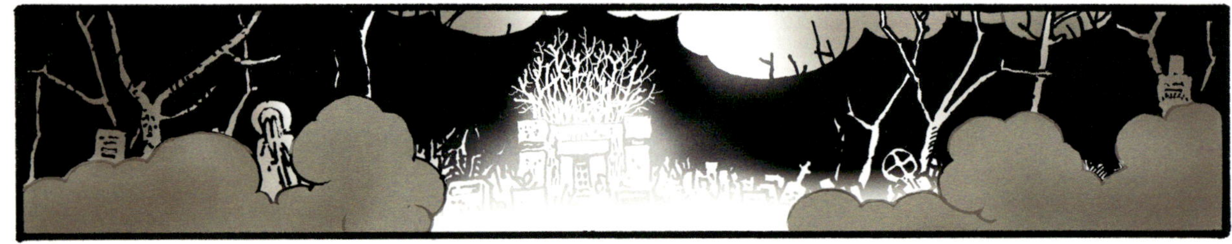

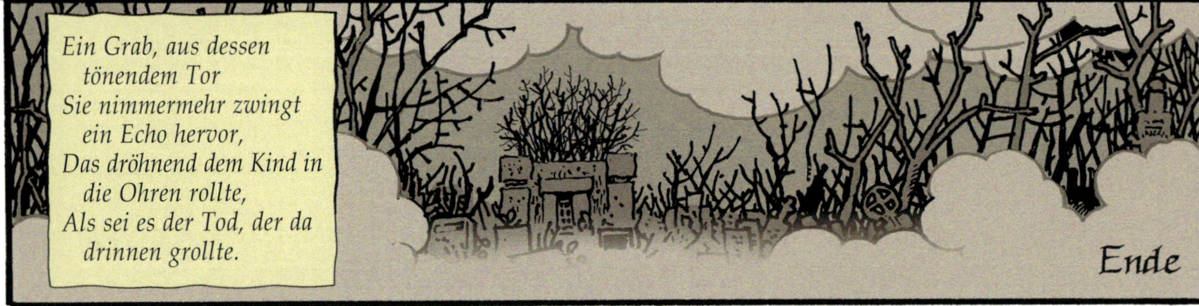
Ein Grab, aus dessen
tönendem Tor
Sie nimmermehr zwingt
ein Echo hervor,
Das dröhnend dem Kind in
die Ohren rollte,
Als sei es der Tod, der da
drinnen grollte.
Ende

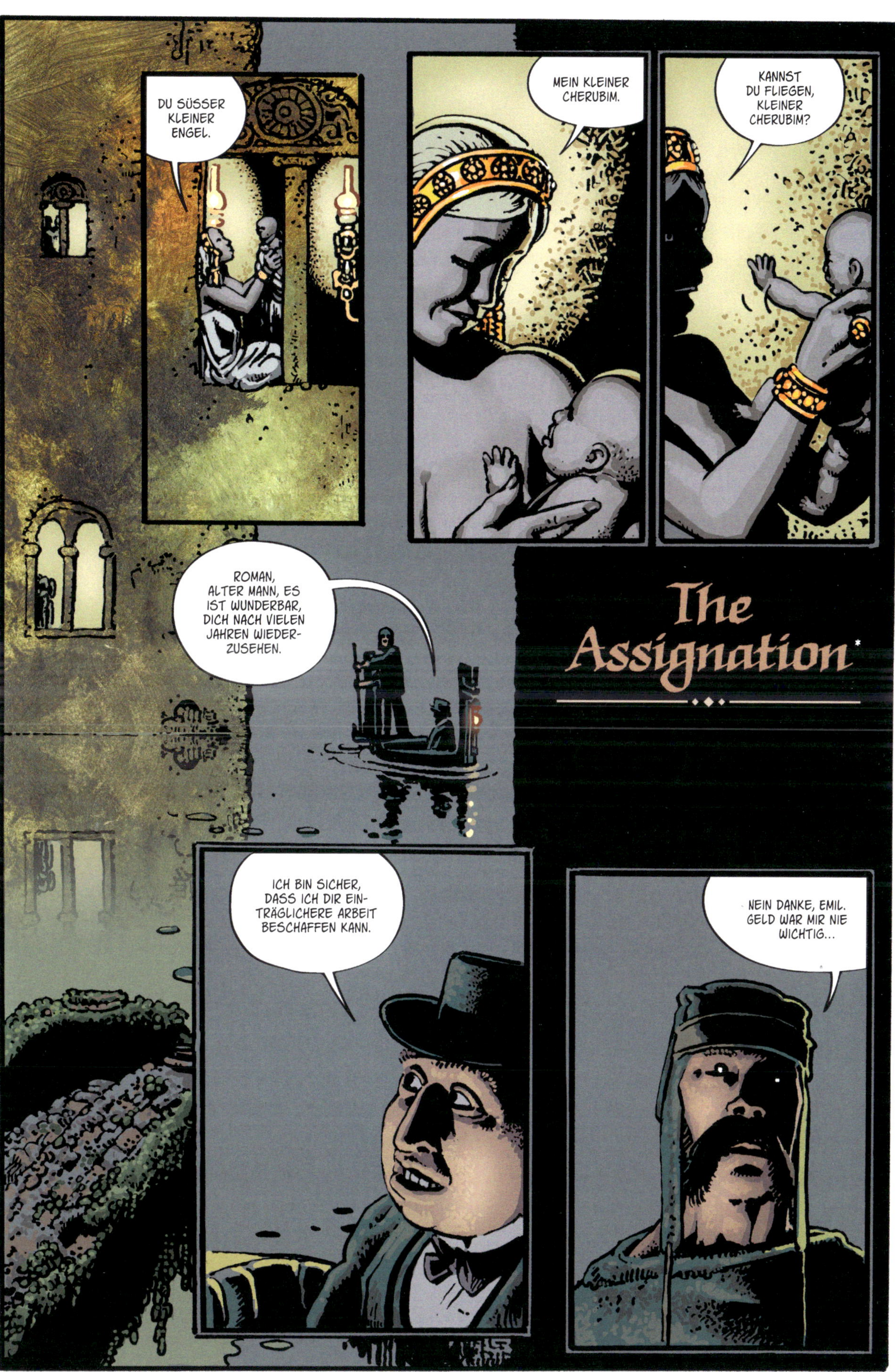

* DAS STELLDICHEIN

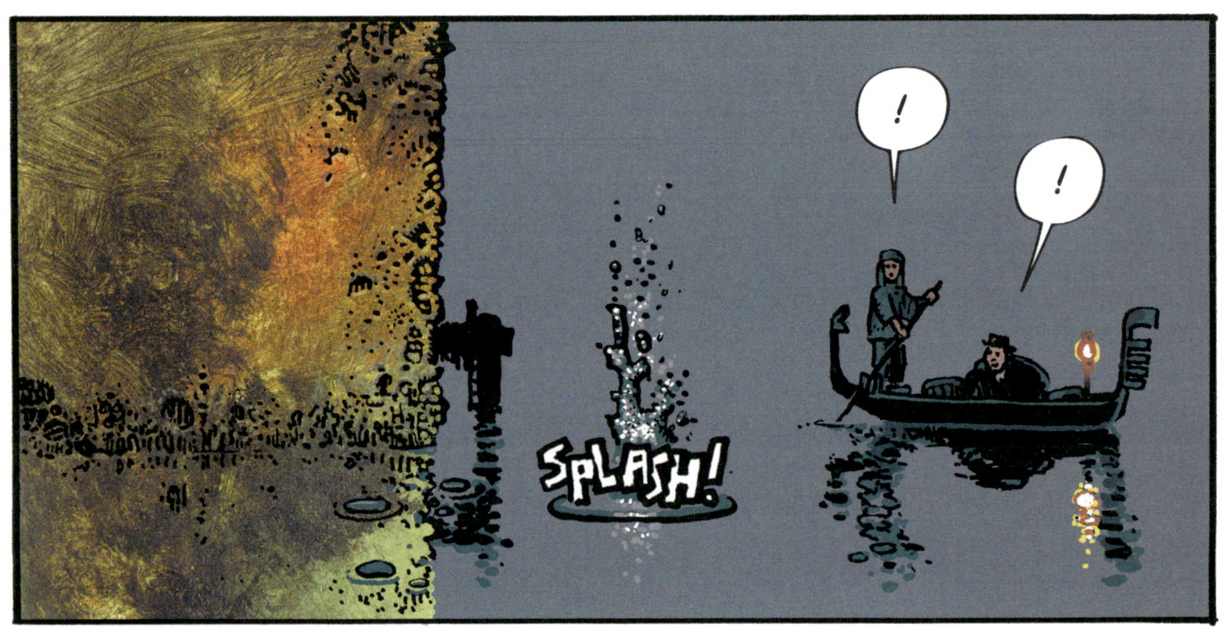
!
!
SPLASH!
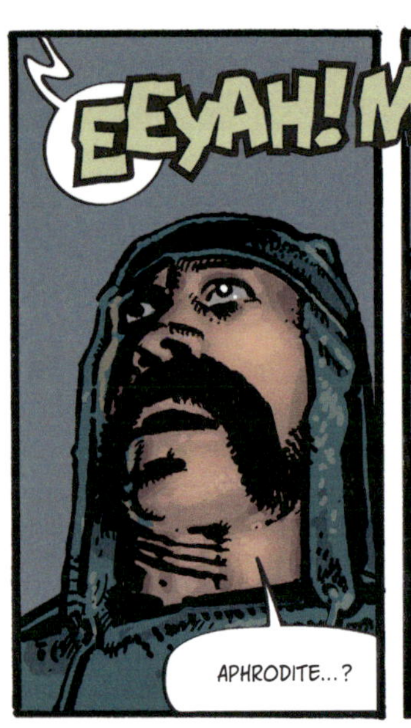
EEYAH! MEIN BABY!
APHRODITE...?
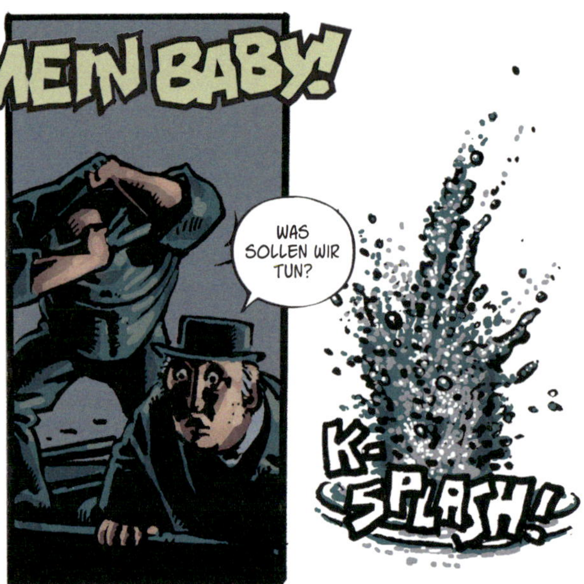
WAS SOLLEN WIR TUN?
K-SPLASH!
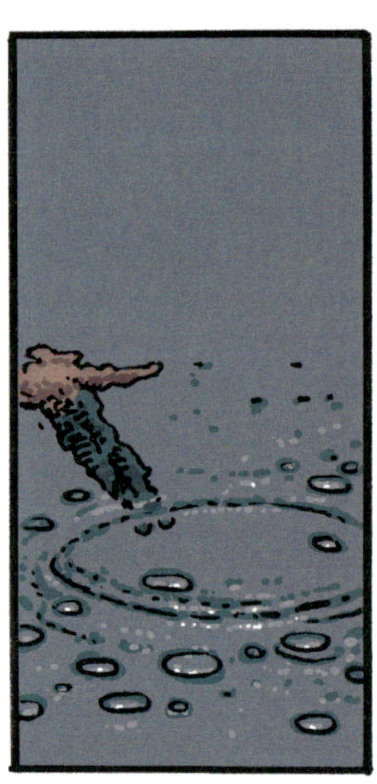
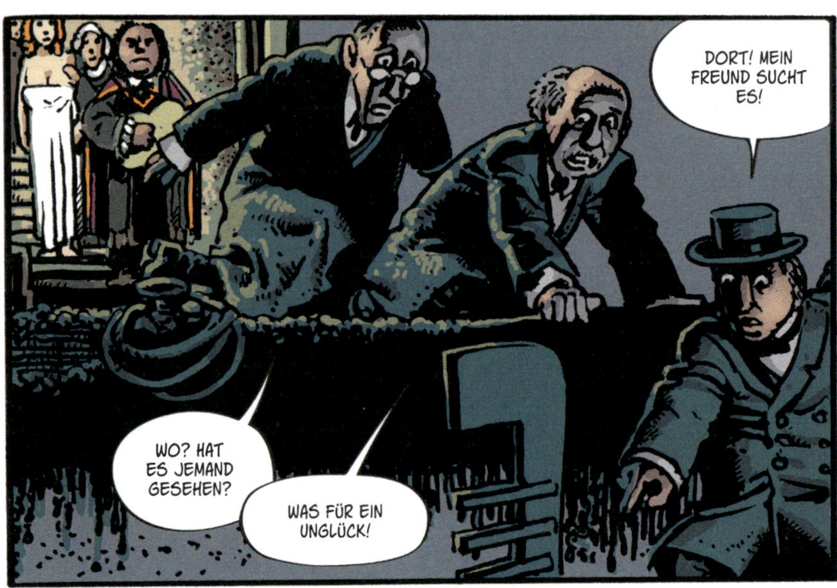
DORT! MEIN FREUND SUCHT ES!
WO? HAT ES JEMAND GESEHEN?
WAS FÜR EIN UNGLÜCK!
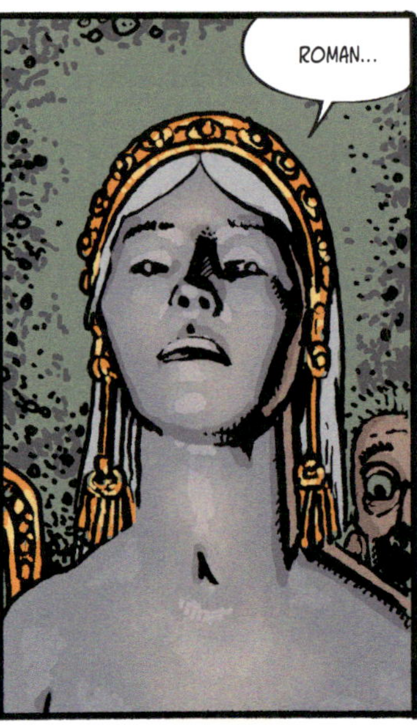
ROMAN...

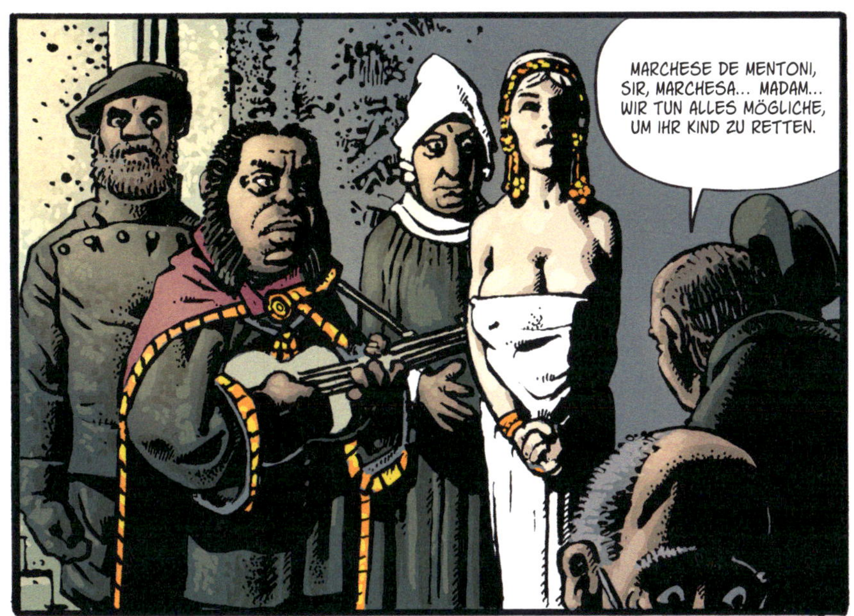
MARCHESE DE MENTONI, SIR, MARCHESA... MADAM... WIR TUN ALLES MÖGLICHE, UM IHR KIND ZU RETTEN.

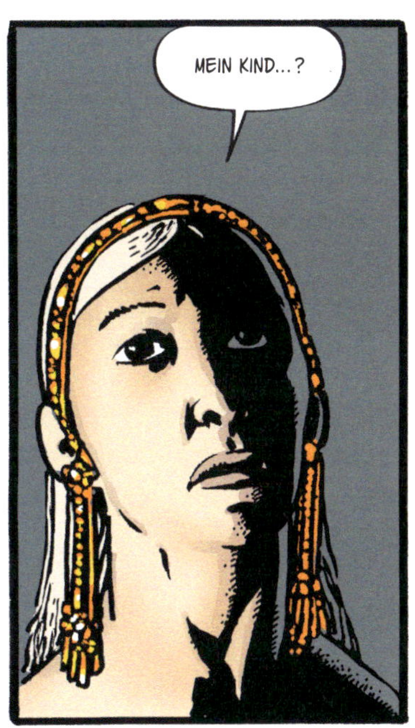
MEIN KIND...?

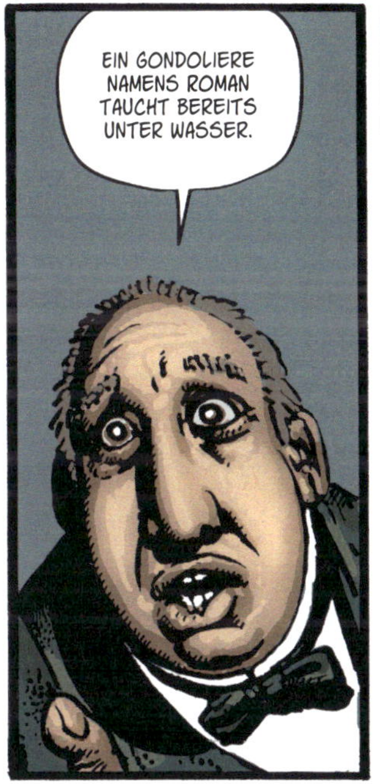
EIN GONDOLIERE NAMENS ROMAN TAUCHT BEREITS UNTER WASSER.

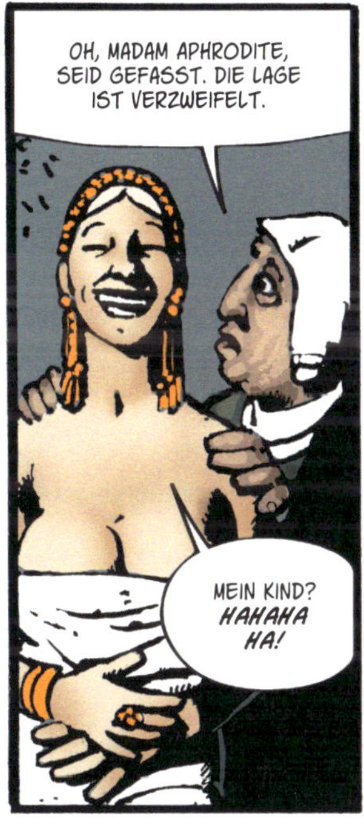
OH, MADAM APHRODITE, SEID GEFASST. DIE LAGE IST VERZWEIFELT.
MEIN KIND? HAHAHA HA!

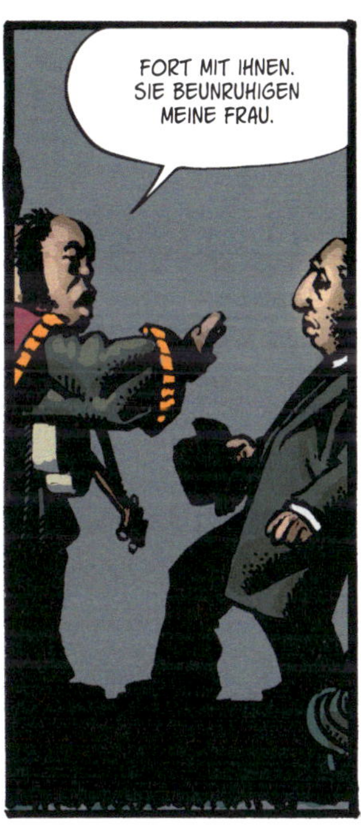
FORT MIT IHNEN. SIE BEUNRUHIGEN MEINE FRAU.

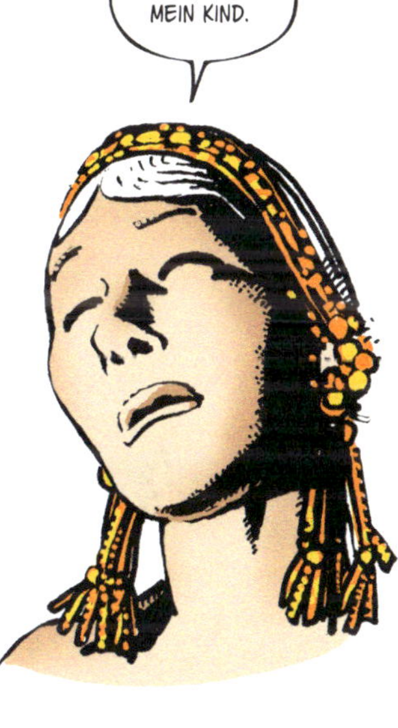
... IST NICHT MEIN KIND.

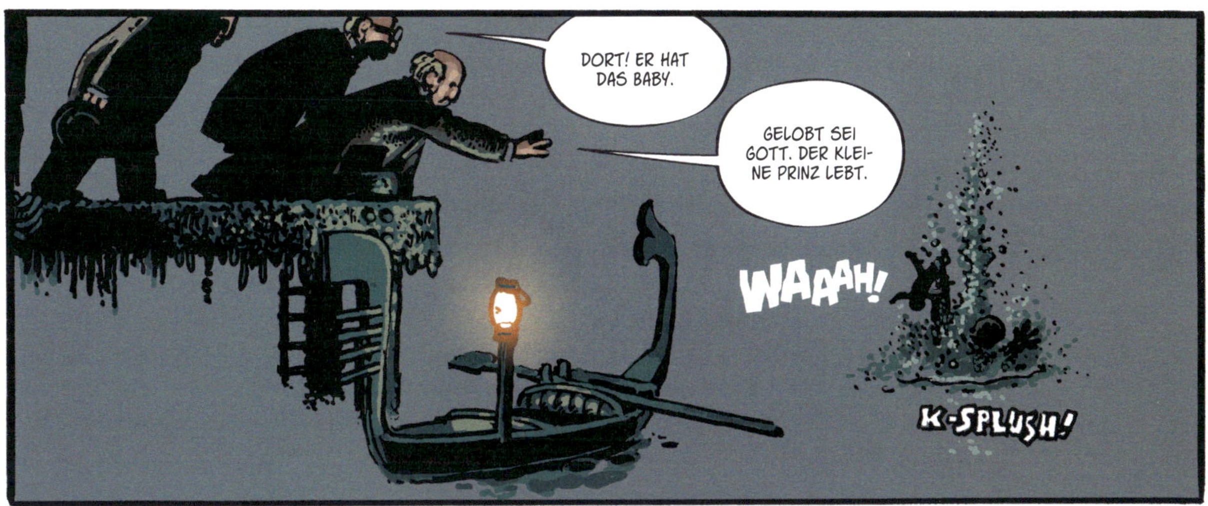
DORT! ER HAT DAS BABY.
GELOBT SEI GOTT. DER KLEINE PRINZ LEBT.
WAAAH!
K-SPLUSH!

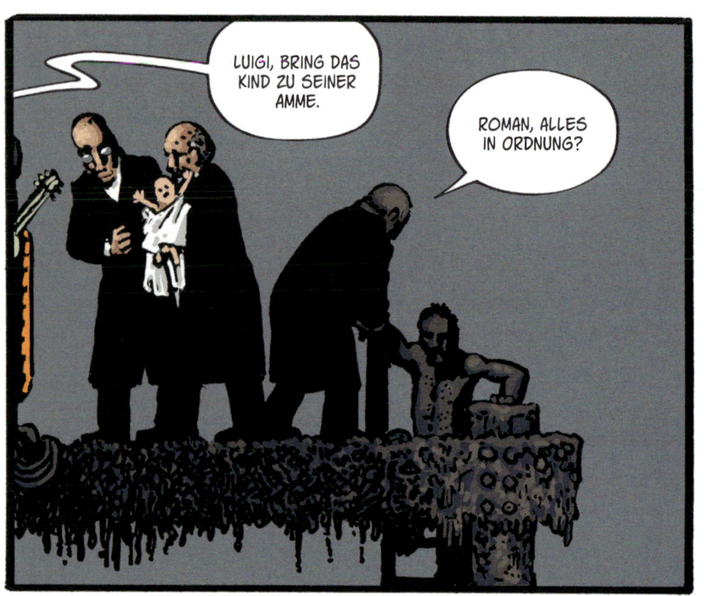
LUIGI, BRING DAS KIND ZU SEINER AMME.
ROMAN, ALLES IN ORDNUNG?

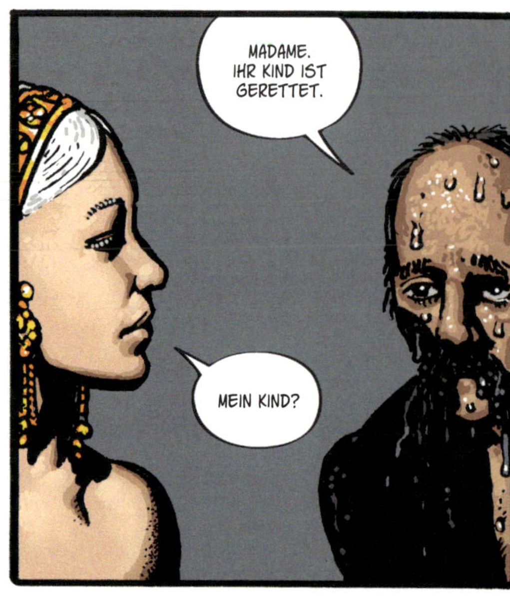
MADAME. IHR KIND IST GERETTET.
MEIN KIND?

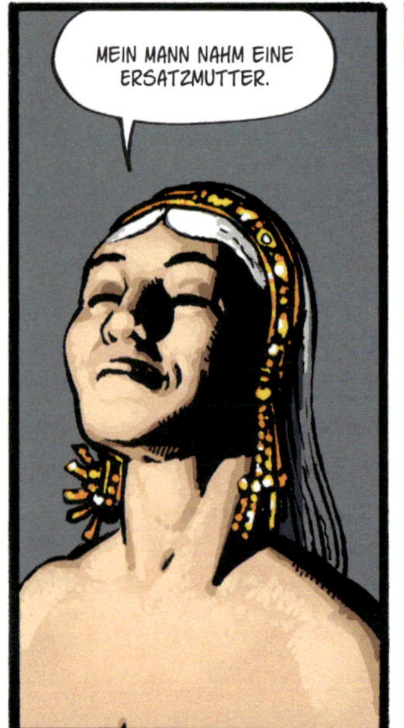
MEIN MANN NAHM EINE ERSATZMUTTER.

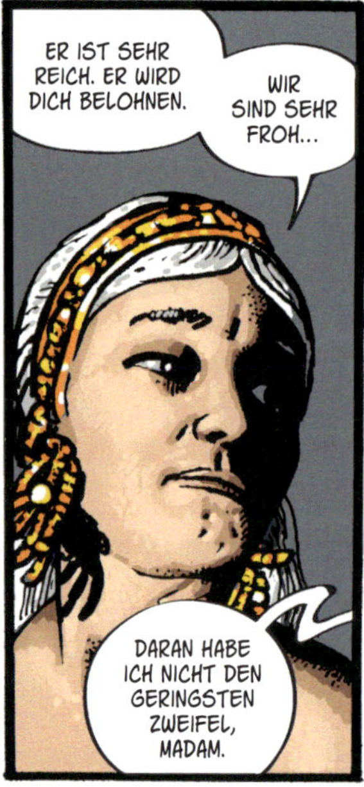
ER IST SEHR REICH. ER WIRD DICH BELOHNEN.
WIR SIND SEHR FROH...
DARAN HABE ICH NICHT DEN GERINGSTEN ZWEIFEL, MADAM.

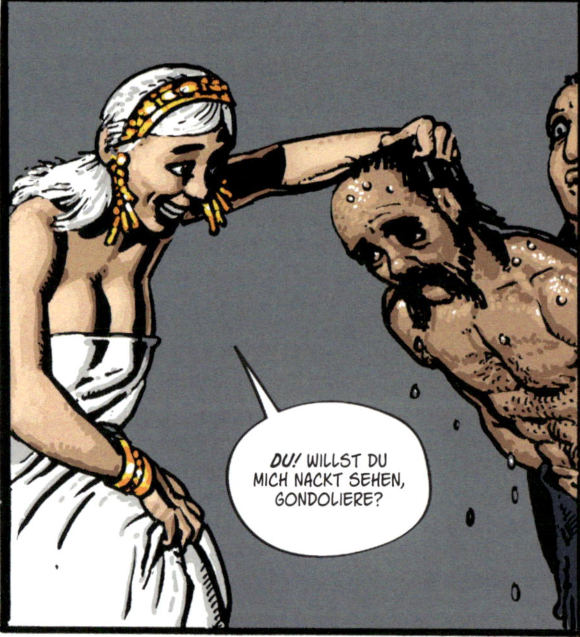
DU! WILLST DU MICH NACKT SEHEN, GONDOLIERE?

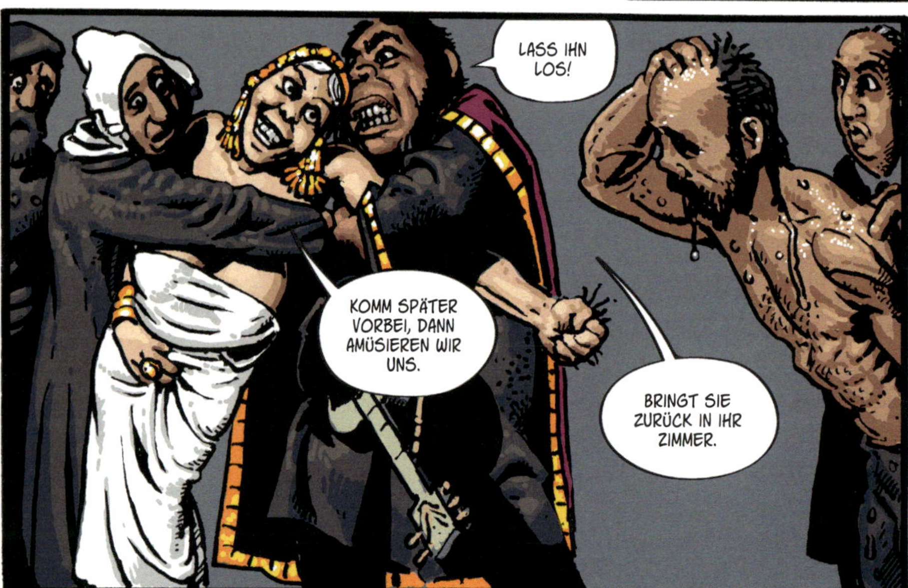
LASS IHN LOS!
KOMM SPÄTER VORBEI, DANN AMÜSIEREN WIR UNS.
BRINGT SIE ZURÜCK IN IHR ZIMMER.

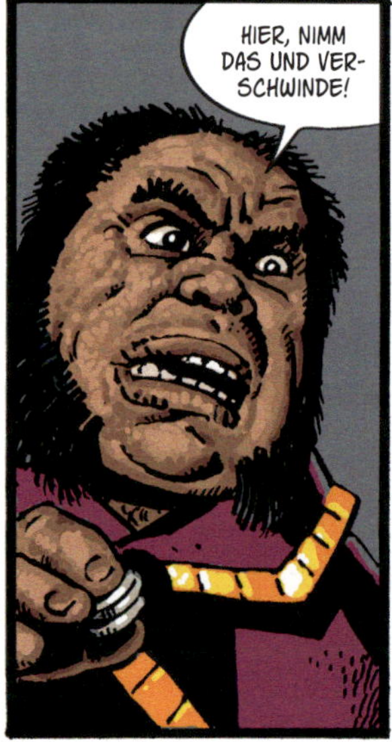
HIER, NIMM DAS UND VERSCHWINDE!

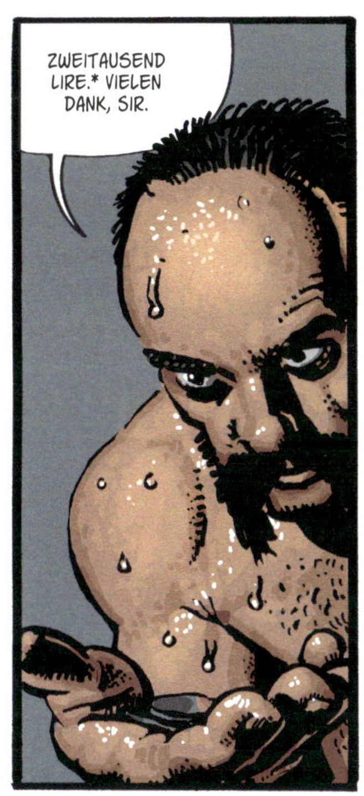

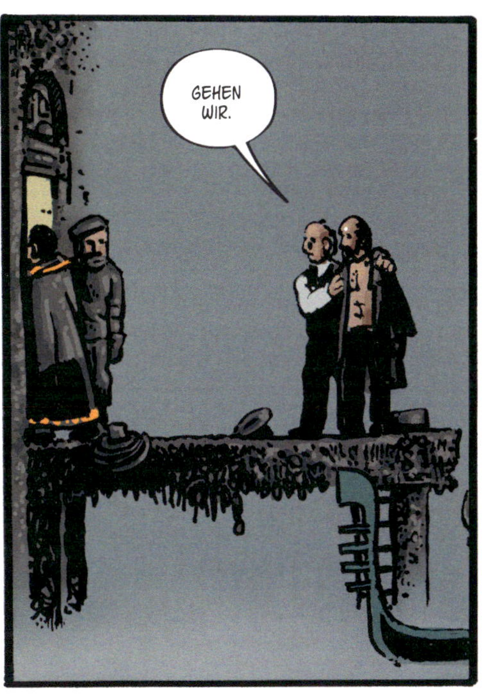

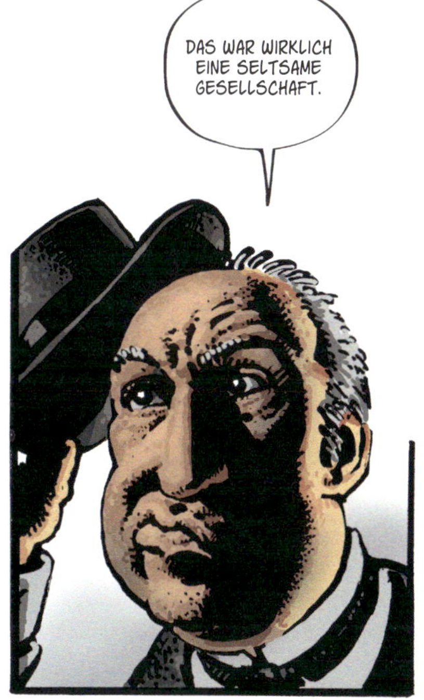

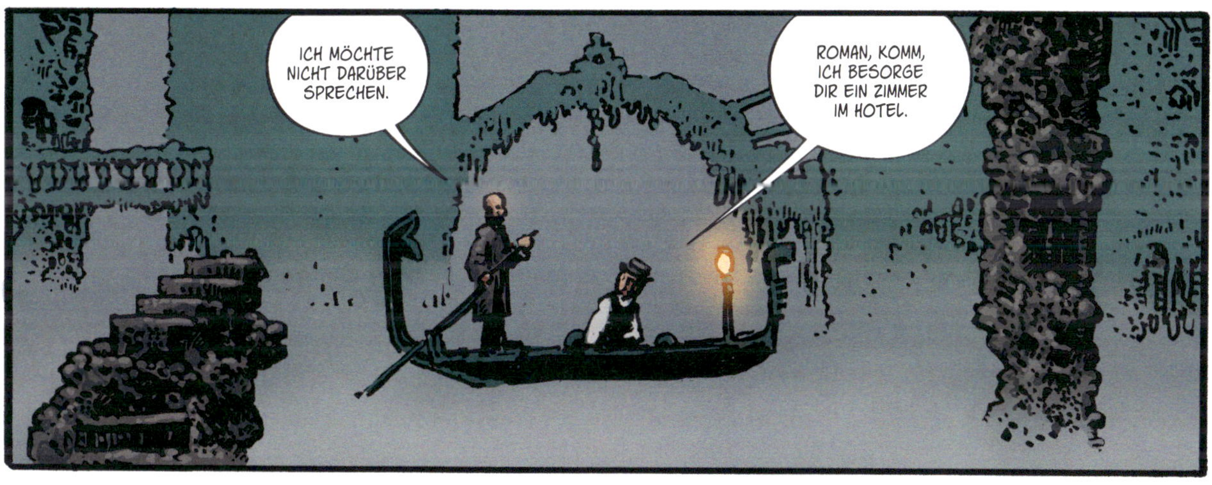

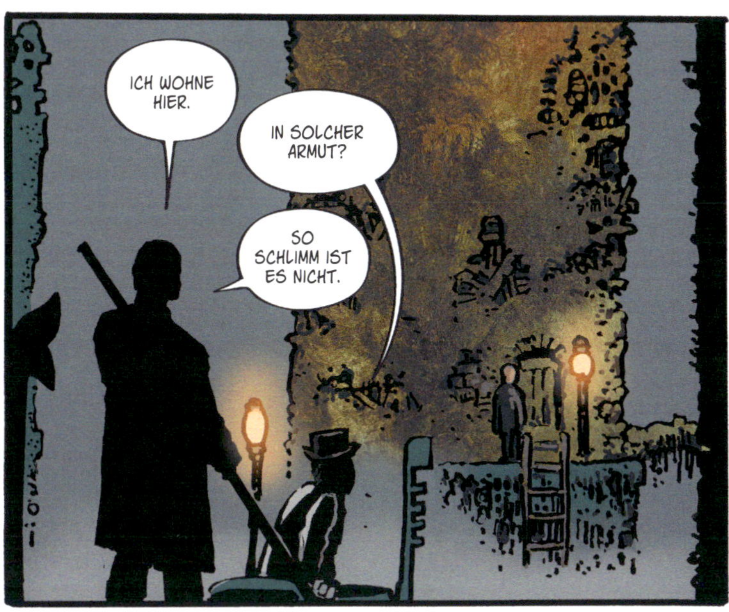

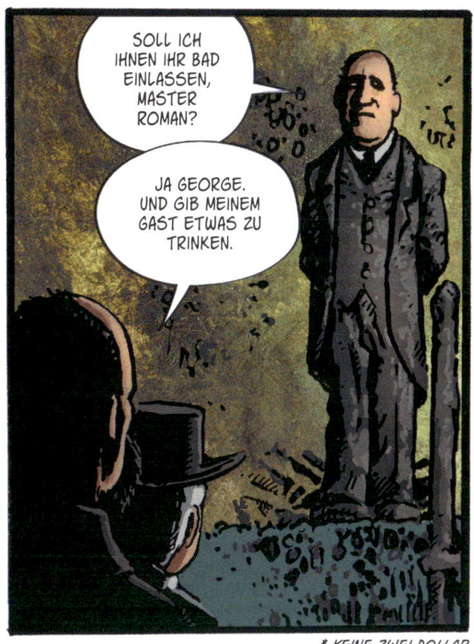

** KEINE ZWEI DOLLAR*

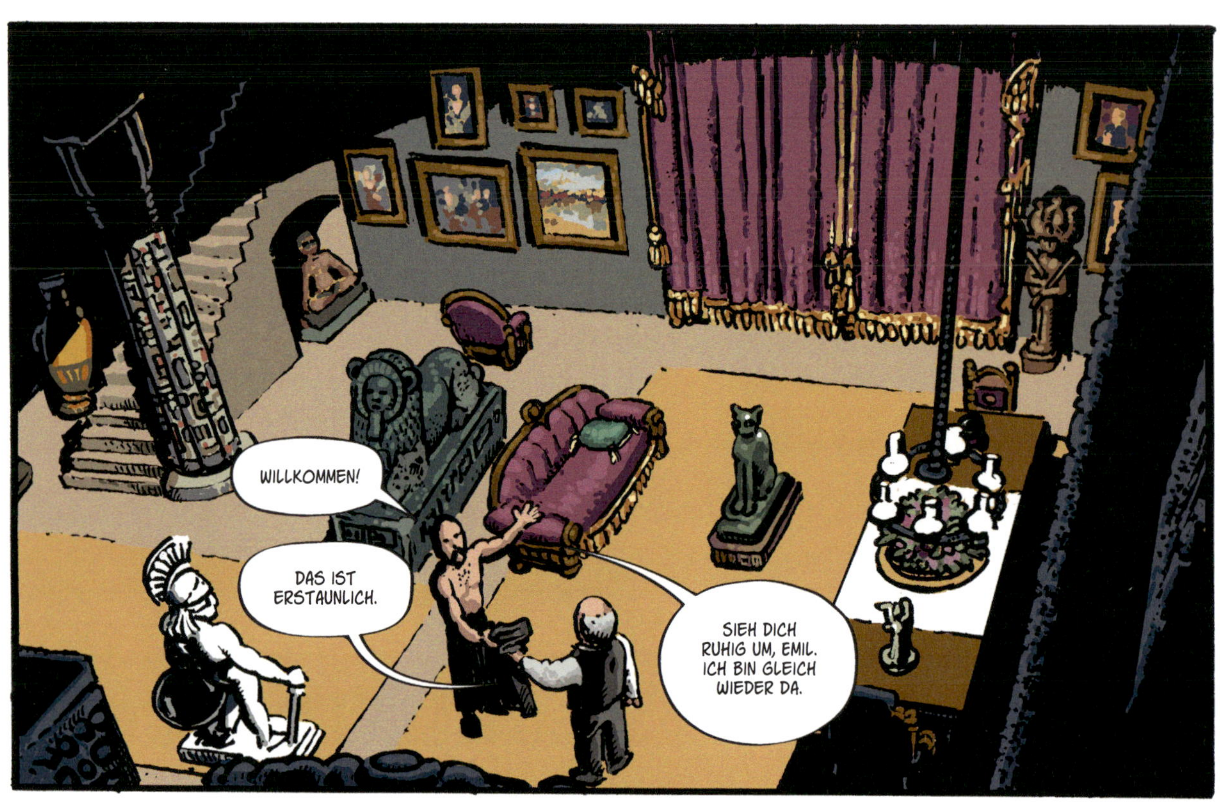
WILLKOMMEN!
DAS IST ERSTAUNLICH.
SIEH DICH RUHIG UM, EMIL. ICH BIN GLEICH WIEDER DA.

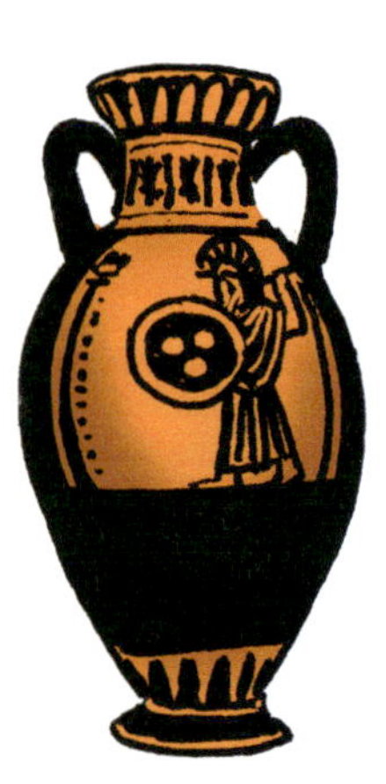

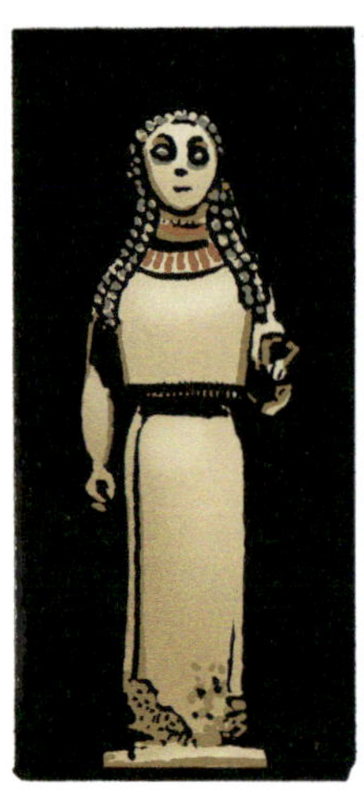

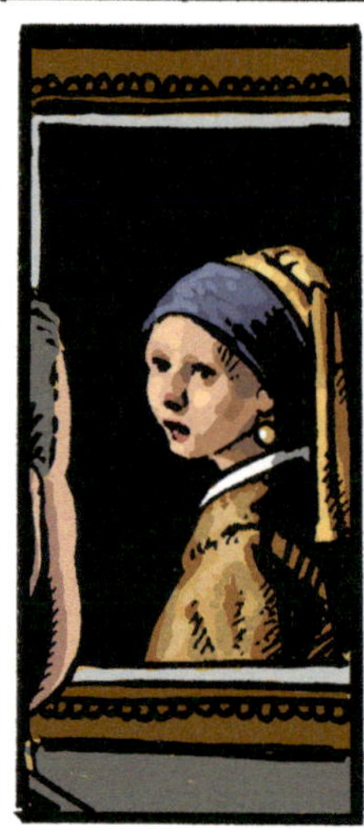

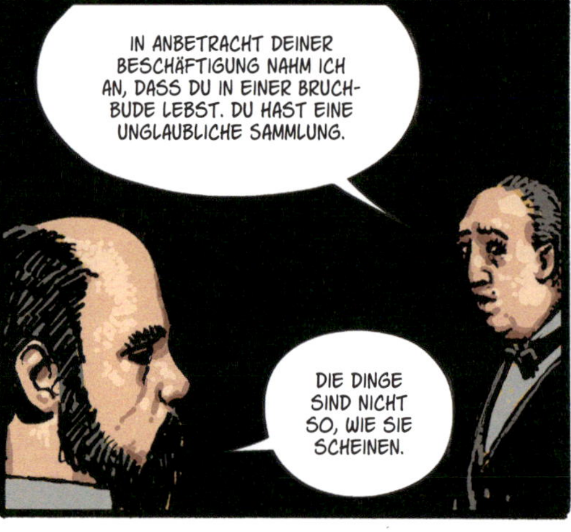
IN ANBETRACHT DEINER BESCHÄFTIGUNG NAHM ICH AN, DASS DU IN EINER BRUCHBUDE LEBST. DU HAST EINE UNGLAUBLICHE SAMMLUNG.
DIE DINGE SIND NICHT SO, WIE SIE SCHEINEN.

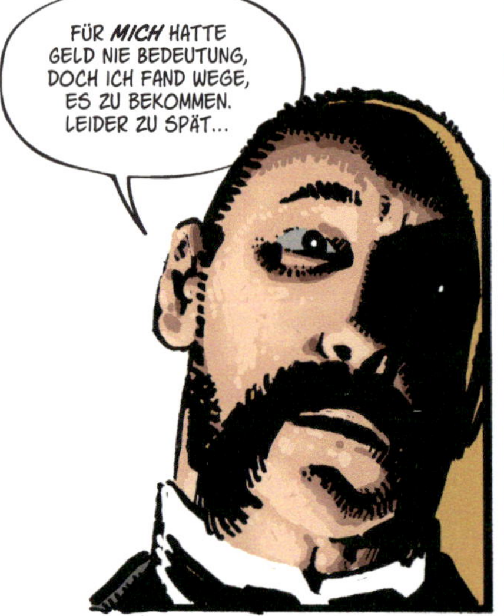
FÜR *MICH* HATTE GELD NIE BEDEUTUNG, DOCH ICH FAND WEGE, ES ZU BEKOMMEN. LEIDER ZU SPÄT...

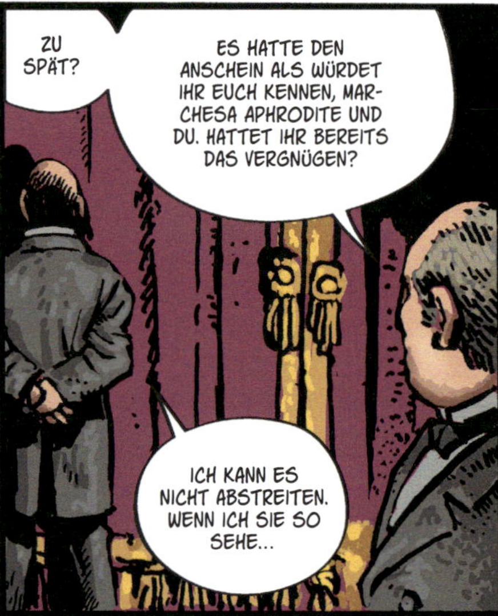
ZU SPÄT?
ES HATTE DEN ANSCHEIN ALS WÜRDET IHR EUCH KENNEN, MARCHESA APHRODITE UND DU. HATTET IHR BEREITS DAS VERGNÜGEN?
ICH KANN ES NICHT ABSTREITEN. WENN ICH SIE SO SEHE...

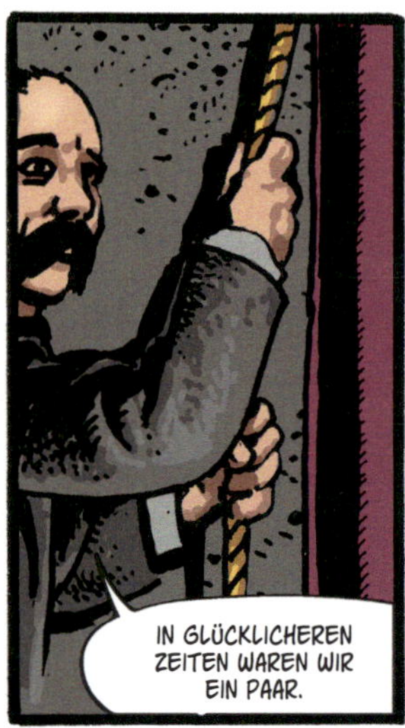
IN GLÜCKLICHEREN ZEITEN WAREN WIR EIN PAAR.

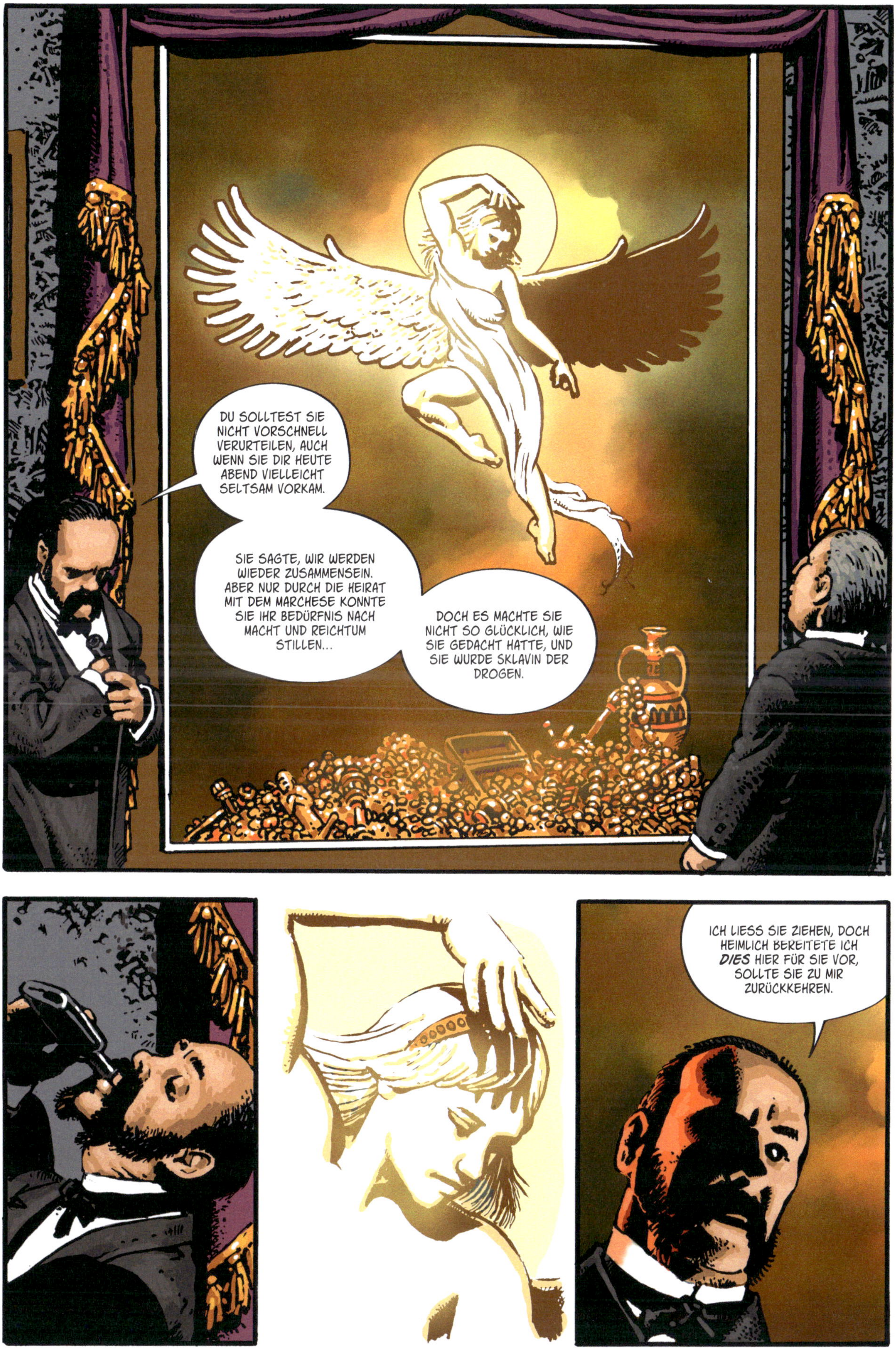

DU SOLLTEST SIE NICHT VORSCHNELL VERURTEILEN, AUCH WENN SIE DIR HEUTE ABEND VIELLEICHT SELTSAM VORKAM.
SIE SAGTE, WIR WERDEN WIEDER ZUSAMMENSEIN. ABER NUR DURCH DIE HEIRAT MIT DEM MARCHESE KONNTE SIE IHR BEDÜRFNIS NACH MACHT UND REICHTUM STILLEN...
DOCH ES MACHTE SIE NICHT SO GLÜCKLICH, WIE SIE GEDACHT HATTE, UND SIE WURDE SKLAVIN DER DROGEN.

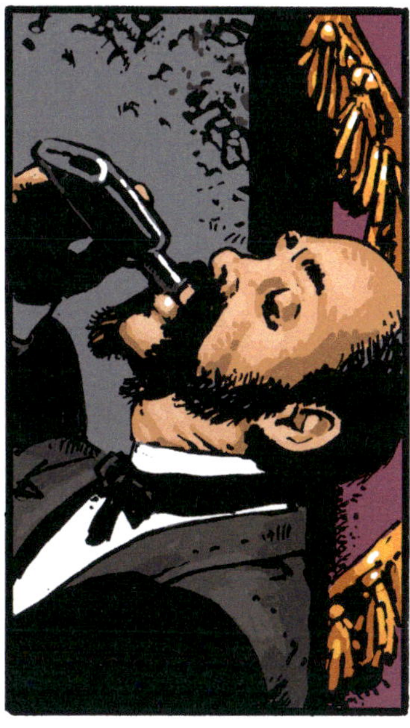

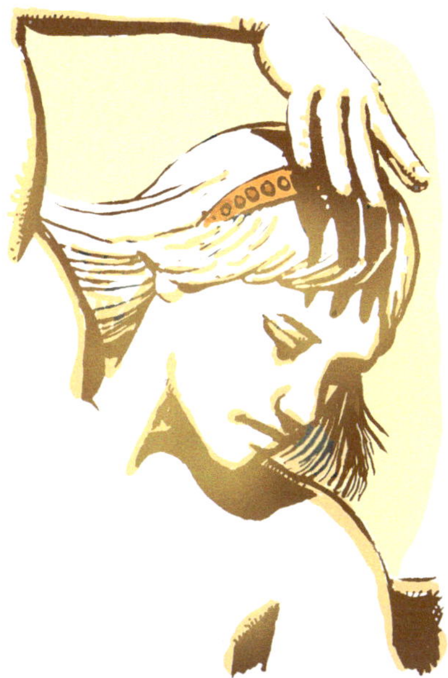

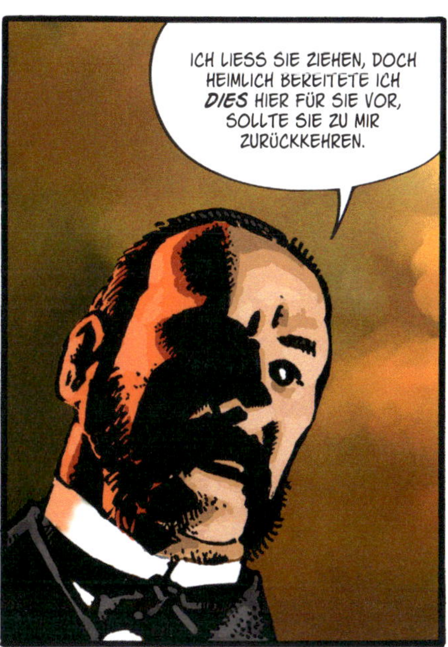
ICH LIESS SIE ZIEHEN, DOCH HEIMLICH BEREITETE ICH ***DIES*** HIER FÜR SIE VOR, SOLLTE SIE ZU MIR ZURÜCKKEHREN.

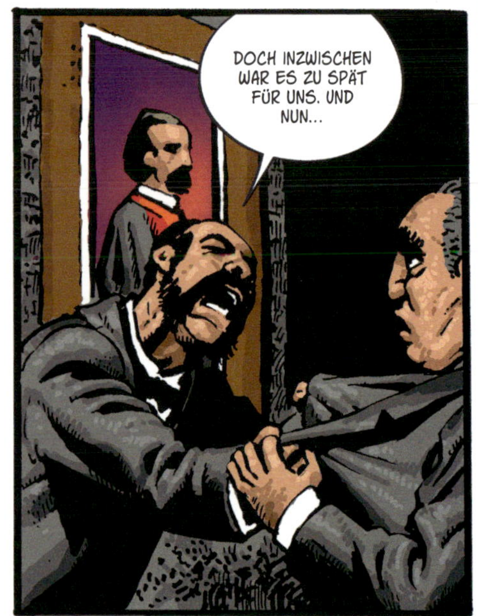
DOCH INZWISCHEN WAR ES ZU SPÄT FÜR UNS. UND NUN…

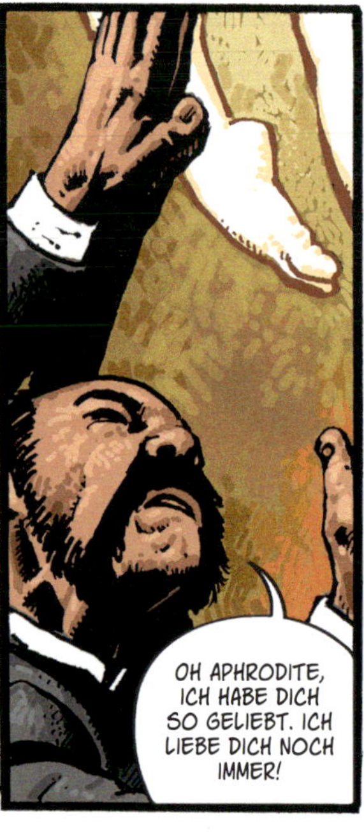
OH APHRODITE, ICH HABE DICH SO GELIEBT. ICH LIEBE DICH NOCH IMMER!

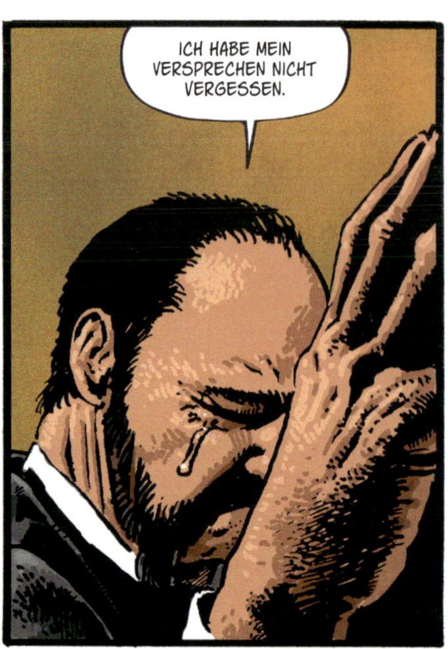
ICH HABE MEIN VERSPRECHEN NICHT VERGESSEN.

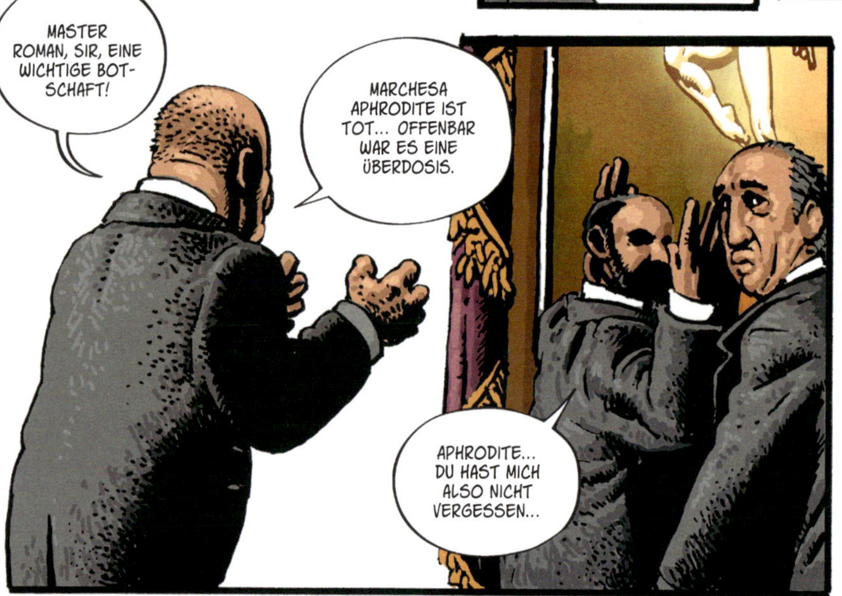
MASTER ROMAN, SIR, EINE WICHTIGE BOTSCHAFT!
MARCHESA APHRODITE IST TOT… OFFENBAR WAR ES EINE ÜBERDOSIS.
APHRODITE… DU HAST MICH ALSO NICHT VERGESSEN…

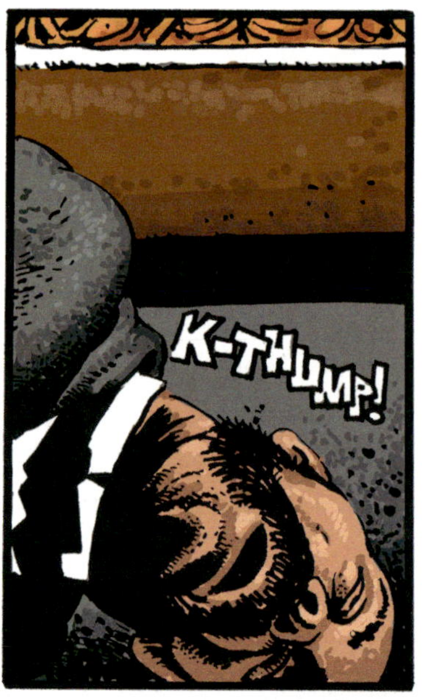
K-THUMP!

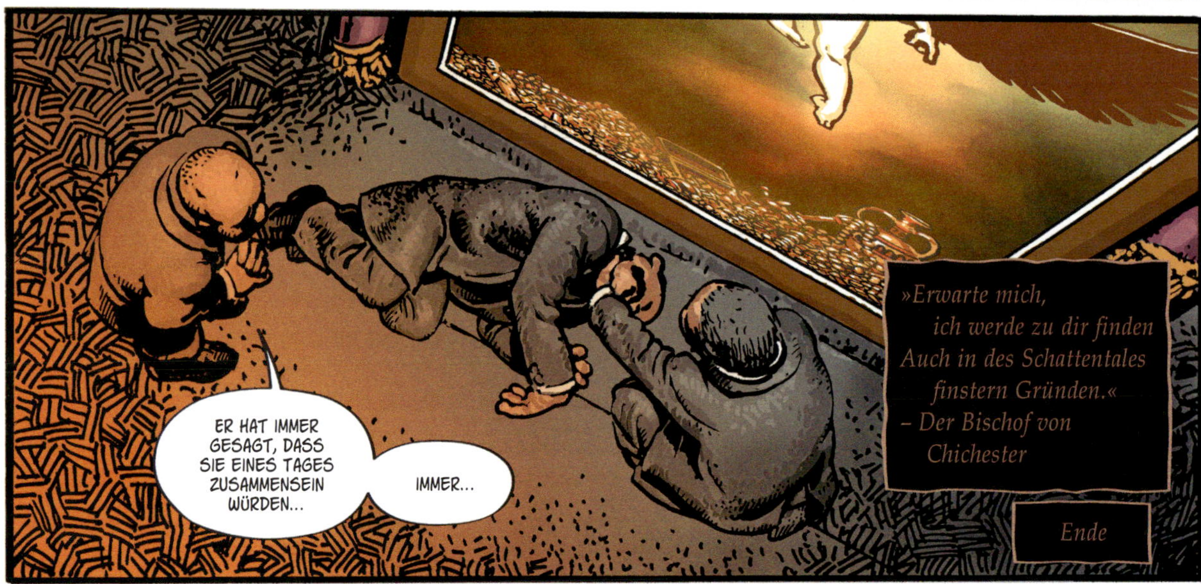
ER HAT IMMER GESAGT, DASS SIE EINES TAGES ZUSAMMENSEIN WÜRDEN…
IMMER…
»Erwarte mich, ich werde zu dir finden Auch in des Schattentales finstern Gründen.« – Der Bischof von Chichester
Ende

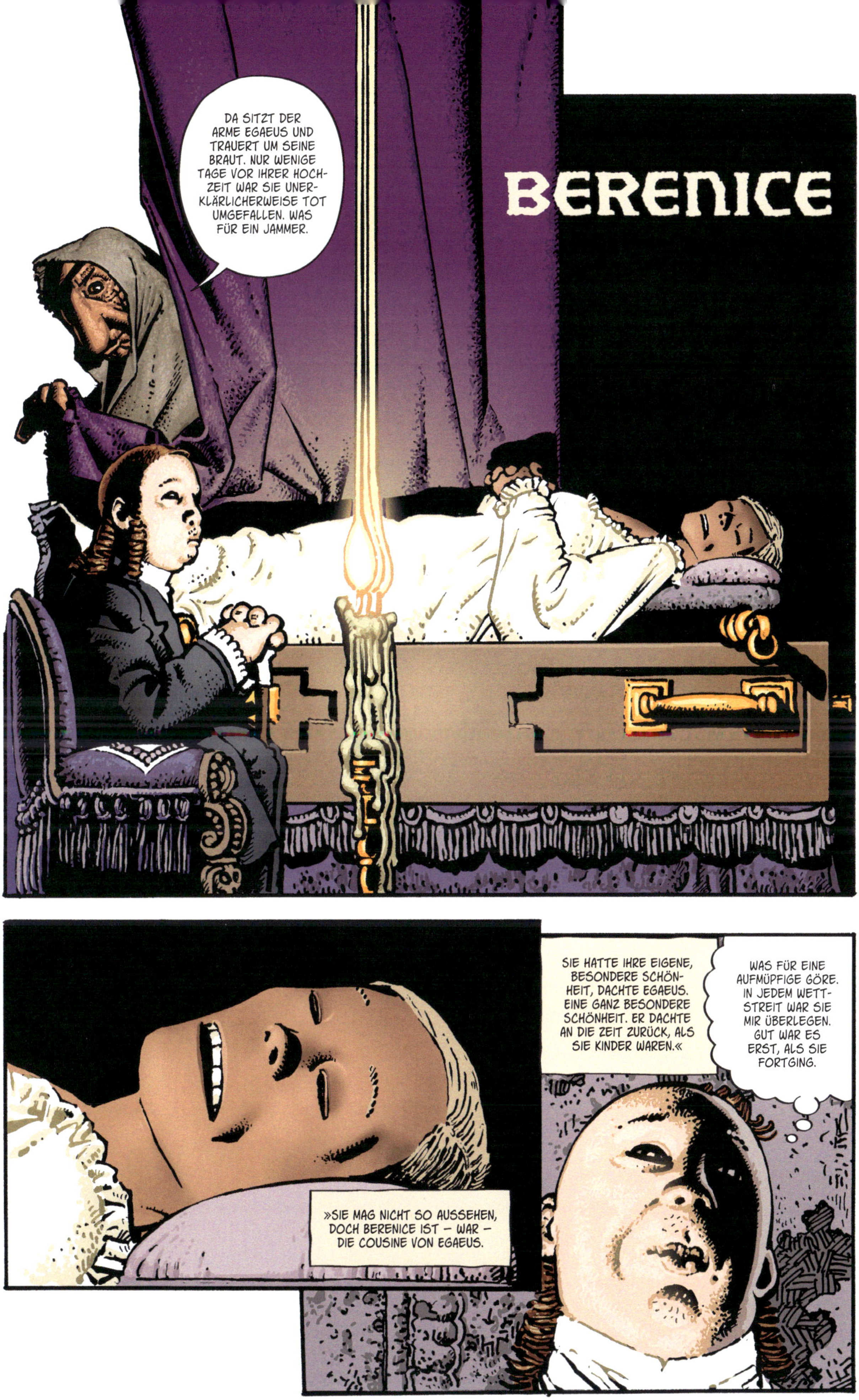

BERENICE

DA SITZT DER ARME EGAEUS UND TRAUERT UM SEINE BRAUT. NUR WENIGE TAGE VOR IHRER HOCHZEIT WAR SIE UNERKLÄRLICHERWEISE TOT UMGEFALLEN. WAS FÜR EIN JAMMER.

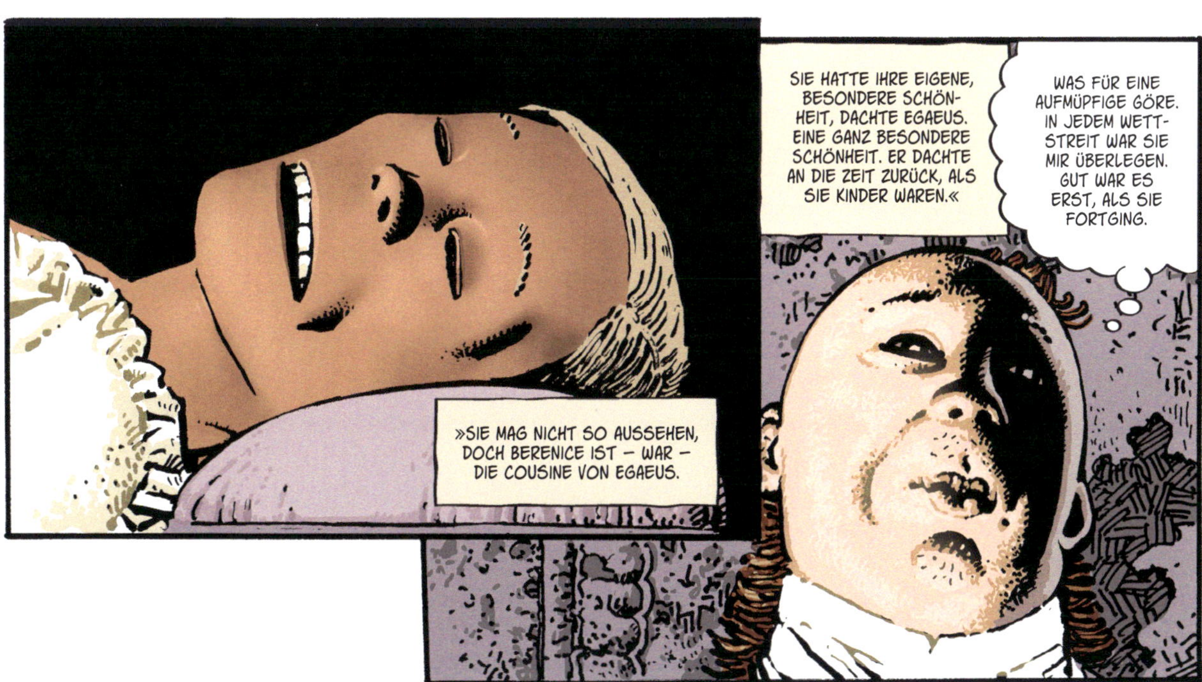

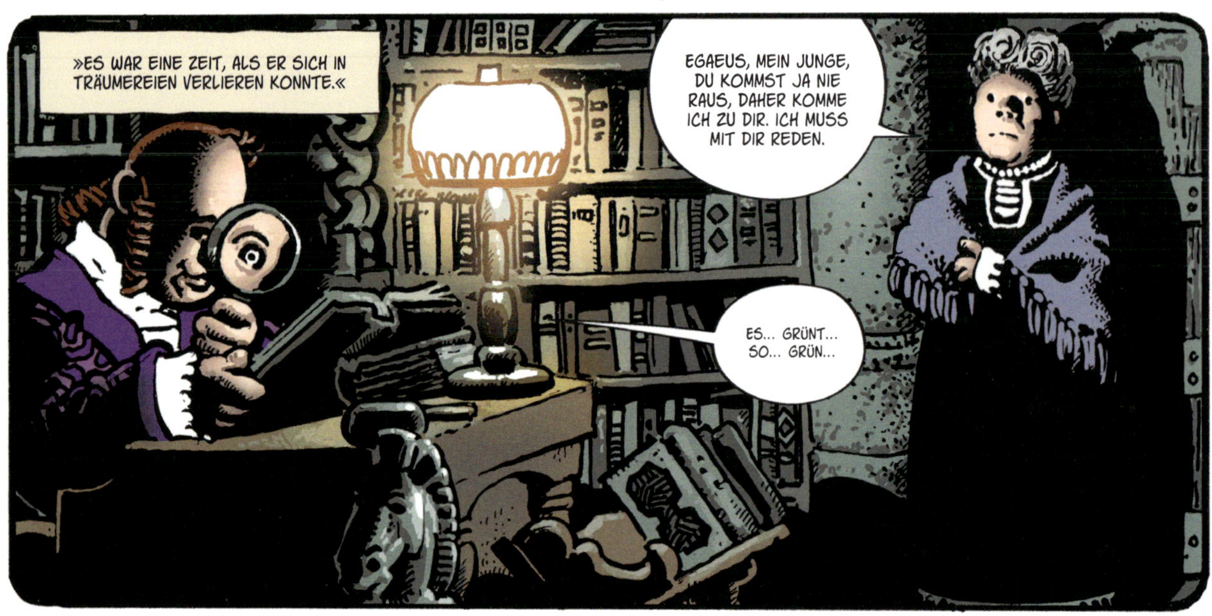
»ES WAR EINE ZEIT, ALS ER SICH IN TRÄUMEREIEN VERLIEREN KONNTE.«
EGAEUS, MEIN JUNGE, DU KOMMST JA NIE RAUS, DAHER KOMME ICH ZU DIR. ICH MUSS MIT DIR REDEN.
ES... GRÜNT... SO... GRÜN...

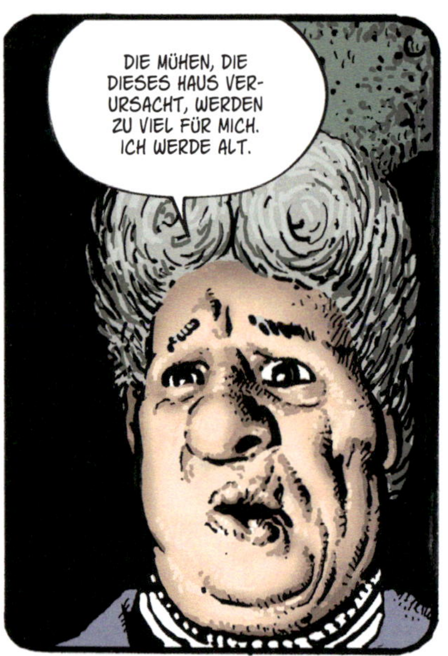
DIE MÜHEN, DIE DIESES HAUS VERURSACHT, WERDEN ZU VIEL FÜR MICH. ICH WERDE ALT.

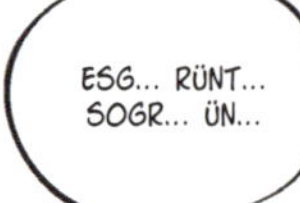
ESG... RÜNT... SOGR... ÜN...

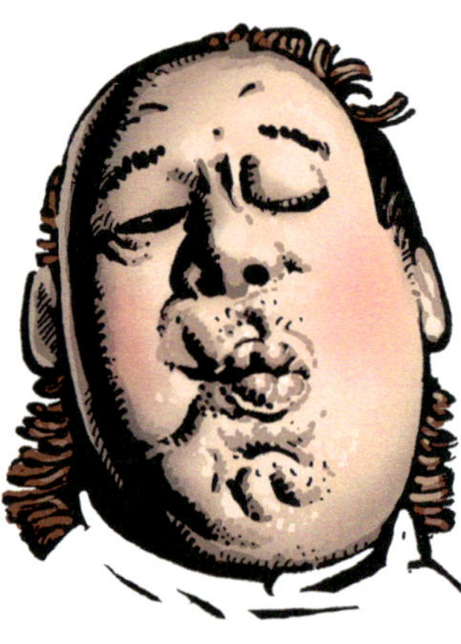

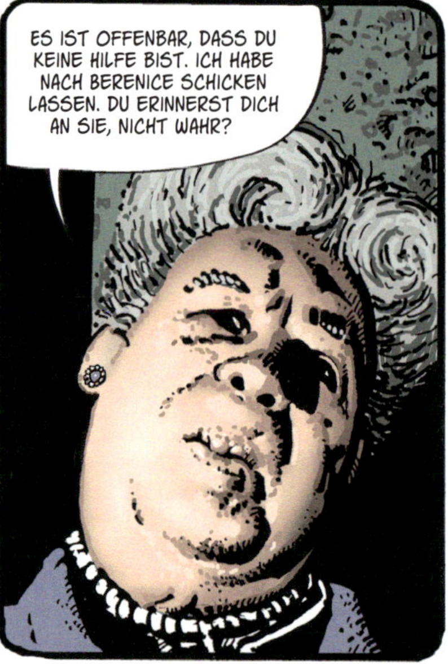
ES IST OFFENBAR, DASS DU KEINE HILFE BIST. ICH HABE NACH BERENICE SCHICKEN LASSEN. DU ERINNERST DICH AN SIE, NICHT WAHR?

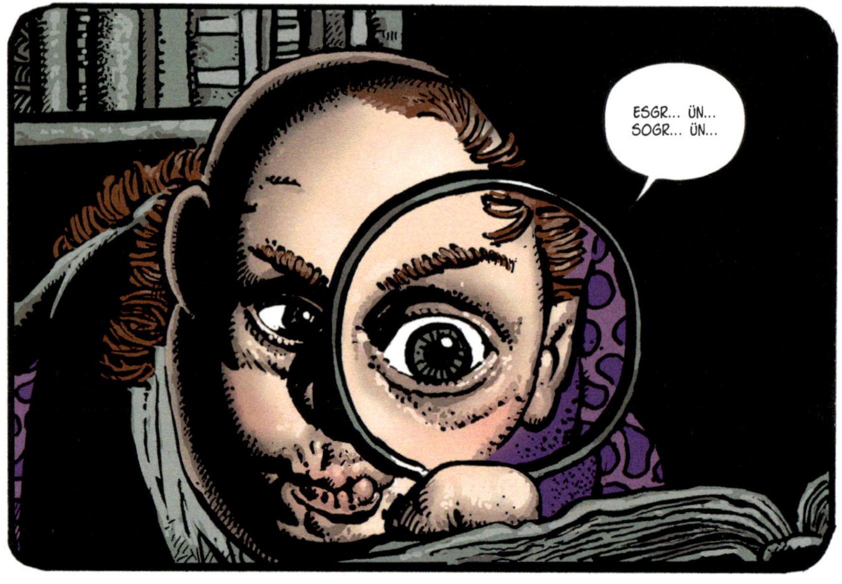
ESGR... ÜN... SOGR... ÜN...

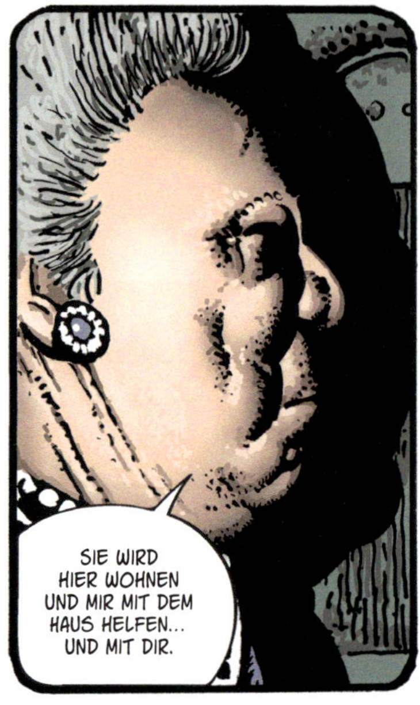
SIE WIRD HIER WOHNEN UND MIR MIT DEM HAUS HELFEN... UND MIT DIR.

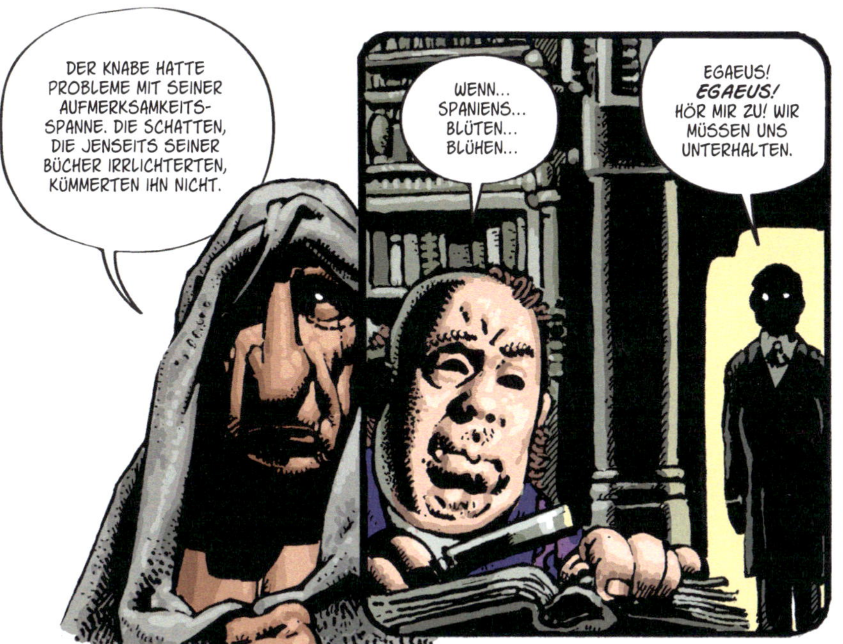
DER KNABE HATTE PROBLEME MIT SEINER AUFMERKSAMKEITS-SPANNE. DIE SCHATTEN, DIE JENSEITS SEINER BÜCHER IRRLICHTERTEN, KÜMMERTEN IHN NICHT.
WENN... SPANIENS... BLÜTEN... BLÜHEN...
EGAEUS! ***EGAEUS!*** HÖR MIR ZU! WIR MÜSSEN UNS UNTERHALTEN.

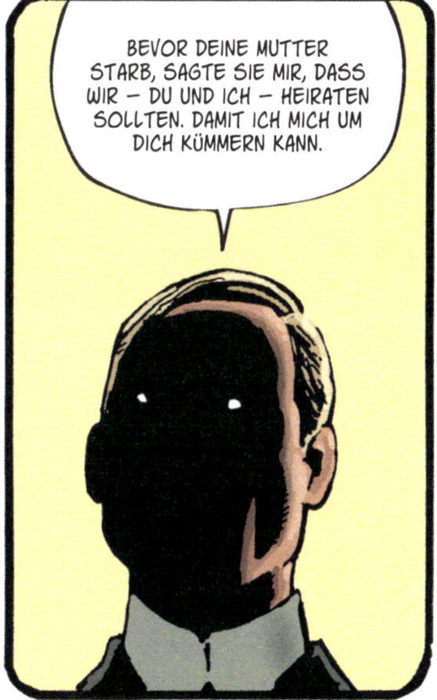
BEVOR DEINE MUTTER STARB, SAGTE SIE MIR, DASS WIR – DU UND ICH – HEIRATEN SOLLTEN. DAMIT ICH MICH UM DICH KÜMMERN KANN.

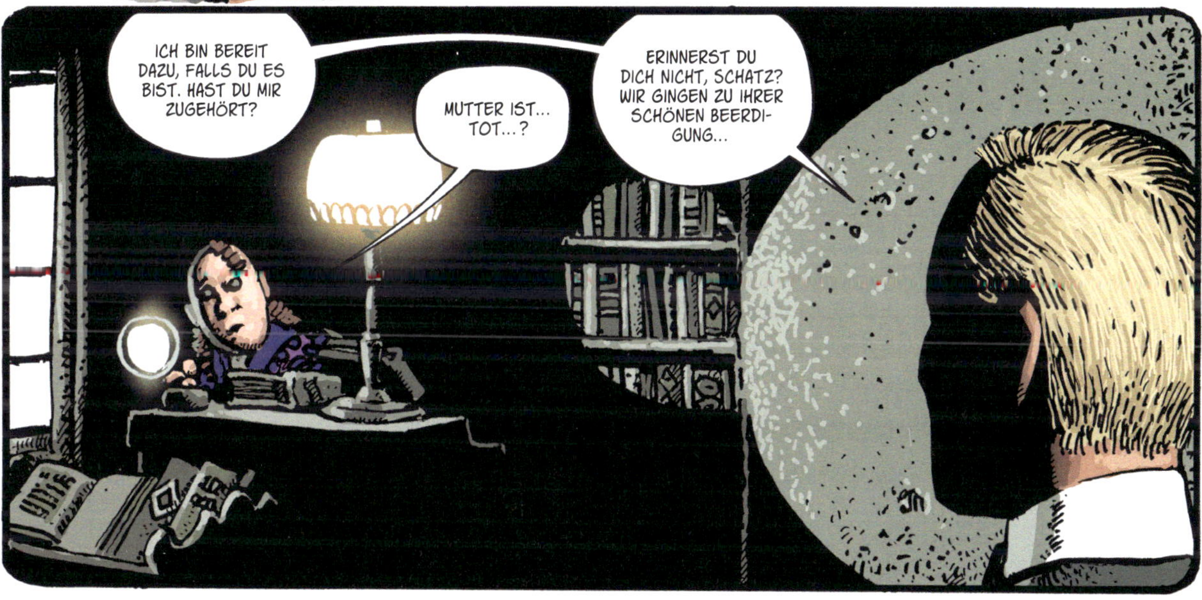
ICH BIN BEREIT DAZU, FALLS DU ES BIST. HAST DU MIR ZUGEHÖRT?
MUTTER IST... TOT...?
ERINNERST DU DICH NICHT, SCHATZ? WIR GINGEN ZU IHRER SCHÖNEN BEERDI-GUNG...

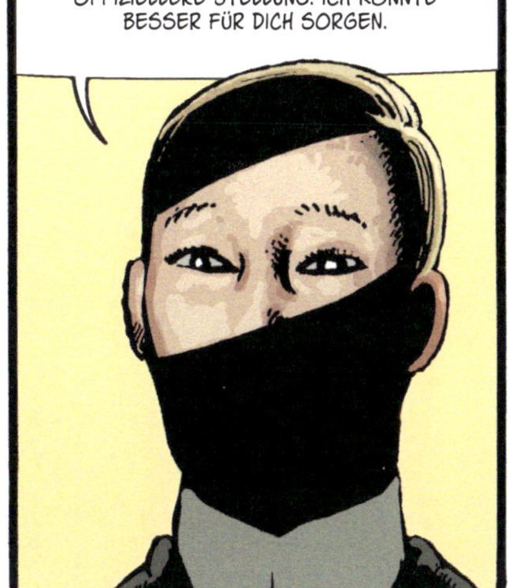
ALS DEINE FRAU HÄTTE ICH HIER EINE OFFIZIELLERE STELLUNG. ICH KÖNNTE BESSER FÜR DICH SORGEN.

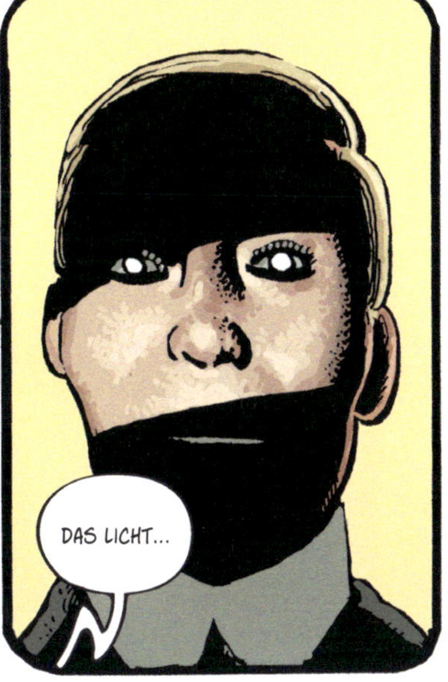
DAS LICHT...

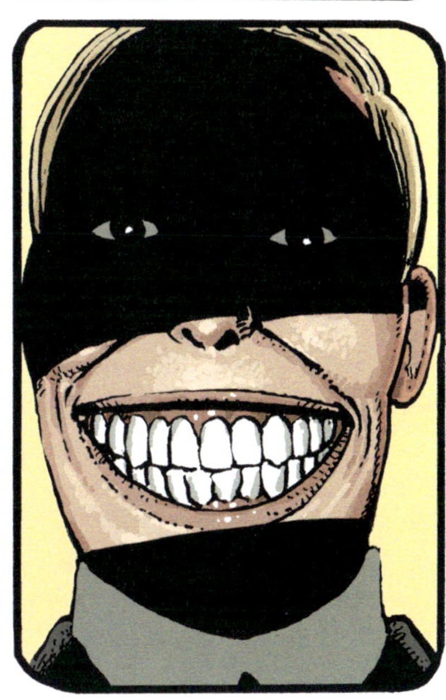

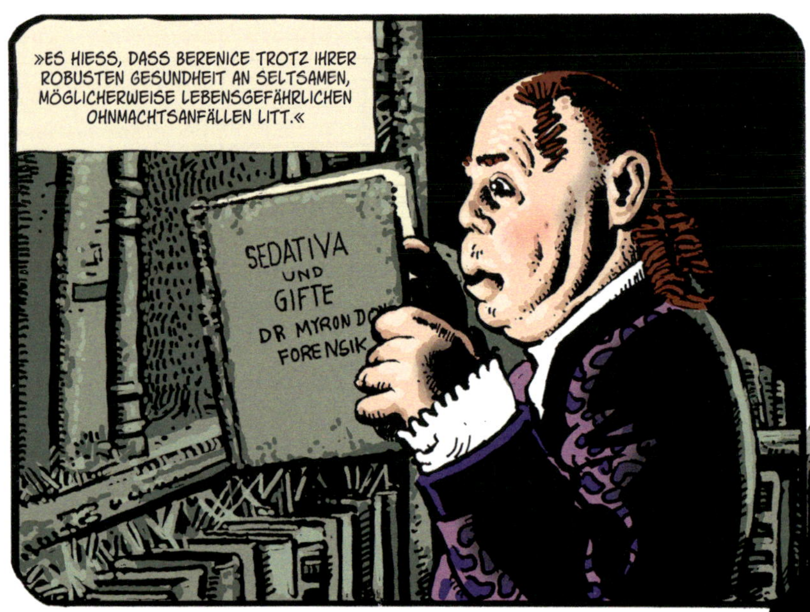
»ES HIESS, DASS BERENICE TROTZ IHRER ROBUSTEN GESUNDHEIT AN SELTSAMEN, MÖGLICHERWEISE LEBENSGEFÄHRLICHEN OHNMACHTSANFÄLLEN LITT.«
SEDATIVA UND GIFTE
DR MYRON D
FORENSIK

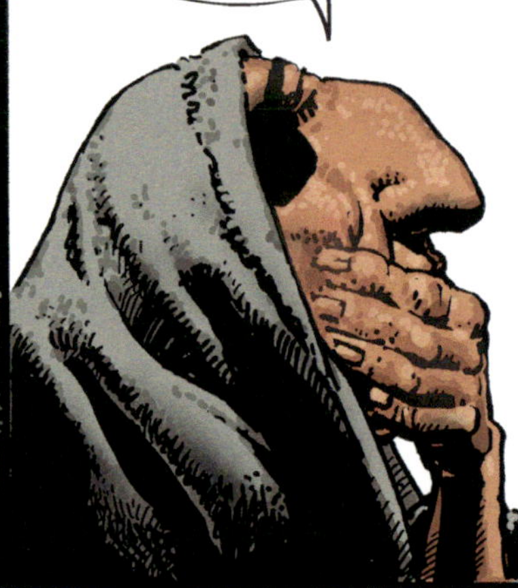
DAS WAR JEDENFALLS DIE GESCHICHTE, DIE EGAEUS ERZÄHLTE. DIE VERLOBUNG SCHIEN DEN JUNGEN MANN ZU VERÄNDERN.

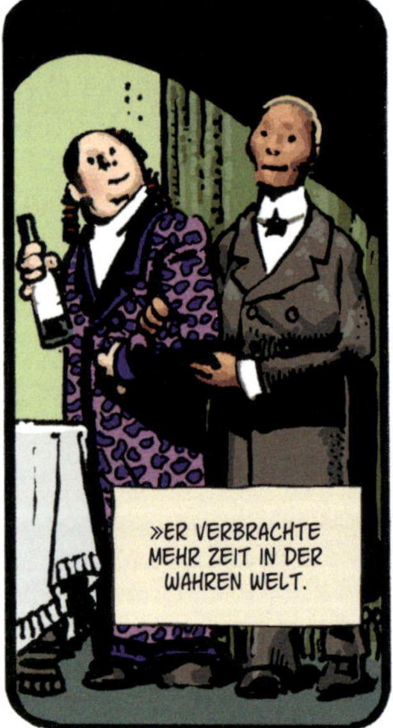
»ER VERBRACHTE MEHR ZEIT IN DER WAHREN WELT.

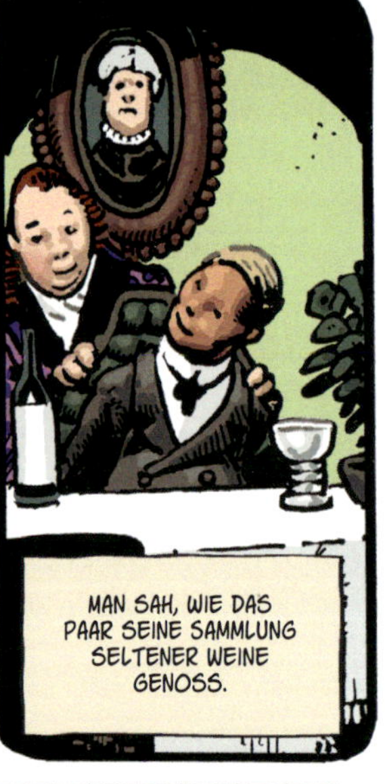
MAN SAH, WIE DAS PAAR SEINE SAMMLUNG SELTENER WEINE GENOSS.

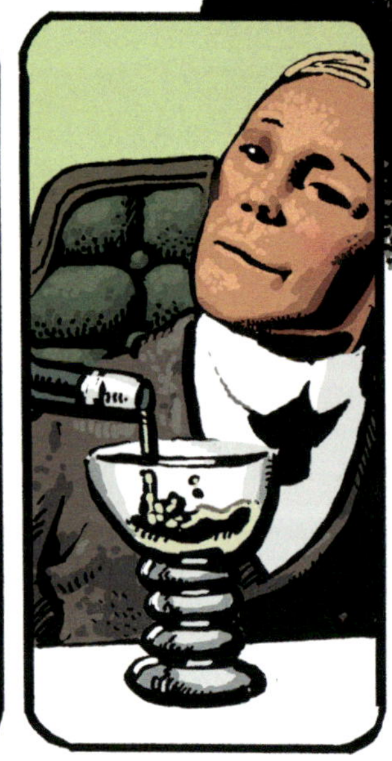

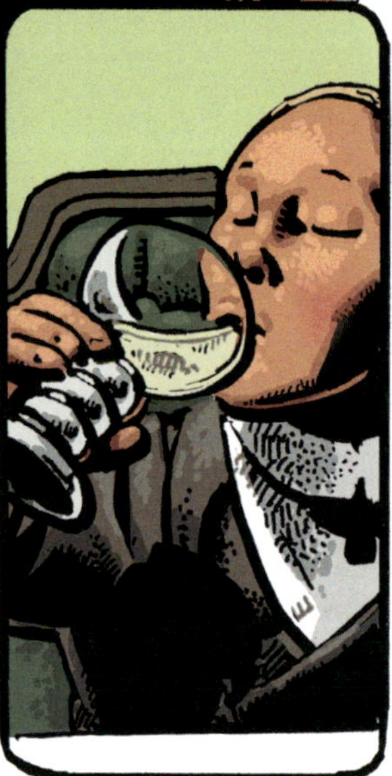

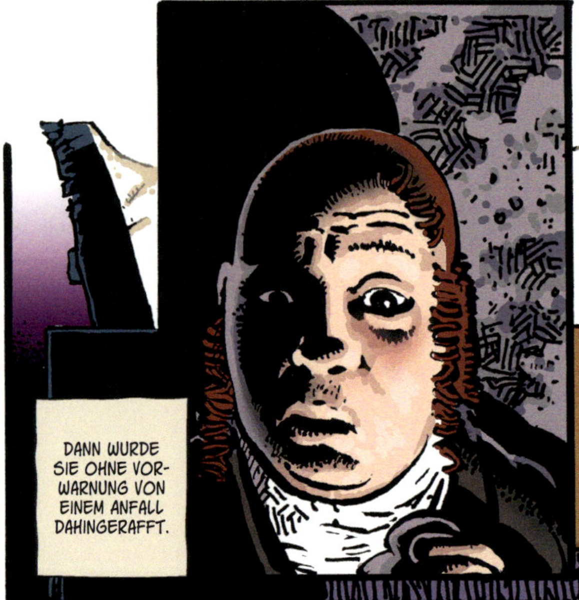
DANN WURDE SIE OHNE VOR-WARNUNG VON EINEM ANFALL DAHINGERAFFT.

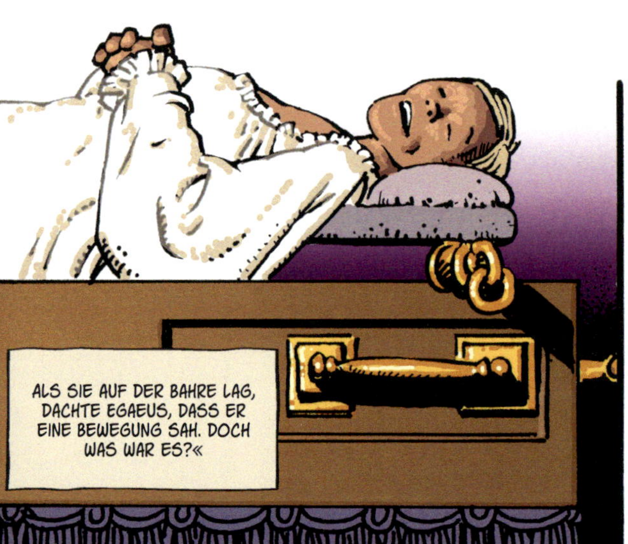
ALS SIE AUF DER BAHRE LAG, DACHTE EGAEUS, DASS ER EINE BEWEGUNG SAH. DOCH WAS WAR ES?«

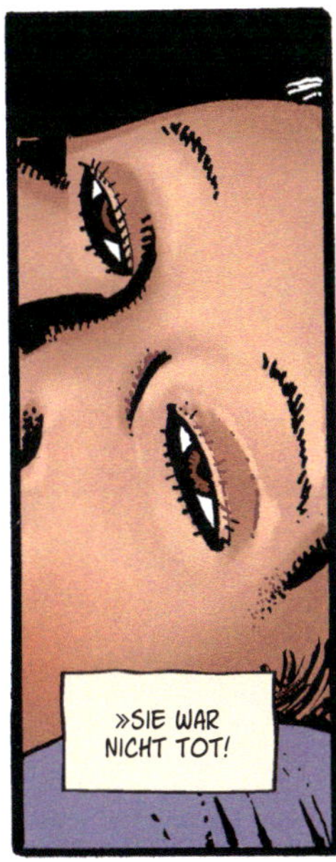

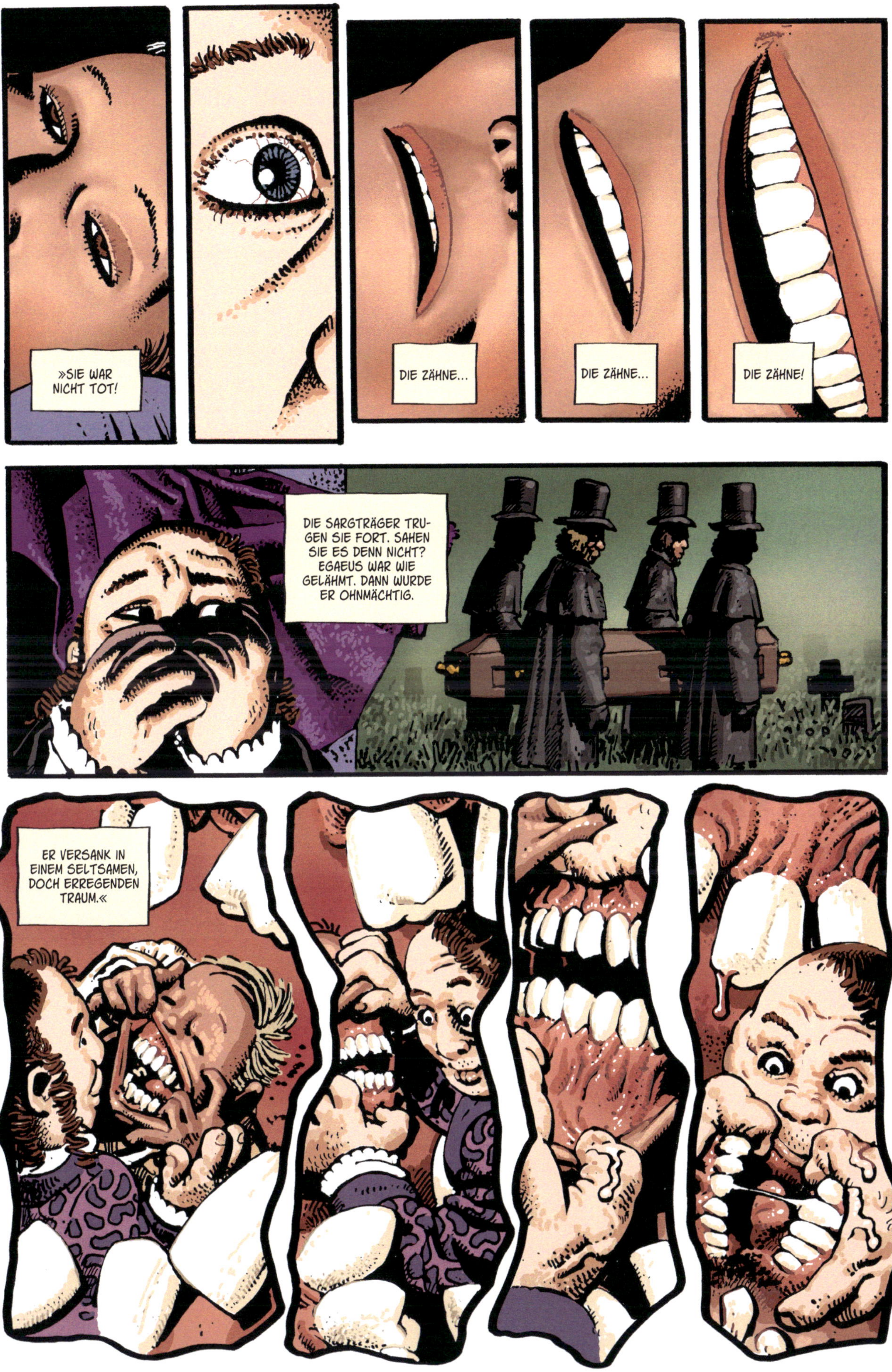

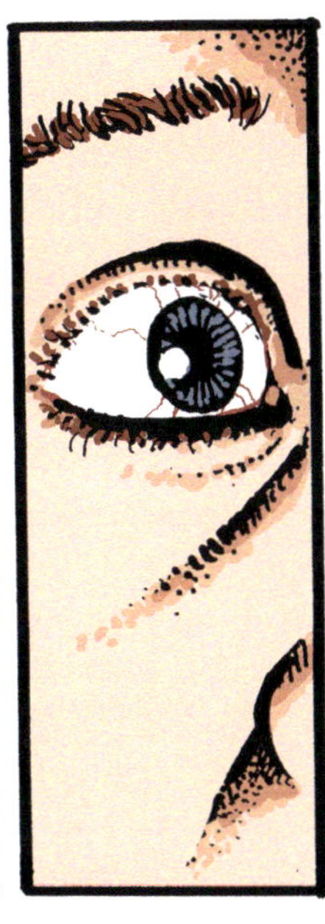

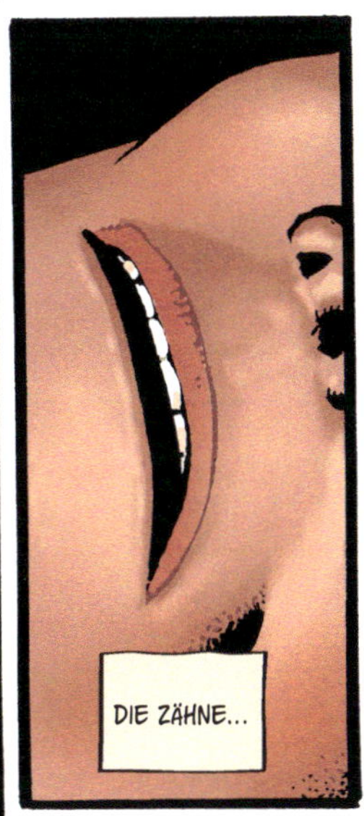

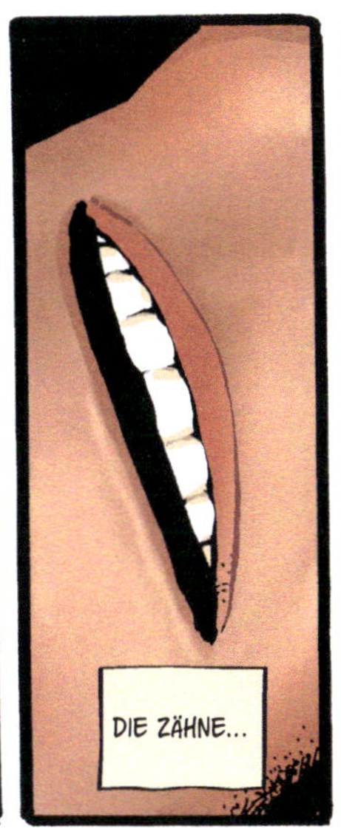

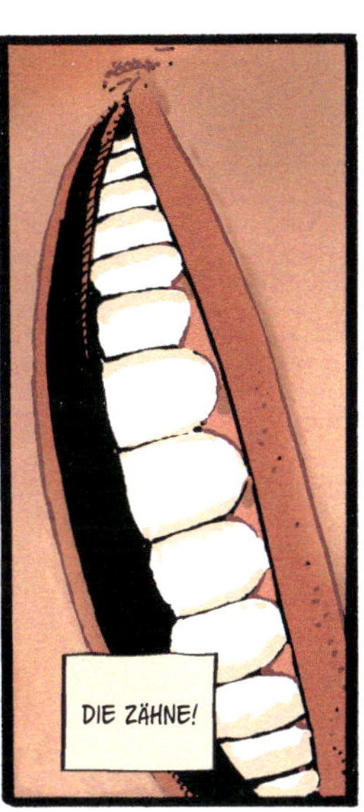

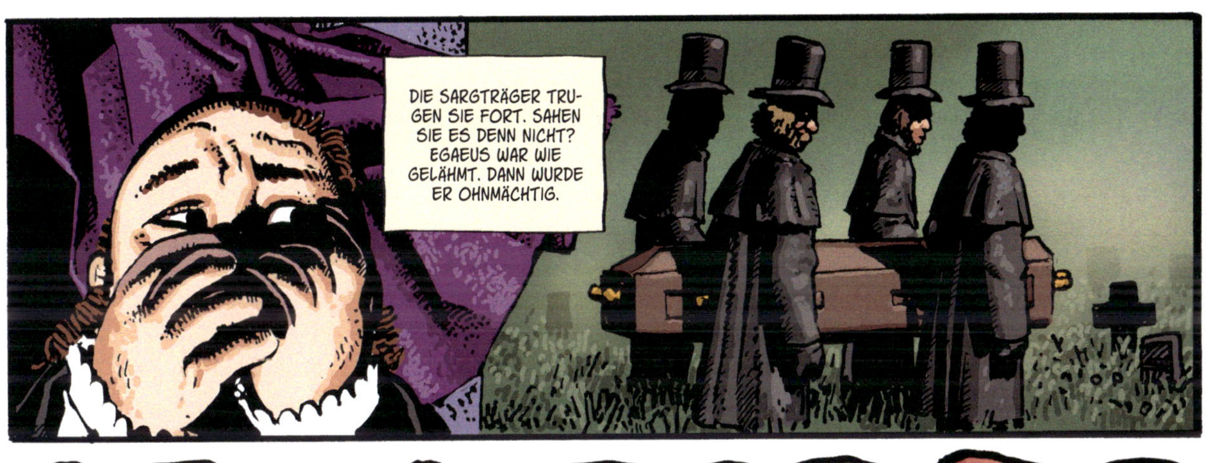

ER VERSANK IN EINEM SELTSAMEN, DOCH ERREGENDEN TRAUM.«

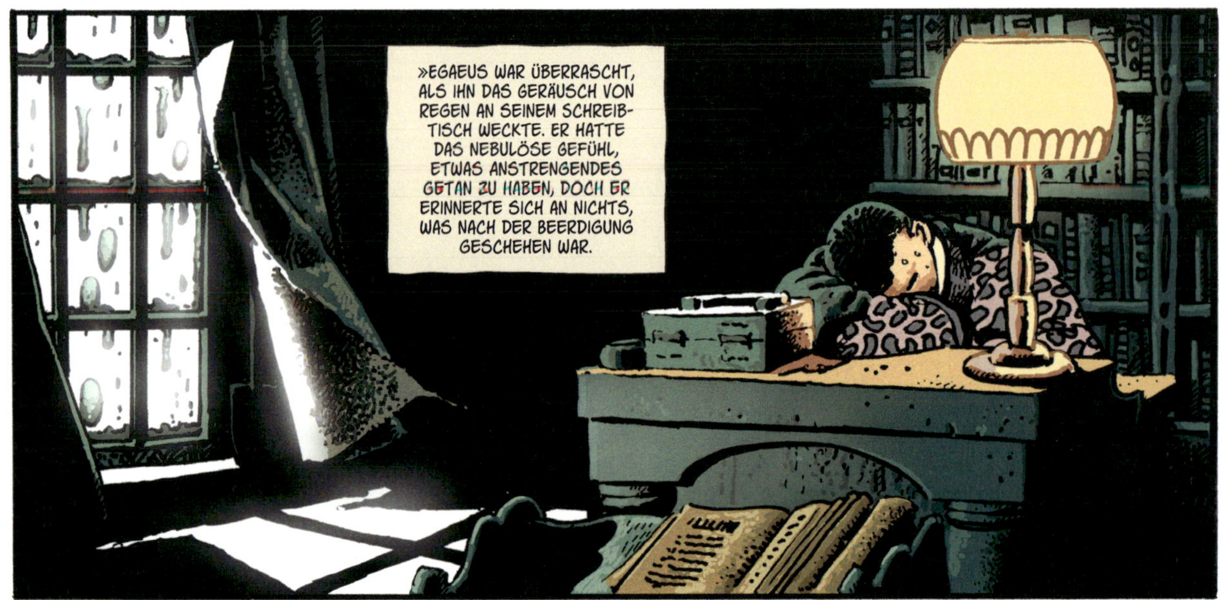
»EGAEUS WAR ÜBERRASCHT, ALS IHN DAS GERÄUSCH VON REGEN AN SEINEM SCHREIBTISCH WECKTE. ER HATTE DAS NEBULÖSE GEFÜHL, ETWAS ANSTRENGENDES GETAN ZU HABEN, DOCH ER ERINNERTE SICH AN NICHTS, WAS NACH DER BEERDIGUNG GESCHEHEN WAR.

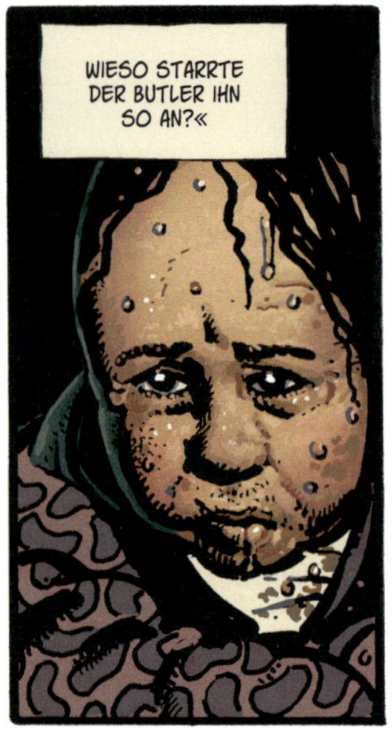
WIESO STARRTE DER BUTLER IHN SO AN?«

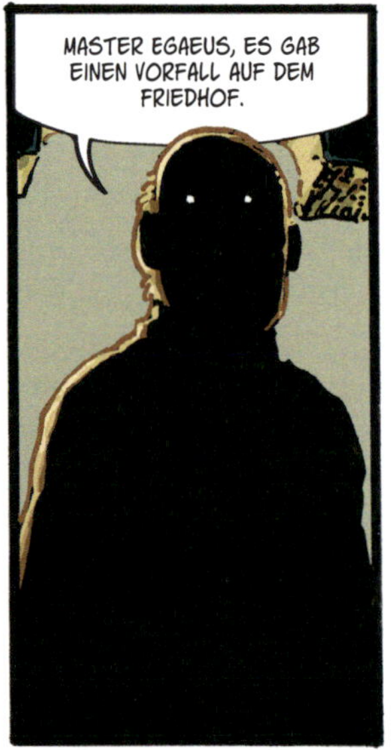
MASTER EGAEUS, ES GAB EINEN VORFALL AUF DEM FRIEDHOF.

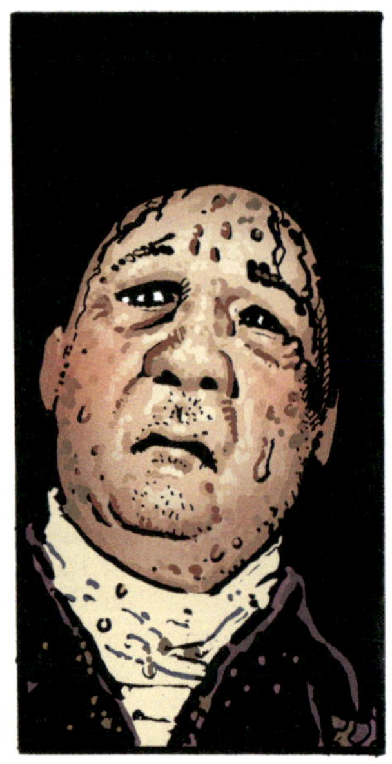

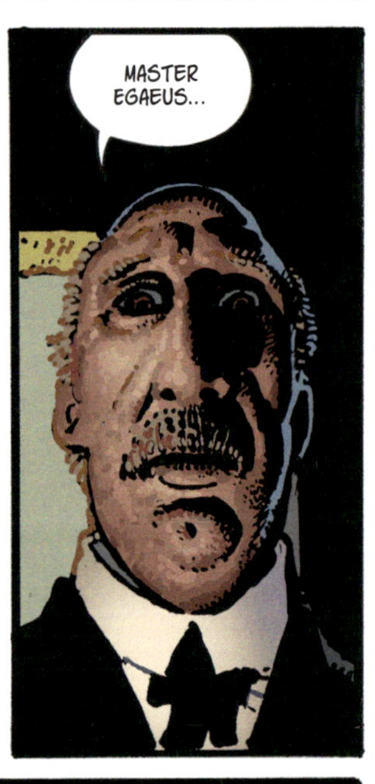
MASTER EGAEUS...

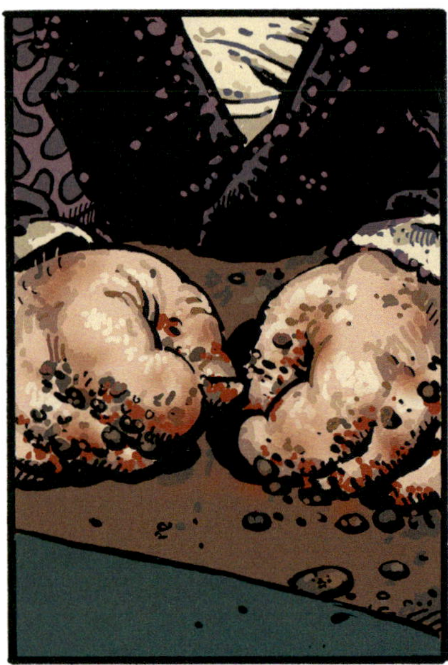

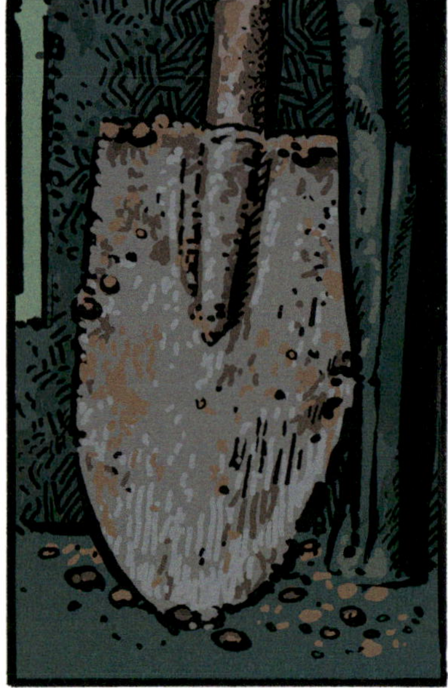

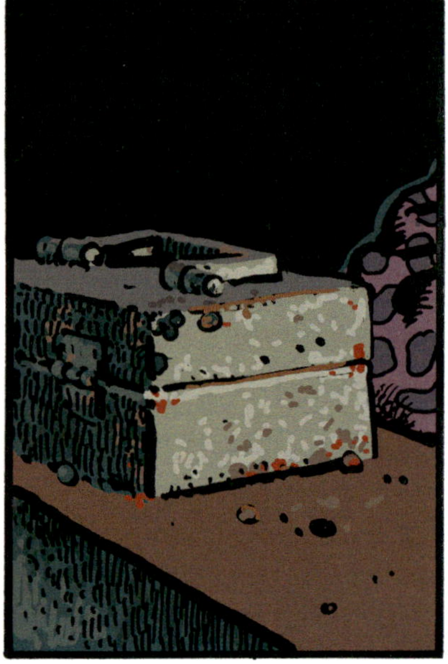

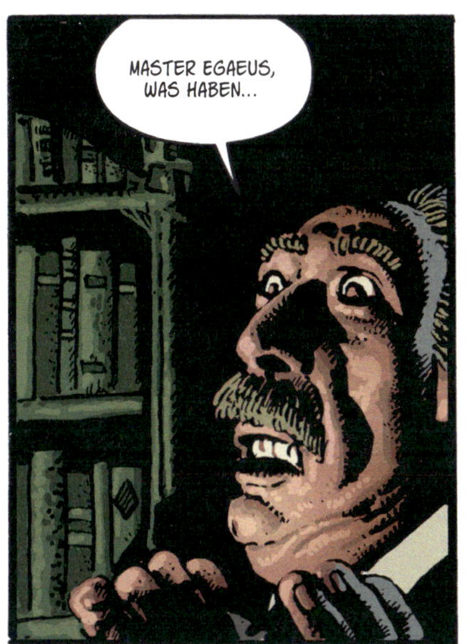
MASTER EGAEUS, WAS HABEN...

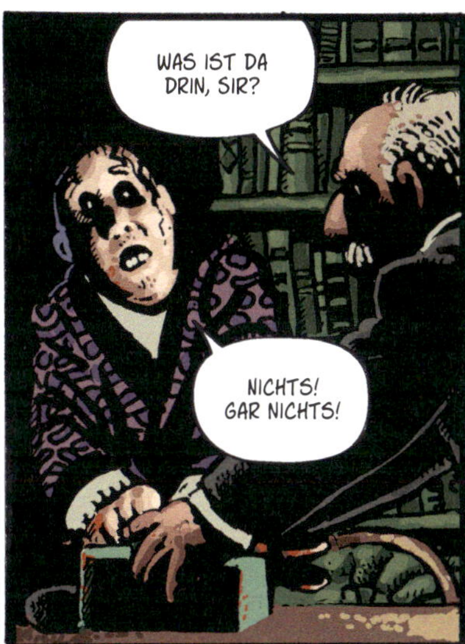
WAS IST DA DRIN, SIR?
NICHTS! GAR NICHTS!

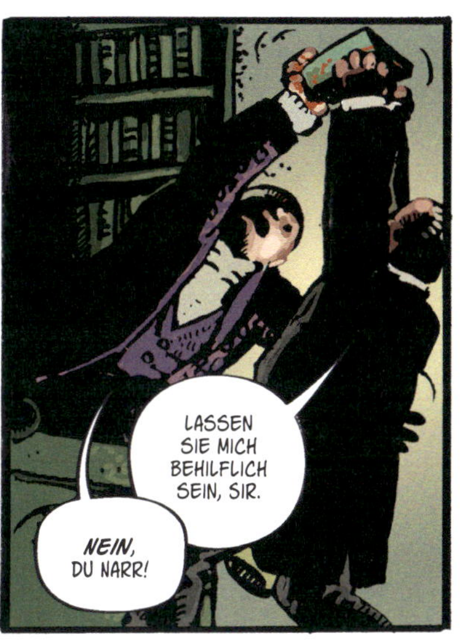
LASSEN SIE MICH BEHILFLICH SEIN, SIR.
NEIN, DU NARR!

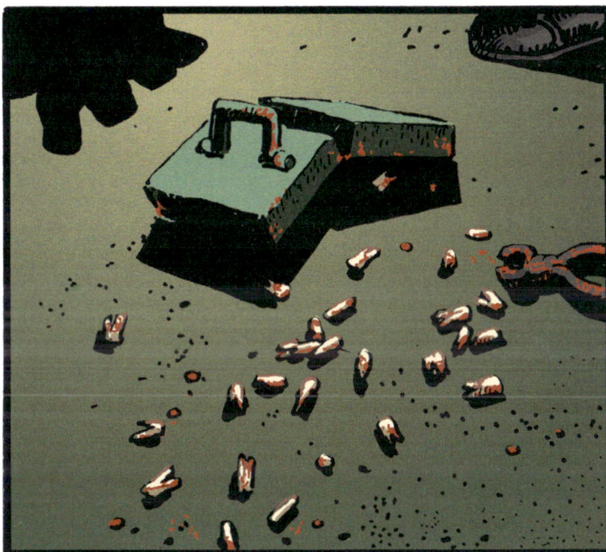

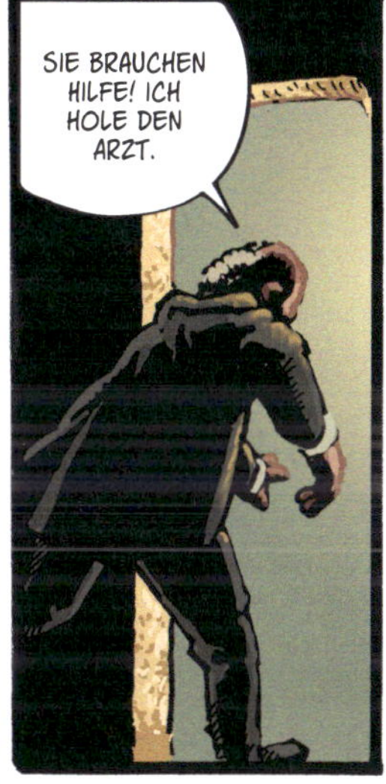
SIE BRAUCHEN HILFE! ICH HOLE DEN ARZT.

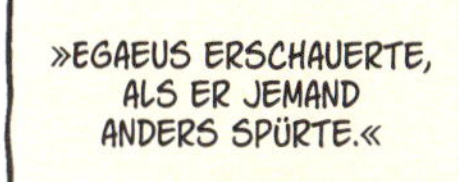
»EGAEUS ERSCHAUERTE, ALS ER JEMAND ANDERS SPÜRTE.«

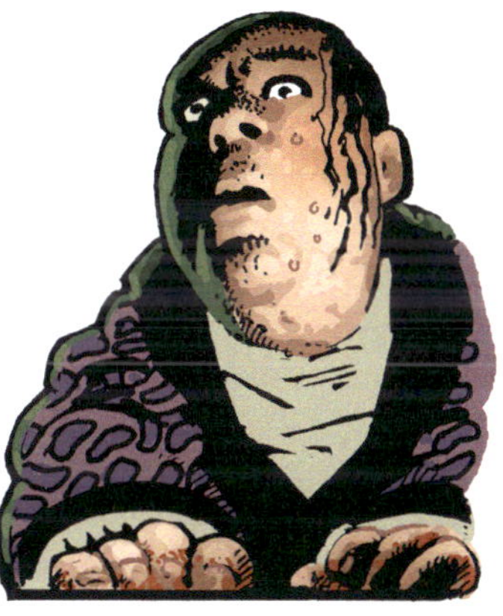

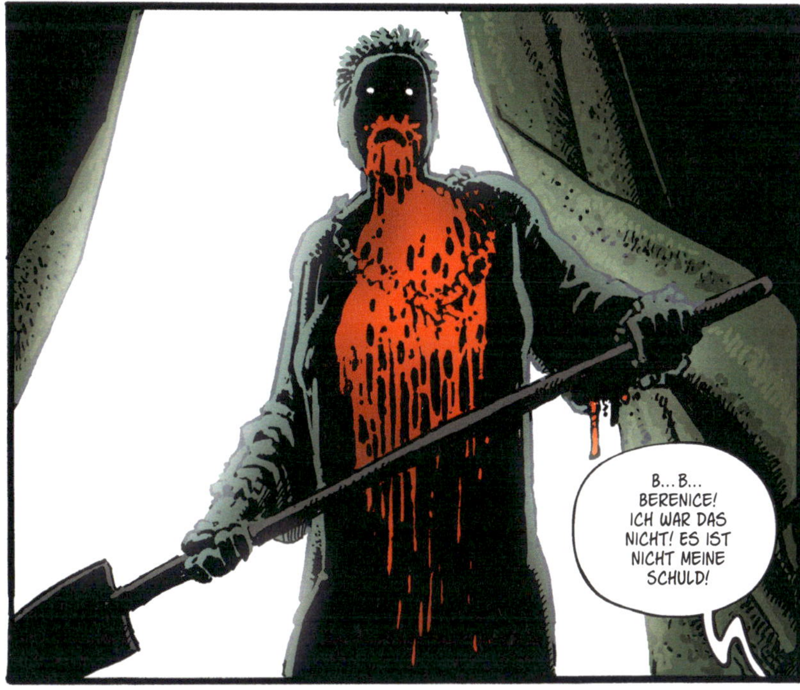
B...B... BERENICE! ICH WAR DAS NICHT! ES IST NICHT MEINE SCHULD!

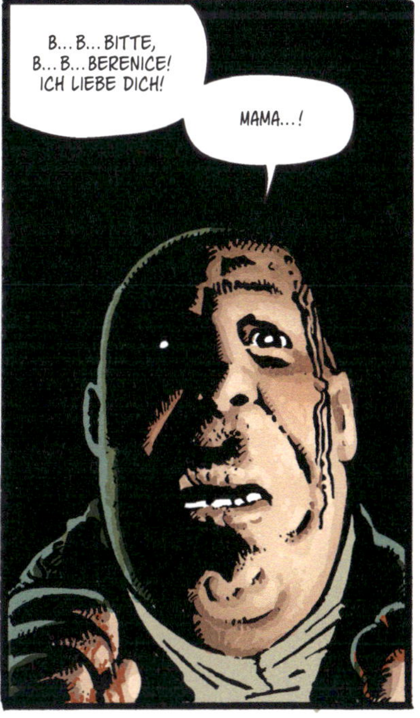
B...B...BITTE, B...B...BERENICE! ICH LIEBE DICH!
MAMA...!

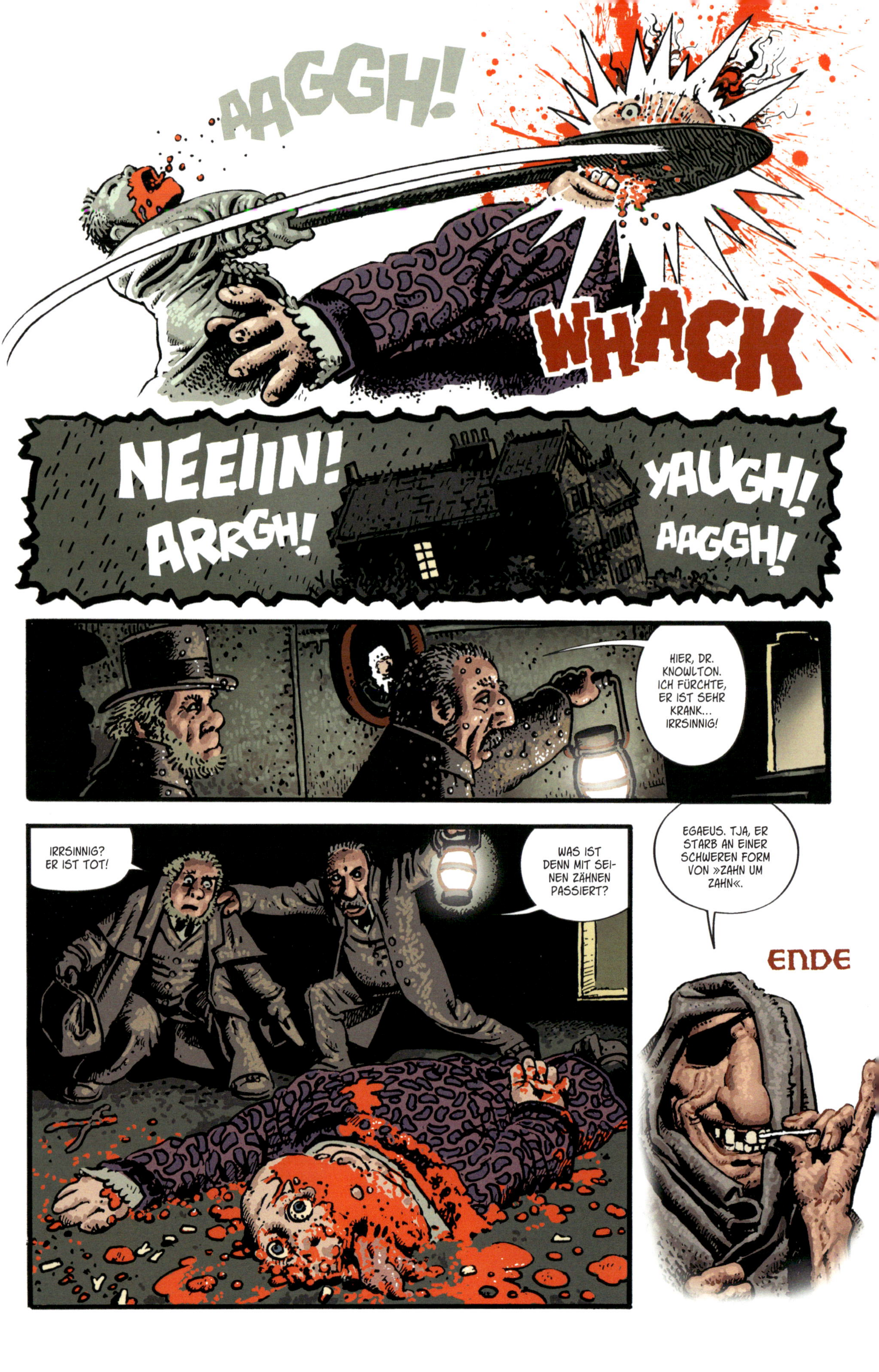

AAGGH!
WHACK

NEEIIN!
ARRGH!
YAUGH!
AAGGH!

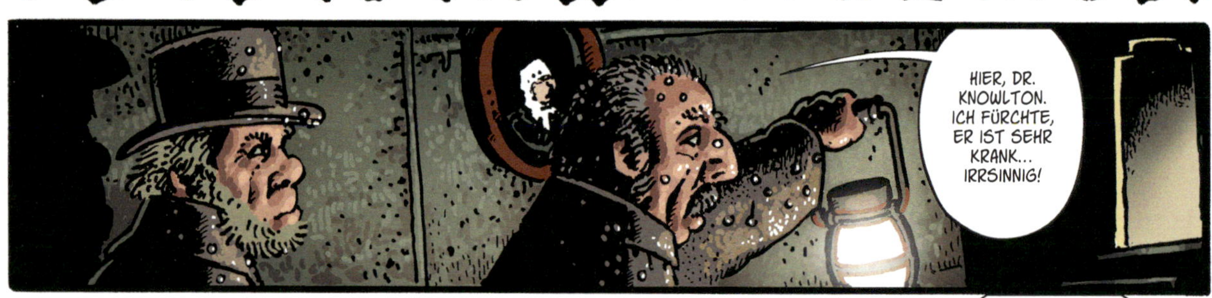

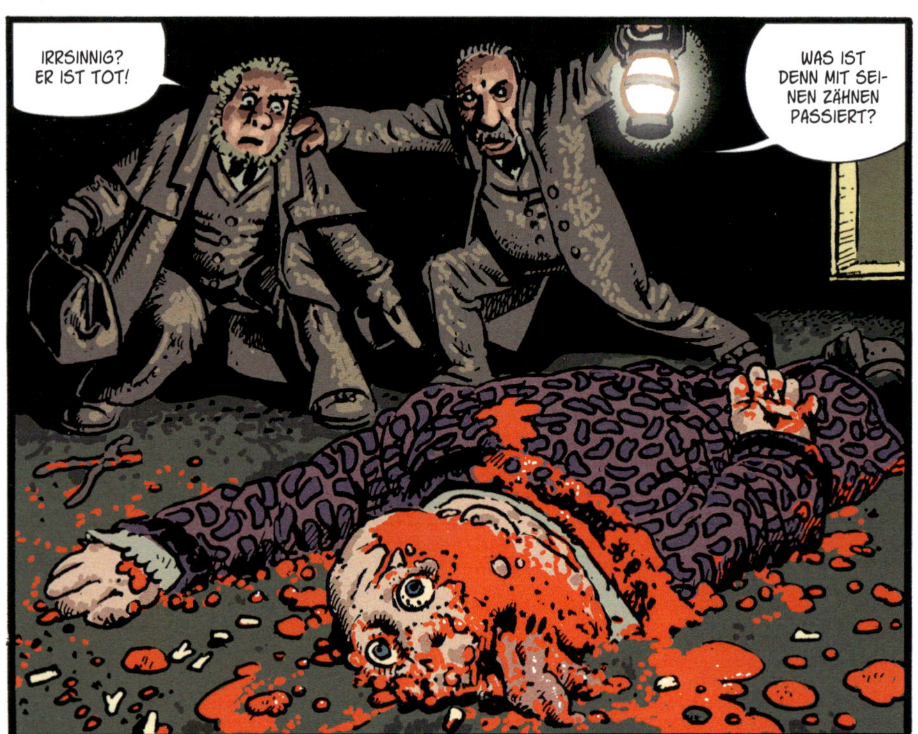

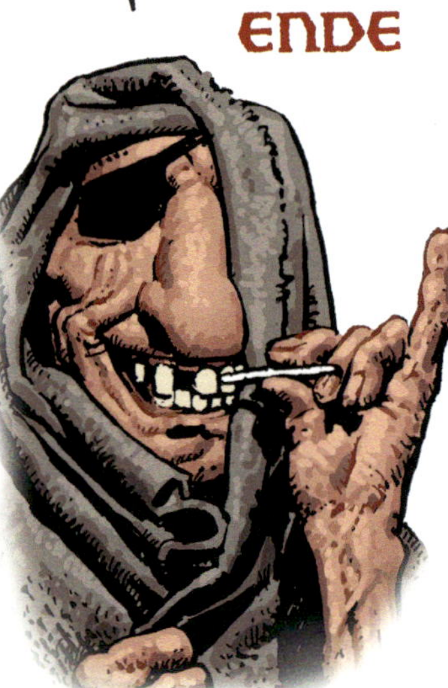

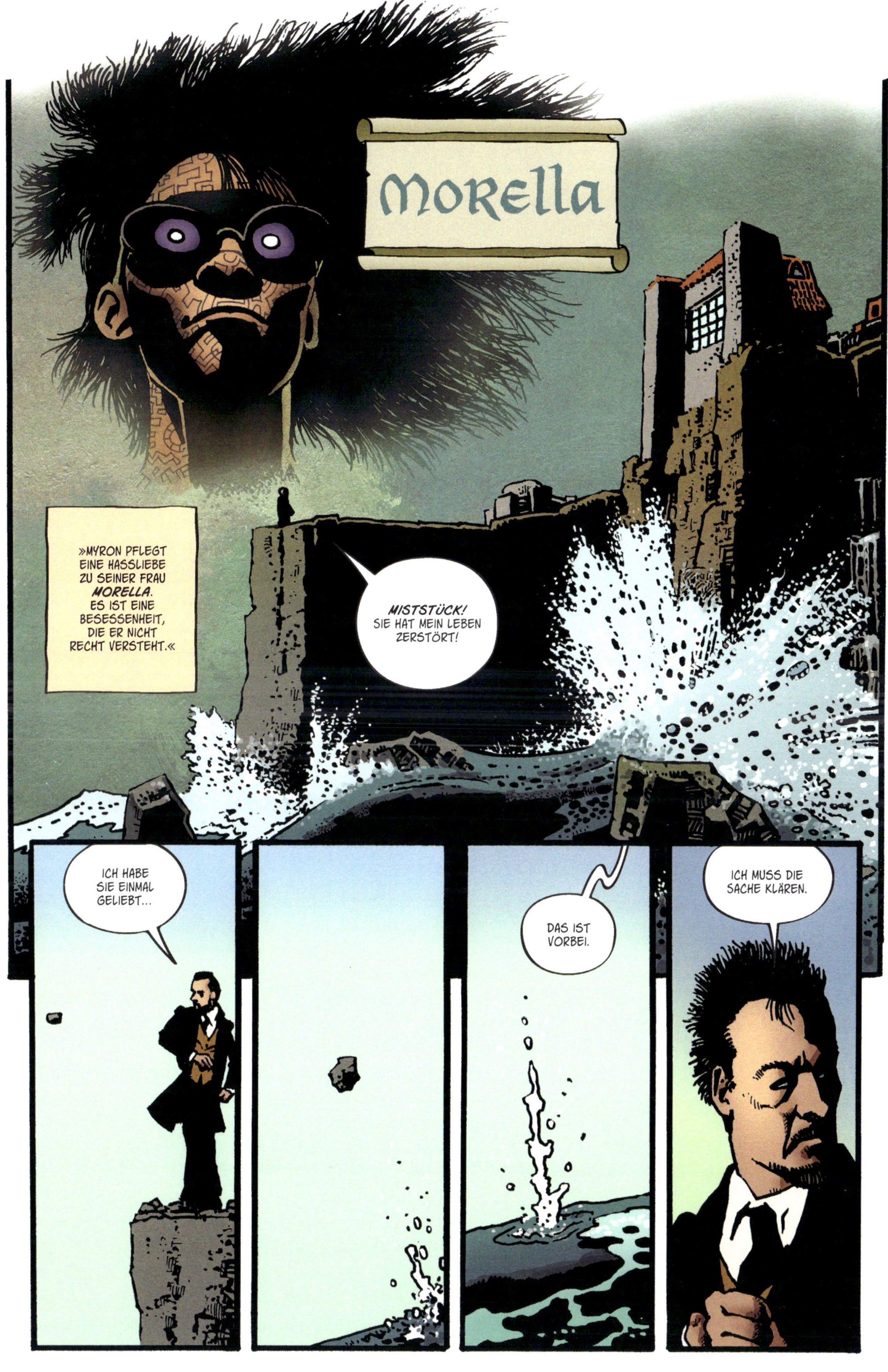
Morella
»MYRON PFLEGT EINE HASSLIEBE ZU SEINER FRAU MORELLA. ES IST EINE BESESSENHEIT, DIE ER NICHT RECHT VERSTEHT.«
MISTSTÜCK! SIE HAT MEIN LEBEN ZERSTÖRT!
ICH HABE SIE EINMAL GELIEBT...
DAS IST VORBEI.
ICH MUSS DIE SACHE KLÄREN.

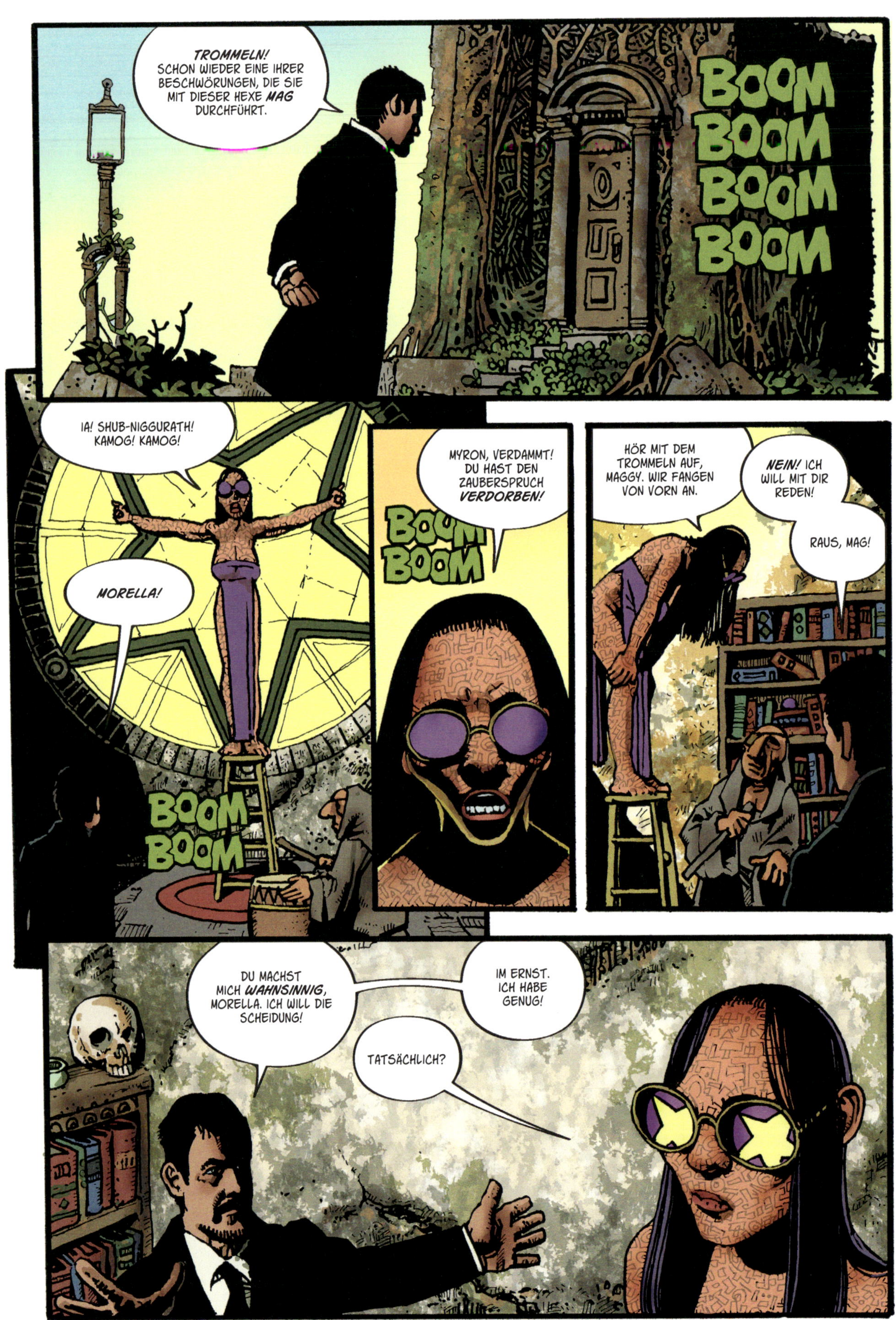
TROMMELN! SCHON WIEDER EINE IHRER BESCHWÖRUNGEN, DIE SIE MIT DIESER HEXE MAG DURCHFÜHRT.
BOOM BOOM BOOM BOOM
IA! SHUB-NIGGURATH! KAMOG! KAMOG!
MORELLA!
BOOM BOOM
MYRON, VERDAMMT! DU HAST DEN ZAUBERSPRUCH VERDORBEN!
BOOM BOOM
HÖR MIT DEM TROMMELN AUF, MAGGY. WIR FANGEN VON VORN AN.
NEIN! ICH WILL MIT DIR REDEN!
RAUS, MAG!
DU MACHST MICH WAHNSINNIG, MORELLA. ICH WILL DIE SCHEIDUNG!
IM ERNST. ICH HABE GENUG!
TATSÄCHLICH?

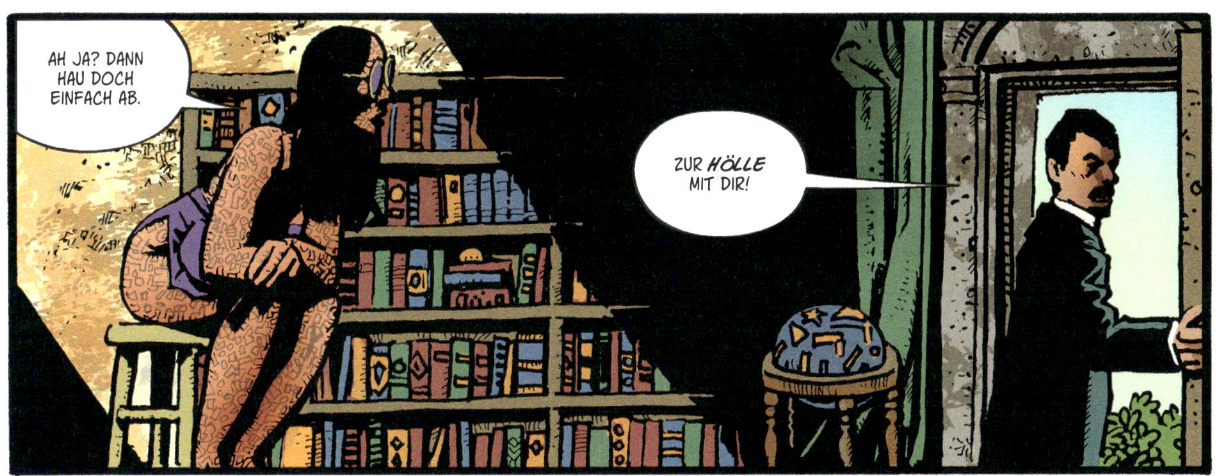
AH JA? DANN HAU DOCH EINFACH AB.
ZUR *HÖLLE* MIT DIR!

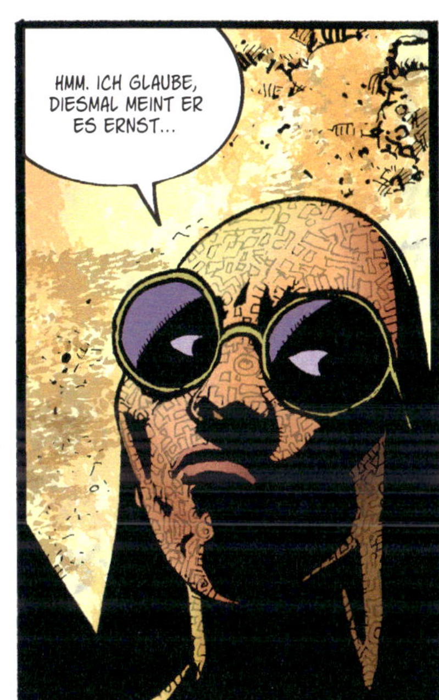
HMM. ICH GLAUBE, DIESMAL MEINT ER ES ERNST…

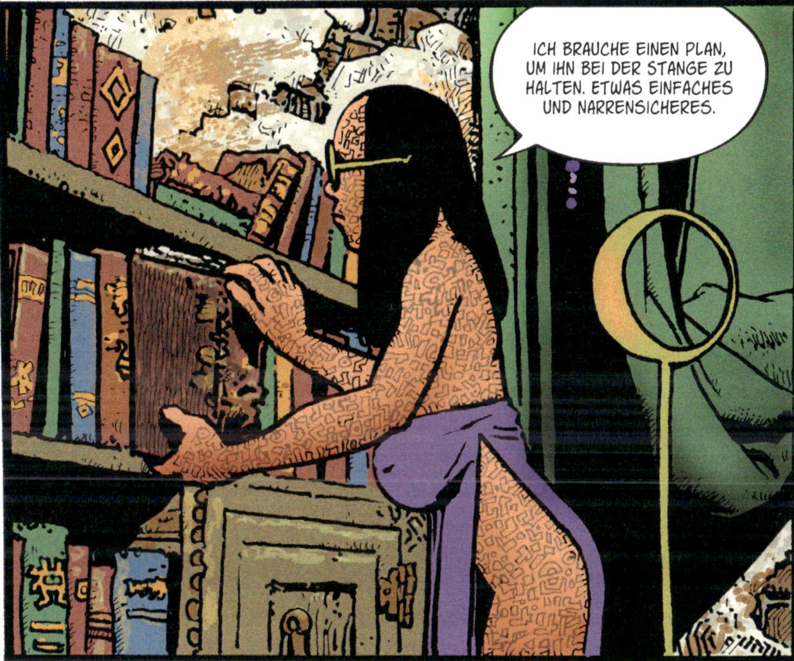
ICH BRAUCHE EINEN PLAN, UM IHN BEI DER STANGE ZU HALTEN. ETWAS EINFACHES UND NARRENSICHERES.

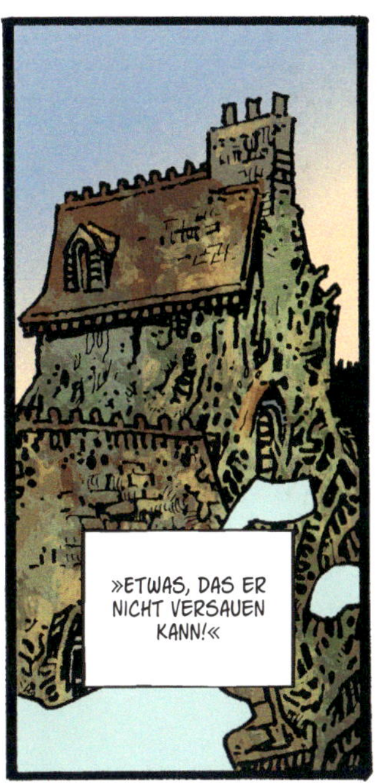
»ETWAS, DAS ER NICHT VERSAUEN KANN!«

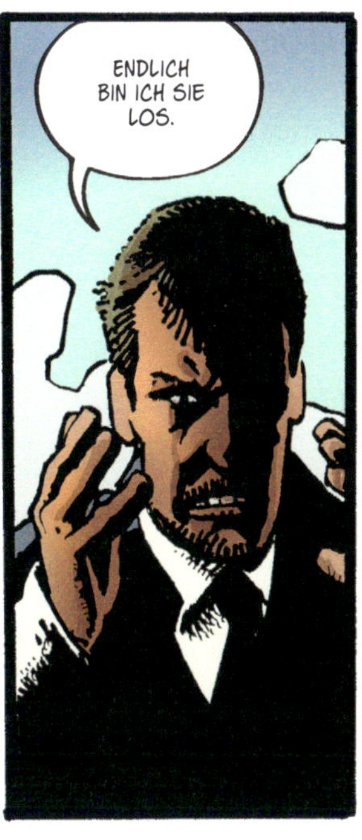
ENDLICH BIN ICH SIE LOS.

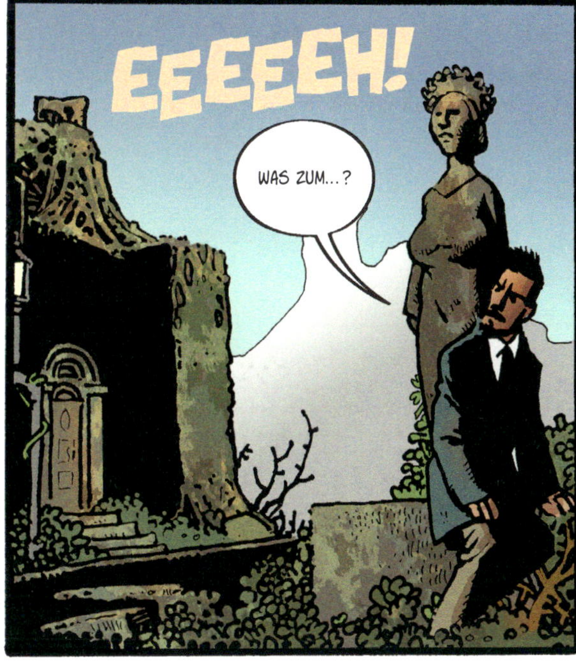
EEEEEH!
WAS ZUM…?

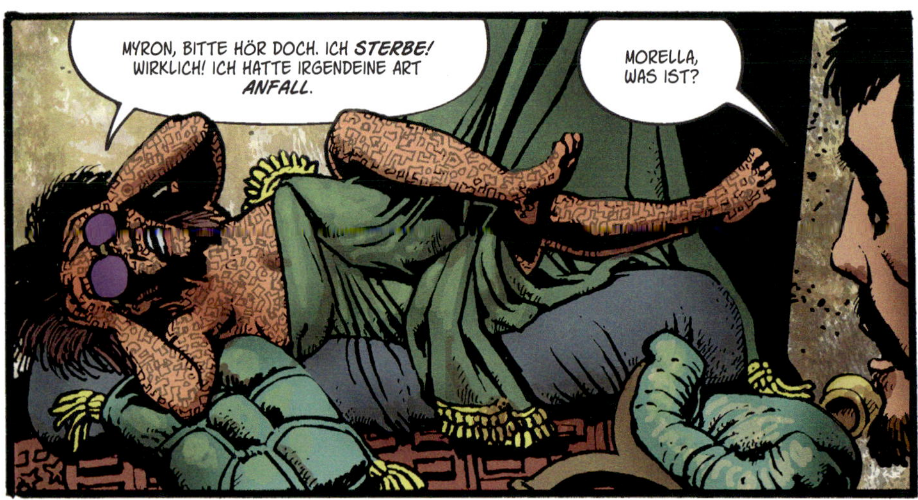
MYRON, BITTE HÖR DOCH. ICH STERBE! WIRKLICH! ICH HATTE IRGENDEINE ART ANFALL.
MORELLA, WAS IST?
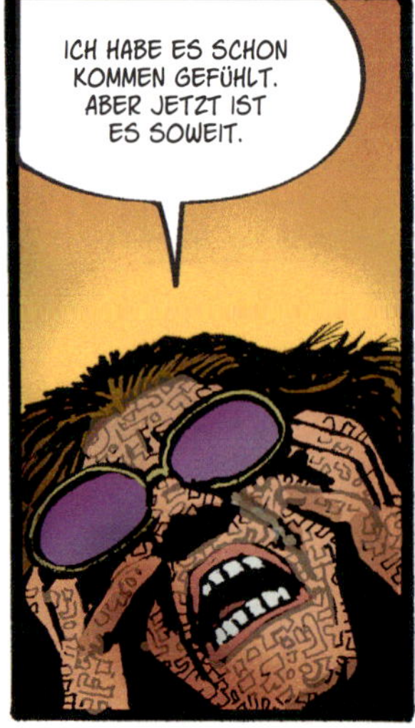
ICH HABE ES SCHON KOMMEN GEFÜHLT. ABER JETZT IST ES SOWEIT.
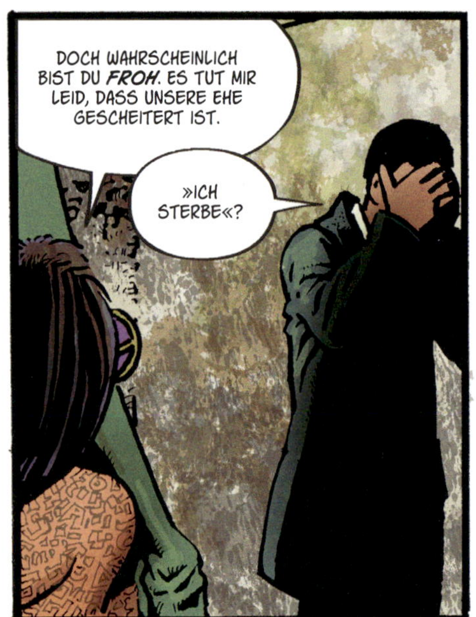
DOCH WAHRSCHEINLICH BIST DU FROH. ES TUT MIR LEID, DASS UNSERE EHE GESCHEITERT IST.
»ICH STERBE«?
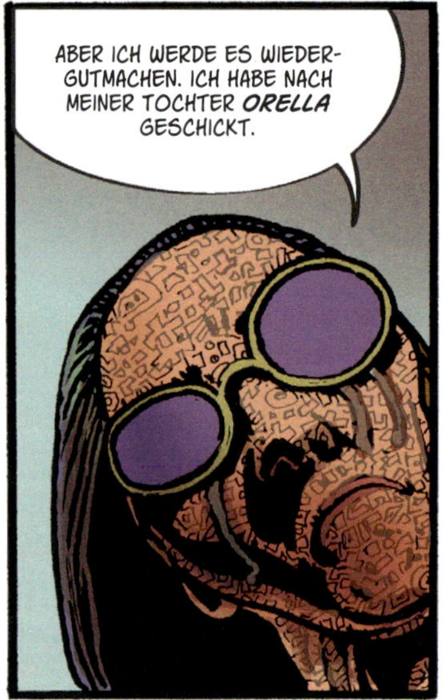
ABER ICH WERDE ES WIEDERGUTMACHEN. ICH HABE NACH MEINER TOCHTER ORELLA GESCHICKT.
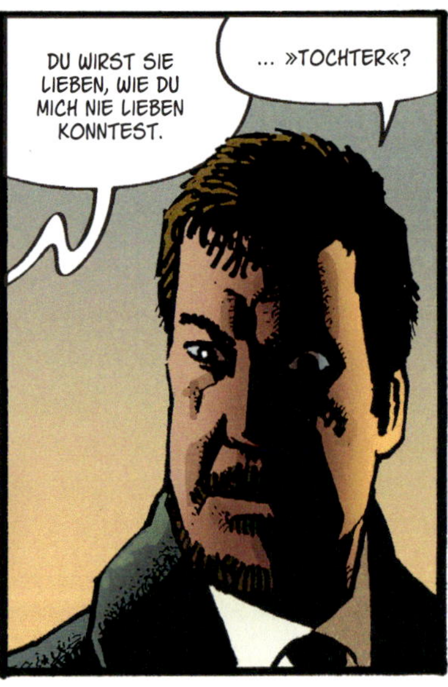
DU WIRST SIE LIEBEN, WIE DU MICH NIE LIEBEN KONNTEST.
... »TOCHTER«?
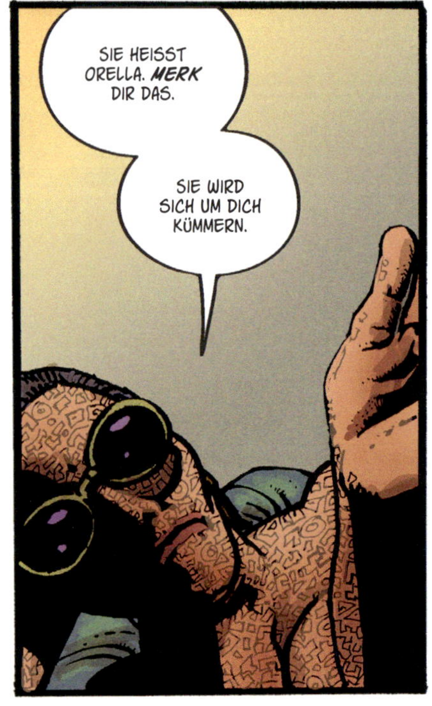
SIE HEISST ORELLA. MERK DIR DAS.
SIE WIRD SICH UM DICH KÜMMERN.
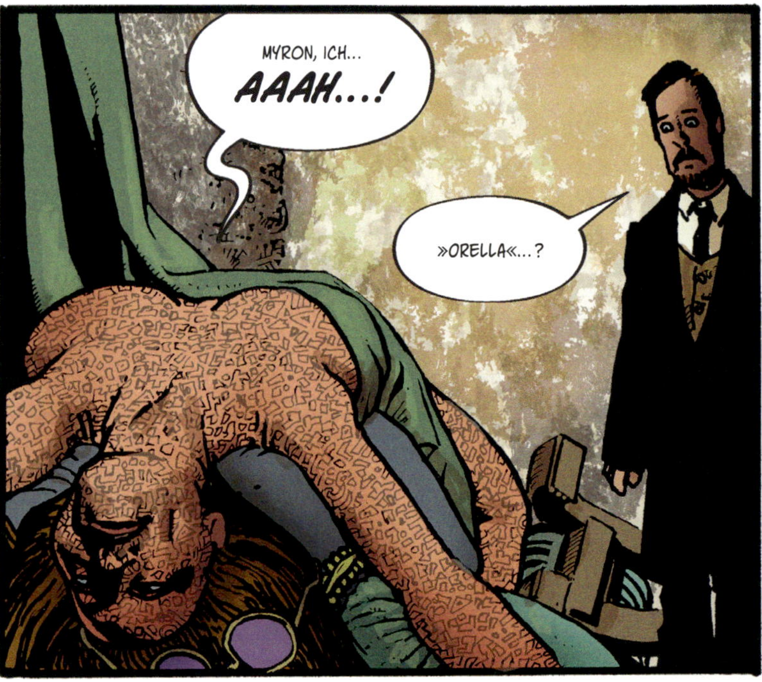
MYRON, ICH... AAAH...!
»ORELLA«...?

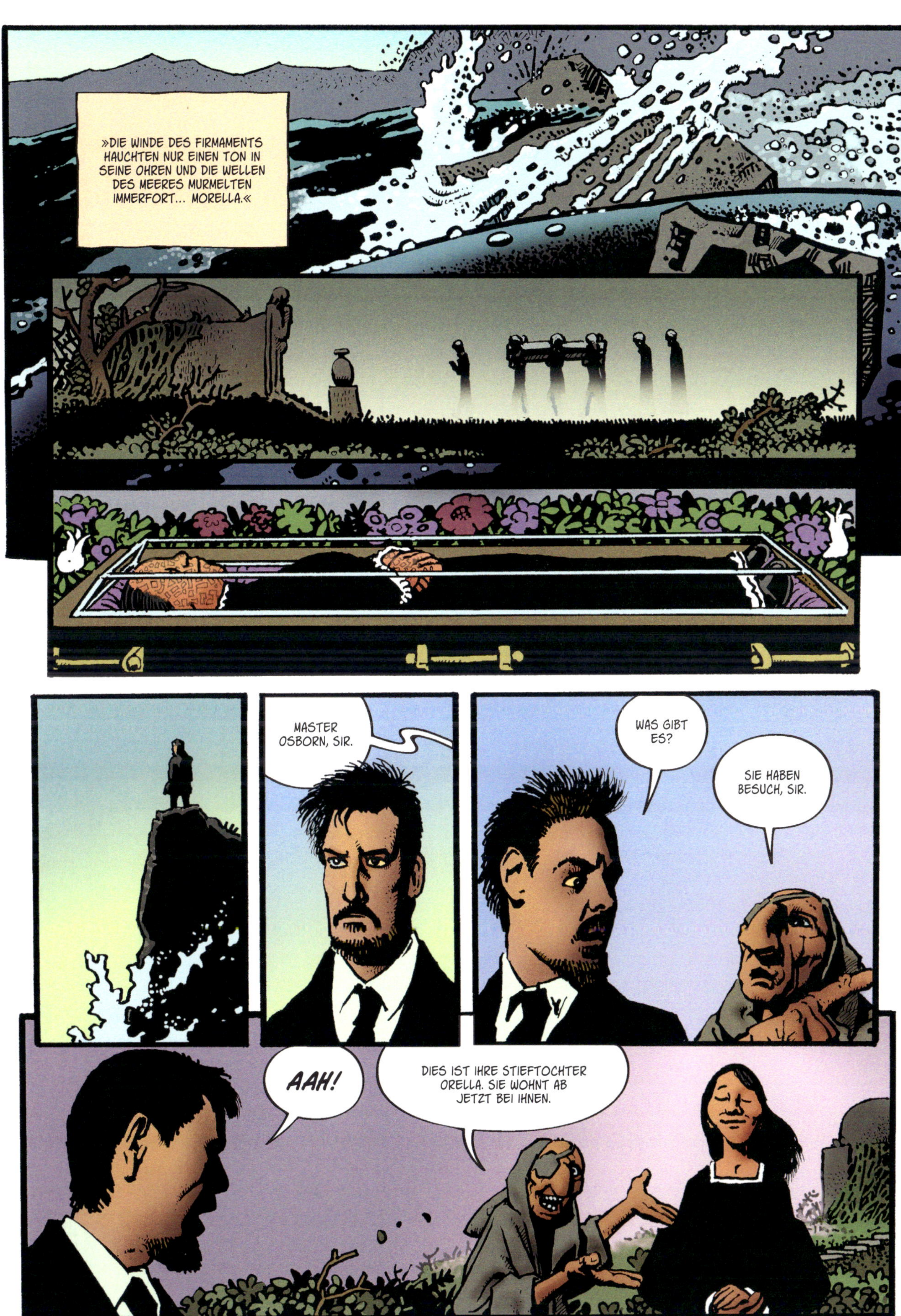
»DIE WINDE DES FIRMAMENTS HAUCHTEN NUR EINEN TON IN SEINE OHREN UND DIE WELLEN DES MEERES MURMELTEN IMMERFORT… MORELLA.«
MASTER OSBORN, SIR.
WAS GIBT ES?
SIE HABEN BESUCH, SIR.
AAH!
DIES IST IHRE STIEFTOCHTER ORELLA. SIE WOHNT AB JETZT BEI IHNEN.

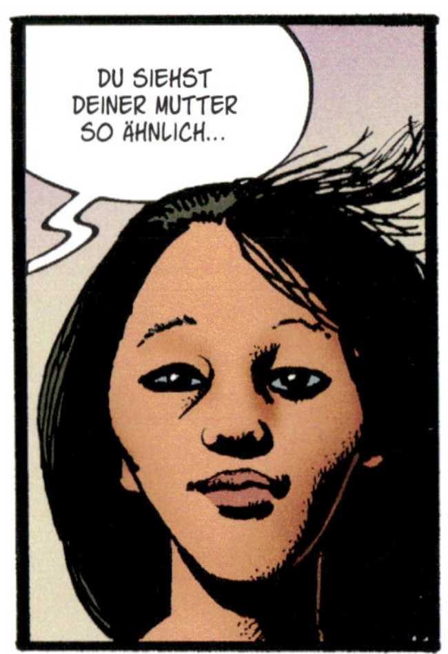
DU SIEHST
DEINER MUTTER
SO ÄHNLICH...
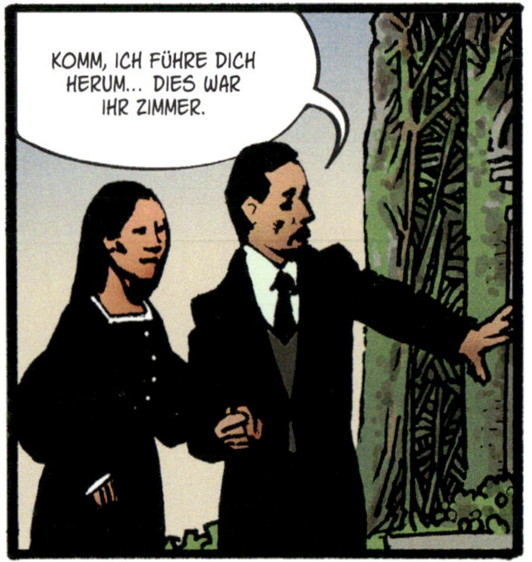
KOMM, ICH FÜHRE DICH
HERUM... DIES WAR
IHR ZIMMER.
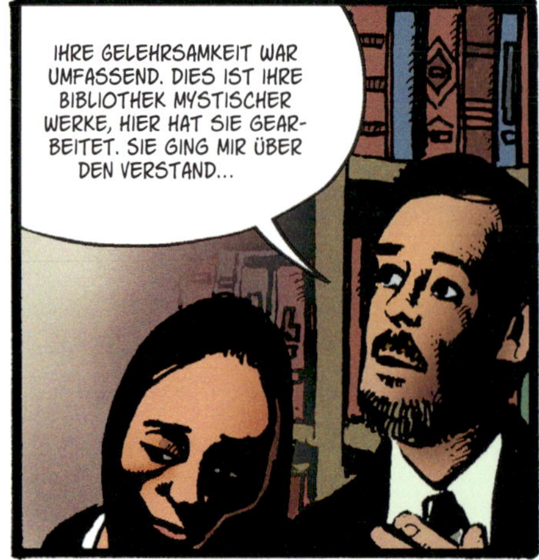
IHRE GELEHRSAMKEIT WAR
UMFASSEND. DIES IST IHRE
BIBLIOTHEK MYSTISCHER
WERKE, HIER HAT SIE GEAR-
BEITET. SIE GING MIR ÜBER
DEN VERSTAND...
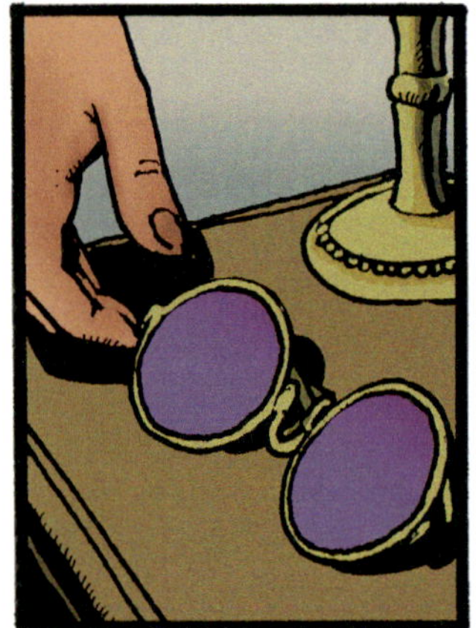
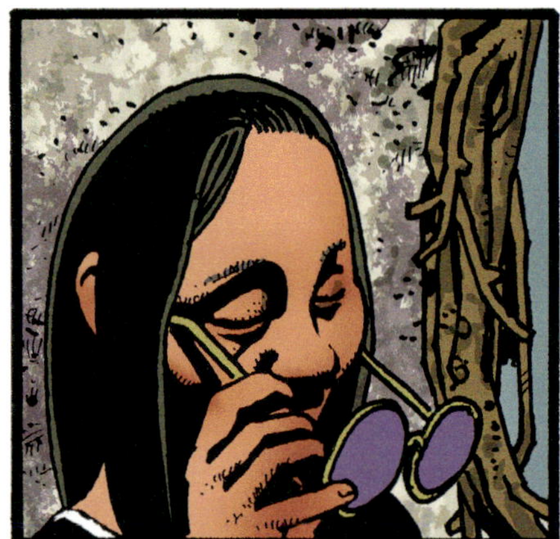
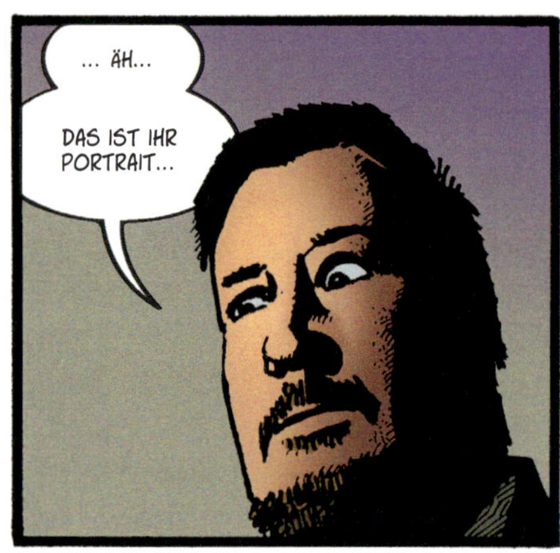
... ÄH...
DAS IST IHR
PORTRAIT...
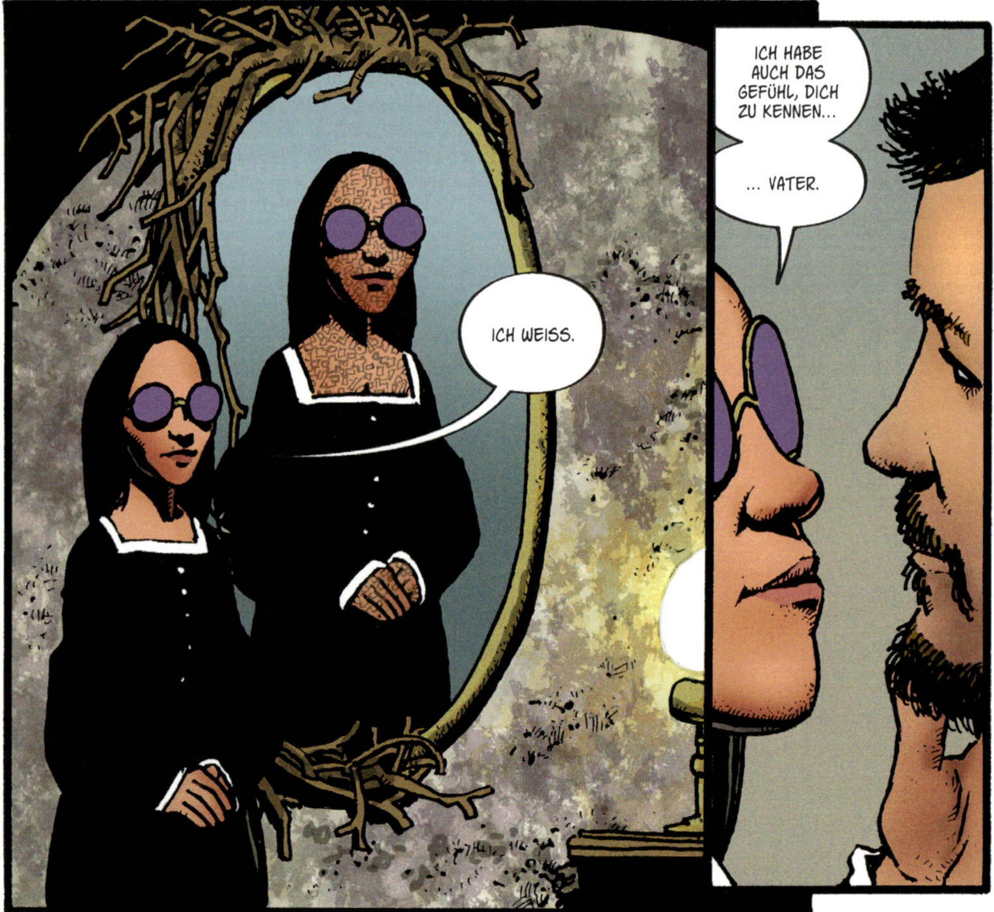
ICH WEISS.
ICH HABE
AUCH DAS
GEFÜHL, DICH
ZU KENNEN...
... VATER.
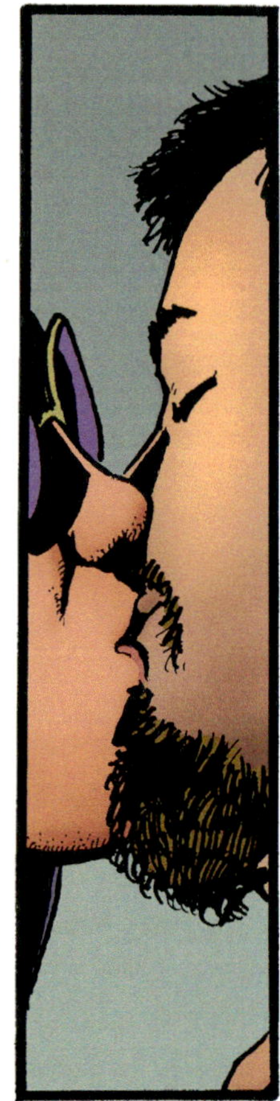

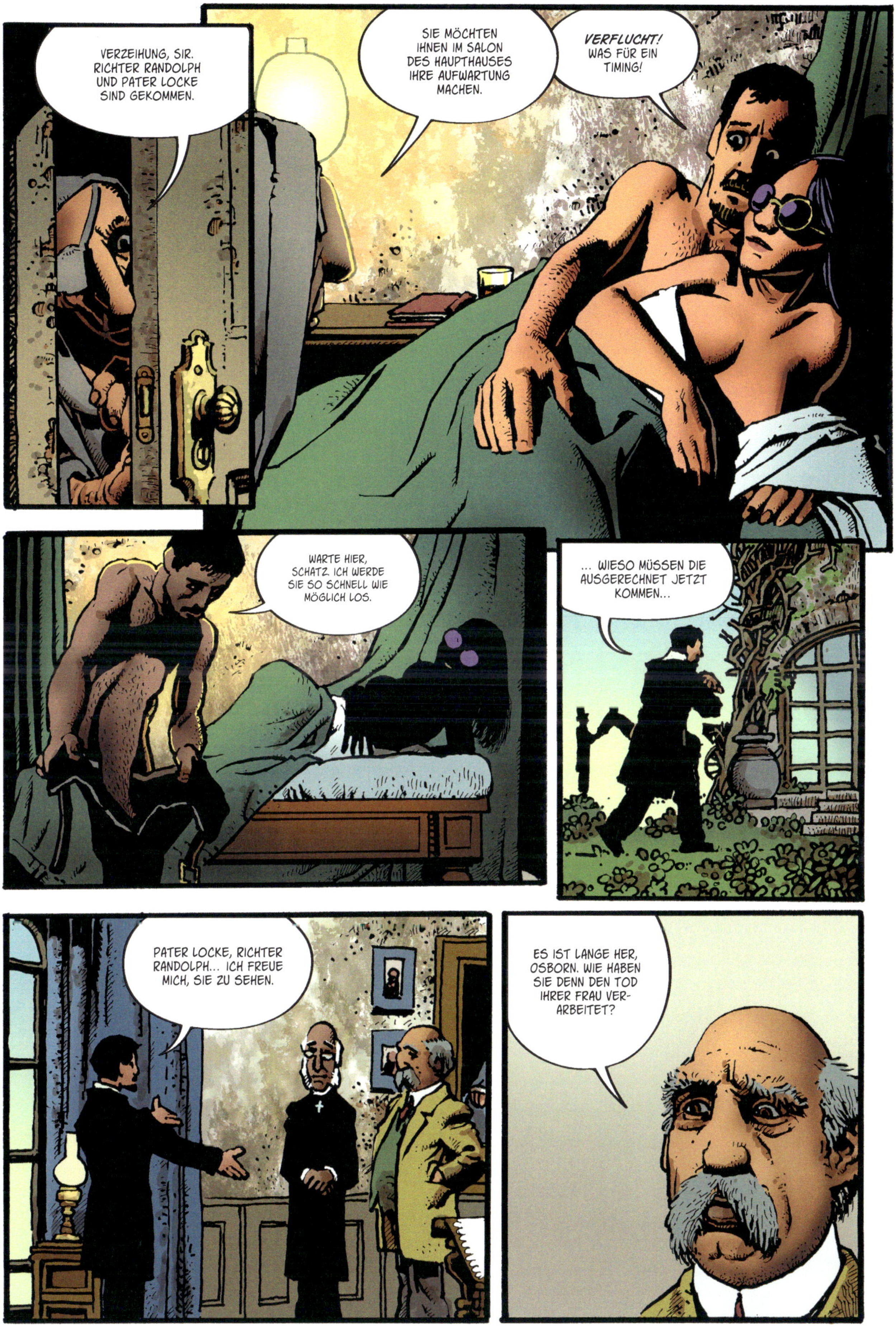

VERZEIHUNG, SIR. RICHTER RANDOLPH UND PATER LOCKE SIND GEKOMMEN.

SIE MÖCHTEN IHNEN IM SALON DES HAUPTHAUSES IHRE AUFWARTUNG MACHEN.

VERFLUCHT! WAS FÜR EIN TIMING!

WARTE HIER, SCHATZ. ICH WERDE SIE SO SCHNELL WIE MÖGLICH LOS.

... WIESO MÜSSEN DIE AUSGERECHNET JETZT KOMMEN...

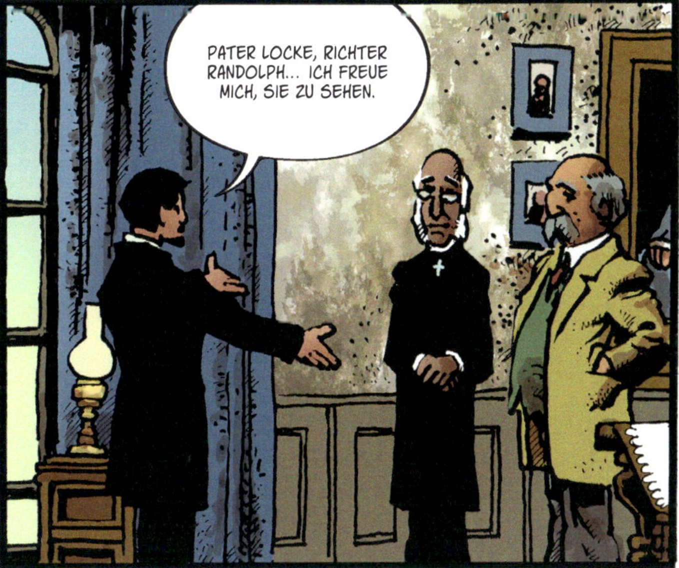

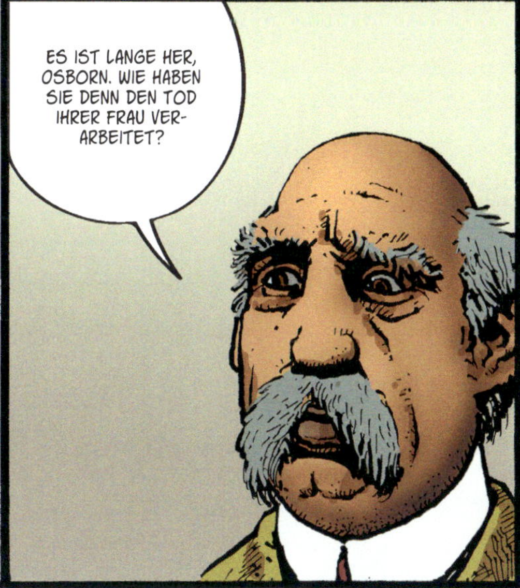

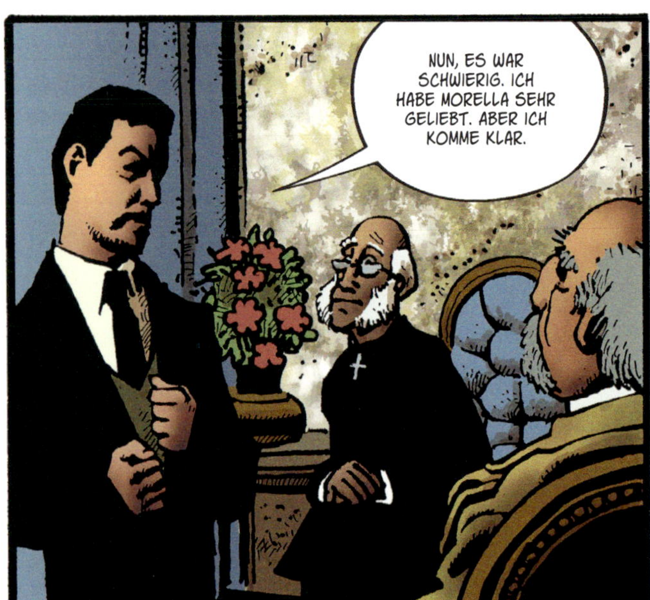
NUN, ES WAR SCHWIERIG. ICH HABE MORELLA SEHR GELIEBT. ABER ICH KOMME KLAR.

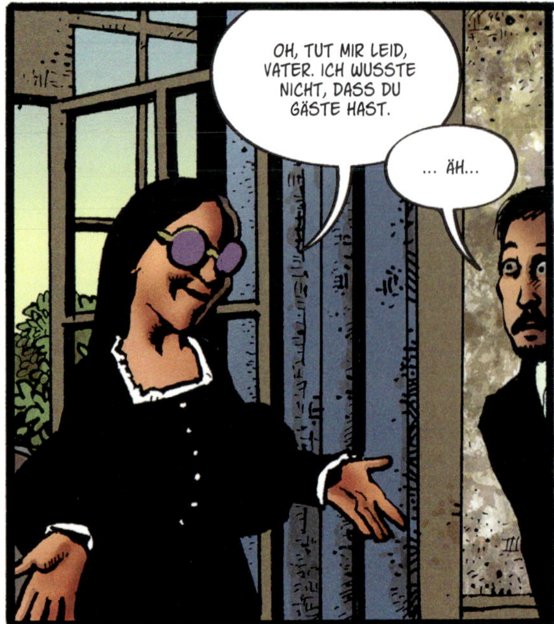
OH, TUT MIR LEID, VATER. ICH WUSSTE NICHT, DASS DU GÄSTE HAST.
... ÄH...

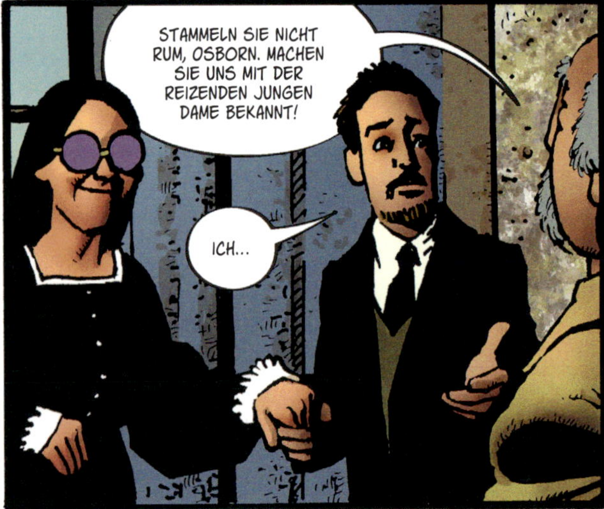
STAMMELN SIE NICHT RUM, OSBORN. MACHEN SIE UNS MIT DER REIZENDEN JUNGEN DAME BEKANNT!
ICH...

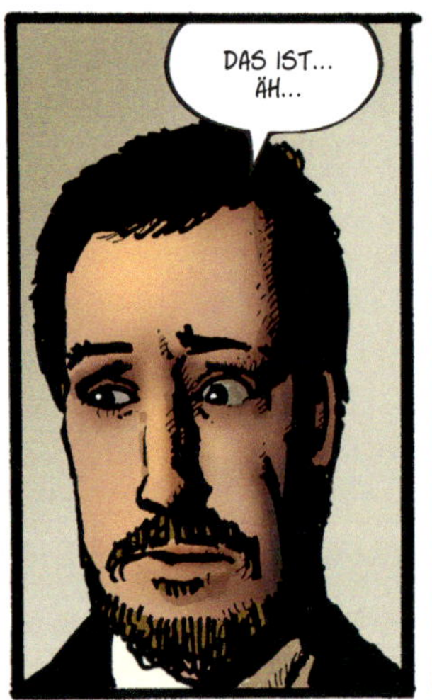
DAS IST... ÄH...

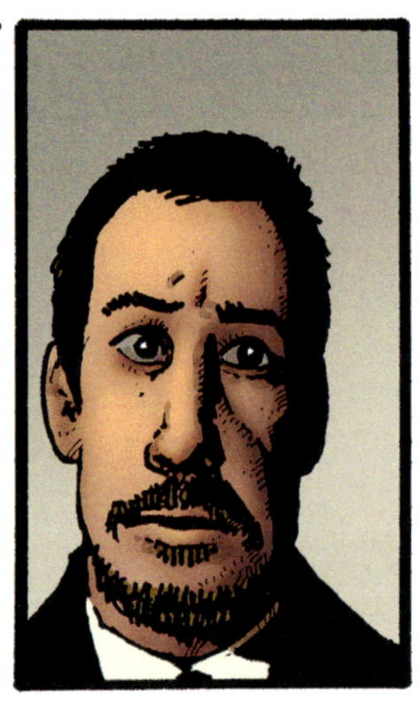

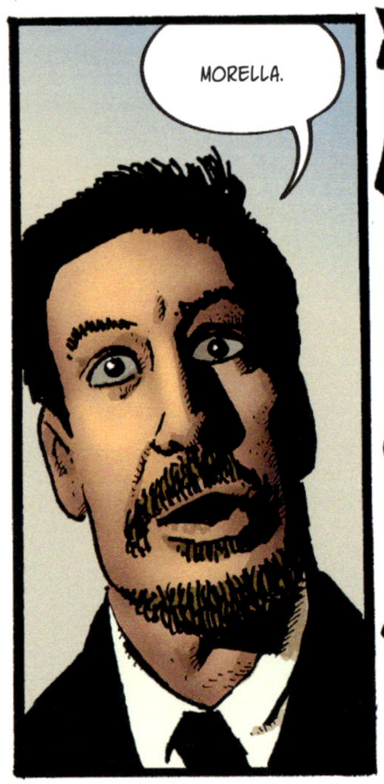
MORELLA.

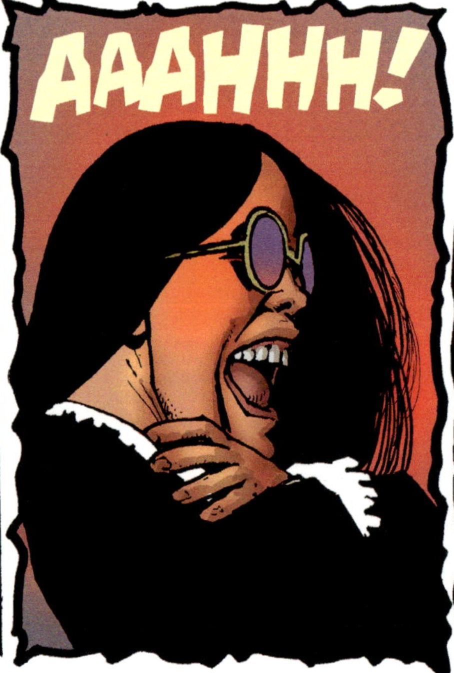
AAAHHH!

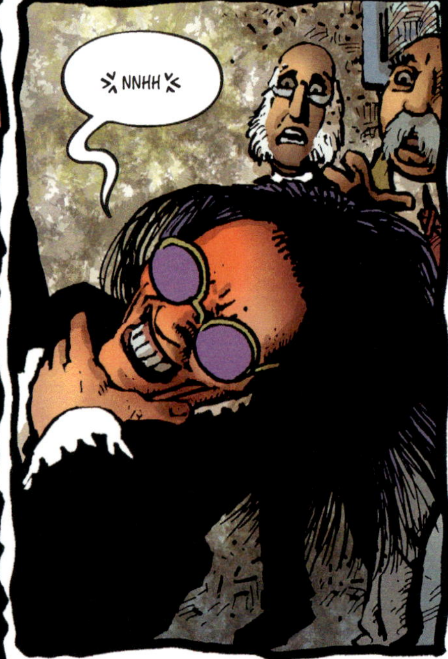
NNHH

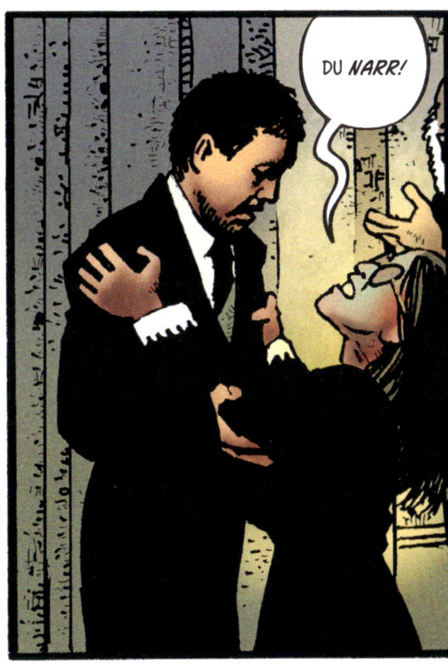
DU NARR!

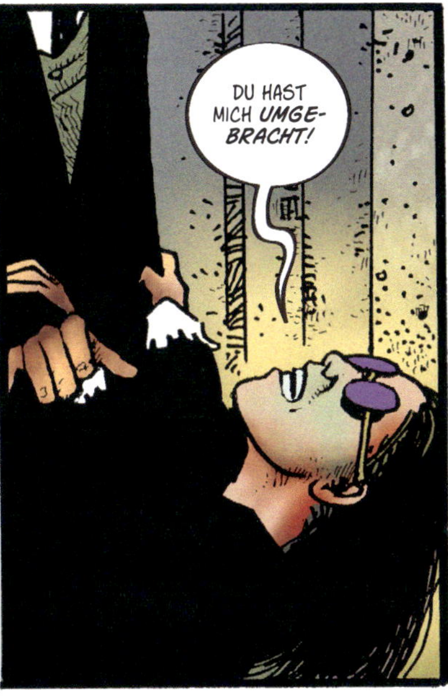
DU HAST MICH UMGE-BRACHT!

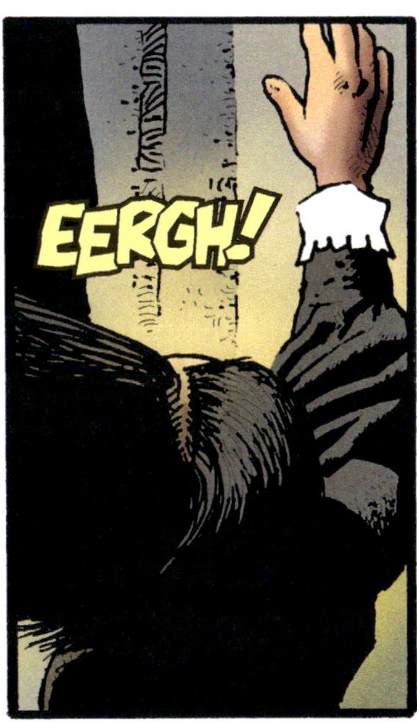
EERGH!

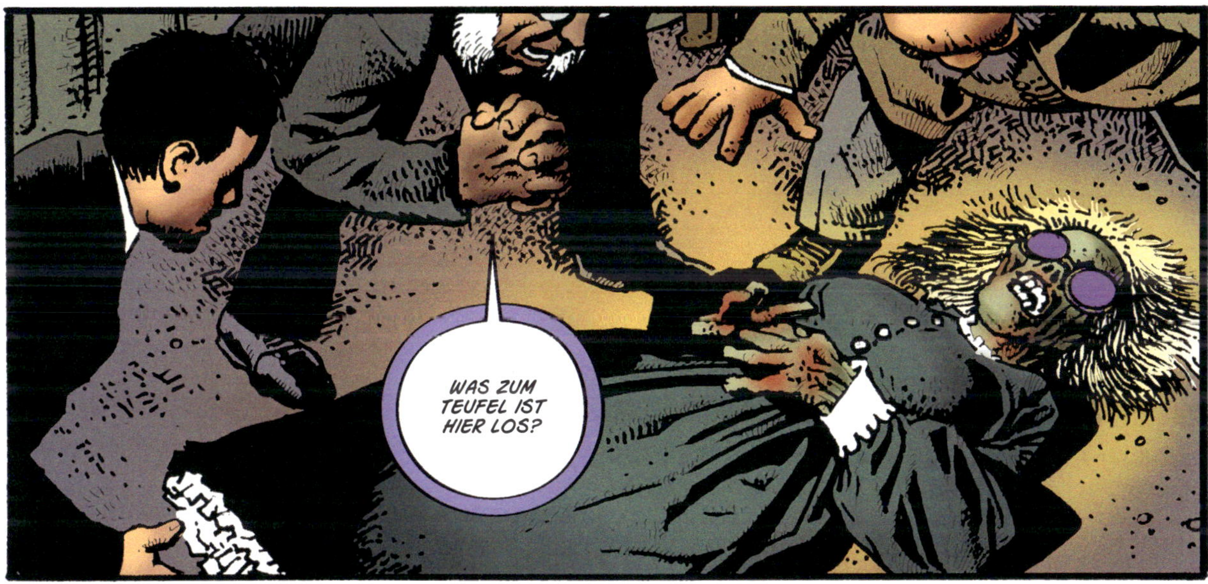
WAS ZUM TEUFEL IST HIER LOS?

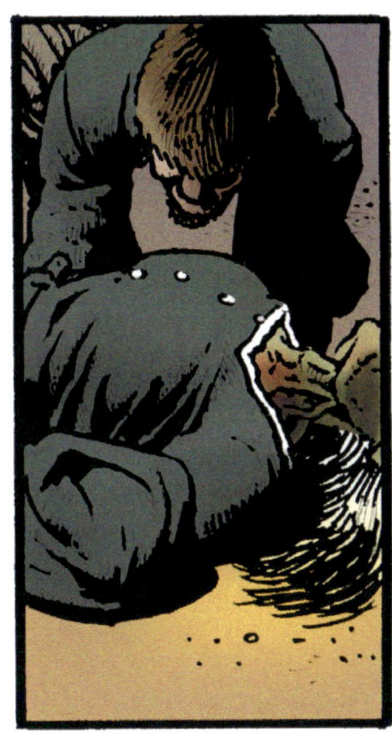

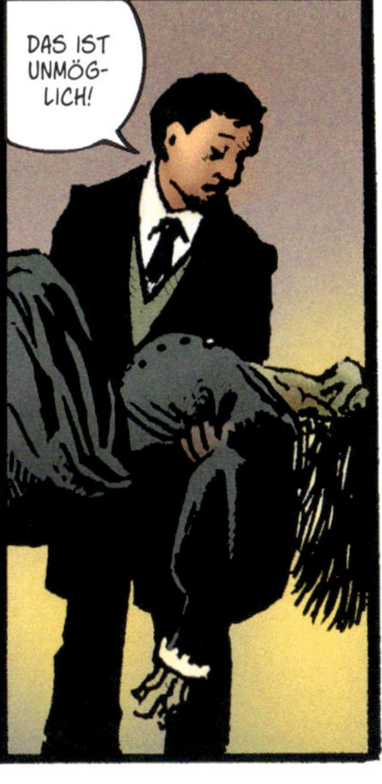
DAS IST UNMÖG-LICH!

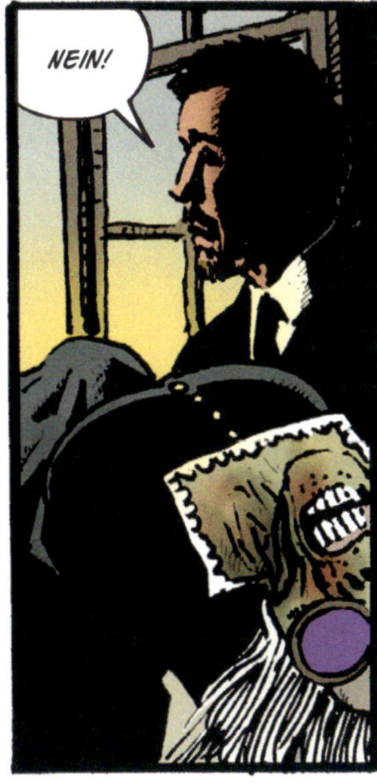
NEIN!

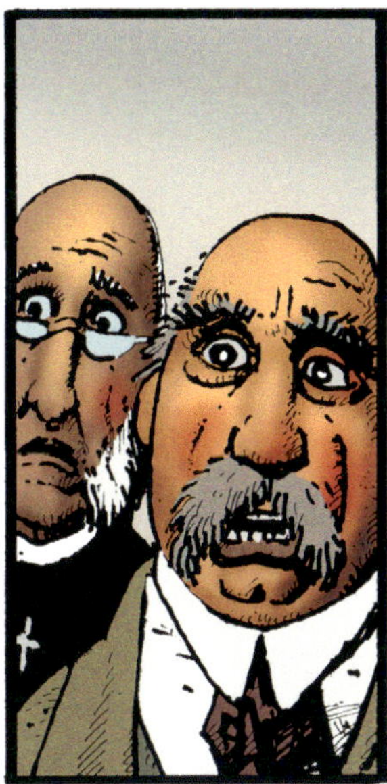

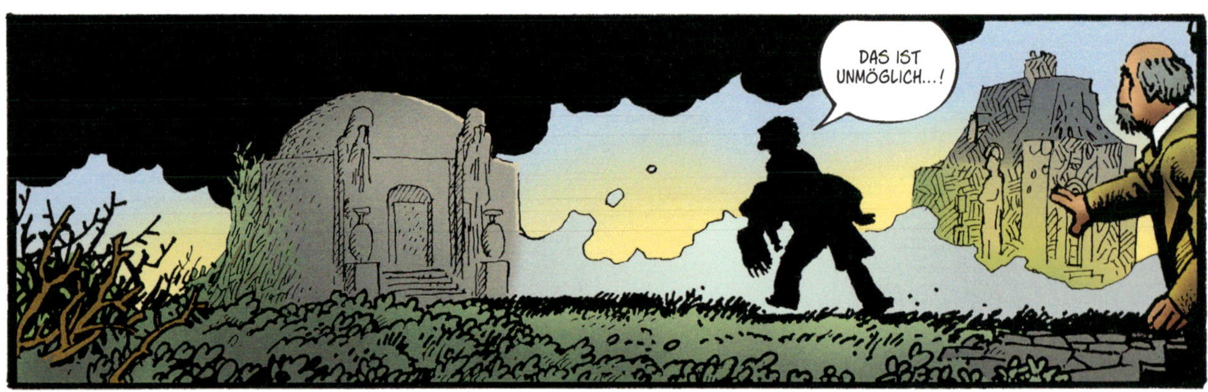
DAS IST UNMÖGLICH...!

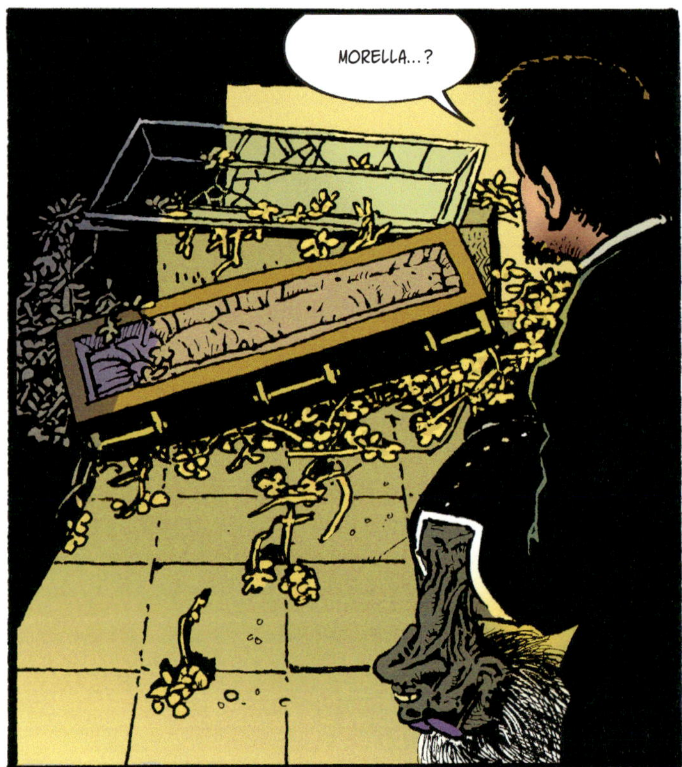
MORELLA...?

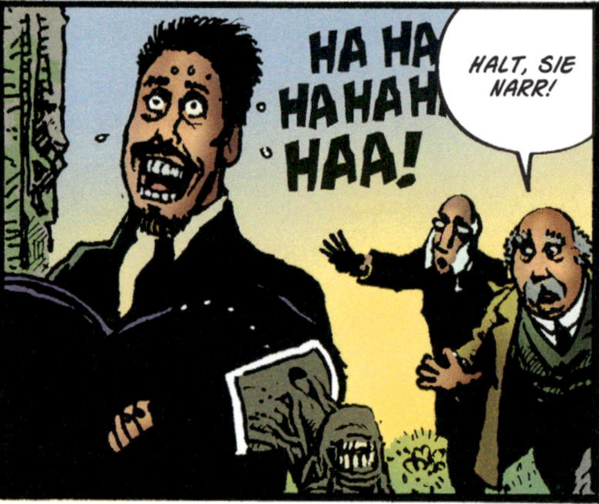
HA HA HA HA HA HAA!
HALT, SIE NARR!

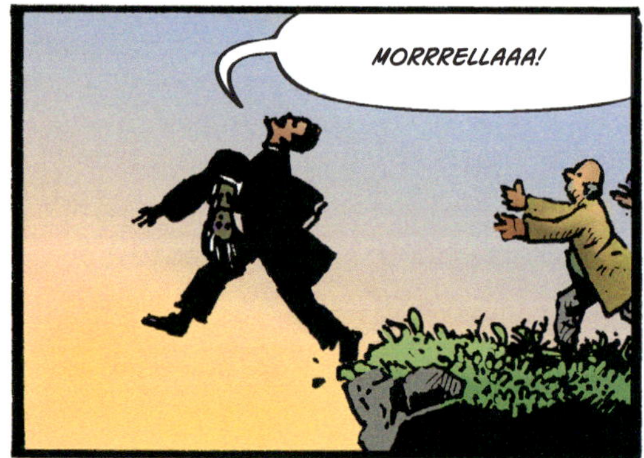
MORRRELLAAA!

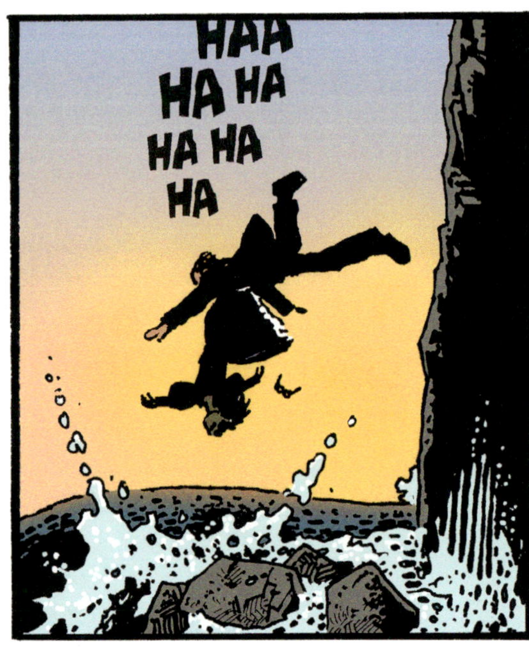
HAA HA HA HA HA HA

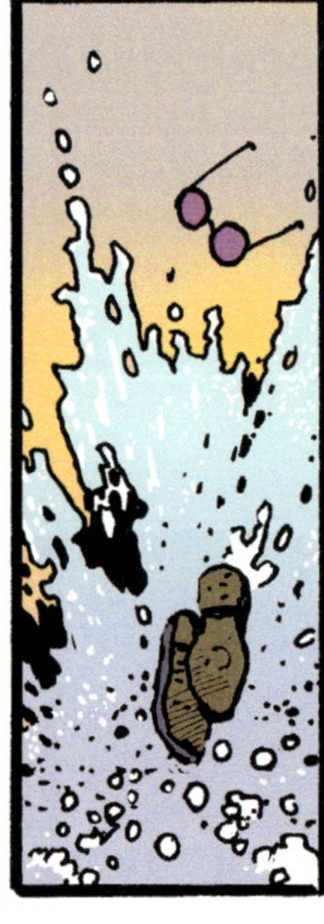

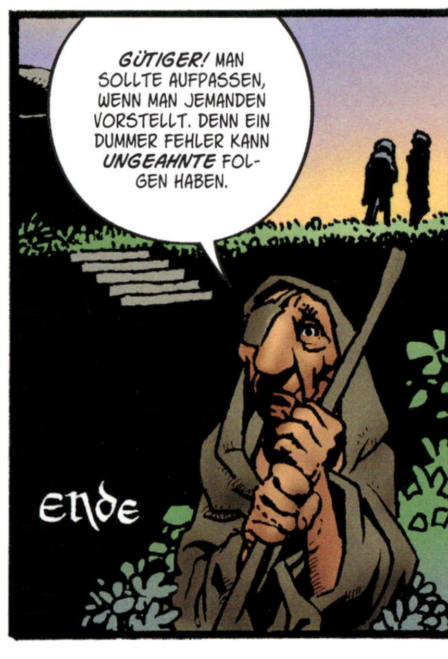
GÜTIGER! MAN SOLLTE AUFPASSEN, WENN MAN JEMANDEN VORSTELLT. DENN EIN DUMMER FEHLER KANN UNGEAHNTE FOLGEN HABEN.
ENDE

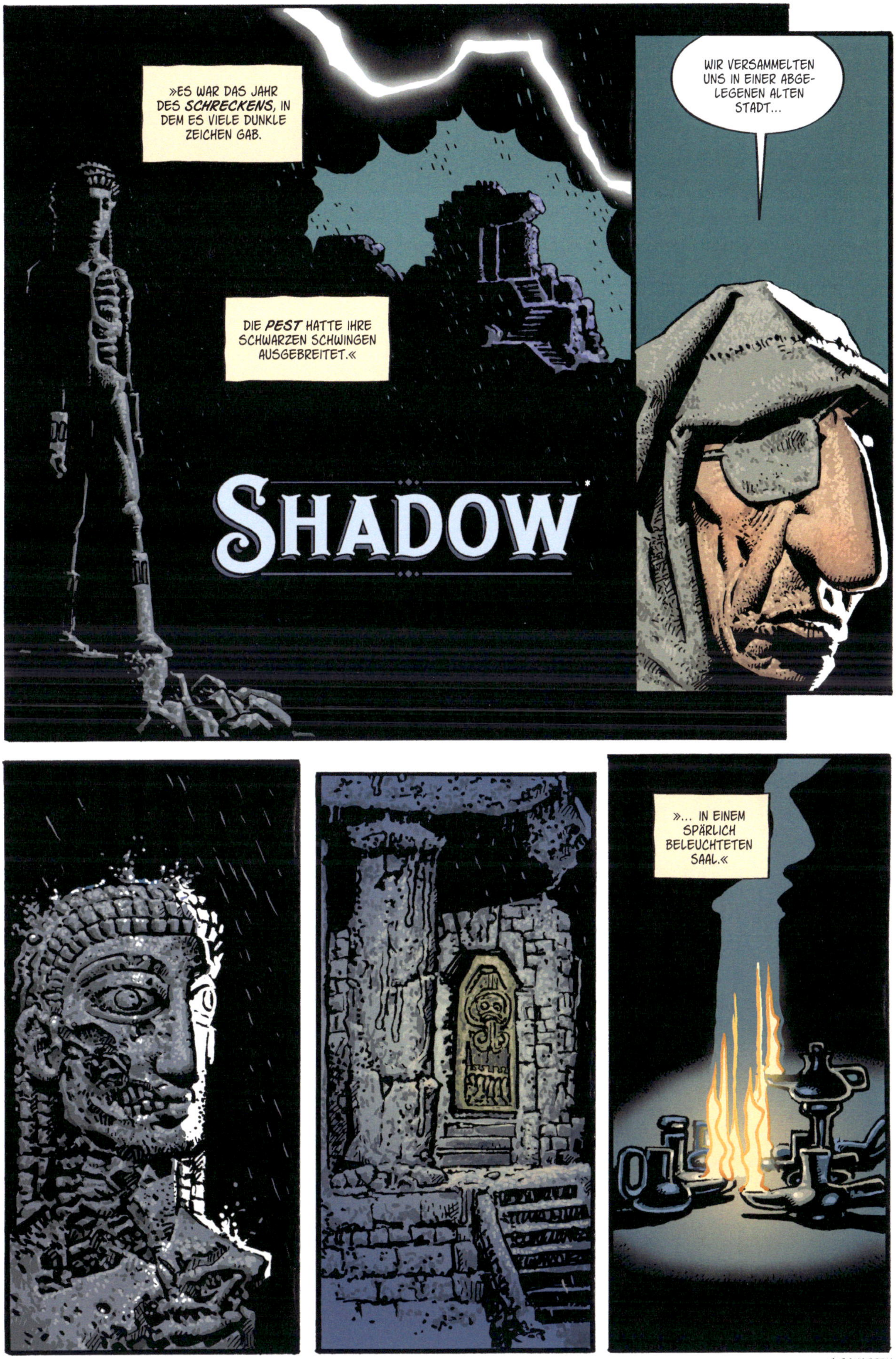

»ES WAR DAS JAHR DES ***SCHRECKENS***, IN DEM ES VIELE DUNKLE ZEICHEN GAB.

DIE ***PEST*** HATTE IHRE SCHWARZEN SCHWINGEN AUSGEBREITET.«

SHADOW*

WIR VERSAMMELTEN UNS IN EINER ABGELEGENEN ALTEN STADT…

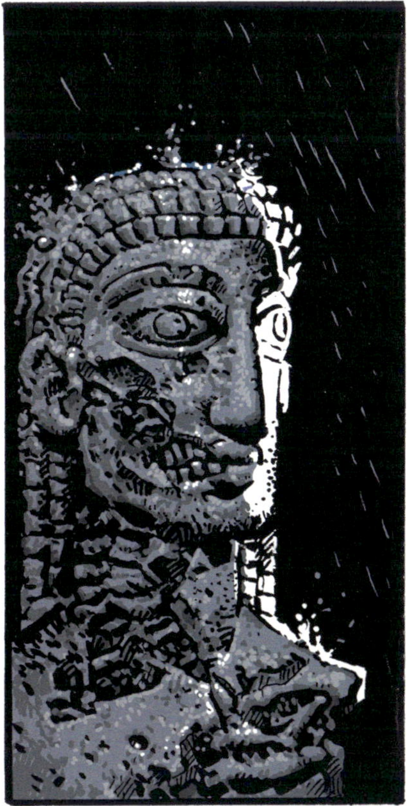

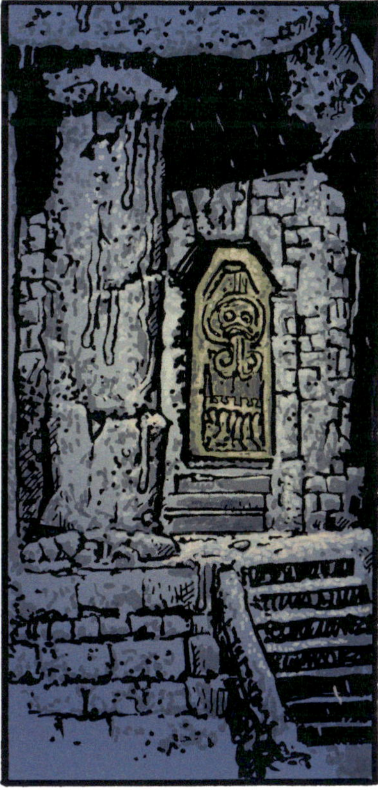

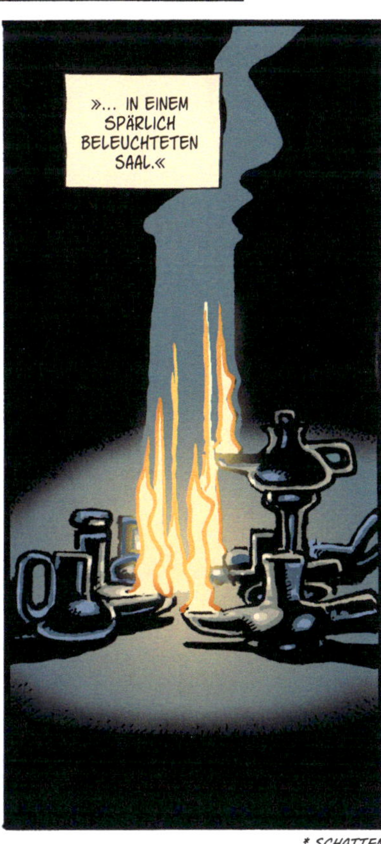

* SCHATTEN

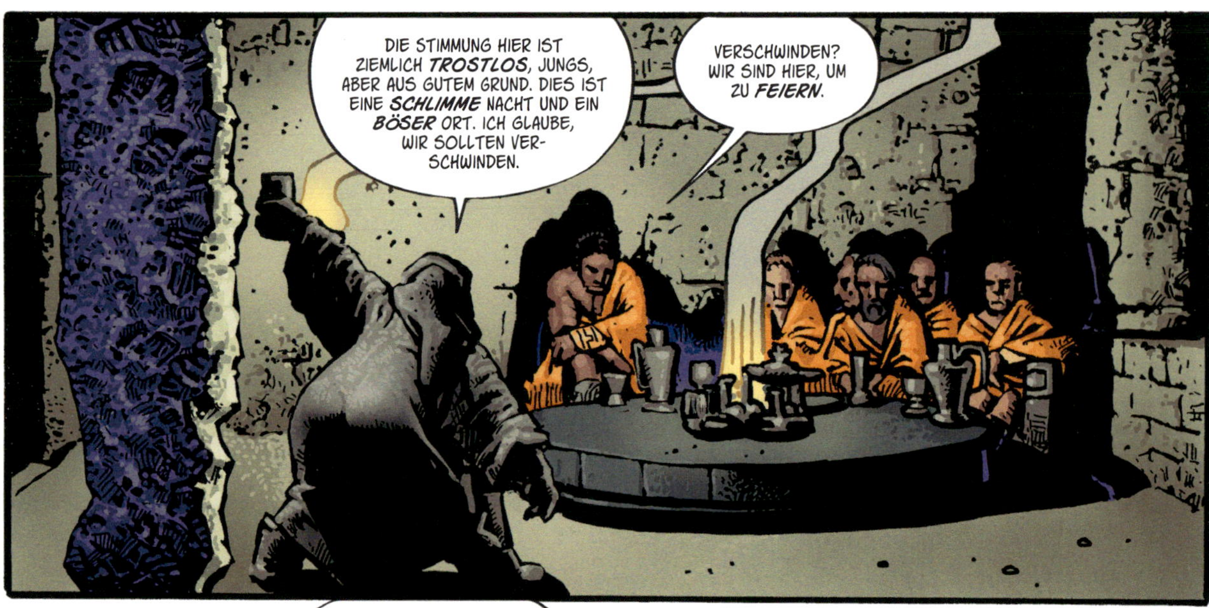
DIE STIMMUNG HIER IST ZIEMLICH TROSTLOS, JUNGS, ABER AUS GUTEM GRUND. DIES IST EINE SCHLIMME NACHT UND EIN BÖSER ORT. ICH GLAUBE, WIR SOLLTEN VERSCHWINDEN.
VERSCHWINDEN? WIR SIND HIER, UM ZU FEIERN.

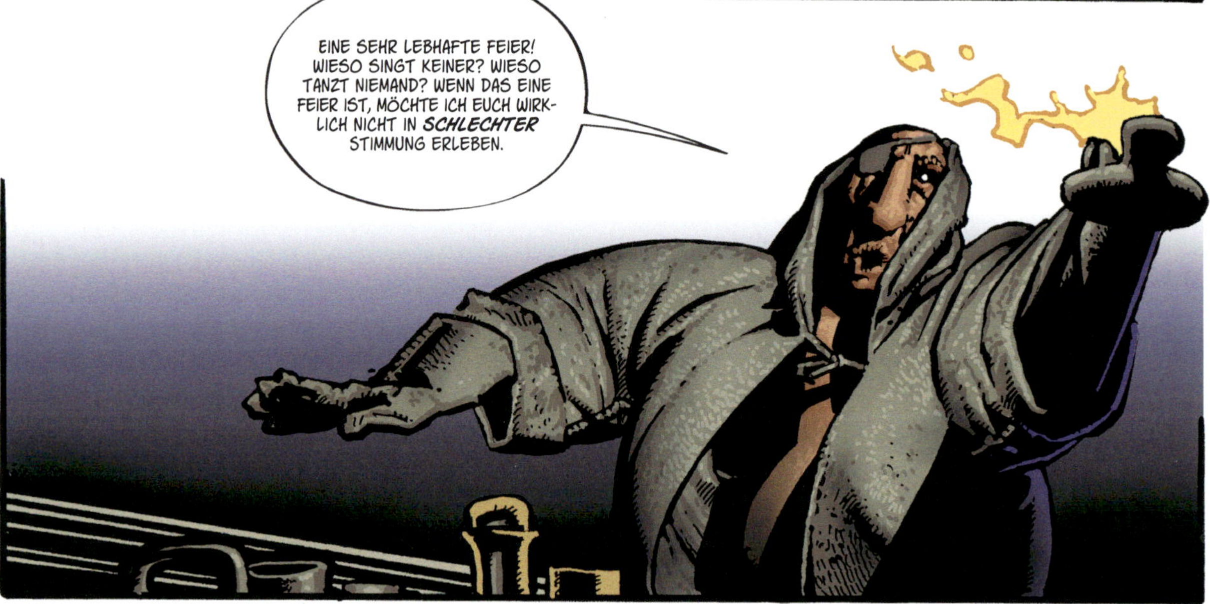
EINE SEHR LEBHAFTE FEIER! WIESO SINGT KEINER? WIESO TANZT NIEMAND? WENN DAS EINE FEIER IST, MÖCHTE ICH EUCH WIRKLICH NICHT IN SCHLECHTER STIMMUNG ERLEBEN.

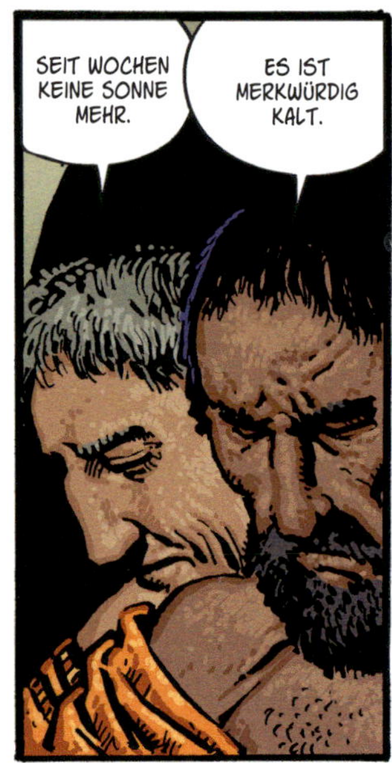
SEIT WOCHEN KEINE SONNE MEHR.
ES IST MERKWÜRDIG KALT.

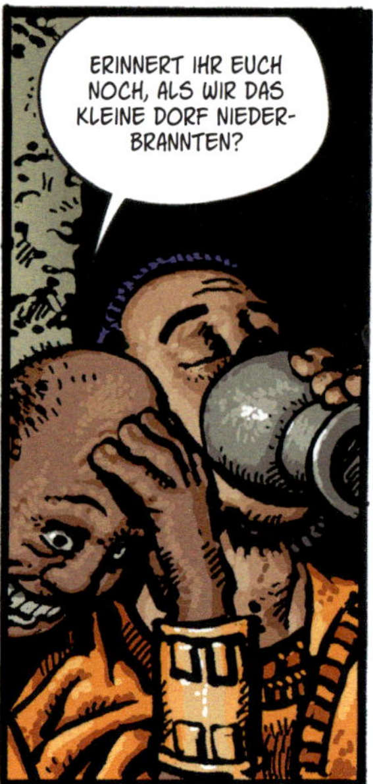
ERINNERT IHR EUCH NOCH, ALS WIR DAS KLEINE DORF NIEDERBRANNTEN?

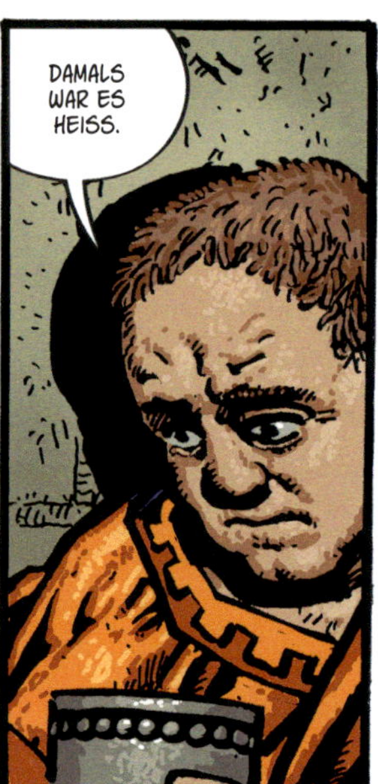
DAMALS WAR ES HEISS.

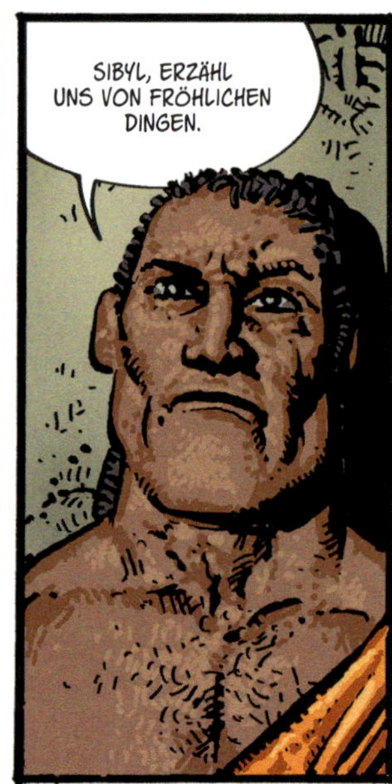
SIBYL, ERZÄHL UNS VON FRÖHLICHEN DINGEN.

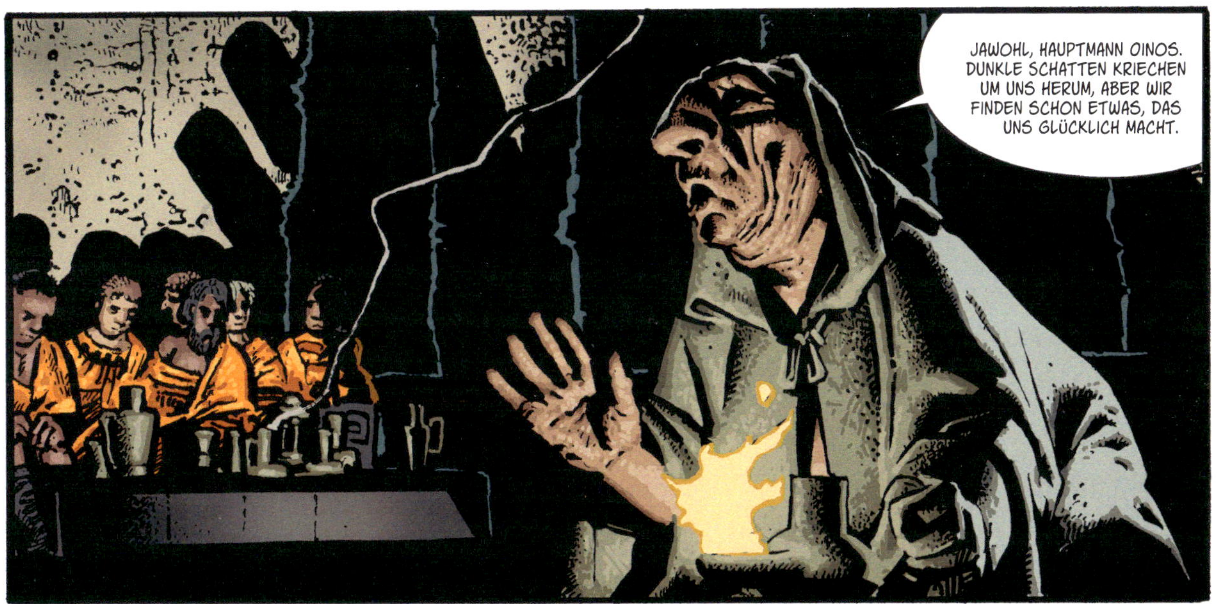
JAWOHL, HAUPTMANN OINOS. DUNKLE SCHATTEN KRIECHEN UM UNS HERUM, ABER WIR FINDEN SCHON ETWAS, DAS UNS GLÜCKLICH MACHT.

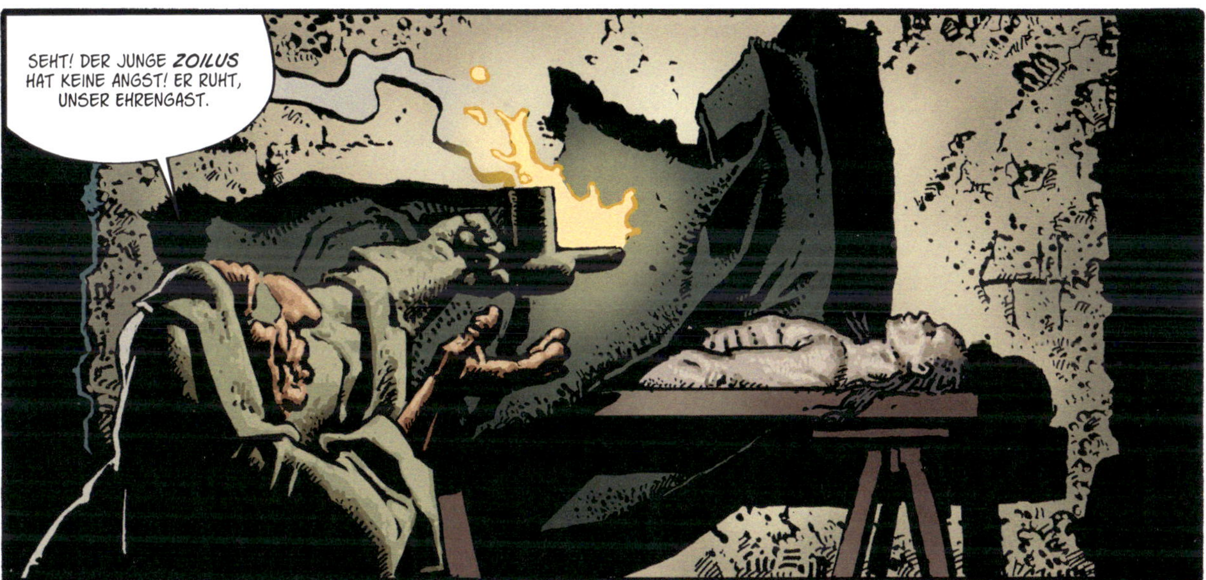
SEHT! DER JUNGE ZOILUS HAT KEINE ANGST! ER RUHT, UNSER EHRENGAST.

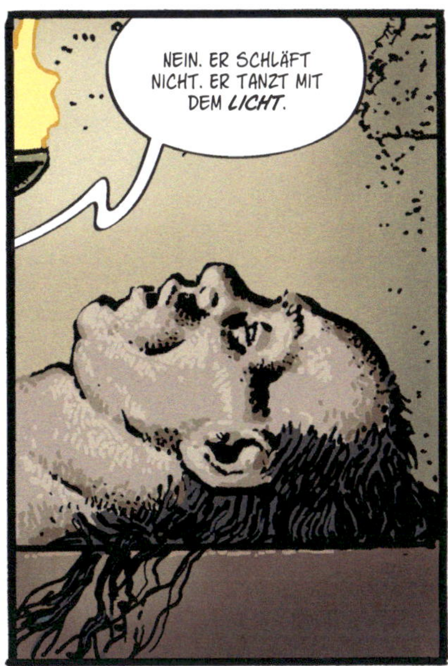
NEIN. ER SCHLÄFT NICHT. ER TANZT MIT DEM LICHT.

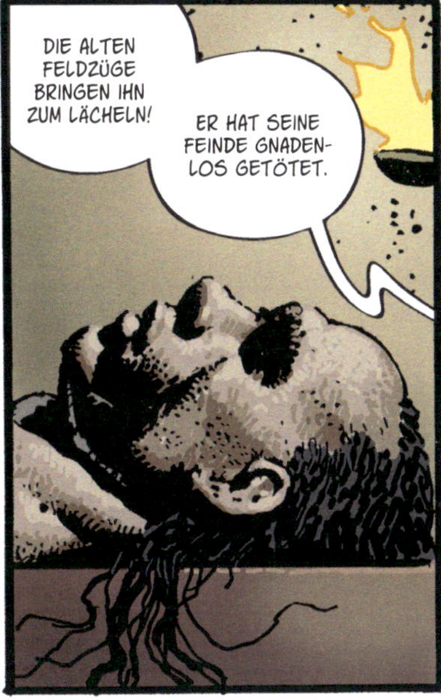
DIE ALTEN FELDZÜGE BRINGEN IHN ZUM LÄCHELN!
ER HAT SEINE FEINDE GNADENLOS GETÖTET.

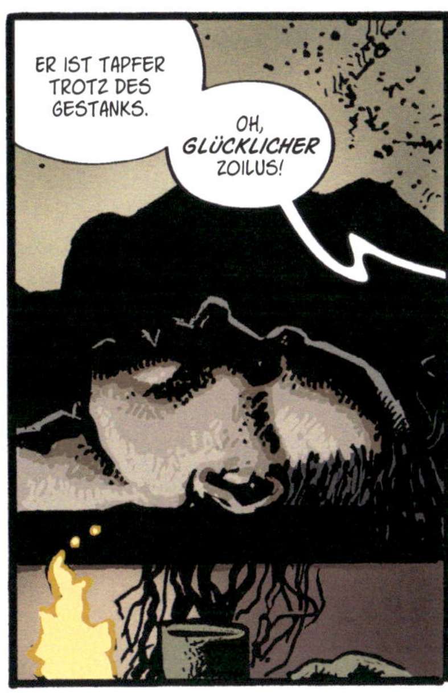
ER IST TAPFER TROTZ DES GESTANKS.
OH, GLÜCKLICHER ZOILUS!

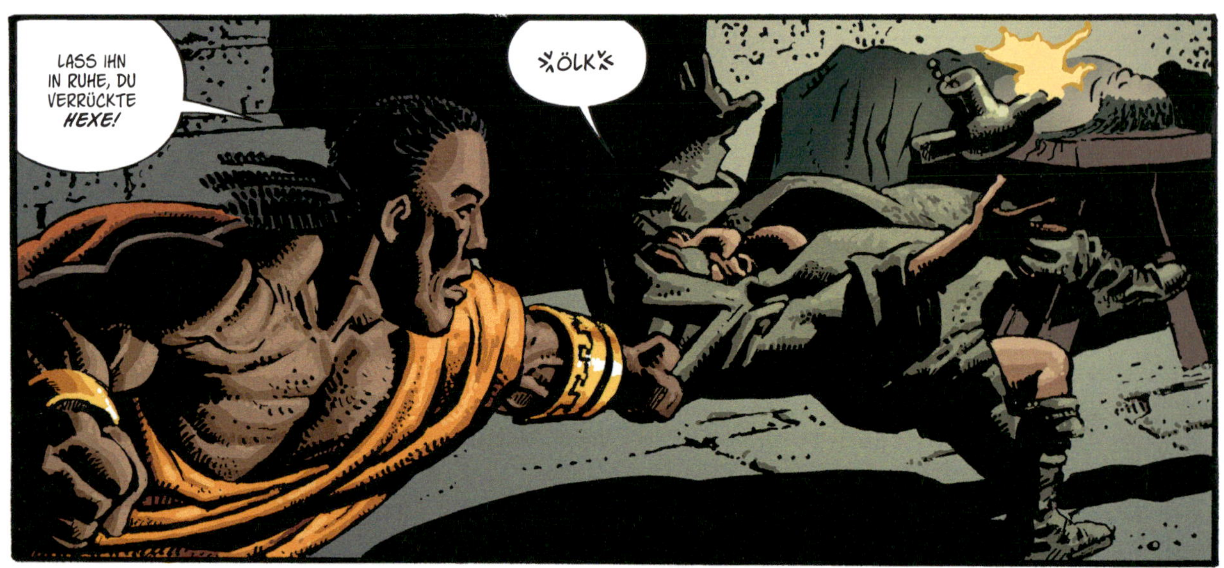
LASS IHN IN RUHE, DU VERRÜCKTE HEXE!
ÖLK

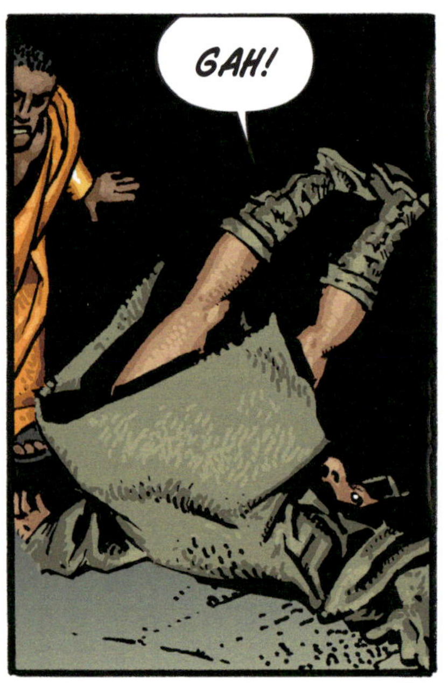
GAH!

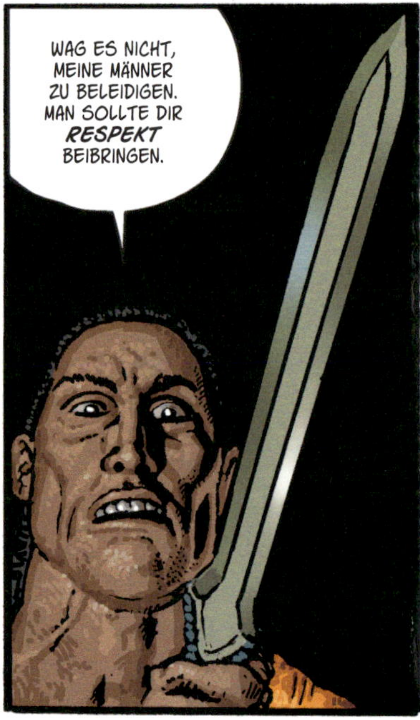
WAG ES NICHT, MEINE MÄNNER ZU BELEIDIGEN. MAN SOLLTE DIR RESPEKT BEIBRINGEN.

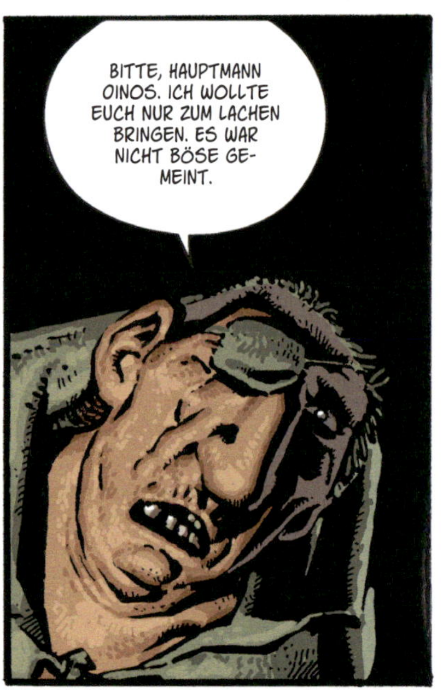
BITTE, HAUPTMANN OINOS. ICH WOLLTE EUCH NUR ZUM LACHEN BRINGEN. ES WAR NICHT BÖSE GE-MEINT.

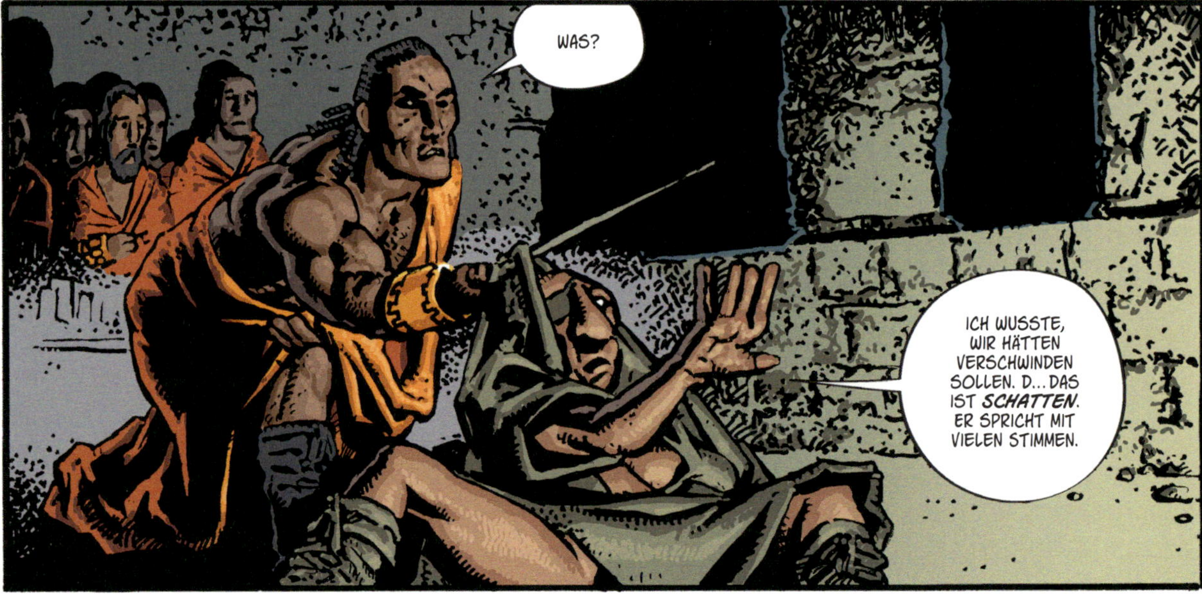
WAS?
ICH WUSSTE, WIR HÄTTEN VERSCHWINDEN SOLLEN. D... DAS IST SCHATTEN. ER SPRICHT MIT VIELEN STIMMEN.

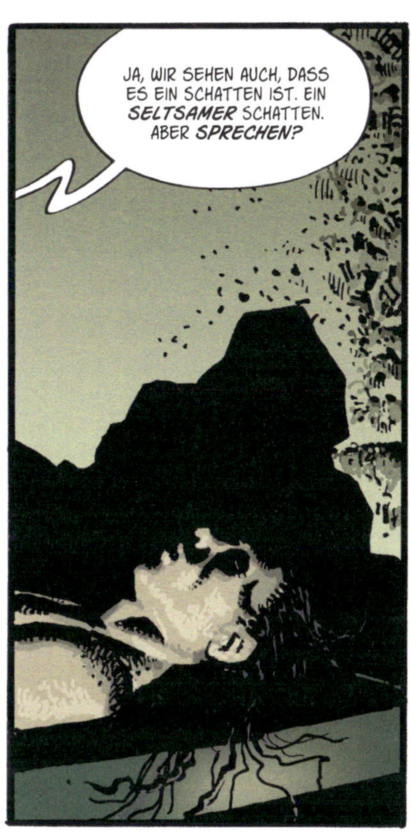
JA, WIR SEHEN AUCH, DASS ES EIN SCHATTEN IST. EIN SELTSAMER SCHATTEN. ABER SPRECHEN?

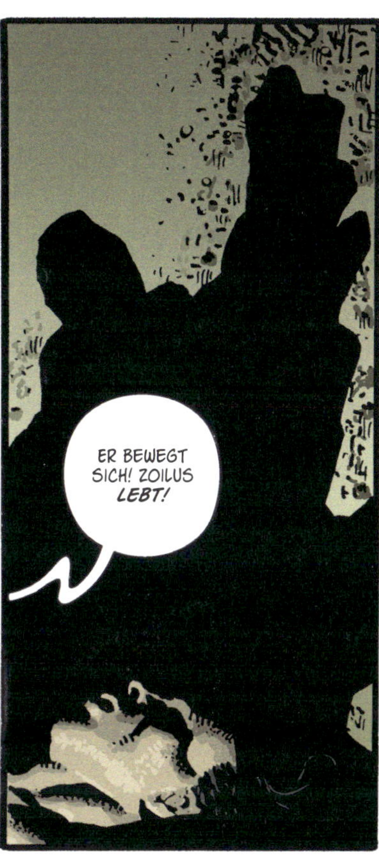
ER BEWEGT SICH! ZOILUS LEBT!

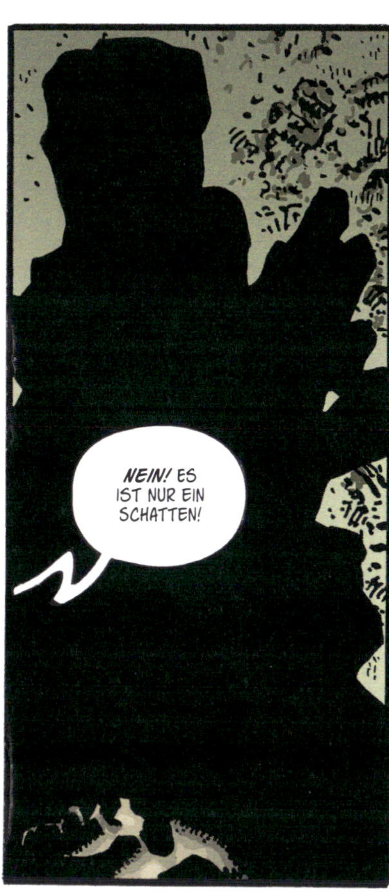
NEIN! ES IST NUR EIN SCHATTEN!

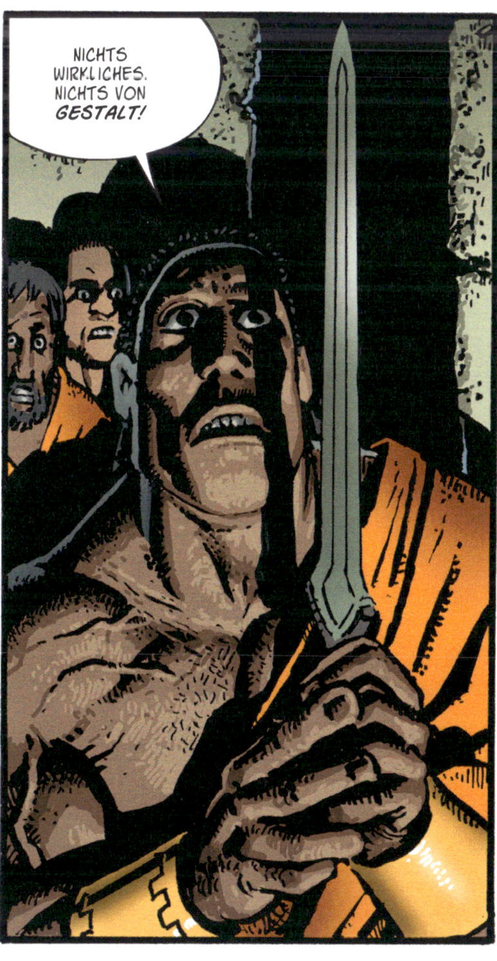
NICHTS WIRKLICHES. NICHTS VON GESTALT!

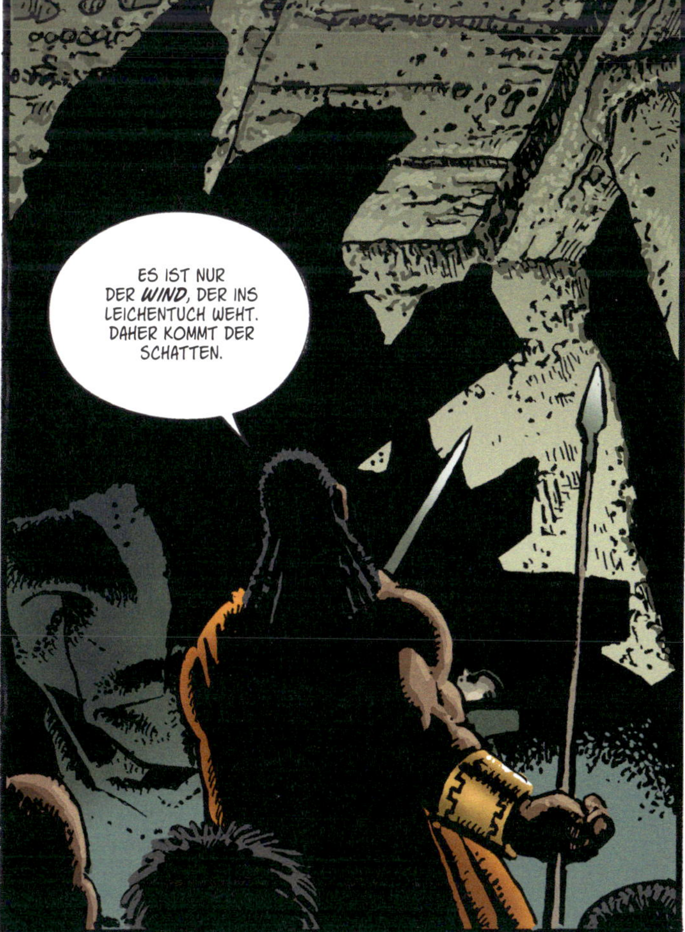
ES IST NUR DER WIND, DER INS LEICHENTUCH WEHT. DAHER KOMMT DER SCHATTEN.

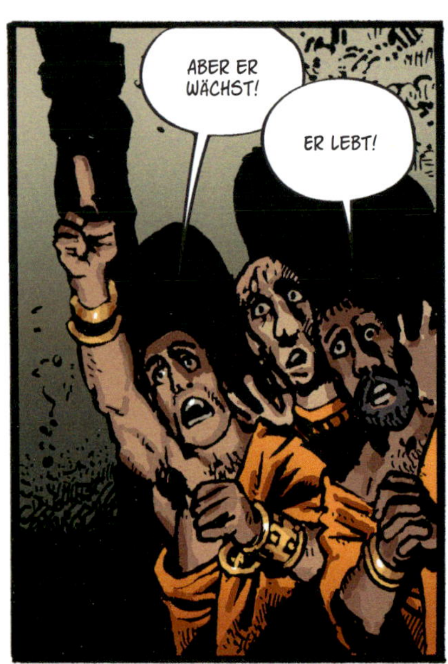
ABER ER WÄCHST!
ER LEBT!

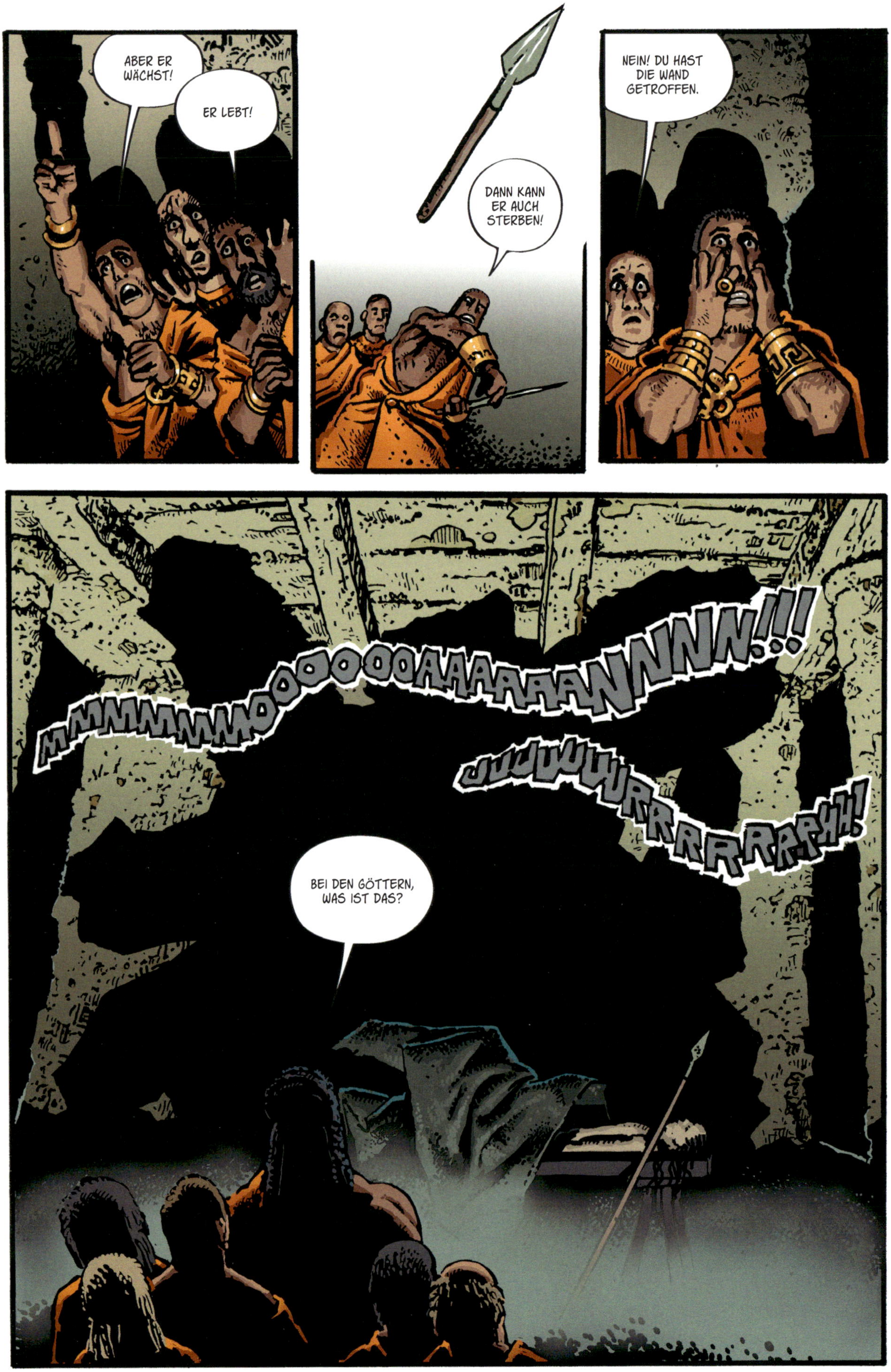

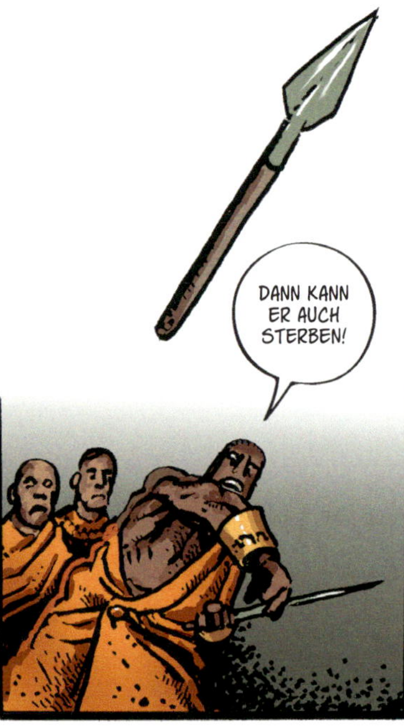
DANN KANN ER AUCH STERBEN!

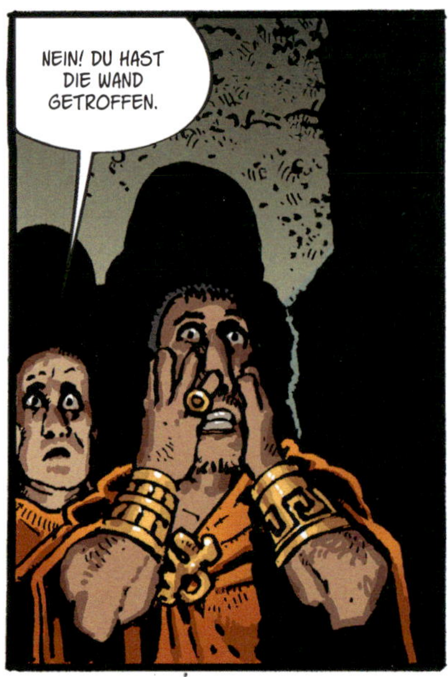
NEIN! DU HAST DIE WAND GETROFFEN.

MMMMMMMMOOOOOOOAAAAAANNNNN!!!
UUUUUWRRRRRRRRPHH!
BEI DEN GÖTTERN, WAS IST DAS?

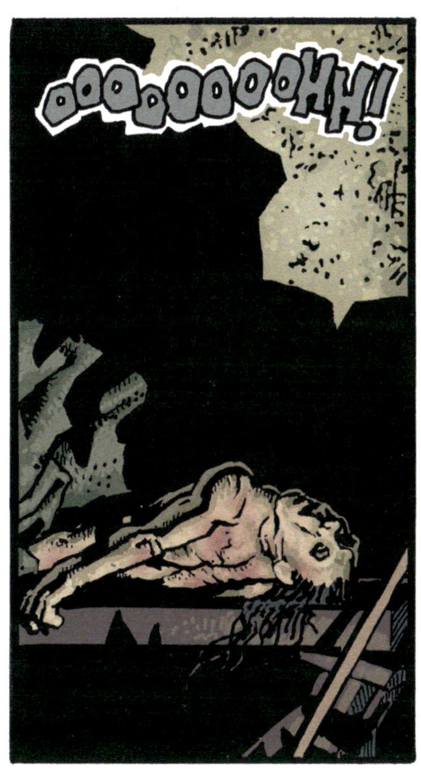
OOOOOOOOOHH!!
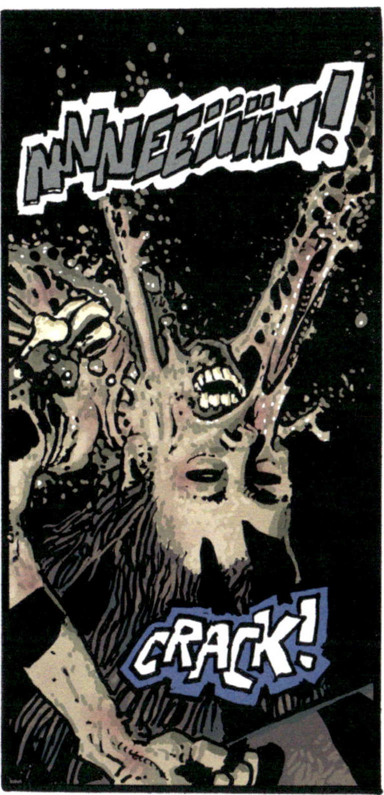
NNNEEiiiiiN!
CRACK!
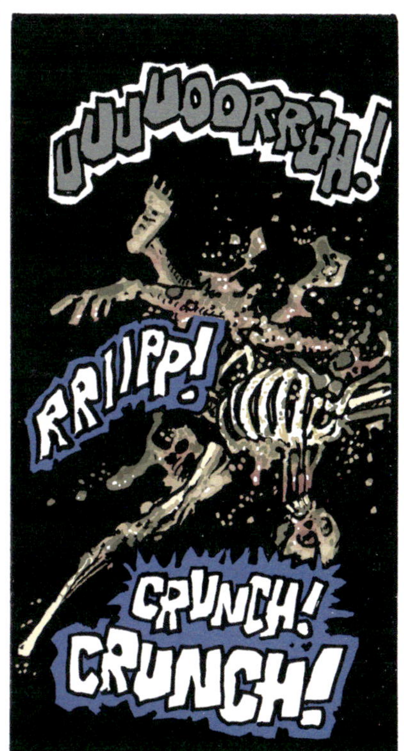
UUUUOORRRGH!
RRIIPP!
CRUNCH! CRUNCH!
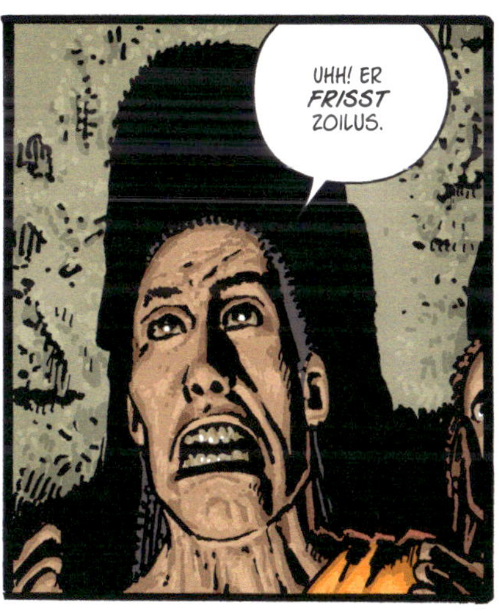
UHH! ER *FRISST* ZOILUS.
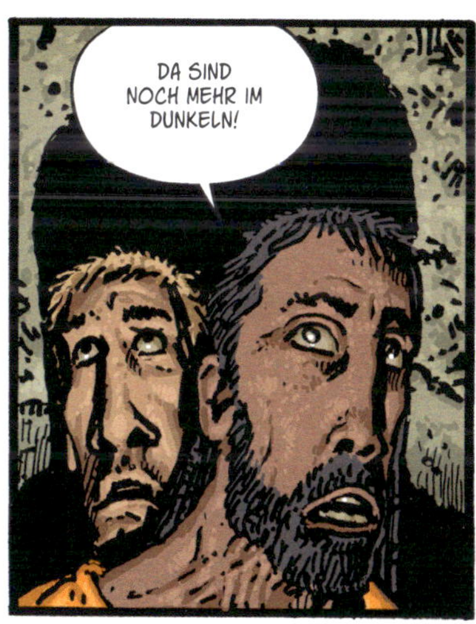
DA SIND NOCH MEHR IM DUNKELN!
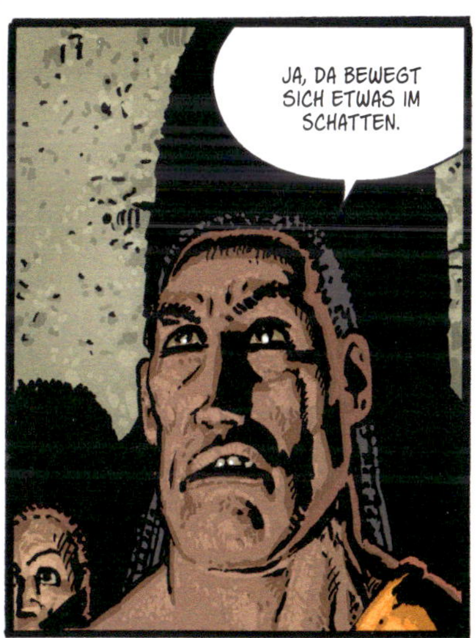
JA, DA BEWEGT SICH ETWAS IM SCHATTEN.
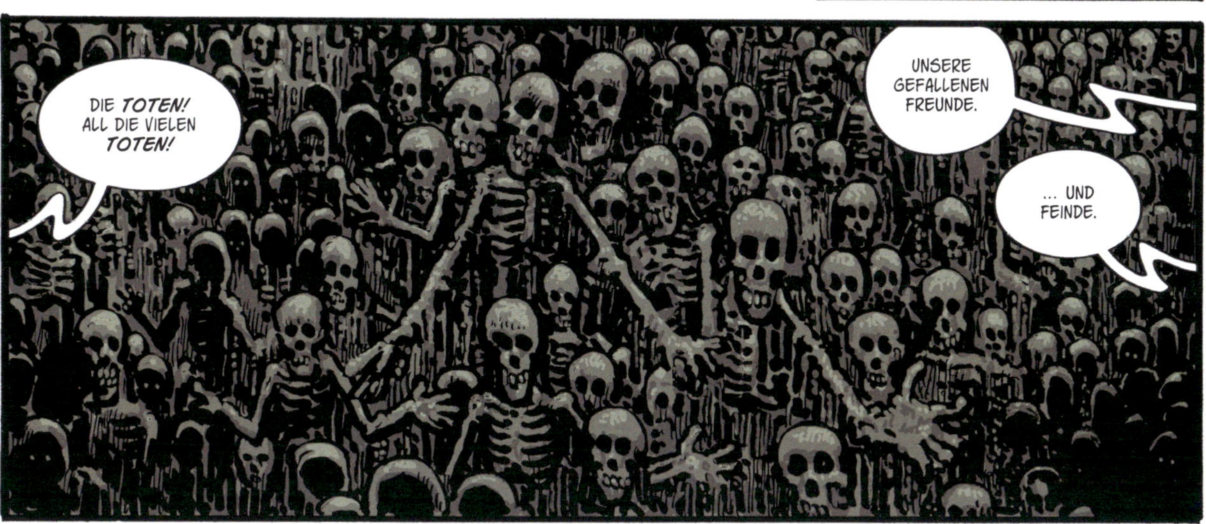
DIE *TOTEN!* ALL DIE VIELEN *TOTEN!*
UNSERE GEFALLENEN FREUNDE.
… UND FEINDE.

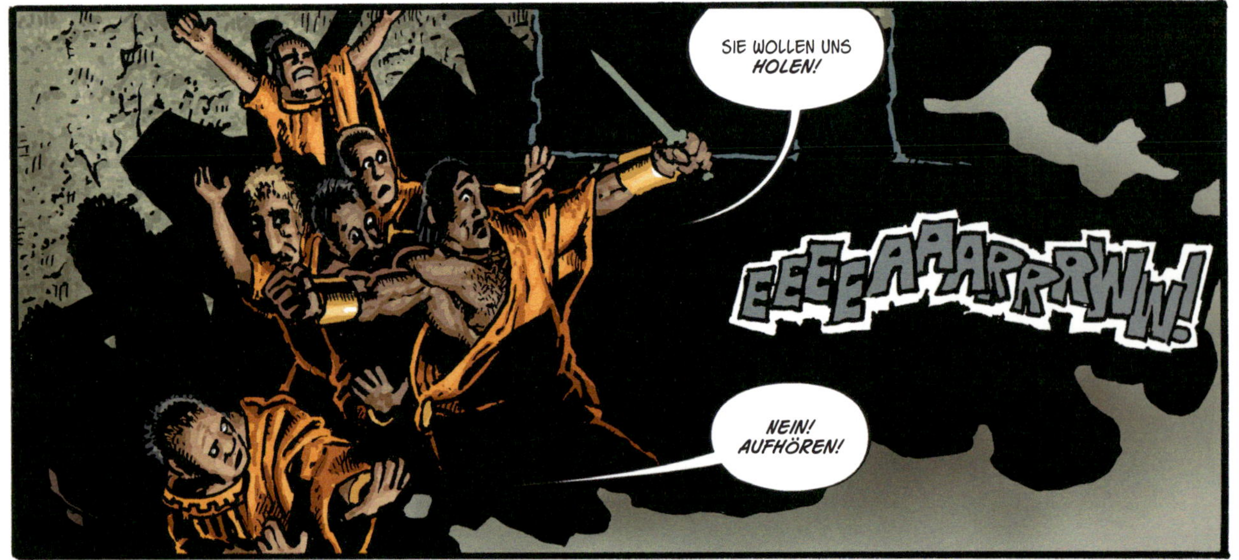
SIE WOLLEN UNS *HOLEN!*
EEEEAAAARRRWW!
NEIN! AUFHÖREN!

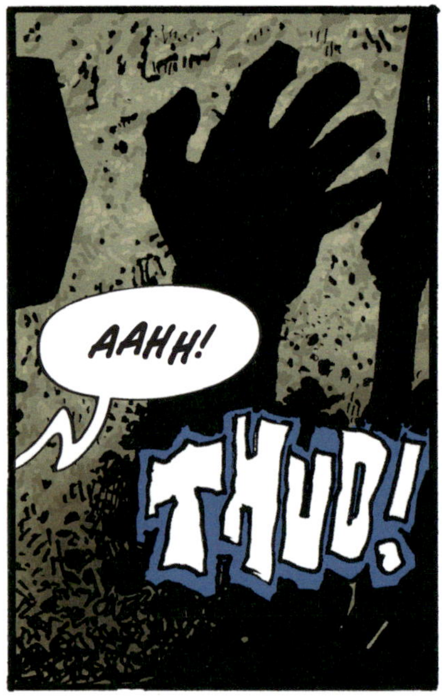
AAHH!
THUD!

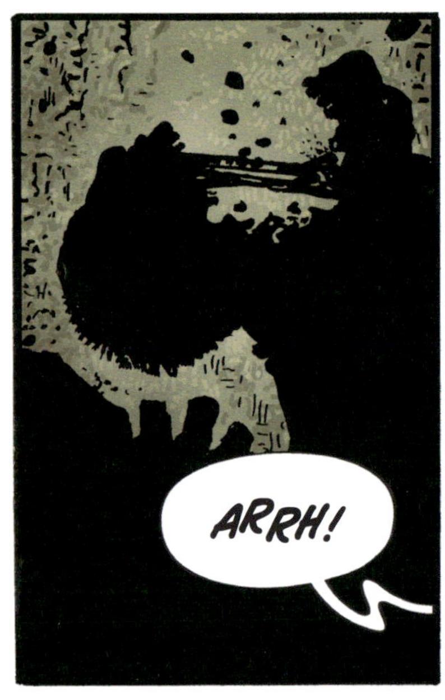
ARRH!

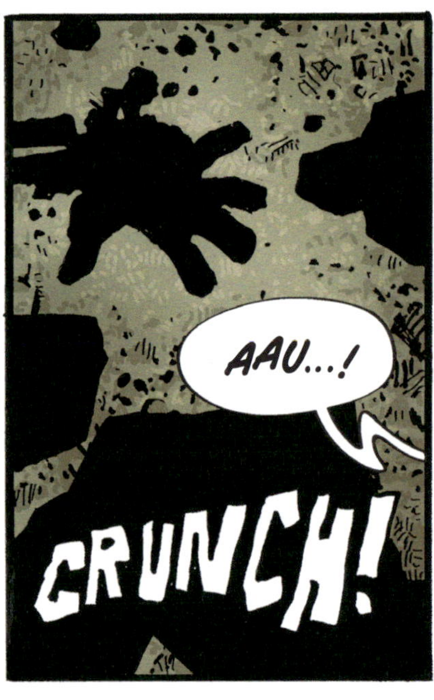
AAU...!
CRUNCH!

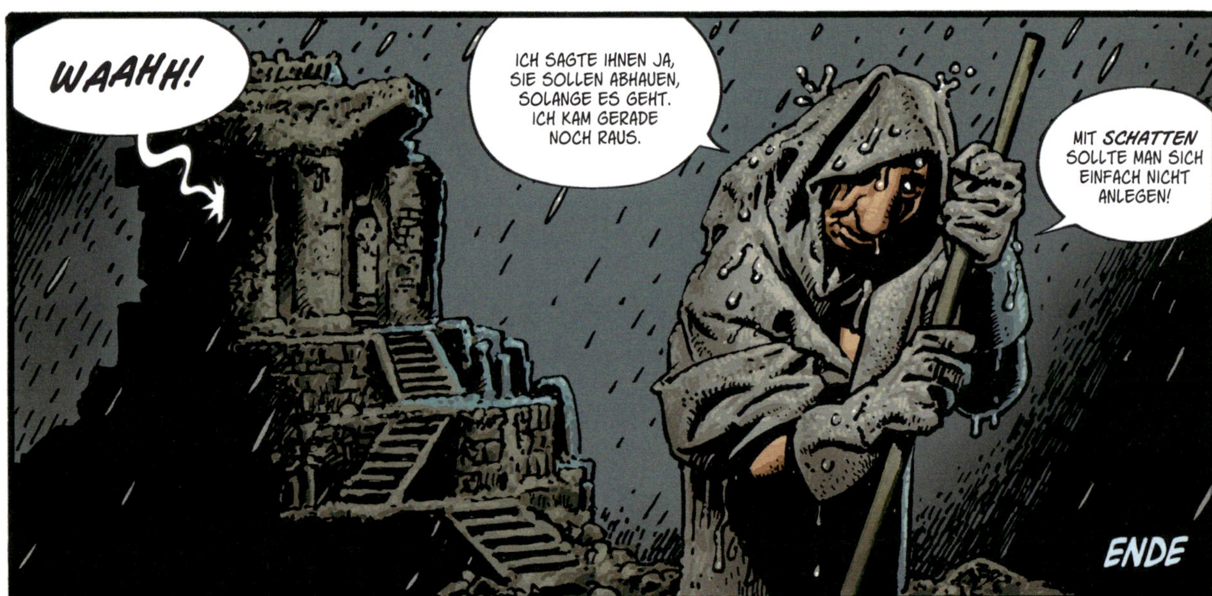
WAAHH!
ICH SAGTE IHNEN JA, SIE SOLLEN ABHAUEN, SOLANGE ES GEHT. ICH KAM GERADE NOCH RAUS.
MIT *SCHATTEN* SOLLTE MAN SICH EINFACH NICHT ANLEGEN!
ENDE

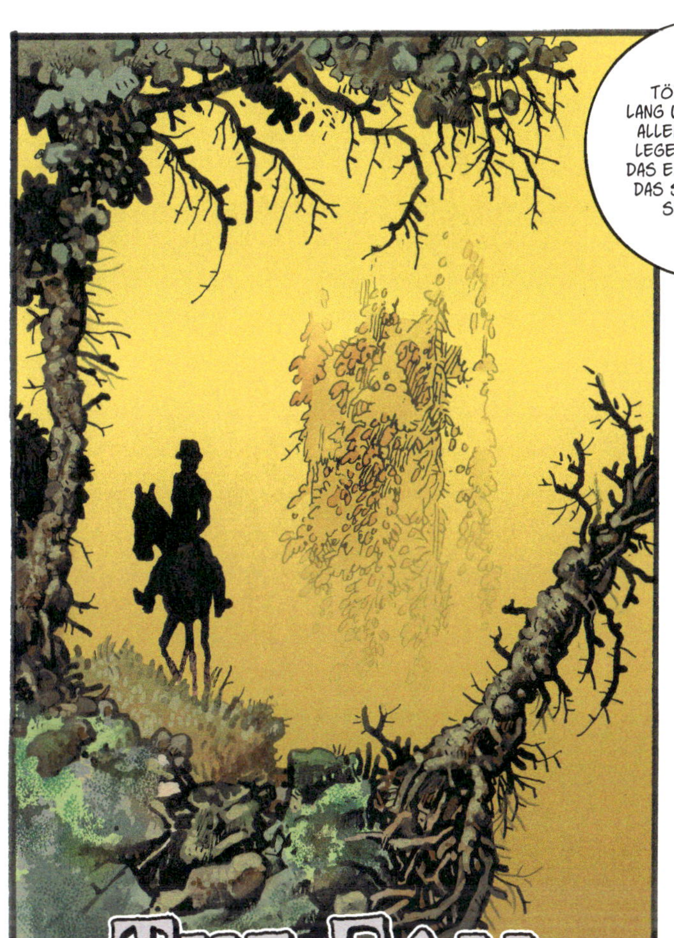

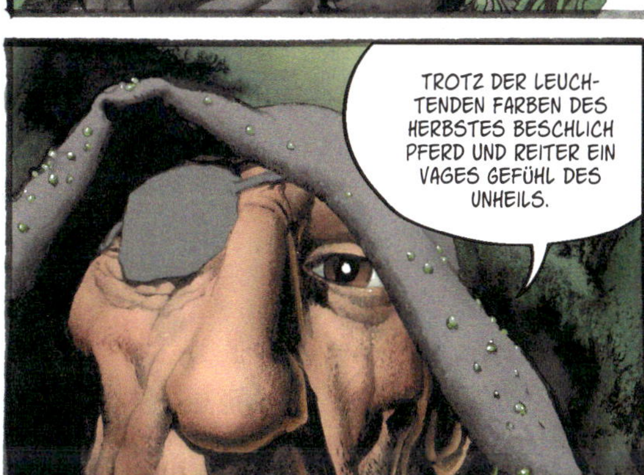

THE FALL OF THE HOUSE OF USHER*

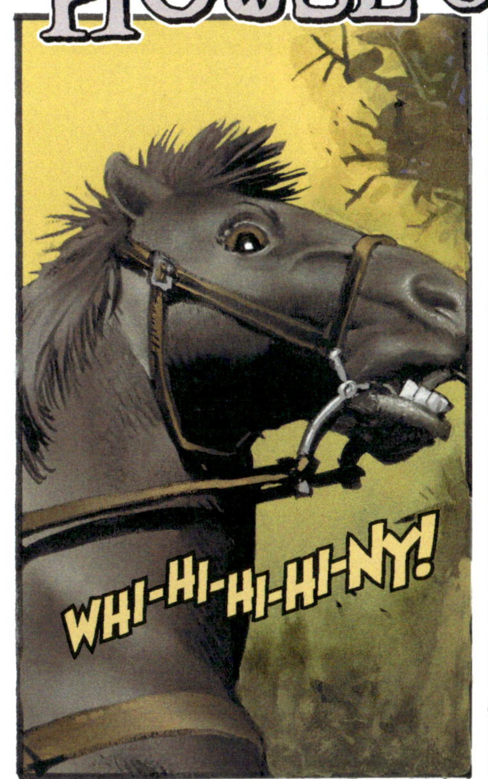

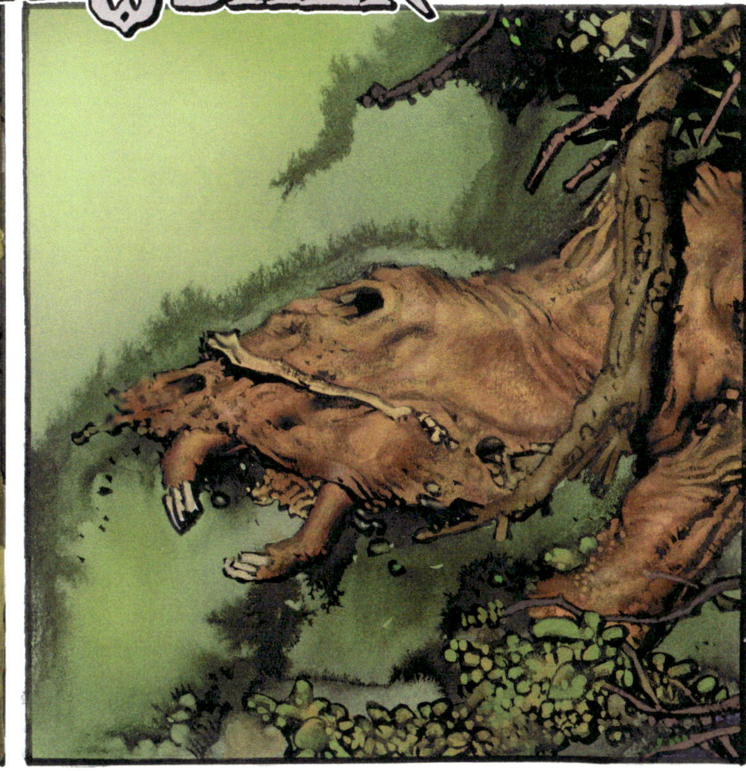

* DER UNTERGANG DES HAUSES USHER

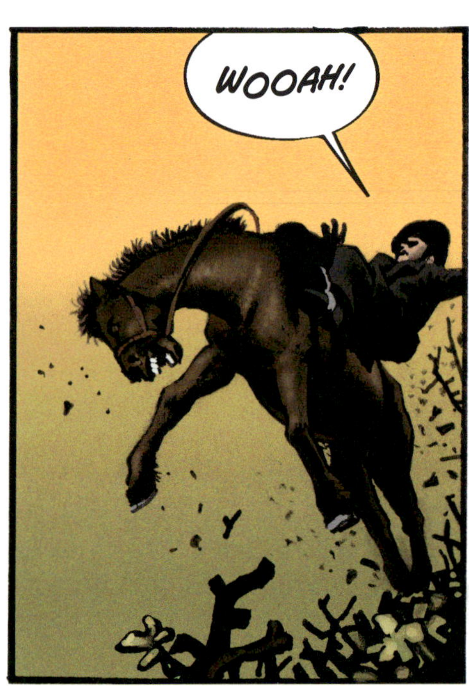
WOOAH!

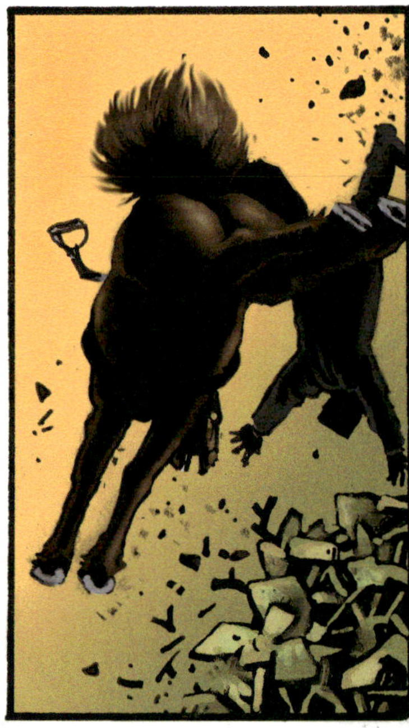

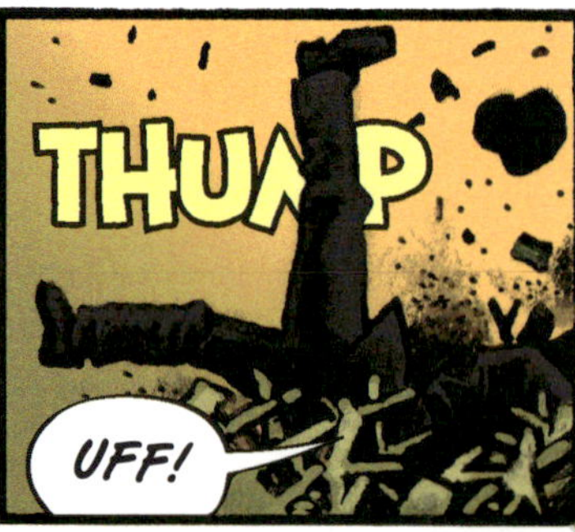
THUMP
UFF!

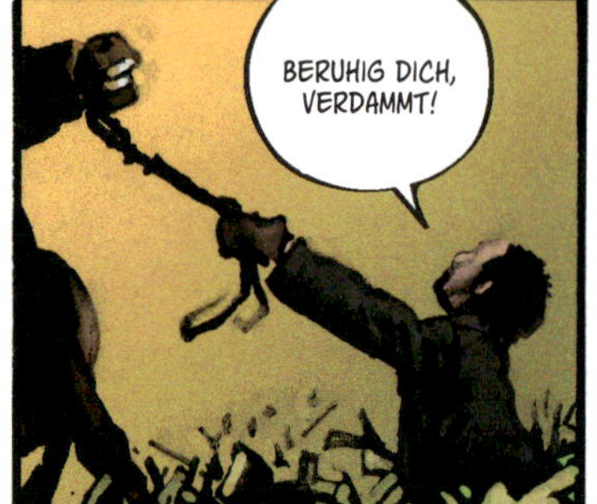
BERUHIG DICH, VERDAMMT!

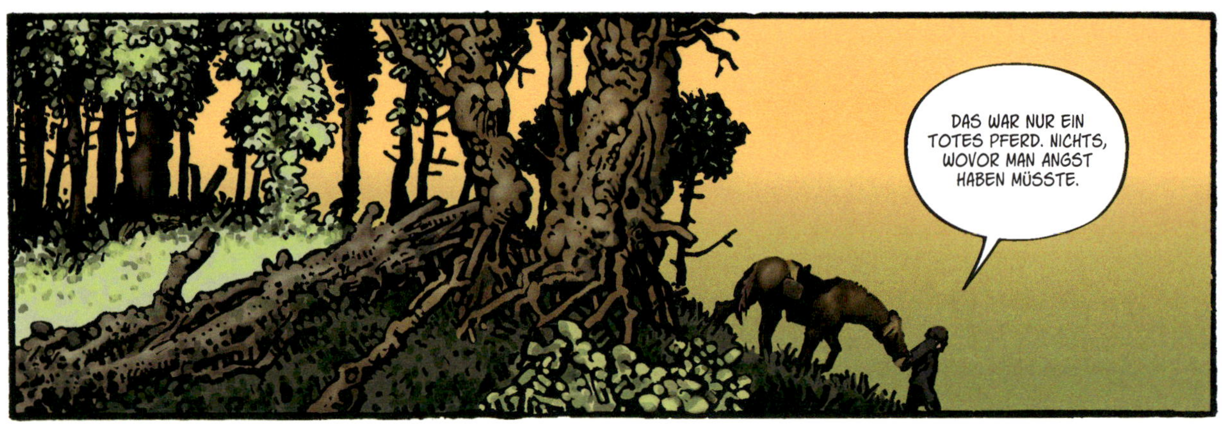
DAS WAR NUR EIN TOTES PFERD. NICHTS, WOVOR MAN ANGST HABEN MÜSSTE.

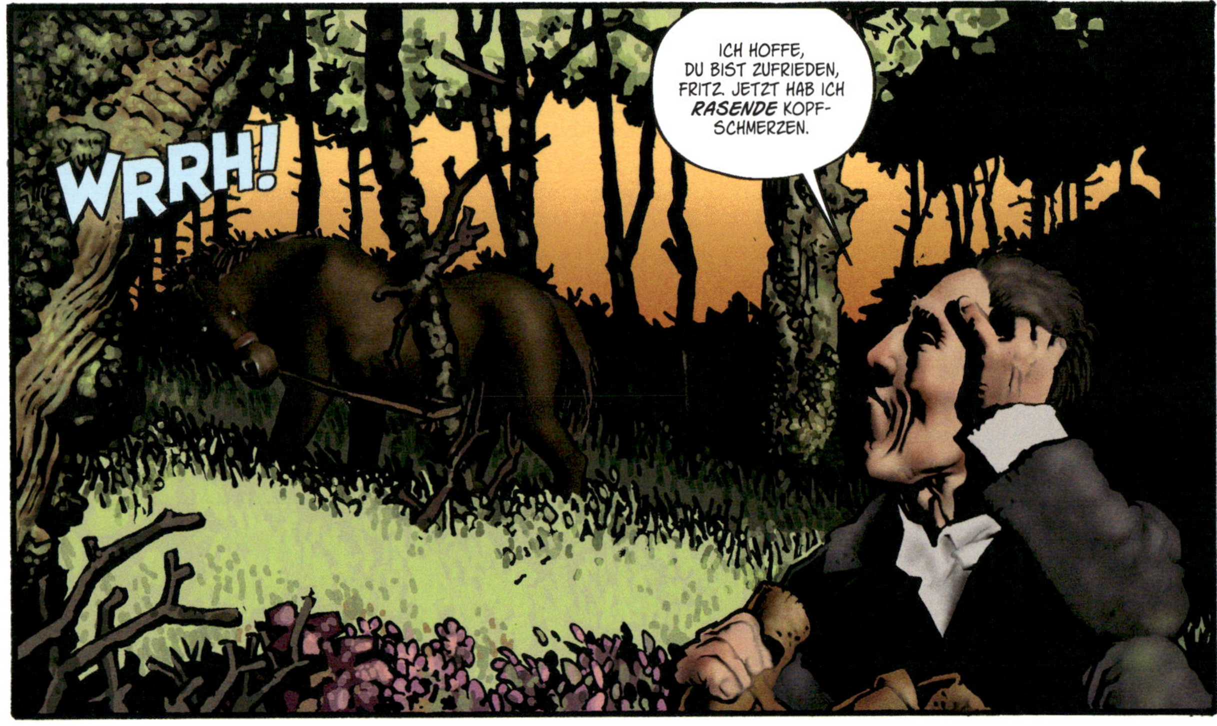
WRRH!
ICH HOFFE, DU BIST ZUFRIEDEN, FRITZ. JETZT HAB ICH *RASENDE* KOPF-SCHMERZEN.

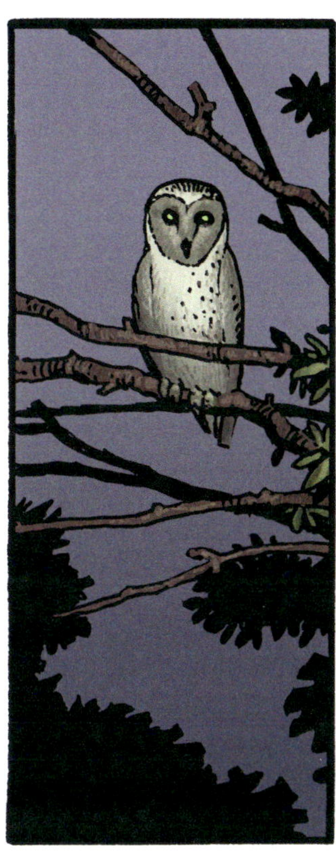

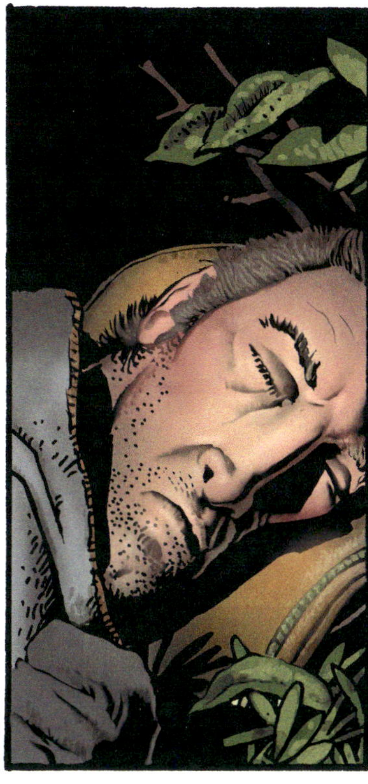

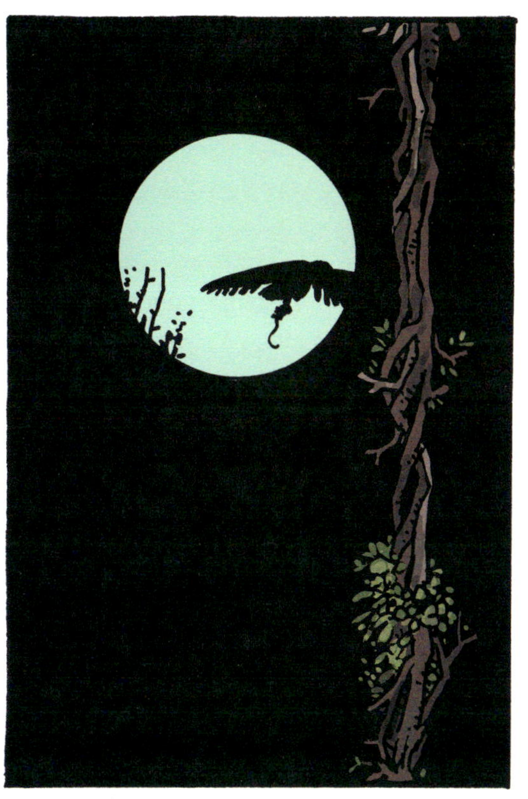

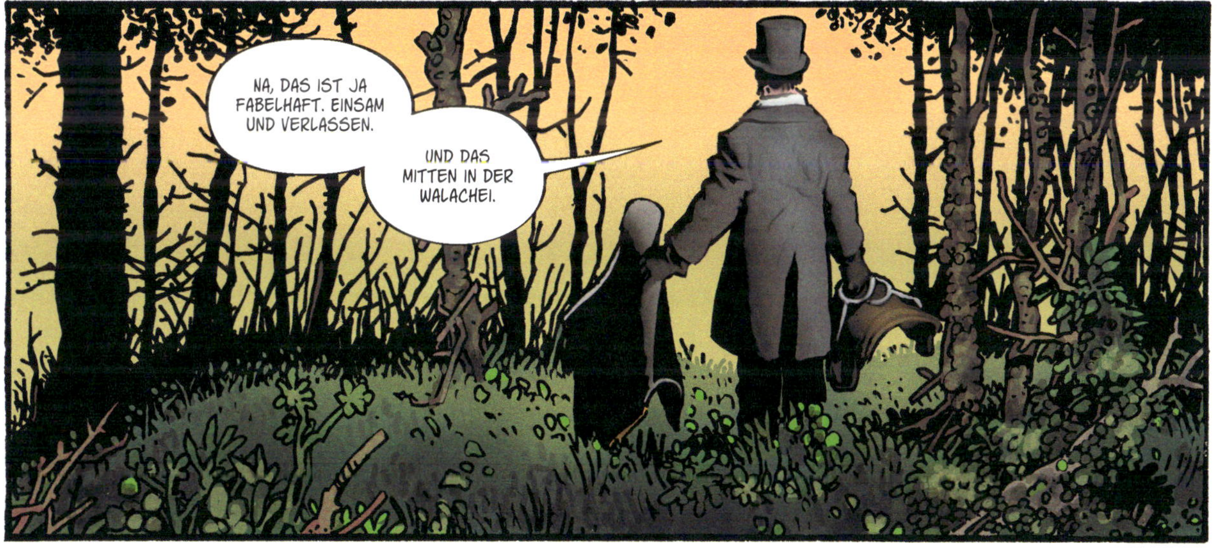
NA, DAS IST JA FABELHAFT. EINSAM UND VERLASSEN.
UND DAS MITTEN IN DER WALACHEI.

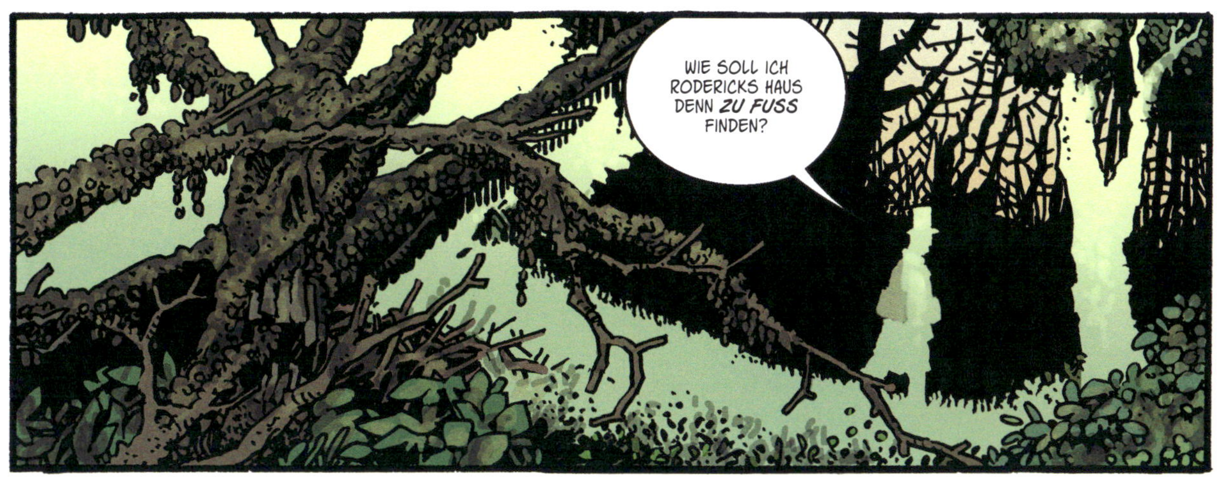
WIE SOLL ICH RODERICKS HAUS DENN *ZU FUSS* FINDEN?

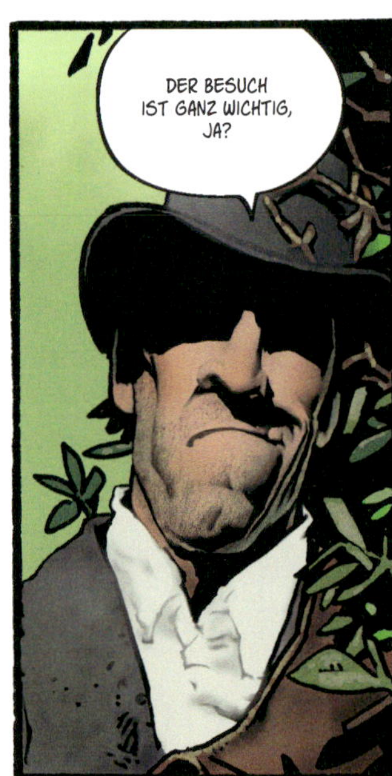

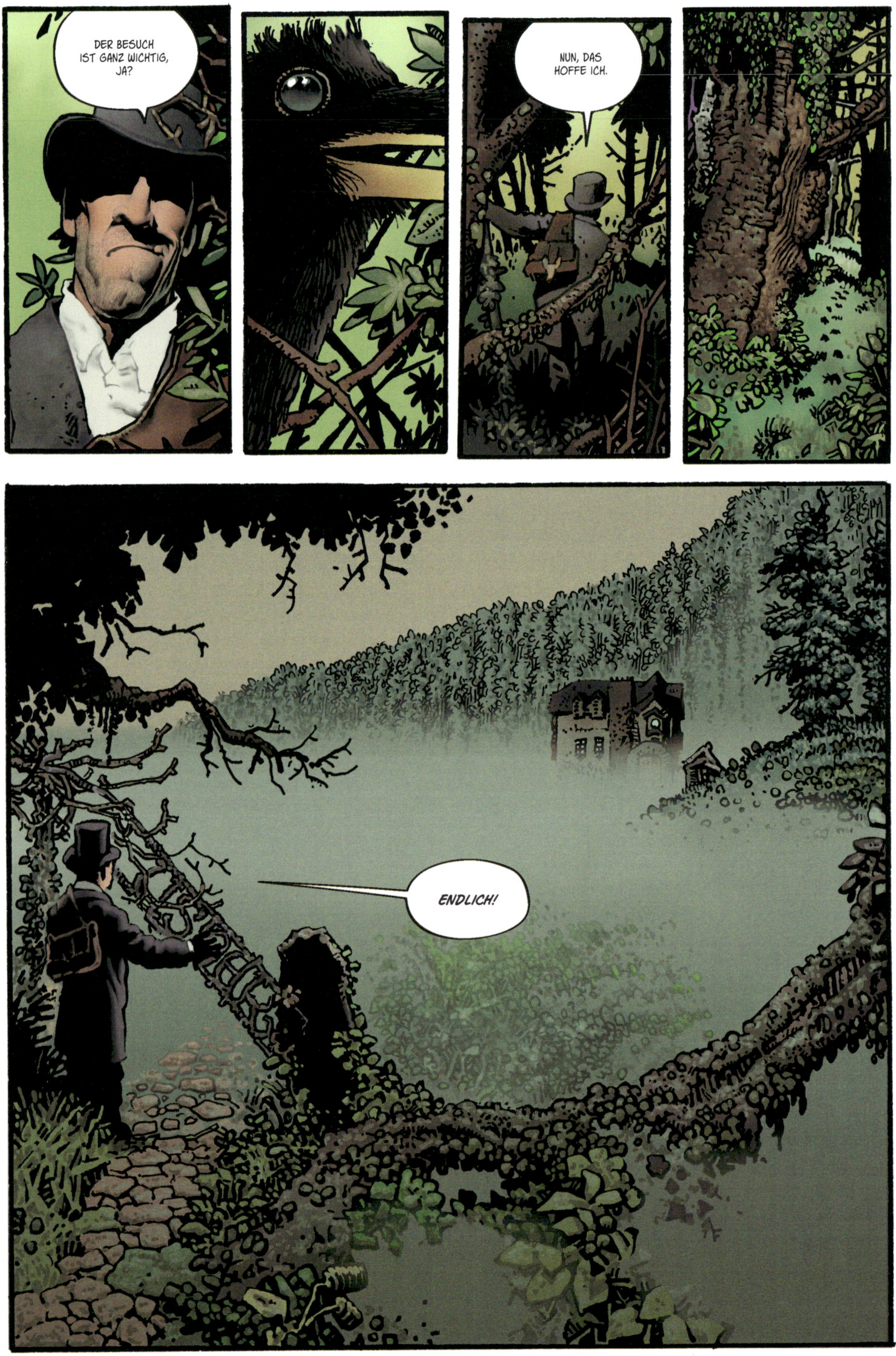

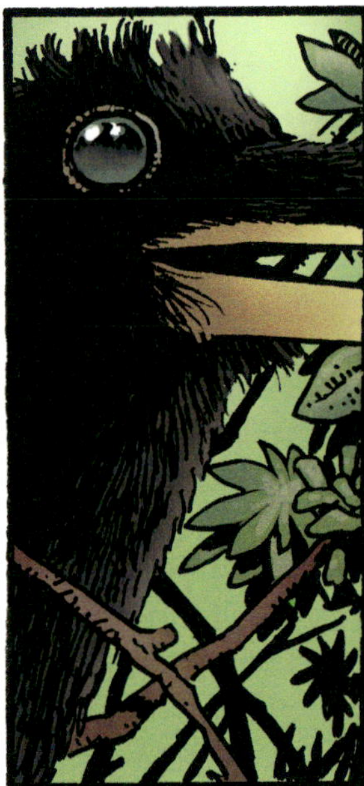

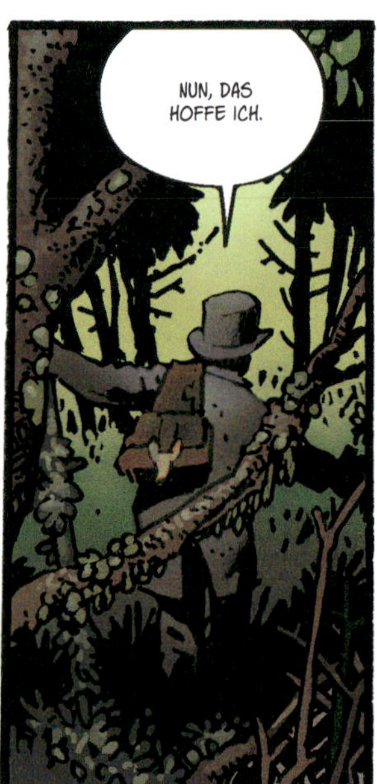

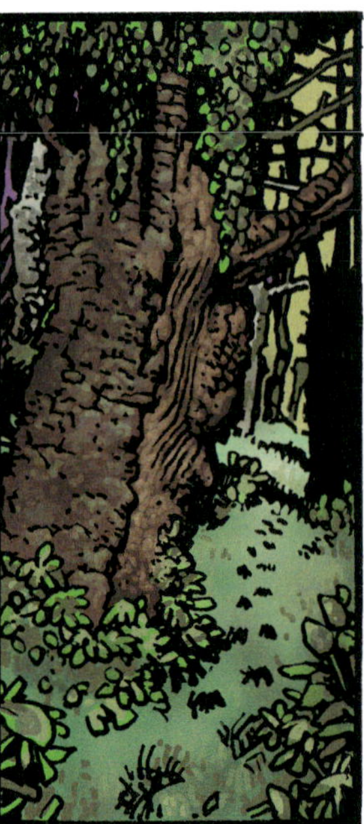

ENDLICH!

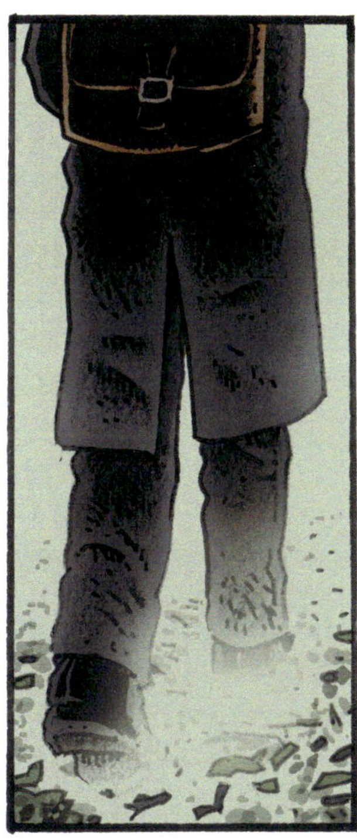

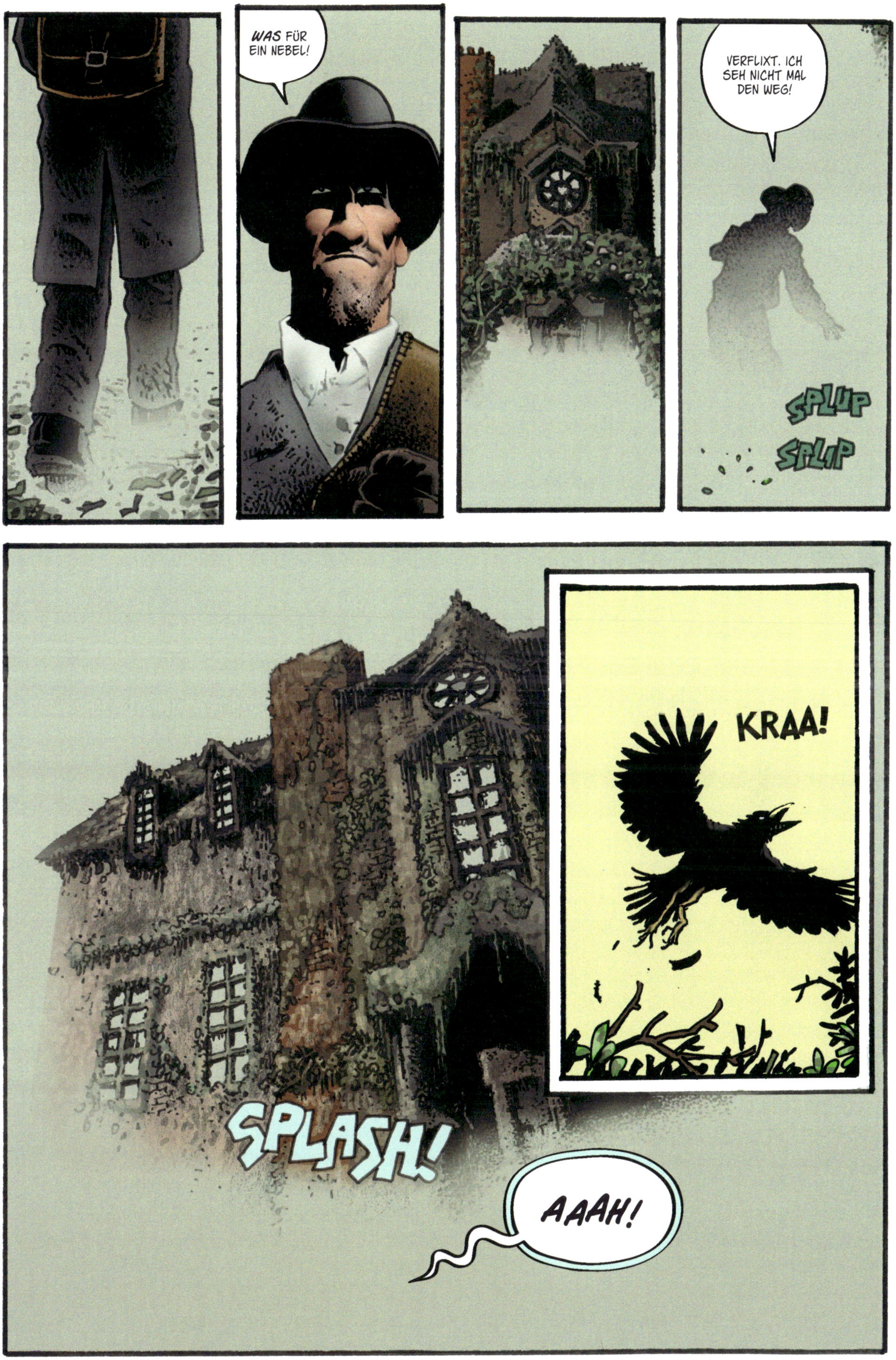

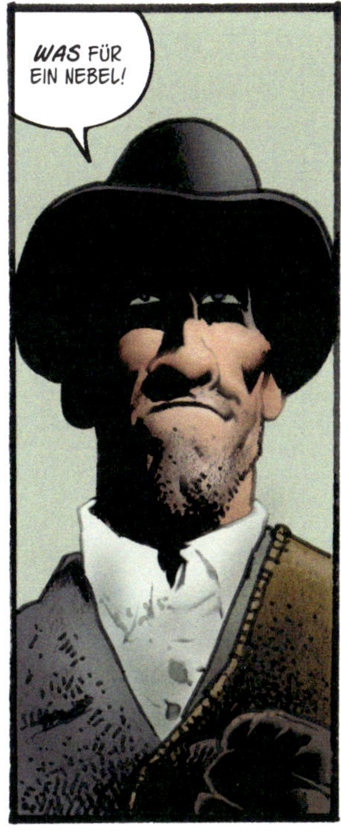

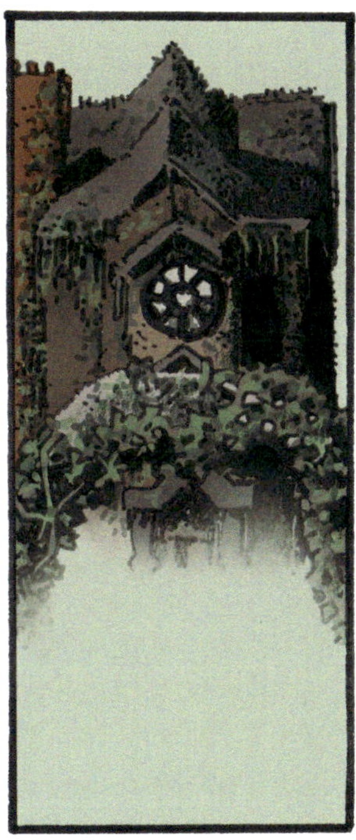

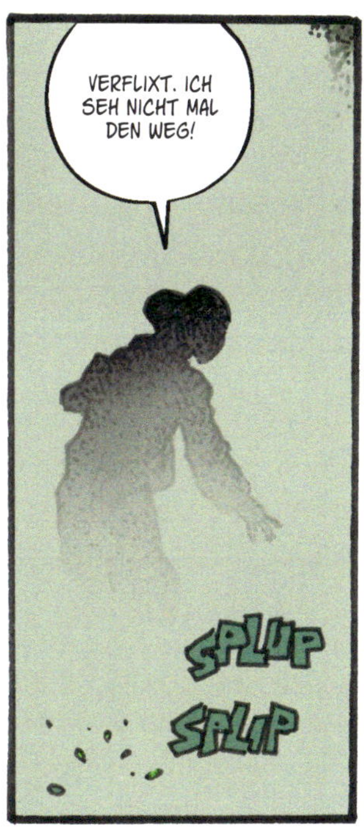

KRAA!

SPLASH!

AAAH!

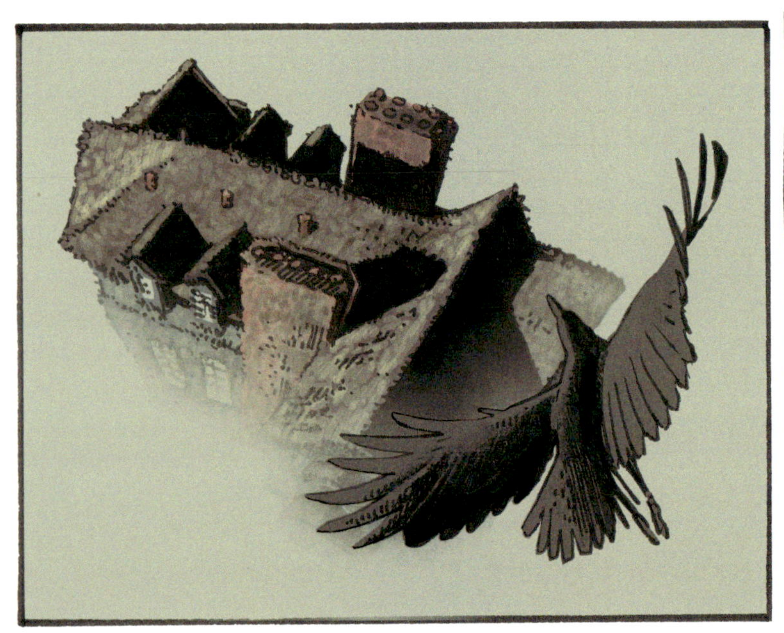
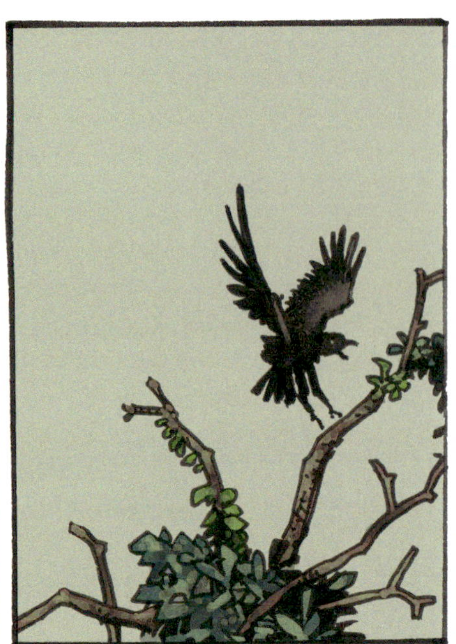

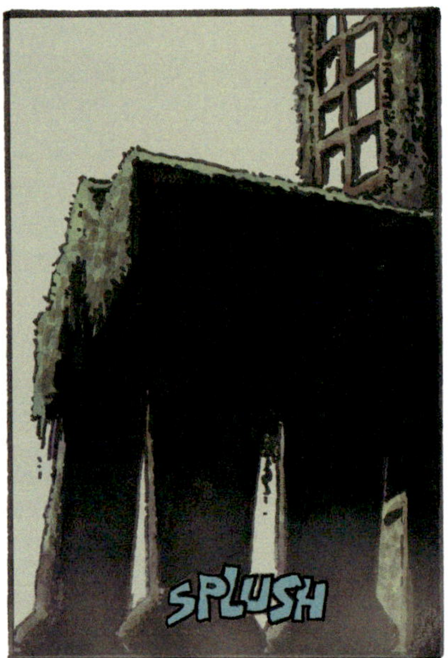
SPLUSH
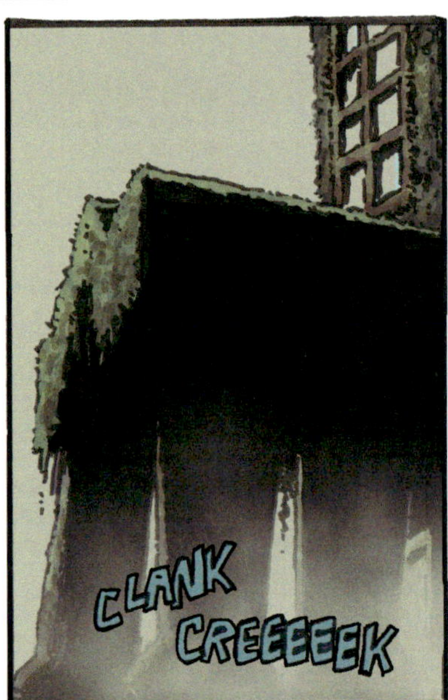
CLANK
CREEEEEK
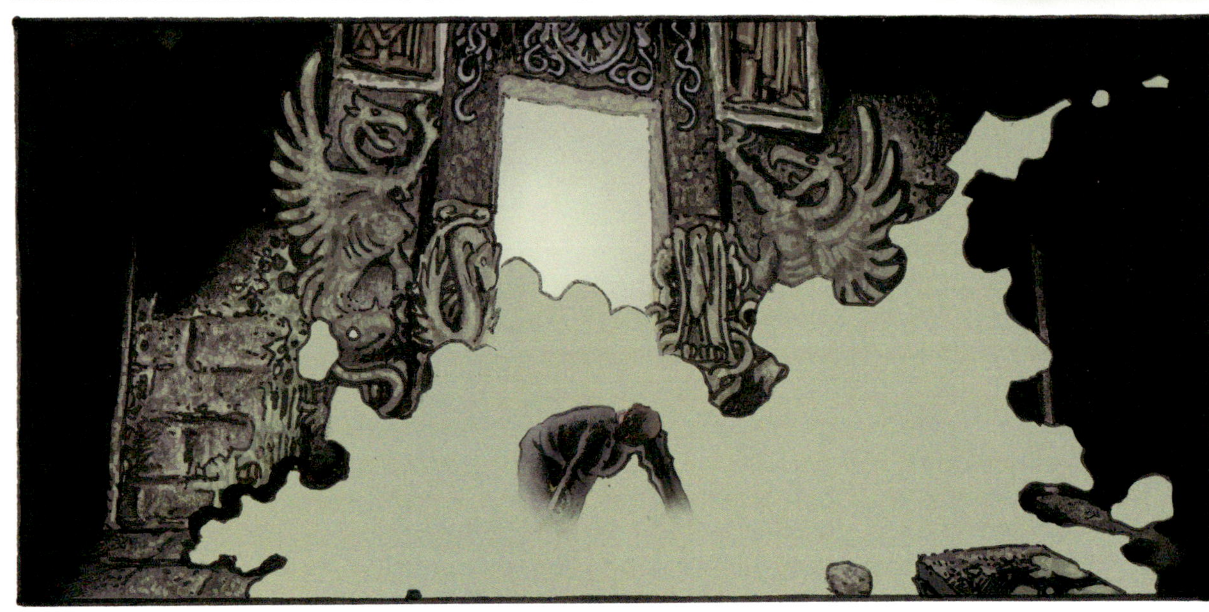

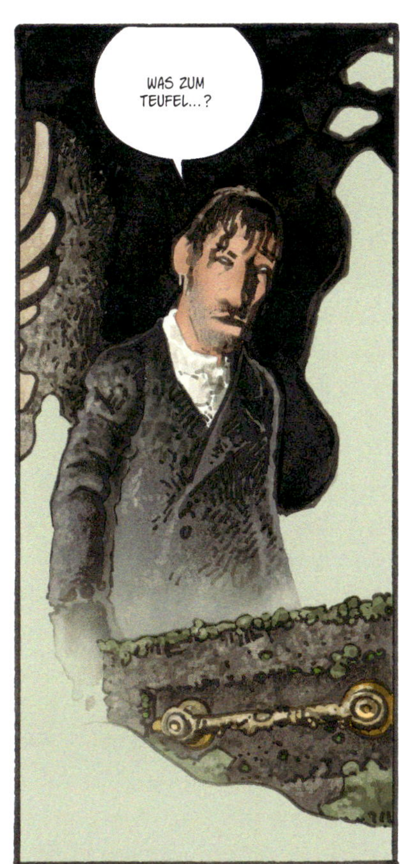
WAS ZUM TEUFEL...?
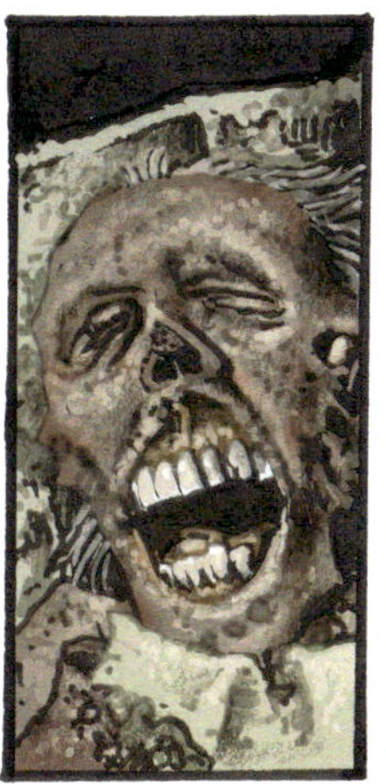
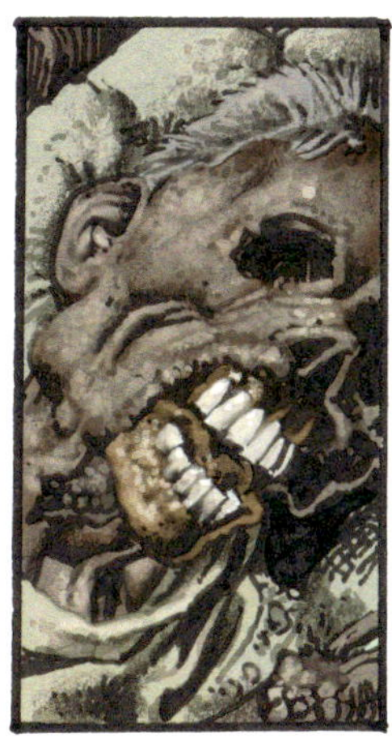
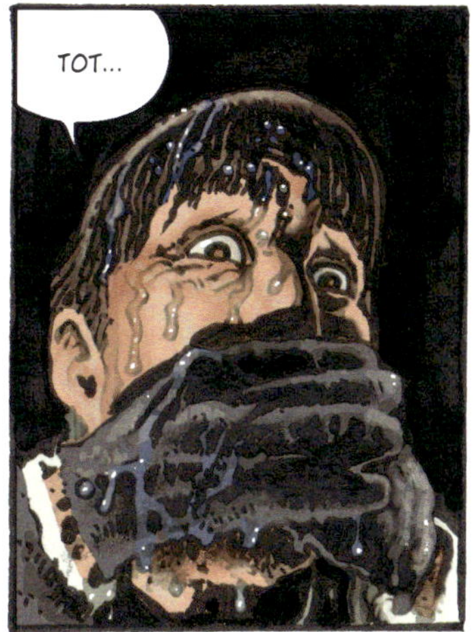
TOT...
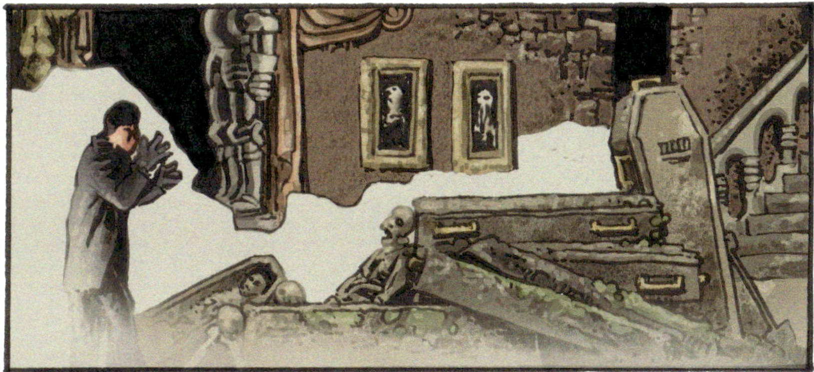
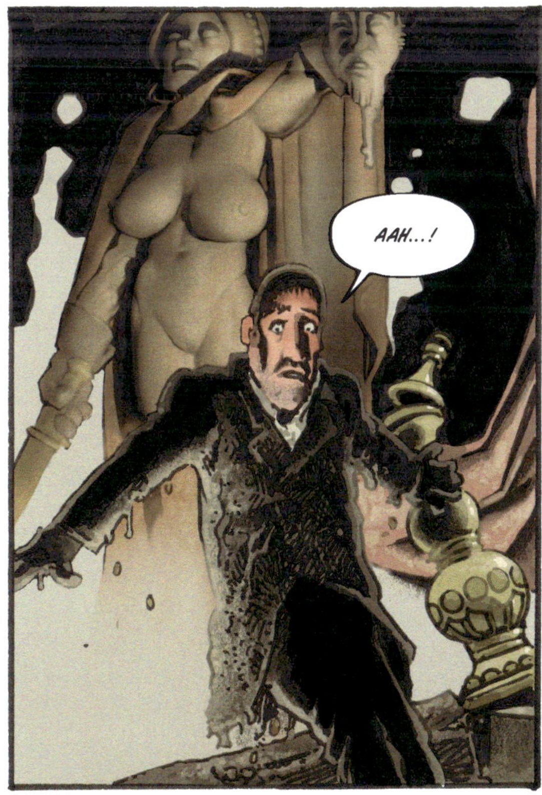
AAH...!
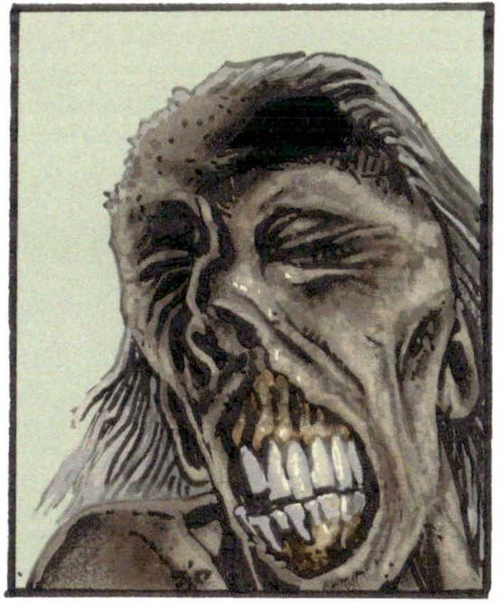
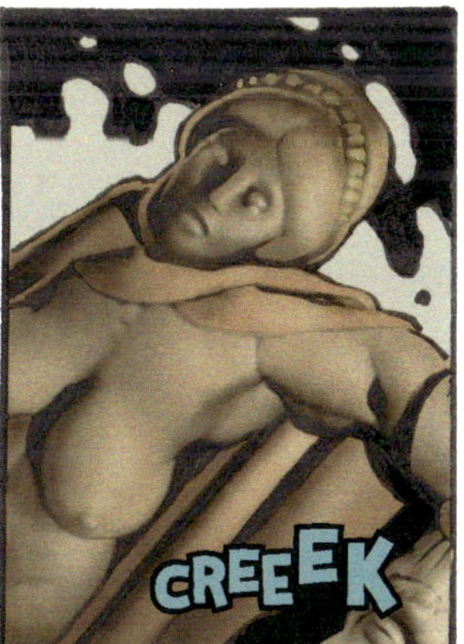
CREEEK
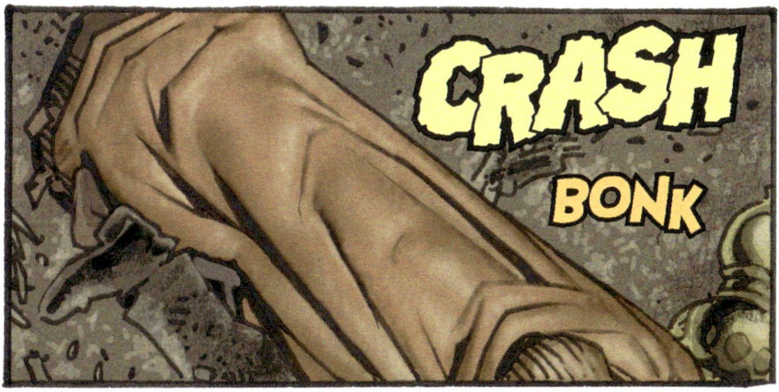
CRASH
BONK
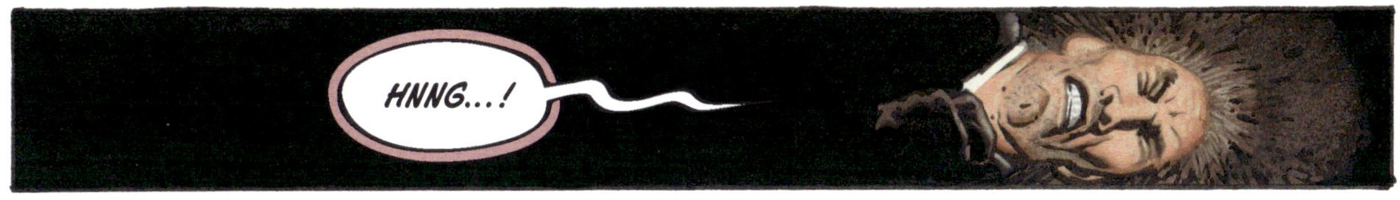
HNNG...!

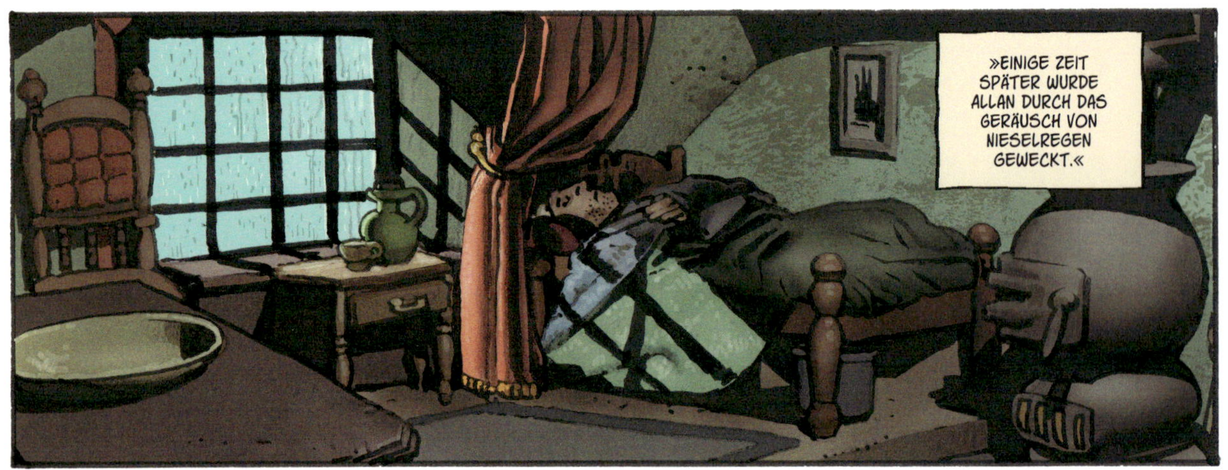
»EINIGE ZEIT SPÄTER WURDE ALLAN DURCH DAS GERÄUSCH VON NIESELREGEN GEWECKT.«

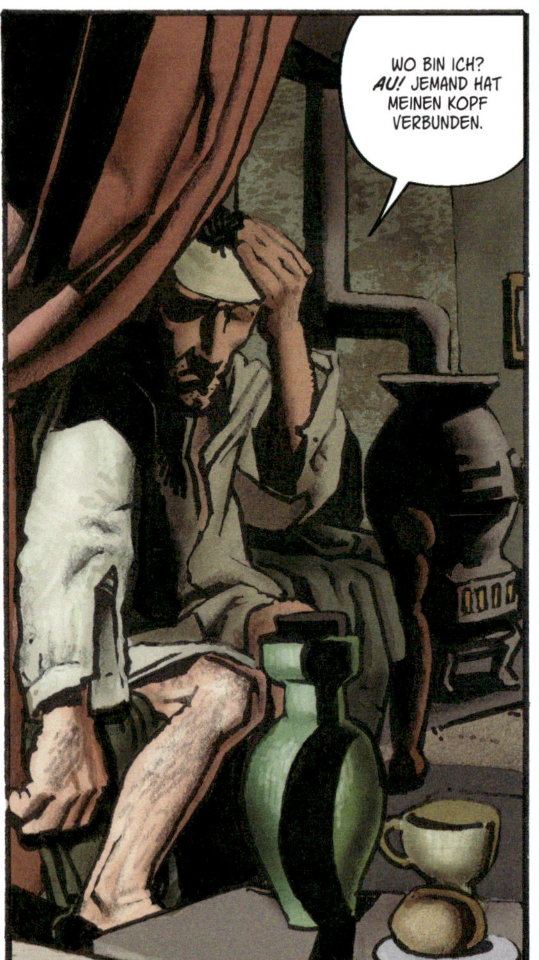
WO BIN ICH? *AU!* JEMAND HAT MEINEN KOPF VERBUNDEN.

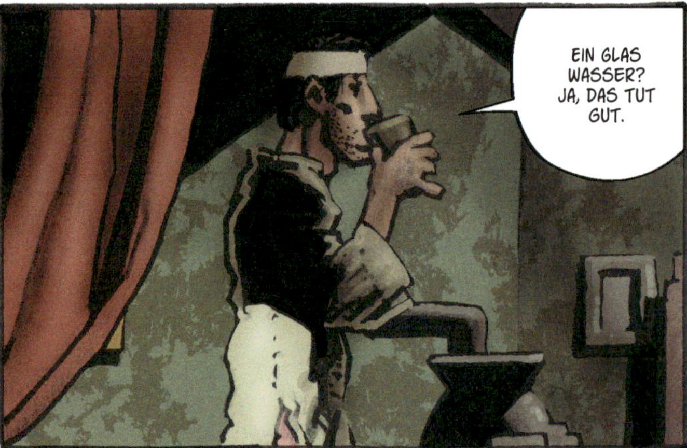
EIN GLAS WASSER? JA, DAS TUT GUT.

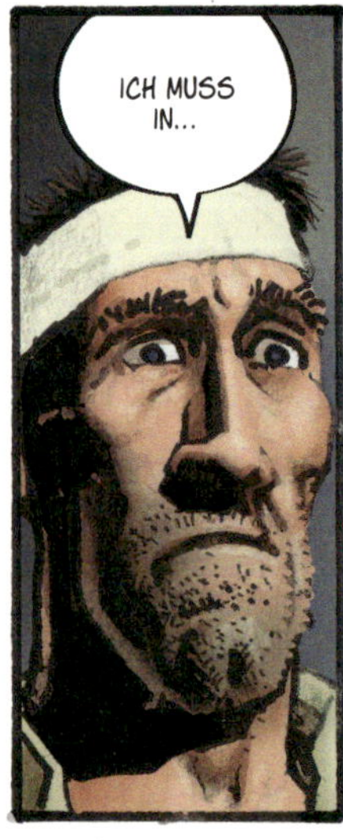
ICH MUSS IN...

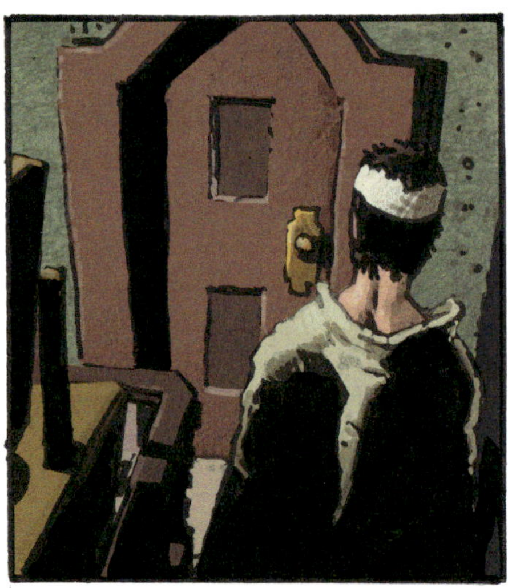

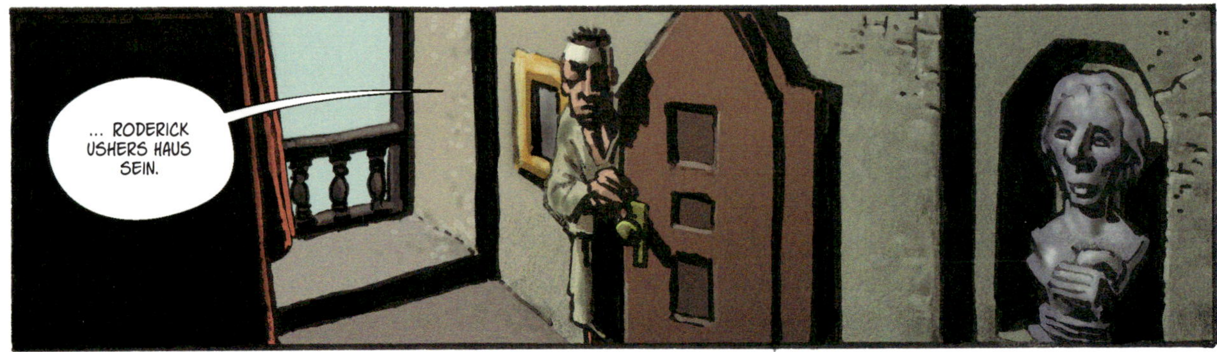
... RODERICK USHERS HAUS SEIN.

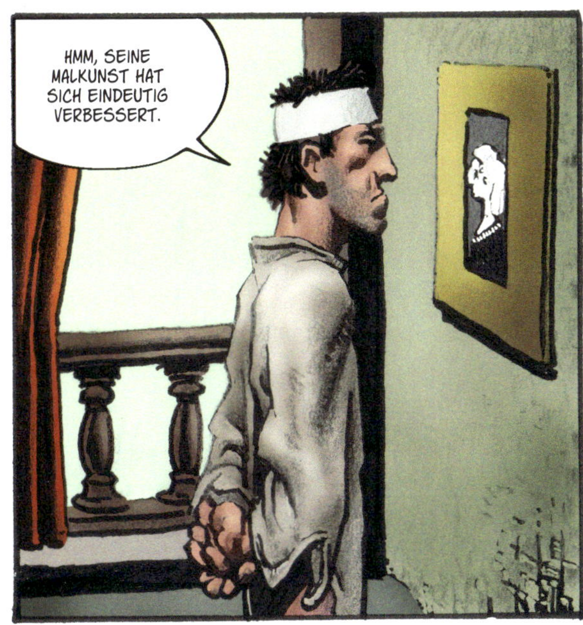
HMM, SEINE MALKUNST HAT SICH EINDEUTIG VERBESSERT.

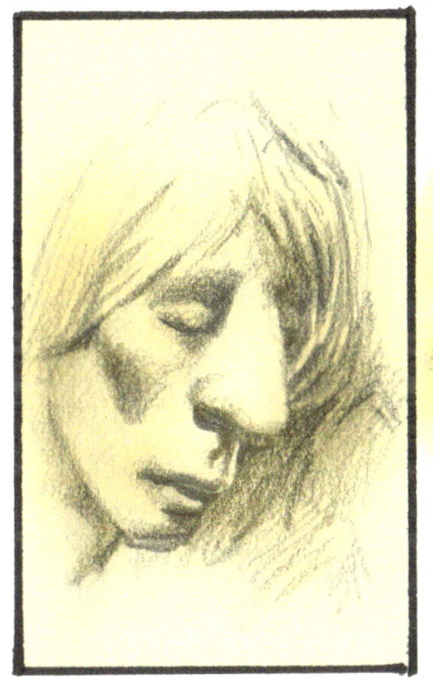

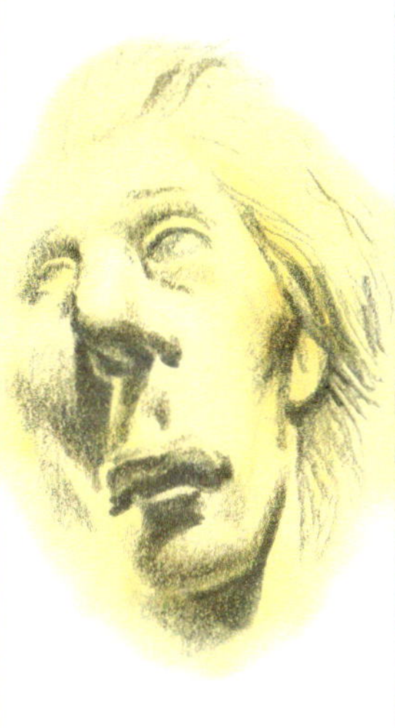

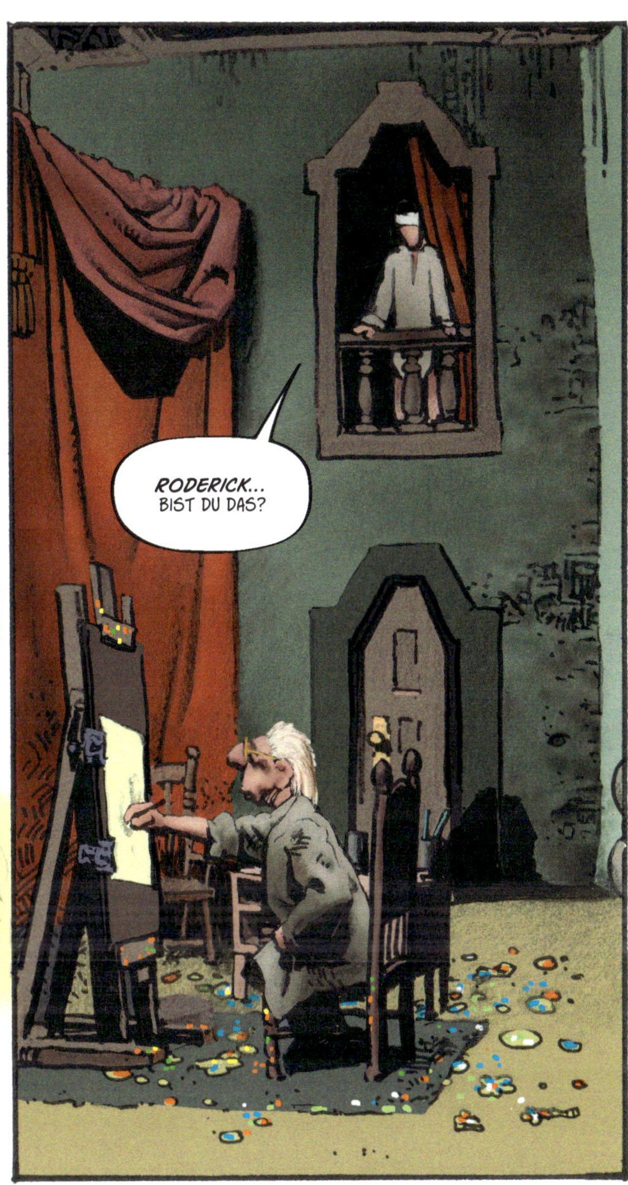
RODERICK... BIST DU DAS?

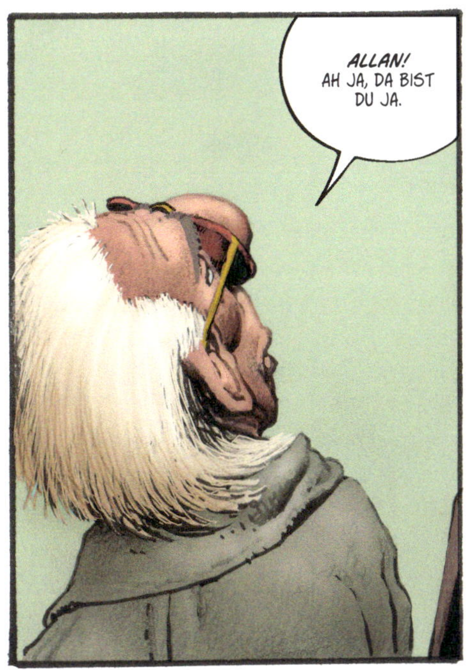
ALLAN! AH JA, DA BIST DU JA.

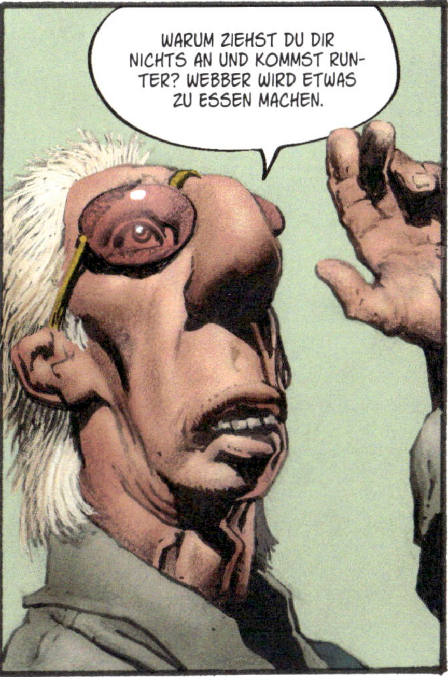
WARUM ZIEHST DU DIR NICHTS AN UND KOMMST RUNTER? WEBBER WIRD ETWAS ZU ESSEN MACHEN.

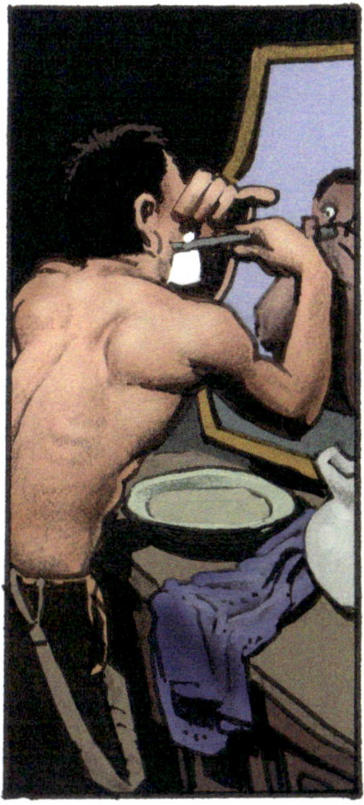

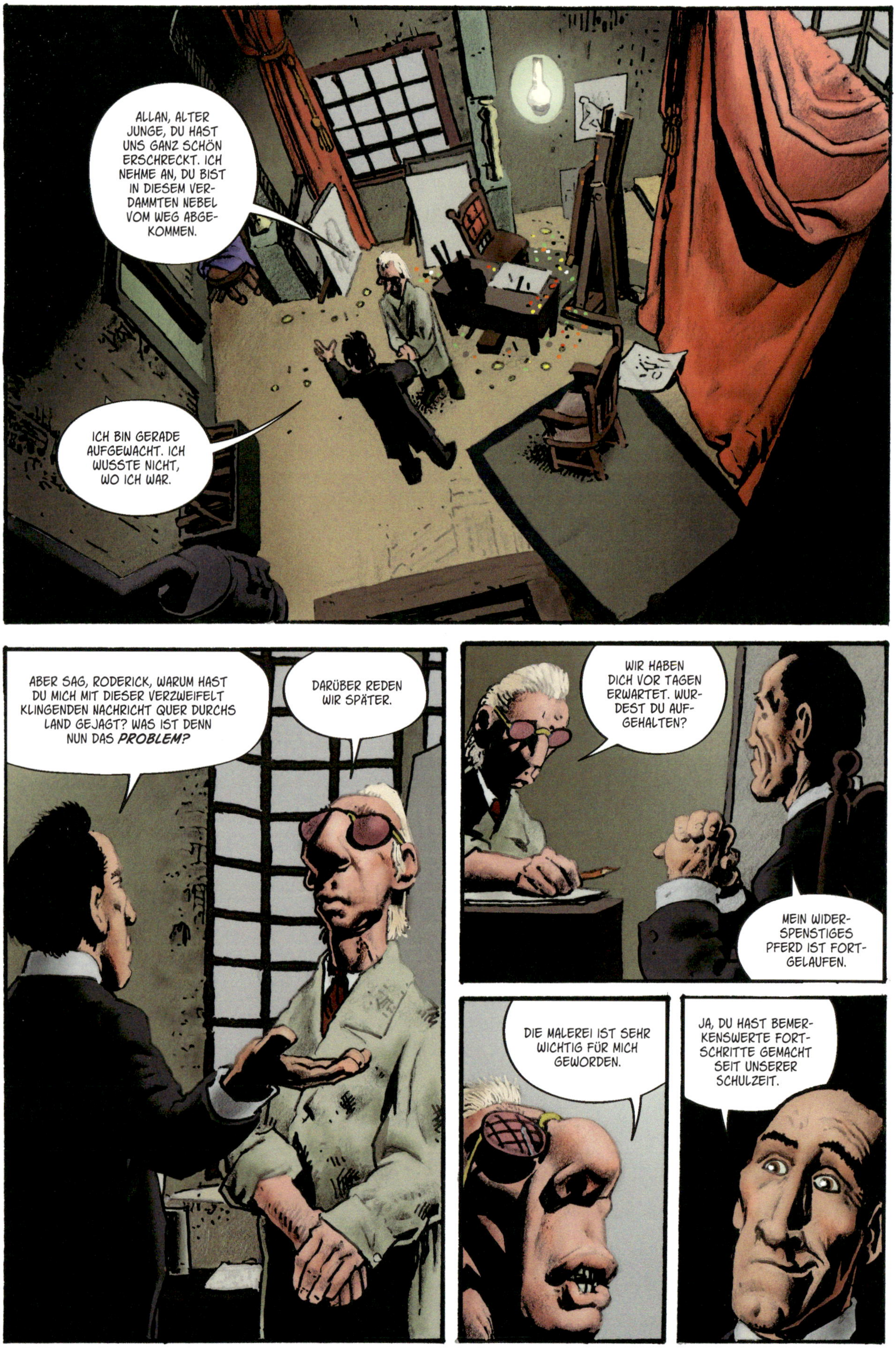

ALLAN, ALTER JUNGE, DU HAST UNS GANZ SCHÖN ERSCHRECKT. ICH NEHME AN, DU BIST IN DIESEM VERDAMMTEN NEBEL VOM WEG ABGEKOMMEN.

ICH BIN GERADE AUFGEWACHT. ICH WUSSTE NICHT, WO ICH WAR.

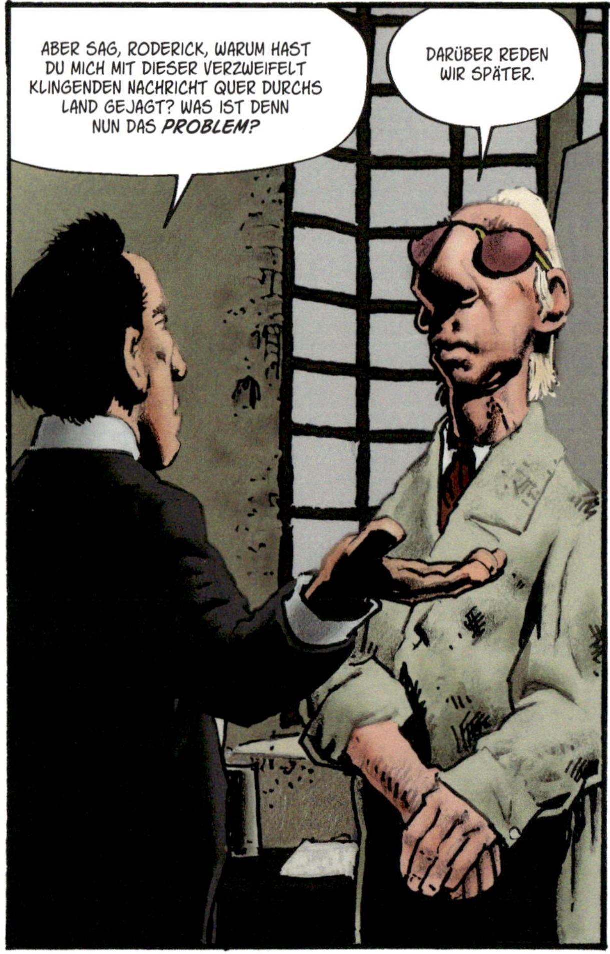

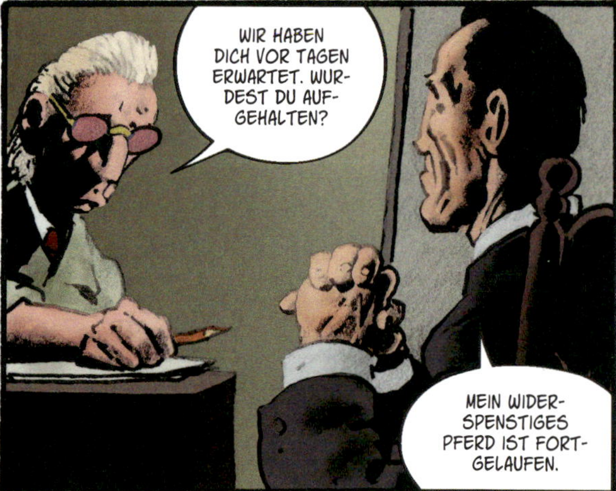

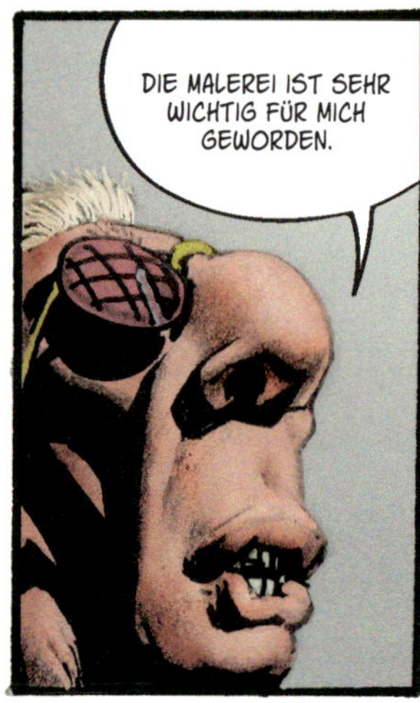

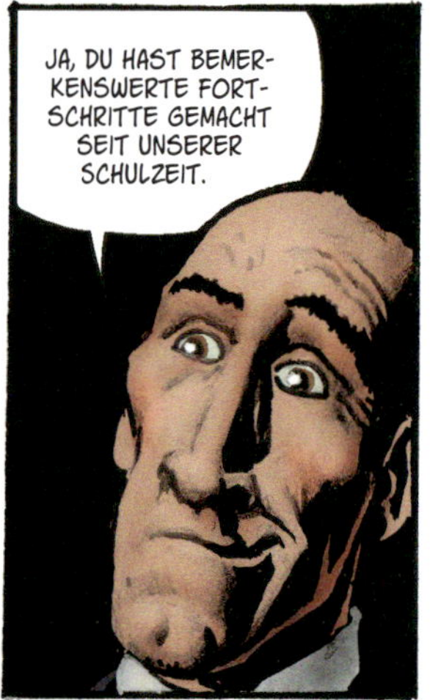

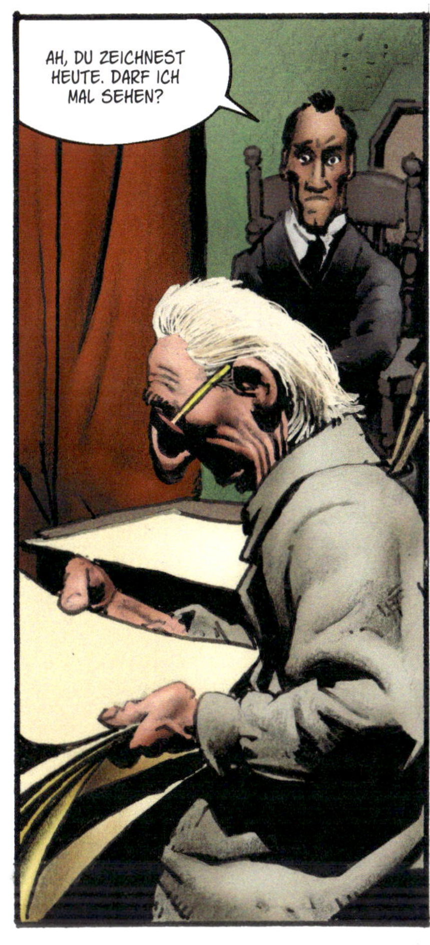
AH, DU ZEICHNEST HEUTE. DARF ICH MAL SEHEN?

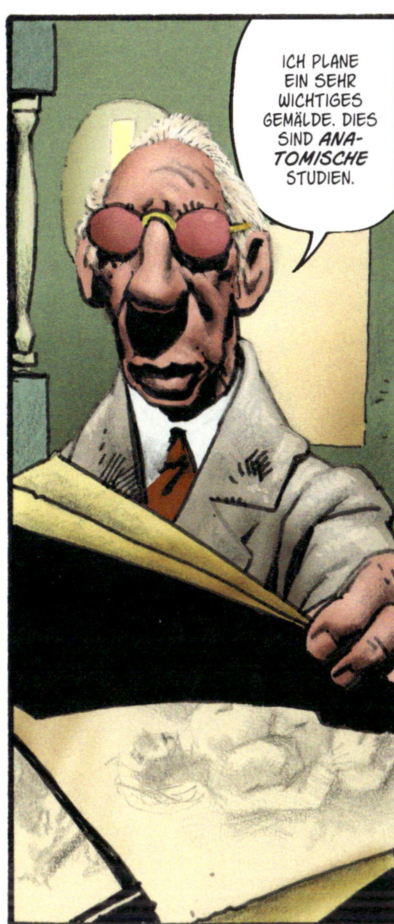
ICH PLANE EIN SEHR WICHTIGES GEMÄLDE. DIES SIND ***ANATOMISCHE*** STUDIEN.

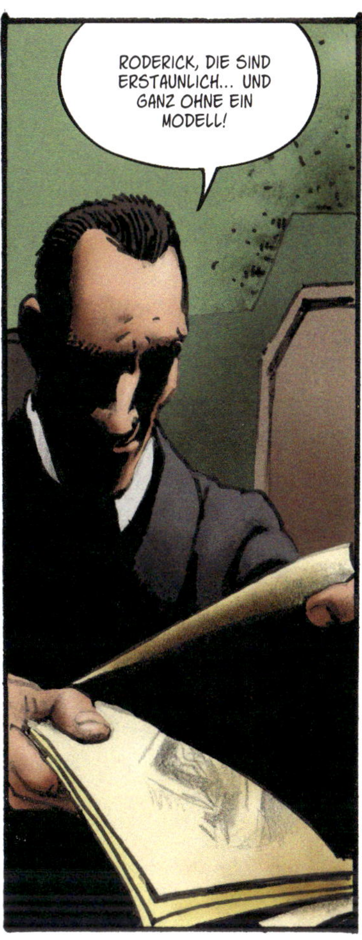
RODERICK, DIE SIND ERSTAUNLICH... UND GANZ OHNE EIN MODELL!

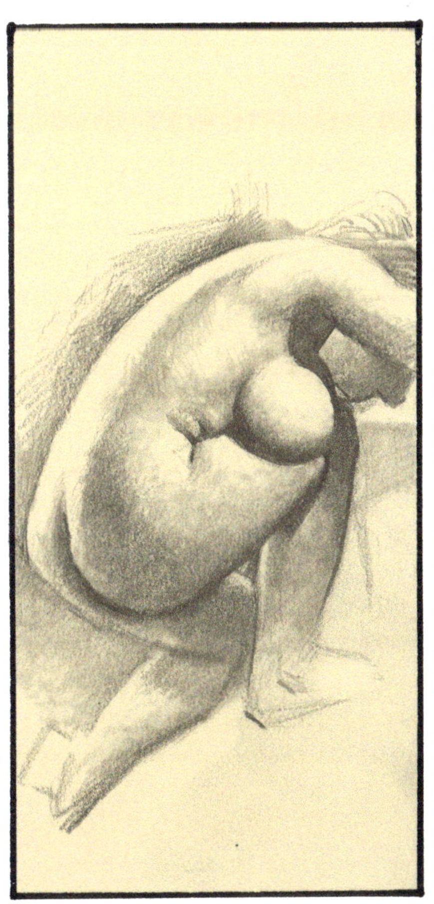

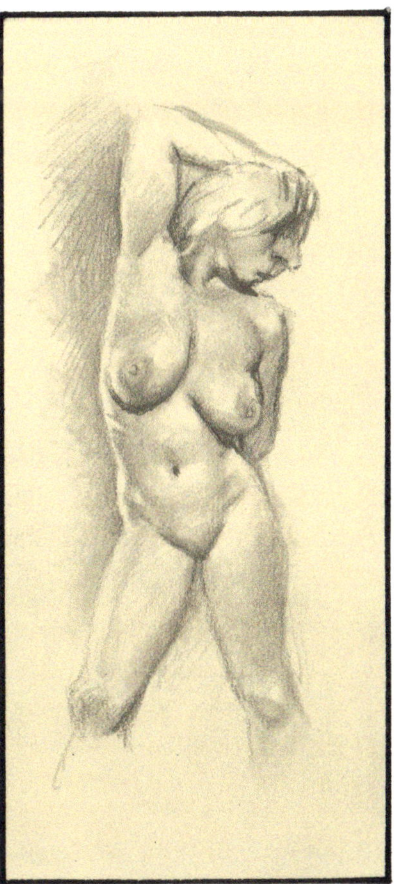

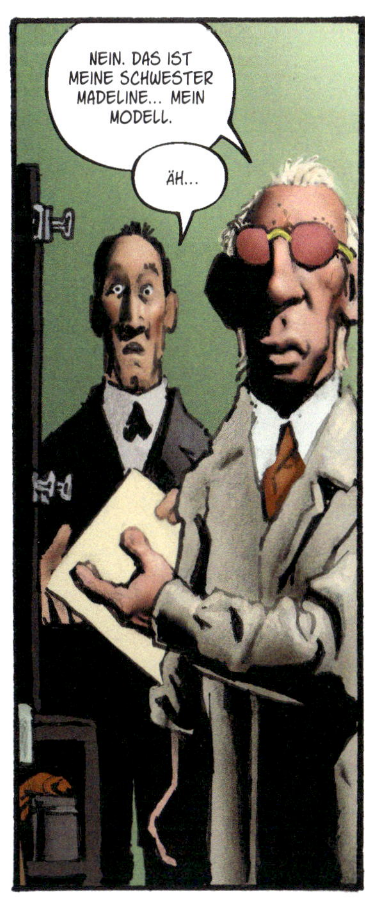
NEIN. DAS IST MEINE SCHWESTER MADELINE... MEIN MODELL.
ÄH...

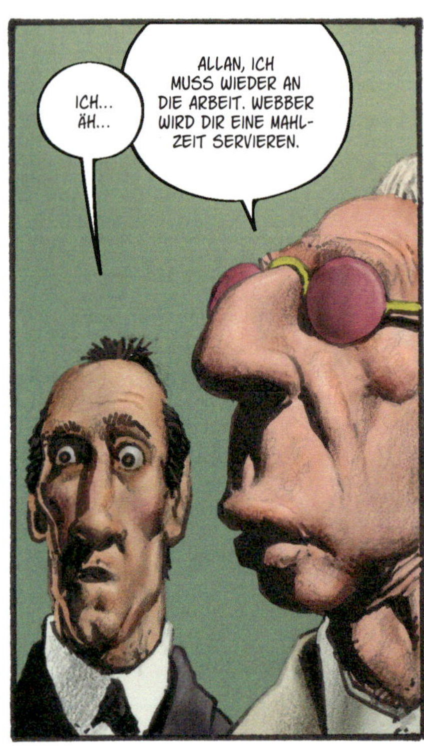
ICH... ÄH...
ALLAN, ICH MUSS WIEDER AN DIE ARBEIT. WEBBER WIRD DIR EINE MAHLZEIT SERVIEREN.

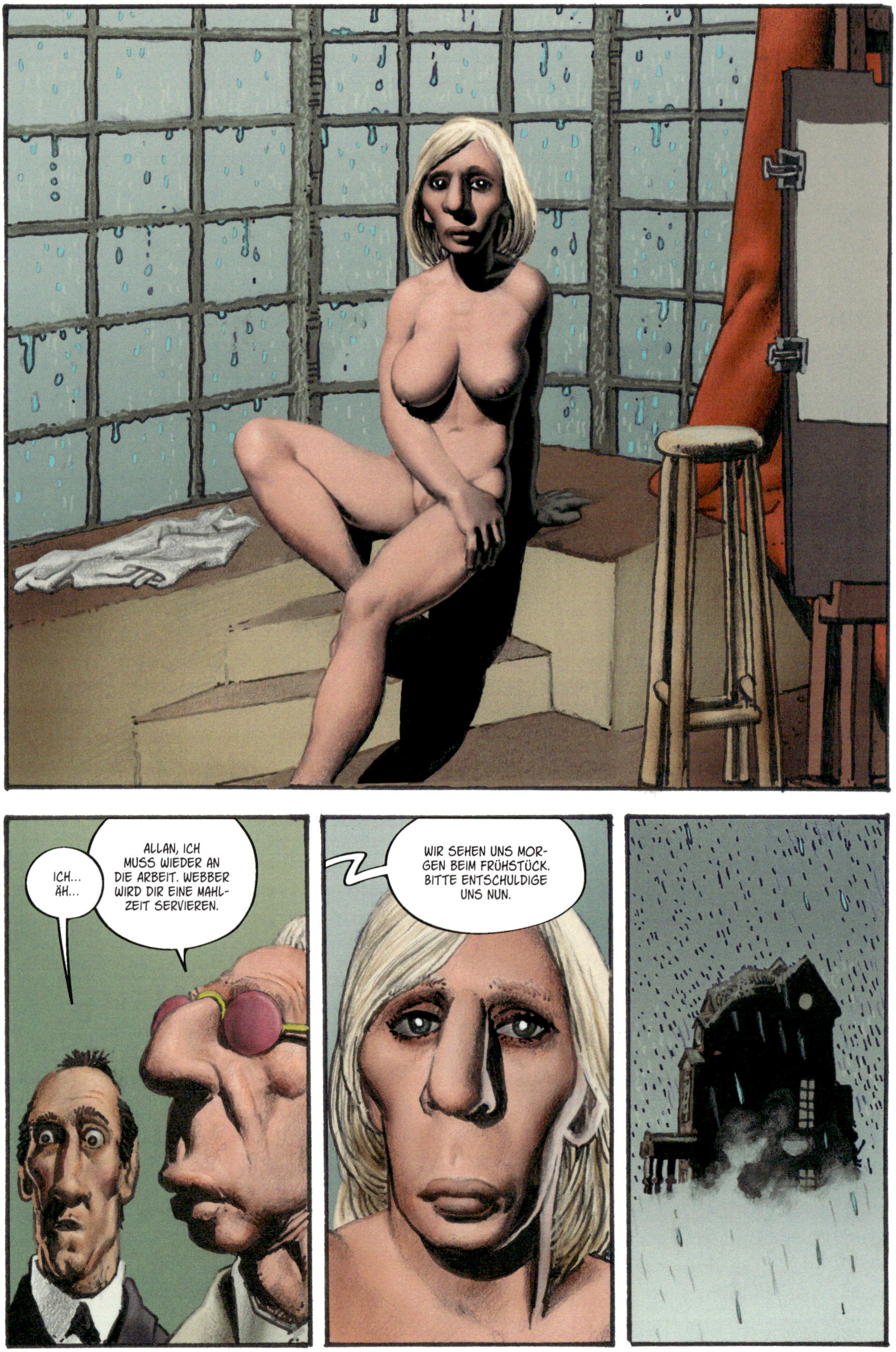

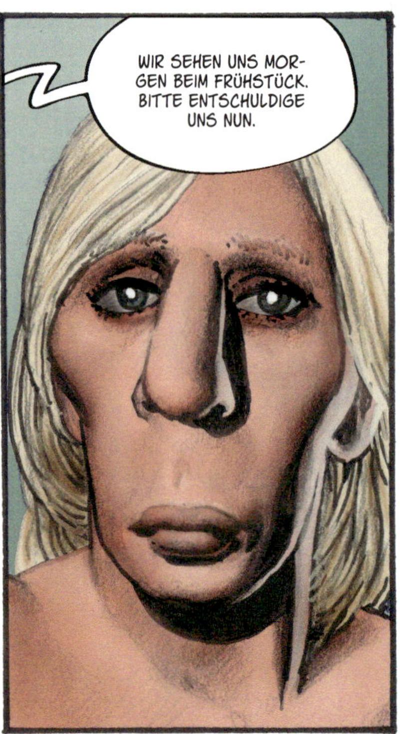
WIR SEHEN UNS MORGEN BEIM FRÜHSTÜCK. BITTE ENTSCHULDIGE UNS NUN.

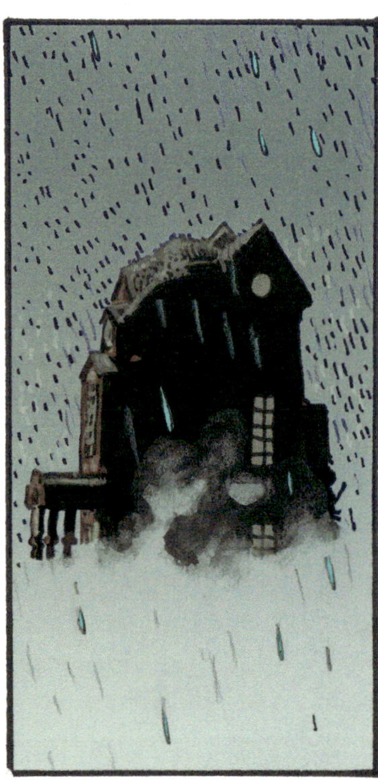

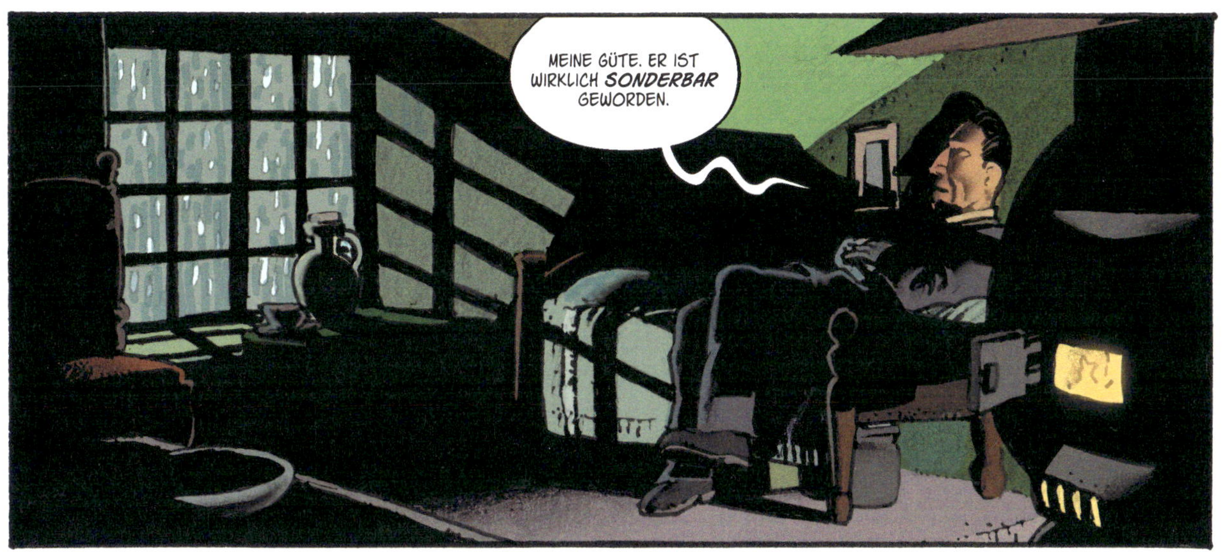
MEINE GÜTE. ER IST WIRKLICH SONDERBAR GEWORDEN.

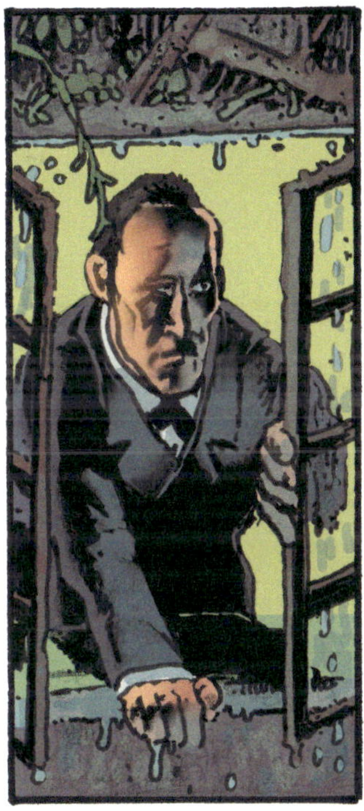

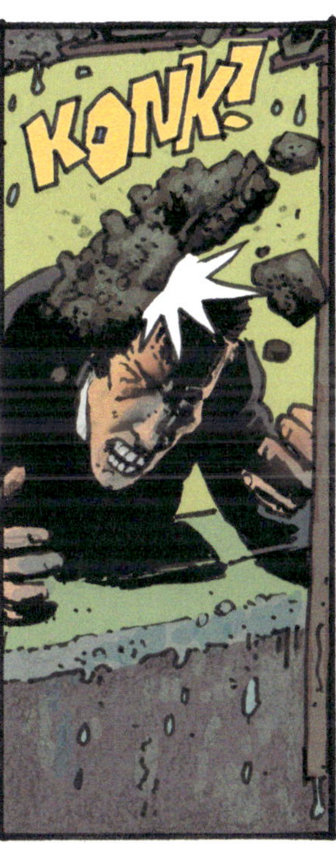
KONK!

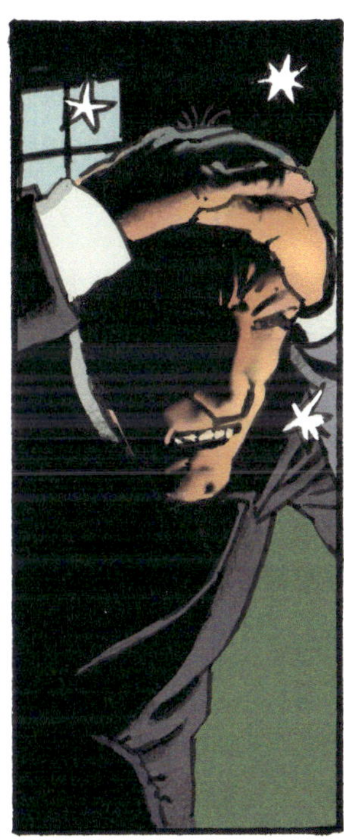

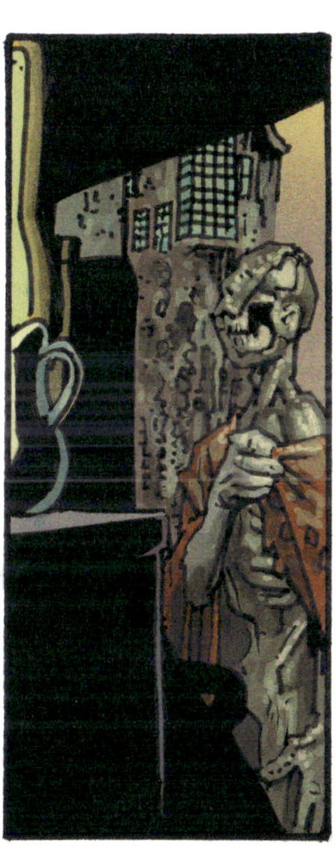

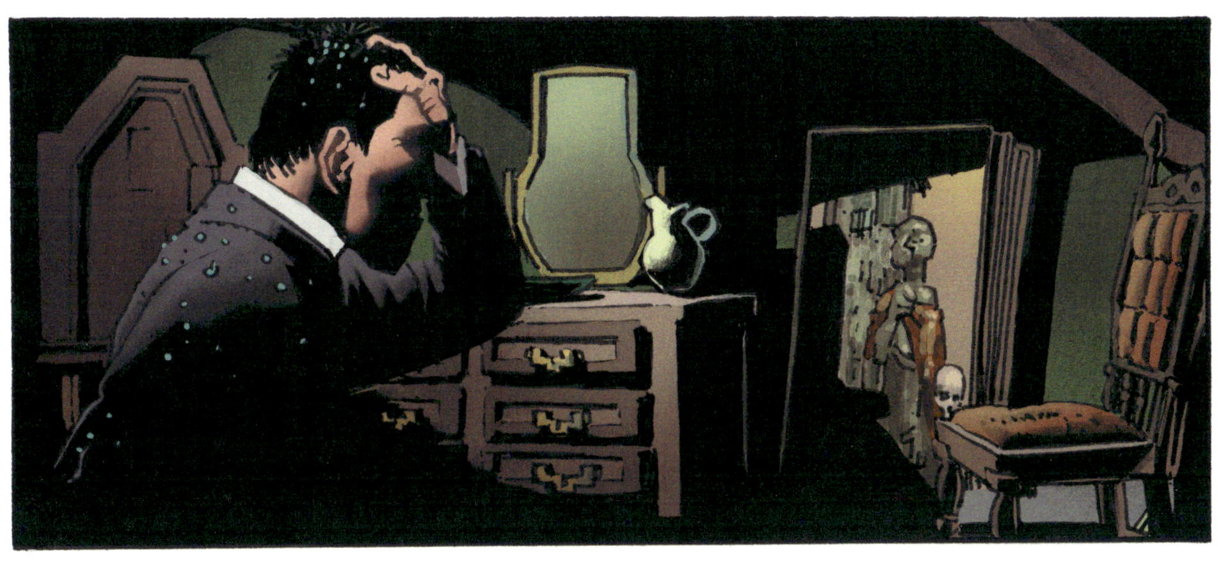

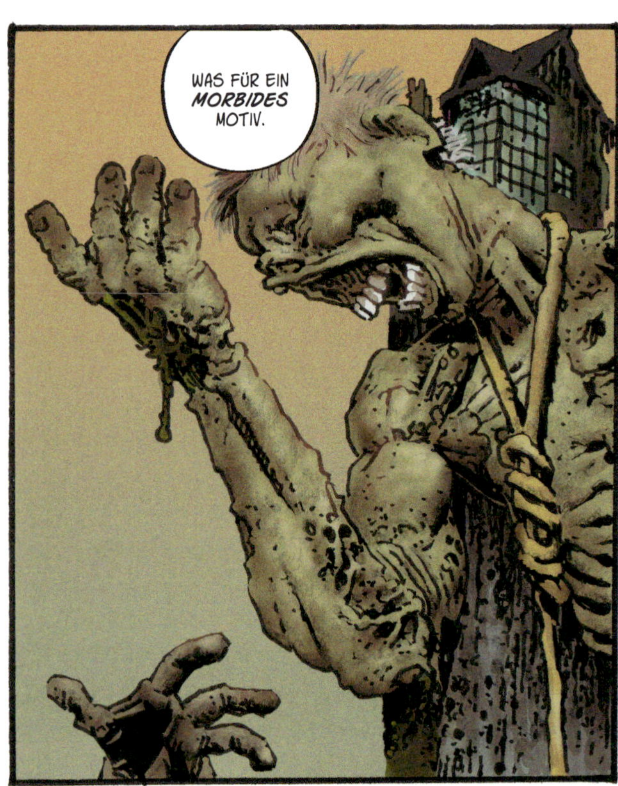
WAS FÜR EIN *MORBIDES* MOTIV.

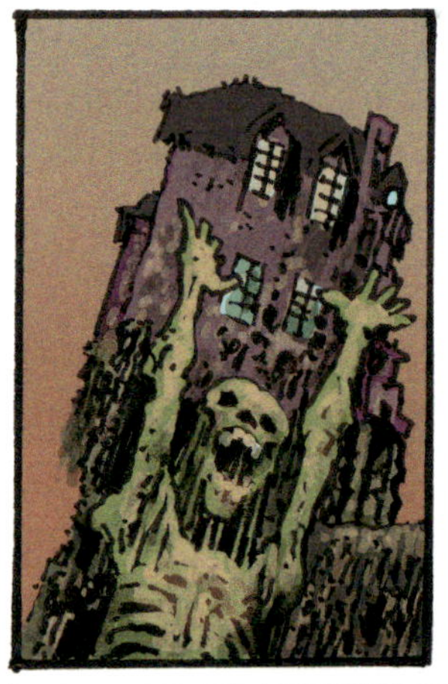

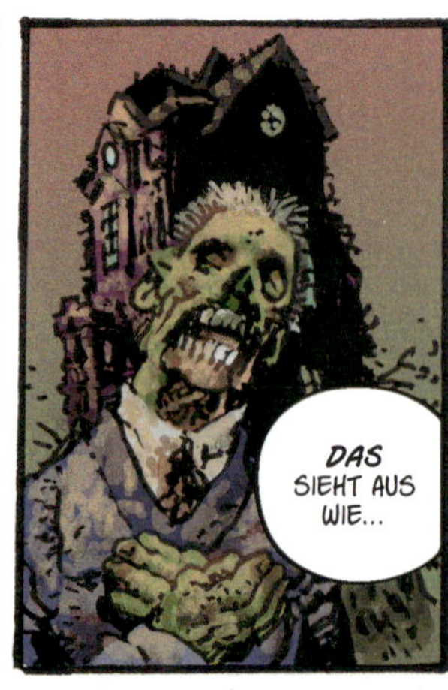
DAS SIEHT AUS WIE...

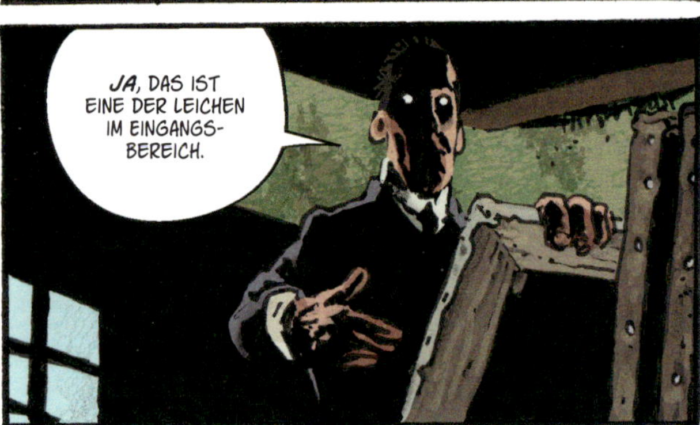
JA, DAS IST EINE DER LEICHEN IM EINGANGS-BEREICH.

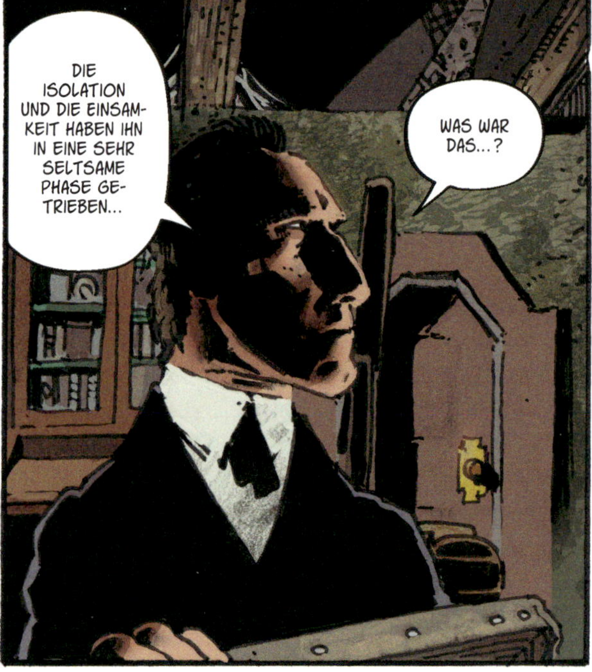
DIE ISOLATION UND DIE EINSAM-KEIT HABEN IHN IN EINE SEHR SELTSAME PHASE GE-TRIEBEN...
WAS WAR DAS...?

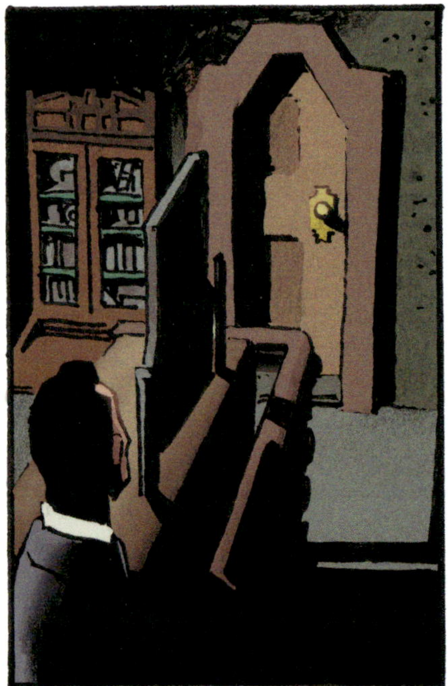

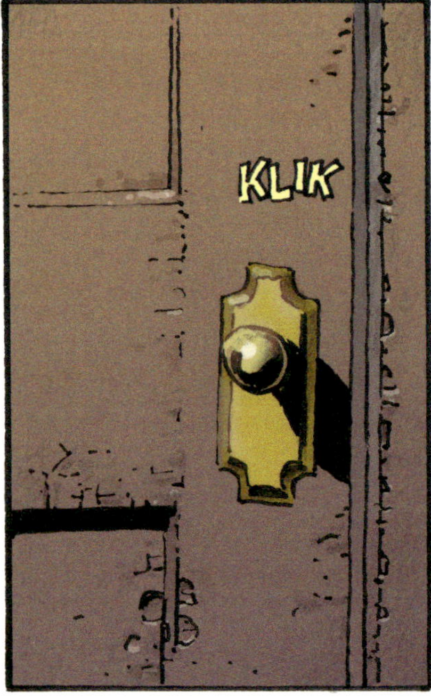
KLIK

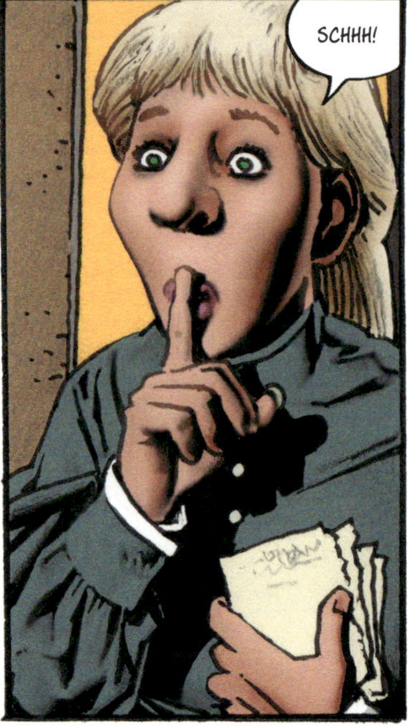
SCHHH!

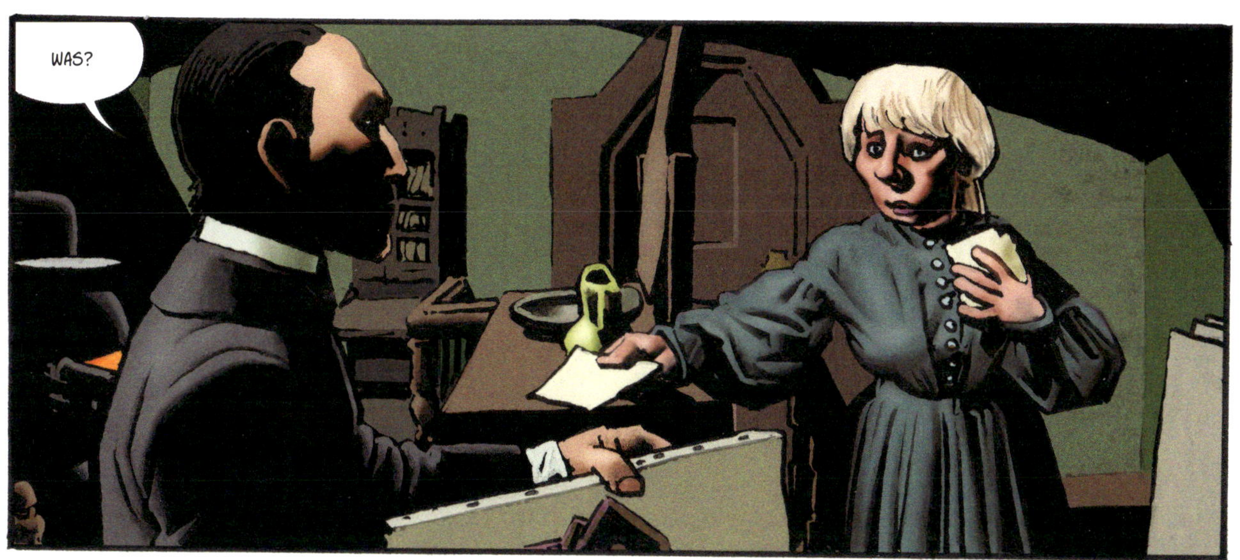
WAS?

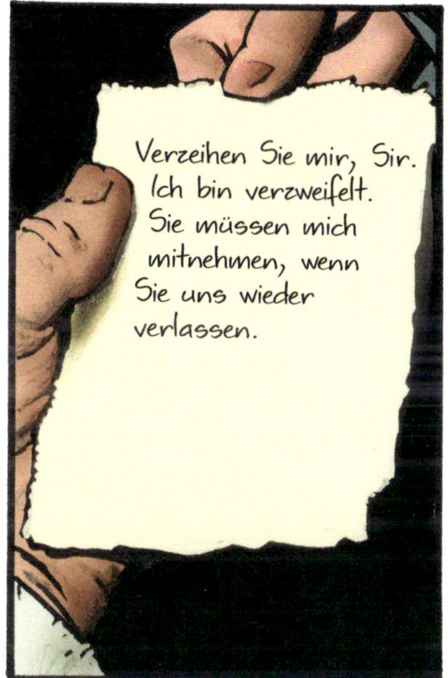
Verzeihen Sie mir, Sir. Ich bin verzweifelt. Sie müssen mich mitnehmen, wenn Sie uns wieder verlassen.

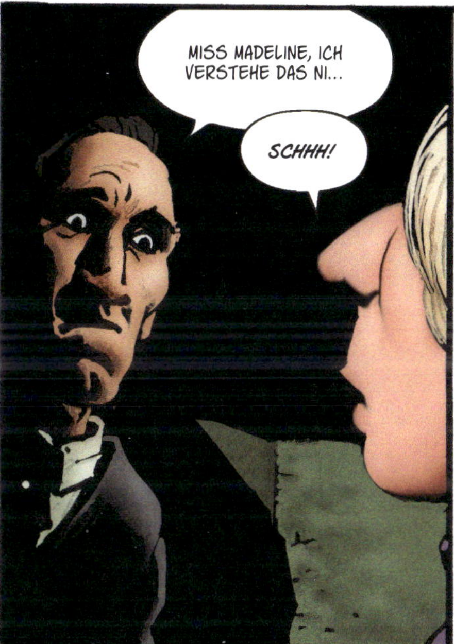
MISS MADELINE, ICH VERSTEHE DAS NI...
SCHHH!

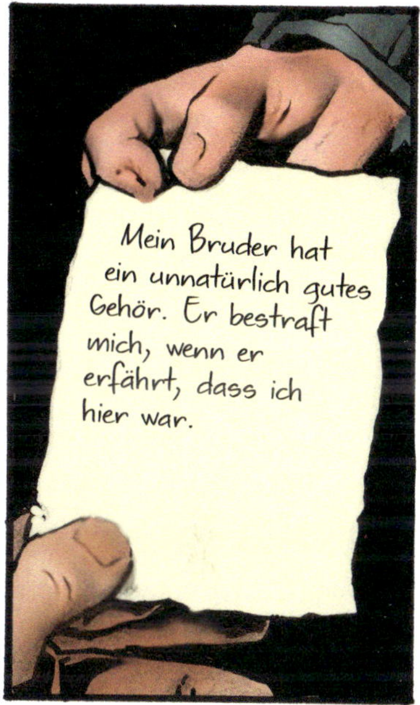
Mein Bruder hat ein unnatürlich gutes Gehör. Er bestraft mich, wenn er erfährt, dass ich hier war.

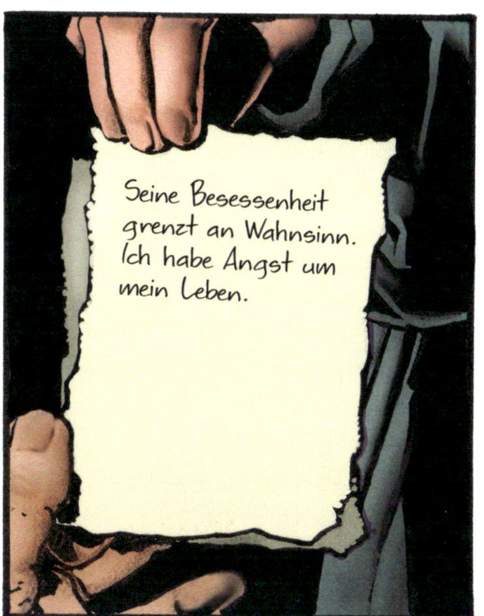
Seine Besessenheit grenzt an Wahnsinn. Ich habe Angst um mein Leben.

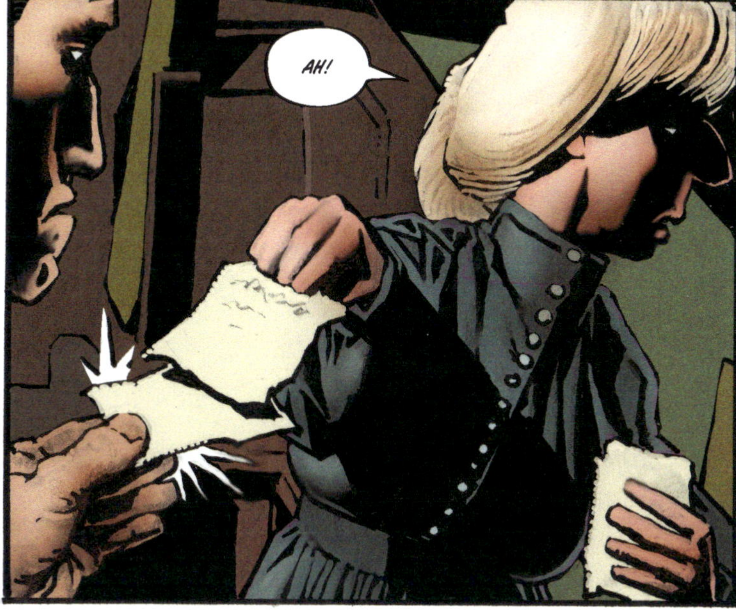
AH!

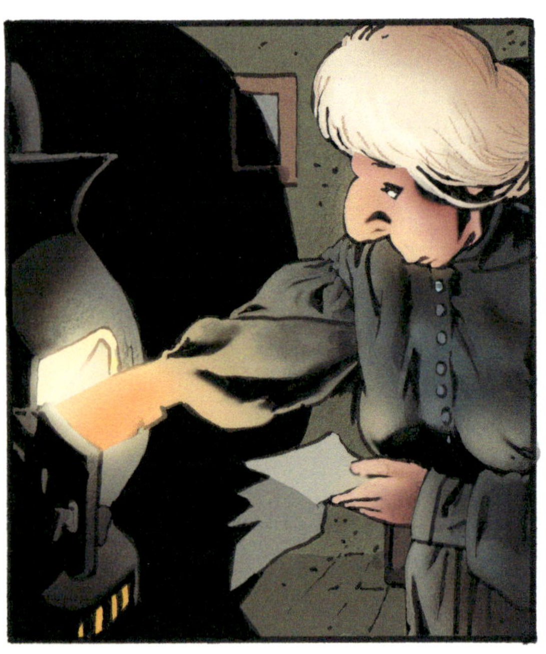
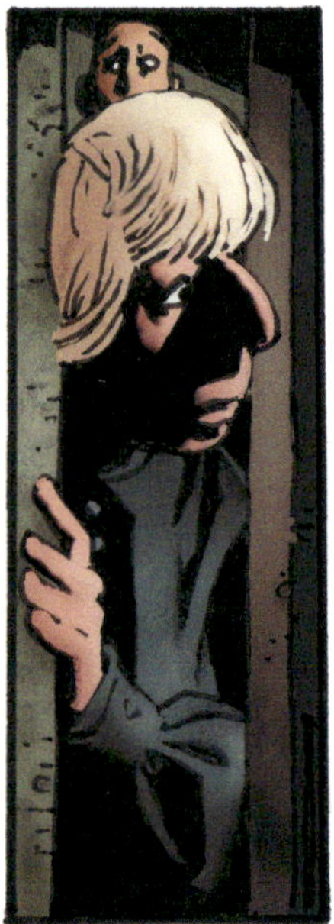
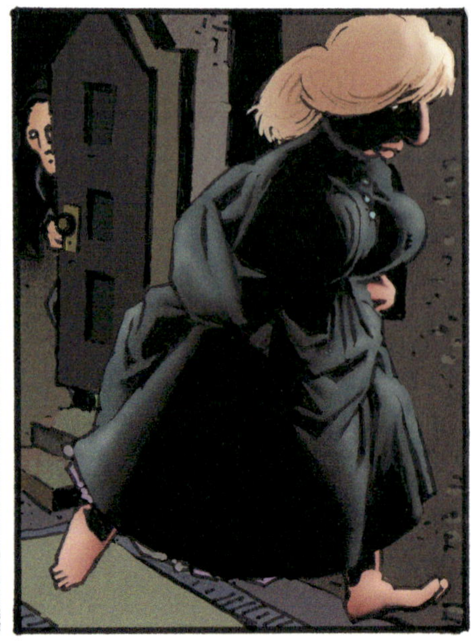
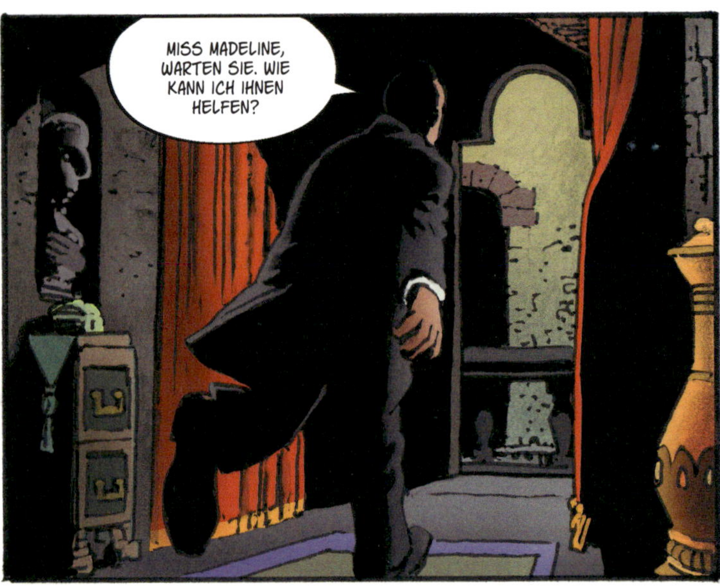
MISS MADELINE, WARTEN SIE. WIE KANN ICH IHNEN HELFEN?
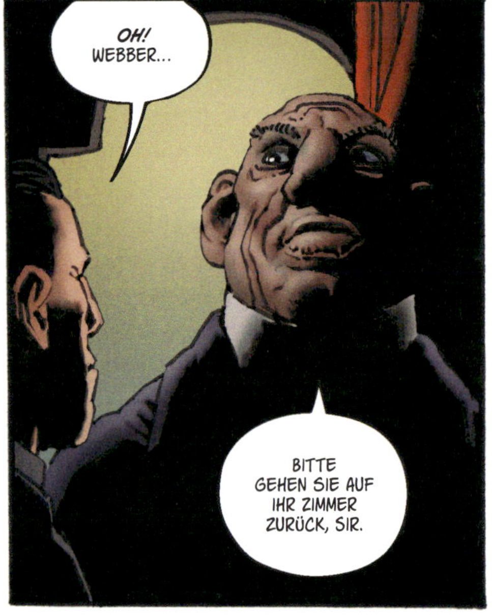
OH! WEBBER...
BITTE GEHEN SIE AUF IHR ZIMMER ZURÜCK, SIR.
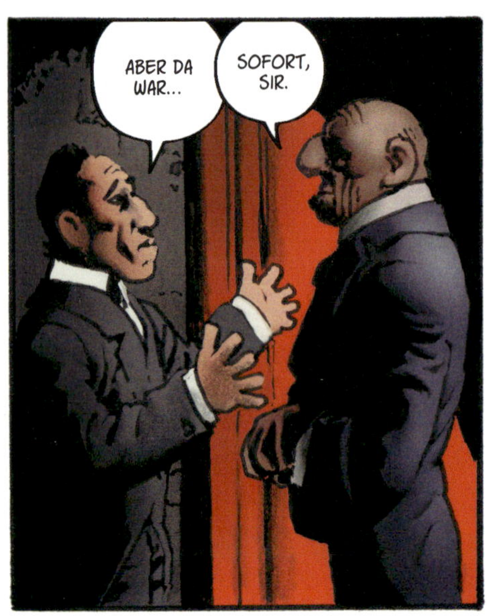
ABER DA WAR...
SOFORT, SIR.
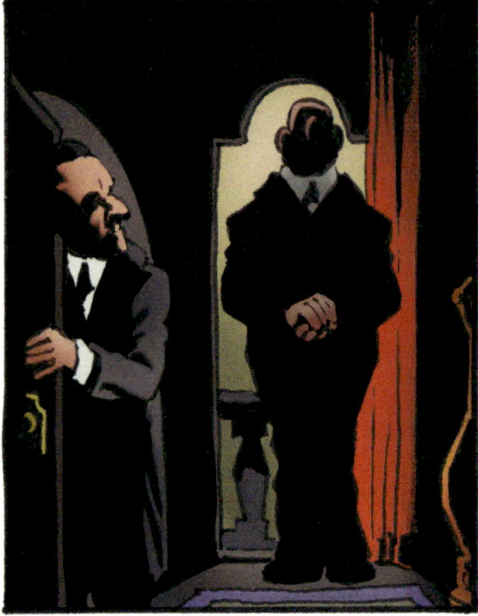
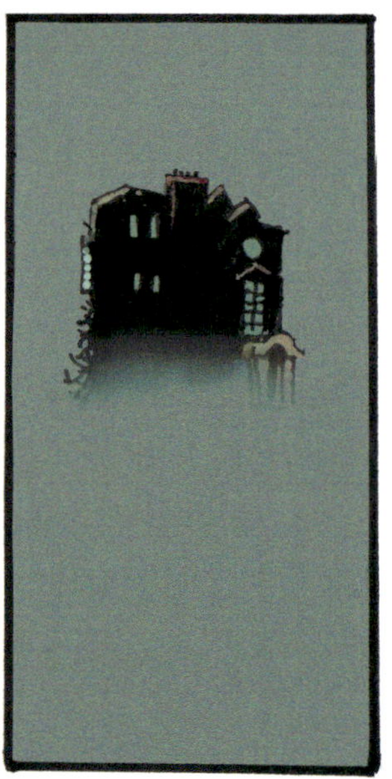

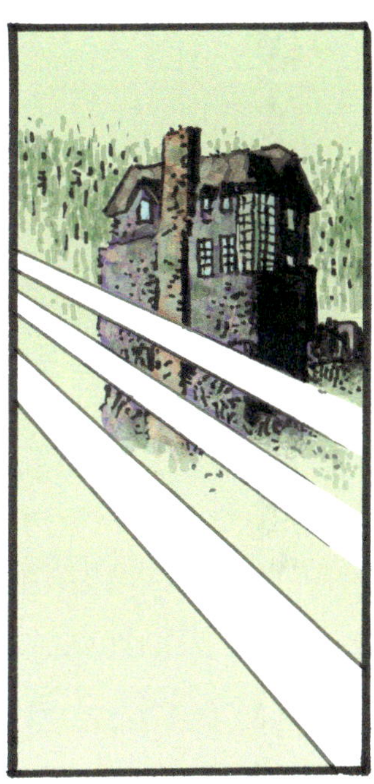

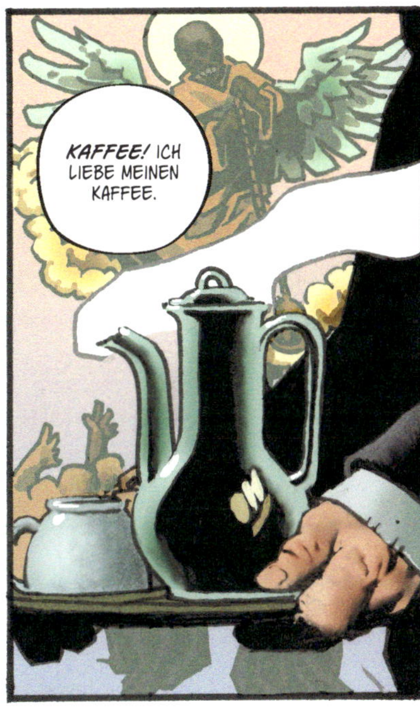

KAFFEE! ICH LIEBE MEINEN KAFFEE.

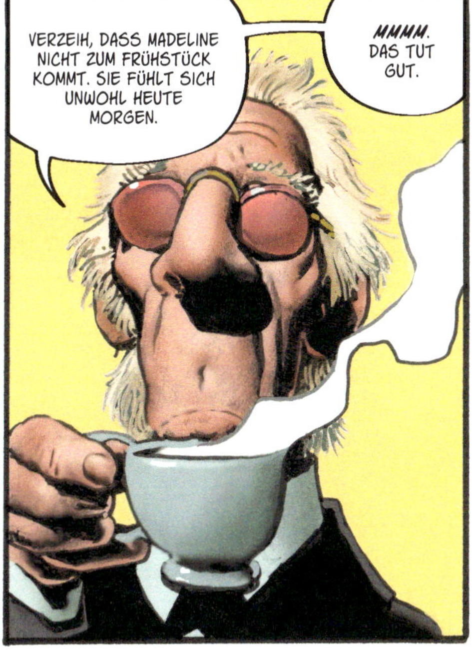

VERZEIH, DASS MADELINE NICHT ZUM FRÜHSTÜCK KOMMT. SIE FÜHLT SICH UNWOHL HEUTE MORGEN.
MMMM. DAS TUT GUT.

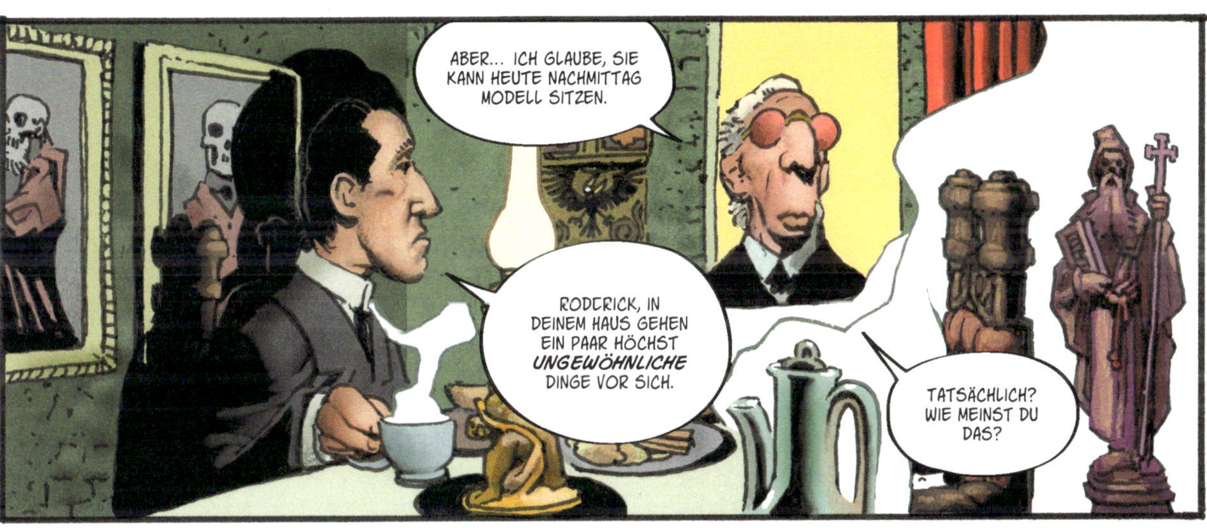

ABER… ICH GLAUBE, SIE KANN HEUTE NACHMITTAG MODELL SITZEN.
RODERICK, IN DEINEM HAUS GEHEN EIN PAAR HÖCHST UNGEWÖHNLICHE DINGE VOR SICH.
TATSÄCHLICH? WIE MEINST DU DAS?

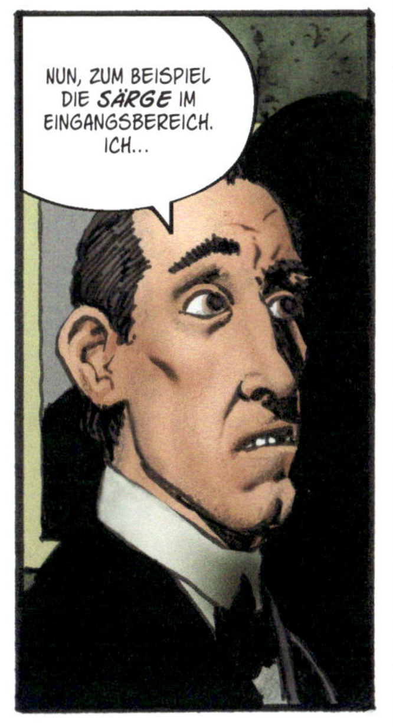

NUN, ZUM BEISPIEL DIE SÄRGE IM EINGANGSBEREICH. ICH…

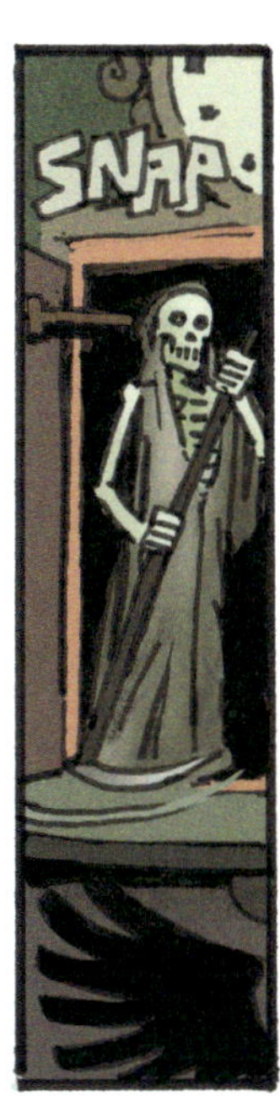

SNAP
SHUK

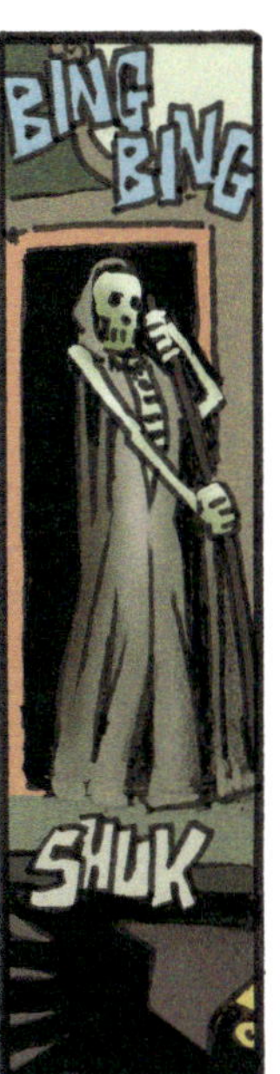

BING
BING
SHUK

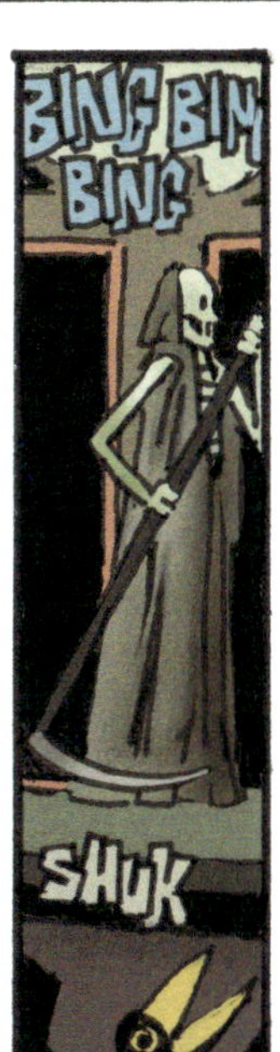

BING BIN
BING
SHUK

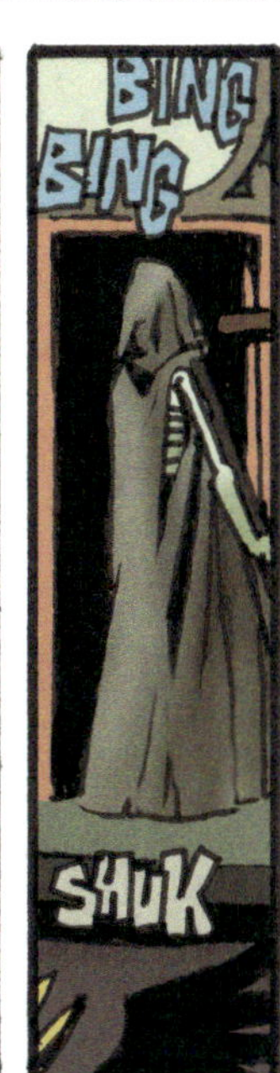

BING
BING

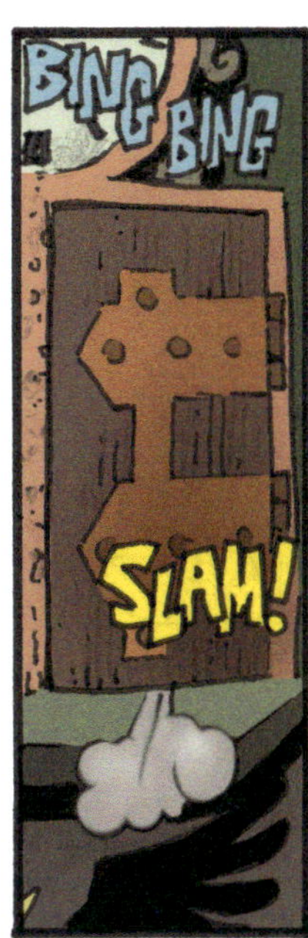

BING
BING
SLAM!

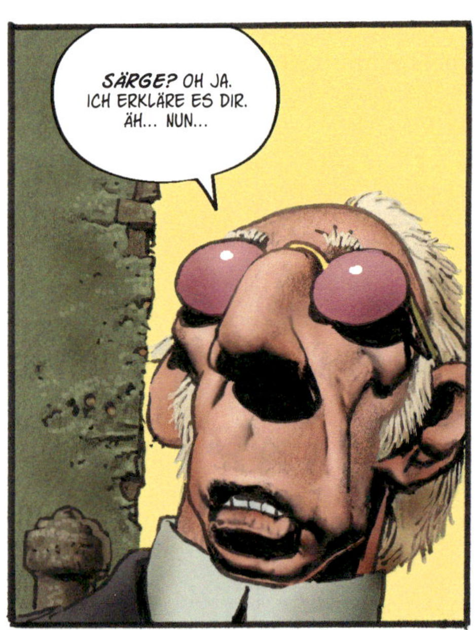
SÄRGE? OH JA. ICH ERKLÄRE ES DIR. ÄH... NUN...

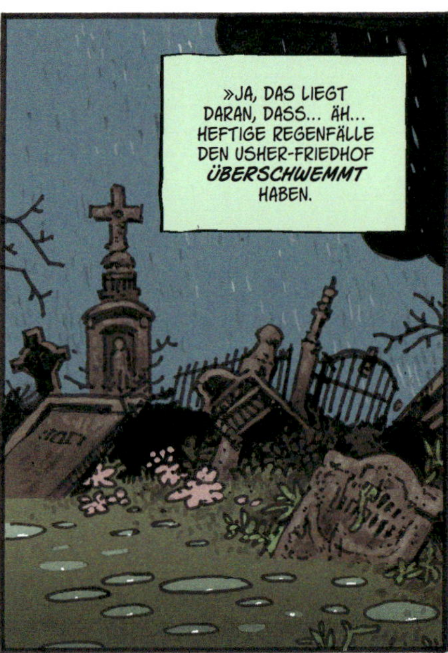
»JA, DAS LIEGT DARAN, DASS... ÄH... HEFTIGE REGENFÄLLE DEN USHER-FRIEDHOF ÜBERSCHWEMMT HABEN.

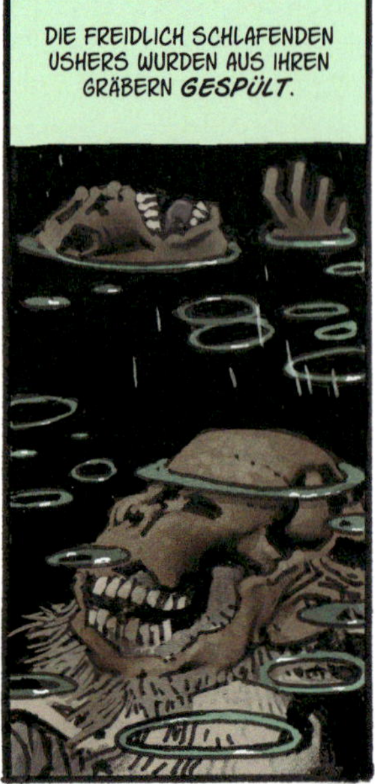
DIE FREIDLICH SCHLAFENDEN USHERS WURDEN AUS IHREN GRÄBERN GESPÜLT.

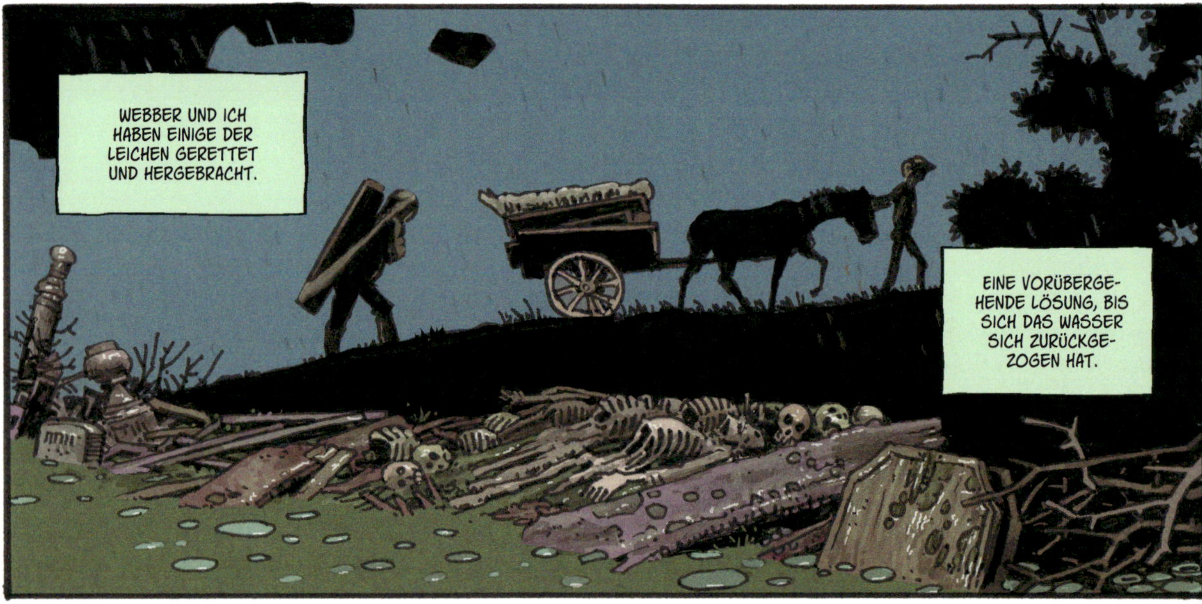
WEBBER UND ICH HABEN EINIGE DER LEICHEN GERETTET UND HERGEBRACHT.
EINE VORÜBERGEHENDE LÖSUNG, BIS SICH DAS WASSER SICH ZURÜCKGEZOGEN HAT.

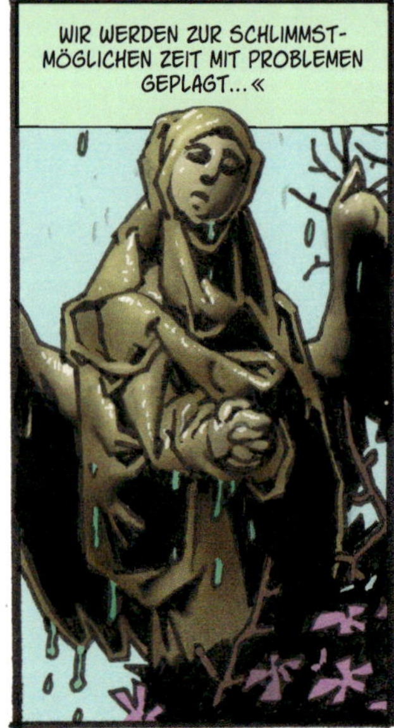
WIR WERDEN ZUR SCHLIMMSTMÖGLICHEN ZEIT MIT PROBLEMEN GEPLAGT...«

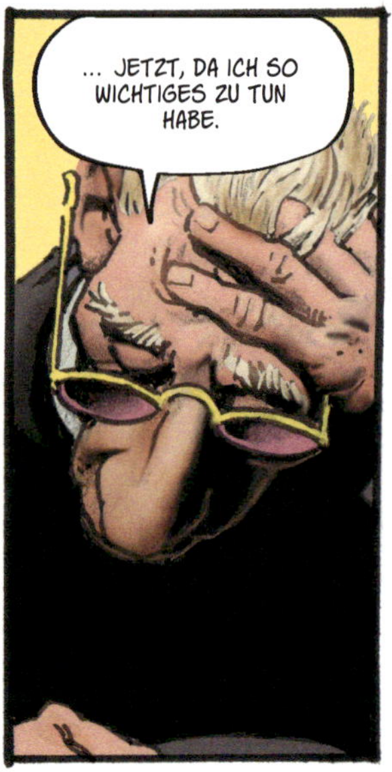
... JETZT, DA ICH SO WICHTIGES ZU TUN HABE.

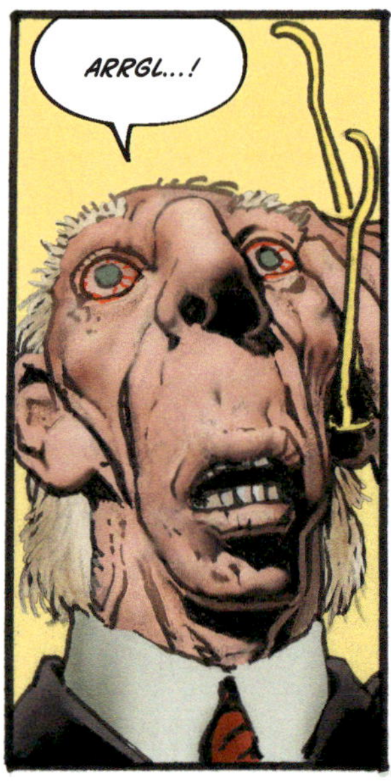
ARRGL...!

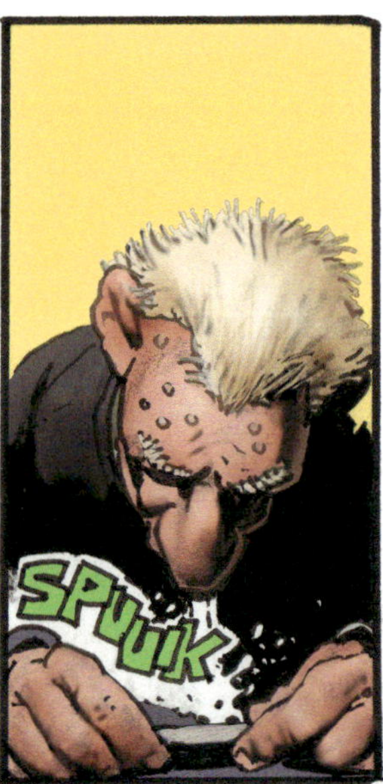
SPUUIK

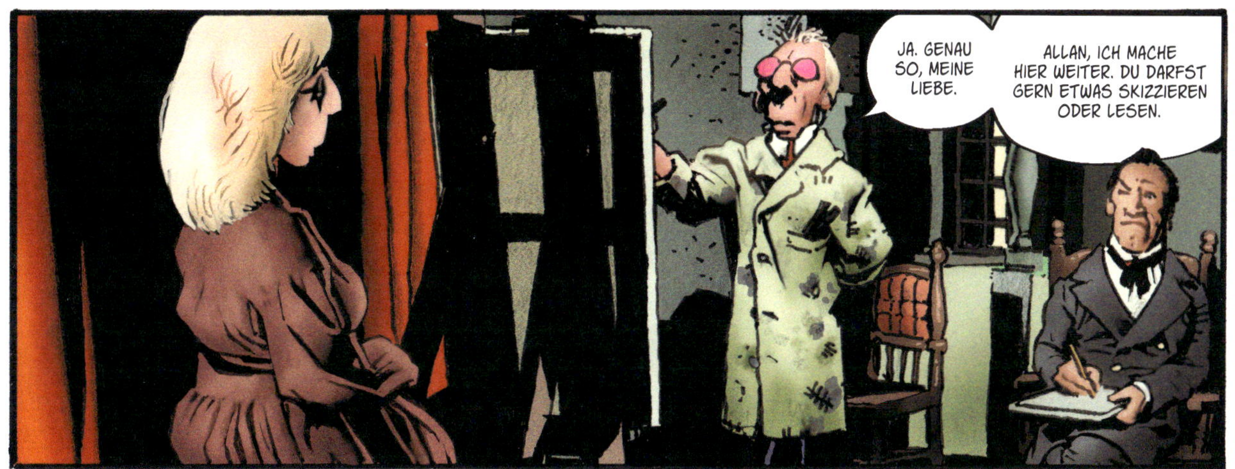
JA. GENAU SO, MEINE LIEBE.
ALLAN, ICH MACHE HIER WEITER. DU DARFST GERN ETWAS SKIZZIEREN ODER LESEN.

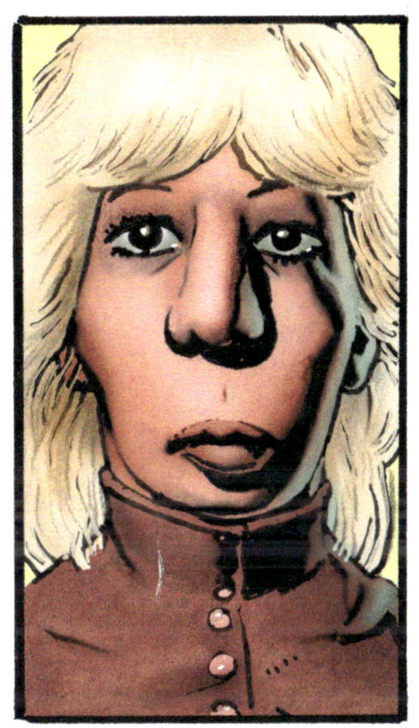

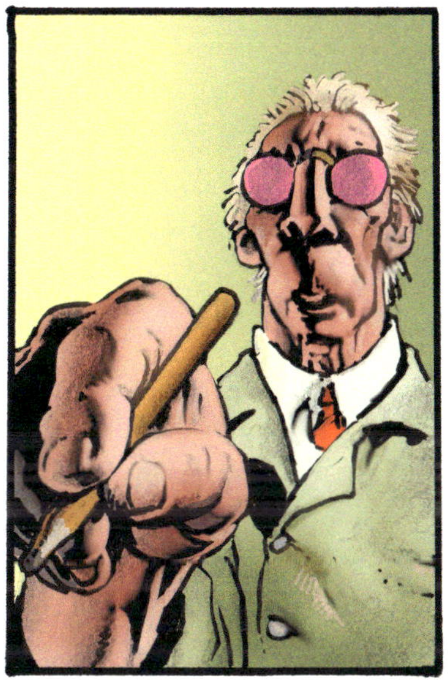

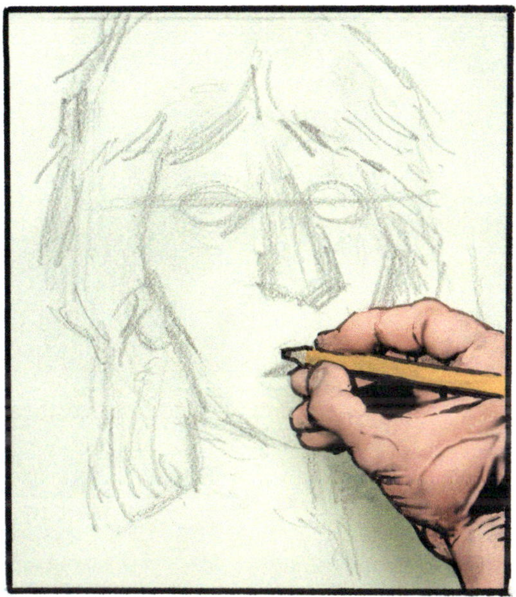

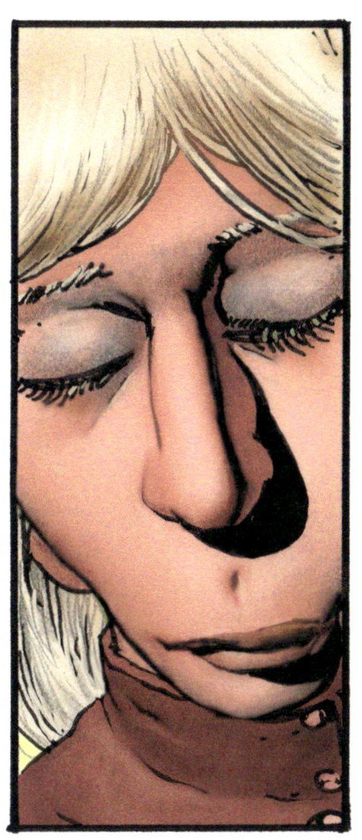

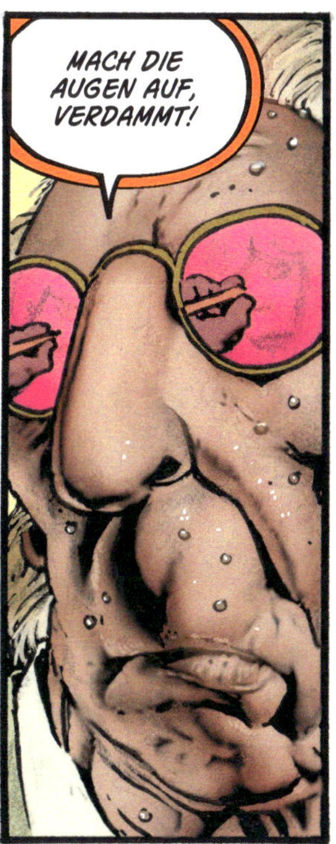
MACH DIE AUGEN AUF, VERDAMMT!

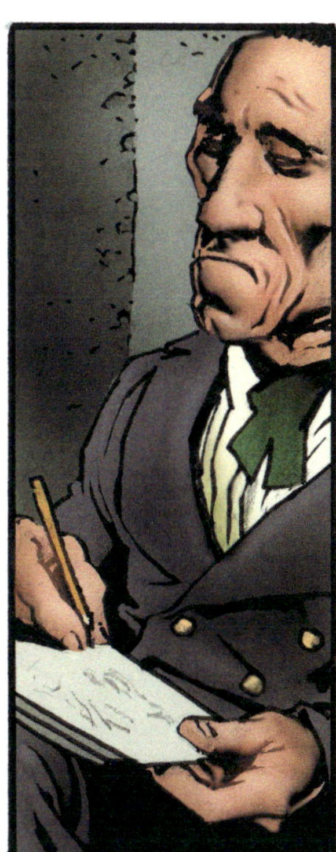

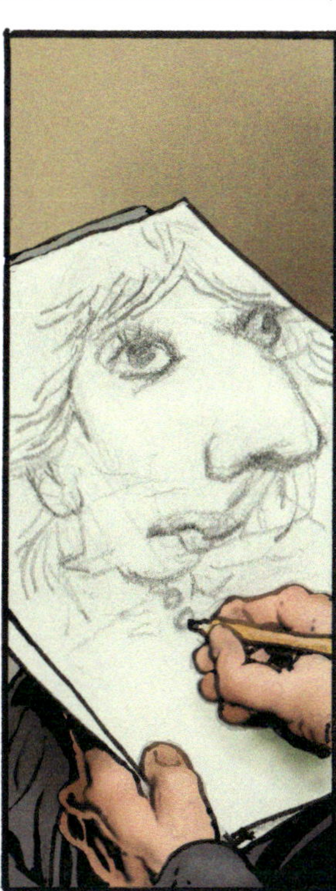

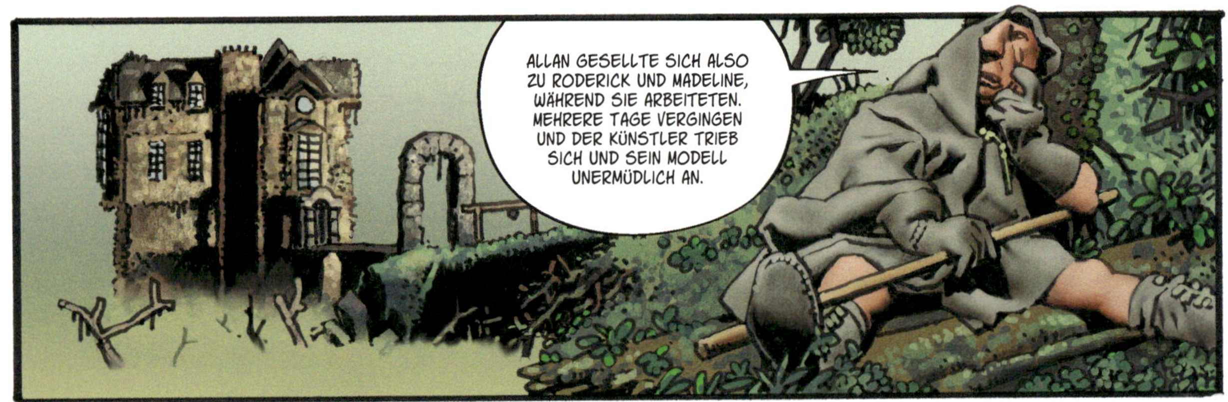
ALLAN GESELLTE SICH ALSO ZU RODERICK UND MADELINE, WÄHREND SIE ARBEITETEN. MEHRERE TAGE VERGINGEN UND DER KÜNSTLER TRIEB SICH UND SEIN MODELL UNERMÜDLICH AN.

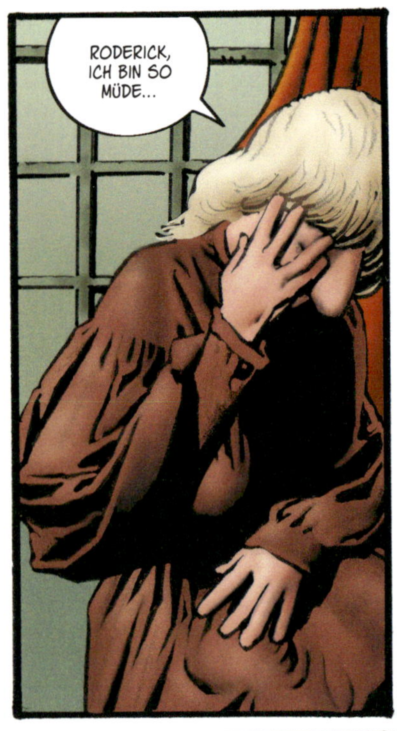
RODERICK, ICH BIN SO MÜDE...

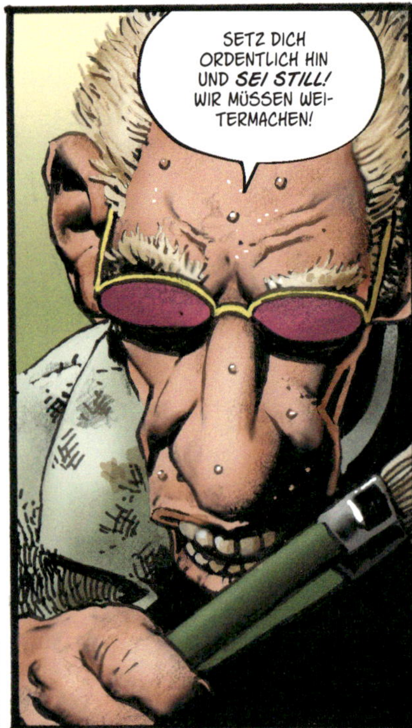
SETZ DICH ORDENTLICH HIN UND *SEI STILL!* WIR MÜSSEN WEI-TERMACHEN!

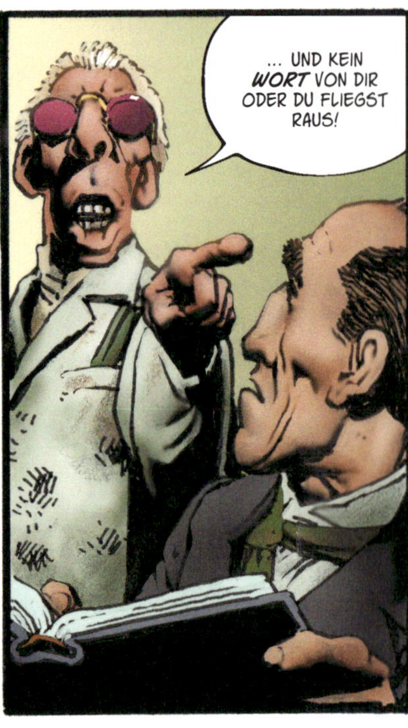
... UND KEIN *WORT* VON DIR ODER DU FLIEGST RAUS!

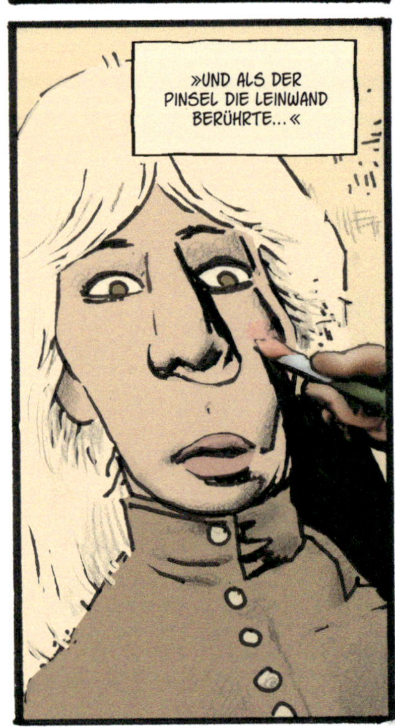
»UND ALS DER PINSEL DIE LEINWAND BERÜHRTE...«

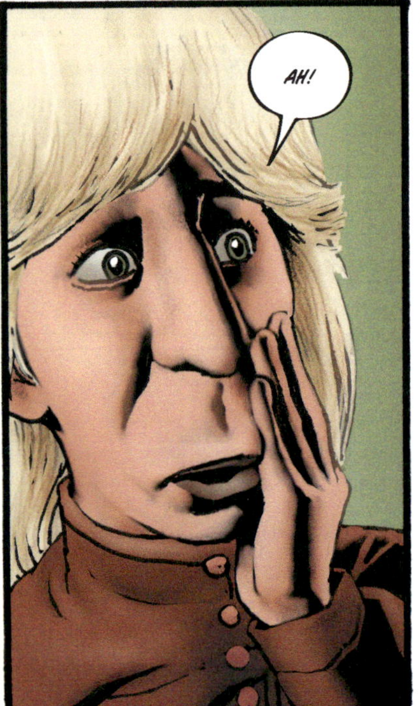
AH!

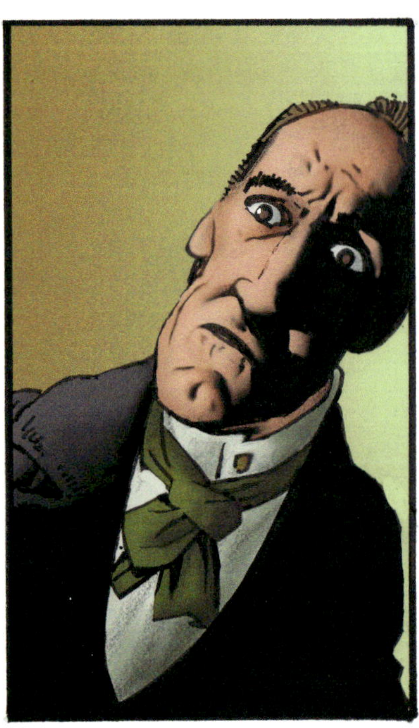

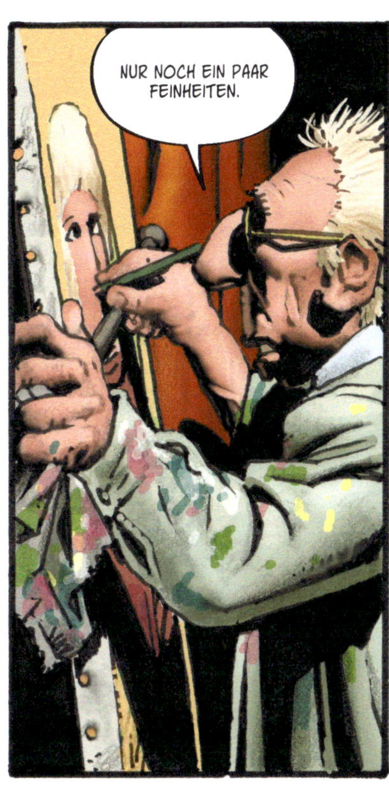

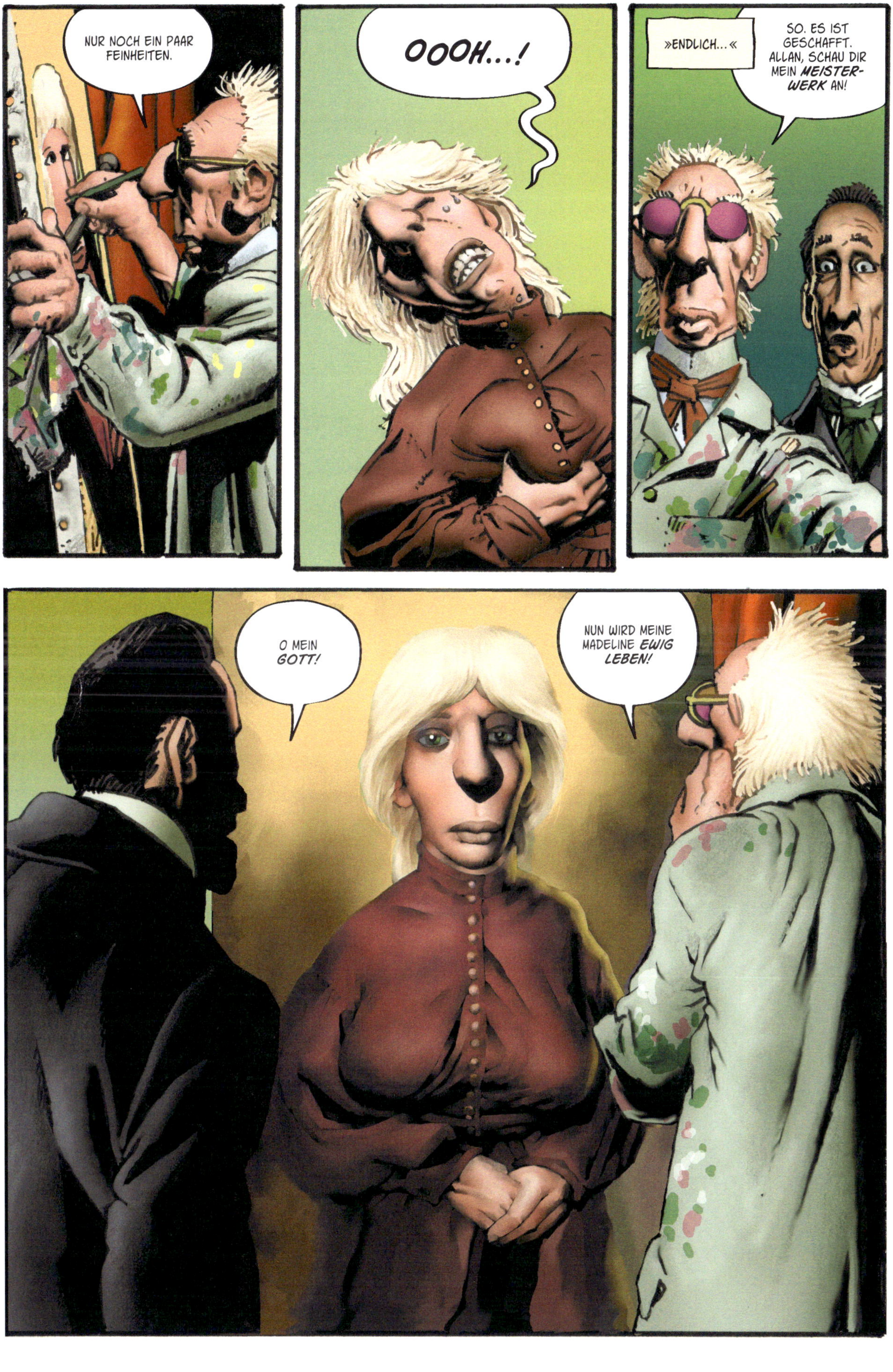

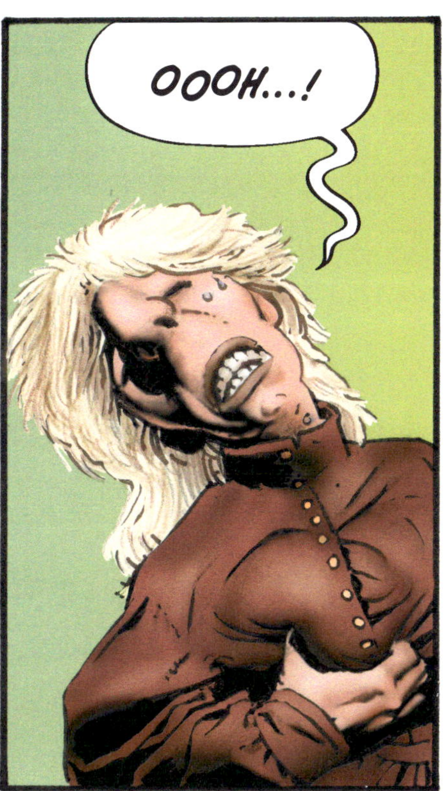

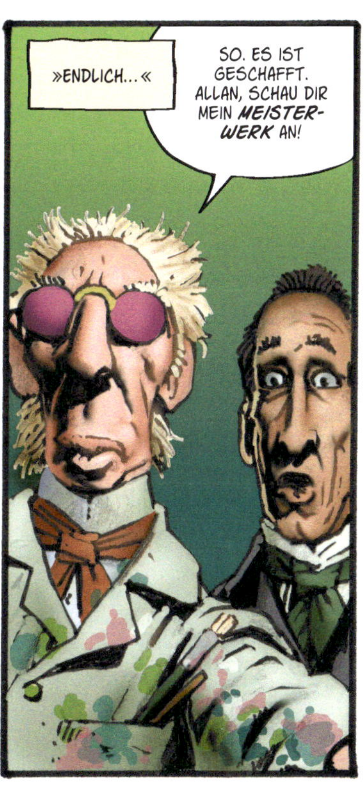

O MEIN ***GOTT!***

NUN WIRD MEINE MADELINE ***EWIG LEBEN!***

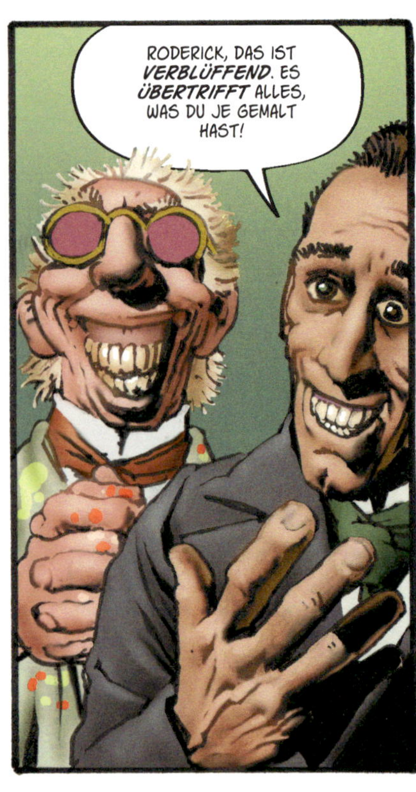
RODERICK, DAS IST VERBLÜFFEND. ES ÜBERTRIFFT ALLES, WAS DU JE GEMALT HAST!

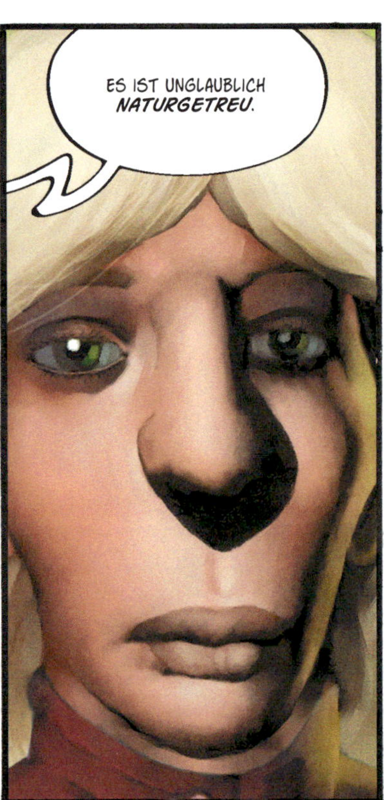
ES IST UNGLAUBLICH NATURGETREU.

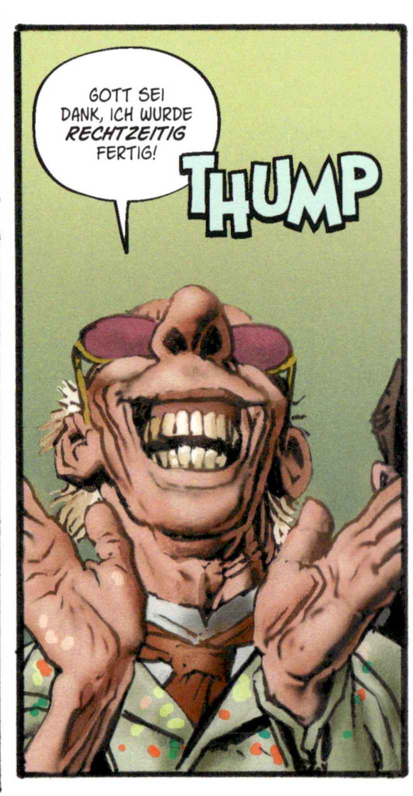
GOTT SEI DANK, ICH WURDE RECHTZEITIG FERTIG!
THUMP

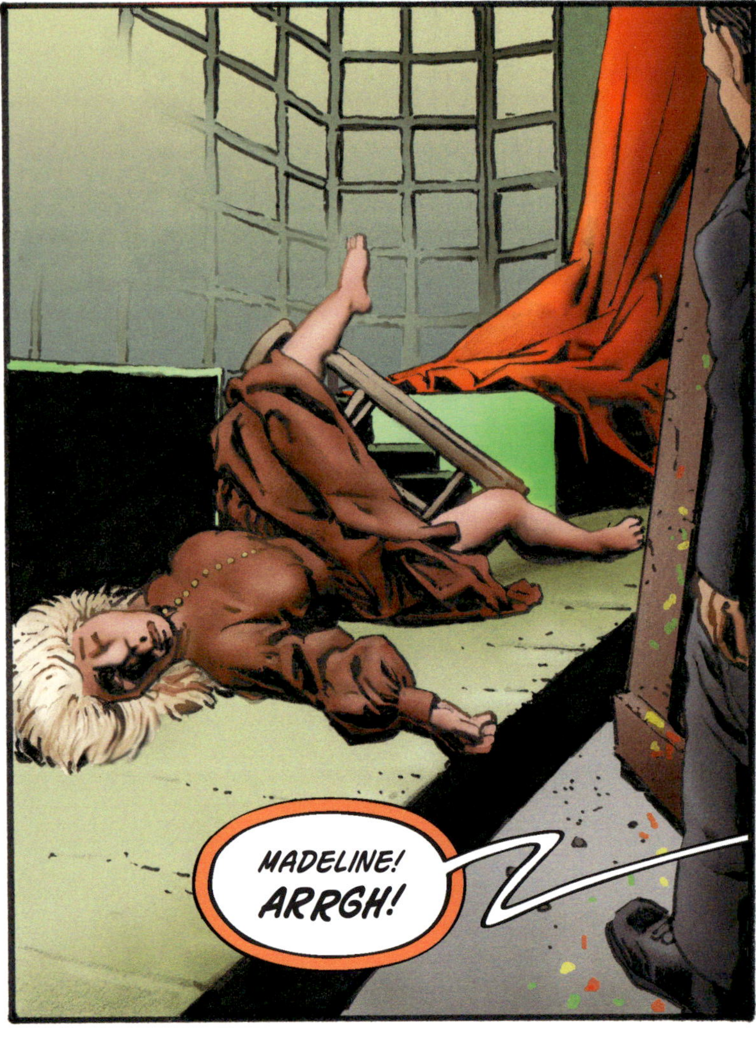
MADELINE! ARRGH!

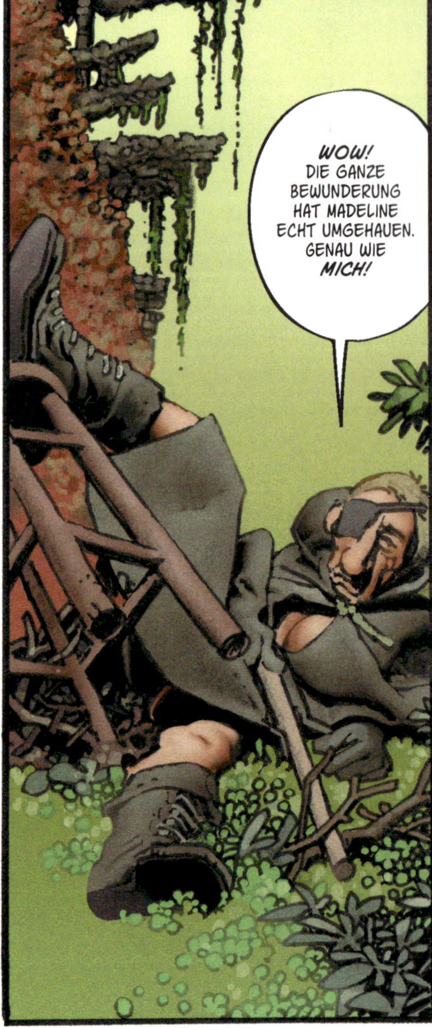
WOW! DIE GANZE BEWUNDERUNG HAT MADELINE ECHT UMGEHAUEN. GENAU WIE MICH!

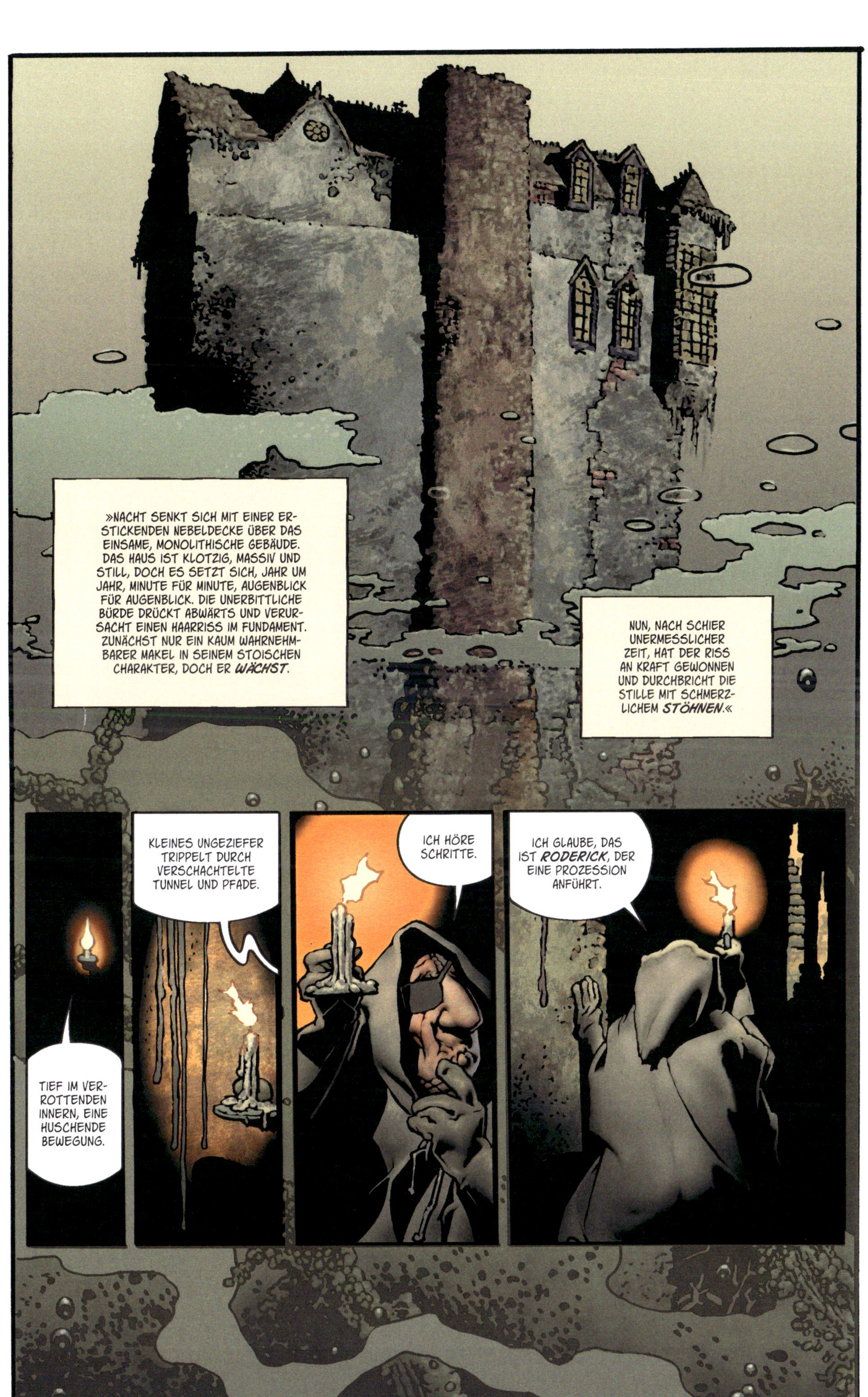
»NACHT SENKT SICH MIT EINER ERSTICKENDEN NEBELDECKE ÜBER DAS EINSAME, MONOLITHISCHE GEBÄUDE. DAS HAUS IST KLOTZIG, MASSIV UND STILL, DOCH ES SETZT SICH, JAHR UM JAHR, MINUTE FÜR MINUTE, AUGENBLICK FÜR AUGENBLICK. DIE UNERBITTLICHE BÜRDE DRÜCKT ABWÄRTS UND VERURSACHT EINEN HAARRISS IM FUNDAMENT. ZUNÄCHST NUR EIN KAUM WAHRNEHMBARER MAKEL IN SEINEM STOISCHEN CHARAKTER, DOCH ER *WÄCHST*.
NUN, NACH SCHIER UNERMESSLICHER ZEIT, HAT DER RISS AN KRAFT GEWONNEN UND DURCHBRICHT DIE STILLE MIT SCHMERZLICHEM *STÖHNEN*.«
TIEF IM VERROTTENDEN INNERN, EINE HUSCHENDE BEWEGUNG.
KLEINES UNGEZIEFER TRIPPELT DURCH VERSCHACHTELTE TUNNEL UND PFADE.
ICH HÖRE SCHRITTE.
ICH GLAUBE, DAS IST *RODERICK*, DER EINE PROZESSION ANFÜHRT.

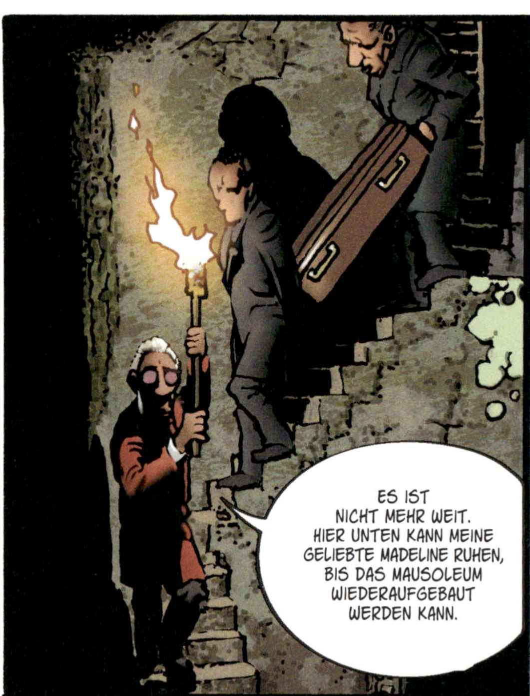
ES IST
NICHT MEHR WEIT.
HIER UNTEN KANN MEINE
GELIEBTE MADELINE RUHEN,
BIS DAS MAUSOLEUM
WIEDERAUFGEBAUT
WERDEN KANN.

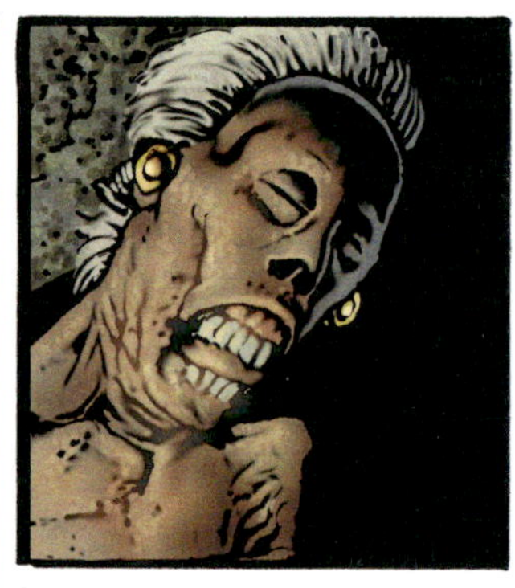

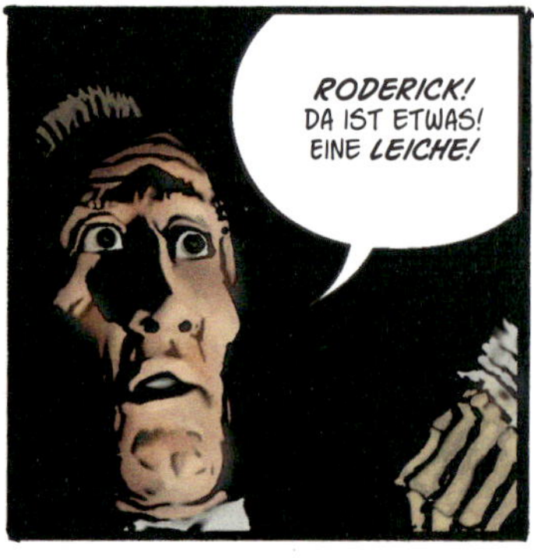
RODERICK!
DA IST ETWAS!
EINE LEICHE!

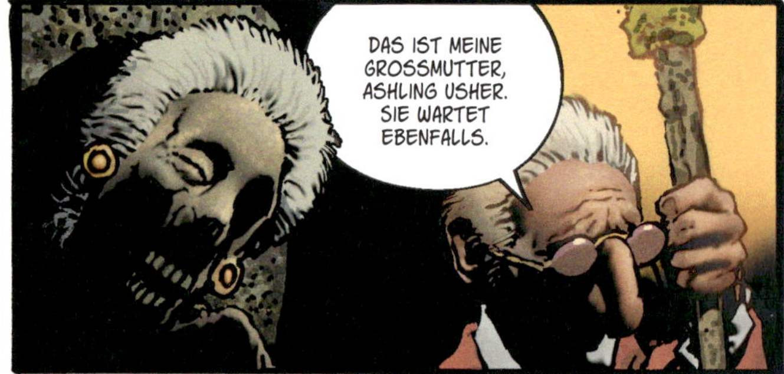
DAS IST MEINE
GROSSMUTTER,
ASHLING USHER.
SIE WARTET
EBENFALLS.

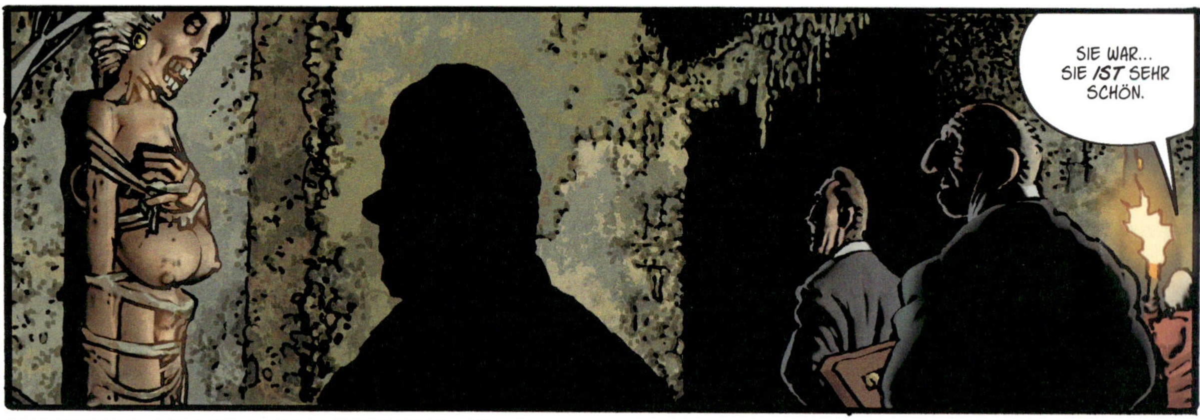
SIE WAR...
SIE IST SEHR
SCHÖN.

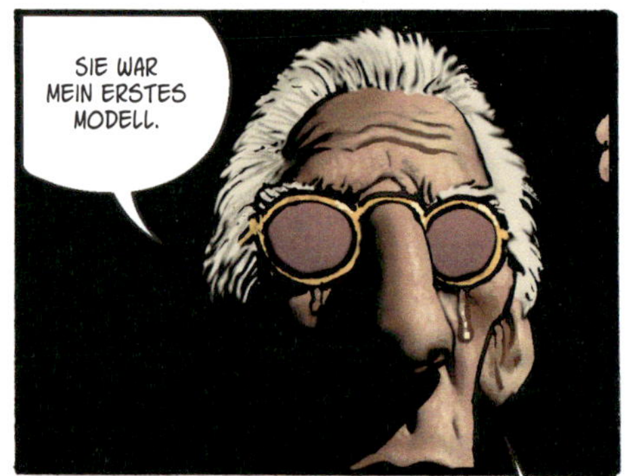
SIE WAR
MEIN ERSTES
MODELL.

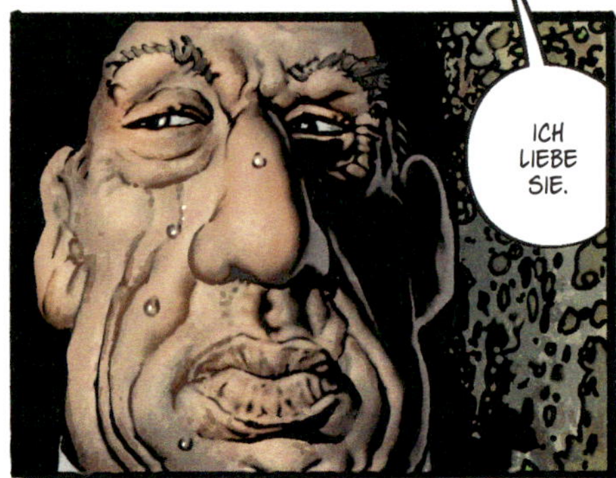
ICH
LIEBE
SIE.

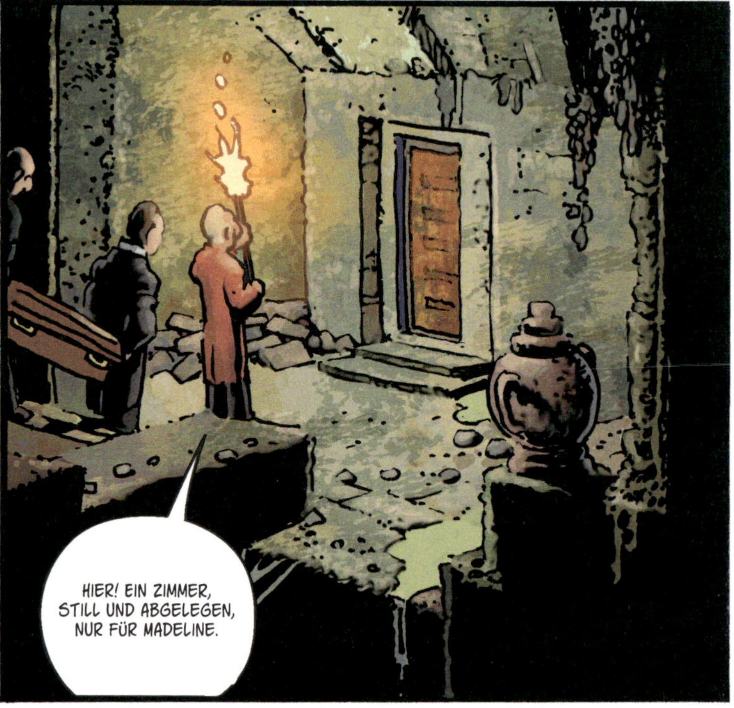
HIER! EIN ZIMMER,
STILL UND ABGELEGEN,
NUR FÜR MADELINE.

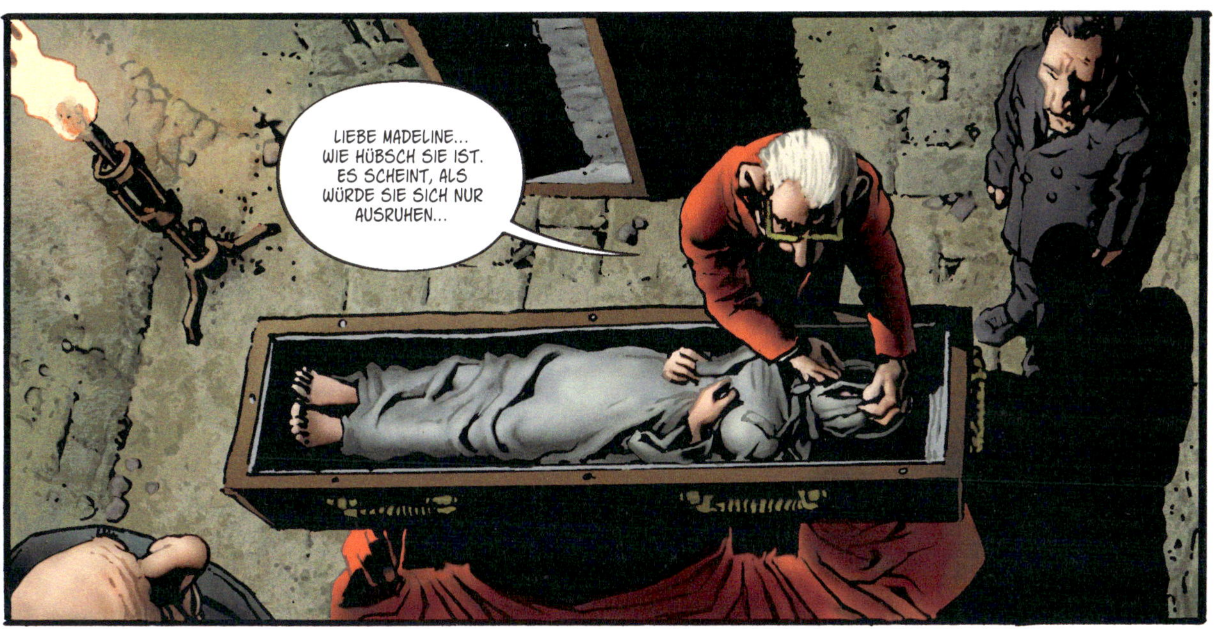
LIEBE MADELINE...
WIE HÜBSCH SIE IST.
ES SCHEINT, ALS
WÜRDE SIE SICH NUR
AUSRUHEN...

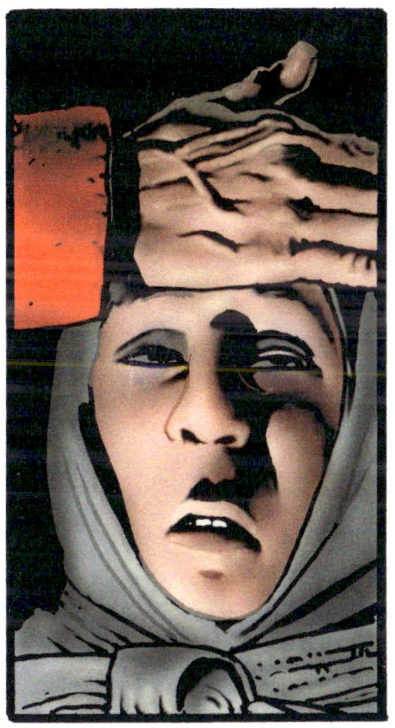

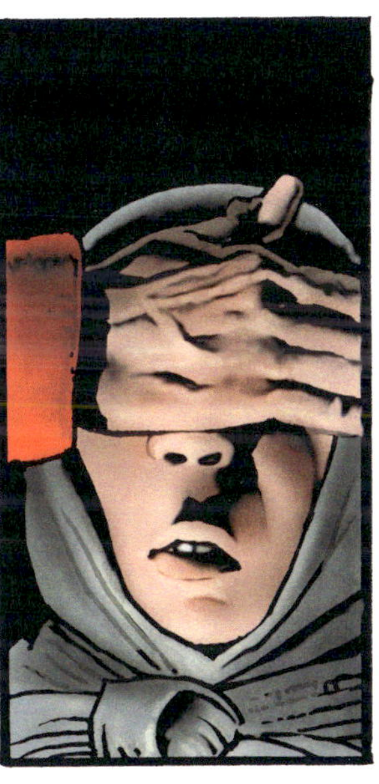

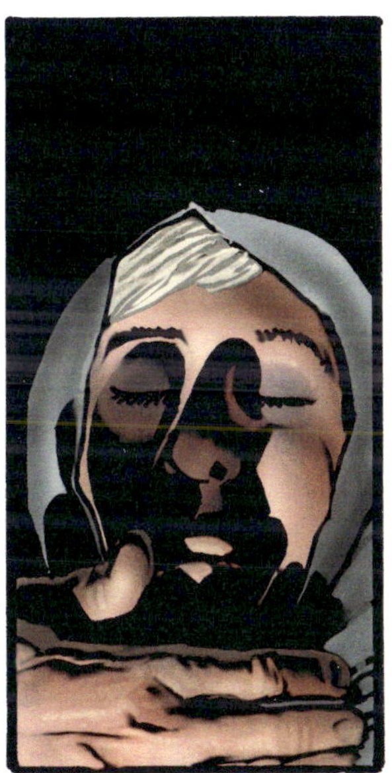

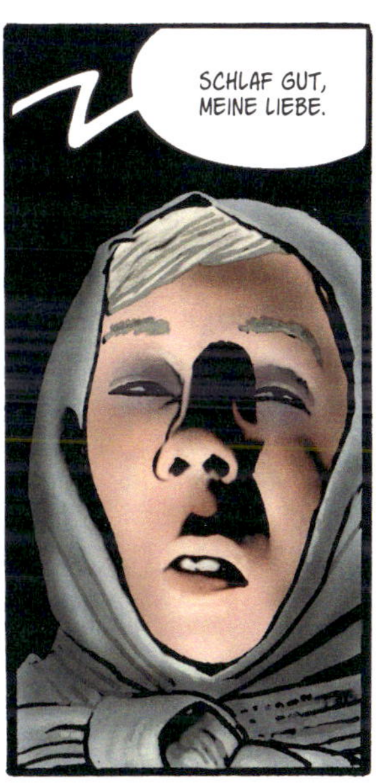
SCHLAF GUT,
MEINE LIEBE.

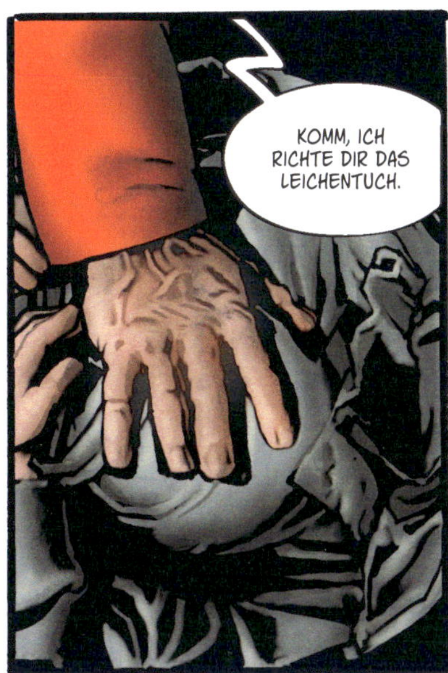
KOMM, ICH
RICHTE DIR DAS
LEICHENTUCH.

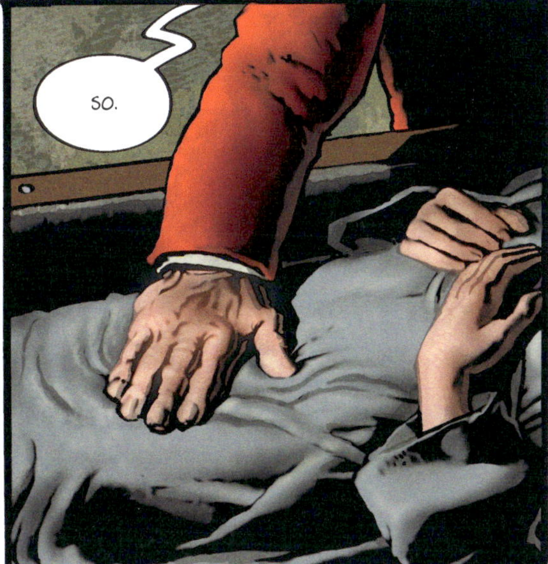
SO.

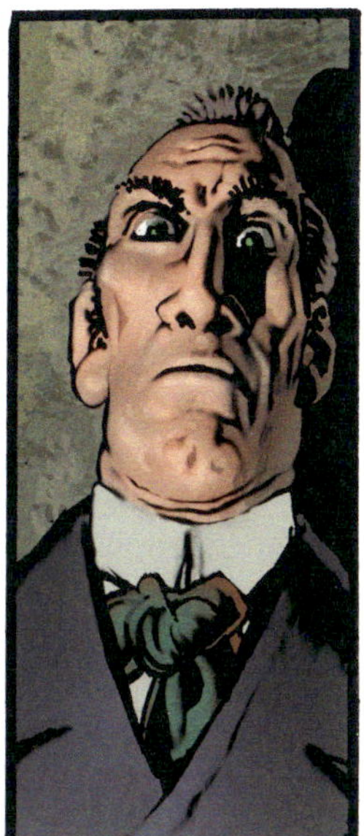

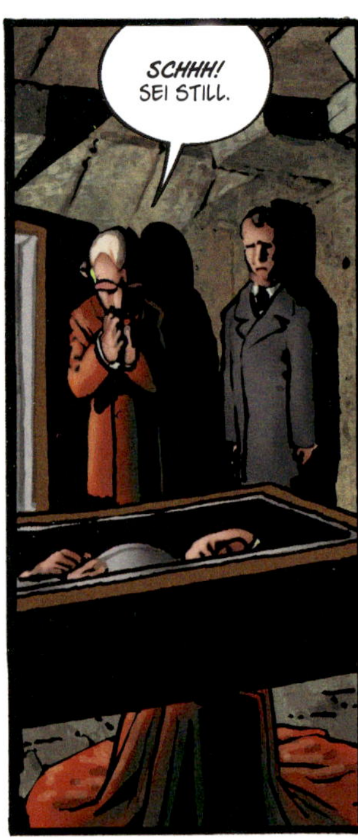
SCHHH!
SEI STILL.

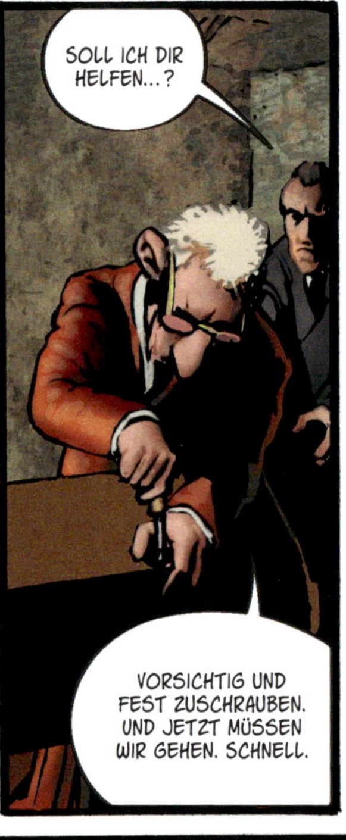
SOLL ICH DIR HELFEN…?
VORSICHTIG UND FEST ZUSCHRAUBEN. UND JETZT MÜSSEN WIR GEHEN. SCHNELL.

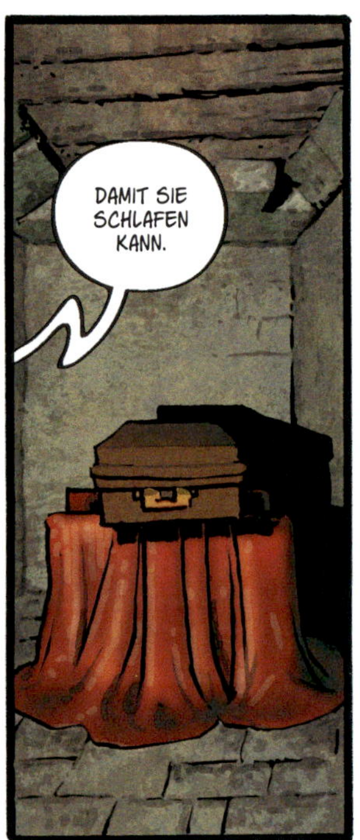
DAMIT SIE SCHLAFEN KANN.

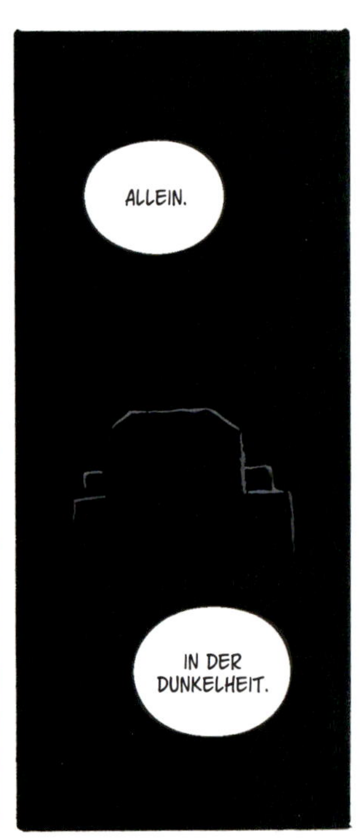
ALLEIN.
IN DER DUNKELHEIT.

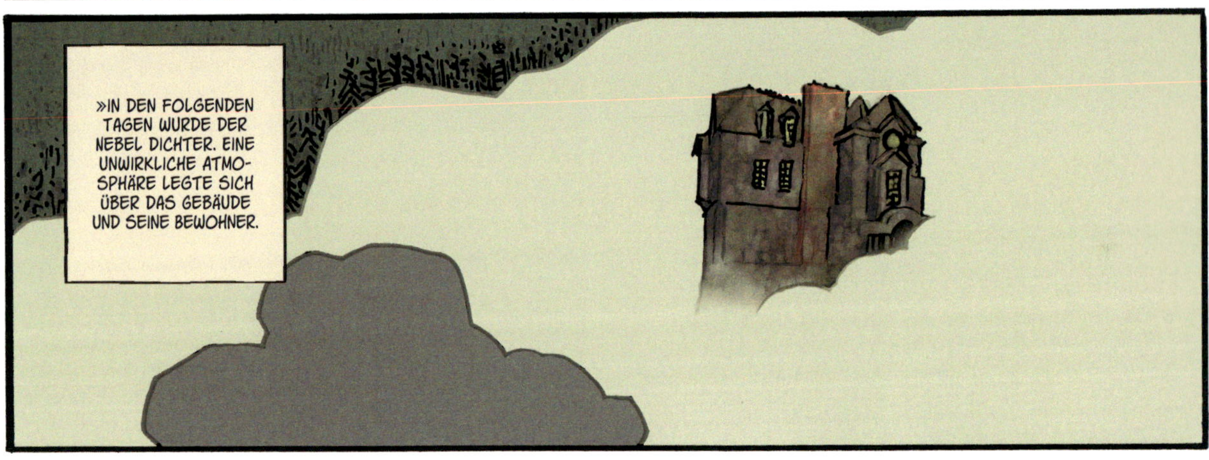
»IN DEN FOLGENDEN TAGEN WURDE DER NEBEL DICHTER. EINE UNWIRKLICHE ATMOSPHÄRE LEGTE SICH ÜBER DAS GEBÄUDE UND SEINE BEWOHNER.

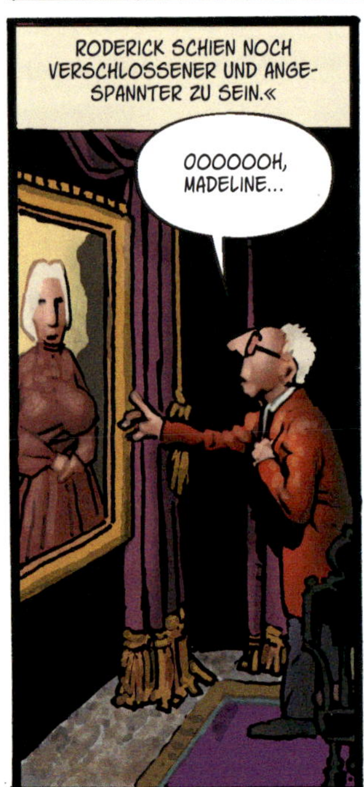
RODERICK SCHIEN NOCH VERSCHLOSSENER UND ANGESPANNTER ZU SEIN.«
OOOOOOH, MADELINE…

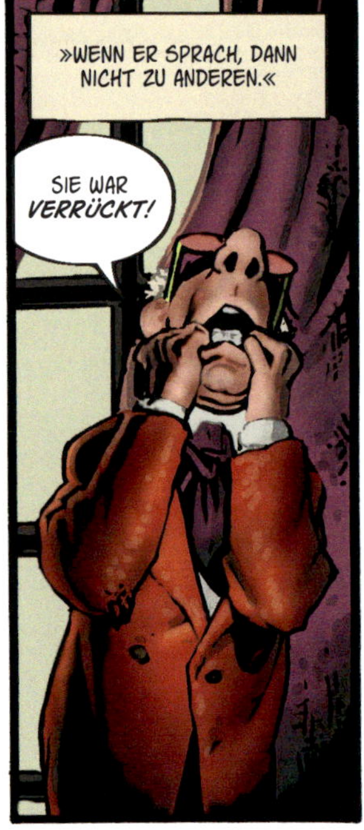
»WENN ER SPRACH, DANN NICHT ZU ANDEREN.«
SIE WAR VERRÜCKT!

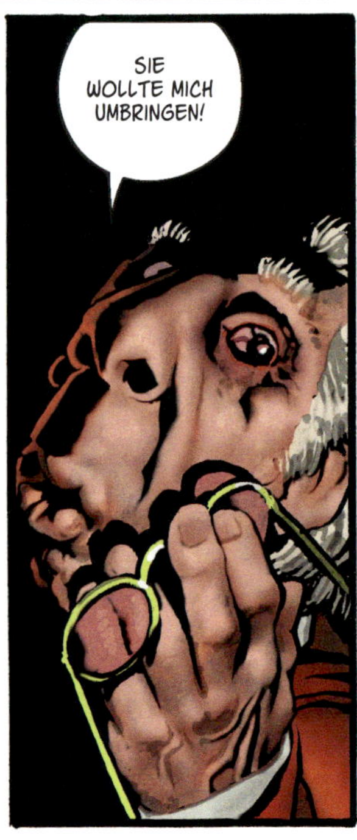
SIE WOLLTE MICH UMBRINGEN!

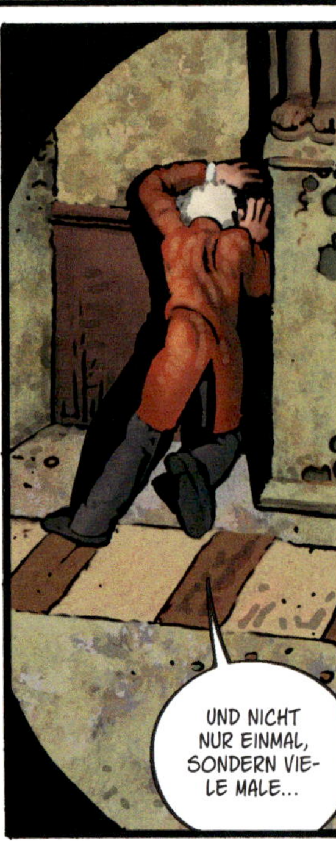
UND NICHT NUR EINMAL, SONDERN VIELE MALE…

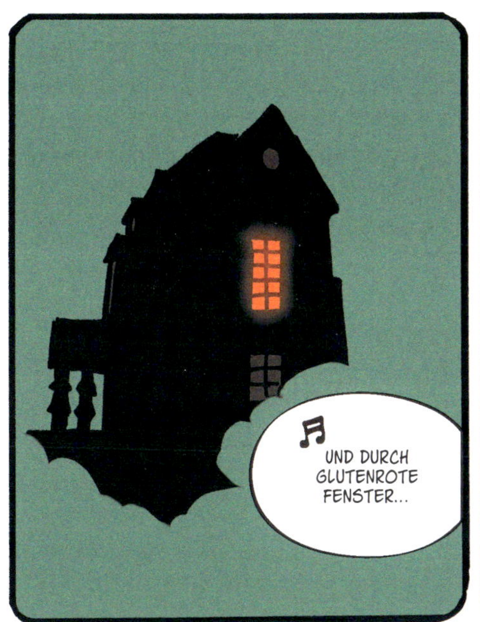
UND DURCH GLUTENROTE FENSTER...

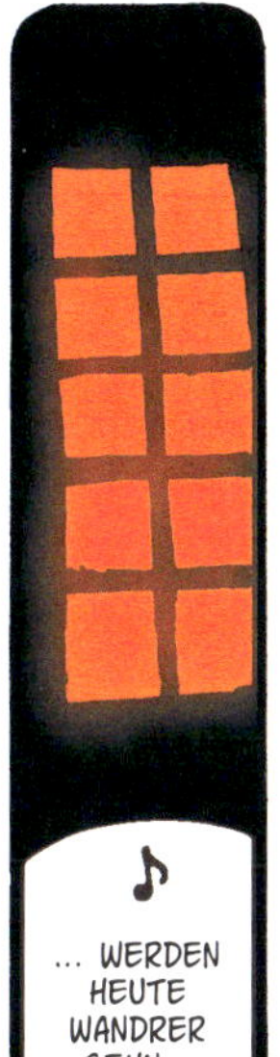
... WERDEN HEUTE WANDRER SEHN...

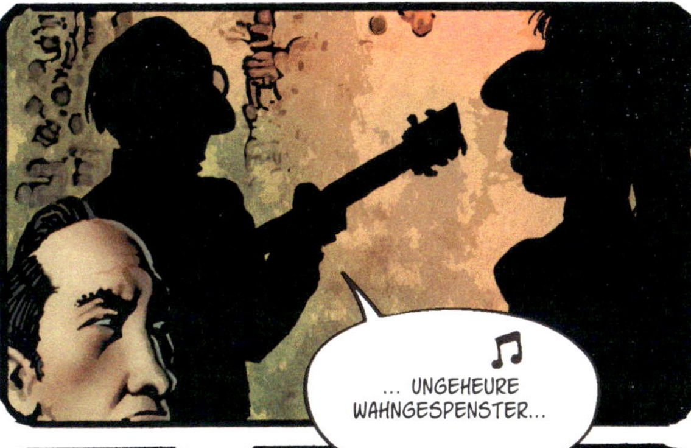
... UNGEHEURE WAHNGESPENSTER...

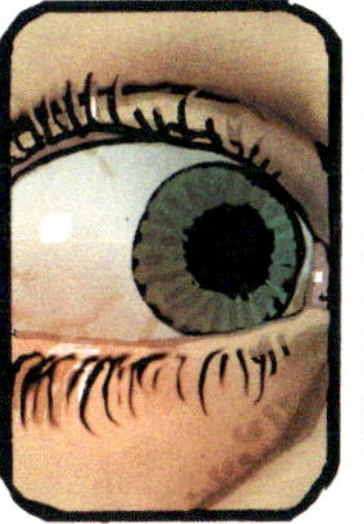

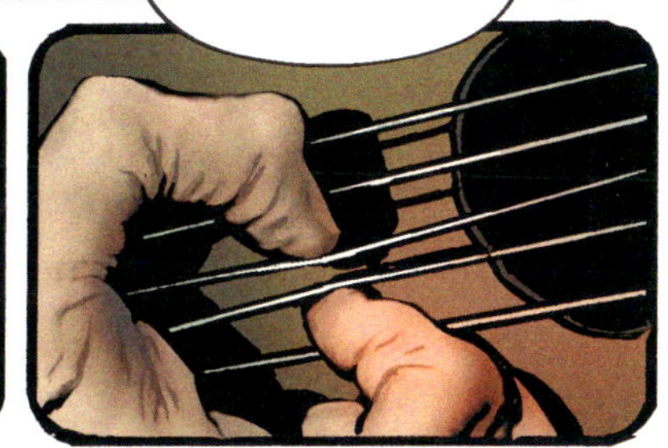

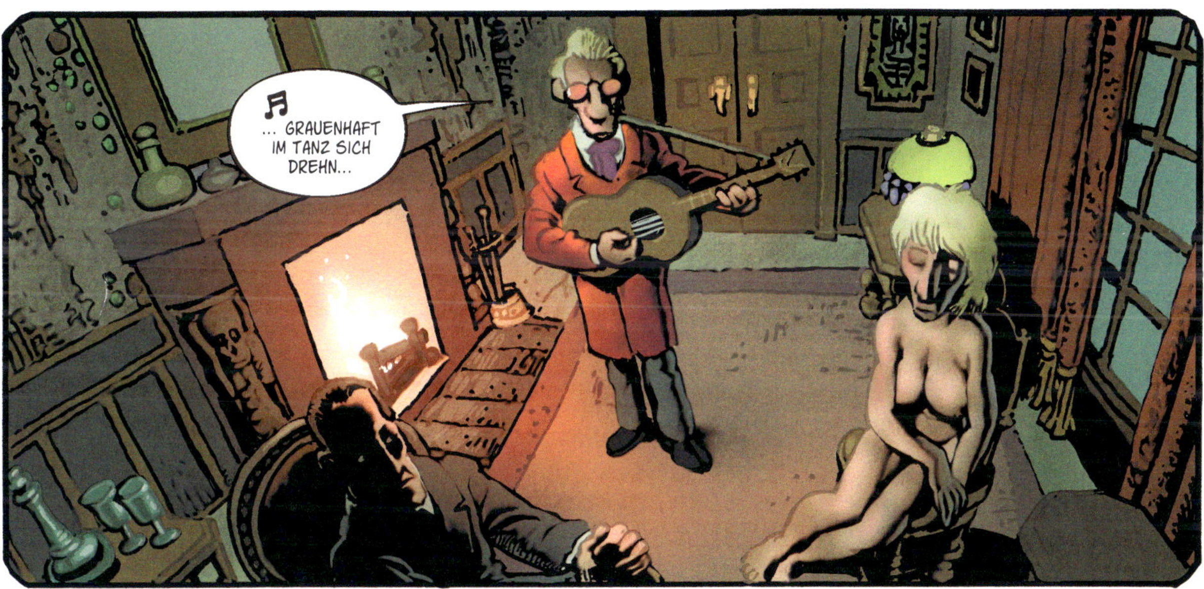
... GRAUENHAFT IM TANZ SICH DREHN...

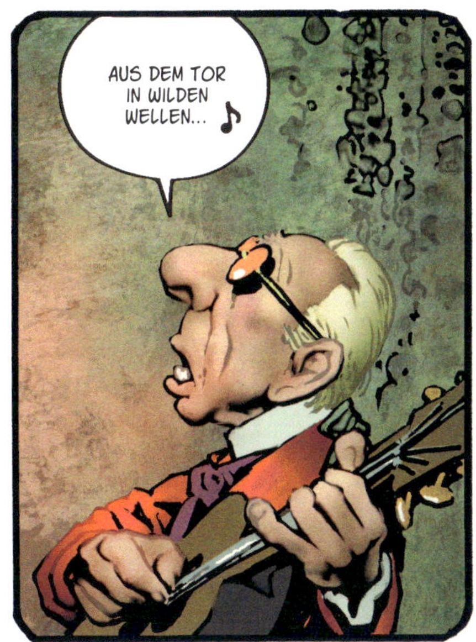
AUS DEM TOR IN WILDEN WELLEN...

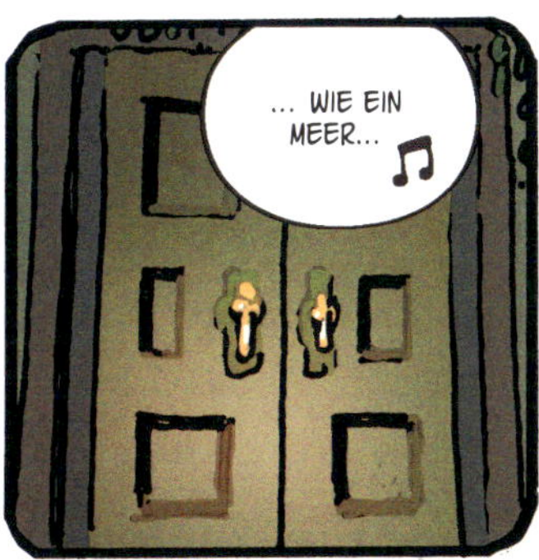
... WIE EIN MEER...

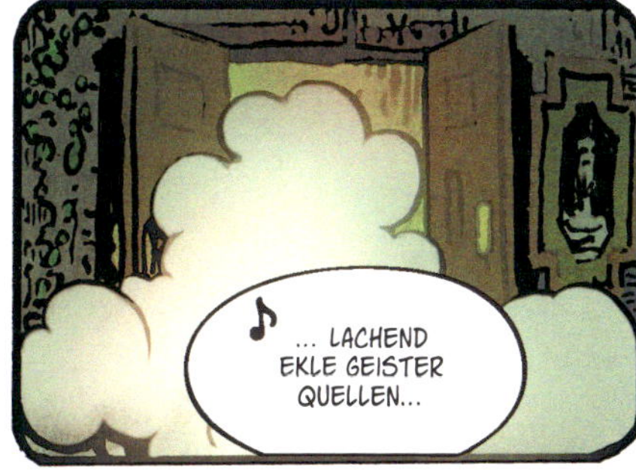
... LACHEND EKLE GEISTER QUELLEN...

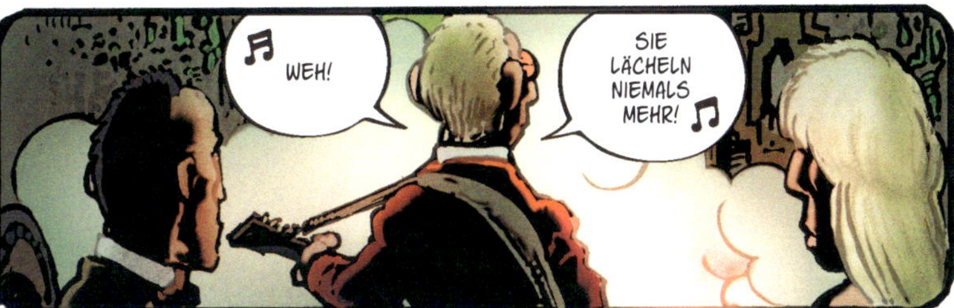
WEH!
SIE LÄCHELN NIEMALS MEHR!

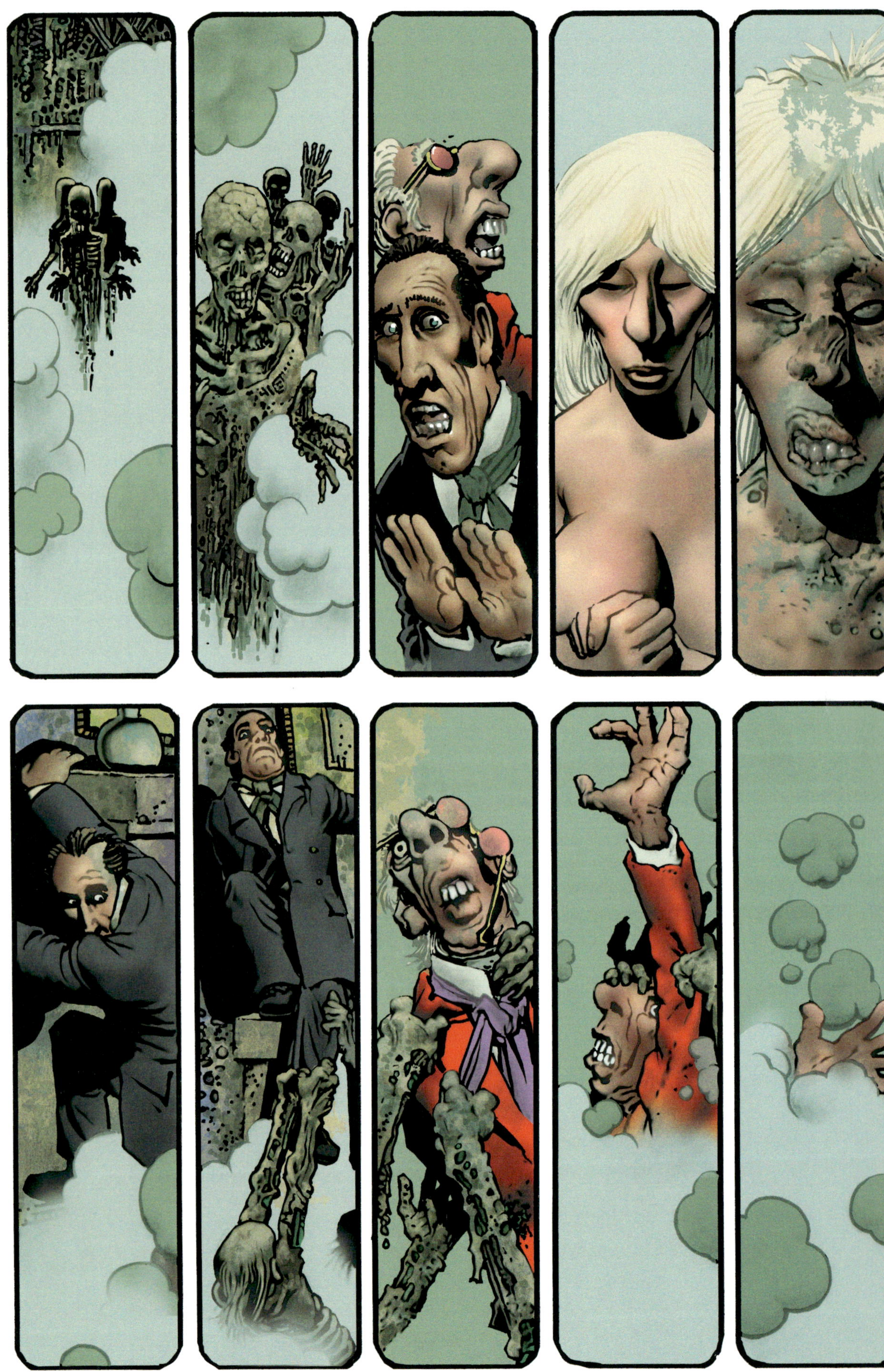

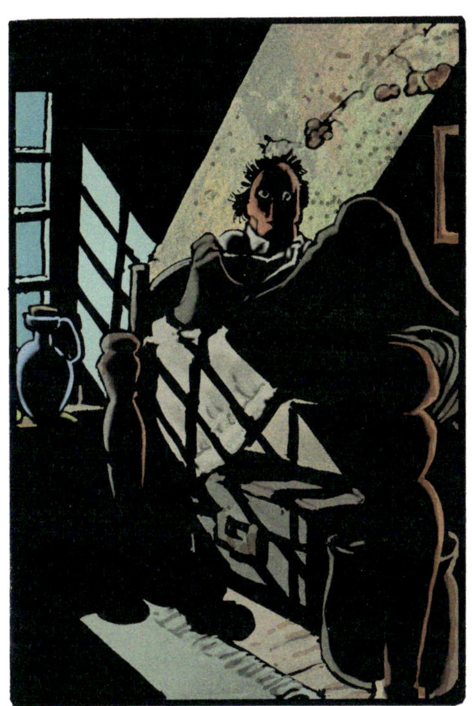

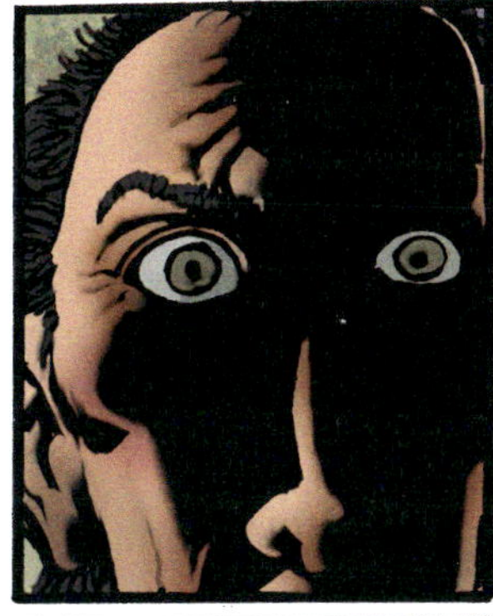

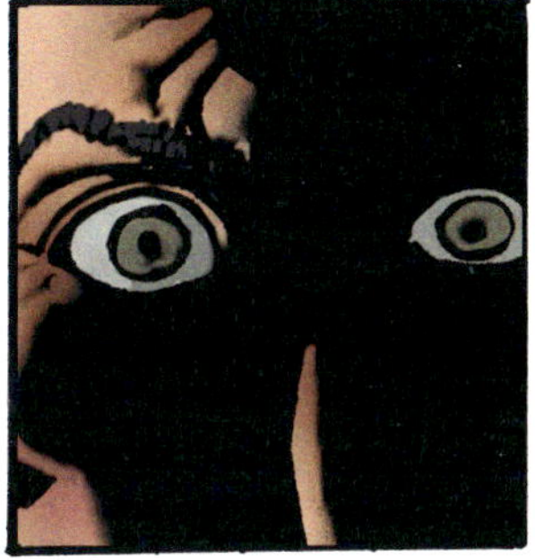

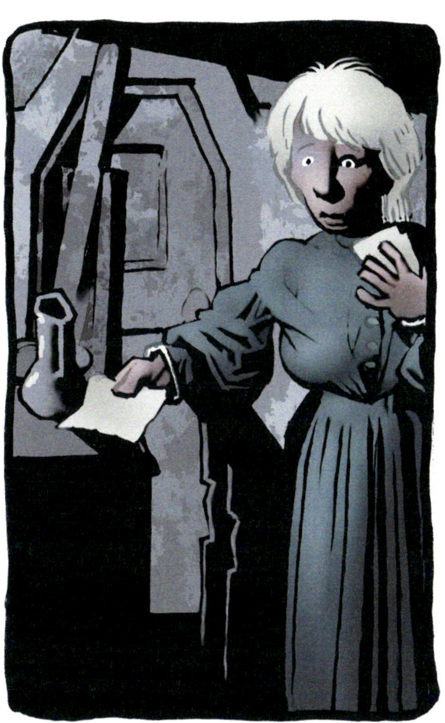

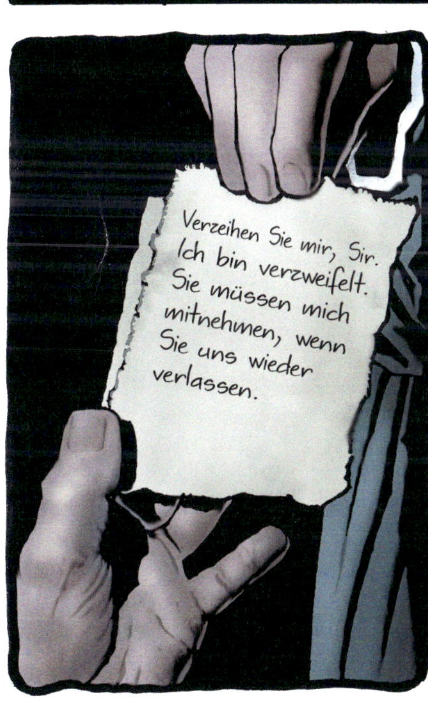
Verzeihen Sie mir, Sir. Ich bin verzweifelt. Sie müssen mich mitnehmen, wenn Sie uns wieder verlassen.

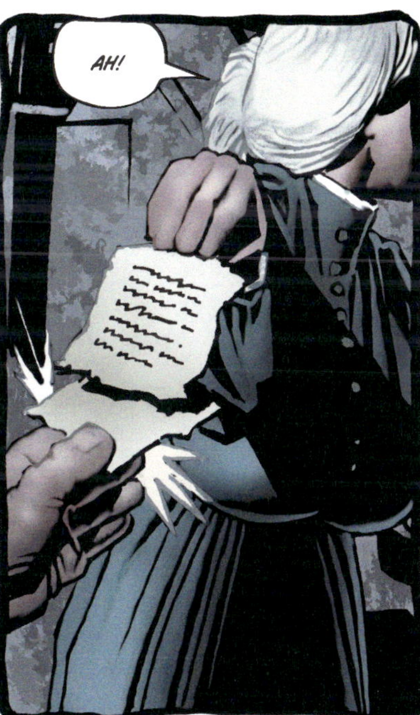
AH!

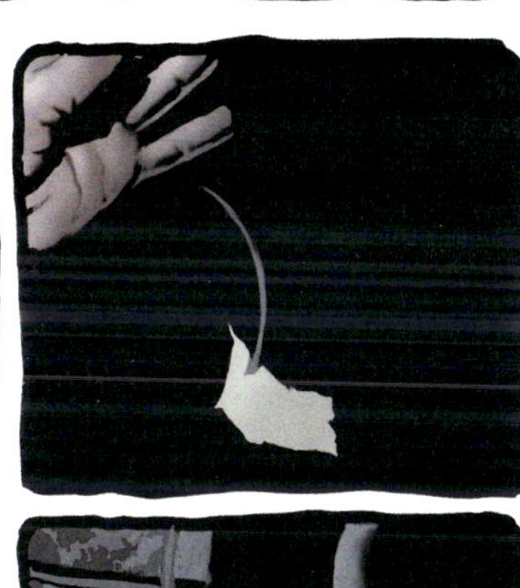

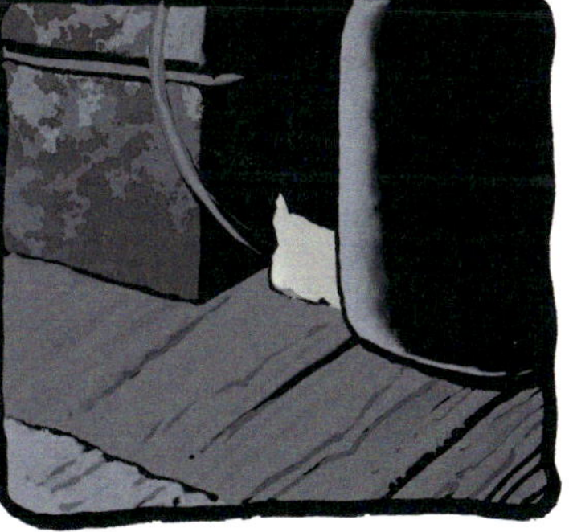

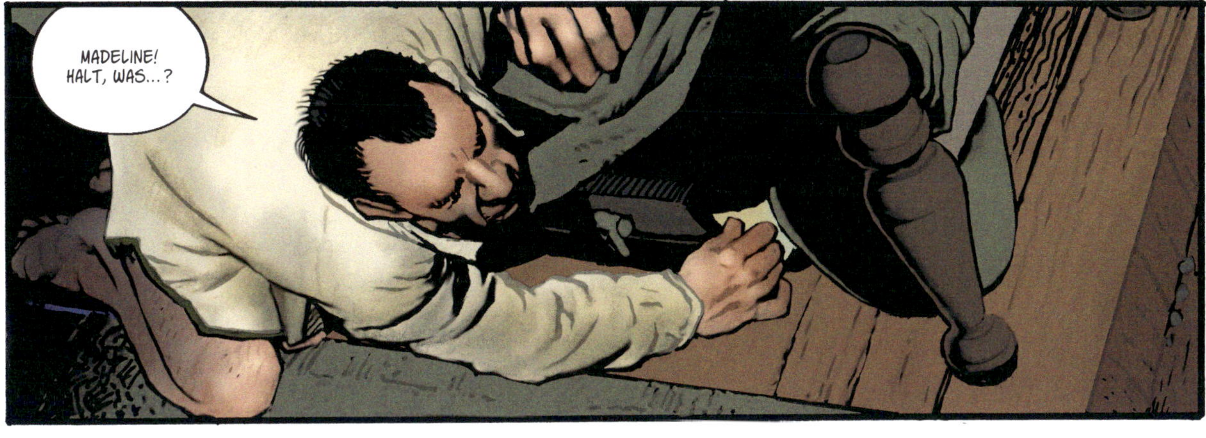
MADELINE! HALT, WAS...?

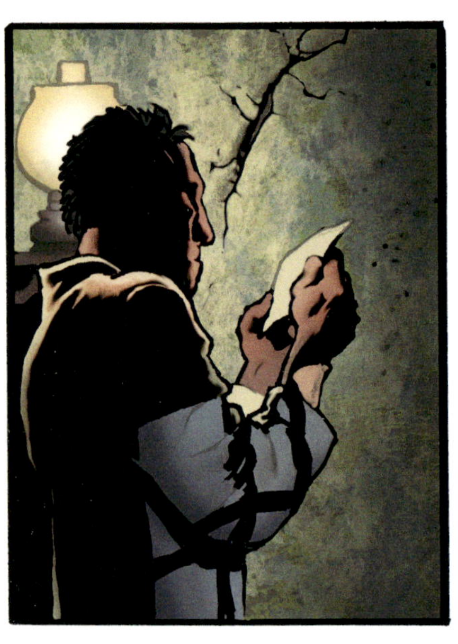

Mein Bruder hat seltsam
Macht über mich.
Er wird stärker,
während ich schwächer werde.
Er will mich wegen dieses
übernatürlichen Gemäldes töten.
Er saugt mir das Leben aus.
Wenn nötig, wird er mich
lebendig begraben.
Sollte das Schlimmste
geschehen, vernichten
Sie in Gottes
Namen bitte das Gemälde.

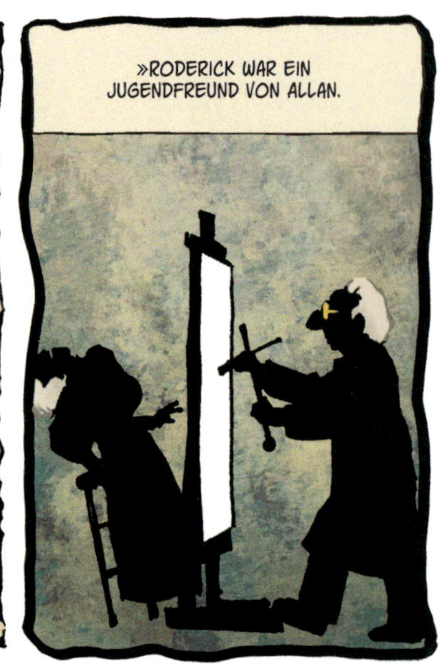

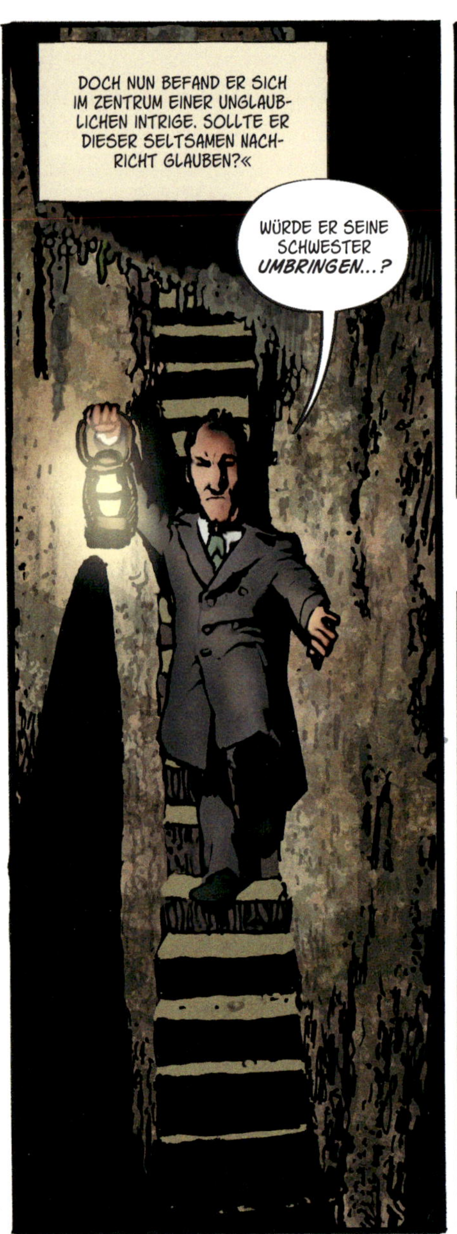

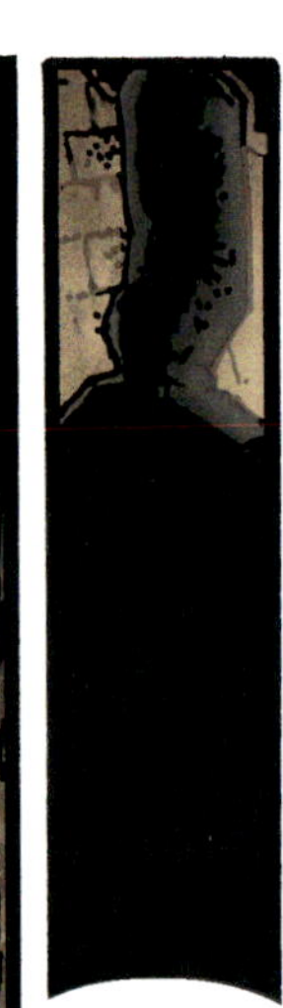

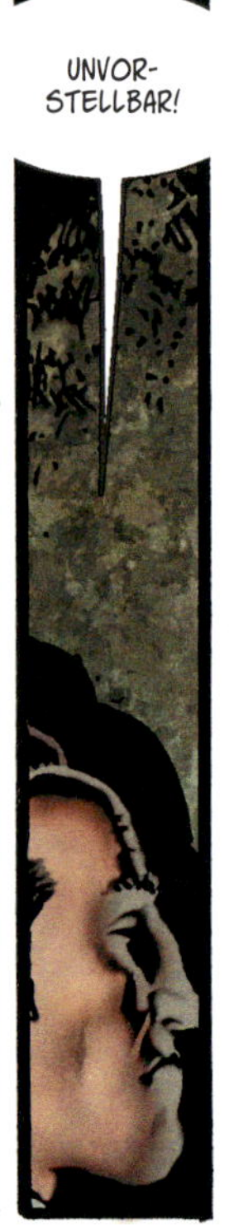

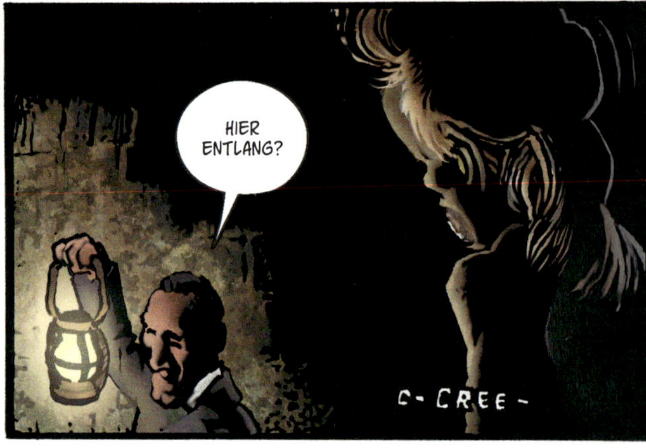

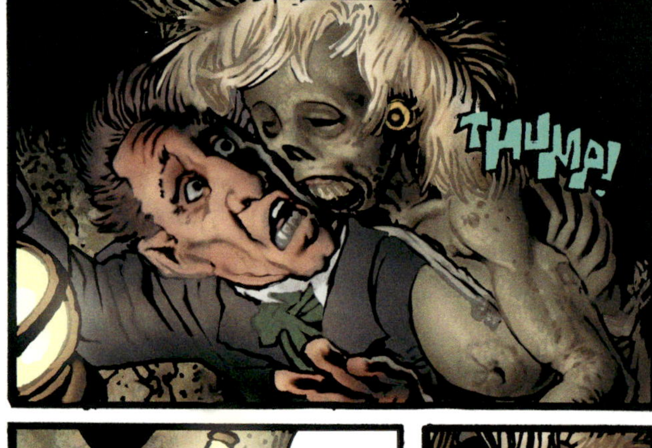

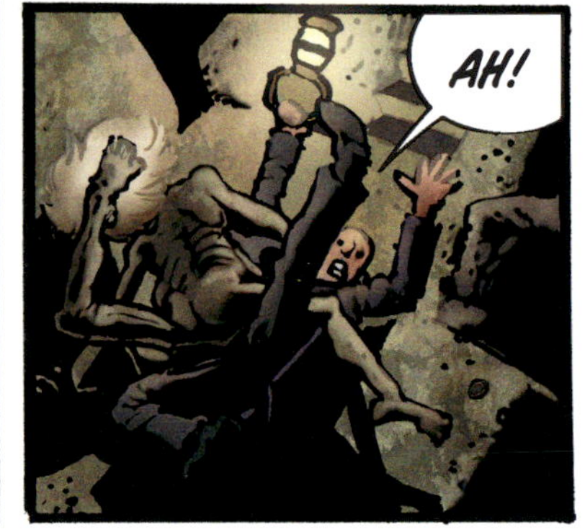

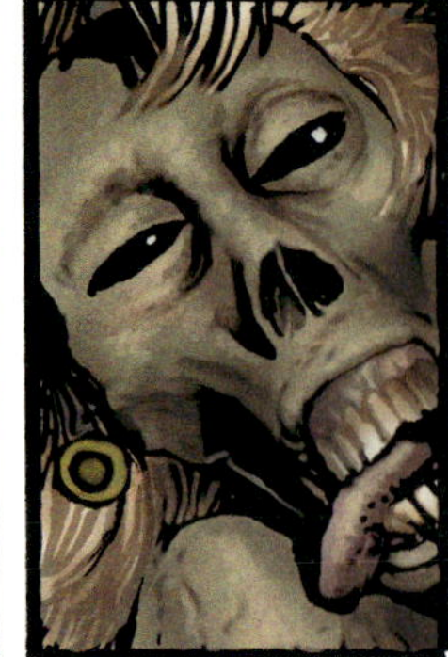

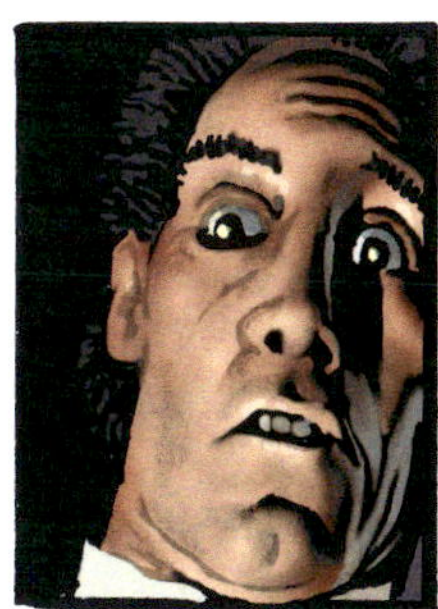
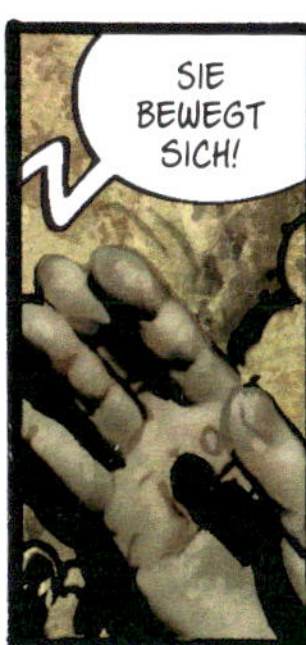
SIE BEWEGT SICH!
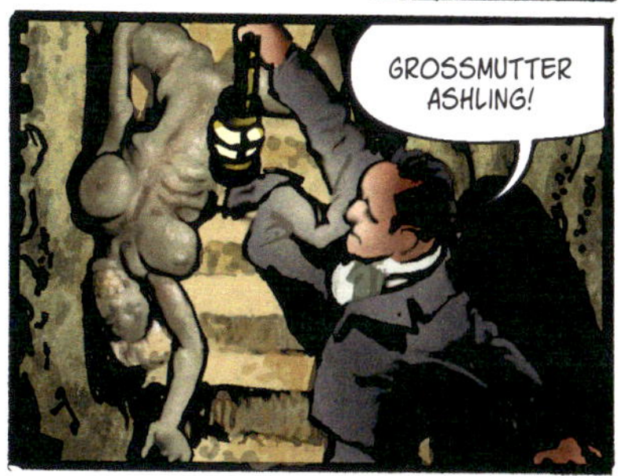
GROSSMUTTER ASHLING!
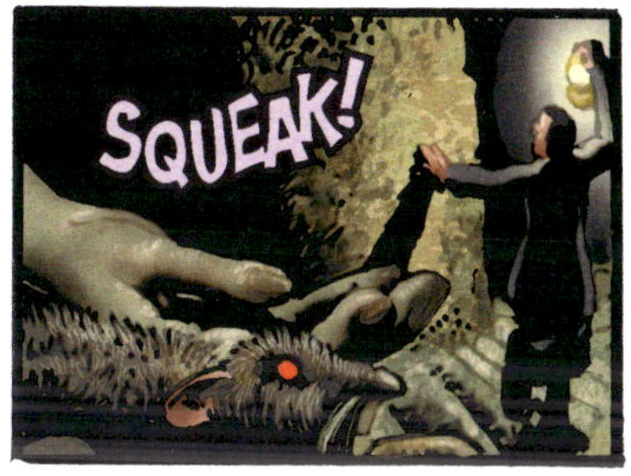
SQUEAK!
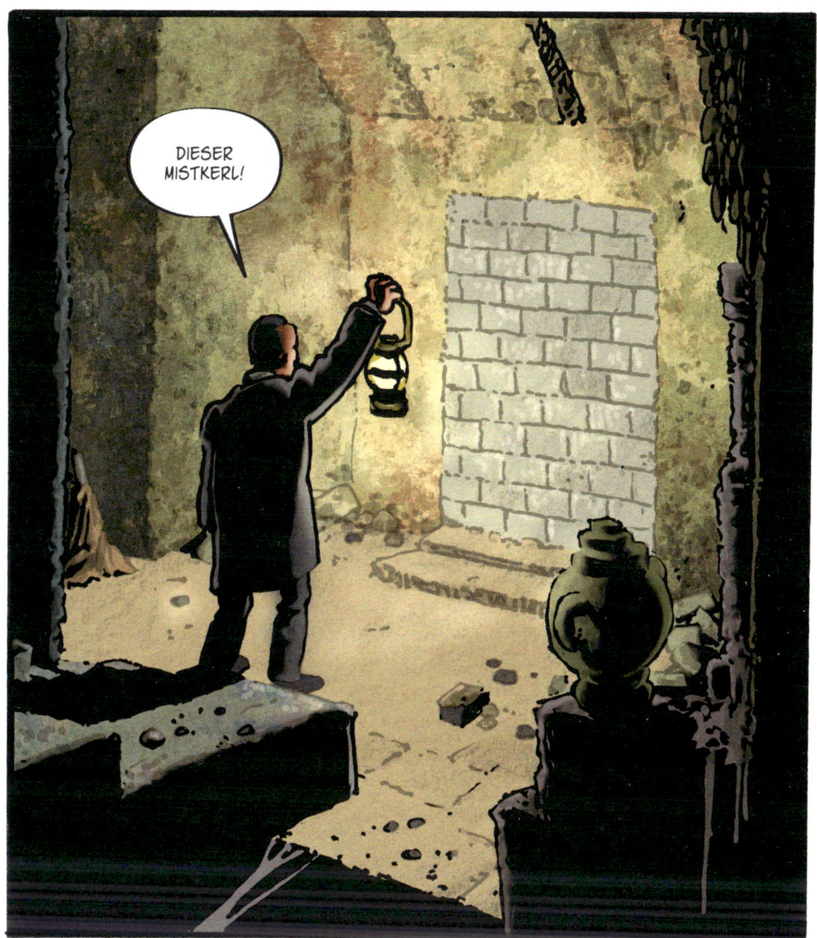
DIESER MISTKERL!
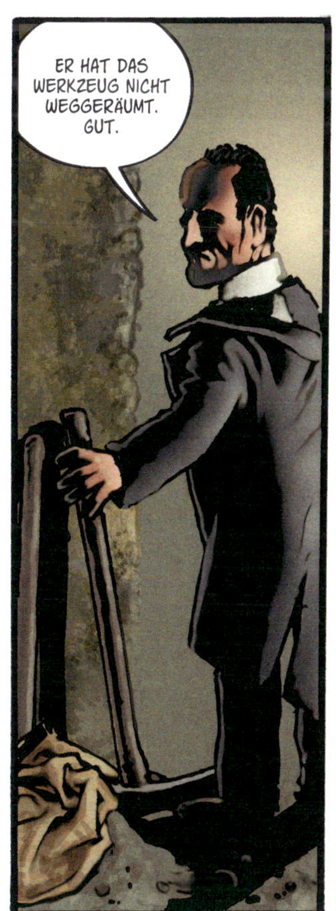
ER HAT DAS WERKZEUG NICHT WEGGERÄUMT. GUT.
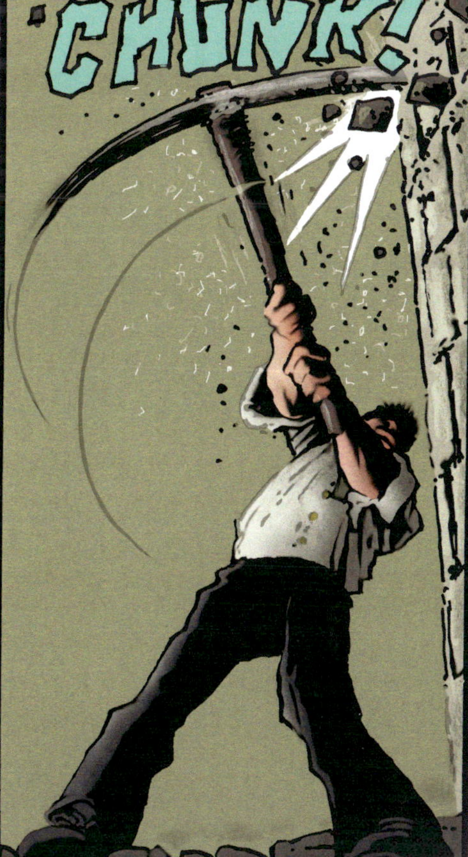
CHUNK!
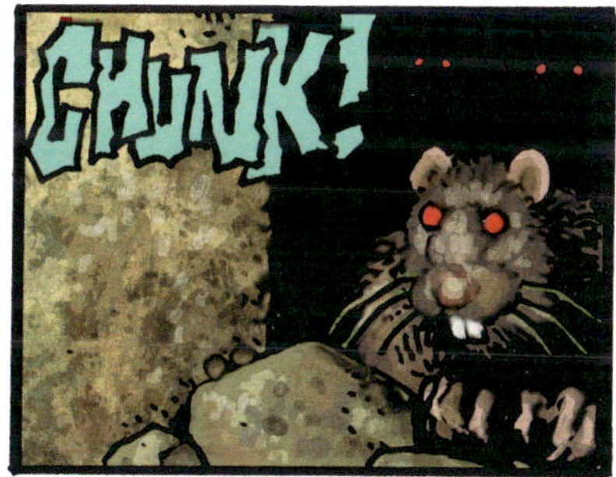
CHUNK!
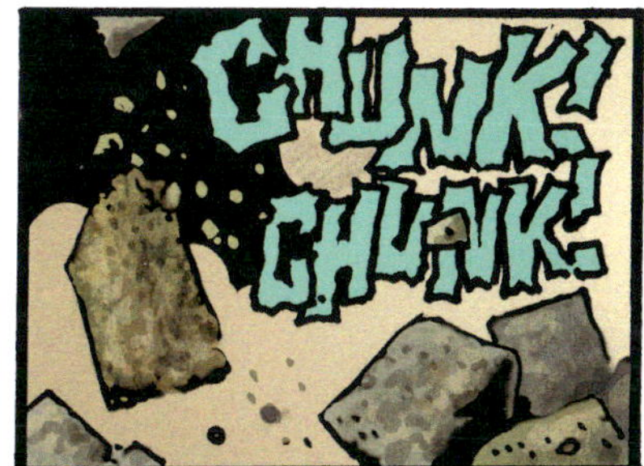
CHUNK!
CHUNK!
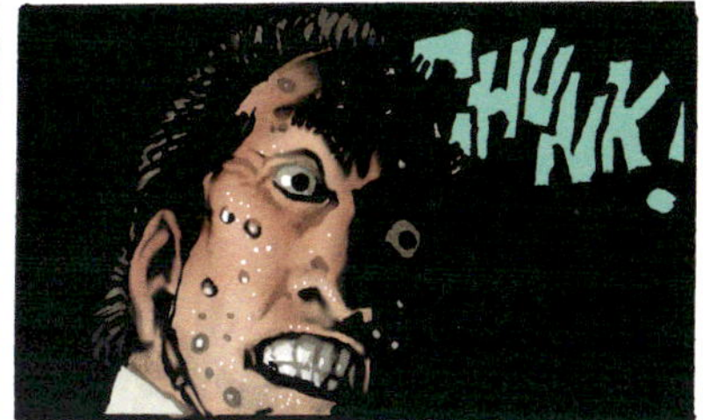
CHUNK!

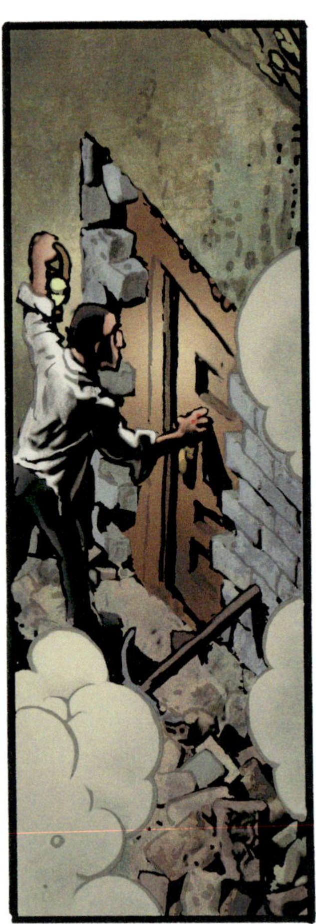
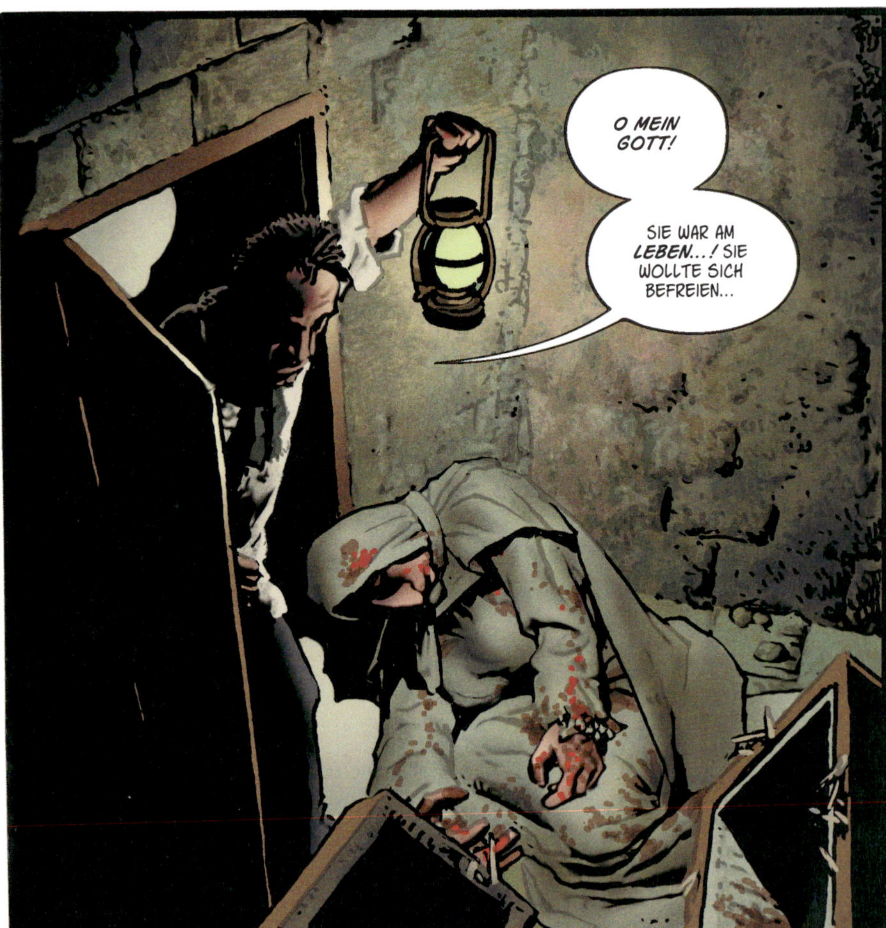
O MEIN GOTT!
SIE WAR AM LEBEN...! SIE WOLLTE SICH BEFREIEN...
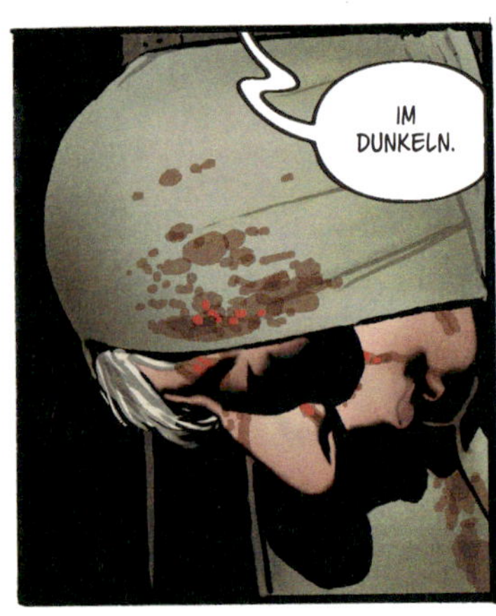
IM DUNKELN.
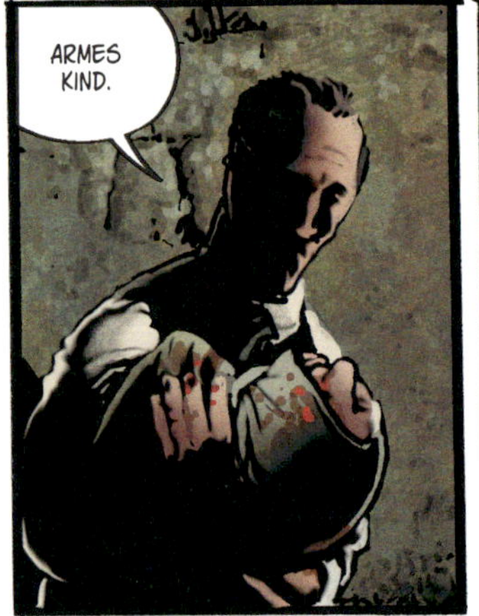
ARMES KIND.
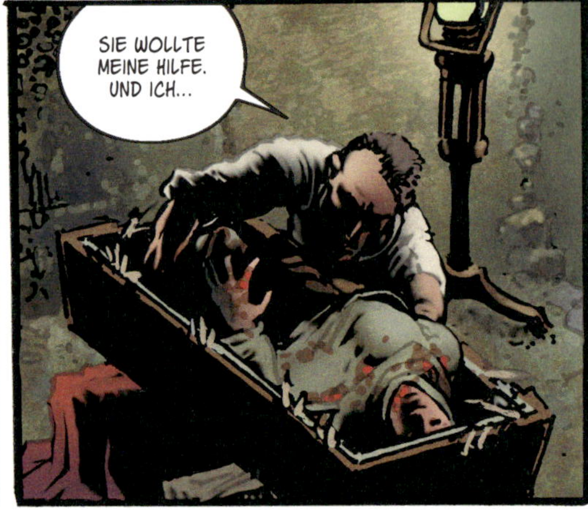
SIE WOLLTE MEINE HILFE. UND ICH...
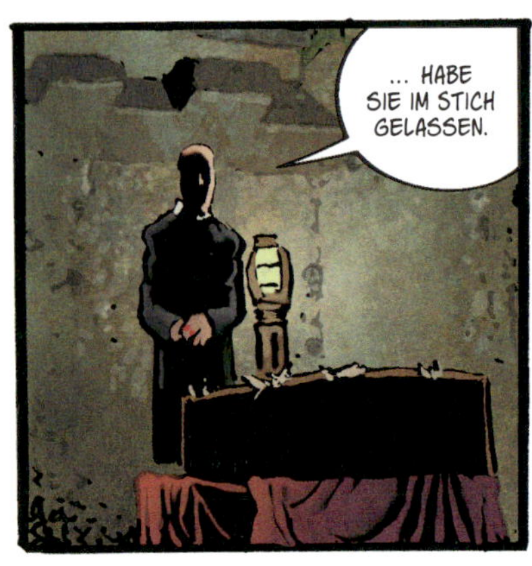
... HABE SIE IM STICH GELASSEN.
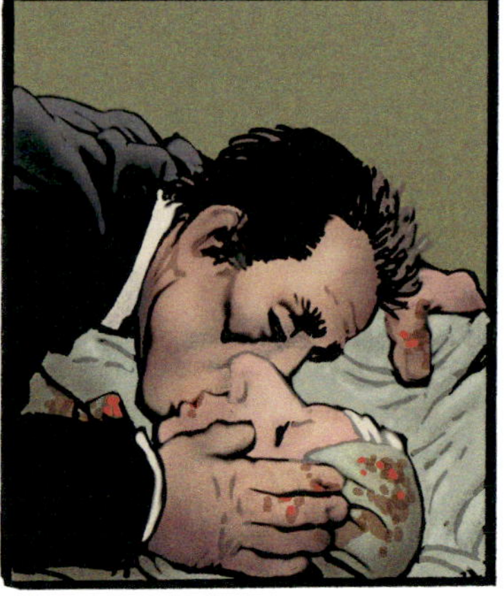
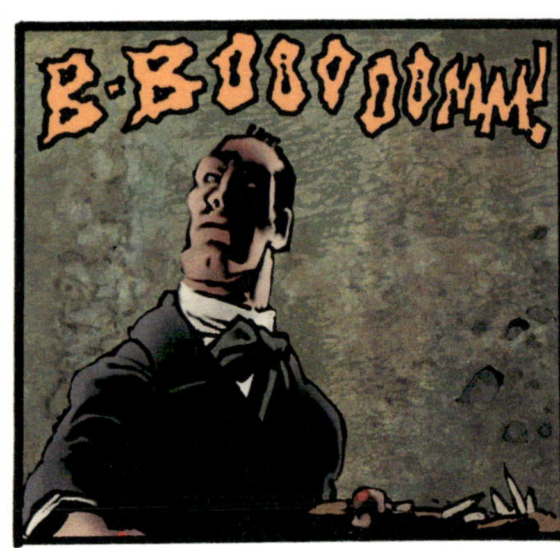
B-BOOOOOMM!

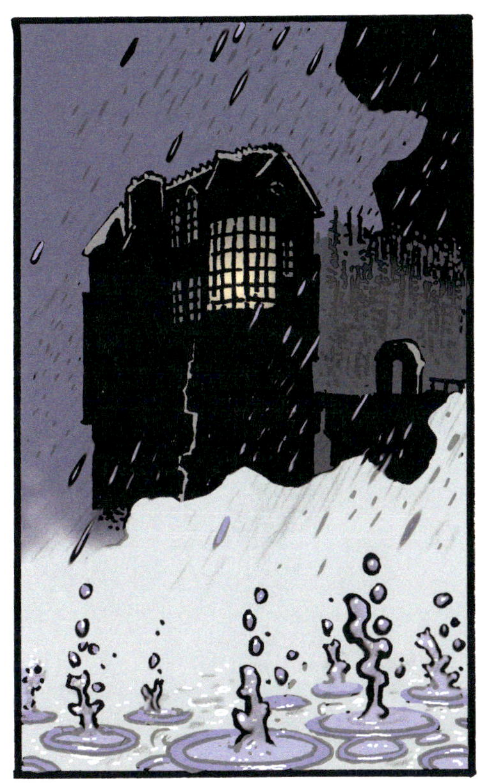

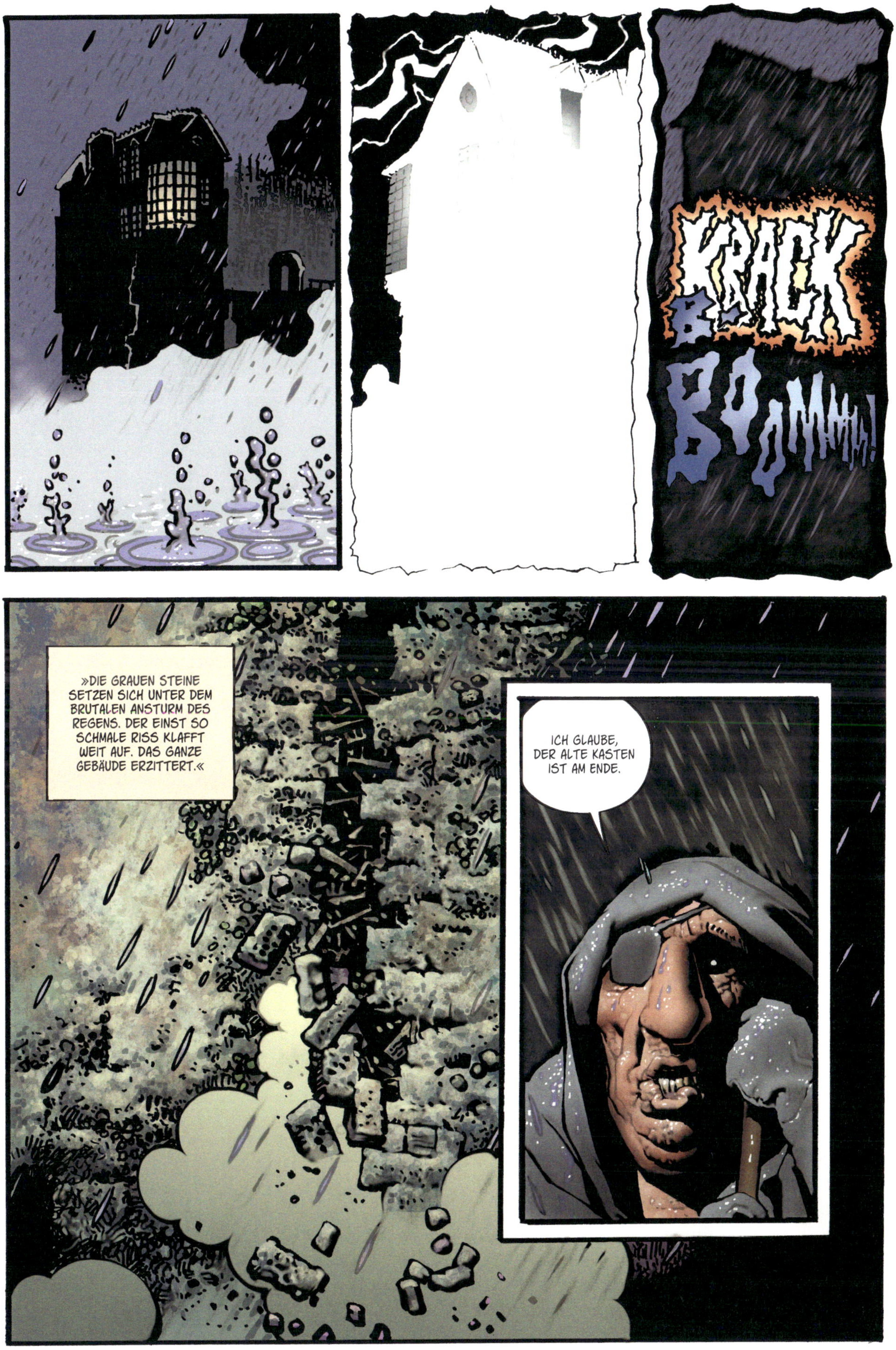

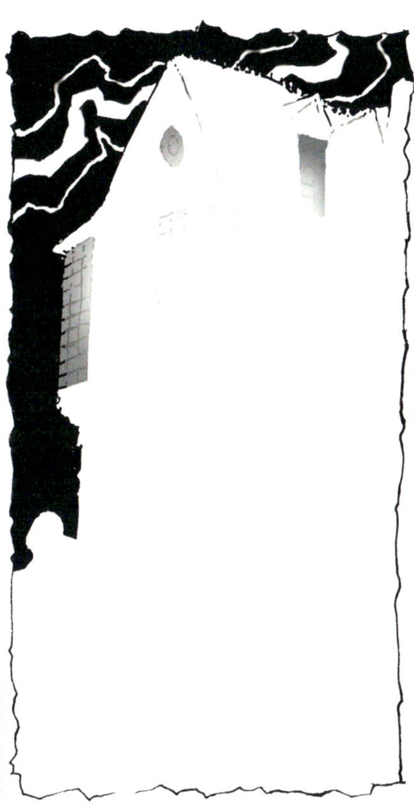

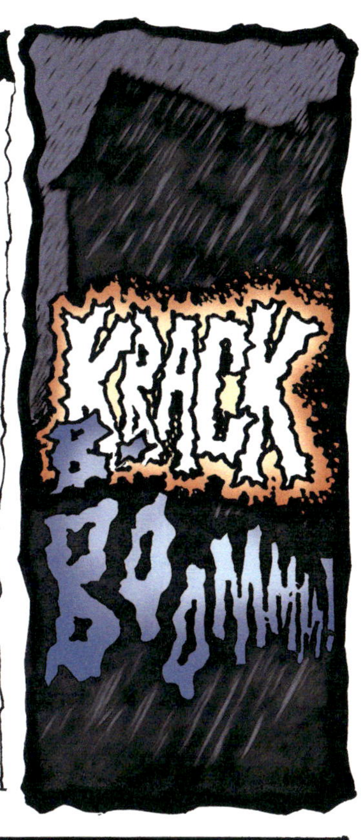

»DIE GRAUEN STEINE SETZEN SICH UNTER DEM BRUTALEN ANSTURM DES REGENS. DER EINST SO SCHMALE RISS KLAFFT WEIT AUF. DAS GANZE GEBÄUDE ERZITTERT.«

ICH GLAUBE, DER ALTE KASTEN IST AM ENDE.

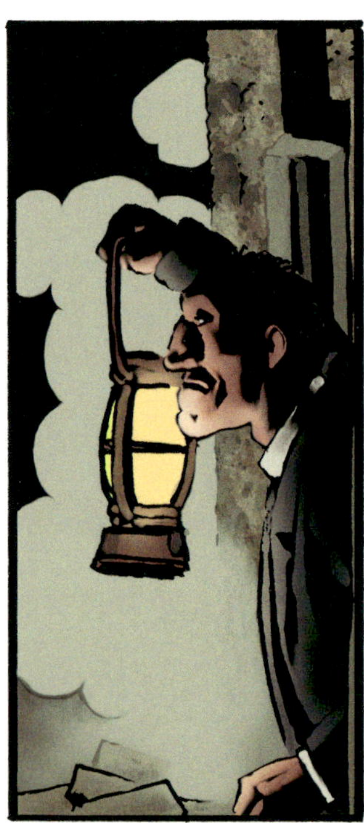
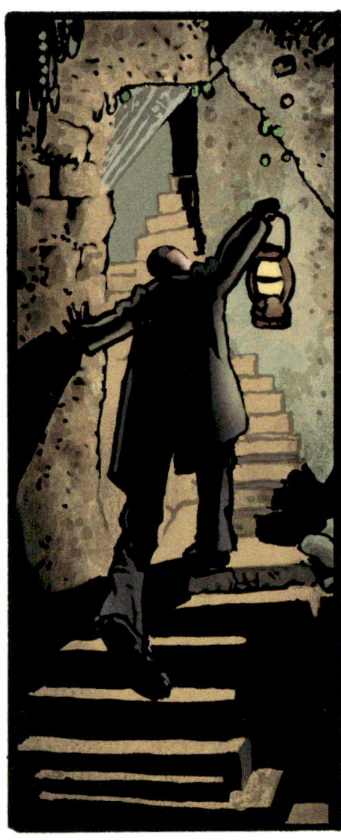
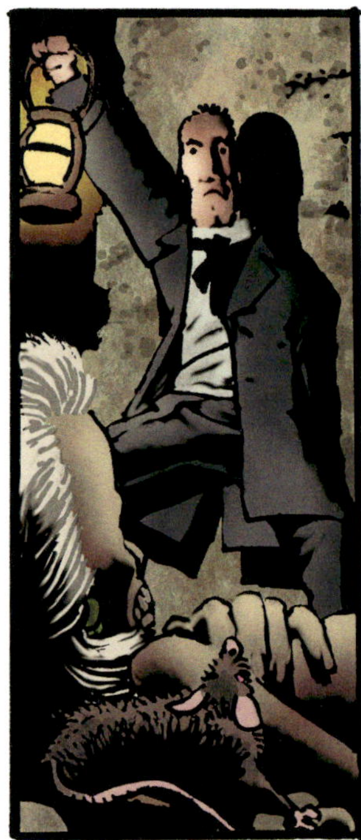
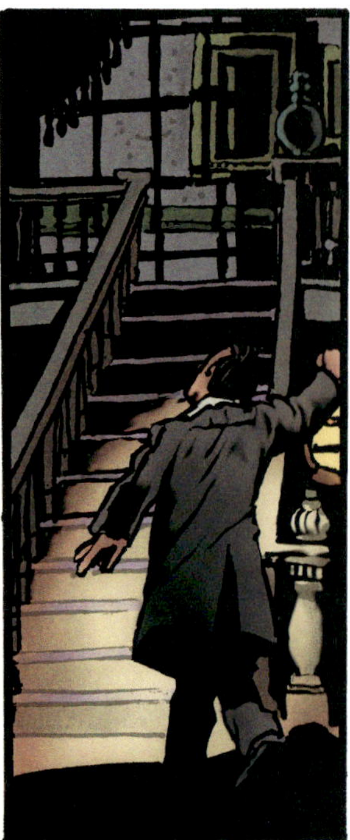
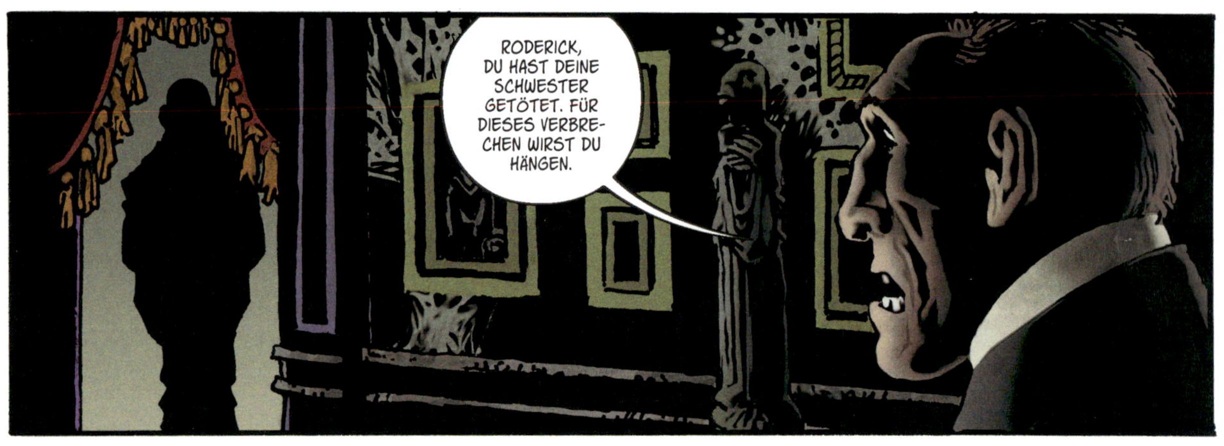
RODERICK, DU HAST DEINE SCHWESTER GETÖTET. FÜR DIESES VERBRECHEN WIRST DU HÄNGEN.
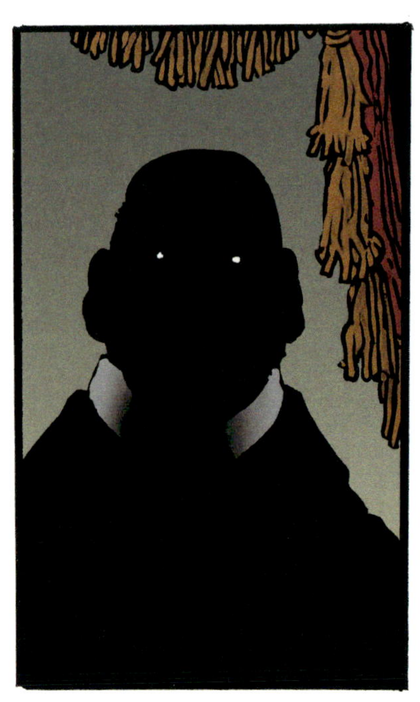
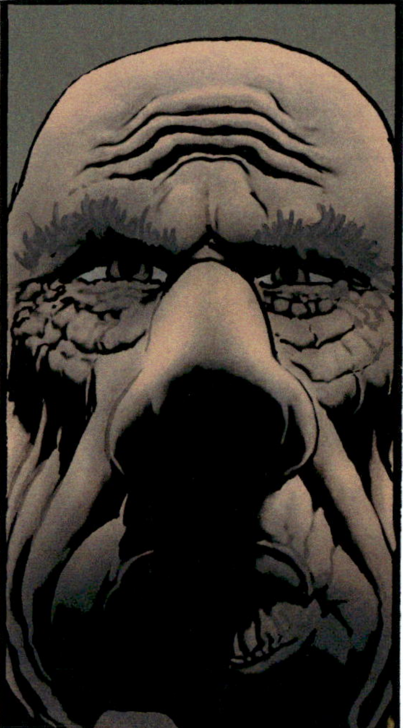
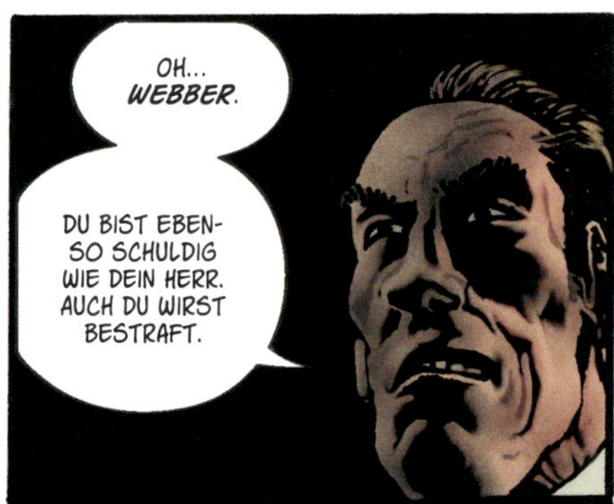
OH... *WEBBER*.
DU BIST EBENSO SCHULDIG WIE DEIN HERR. AUCH DU WIRST BESTRAFT.
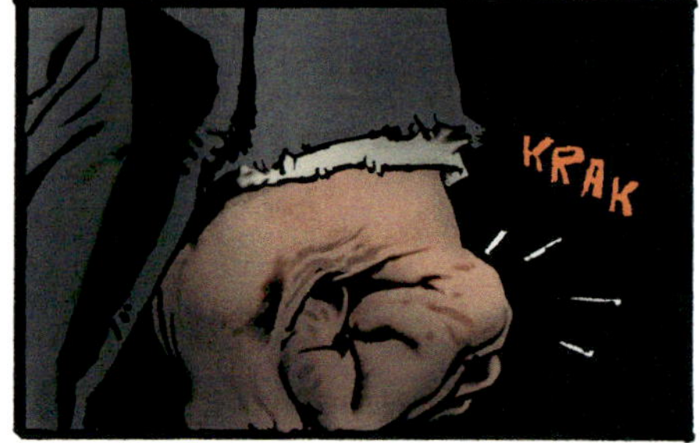
KRAK

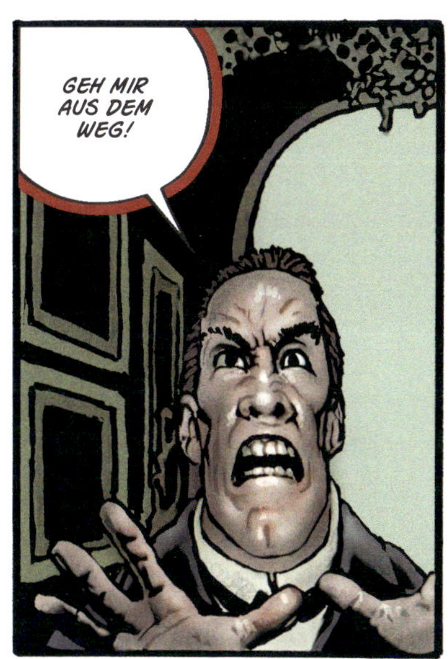
GEH MIR
AUS DEM
WEG!

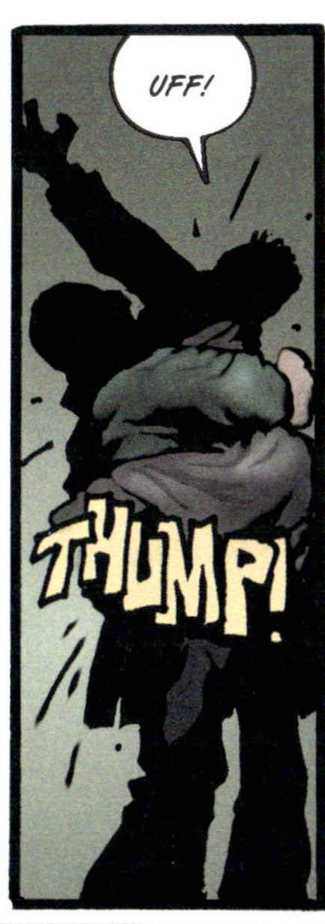
UFF!
THUMP!

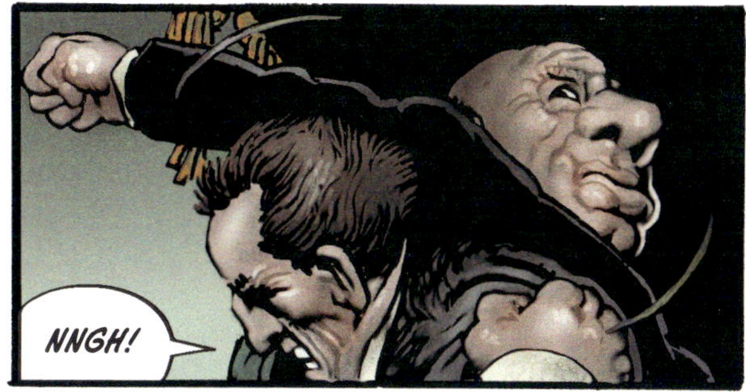
NNGH!

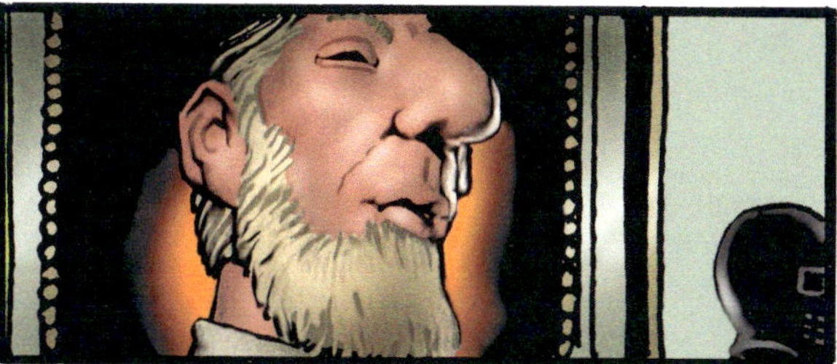

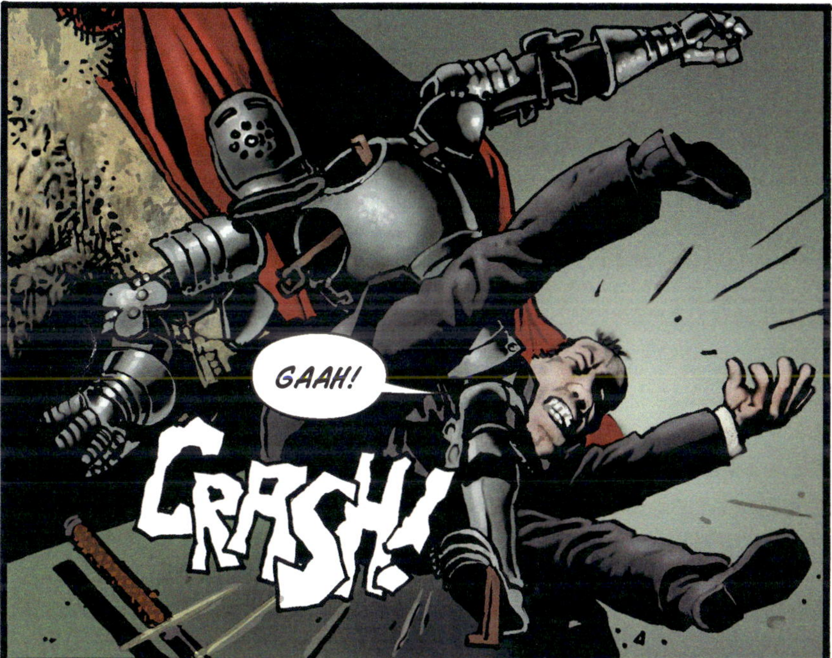
GAAH!
CRASH!

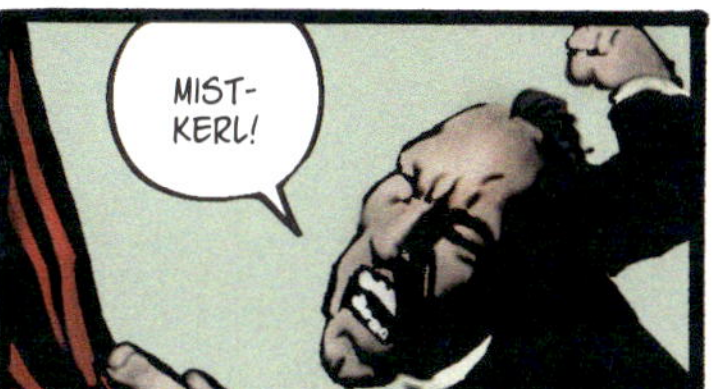
MIST-
KERL!

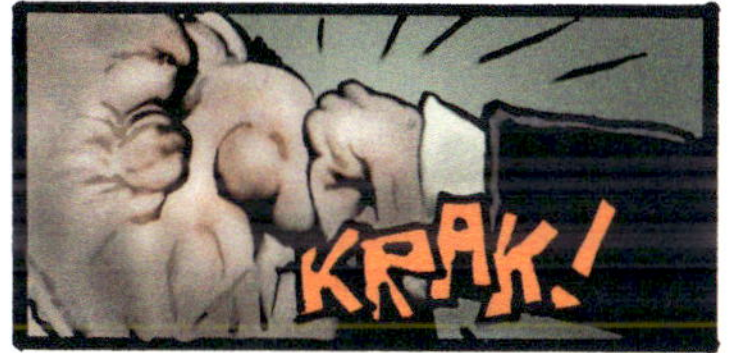
KRAK!

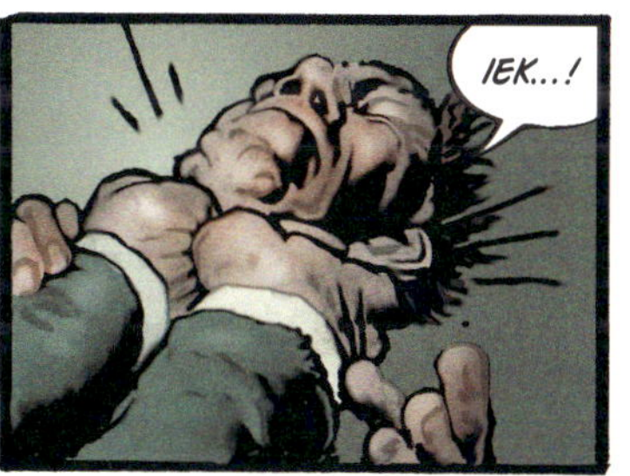
IEK...!

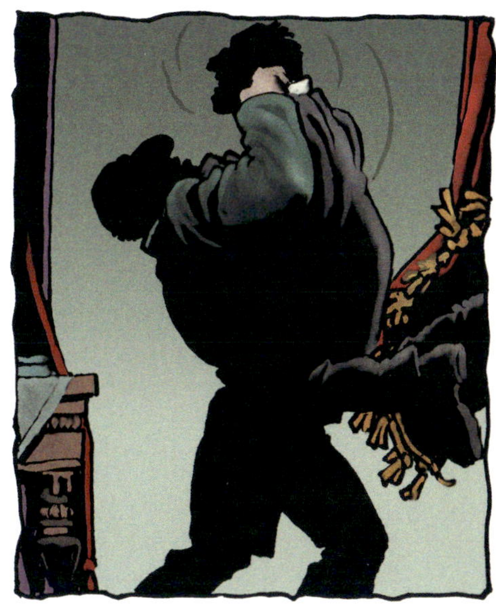

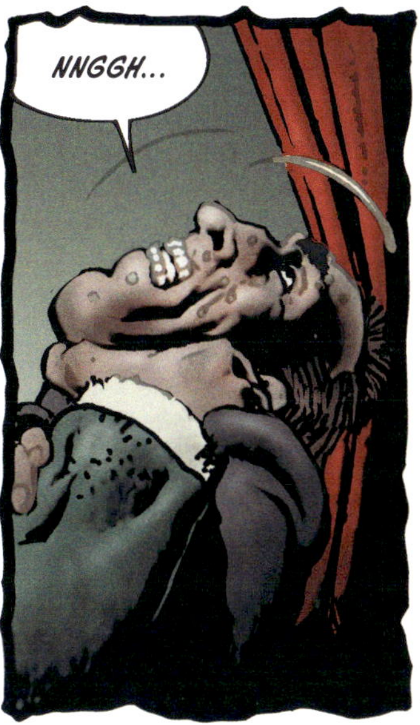
NNGGH...

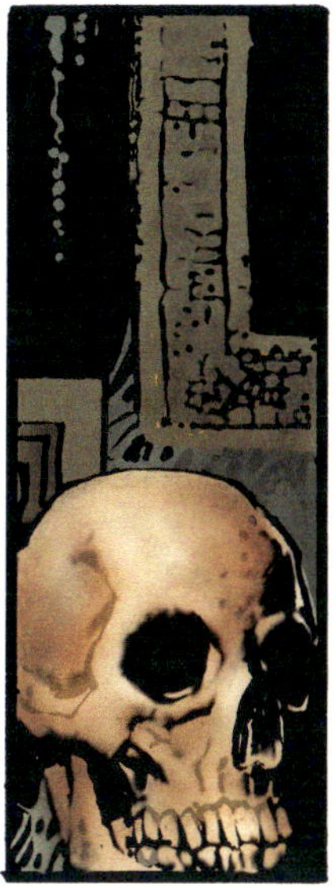

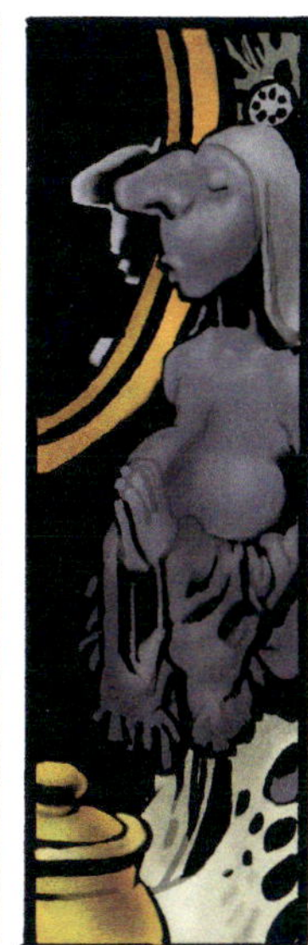

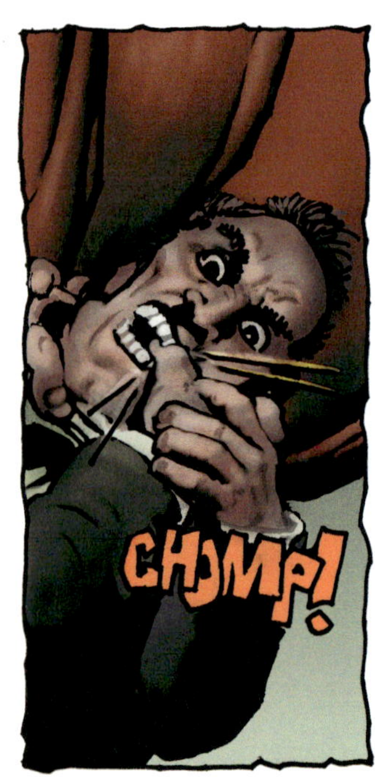
CHOMP!
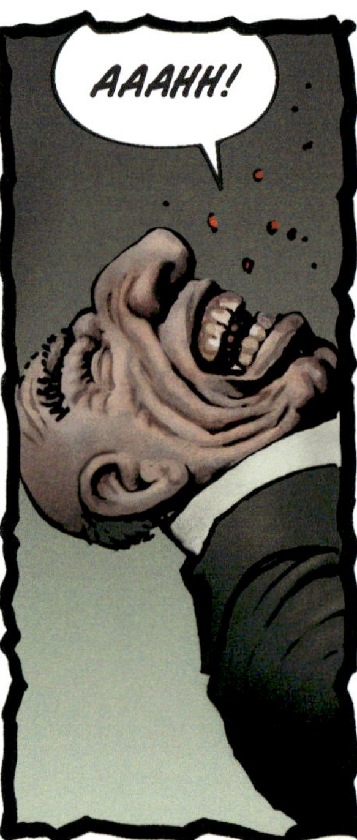
AAAHH!
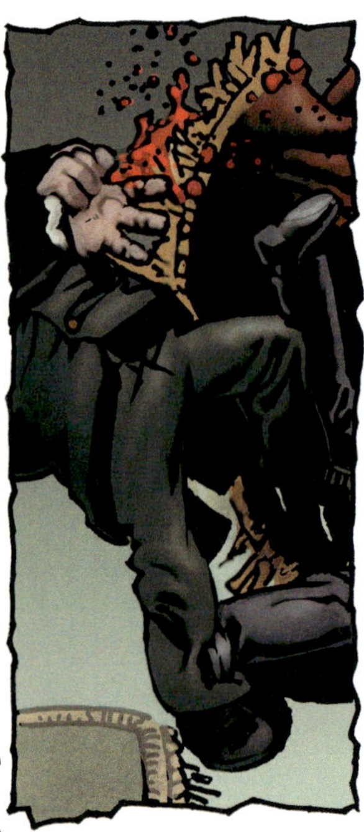
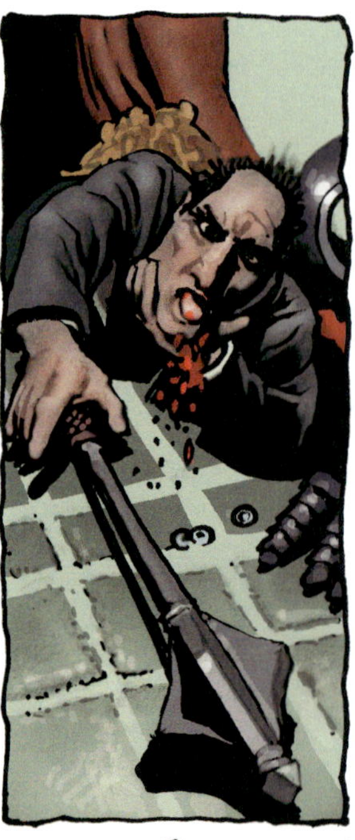
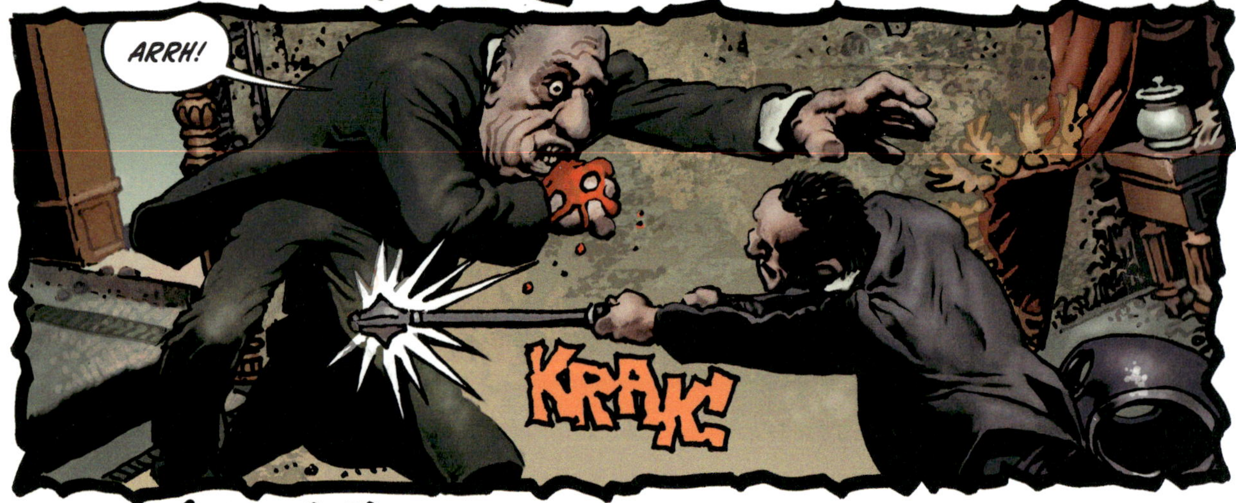
ARRH!
KRAK!
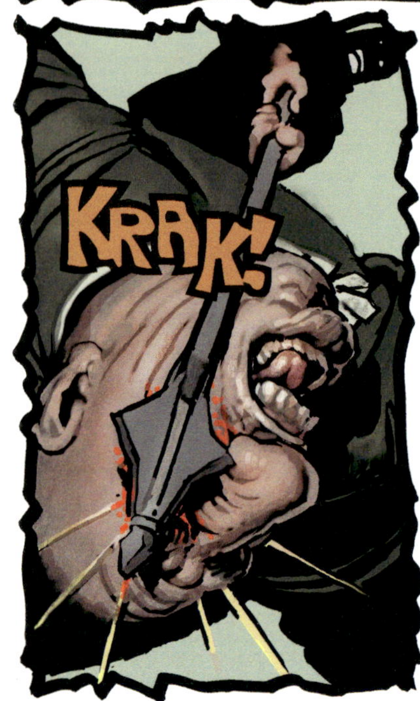
KRAK!
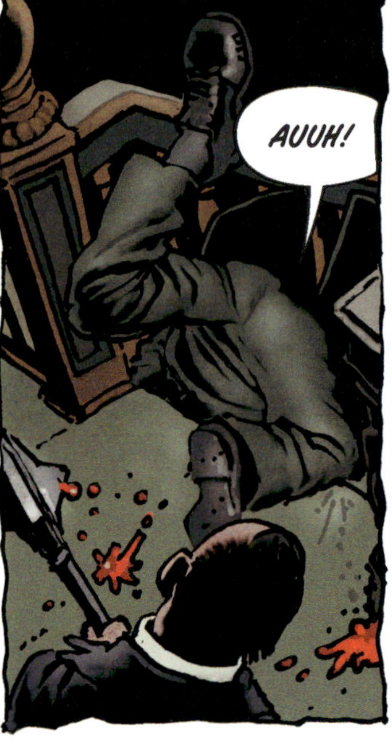
AUUH!
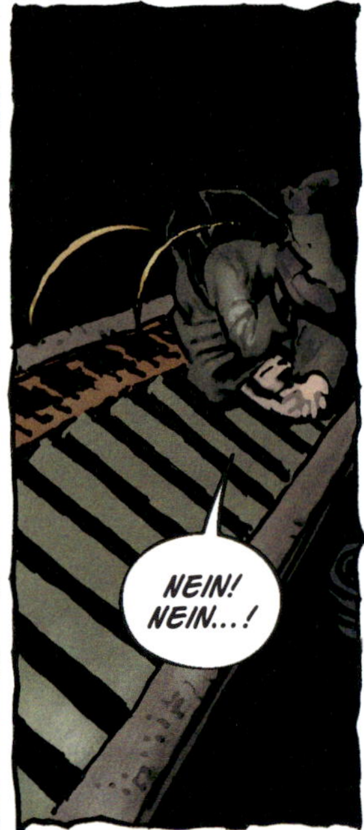
NEIN!
NEIN...!
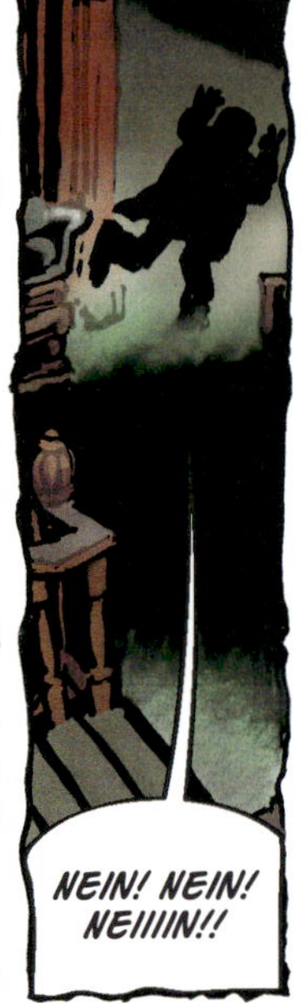
NEIN! NEIN!
NEIIIIN!!

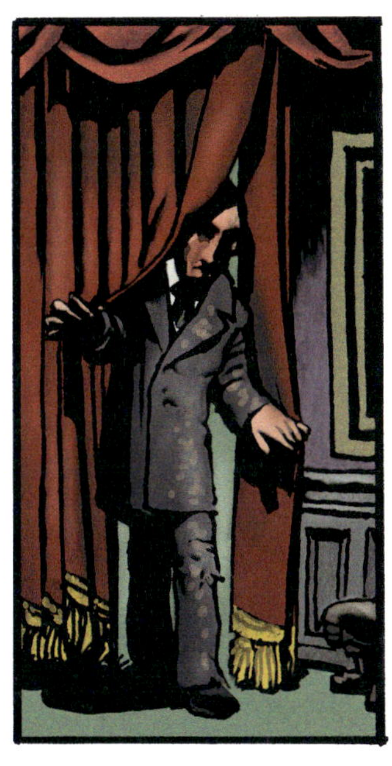
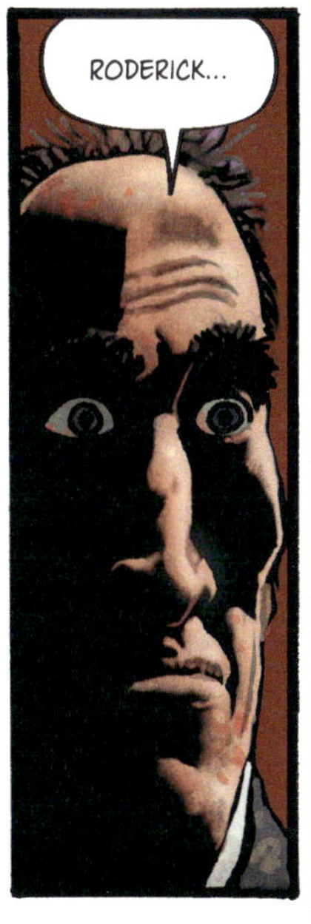
RODERICK...
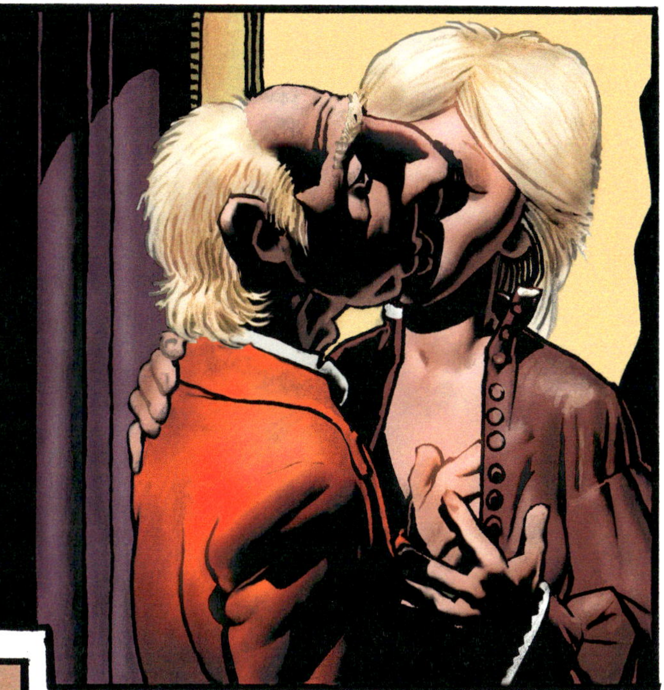
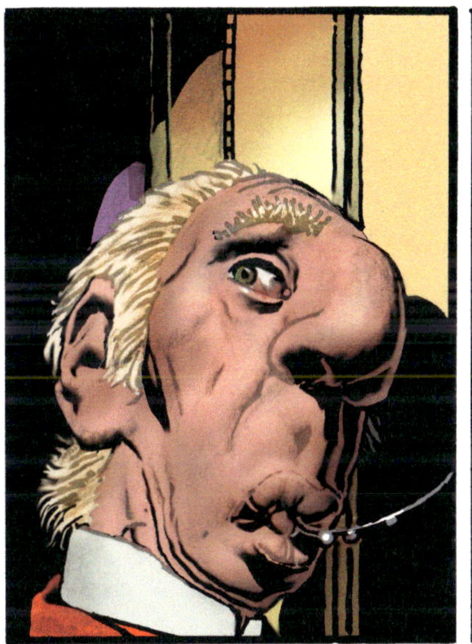
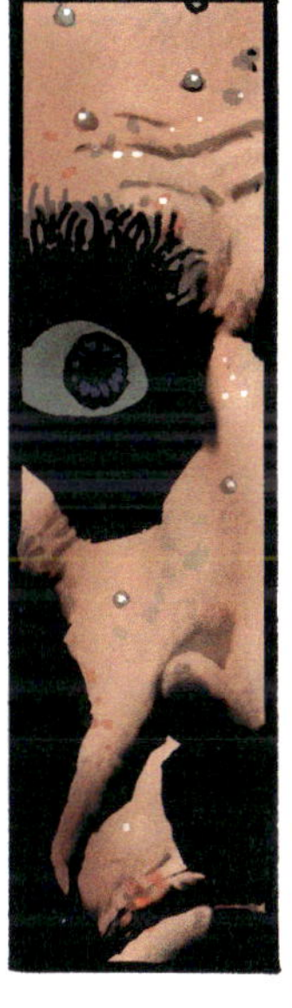
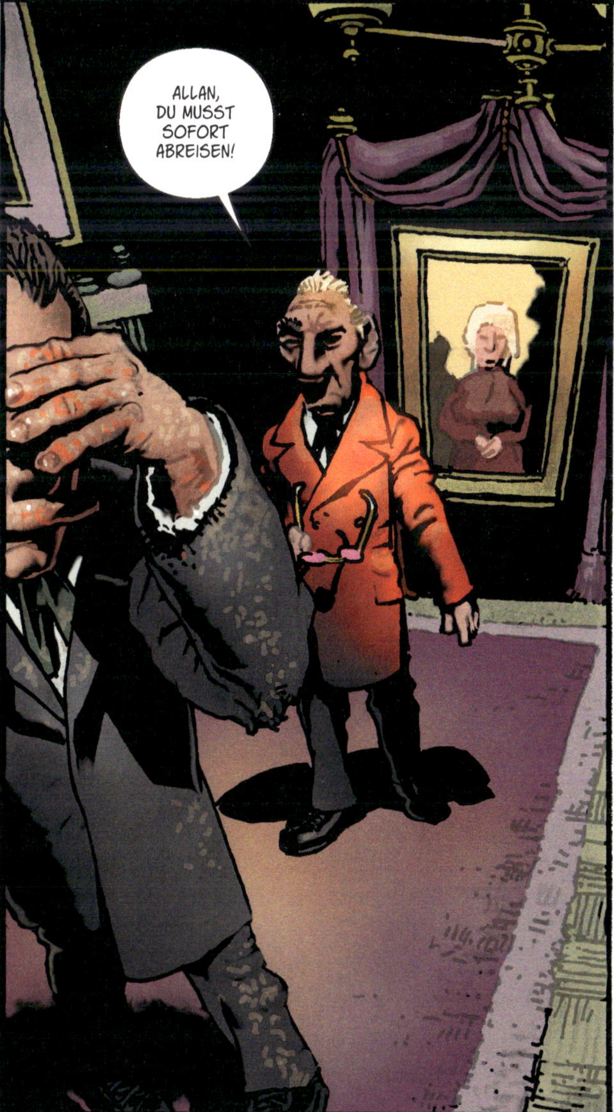
ALLAN,
DU MUSST
SOFORT
ABREISEN!
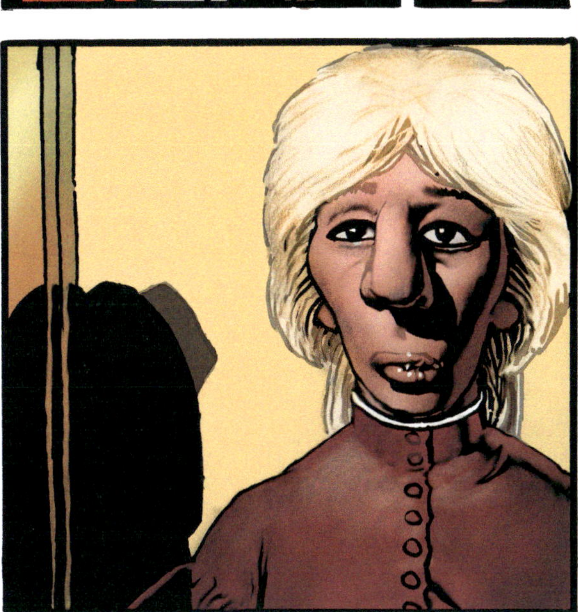

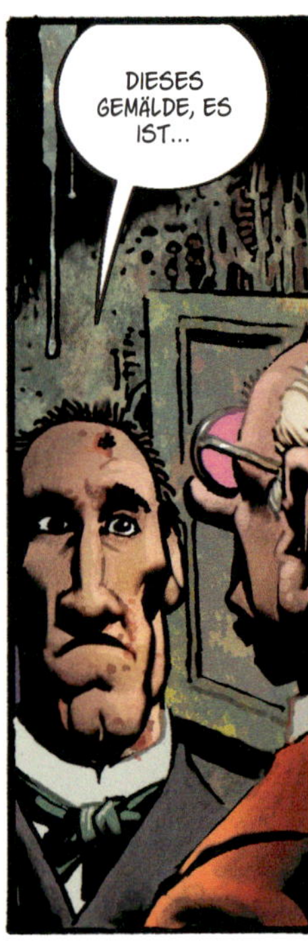
DIESES GEMÄLDE, ES IST...
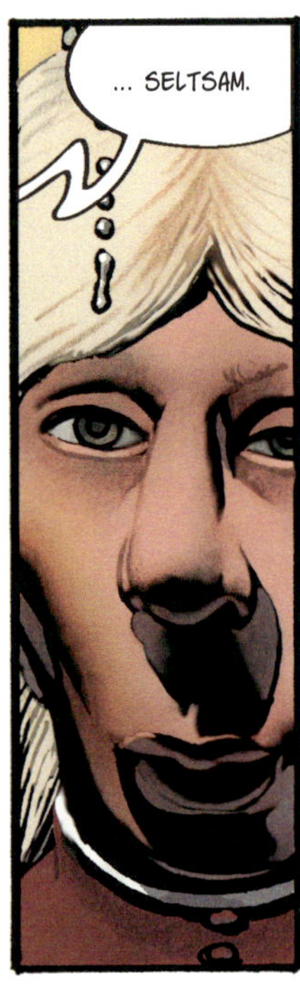
... SELTSAM.
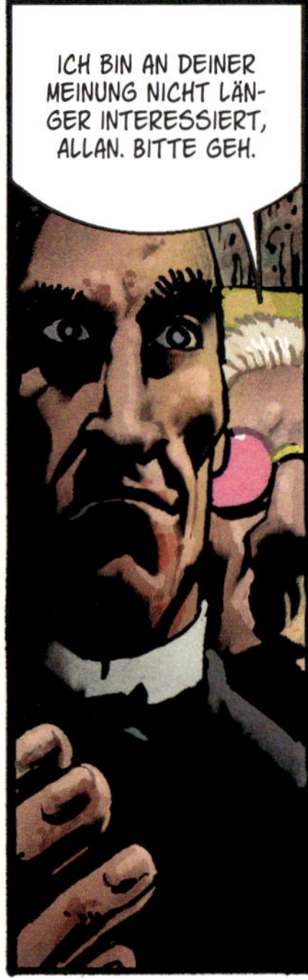
ICH BIN AN DEINER MEINUNG NICHT LÄNGER INTERESSIERT, ALLAN. BITTE GEH.
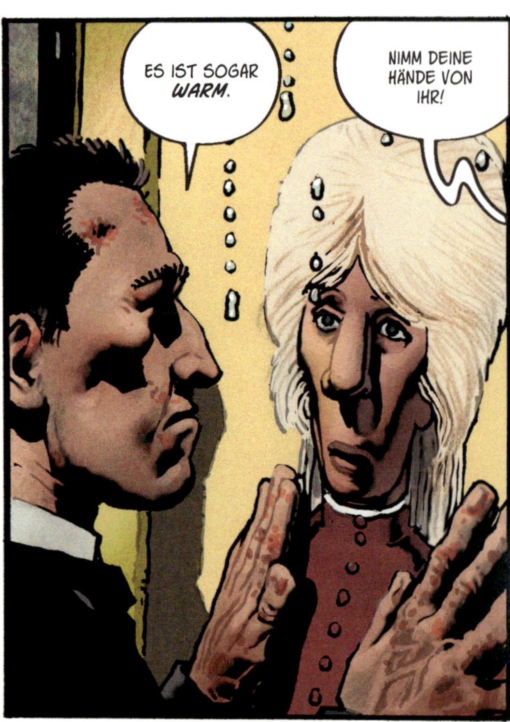
ES IST SOGAR *WARM*.
NIMM DEINE HÄNDE VON IHR!
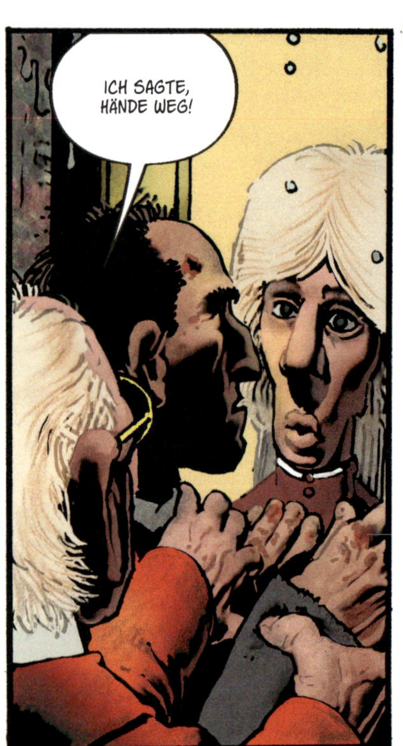
ICH SAGTE, HÄNDE WEG!
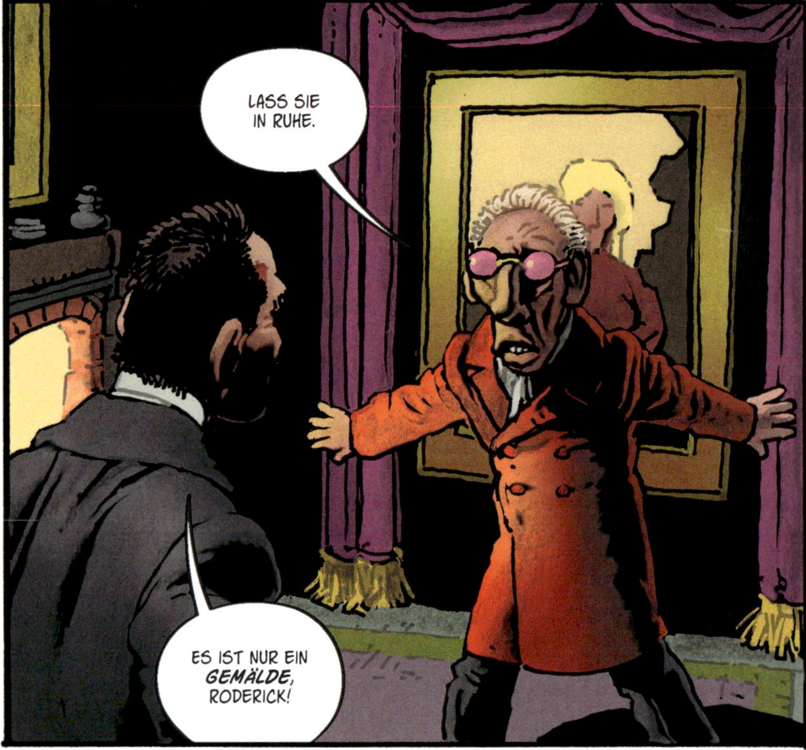
LASS SIE IN RUHE.
ES IST NUR EIN *GEMÄLDE*, RODERICK!
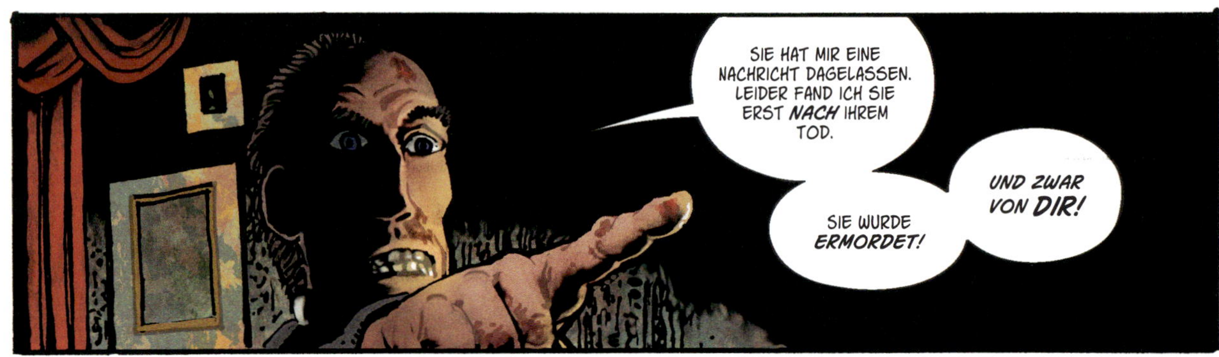
SIE HAT MIR EINE NACHRICHT DAGELASSEN. LEIDER FAND ICH SIE ERST *NACH* IHREM TOD.
SIE WURDE *ERMORDET!*
UND ZWAR VON DIR!

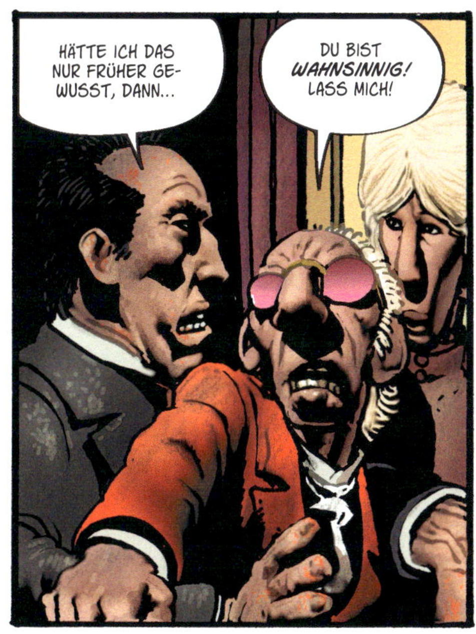
HÄTTE ICH DAS NUR FRÜHER GEWUSST, DANN...
DU BIST *WAHNSINNIG!* LASS MICH!
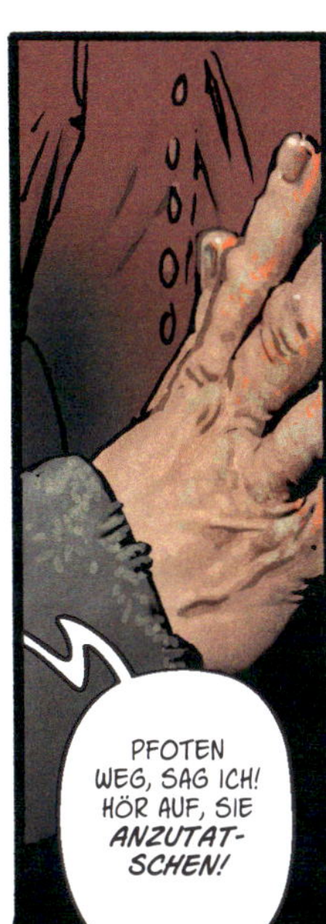
PFOTEN WEG, SAG ICH! HÖR AUF, SIE *ANZUTATSCHEN!*
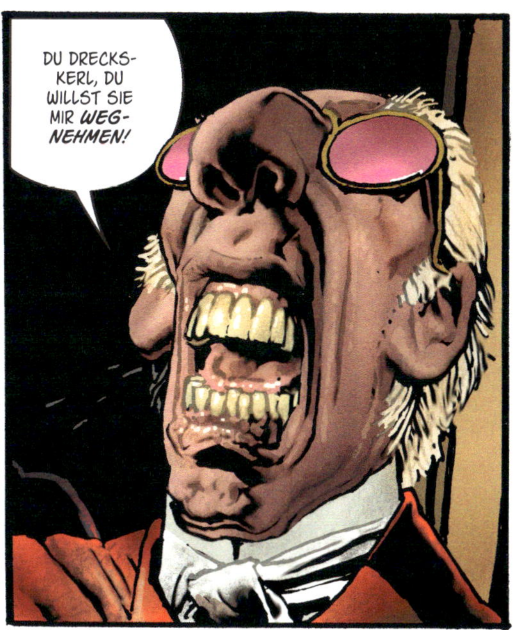
DU DRECKSKERL, DU WILLST SIE MIR *WEGNEHMEN!*
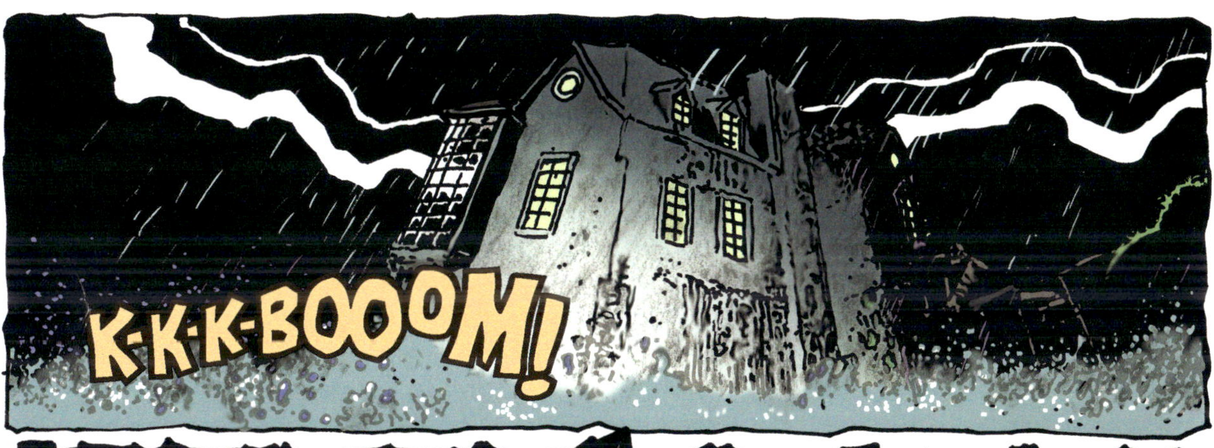
K-K-K-BOOOM!
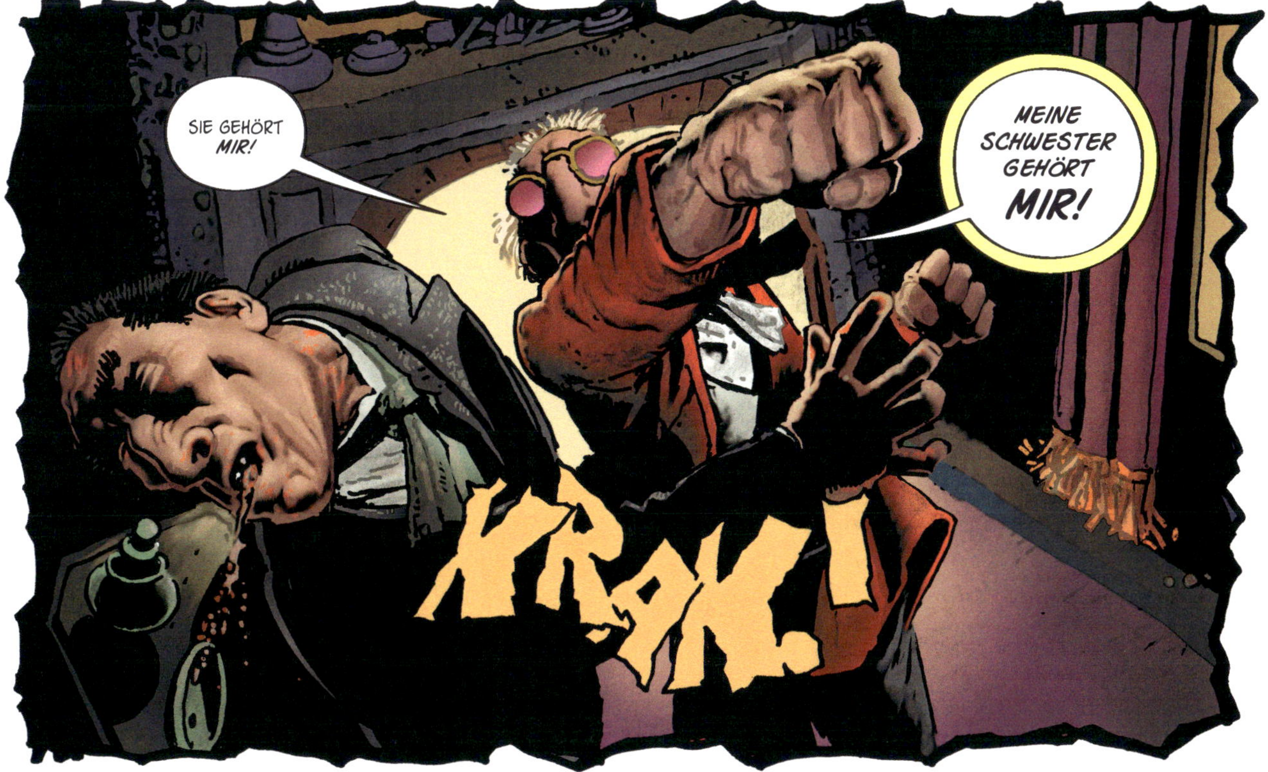
SIE GEHÖRT *MIR!*
MEINE SCHWESTER GEHÖRT MIR!
KRAK!

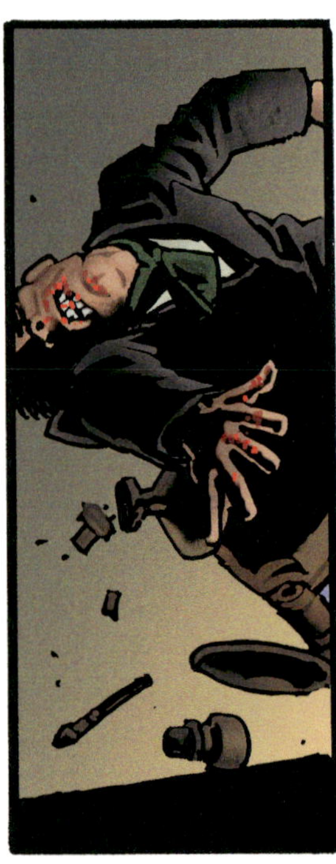
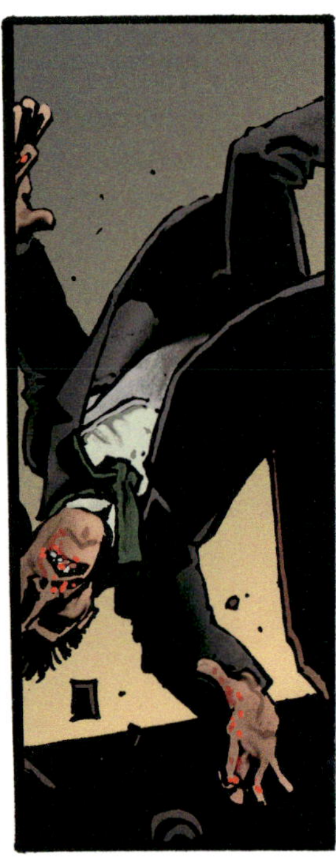
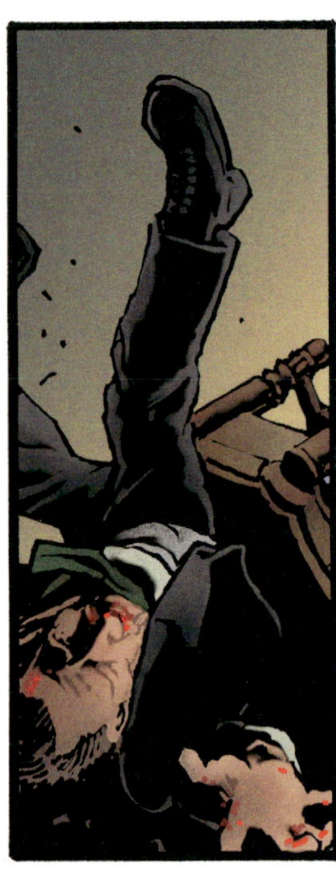
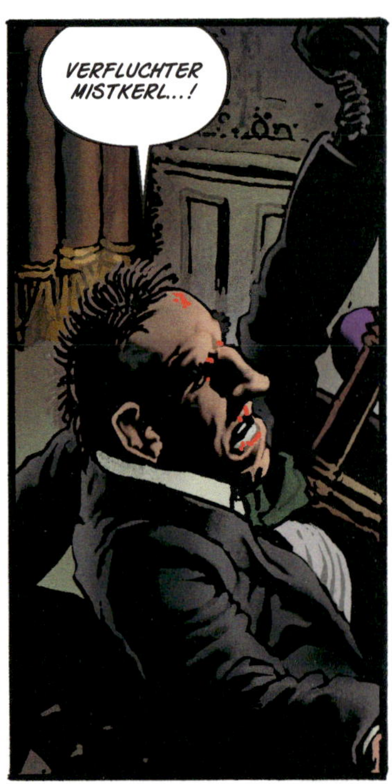
VERFLUCHTER MISTKERL...!
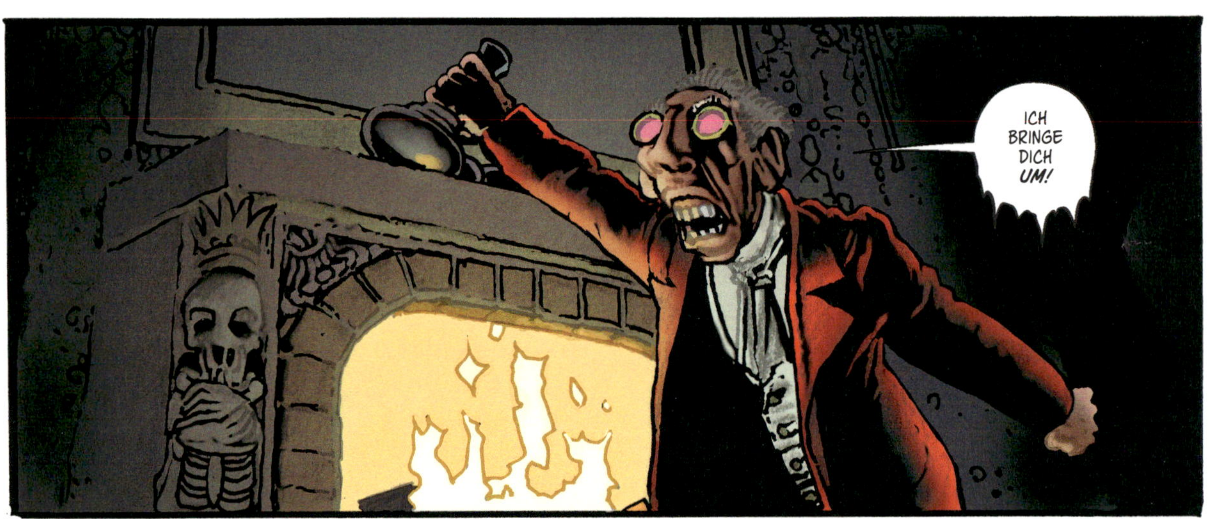
ICH BRINGE DICH UM!
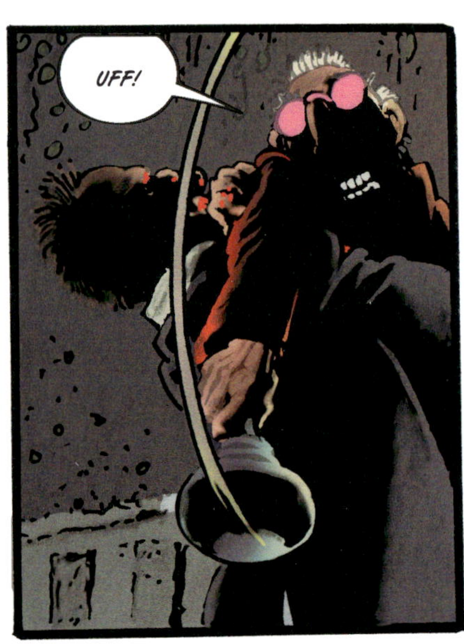
UFF!
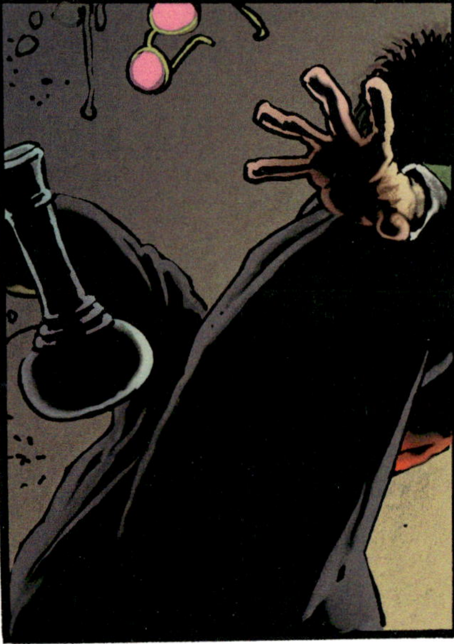
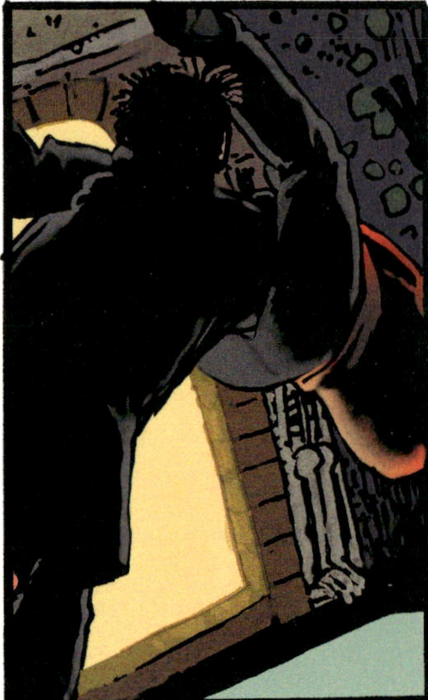

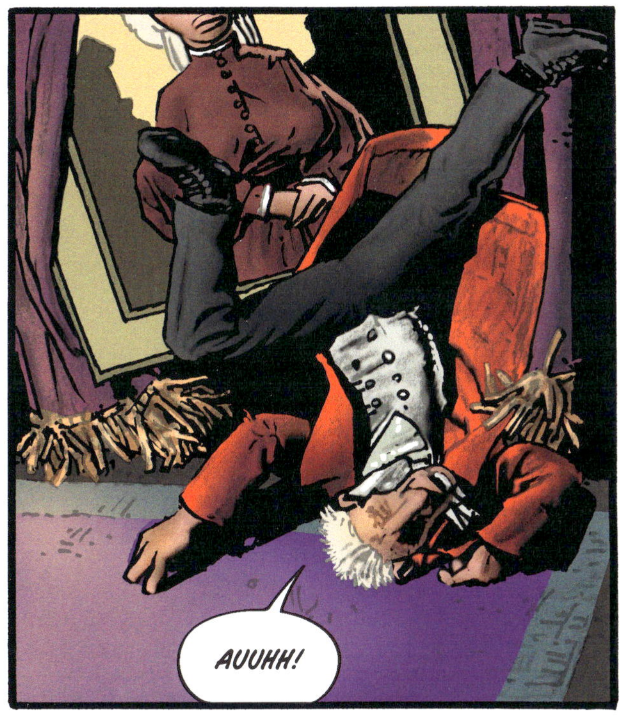
AUUHH!

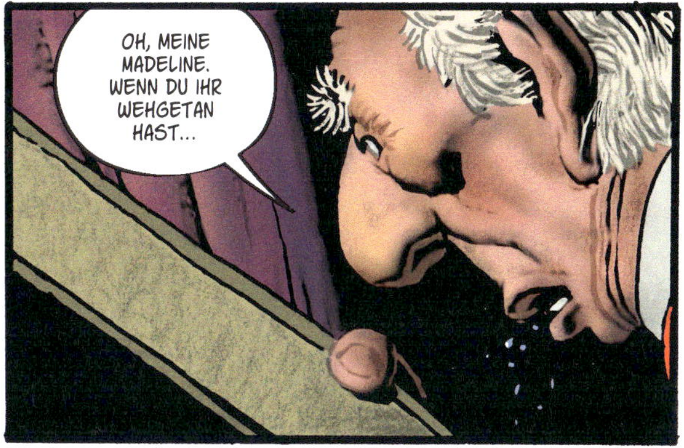
OH, MEINE MADELINE. WENN DU IHR WEHGETAN HAST...

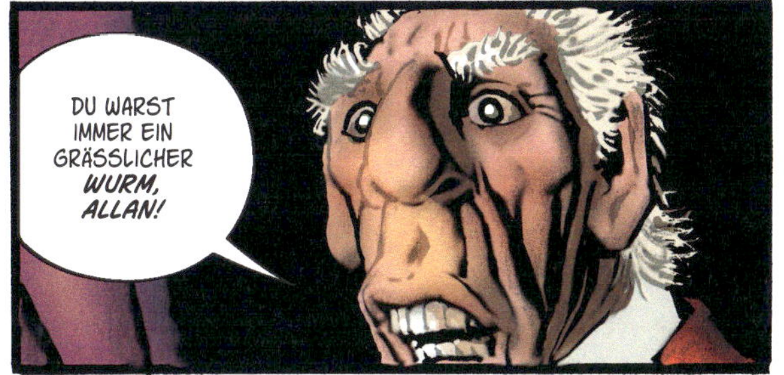
DU WARST IMMER EIN GRÄSSLICHER WURM, ALLAN!

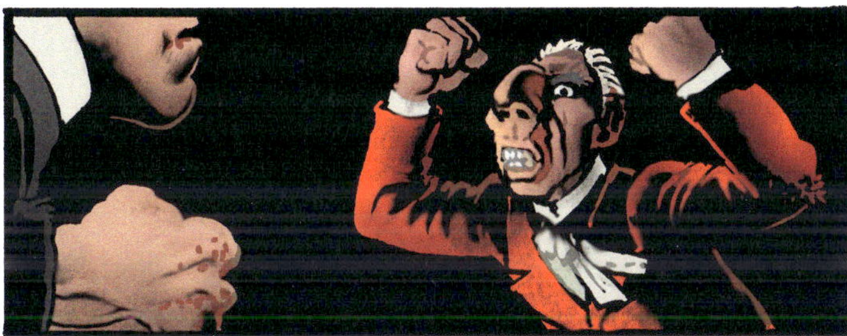

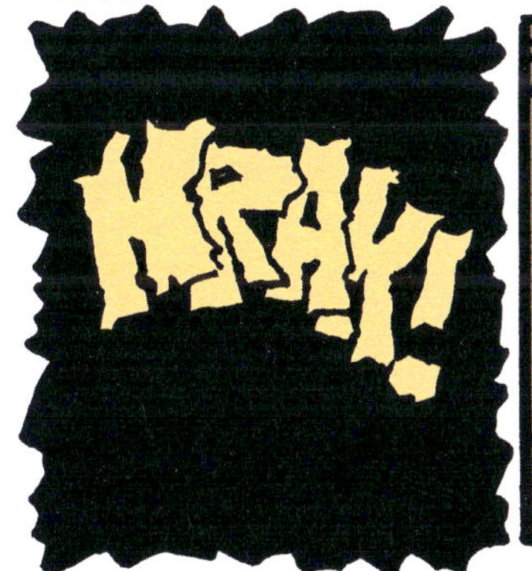
KRAK!

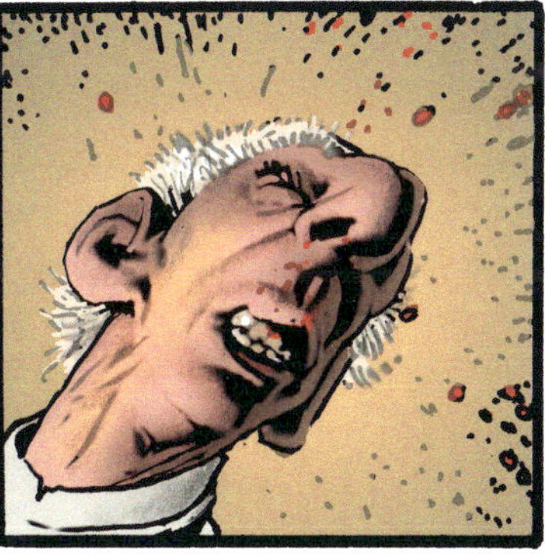

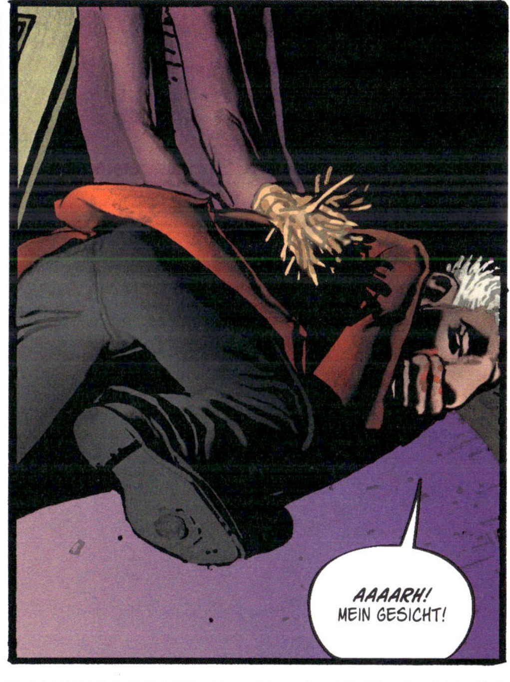
AAAARH! MEIN GESICHT!

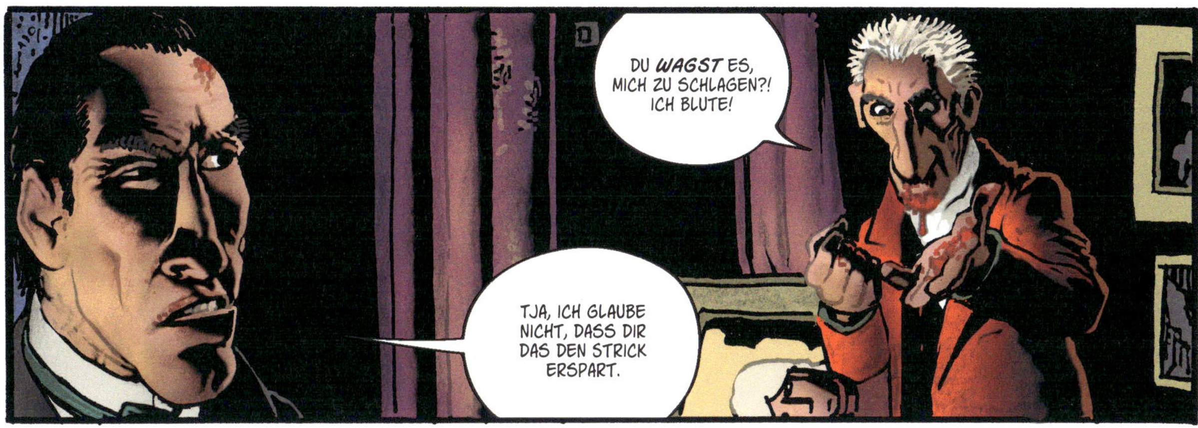
DU WAGST ES, MICH ZU SCHLAGEN?! ICH BLUTE!
TJA, ICH GLAUBE NICHT, DASS DIR DAS DEN STRICK ERSPART.

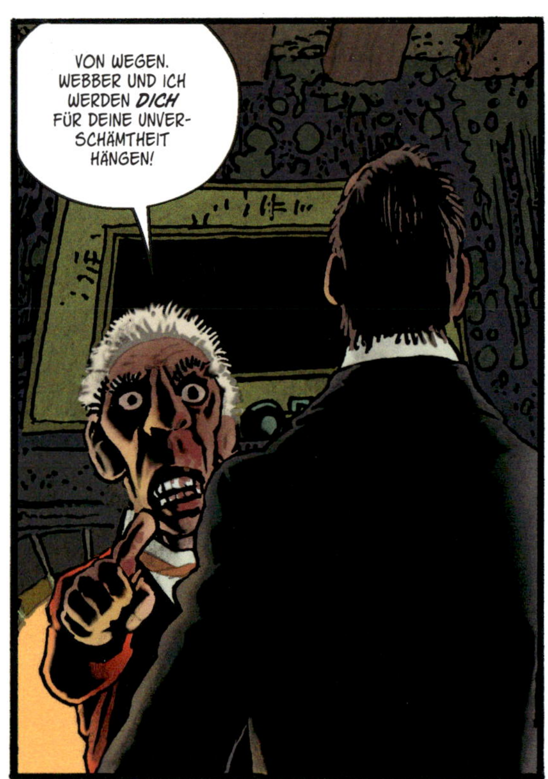
VON WEGEN. WEBBER UND ICH WERDEN **DICH** FÜR DEINE UNVER-SCHÄMTHEIT HÄNGEN!

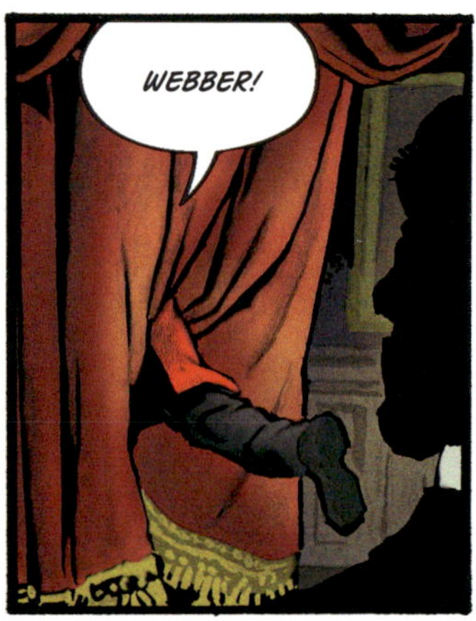
WEBBER!

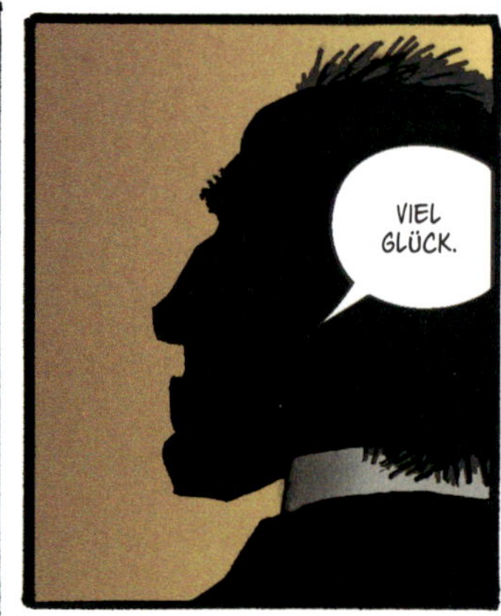
VIEL GLÜCK.

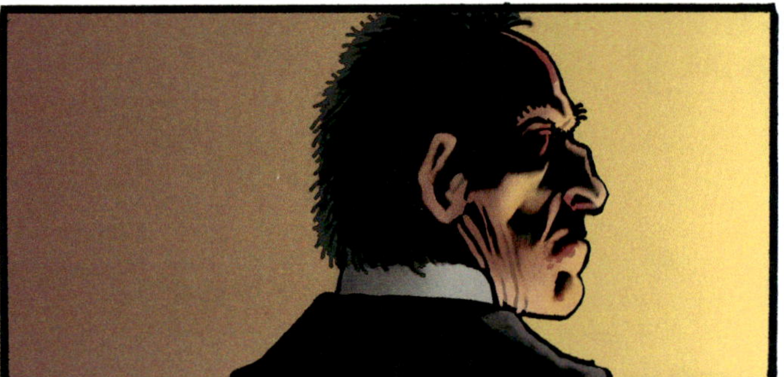

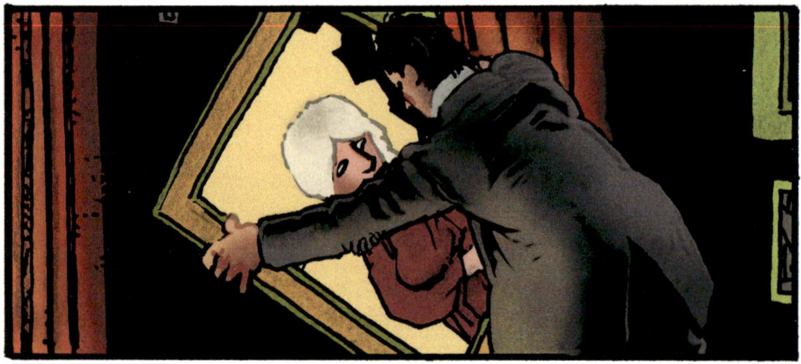

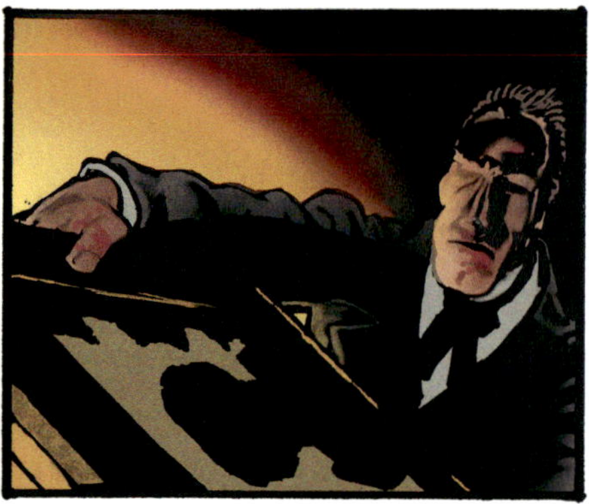

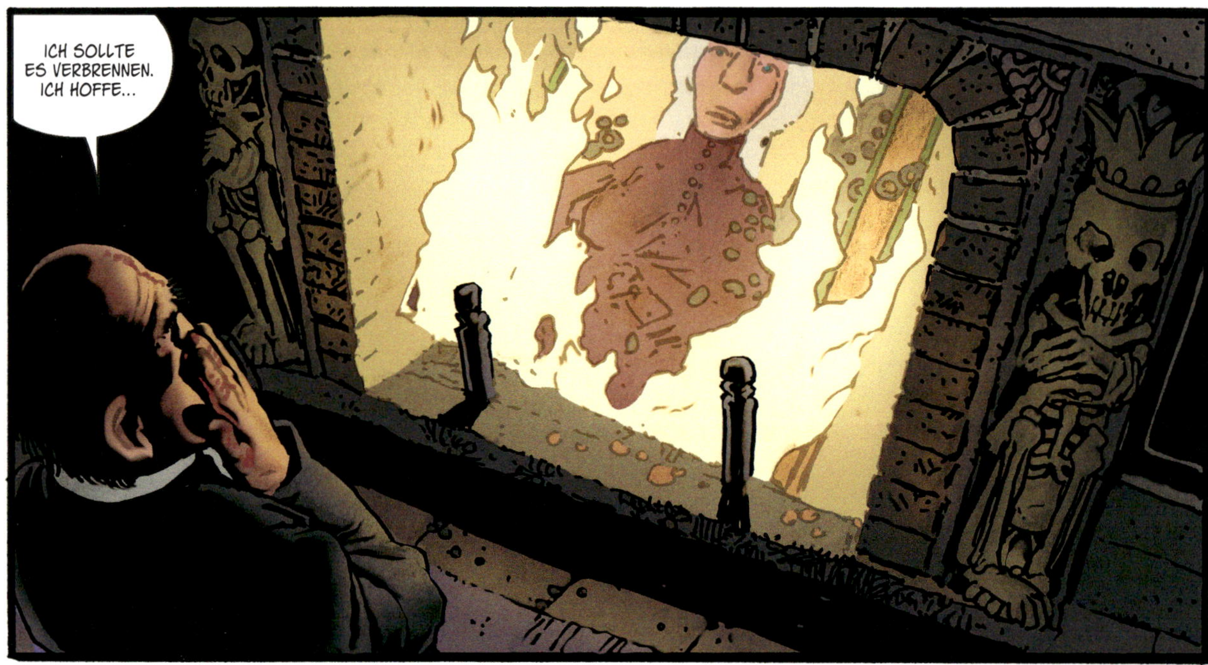
ICH SOLLTE ES VERBRENNEN. ICH HOFFE...

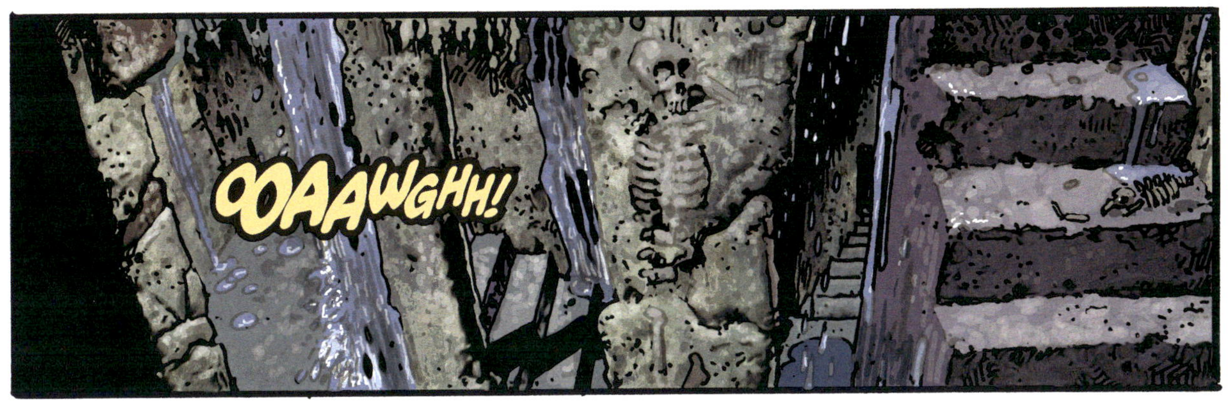
OOAAAWGHH!

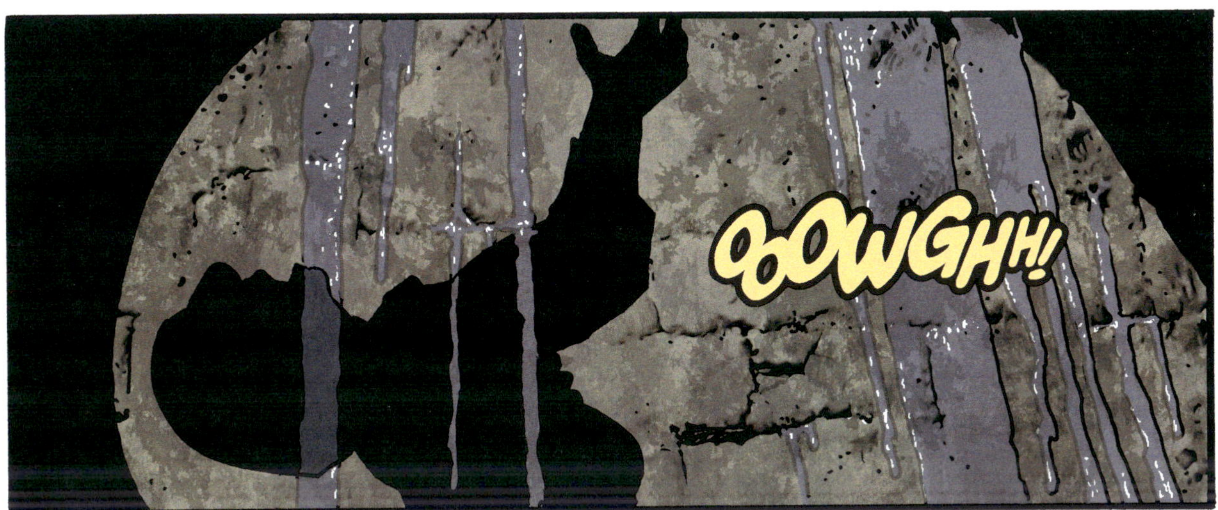
OOOWGHH!

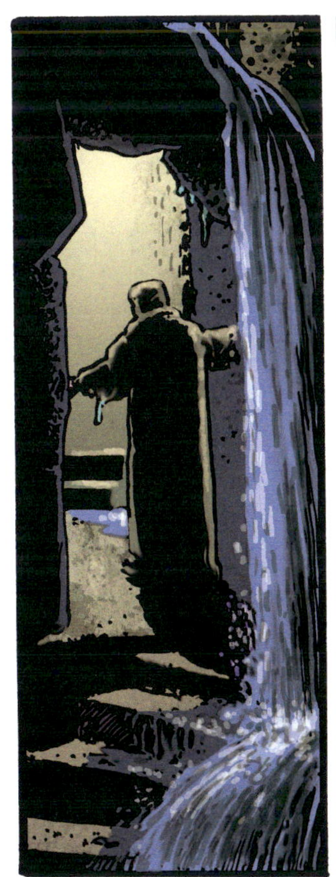

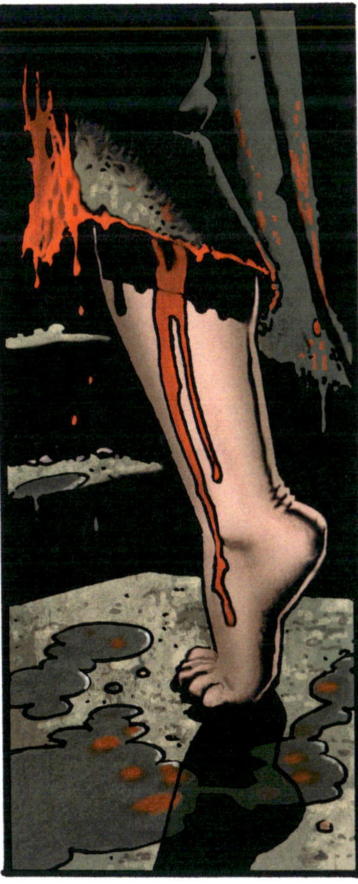

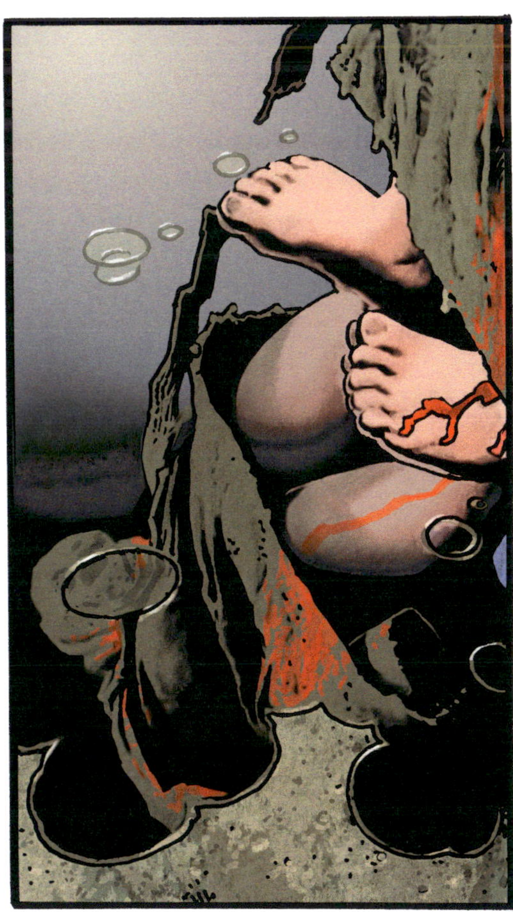

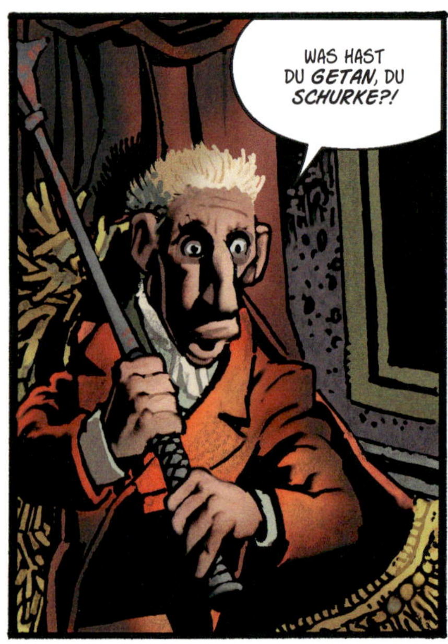
WAS HAST DU GETAN, DU SCHURKE?!

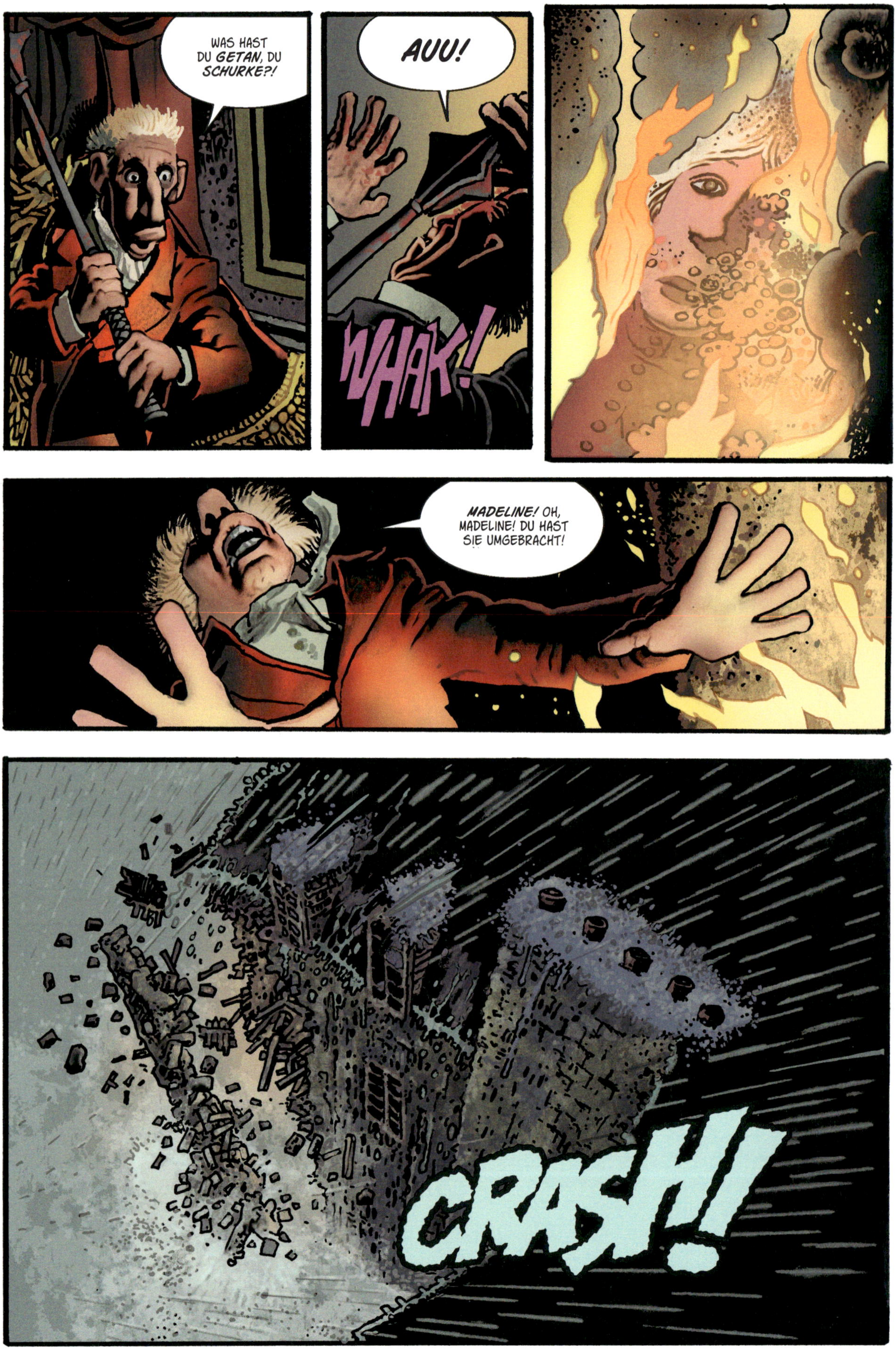

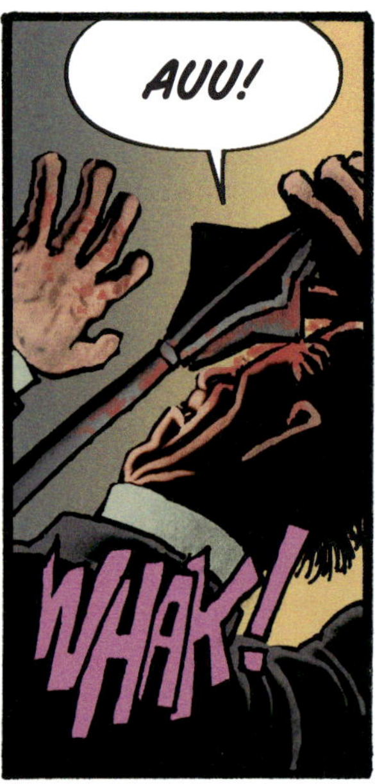
AUU!
WHAK!

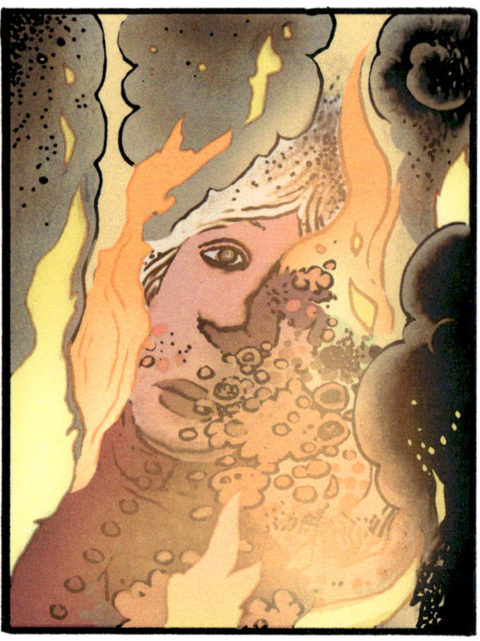

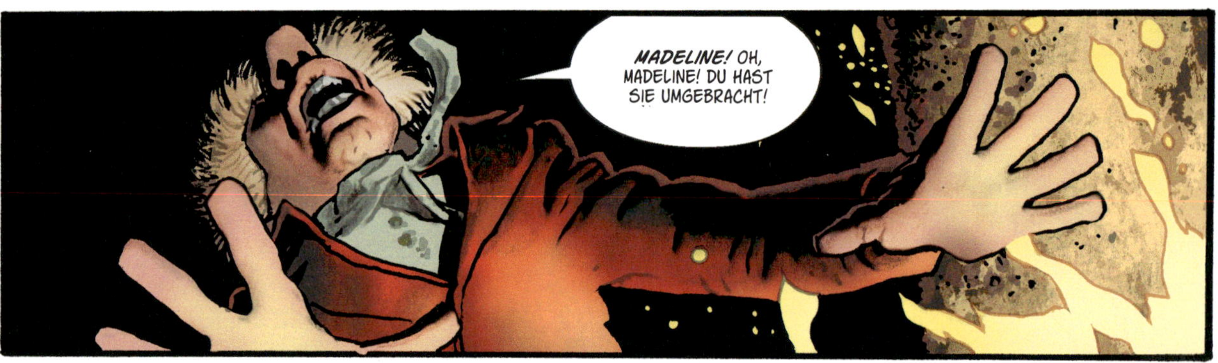
MADELINE! OH, MADELINE! DU HAST SIE UMGEBRACHT!

CRASH!

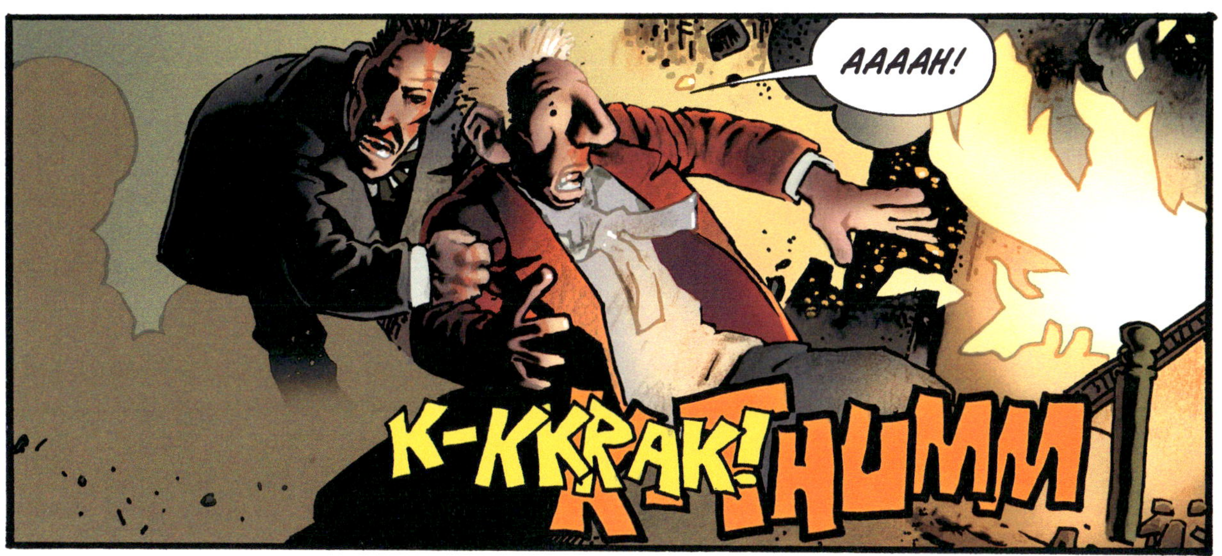
AAAAH!
K-KKRAK!
THUMM

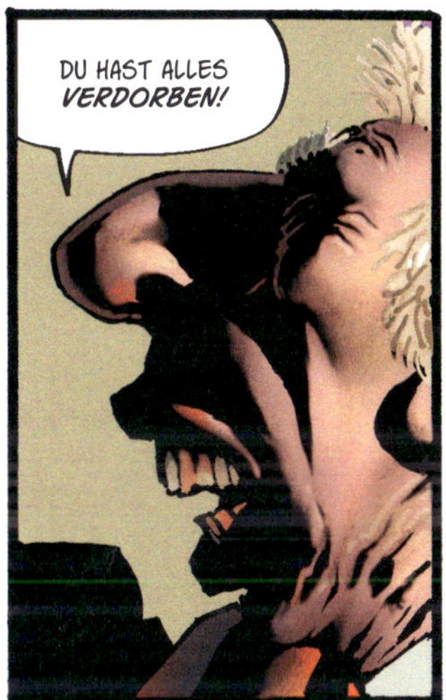
DU HAST ALLES *VERDORBEN!*

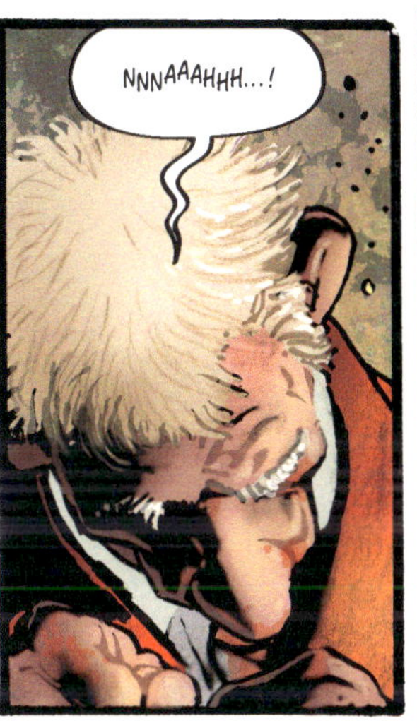
NNNAAAHHH...!

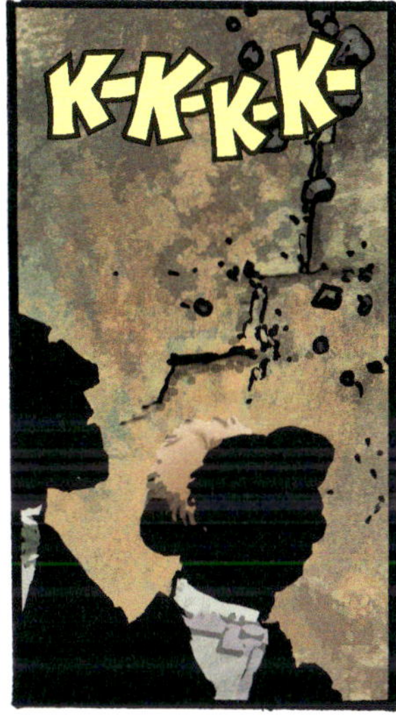
K-K-K-K-

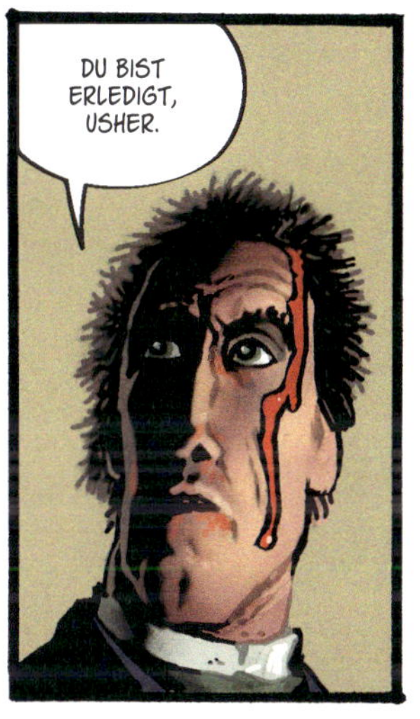
DU BIST ERLEDIGT, USHER.

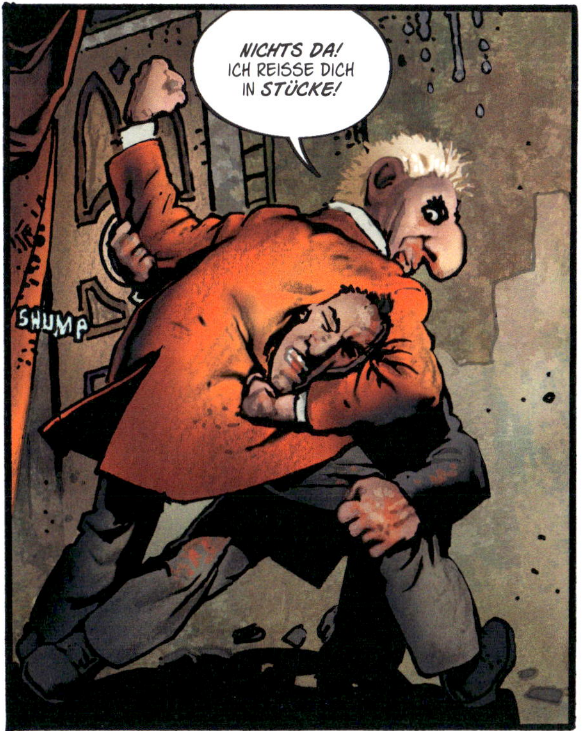
NICHTS DA! ICH REISSE DICH IN *STÜCKE!*
SHUMP

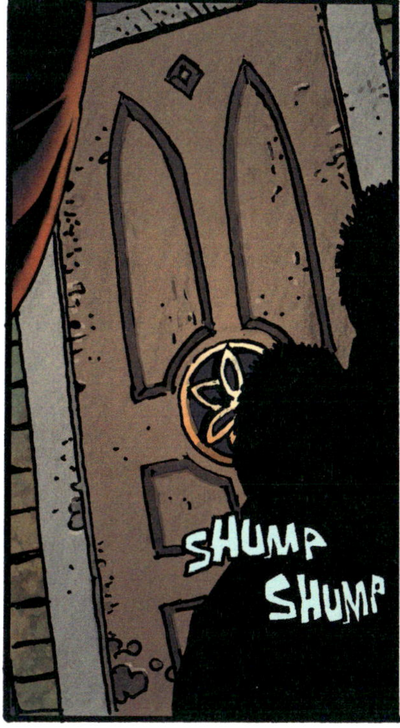
SHUMP
SHUMP

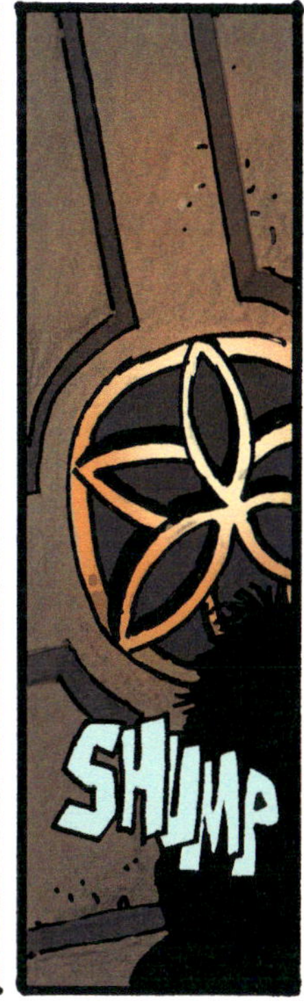
SHUMP

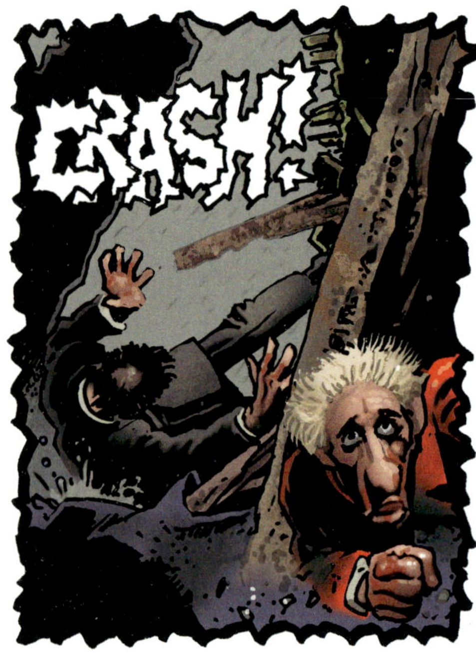
CRASH!
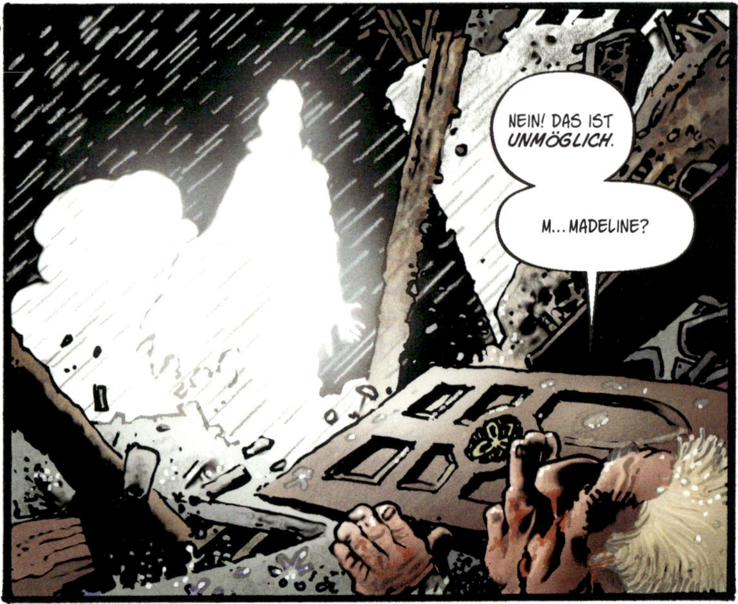
NEIN! DAS IST *UNMÖGLICH*.
M... MADELINE?
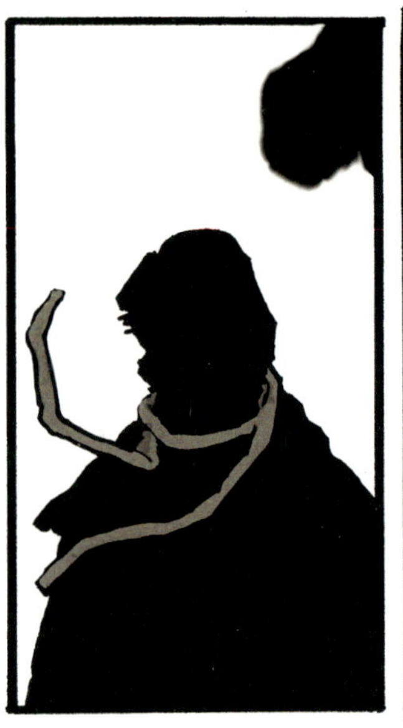
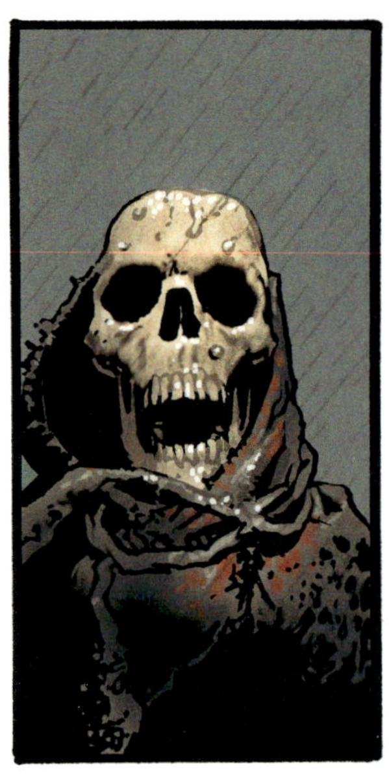
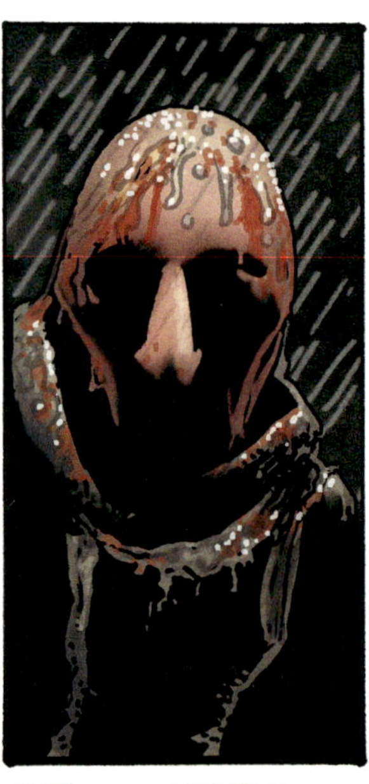
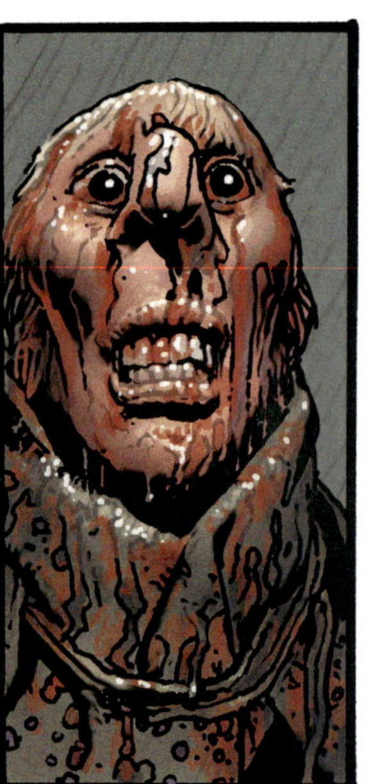
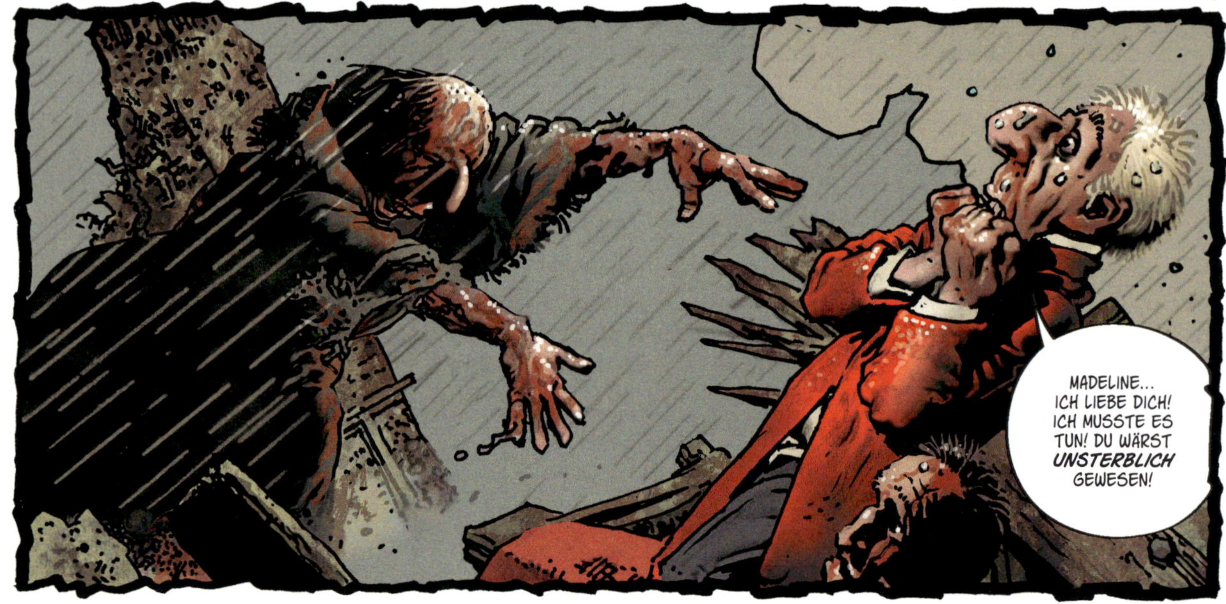
MADELINE... ICH LIEBE DICH! ICH MUSSTE ES TUN! DU WÄRST *UNSTERBLICH* GEWESEN!

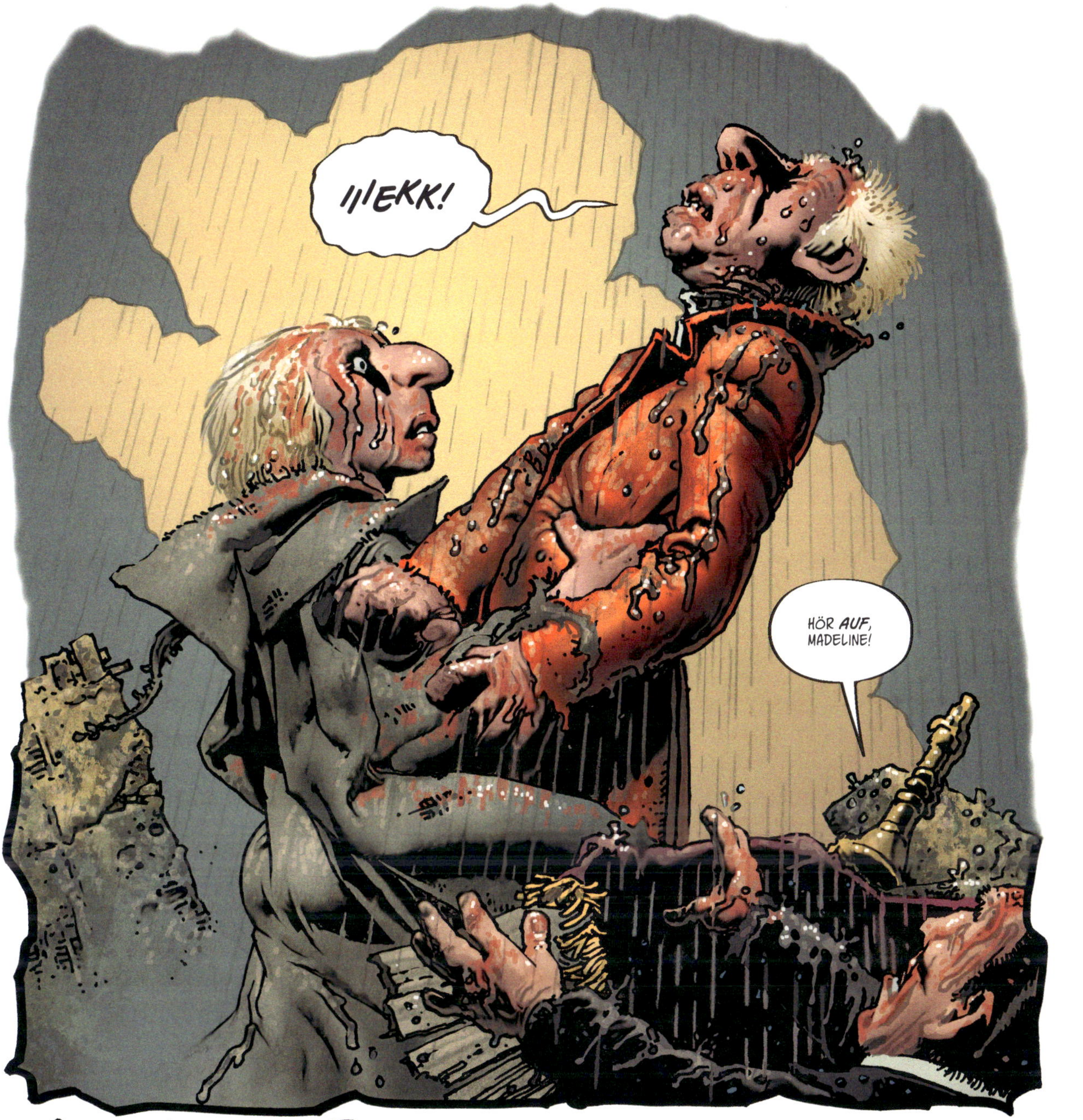

IIIEKK!

HÖR *AUF*, MADELINE!

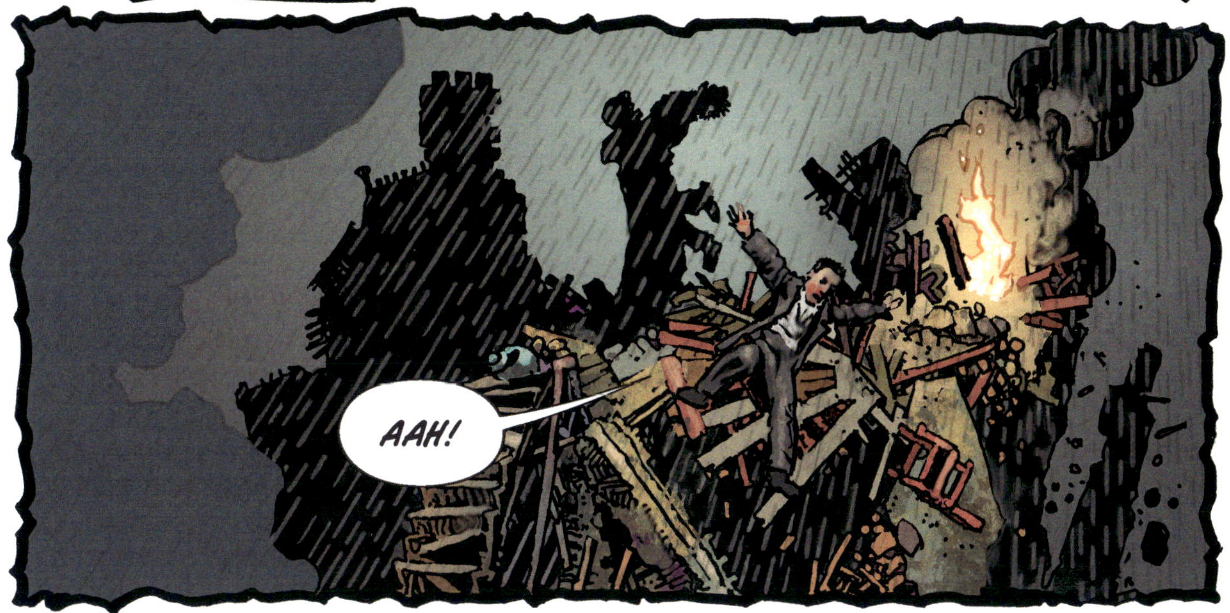

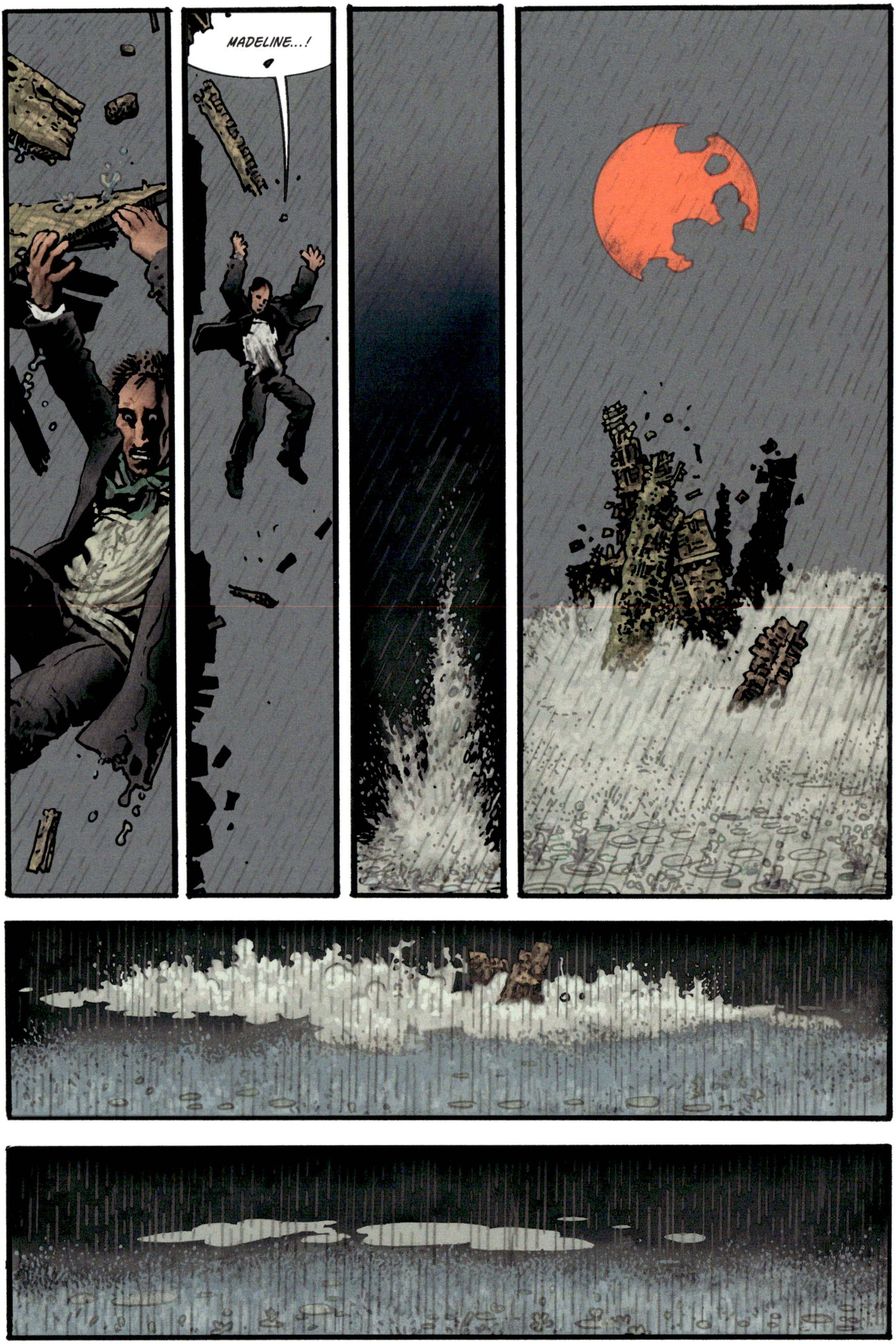

MADELINE...!

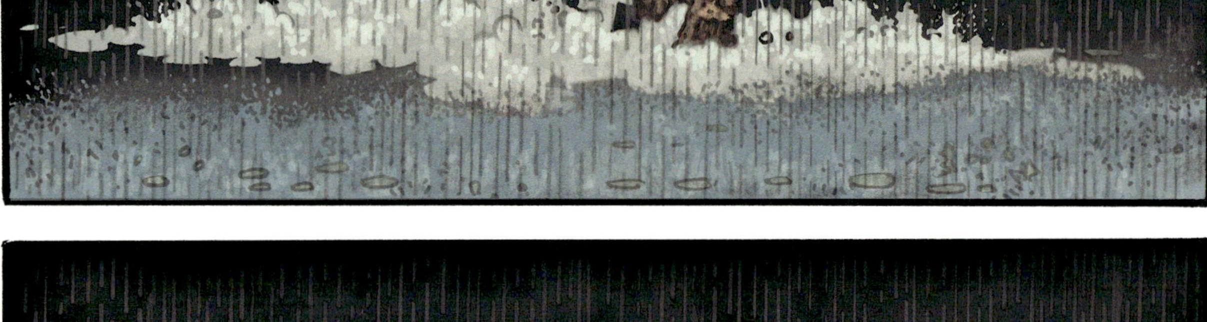

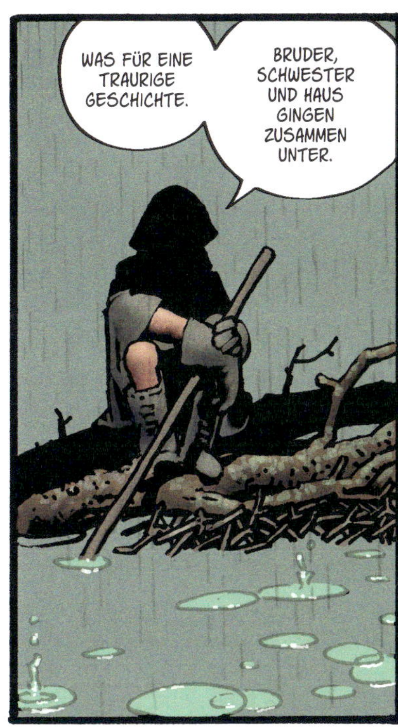
WAS FÜR EINE TRAURIGE GESCHICHTE.
BRUDER, SCHWESTER UND HAUS GINGEN ZUSAMMEN UNTER.

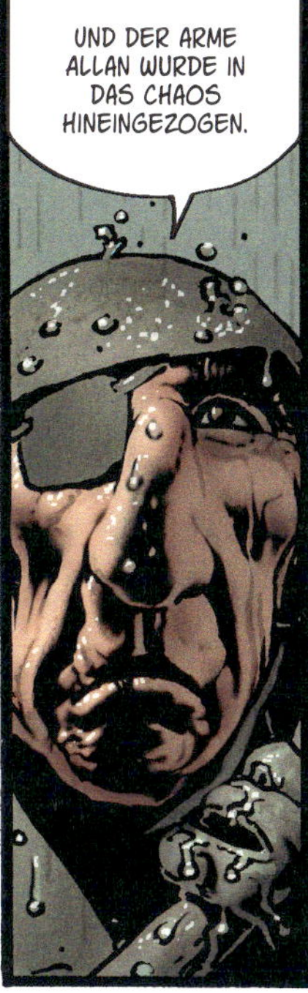
UND DER ARME ALLAN WURDE IN DAS CHAOS HINEINGEZOGEN.

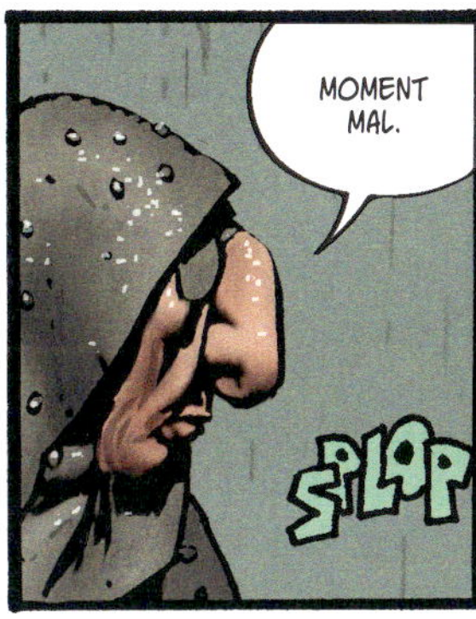
MOMENT MAL.
SPLAP

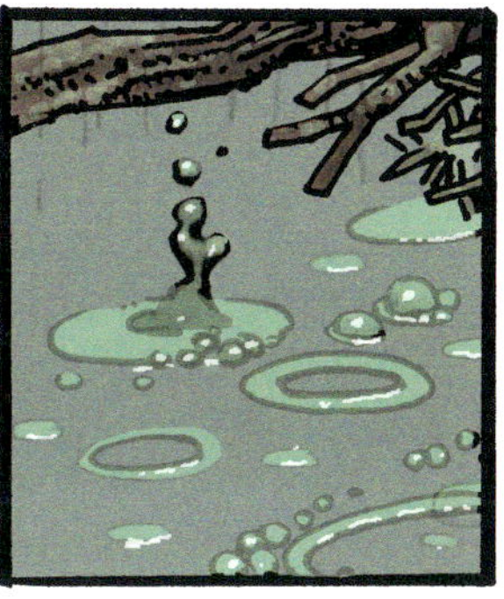

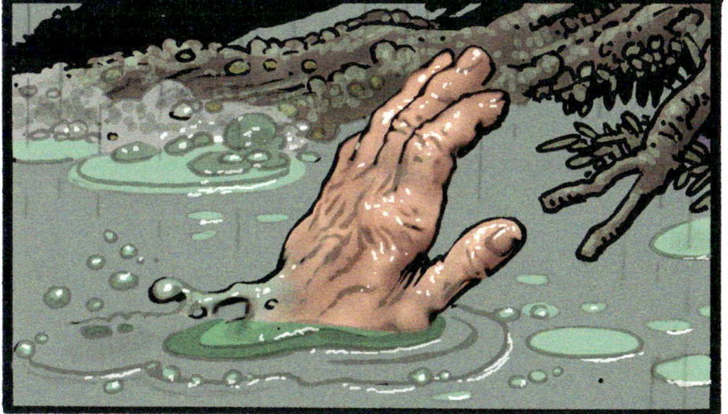

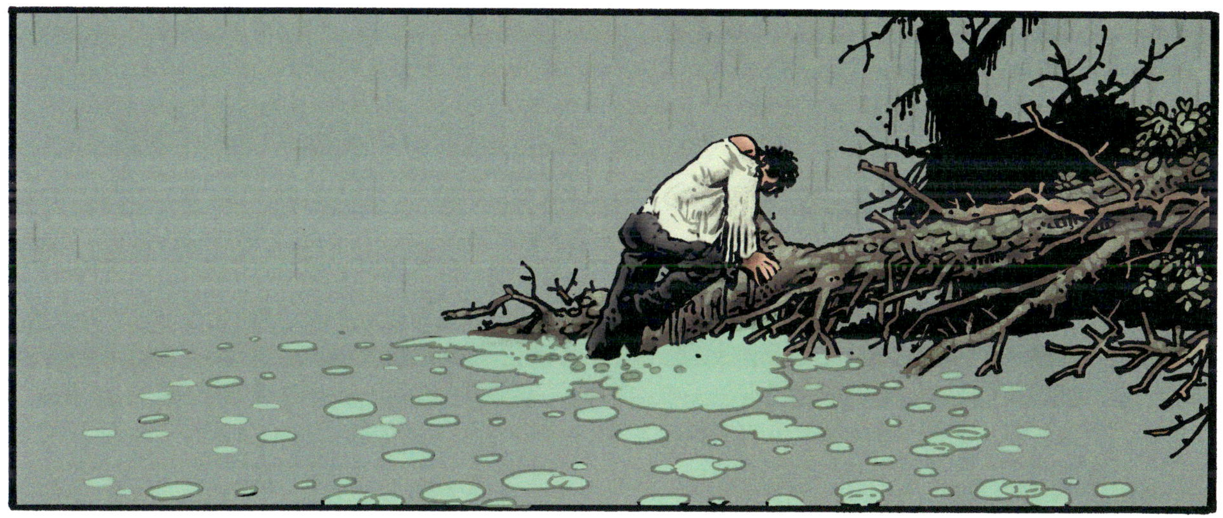

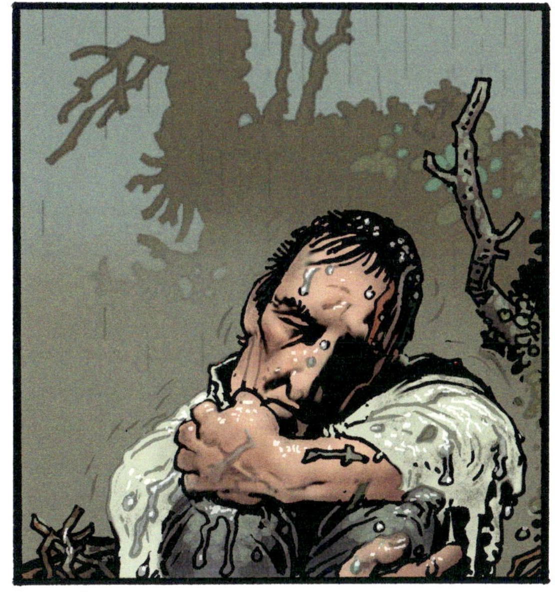

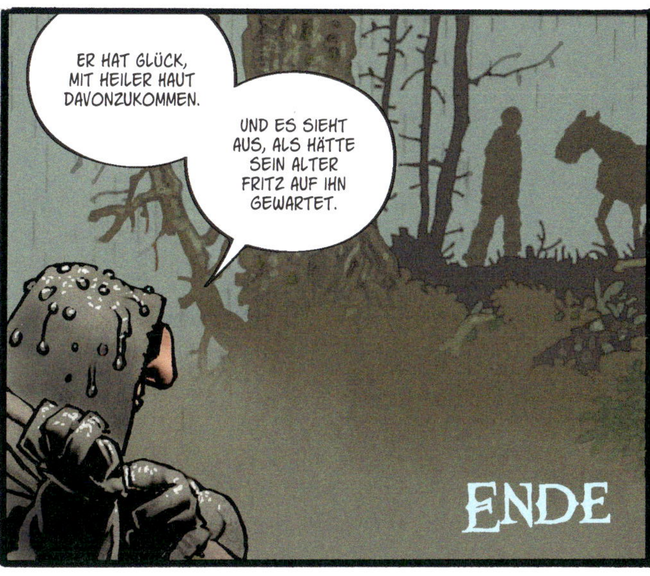
ER HAT GLÜCK, MIT HEILER HAUT DAVONZUKOMMEN.
UND ES SIEHT AUS, ALS HÄTTE SEIN ALTER FRITZ AUF IHN GEWARTET.
ENDE

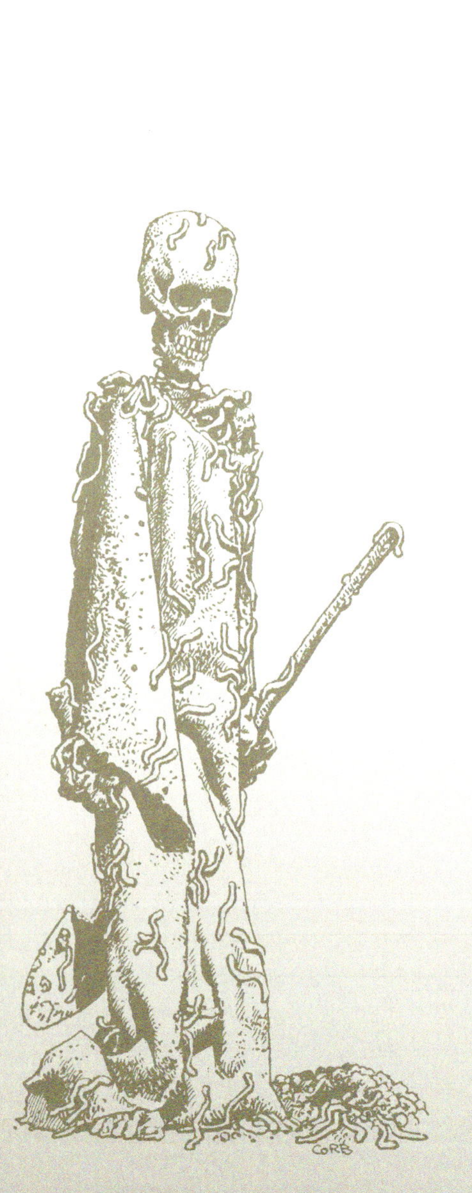

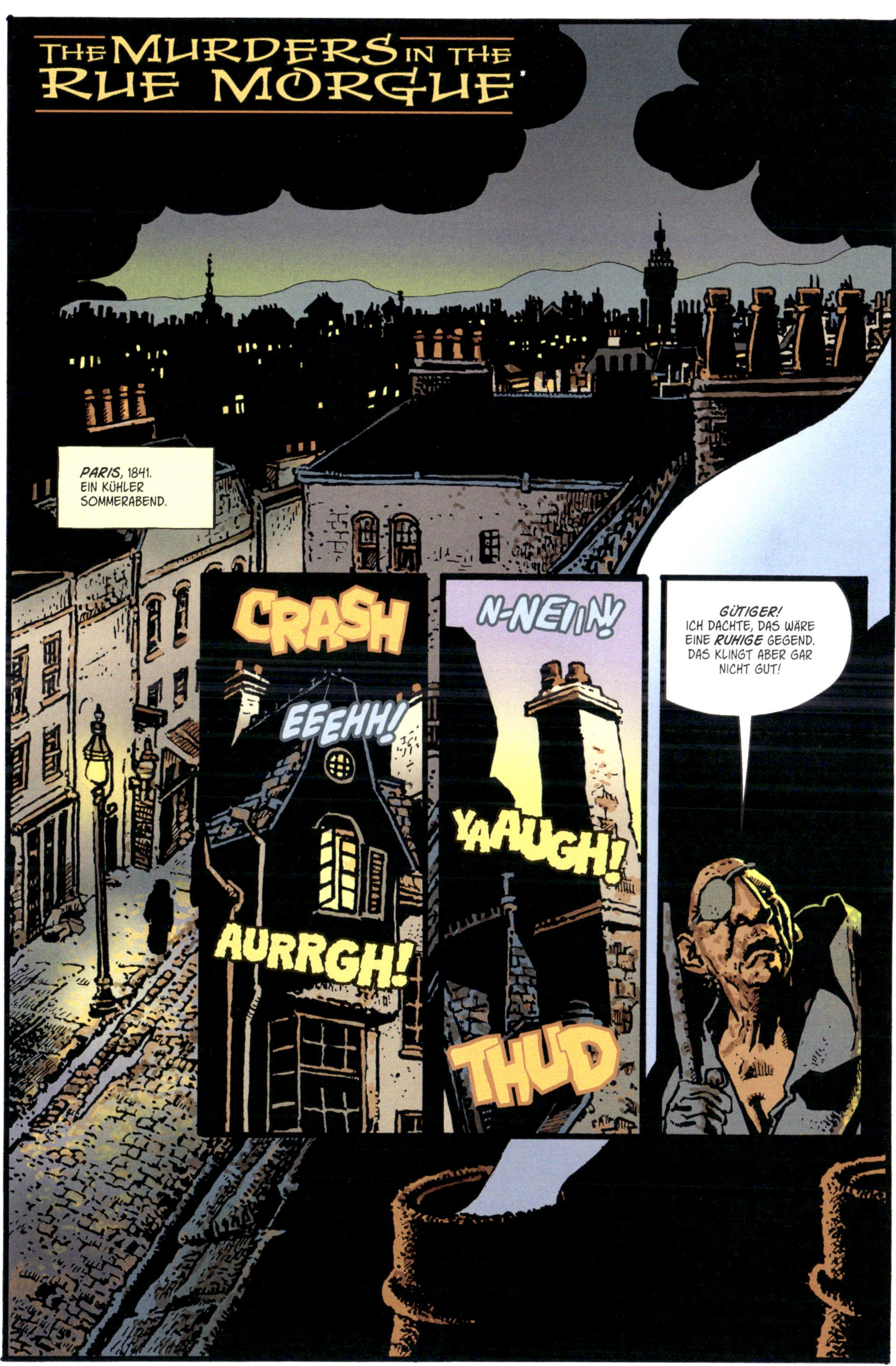

* DER DOPPELMORD IN DER RUE MORGUE

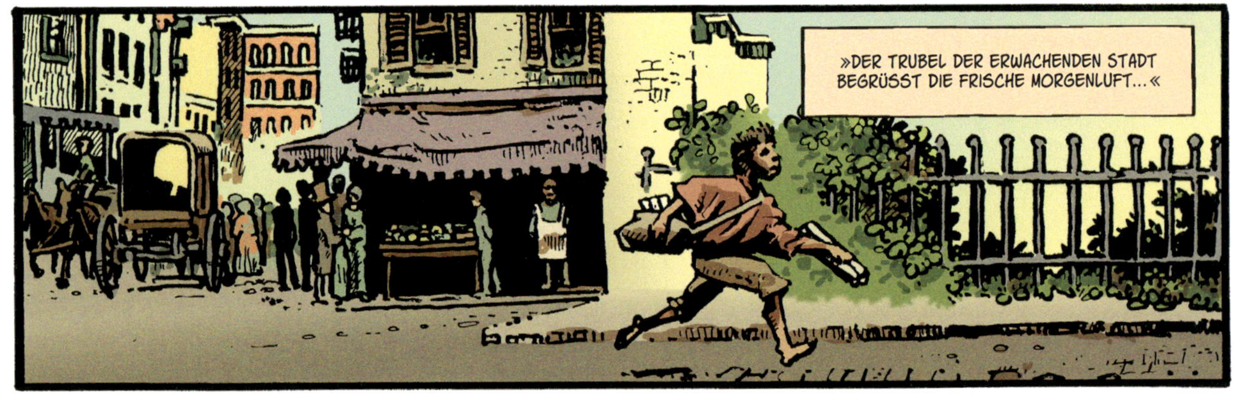
»DER TRUBEL DER ERWACHENDEN STADT BEGRÜSST DIE FRISCHE MORGENLUFT…«

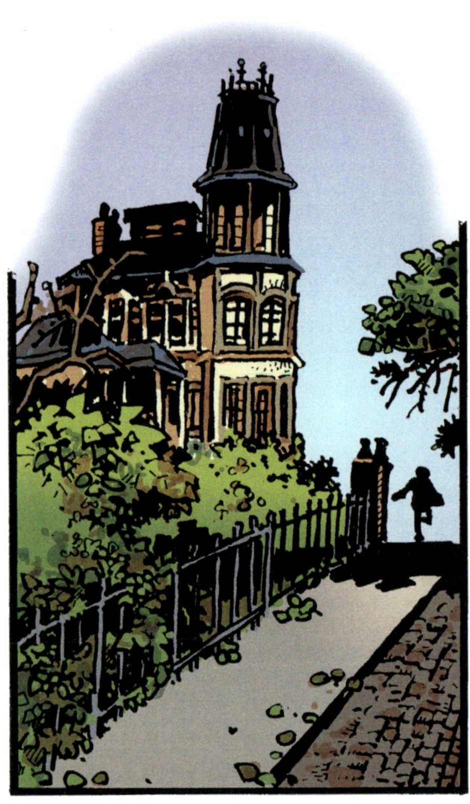

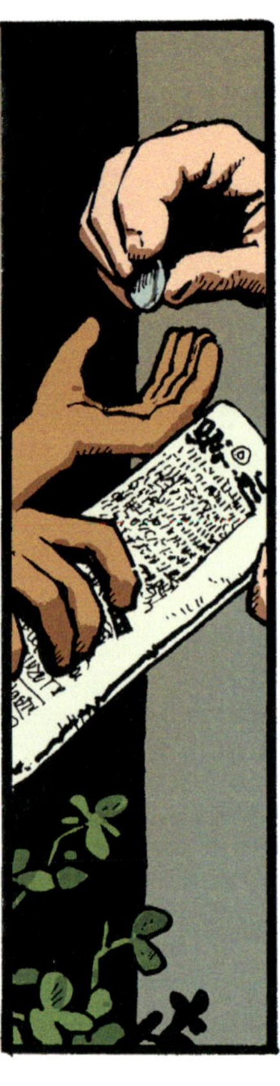

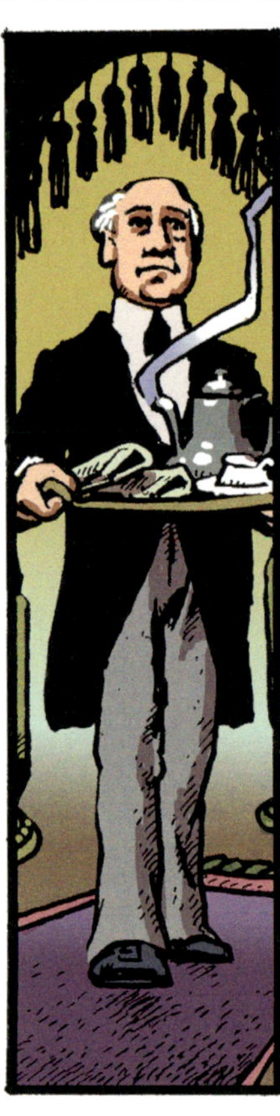

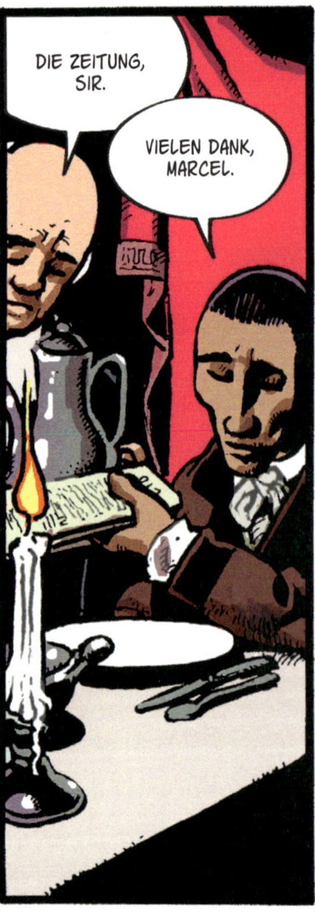
DIE ZEITUNG, SIR.
VIELEN DANK, MARCEL.

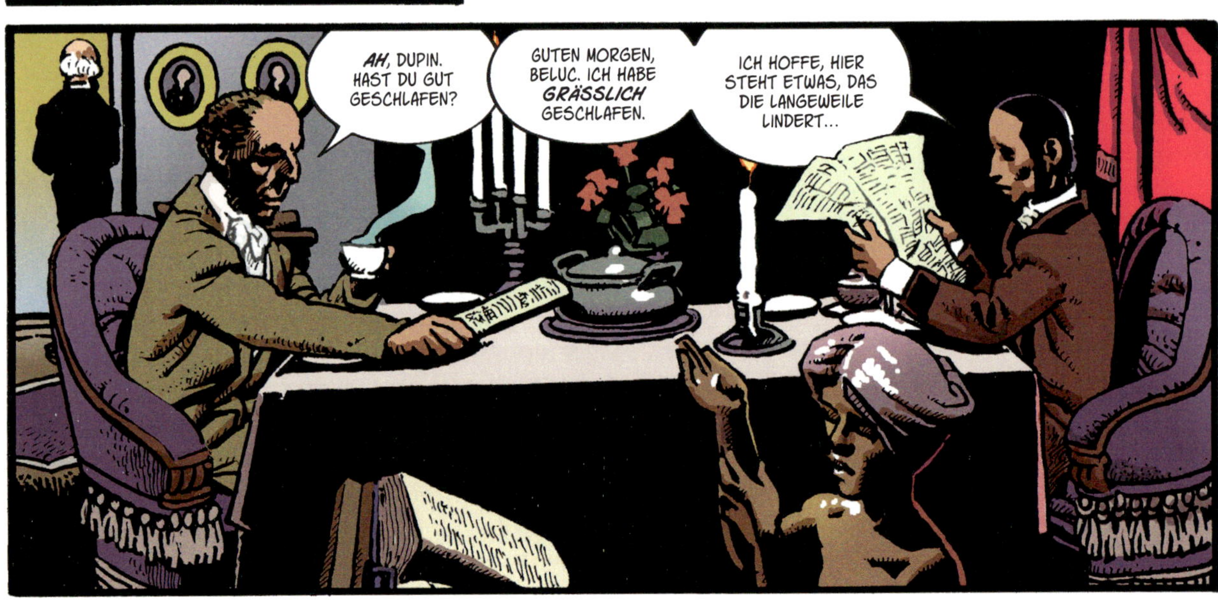
AH, DUPIN. HAST DU GUT GESCHLAFEN?
GUTEN MORGEN, BELUC. ICH HABE GRÄSSLICH GESCHLAFEN.
ICH HOFFE, HIER STEHT ETWAS, DAS DIE LANGEWEILE LINDERT…

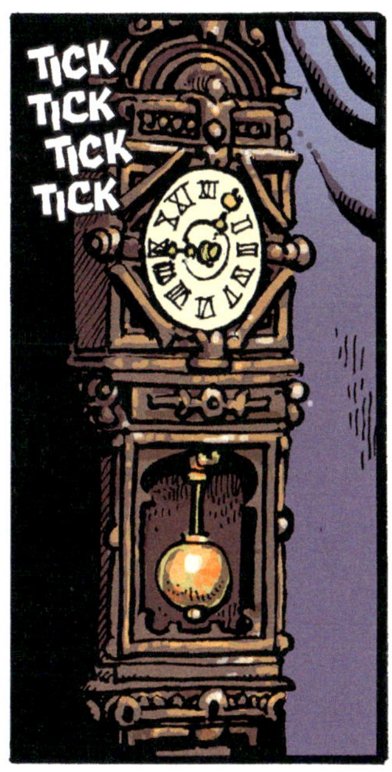
TICK
TICK
TICK
TICK

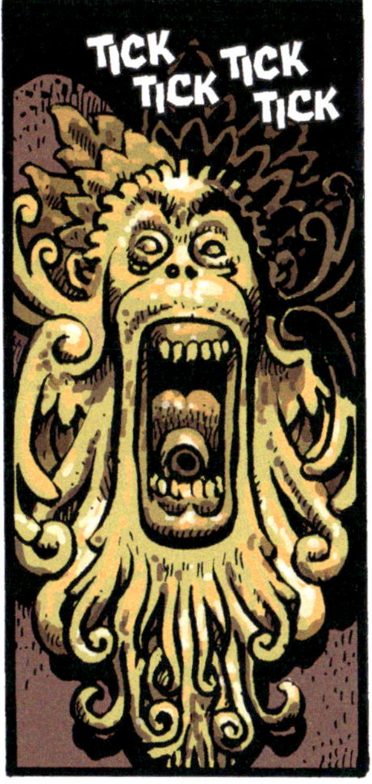
TICK
TICK TICK
TICK

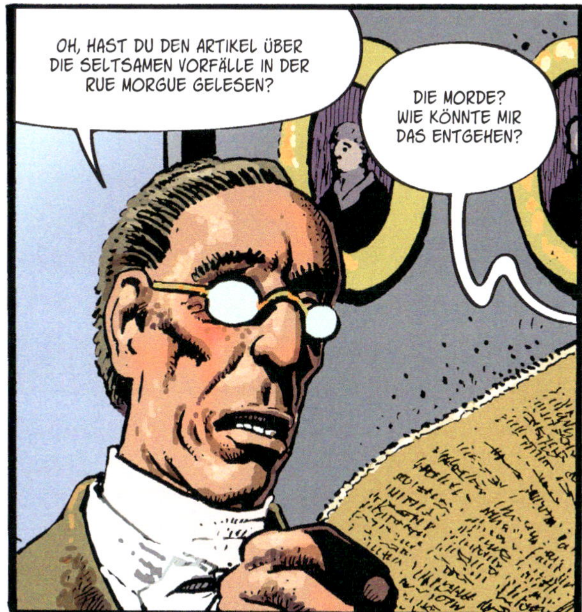
OH, HAST DU DEN ARTIKEL ÜBER DIE SELTSAMEN VORFÄLLE IN DER RUE MORGUE GELESEN?
DIE MORDE? WIE KÖNNTE MIR DAS ENTGEHEN?

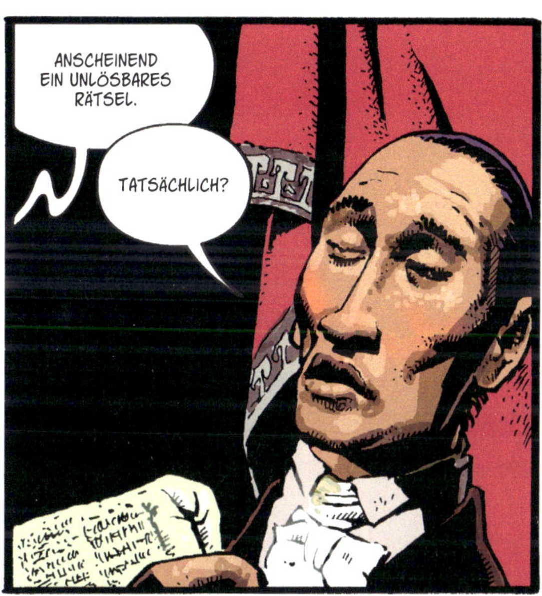
ANSCHEINEND EIN UNLÖSBARES RÄTSEL.
TATSÄCHLICH?

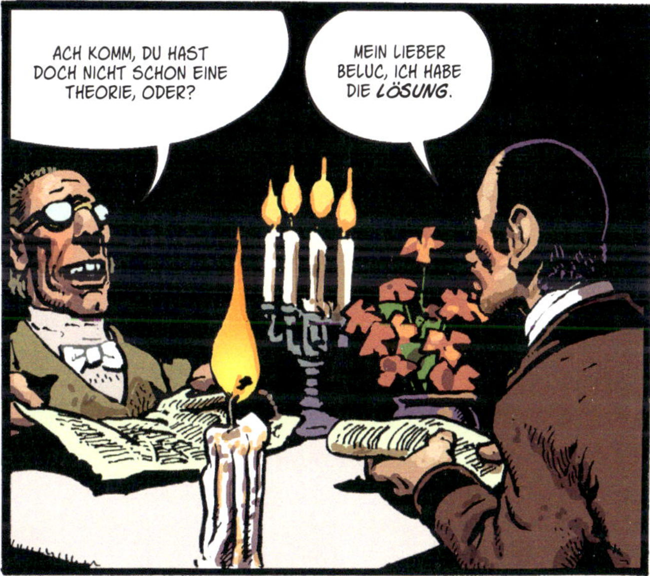
ACH KOMM, DU HAST DOCH NICHT SCHON EINE THEORIE, ODER?
MEIN LIEBER BELUC, ICH HABE DIE *LÖSUNG*.

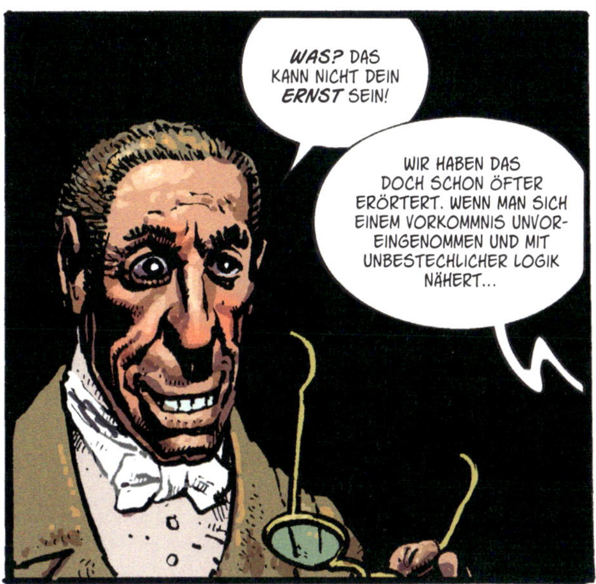
WAS? DAS KANN NICHT DEIN *ERNST* SEIN!
WIR HABEN DAS DOCH SCHON ÖFTER ERÖRTERT. WENN MAN SICH EINEM VORKOMMNIS UNVOREINGENOMMEN UND MIT UNBESTECHLICHER LOGIK NÄHERT ...

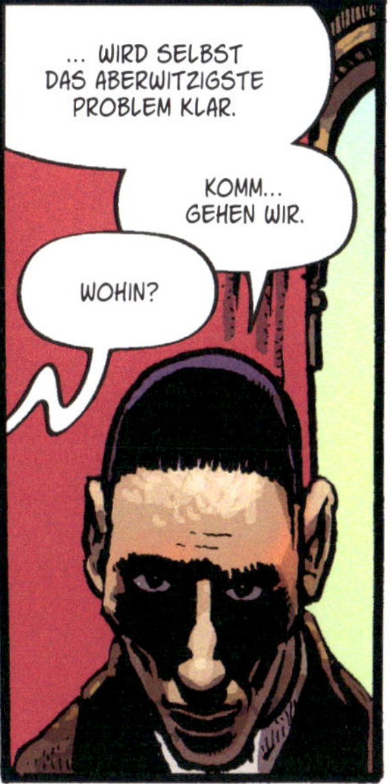
... WIRD SELBST DAS ABERWITZIGSTE PROBLEM KLAR.
KOMM ... GEHEN WIR.
WOHIN?

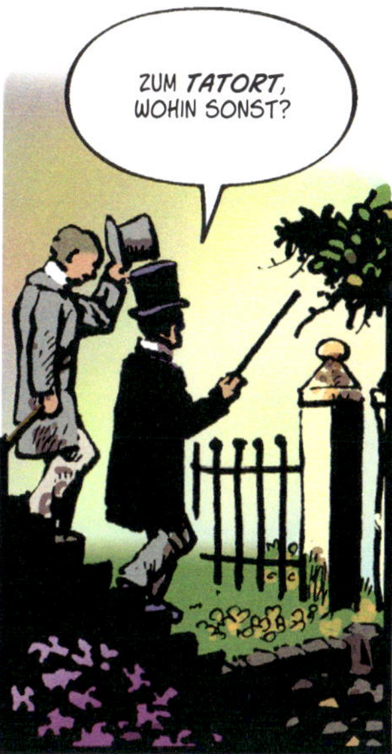
ZUM *TATORT*, WOHIN SONST?

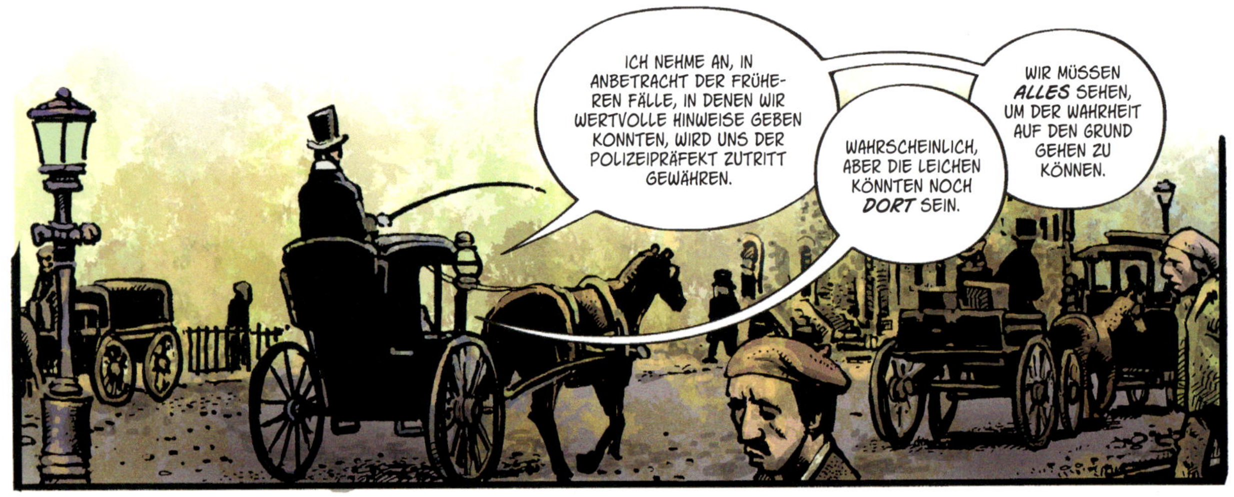

ICH NEHME AN, IN ANBETRACHT DER FRÜHEREN FÄLLE, IN DENEN WIR WERTVOLLE HINWEISE GEBEN KONNTEN, WIRD UNS DER POLIZEIPRÄFEKT ZUTRITT GEWÄHREN.
WAHRSCHEINLICH, ABER DIE LEICHEN KÖNNTEN NOCH *DORT* SEIN.
WIR MÜSSEN *ALLES* SEHEN, UM DER WAHRHEIT AUF DEN GRUND GEHEN ZU KÖNNEN.

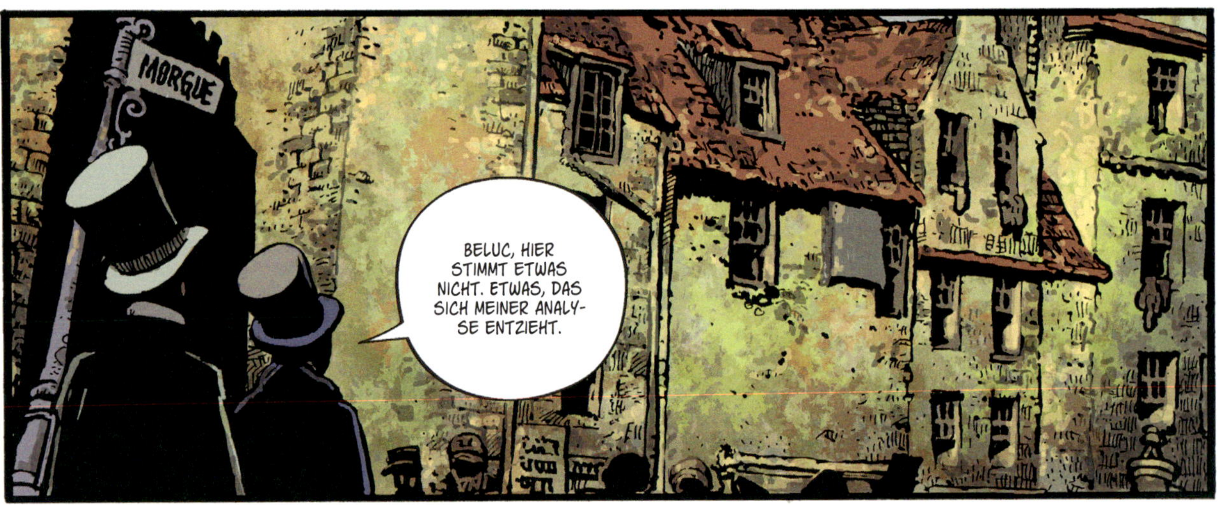

MORGUE
BELUC, HIER STIMMT ETWAS NICHT. ETWAS, DAS SICH MEINER ANALYSE ENTZIEHT.

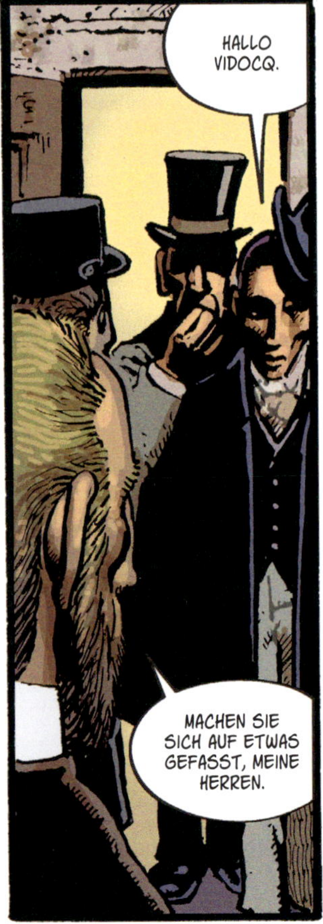

HALLO VIDOCQ.
MACHEN SIE SICH AUF ETWAS GEFASST, MEINE HERREN.

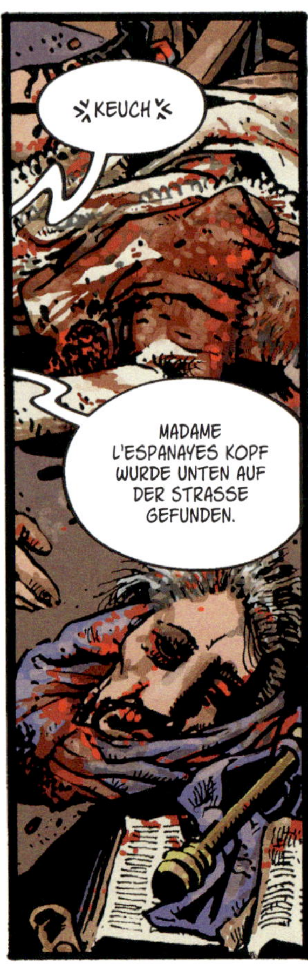

KEUCH
MADAME L'ESPANAYES KOPF WURDE UNTEN AUF DER STRASSE GEFUNDEN.

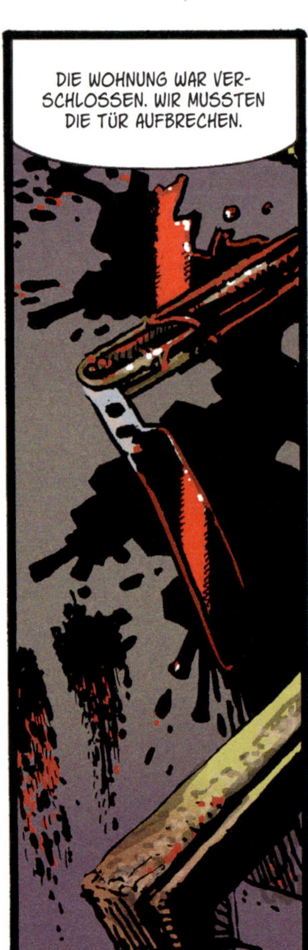

DIE WOHNUNG WAR VERSCHLOSSEN. WIR MUSSTEN DIE TÜR AUFBRECHEN.

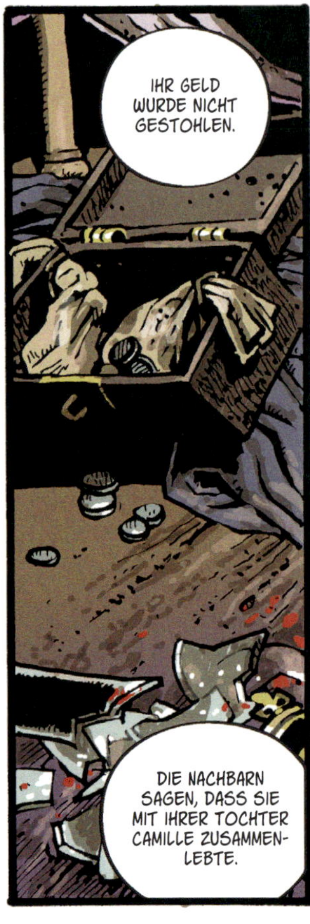

IHR GELD WURDE NICHT GESTOHLEN.
DIE NACHBARN SAGEN, DASS SIE MIT IHRER TOCHTER CAMILLE ZUSAMMENLEBTE.

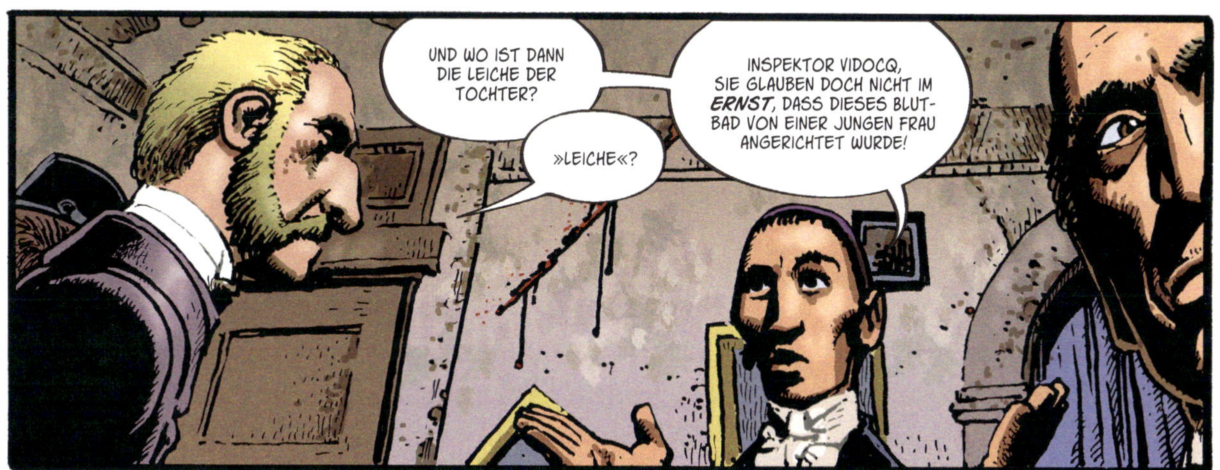
UND WO IST DANN DIE LEICHE DER TOCHTER?
»LEICHE«?
INSPEKTOR VIDOCQ, SIE GLAUBEN DOCH NICHT IM ERNST, DASS DIESES BLUTBAD VON EINER JUNGEN FRAU ANGERICHTET WURDE!

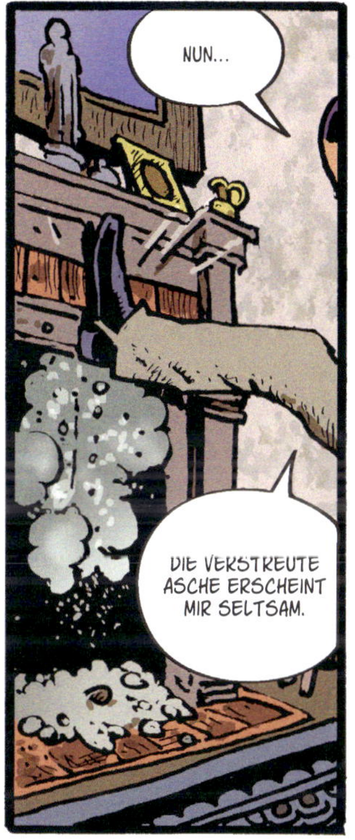
NUN...
DIE VERSTREUTE ASCHE ERSCHEINT MIR SELTSAM.

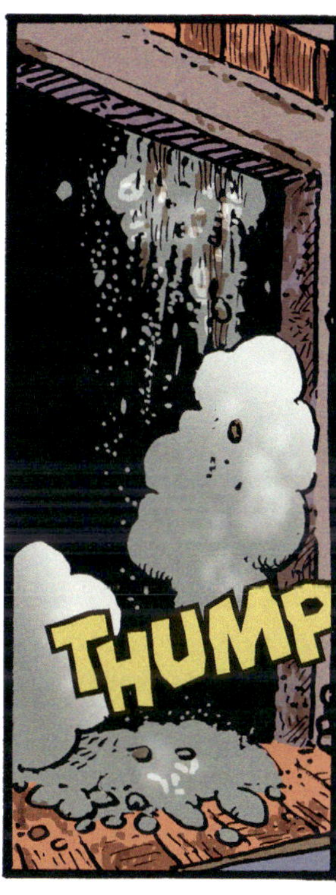
THUMP

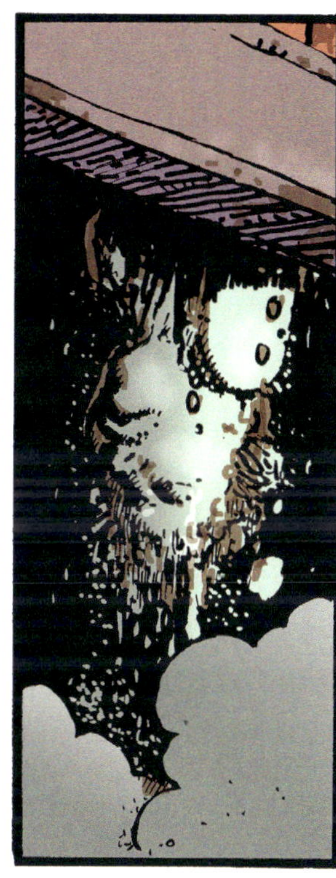

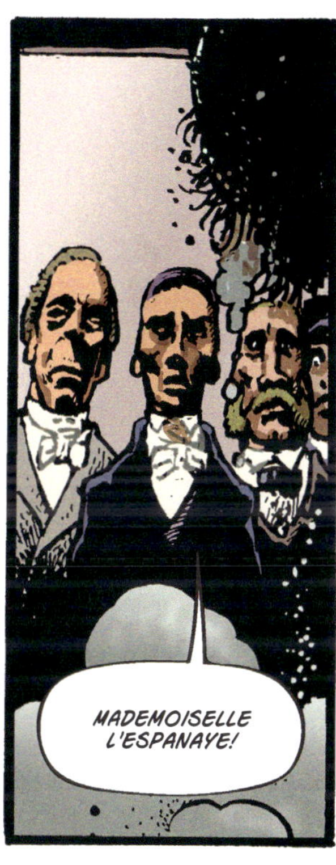
MADEMOISELLE L'ESPANAYE!

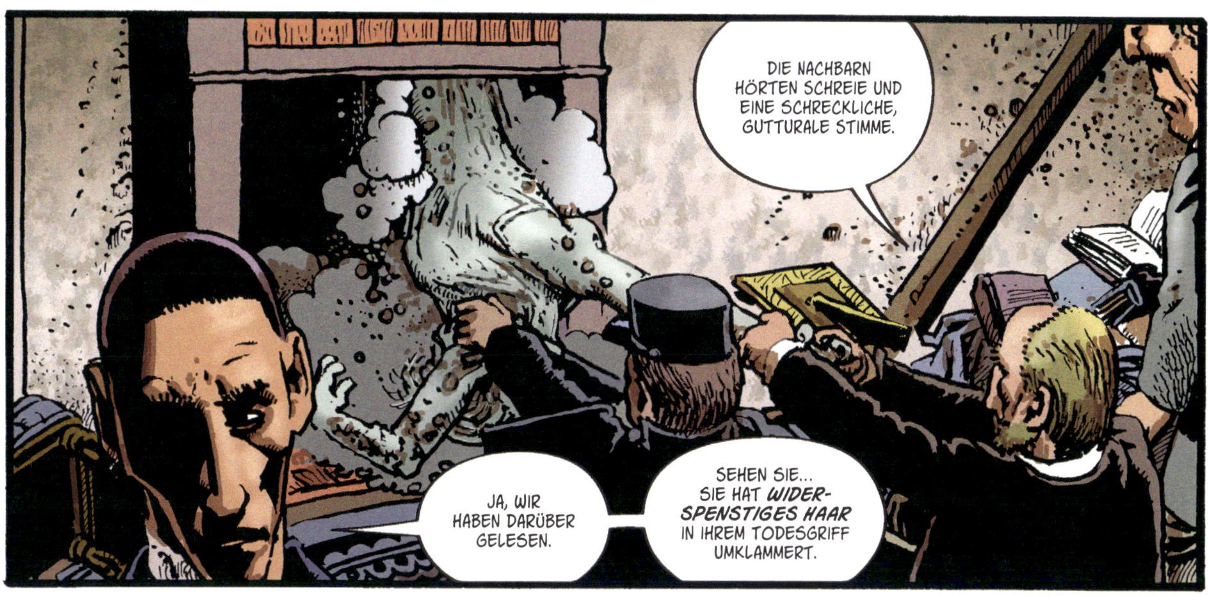
DIE NACHBARN HÖRTEN SCHREIE UND EINE SCHRECKLICHE, GUTTURALE STIMME.
JA, WIR HABEN DARÜBER GELESEN.
SEHEN SIE... SIE HAT WIDERSPENSTIGES HAAR IN IHREM TODESGRIFF UMKLAMMERT.

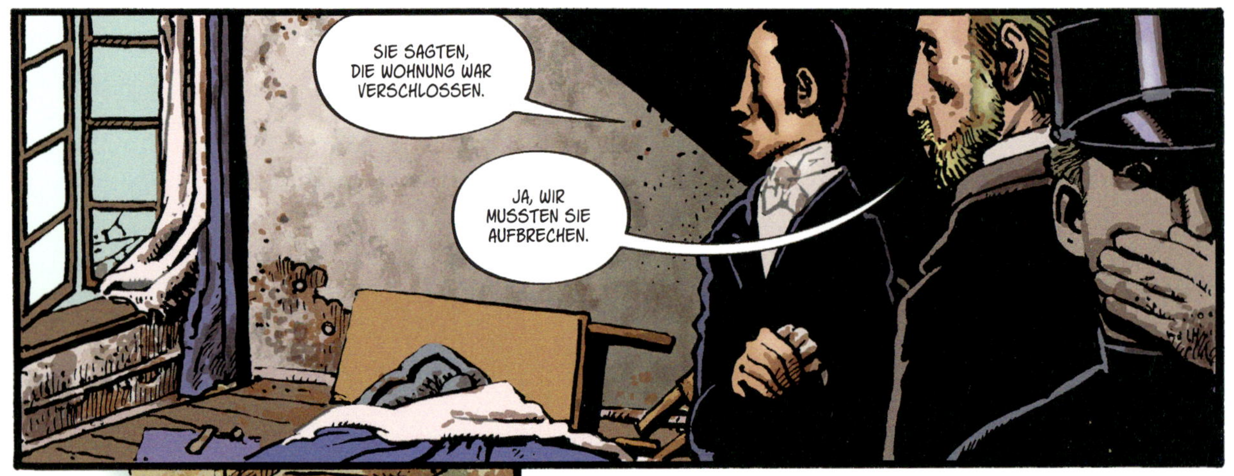
SIE SAGTEN, DIE WOHNUNG WAR VERSCHLOSSEN.
JA, WIR MUSSTEN SIE AUFBRECHEN.

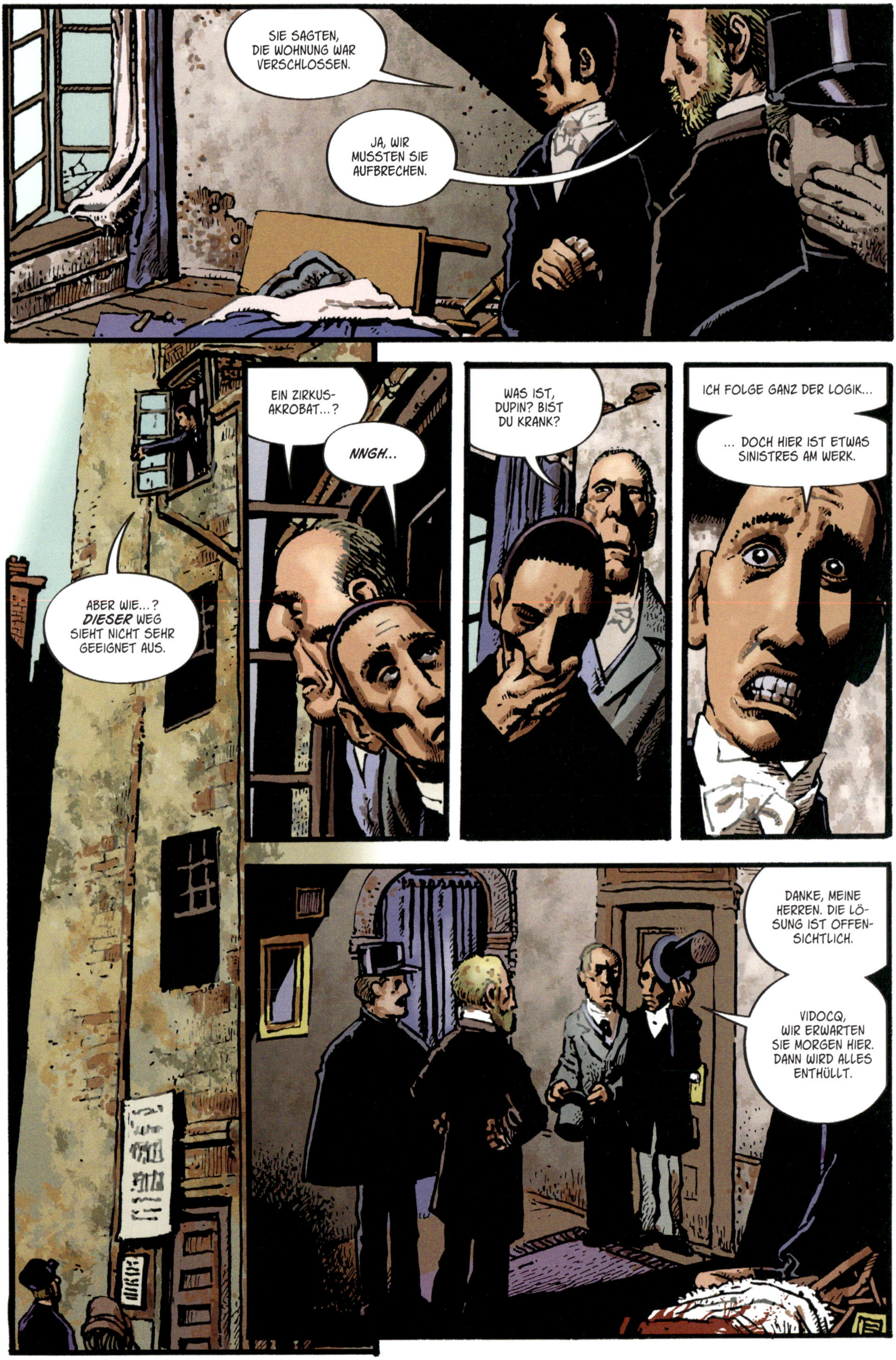

ABER WIE…? *DIESER* WEG SIEHT NICHT SEHR GEEIGNET AUS.
EIN ZIRKUS-AKROBAT…?
NNGH…
WAS IST, DUPIN? BIST DU KRANK?
ICH FOLGE GANZ DER LOGIK…
… DOCH HIER IST ETWAS SINISTRES AM WERK.
DANKE, MEINE HERREN. DIE LÖSUNG IST OFFENSICHTLICH.
VIDOCQ, WIR ERWARTEN SIE MORGEN HIER. DANN WIRD ALLES ENTHÜLLT.

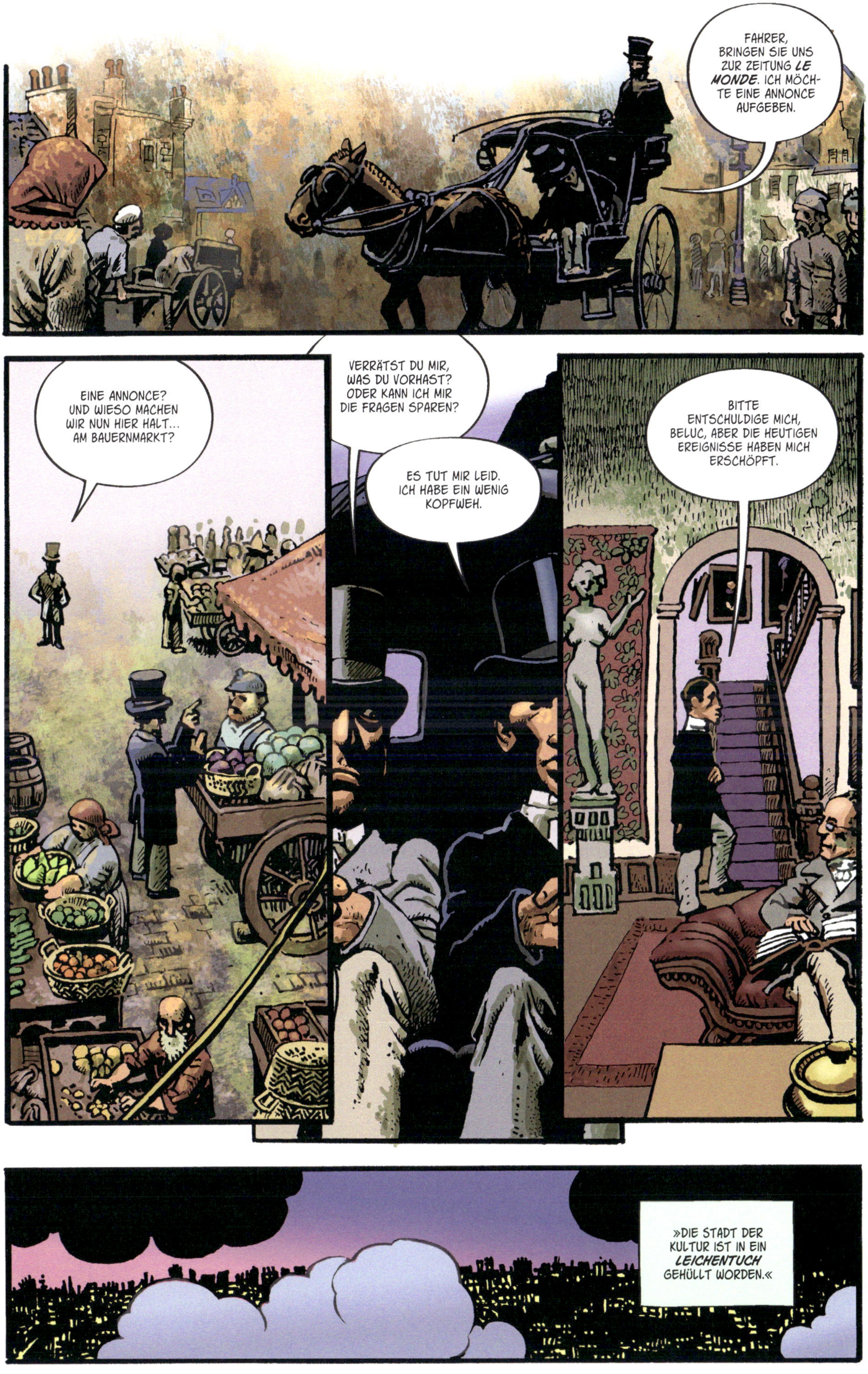

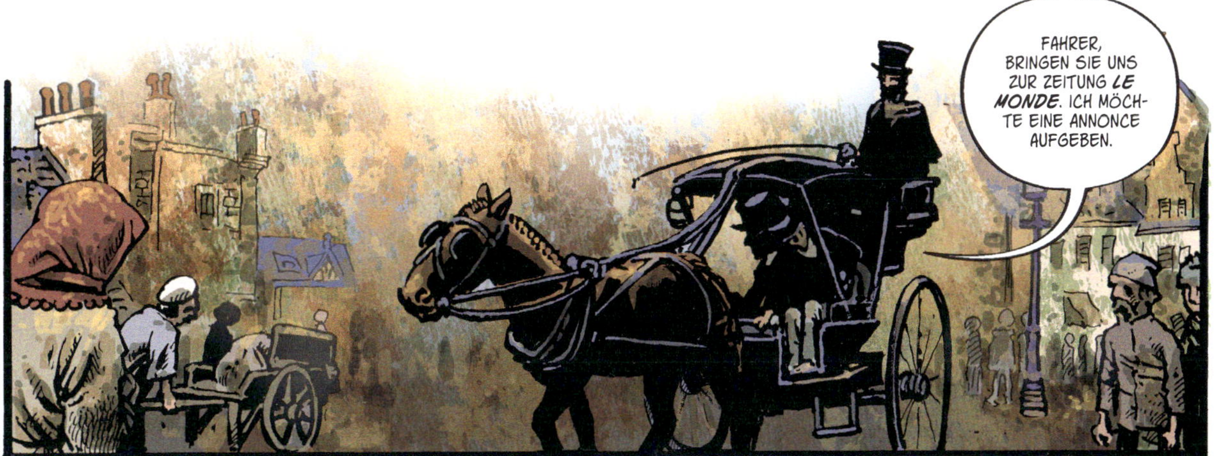

EINE ANNONCE? UND WIESO MACHEN WIR NUN HIER HALT... AM BAUERNMARKT?

VERRÄTST DU MIR, WAS DU VORHAST? ODER KANN ICH MIR DIE FRAGEN SPAREN?

ES TUT MIR LEID. ICH HABE EIN WENIG KOPFWEH.

BITTE ENTSCHULDIGE MICH, BELUC, ABER DIE HEUTIGEN EREIGNISSE HABEN MICH ERSCHÖPFT.

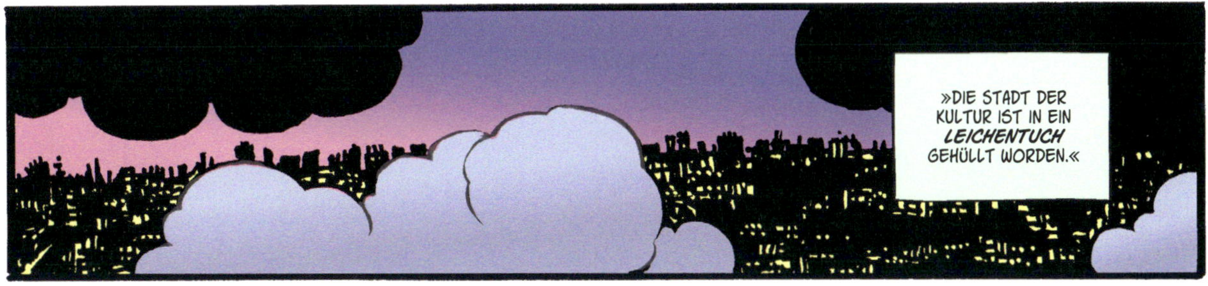

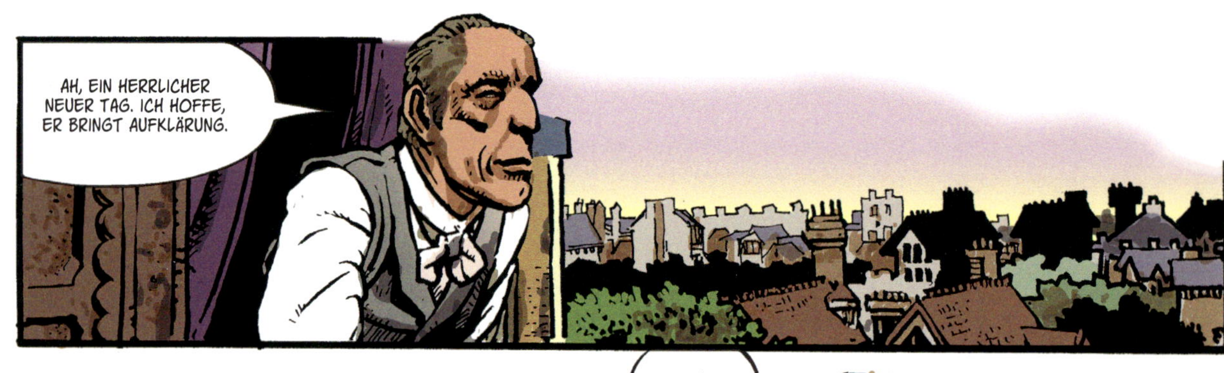
AH, EIN HERRLICHER NEUER TAG. ICH HOFFE, ER BRINGT AUFKLÄRUNG.

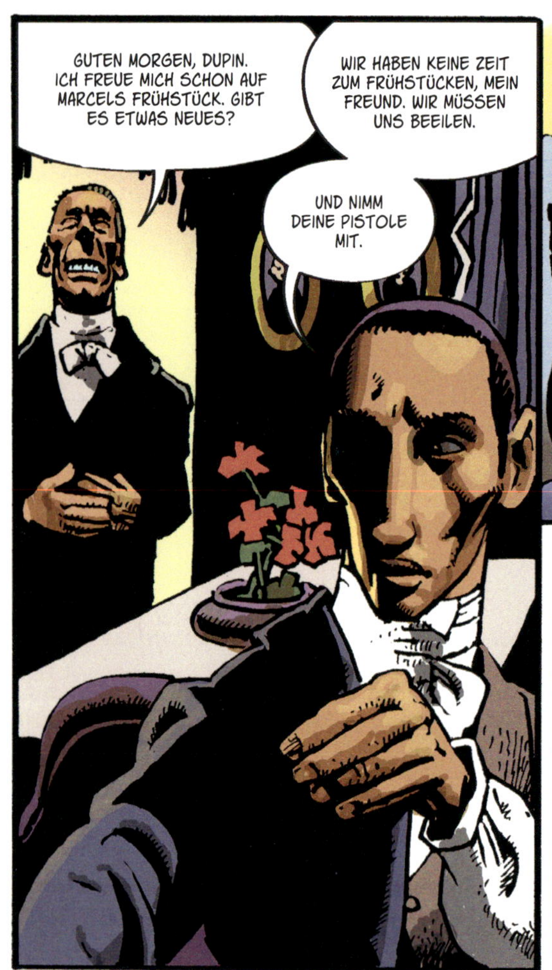
GUTEN MORGEN, DUPIN. ICH FREUE MICH SCHON AUF MARCELS FRÜHSTÜCK. GIBT ES ETWAS NEUES?
WIR HABEN KEINE ZEIT ZUM FRÜHSTÜCKEN, MEIN FREUND. WIR MÜSSEN UNS BEEILEN.
UND NIMM DEINE PISTOLE MIT.

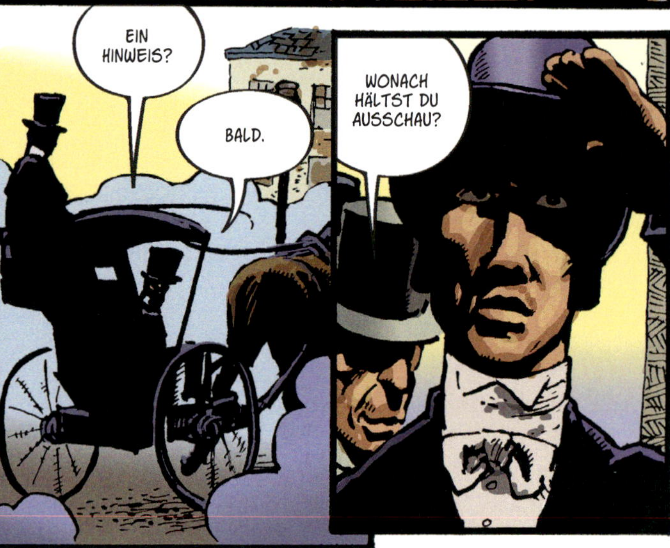
EIN HINWEIS?
BALD.
WONACH HÄLTST DU AUSSCHAU?

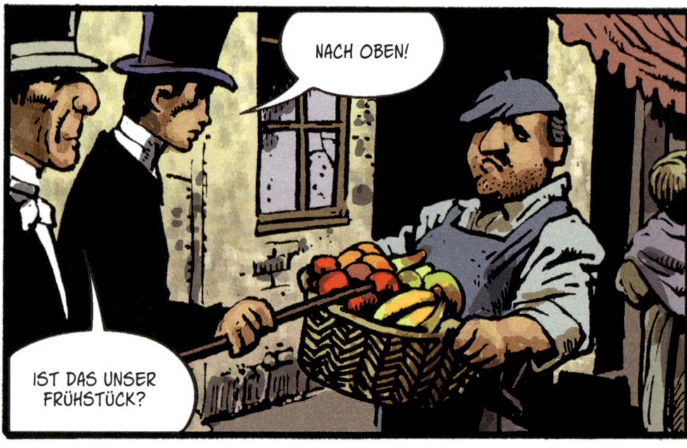
NACH OBEN!
IST DAS UNSER FRÜHSTÜCK?

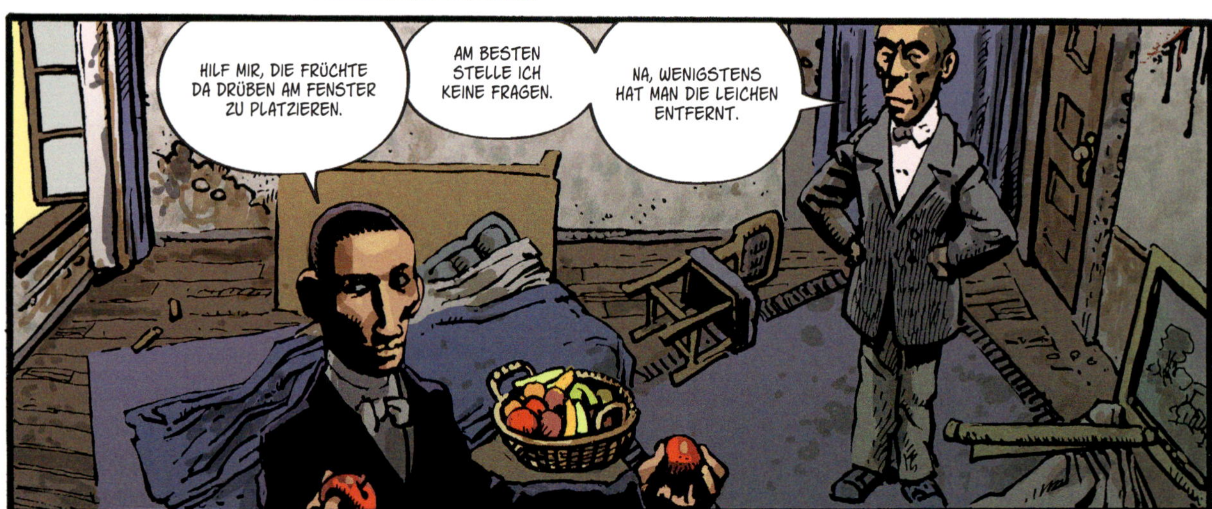
HILF MIR, DIE FRÜCHTE DA DRÜBEN AM FENSTER ZU PLATZIEREN.
AM BESTEN STELLE ICH KEINE FRAGEN.
NA, WENIGSTENS HAT MAN DIE LEICHEN ENTFERNT.

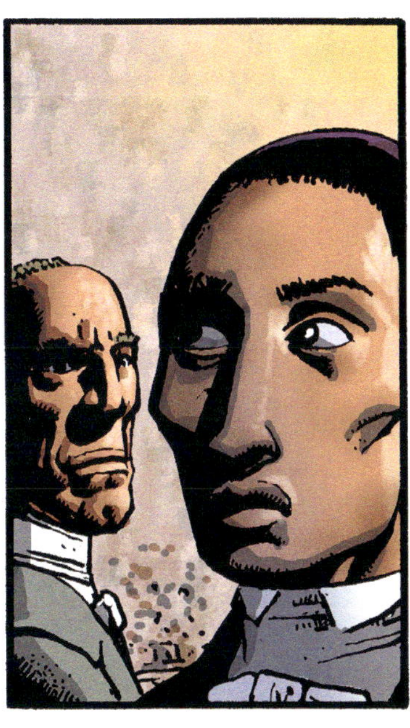
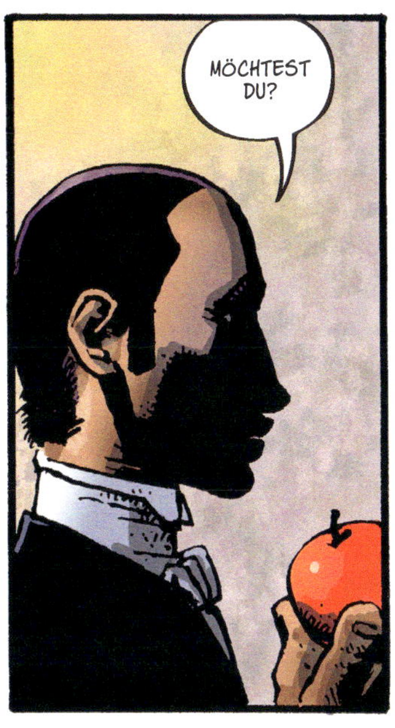
MÖCHTEST DU?
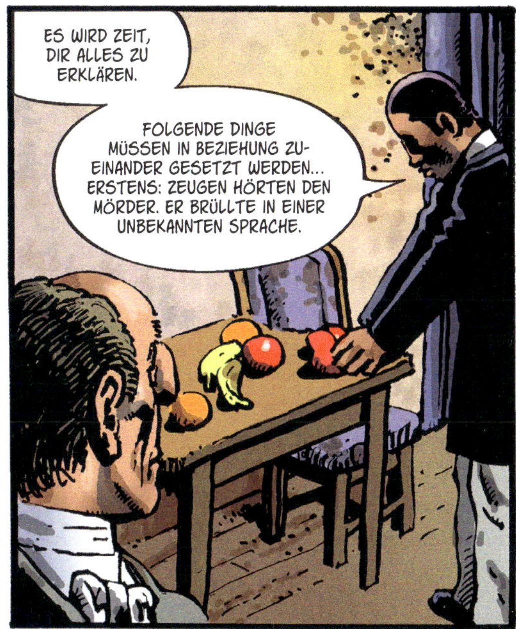
ES WIRD ZEIT, DIR ALLES ZU ERKLÄREN.
FOLGENDE DINGE MÜSSEN IN BEZIEHUNG ZU-EINANDER GESETZT WERDEN... ERSTENS: ZEUGEN HÖRTEN DEN MÖRDER. ER BRÜLLTE IN EINER UNBEKANNTEN SPRACHE.
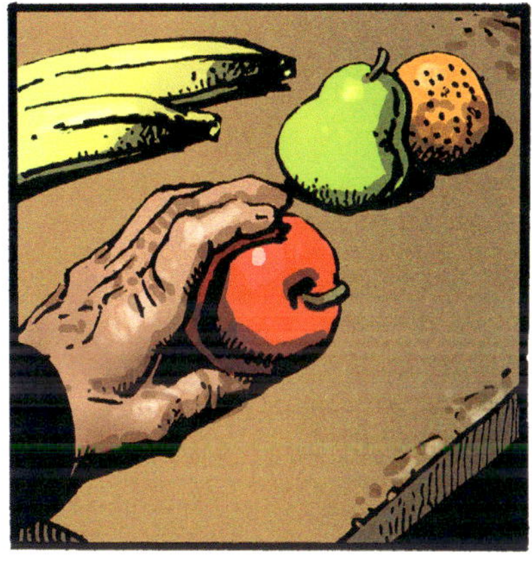
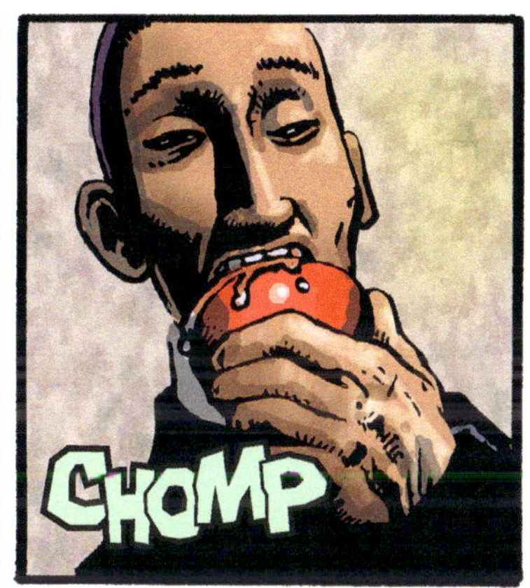
CHOMP
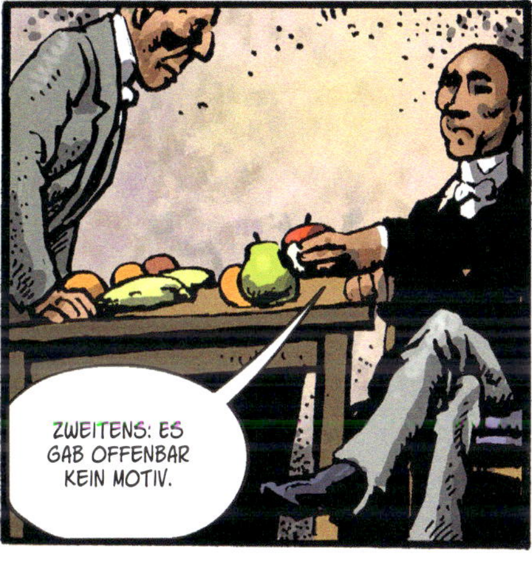
ZWEITENS: ES GAB OFFENBAR KEIN MOTIV.
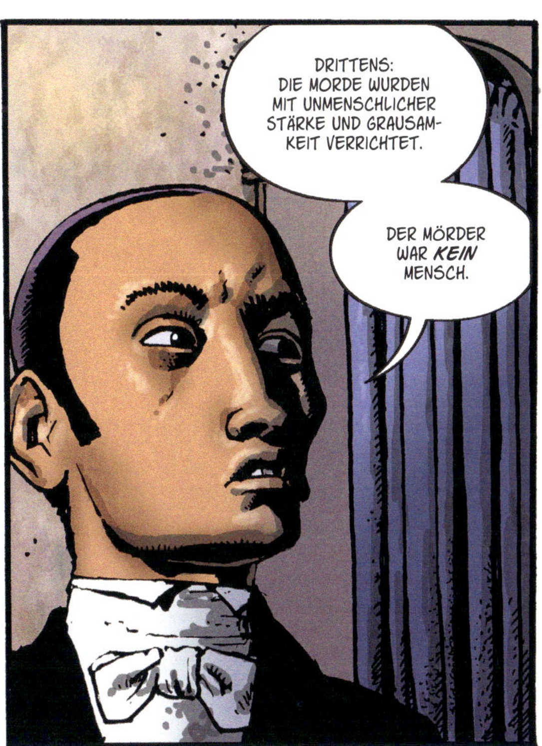
DRITTENS: DIE MORDE WURDEN MIT UNMENSCHLICHER STÄRKE UND GRAUSAM-KEIT VERRICHTET.
DER MÖRDER WAR *KEIN* MENSCH.
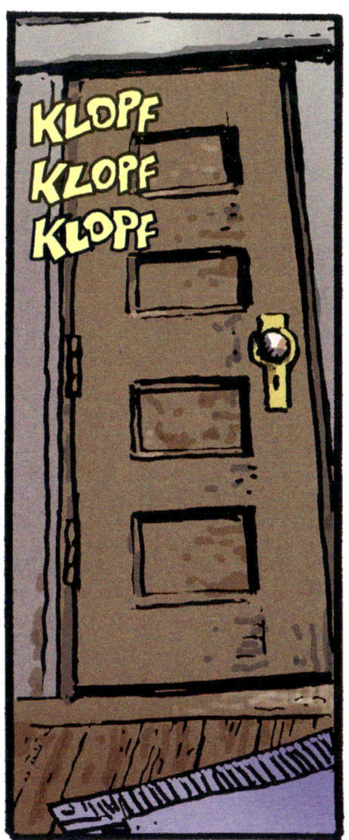
KLOPF
KLOPF
KLOPF
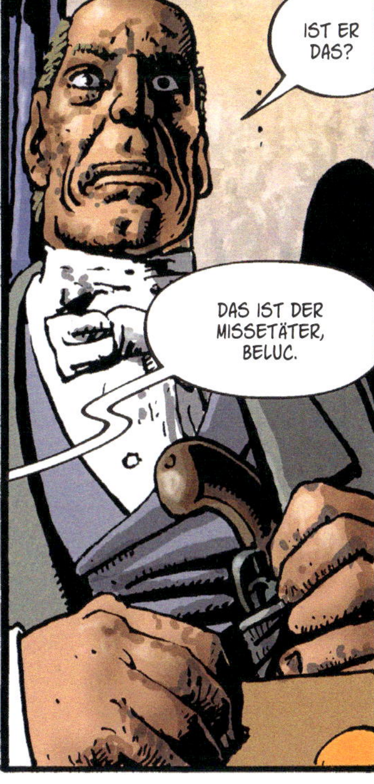
IST ER DAS?
DAS IST DER MISSETÄTER, BELUC.

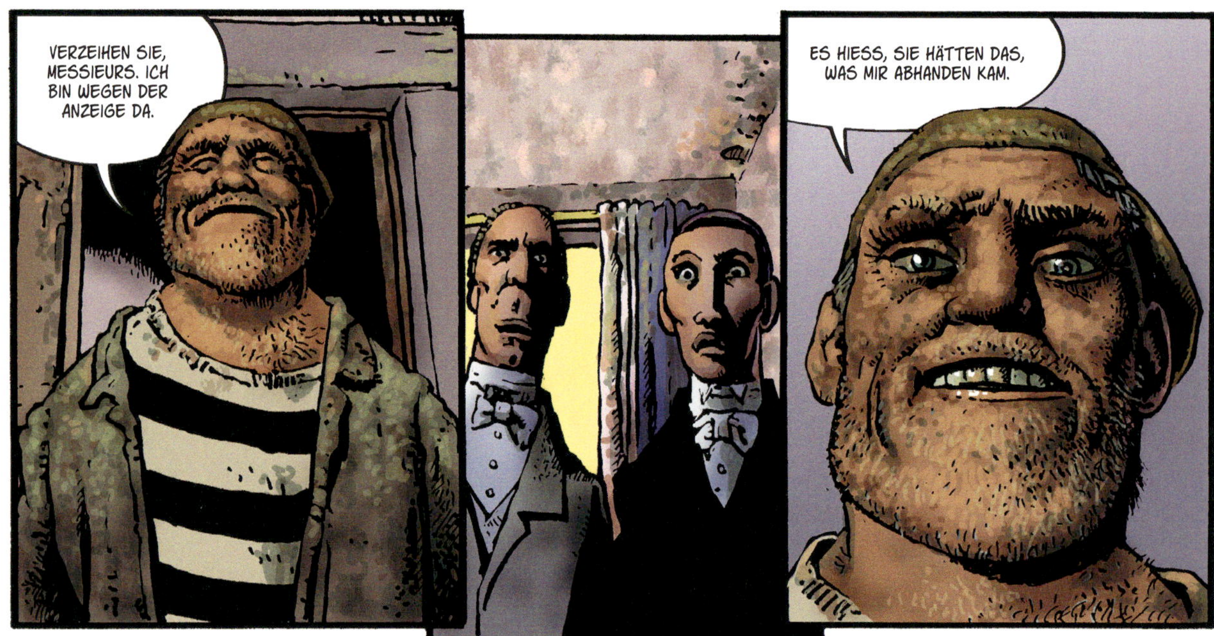
VERZEIHEN SIE, MESSIEURS. ICH BIN WEGEN DER ANZEIGE DA.
ES HIESS, SIE HÄTTEN DAS, WAS MIR ABHANDEN KAM.

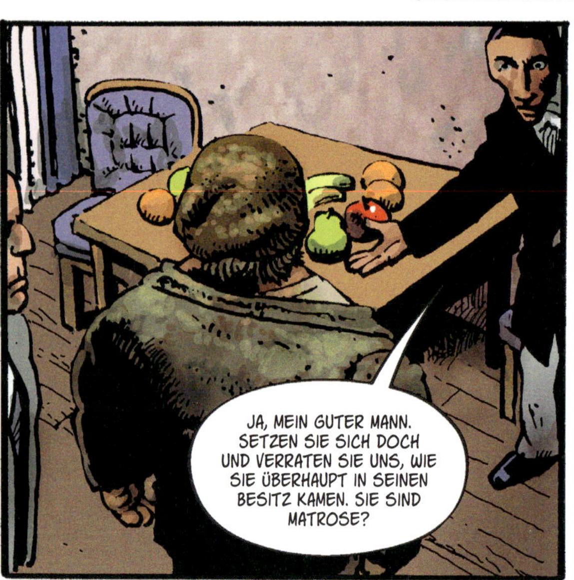
JA, MEIN GUTER MANN. SETZEN SIE SICH DOCH UND VERRATEN SIE UNS, WIE SIE ÜBERHAUPT IN SEINEN BESITZ KAMEN. SIE SIND MATROSE?

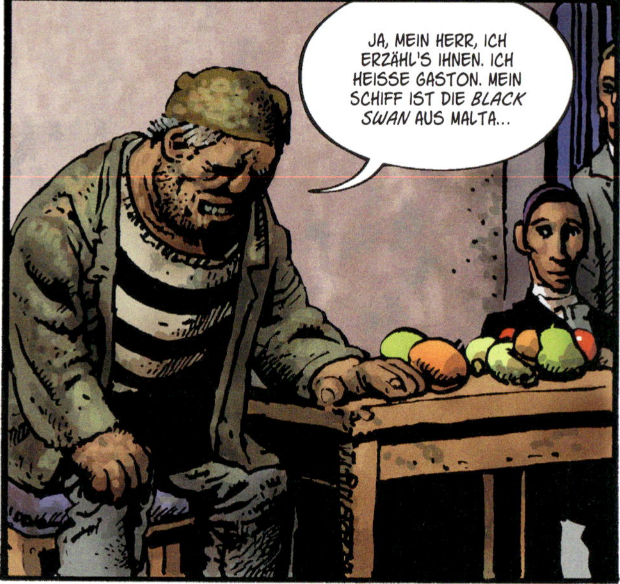
JA, MEIN HERR, ICH ERZÄHL'S IHNEN. ICH HEISSE GASTON. MEIN SCHIFF IST DIE *BLACK SWAN* AUS MALTA…

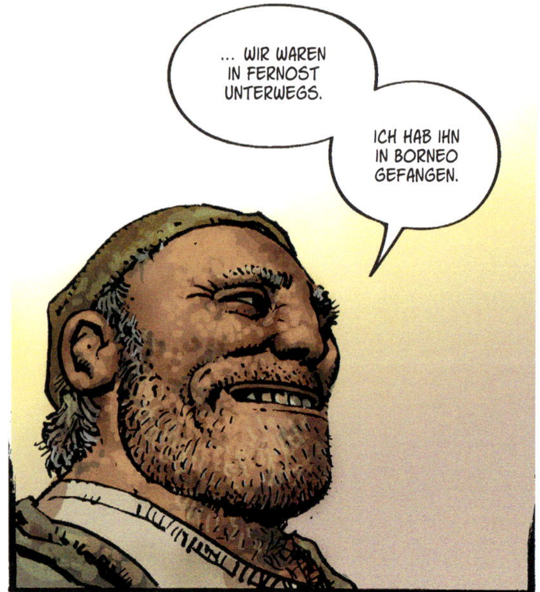
… WIR WAREN IN FERNOST UNTERWEGS.
ICH HAB IHN IN BORNEO GEFANGEN.

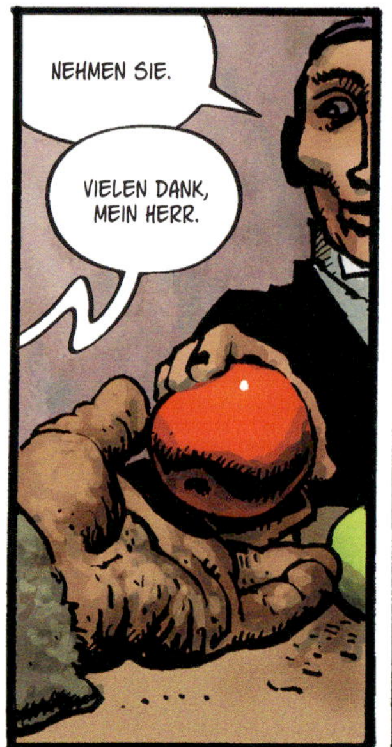
NEHMEN SIE.
VIELEN DANK, MEIN HERR.

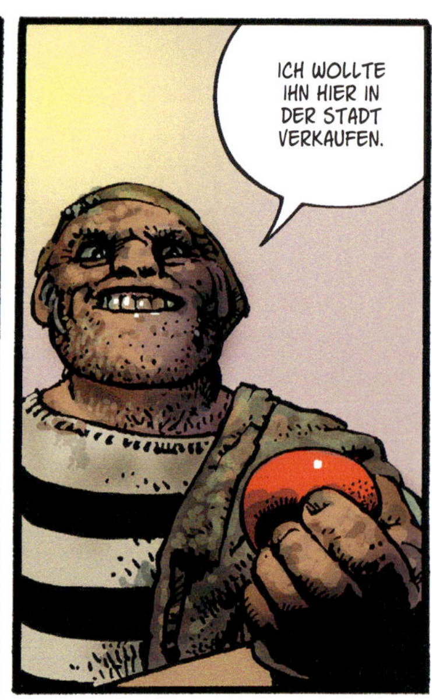
ICH WOLLTE IHN HIER IN DER STADT VERKAUFEN.

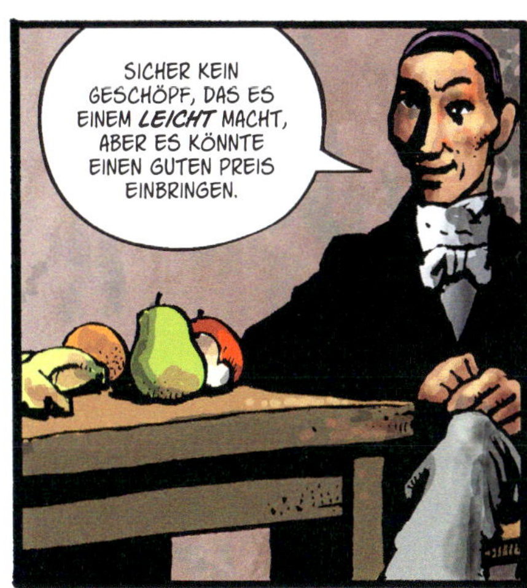
SICHER KEIN GESCHÖPF, DAS ES EINEM LEICHT MACHT, ABER ES KÖNNTE EINEN GUTEN PREIS EINBRINGEN.

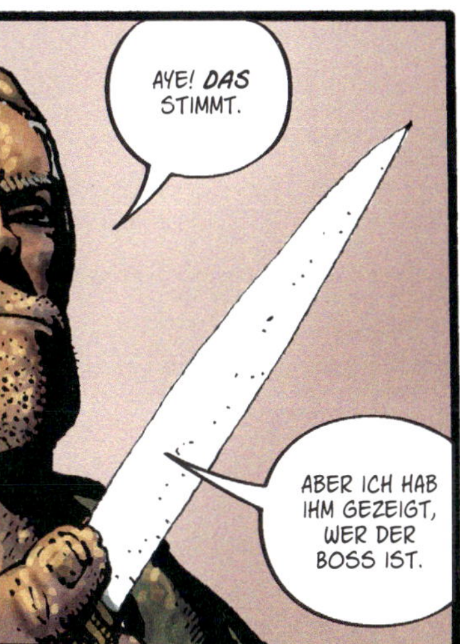
AYE! DAS STIMMT.
ABER ICH HAB IHM GEZEIGT, WER DER BOSS IST.

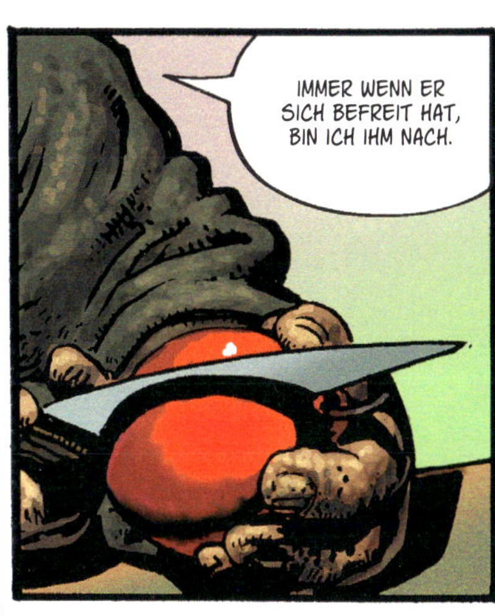
IMMER WENN ER SICH BEFREIT HAT, BIN ICH IHM NACH.

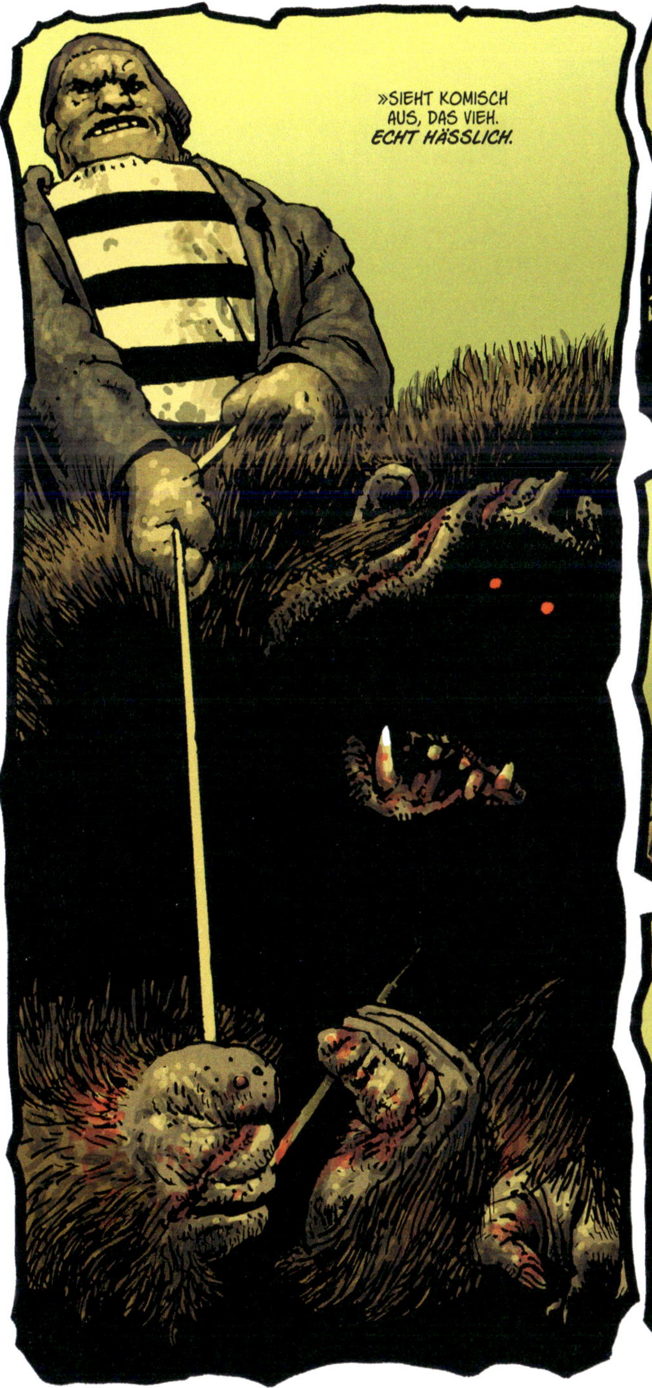
»SIEHT KOMISCH AUS, DAS VIEH. ECHT HÄSSLICH.

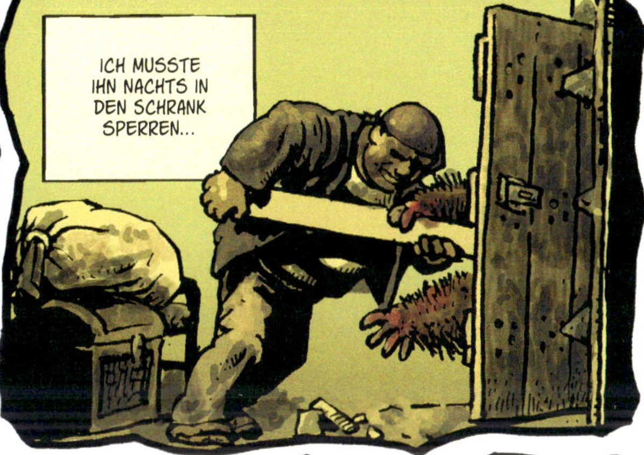
ICH MUSSTE IHN NACHTS IN DEN SCHRANK SPERREN...

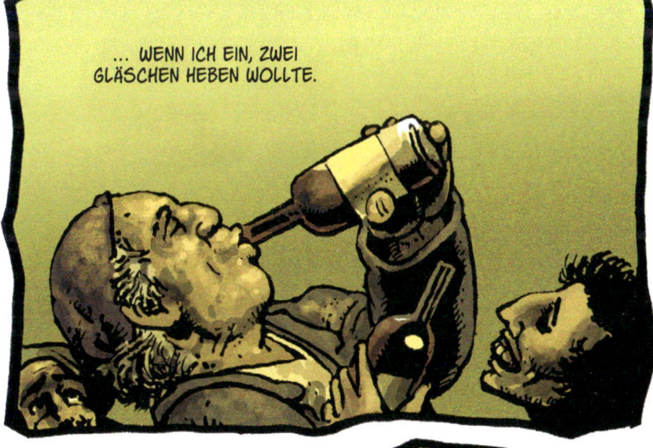
... WENN ICH EIN, ZWEI GLÄSCHEN HEBEN WOLLTE.

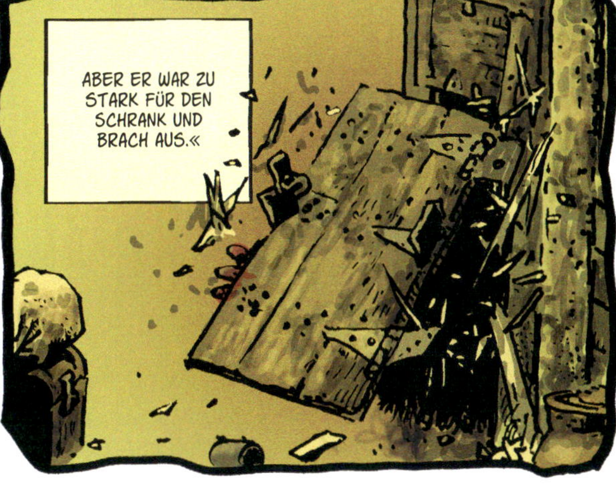
ABER ER WAR ZU STARK FÜR DEN SCHRANK UND BRACH AUS.«

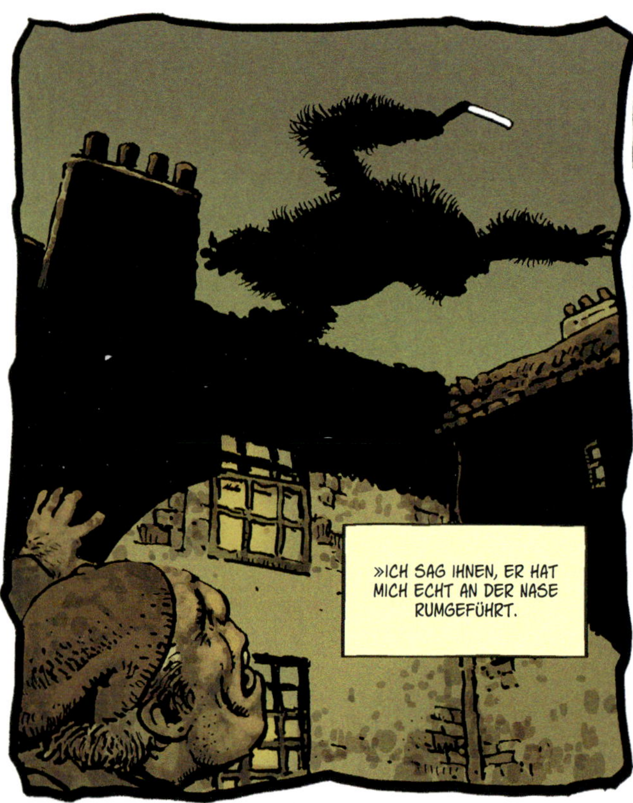
»ICH SAG IHNEN, ER HAT MICH ECHT AN DER NASE RUMGEFÜHRT.

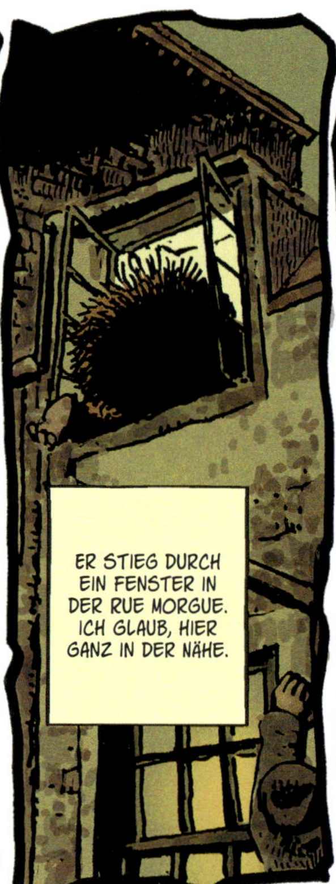
ER STIEG DURCH EIN FENSTER IN DER RUE MORGUE. ICH GLAUB, HIER GANZ IN DER NÄHE.

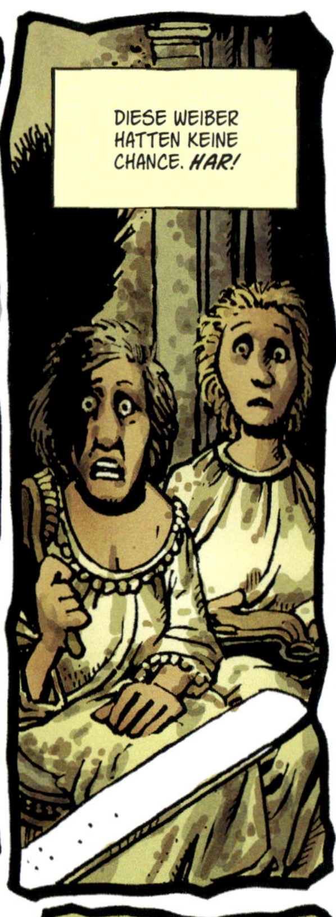
DIESE WEIBER HATTEN KEINE CHANCE. HAR!

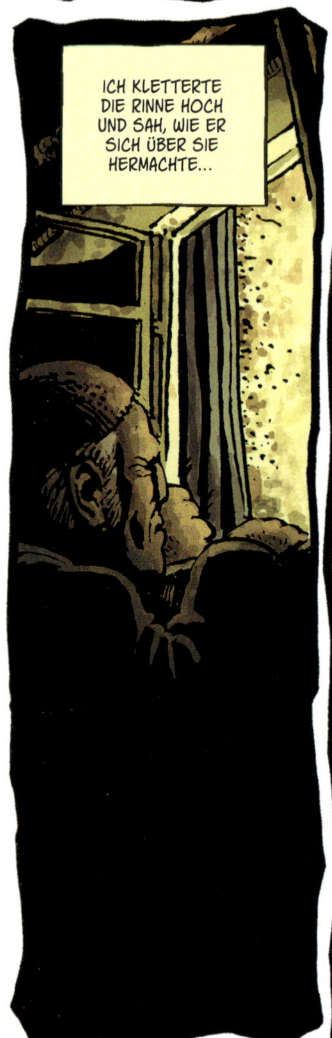
ICH KLETTERTE DIE RINNE HOCH UND SAH, WIE ER SICH ÜBER SIE HERMACHTE …

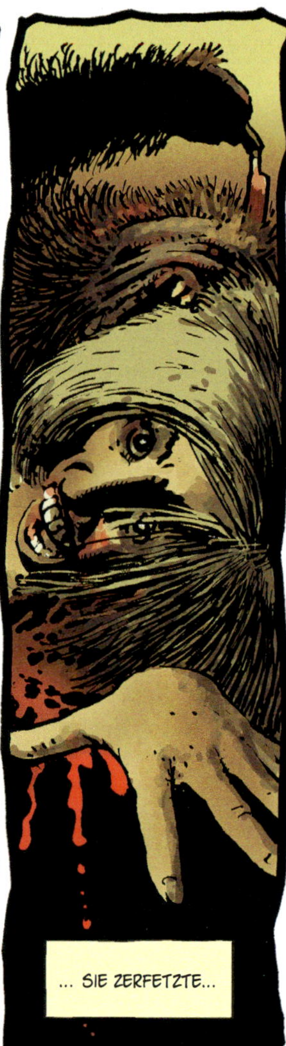
… SIE ZERFETZTE …

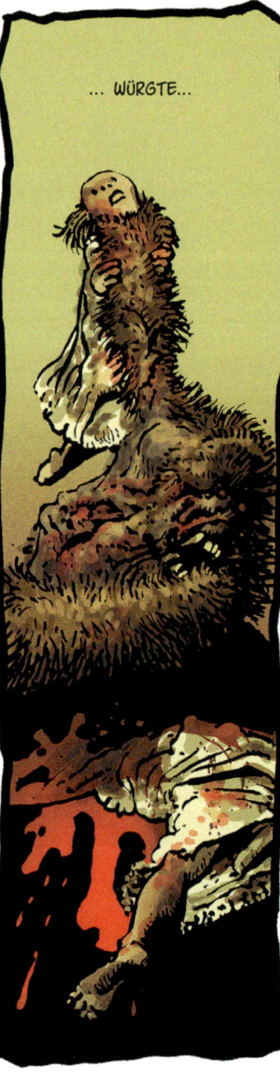
… WÜRGTE …

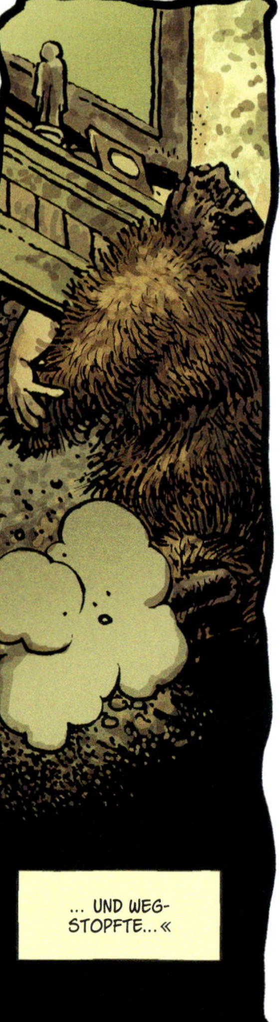
… UND WEG-
STOPFTE …«

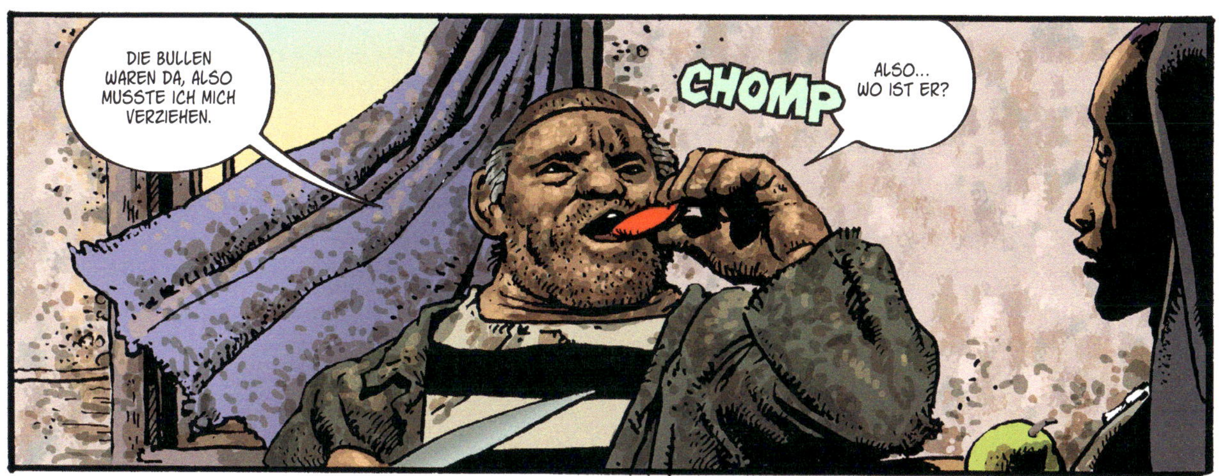
DIE BULLEN WAREN DA, ALSO MUSSTE ICH MICH VERZIEHEN.
CHOMP
ALSO... WO IST ER?

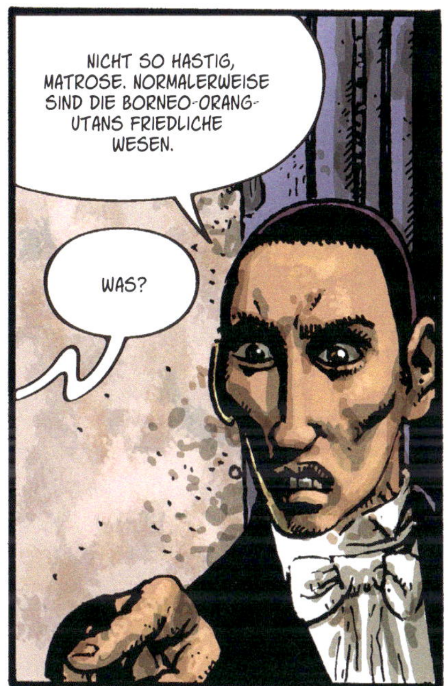
NICHT SO HASTIG, MATROSE. NORMALERWEISE SIND DIE BORNEO-ORANG-UTANS FRIEDLICHE WESEN.
WAS?

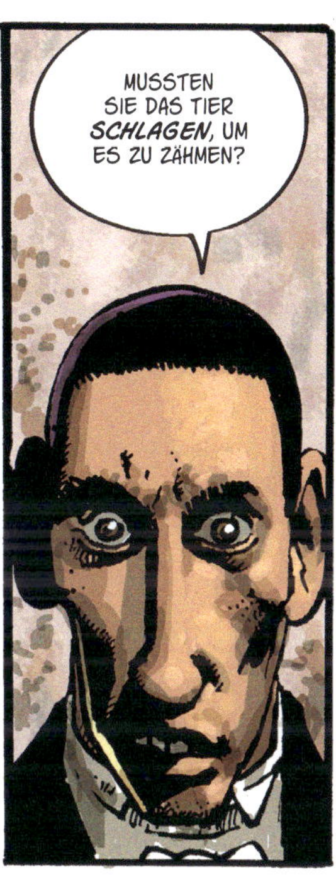
MUSSTEN SIE DAS TIER SCHLAGEN, UM ES ZU ZÄHMEN?

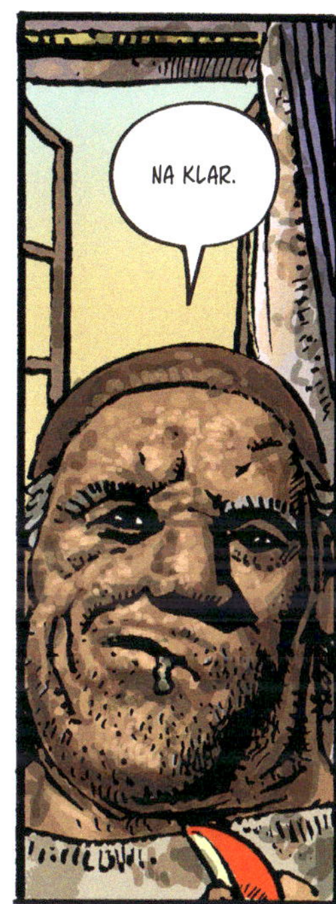
NA KLAR.

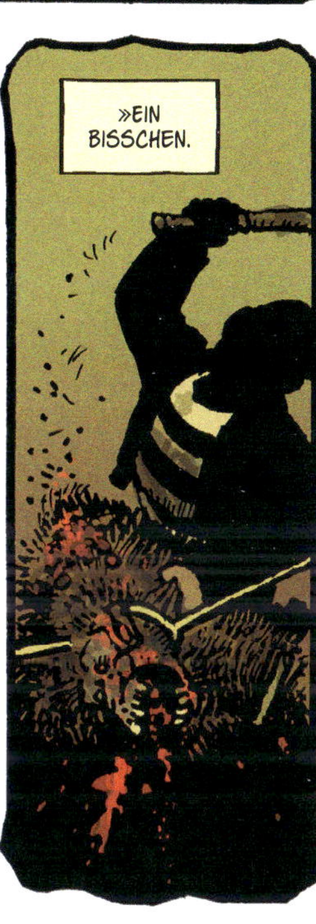
»EIN BISSCHEN.

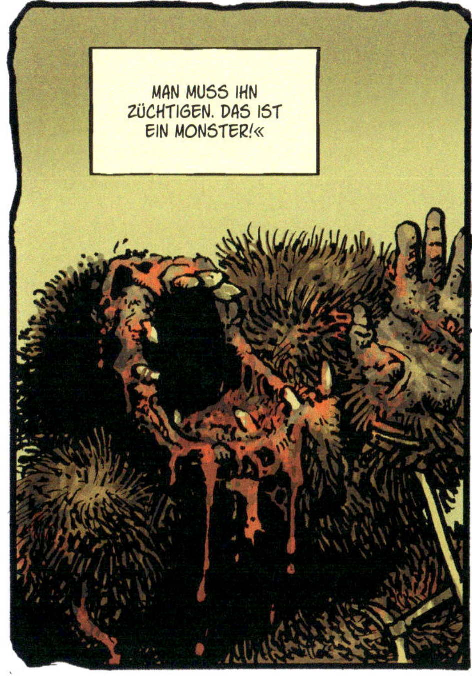
MAN MUSS IHN ZÜCHTIGEN. DAS IST EIN MONSTER!«

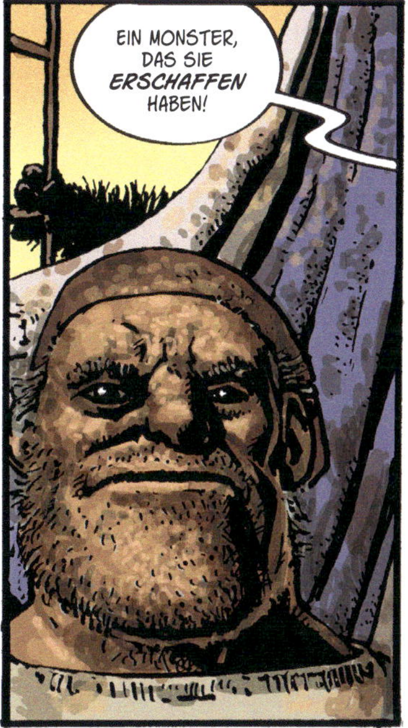
EIN MONSTER, DAS SIE ERSCHAFFEN HABEN!

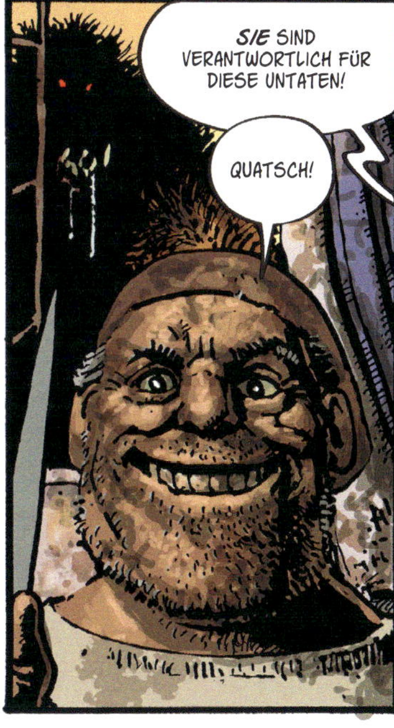
SIE SIND VERANTWORTLICH FÜR DIESE UNTATEN!
QUATSCH!

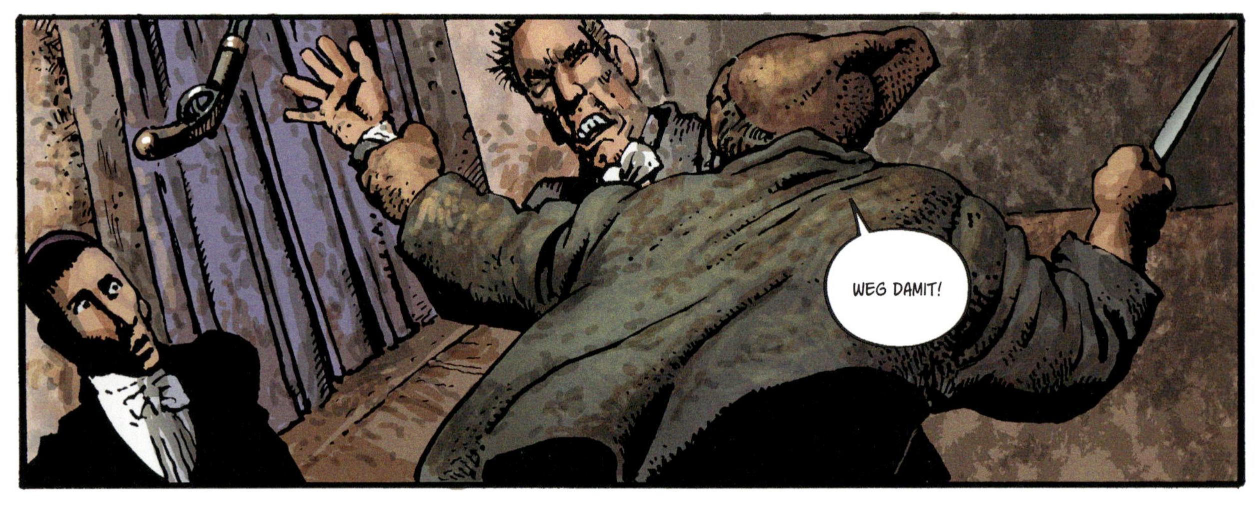
WEG DAMIT!
DACHTET IHR, IHR KÖNNT ES MIT GASTON DUBOIS AUFNEHMEN? HAR!
HAR!
AAUGH!

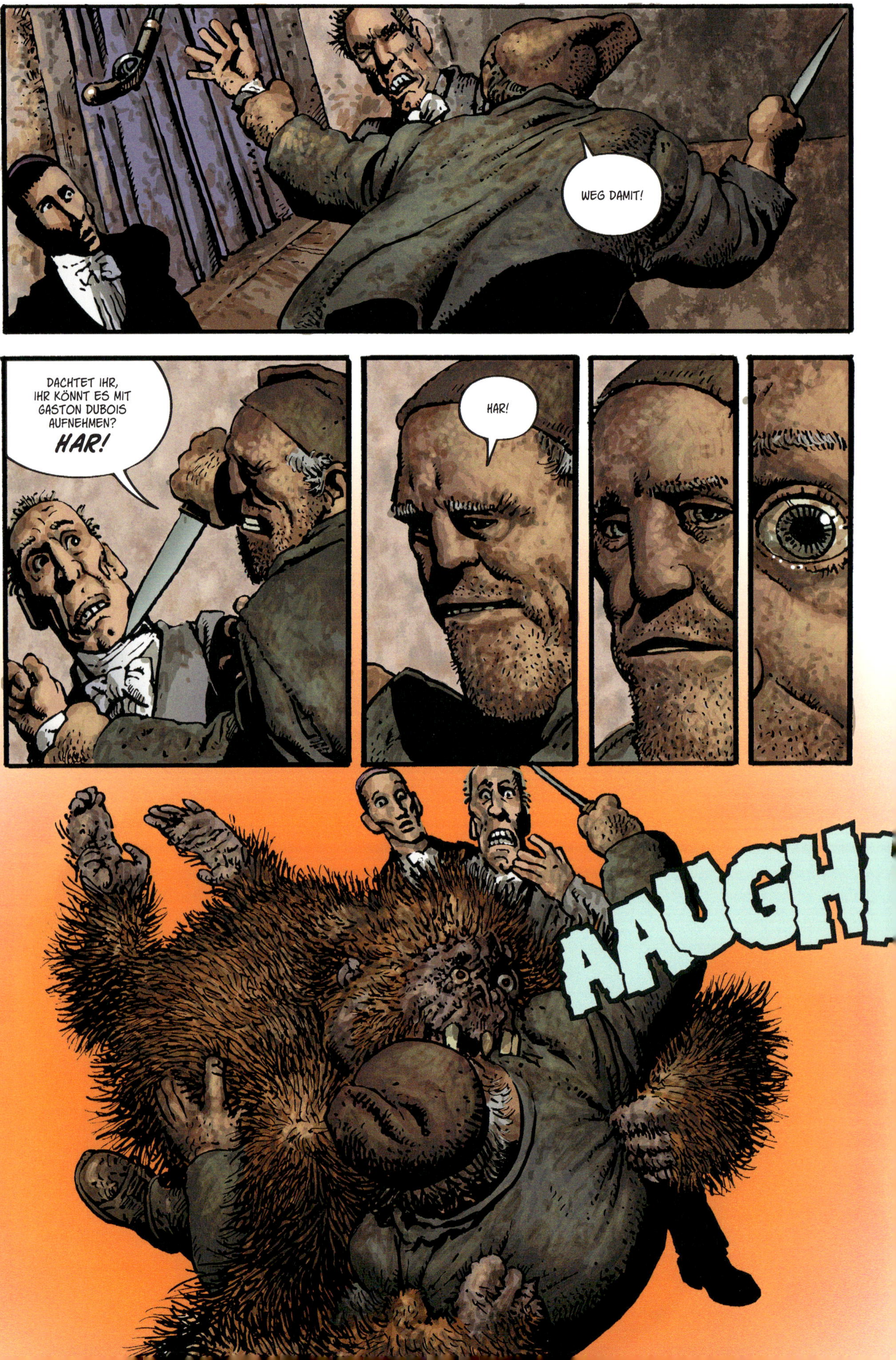

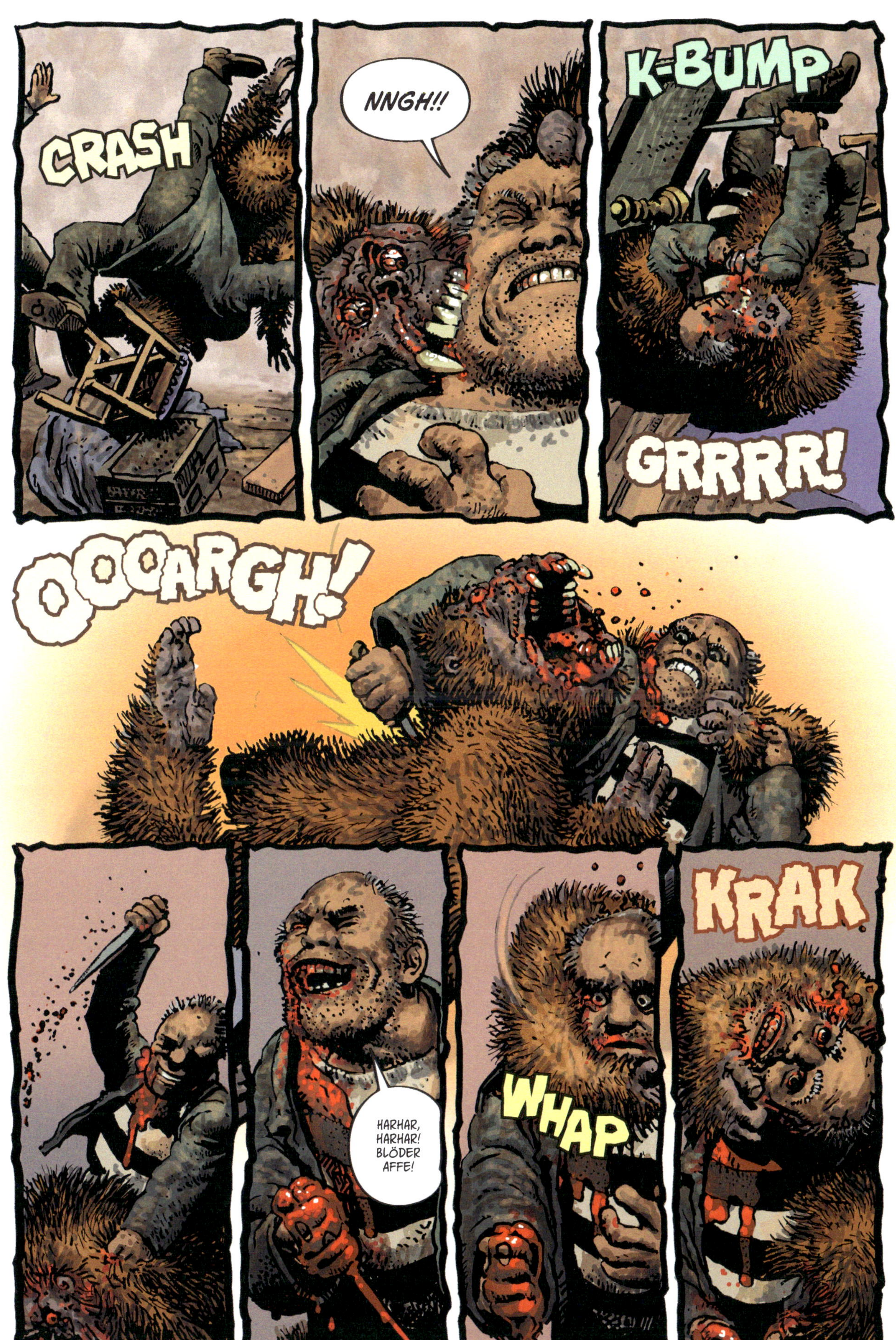
CRASH
NNGH!!
K-BUMP
GRRRR!
OOOARGH!
HARHAR, HARHAR! BLÖDER AFFE!
WHAP
KRAK

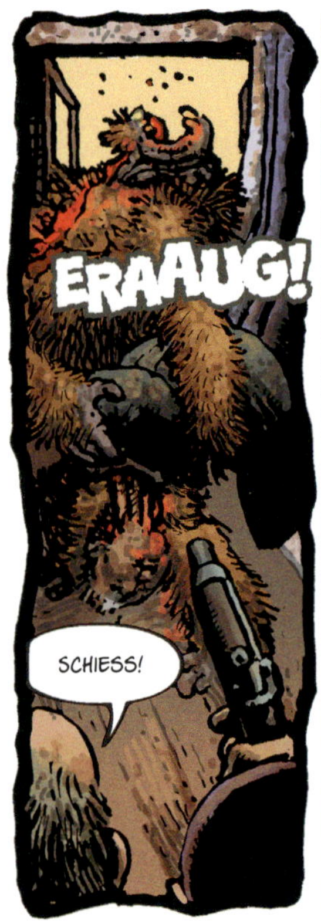
ERAAUG!
SCHIESS!
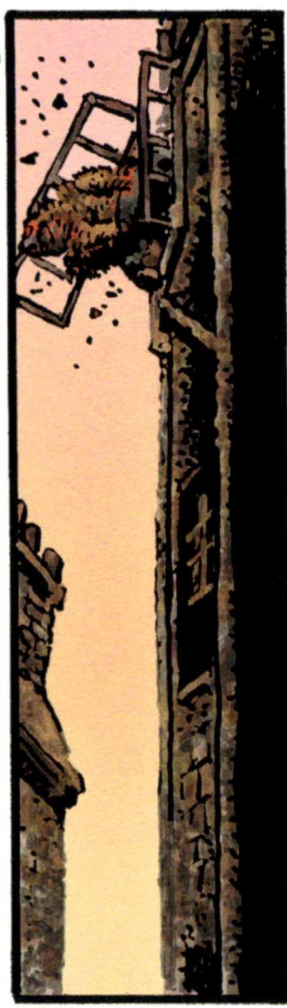
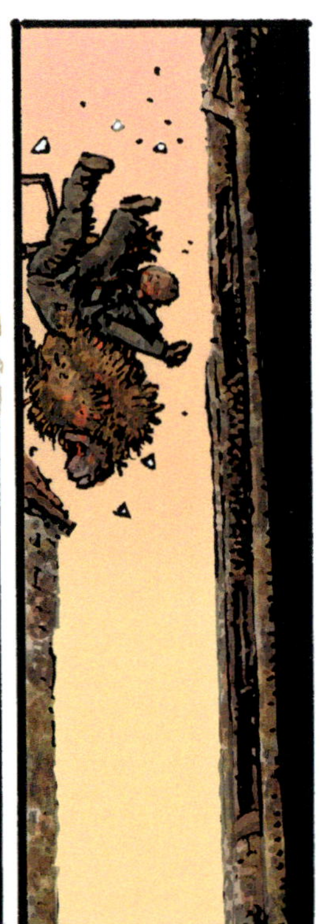
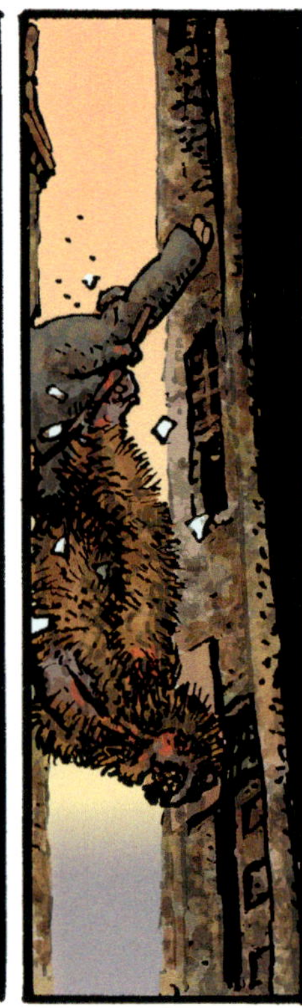
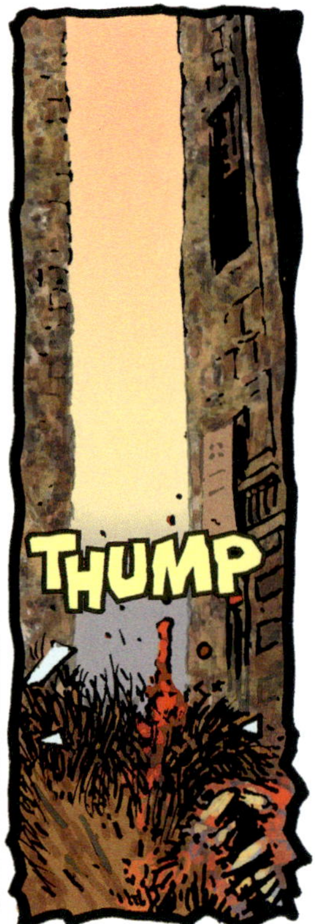
THUMP
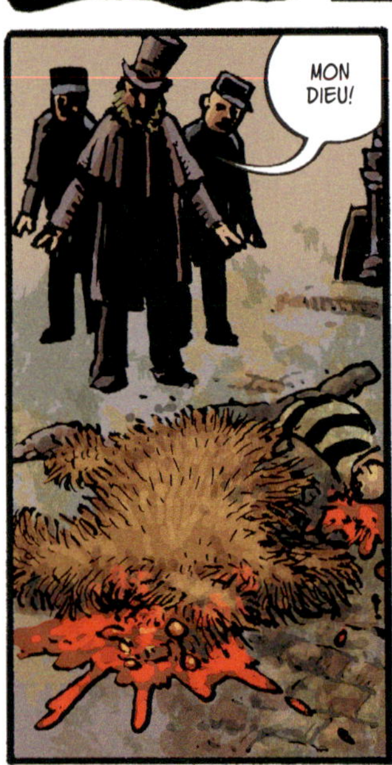
MON DIEU!
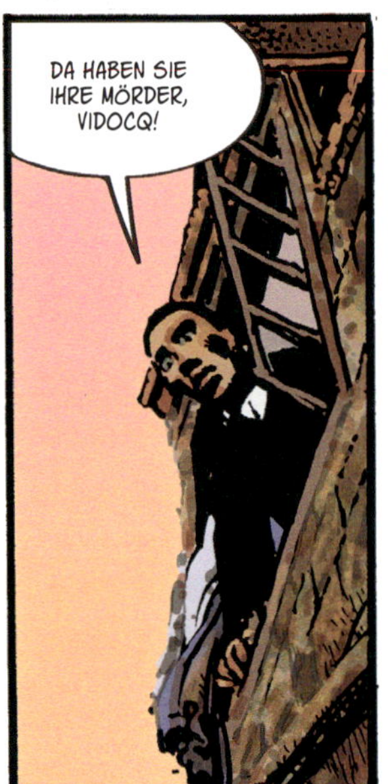
DA HABEN SIE IHRE MÖRDER, VIDOCQ!
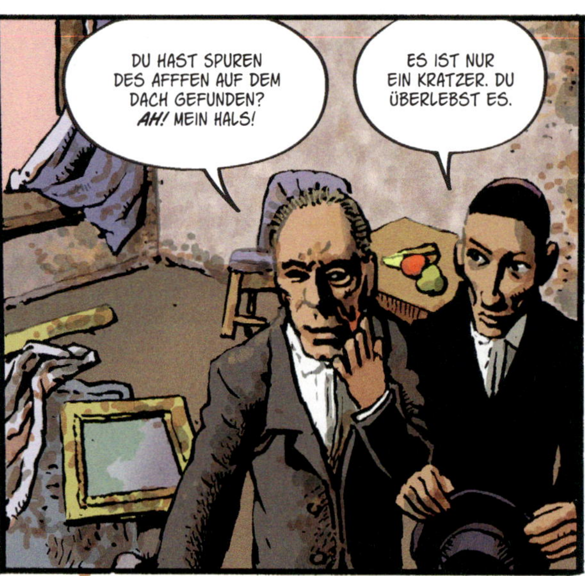
DU HAST SPUREN DES AFFEN AUF DEM DACH GEFUNDEN? *AH!* MEIN HALS!
ES IST NUR EIN KRATZER. DU ÜBERLEBST ES.
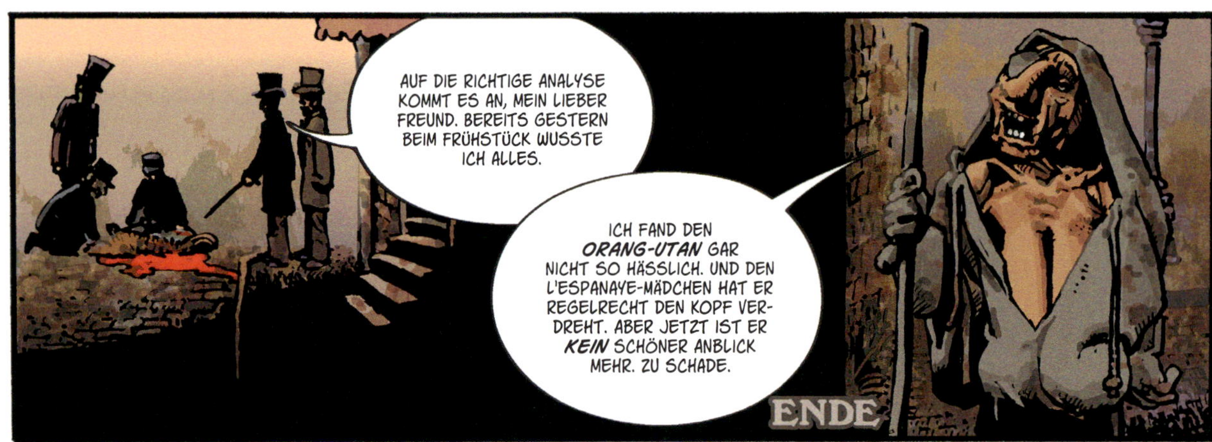
AUF DIE RICHTIGE ANALYSE KOMMT ES AN, MEIN LIEBER FREUND. BEREITS GESTERN BEIM FRÜHSTÜCK WUSSTE ICH ALLES.
ICH FAND DEN *ORANG-UTAN* GAR NICHT SO HÄSSLICH. UND DEN L'ESPANAYE-MÄDCHEN HAT ER REGELRECHT DEN KOPF VERDREHT. ABER JETZT IST ER *KEIN* SCHÖNER ANBLICK MEHR. ZU SCHADE.
ENDE

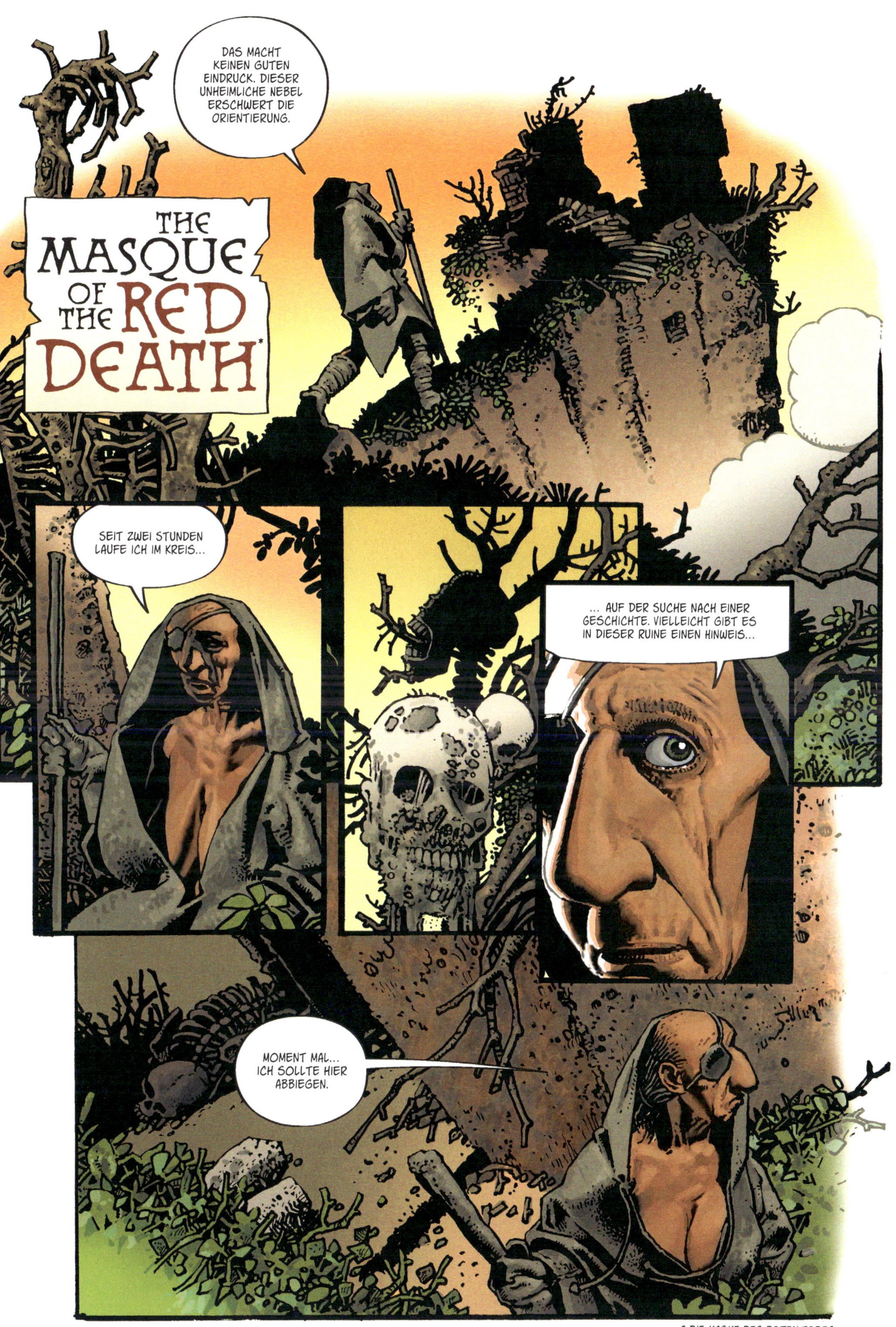

* DIE MASKE DES ROTEN TODES

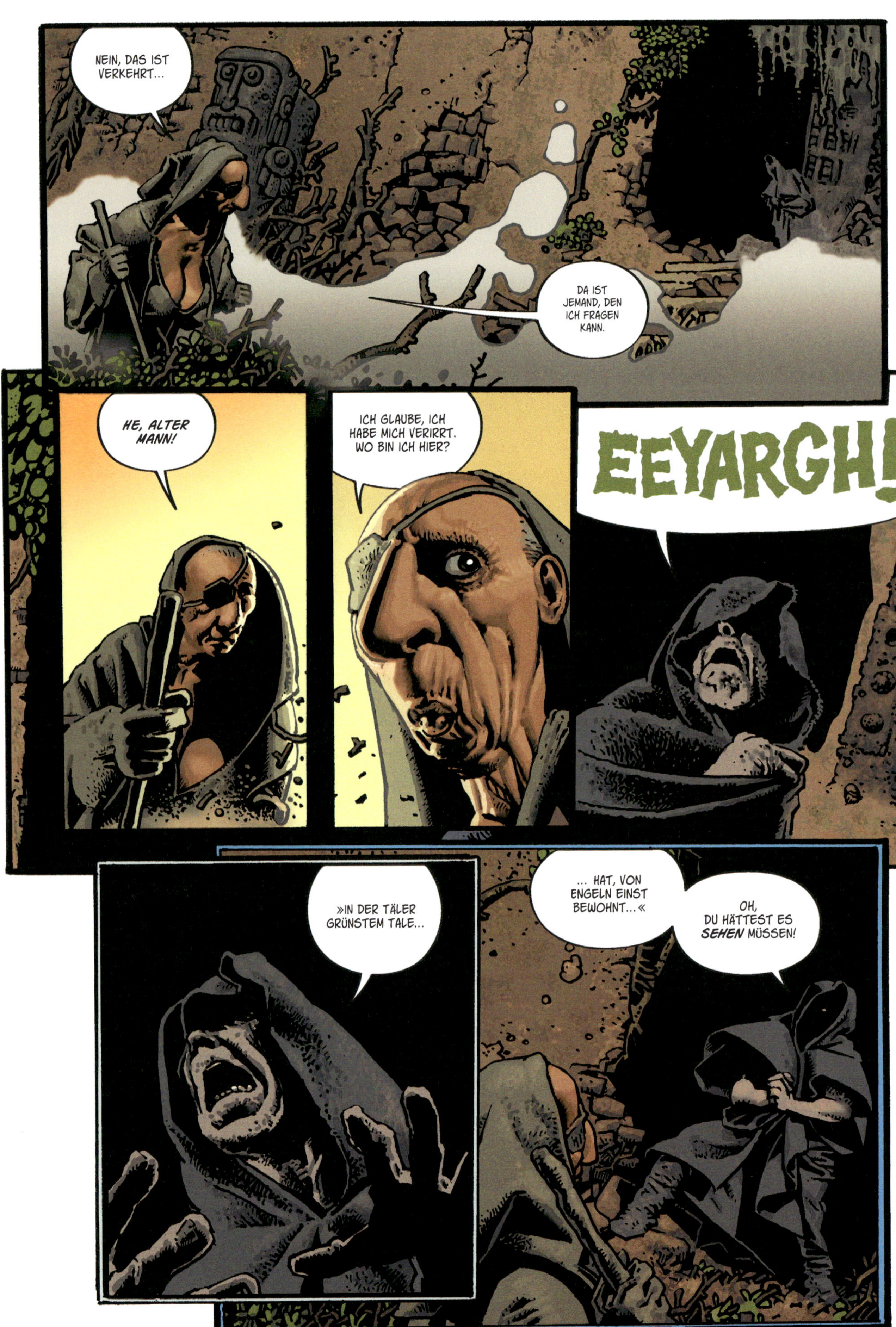

NEIN, DAS IST VERKEHRT...
DA IST JEMAND, DEN ICH FRAGEN KANN.
HE, ALTER MANN!
ICH GLAUBE, ICH HABE MICH VERIRRT. WO BIN ICH HIER?
EEYARGH!
»IN DER TÄLER GRÜNSTEM TALE...
... HAT, VON ENGELN EINST BEWOHNT...«
OH, DU HÄTTEST ES *SEHEN* MÜSSEN!

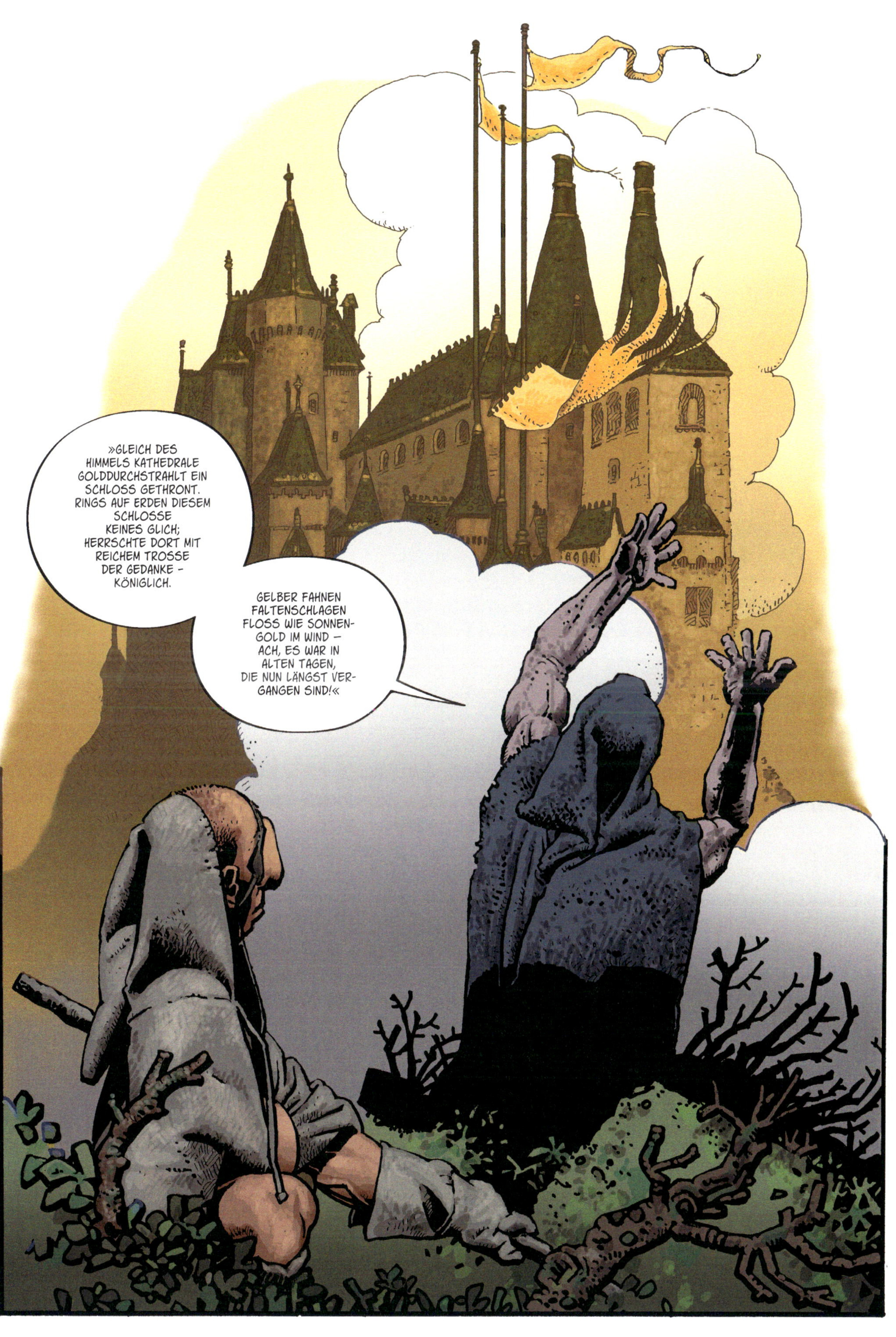
»GLEICH DES HIMMELS KATHEDRALE GOLDDURCHSTRAHLT EIN SCHLOSS GETHRONT. RINGS AUF ERDEN DIESEM SCHLOSSE KEINES GLICH; HERRSCHTE DORT MIT REICHEM TROSSE DER GEDANKE – KÖNIGLICH.
GELBER FAHNEN FALTENSCHLAGEN FLOSS WIE SONNENGOLD IM WIND – ACH, ES WAR IN ALTEN TAGEN, DIE NUN LÄNGST VERGANGEN SIND!«

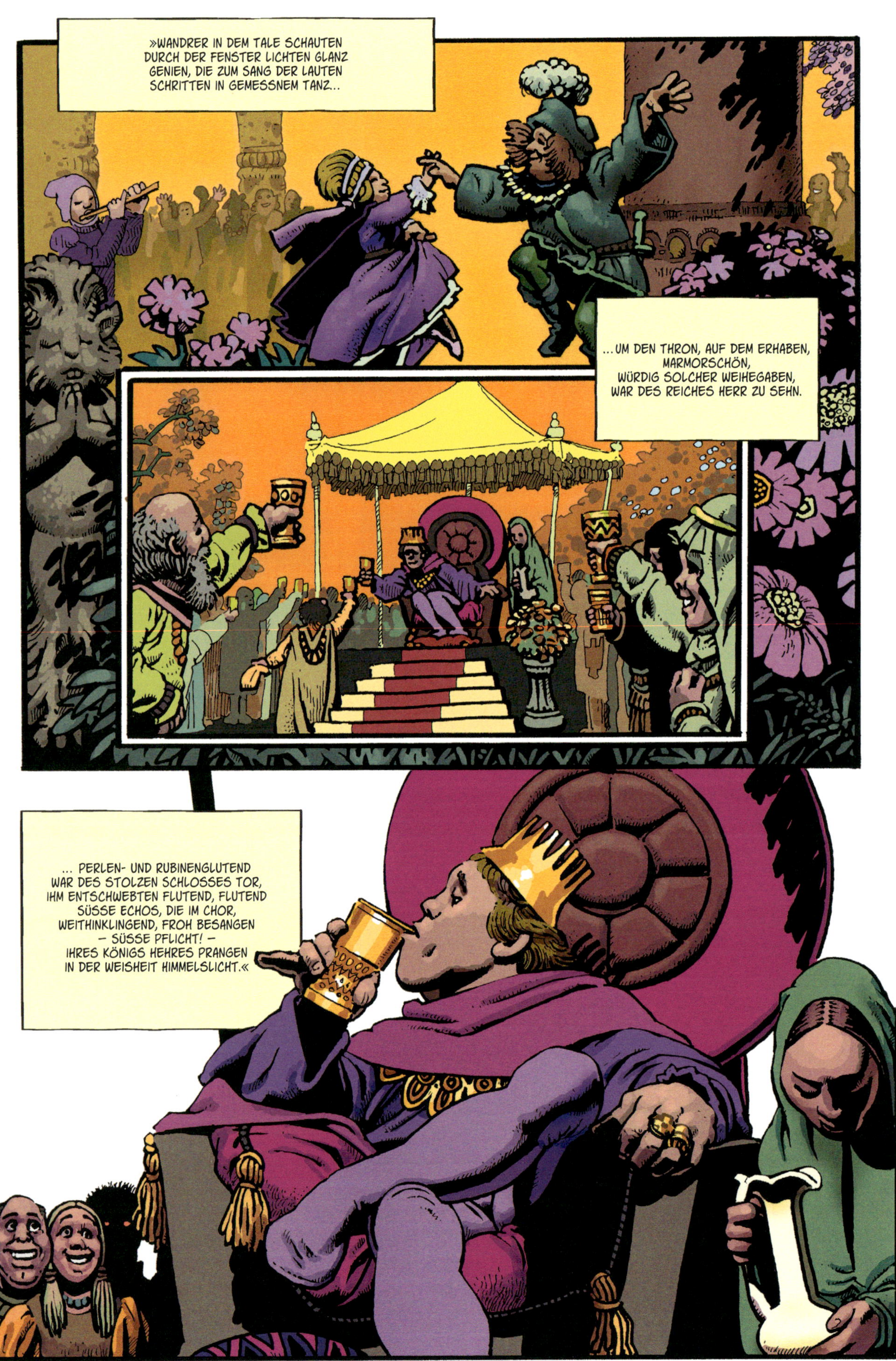
»WANDRER IN DEM TALE SCHAUTEN
DURCH DER FENSTER LICHTEN GLANZ
GENIEN, DIE ZUM SANG DER LAUTEN
SCHRITTEN IN GEMESSNEM TANZ…
…UM DEN THRON, AUF DEM ERHABEN,
MARMORSCHÖN,
WÜRDIG SOLCHER WEIHEGABEN,
WAR DES REICHES HERR ZU SEHN.
… PERLEN- UND RUBINENGLUTEND
WAR DES STOLZEN SCHLOSSES TOR,
IHM ENTSCHWEBTEN FLUTEND, FLUTEND
SÜSSE ECHOS, DIE IM CHOR,
WEITHINKLINGEND, FROH BESANGEN
– SÜSSE PFLICHT! –
IHRES KÖNIGS HEHRES PRANGEN
IN DER WEISHEIT HIMMELSLICHT.«

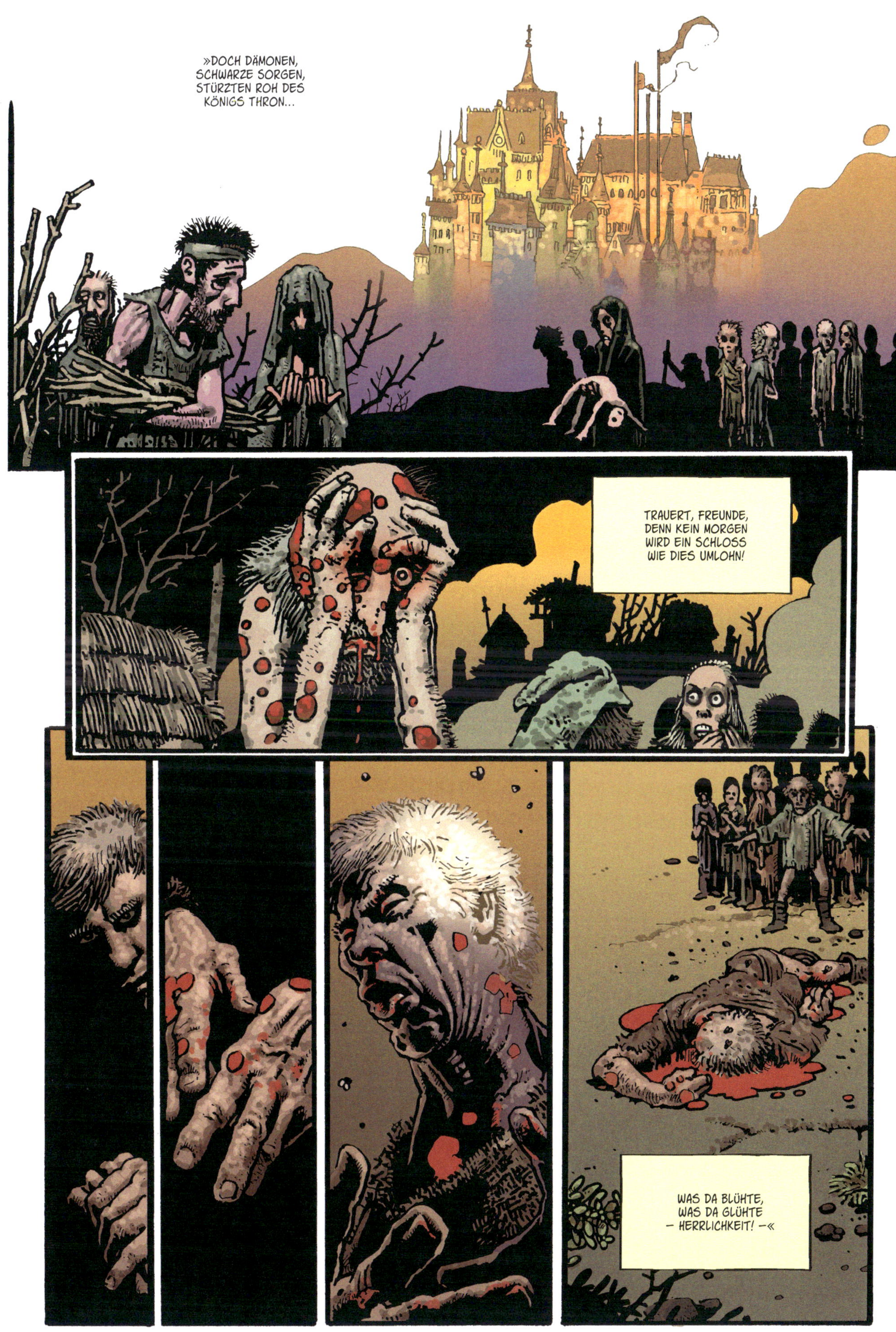
»DOCH DÄMONEN,
SCHWARZE SORGEN,
STÜRZTEN ROH DES
KÖNIGS THRON…
TRAUERT, FREUNDE,
DENN KEIN MORGEN
WIRD EIN SCHLOSS
WIE DIES UMLOHN!
WAS DA BLÜHTE,
WAS DA GLÜHTE
– HERRLICHKEIT! –«

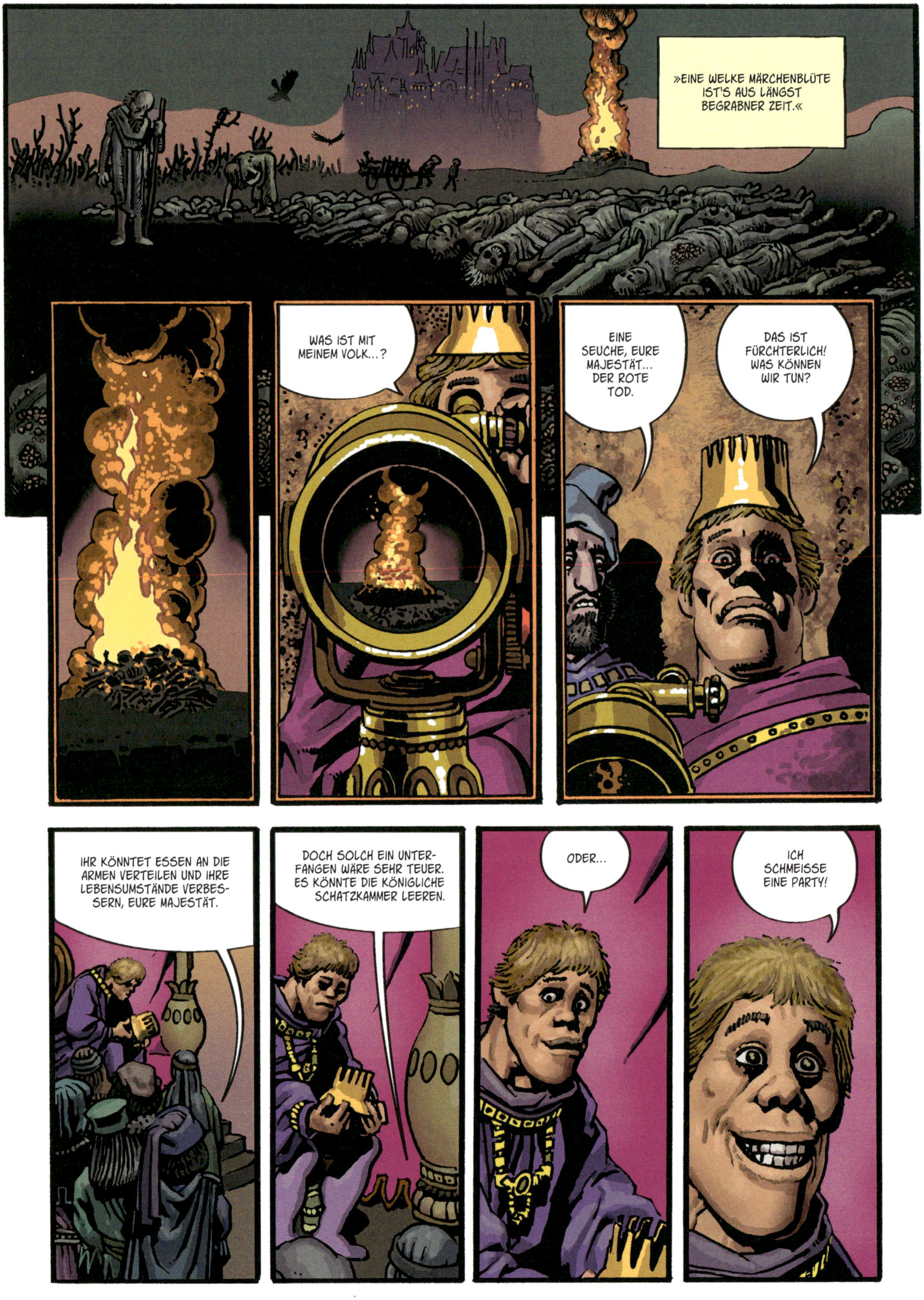

»EINE WELKE MÄRCHENBLÜTE IST'S AUS LÄNGST BEGRABNER ZEIT.«

WAS IST MIT MEINEM VOLK…?

EINE SEUCHE, EURE MAJESTÄT… DER ROTE TOD.

DAS IST FÜRCHTERLICH! WAS KÖNNEN WIR TUN?

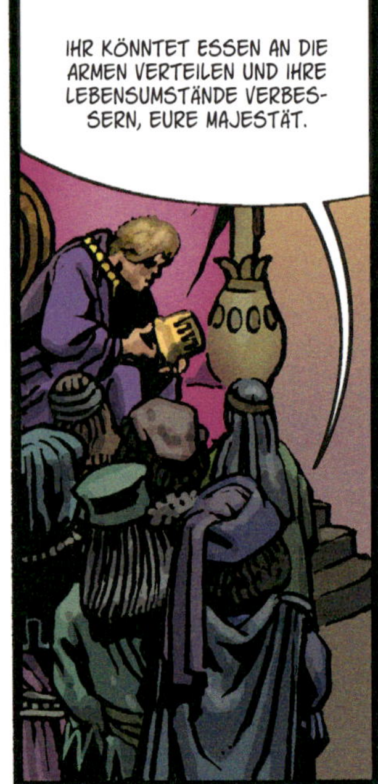

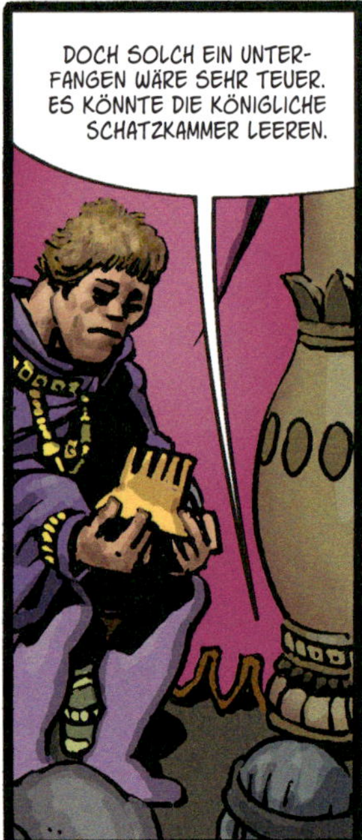

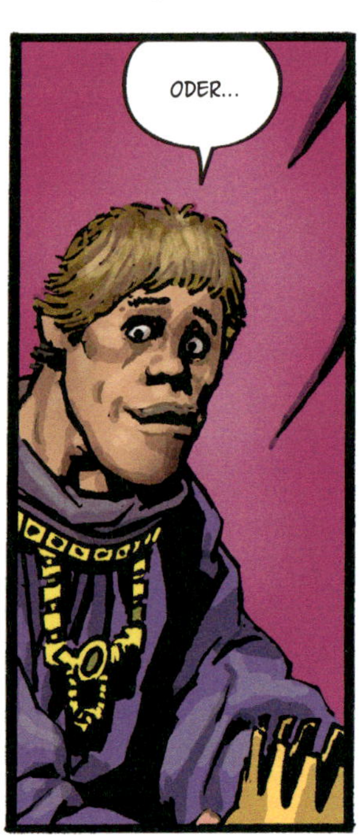

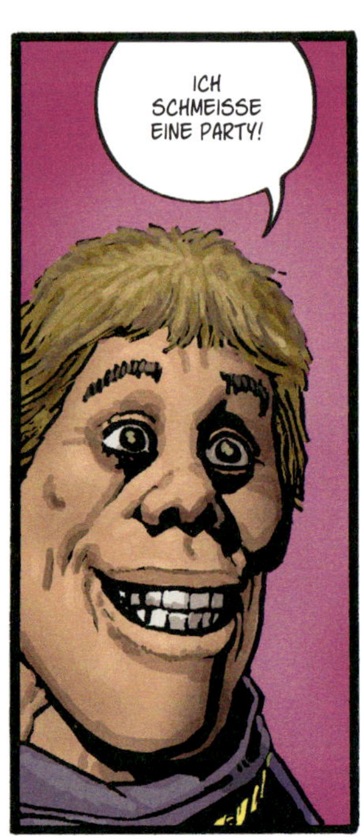

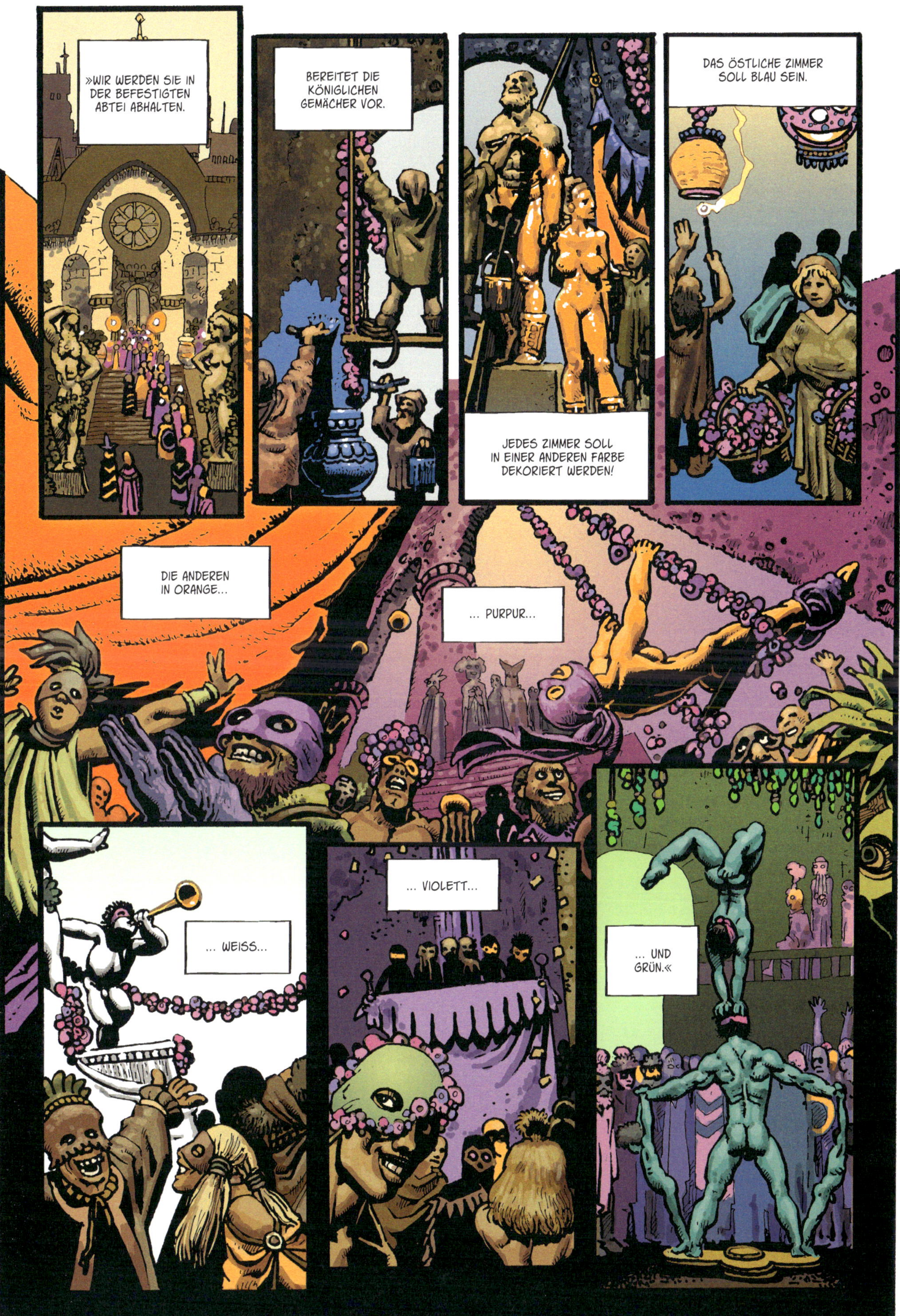
»WIR WERDEN SIE IN DER BEFESTIGTEN ABTEI ABHALTEN.
BEREITET DIE KÖNIGLICHEN GEMÄCHER VOR.
JEDES ZIMMER SOLL IN EINER ANDEREN FARBE DEKORIERT WERDEN!
DAS ÖSTLICHE ZIMMER SOLL BLAU SEIN.
DIE ANDEREN IN ORANGE...
... PURPUR...
... WEISS...
... VIOLETT...
... UND GRÜN.«

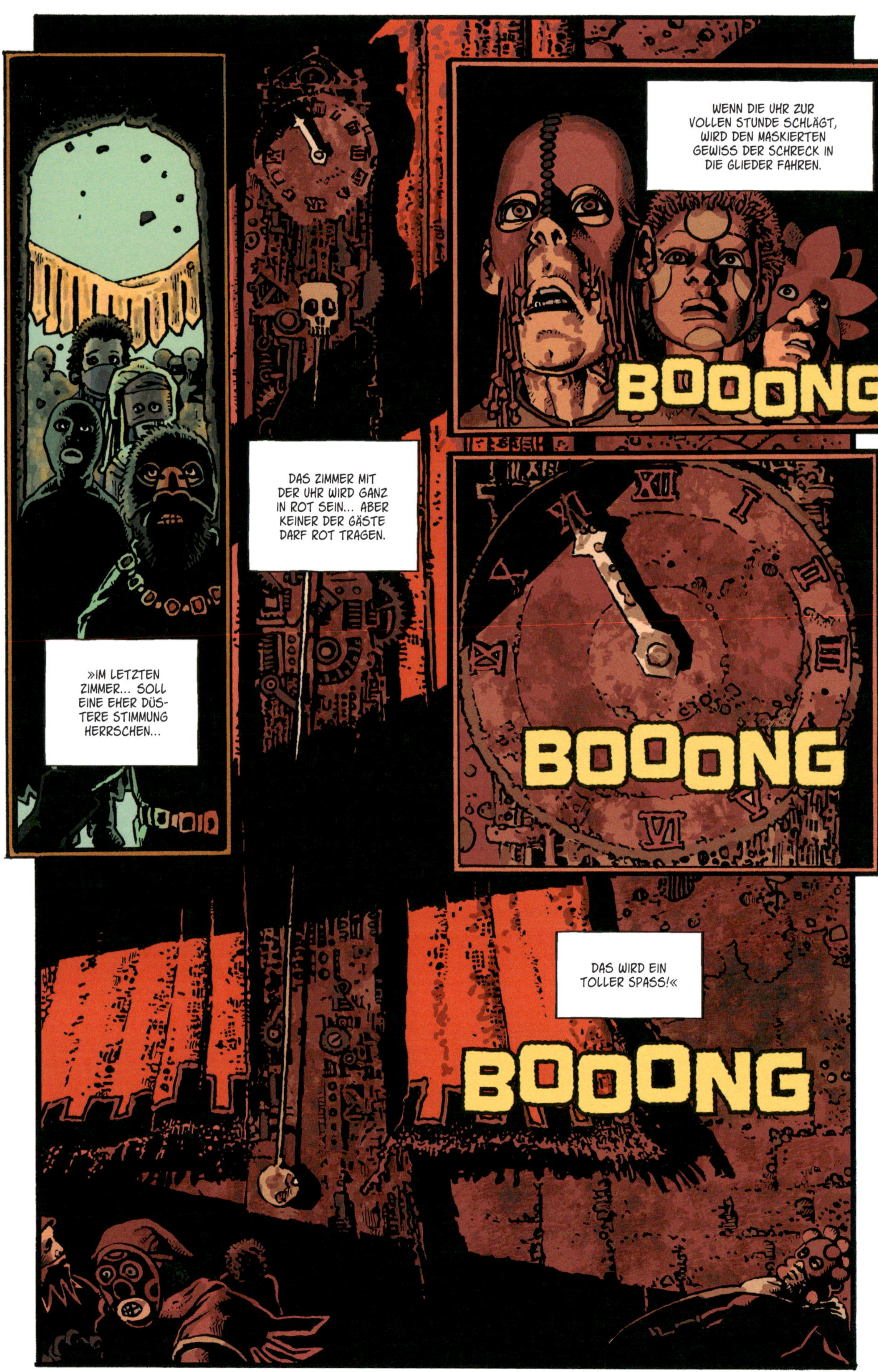
»IM LETZTEN ZIMMER... SOLL EINE EHER DÜSTERE STIMMUNG HERRSCHEN...
DAS ZIMMER MIT DER UHR WIRD GANZ IN ROT SEIN... ABER KEINER DER GÄSTE DARF ROT TRAGEN.
WENN DIE UHR ZUR VOLLEN STUNDE SCHLÄGT, WIRD DEN MASKIERTEN GEWISS DER SCHRECK IN DIE GLIEDER FAHREN.
BOOONG
BOOONG
DAS WIRD EIN TOLLER SPASS!«
BOOONG

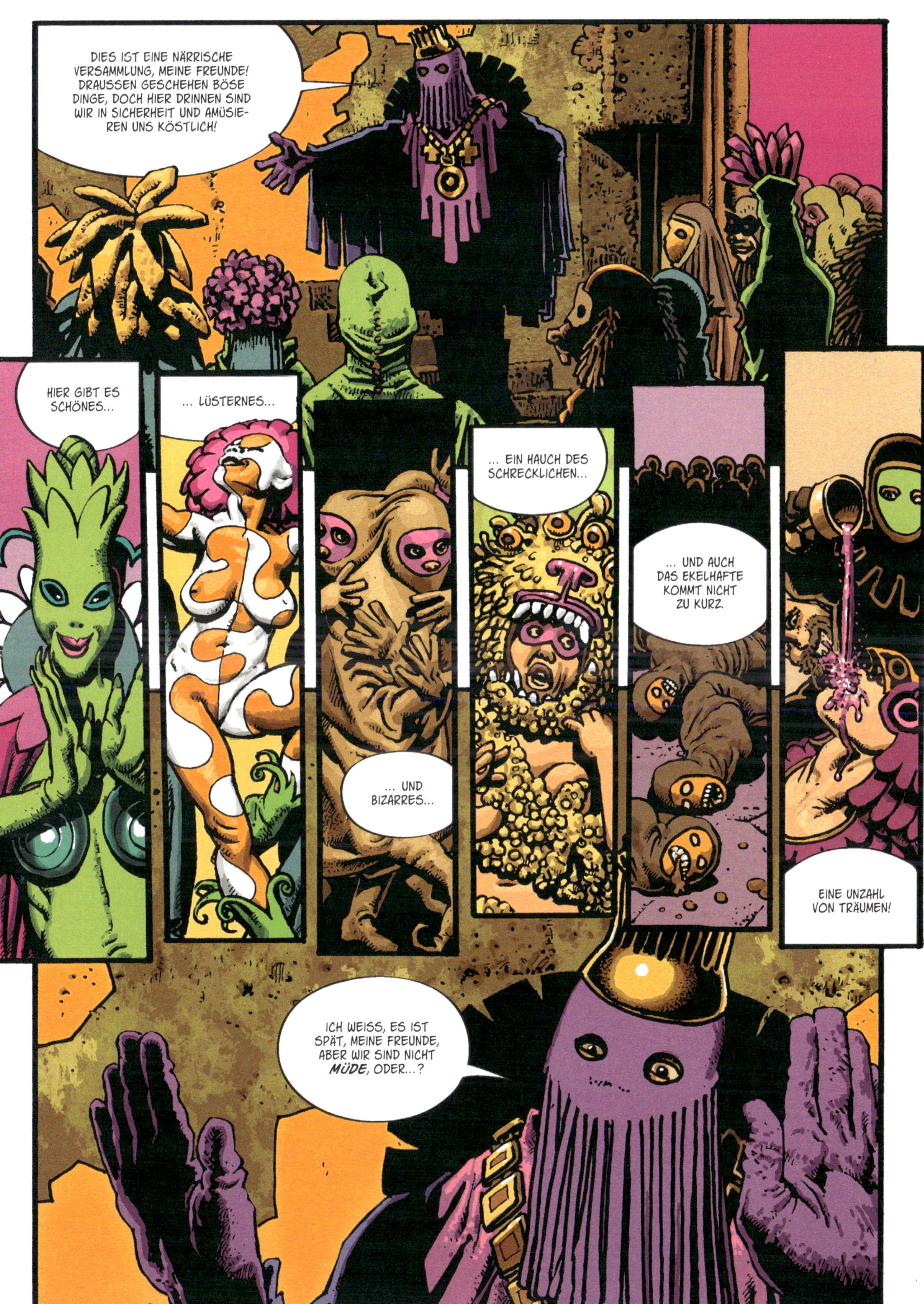
DIES IST EINE NÄRRISCHE VERSAMMLUNG, MEINE FREUNDE! DRAUSSEN GESCHEHEN BÖSE DINGE, DOCH HIER DRINNEN SIND WIR IN SICHERHEIT UND AMÜSIEREN UNS KÖSTLICH!
HIER GIBT ES SCHÖNES...
... LÜSTERNES...
... UND BIZARRES...
... EIN HAUCH DES SCHRECKLICHEN...
... UND AUCH DAS EKELHAFTE KOMMT NICHT ZU KURZ.
EINE UNZAHL VON TRÄUMEN!
ICH WEISS, ES IST SPÄT, MEINE FREUNDE, ABER WIR SIND NICHT *MÜDE*, ODER...?

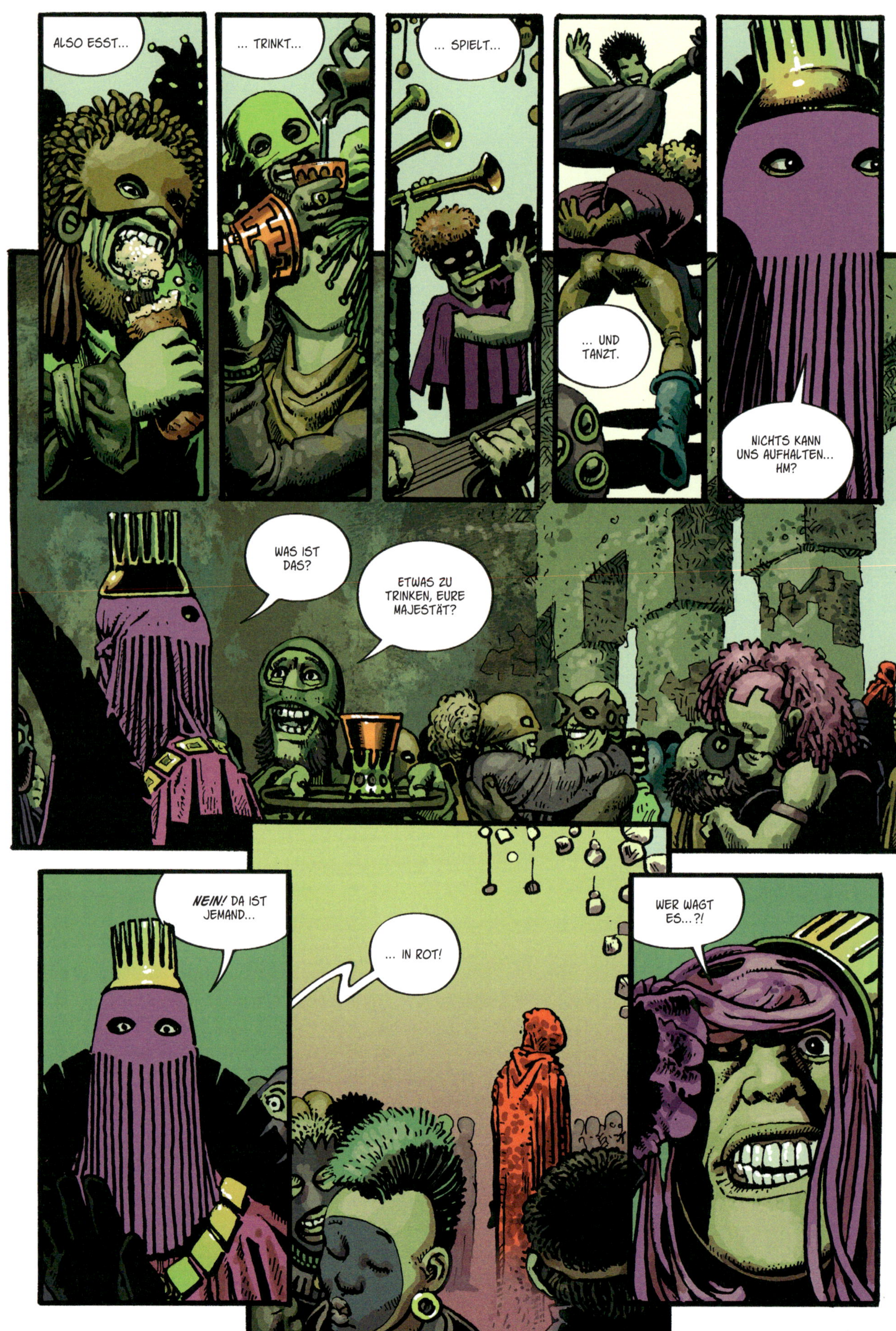
ALSO ESST...
... TRINKT...
... SPIELT...
... UND TANZT.
NICHTS KANN UNS AUFHALTEN... HM?
WAS IST DAS?
ETWAS ZU TRINKEN, EURE MAJESTÄT?
NEIN! DA IST JEMAND...
... IN ROT!
WER WAGT ES...?!

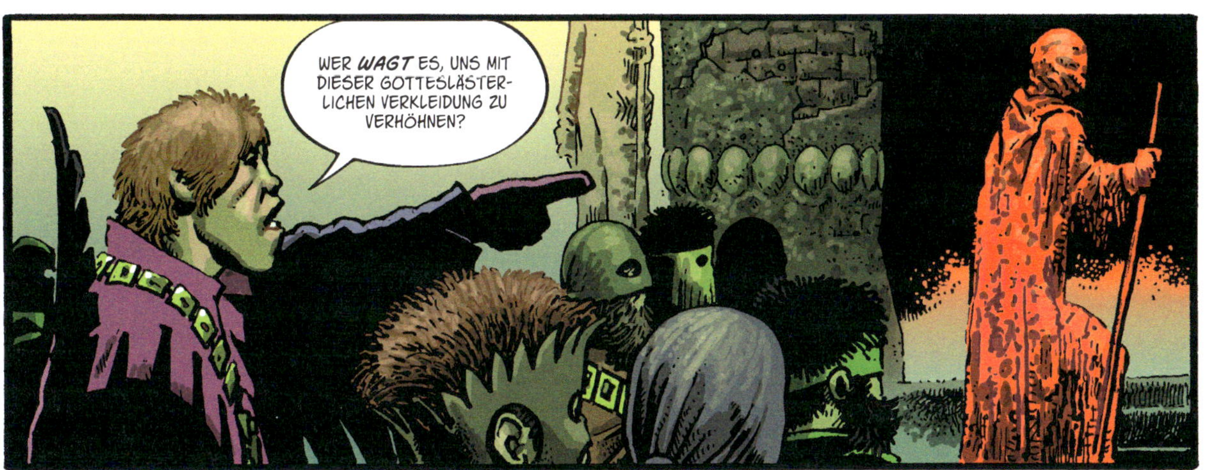
WER WAGT ES, UNS MIT DIESER GOTTESLÄSTERLICHEN VERKLEIDUNG ZU VERHÖHNEN?

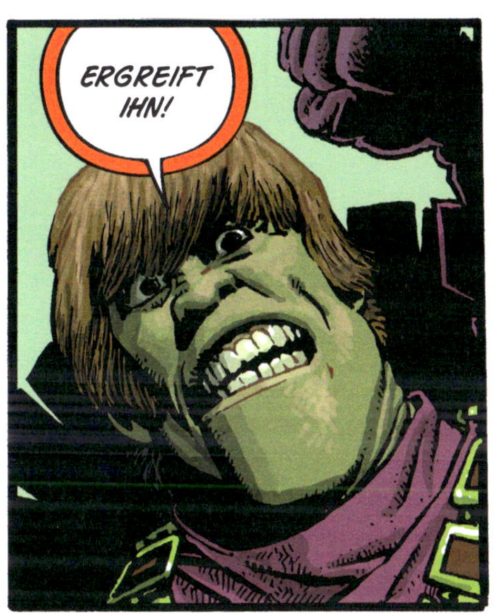
ERGREIFT IHN!

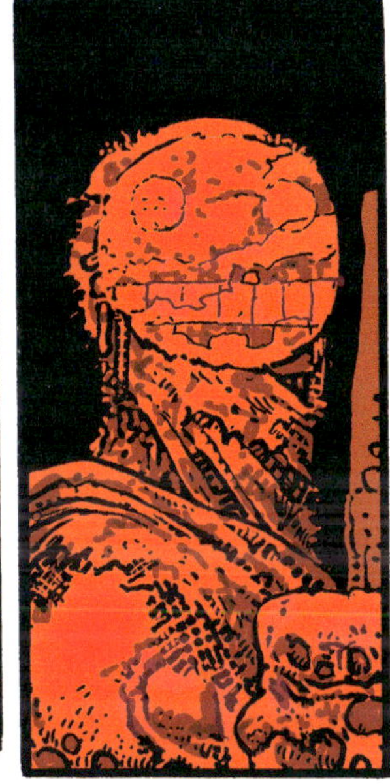

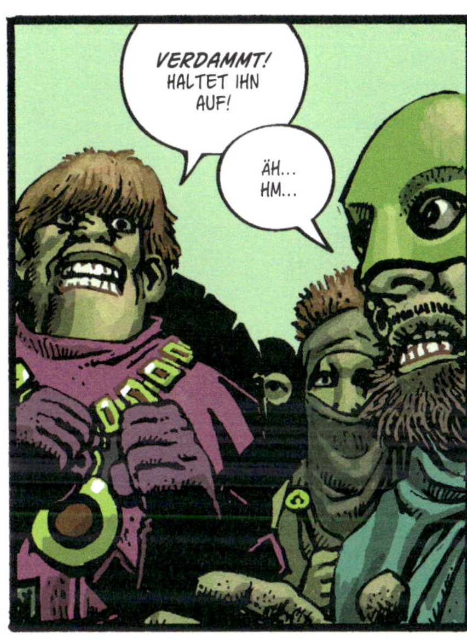
VERDAMMT! HALTET IHN AUF!
ÄH... HM...

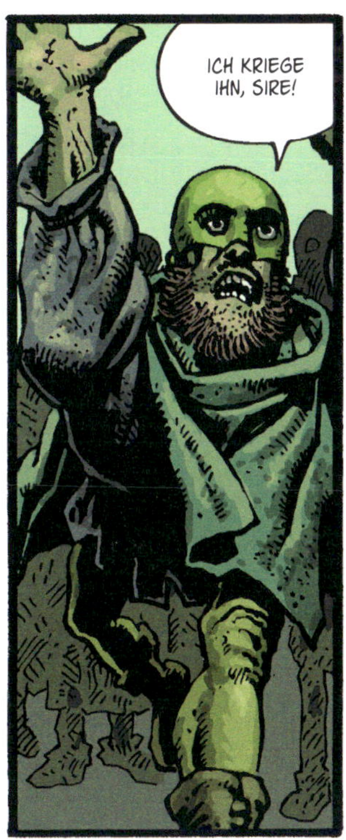
ICH KRIEGE IHN, SIRE!

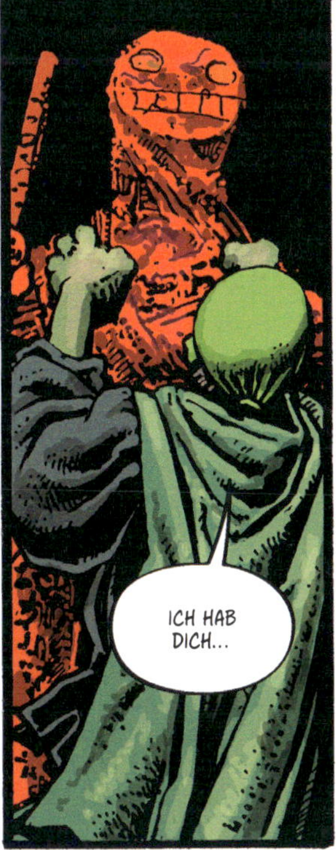
ICH HAB DICH...

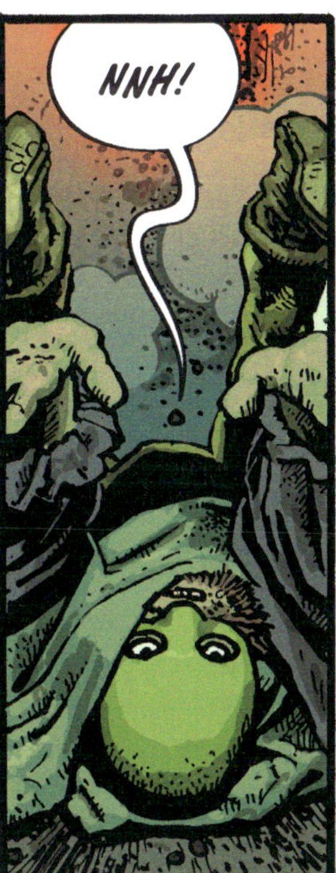
NNH!

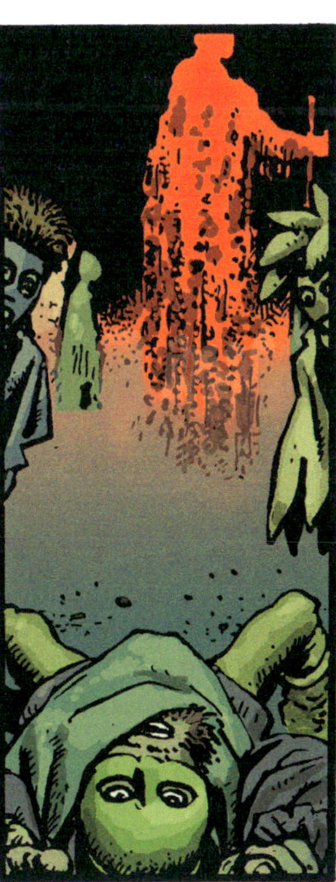

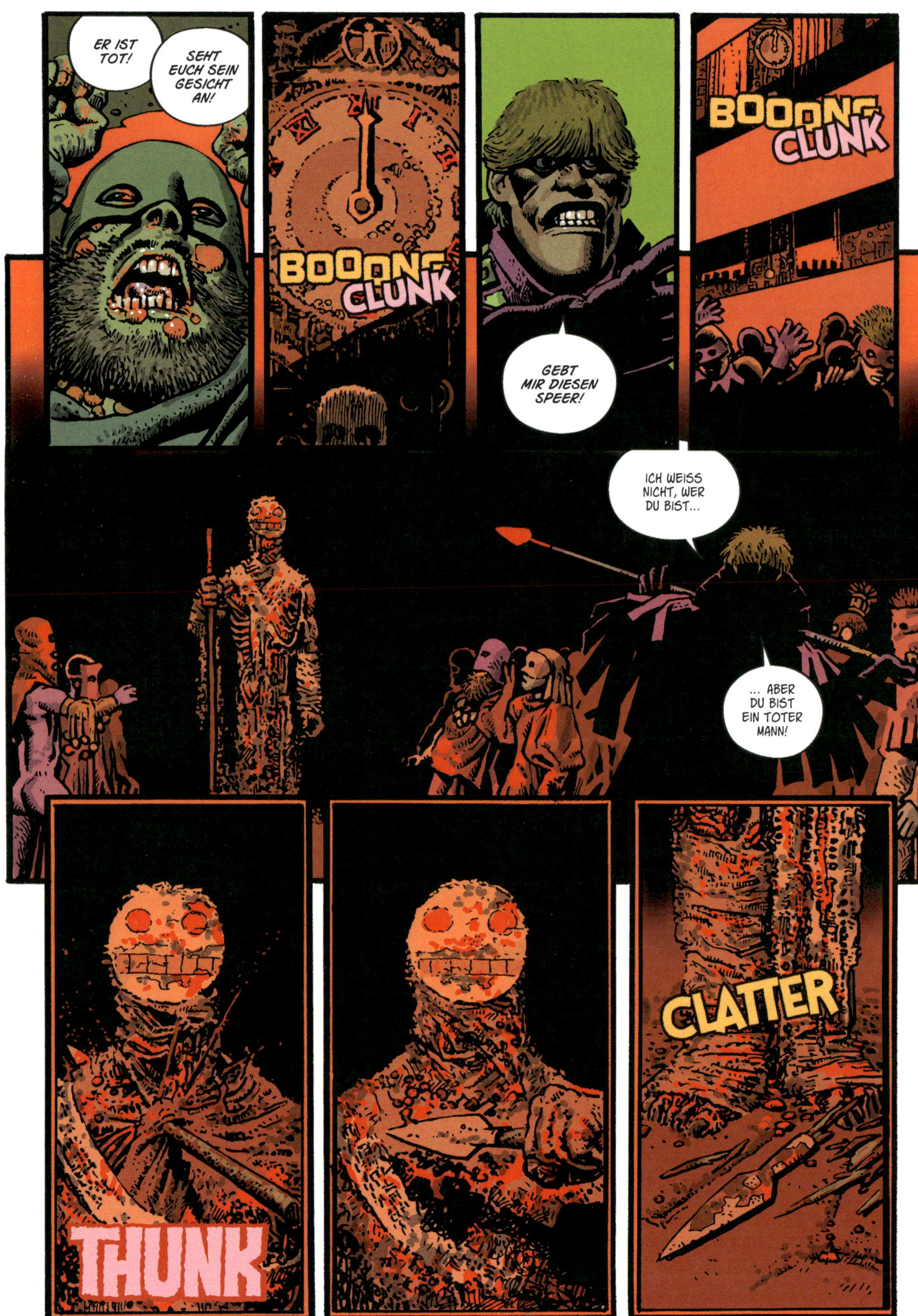
ER IST TOT!
SEHT EUCH SEIN GESICHT AN!
BOOONG
CLUNK
GEBT MIR DIESEN SPEER!
BOOONG
CLUNK
ICH WEISS NICHT, WER DU BIST...
... ABER DU BIST EIN TOTER MANN!
THUNK
CLATTER

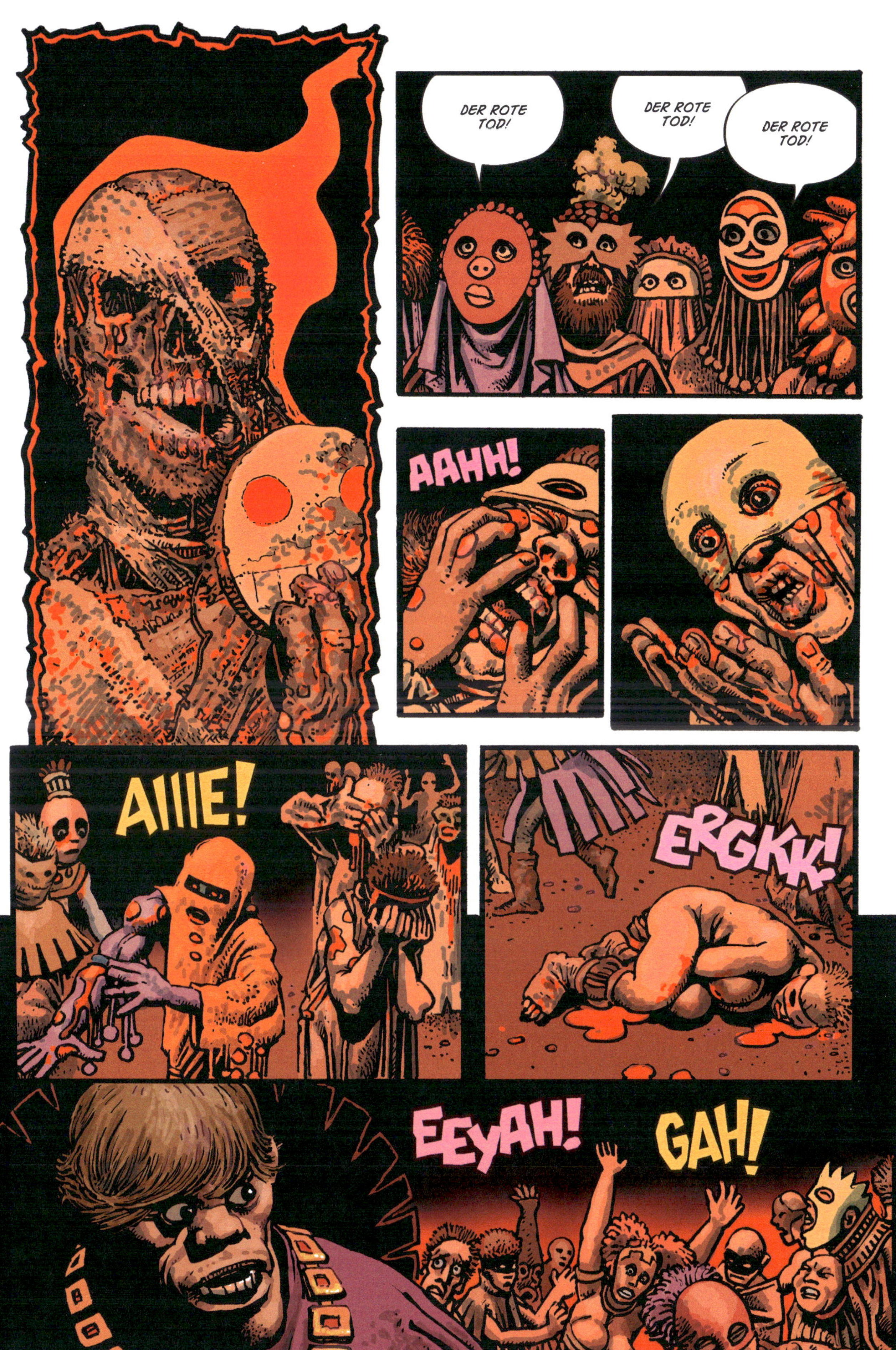
DER ROTE TOD!
DER ROTE TOD!
DER ROTE TOD!
AAHH!
AIIIE!
ERGKK!
EEYAH!
GAH!

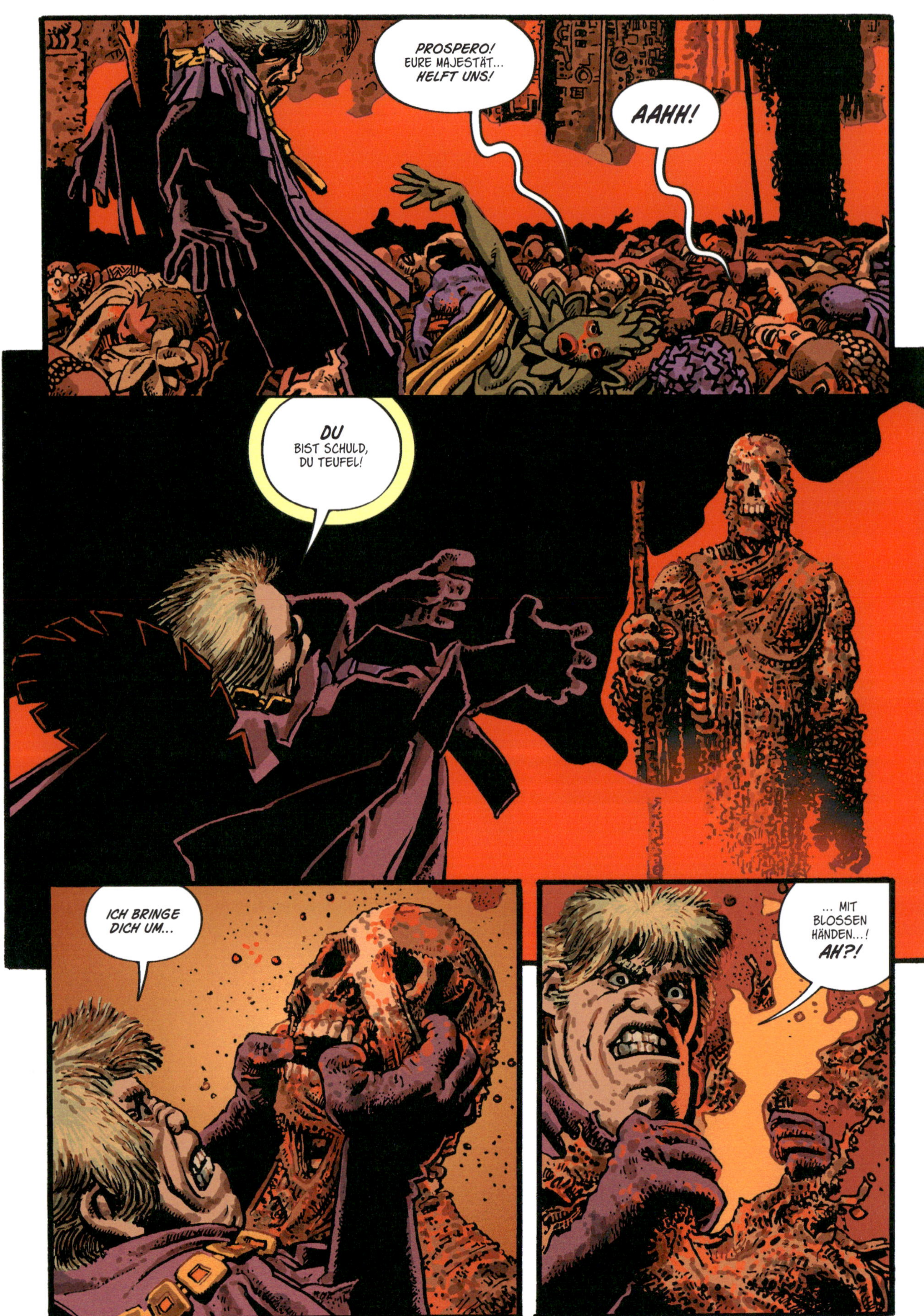
PROSPERO!
EURE MAJESTÄT...
HELFT UNS!
AAHH!
DU
BIST SCHULD,
DU TEUFEL!
ICH BRINGE
DICH UM...
... MIT
BLOSSEN
HÄNDEN...!
AH?!

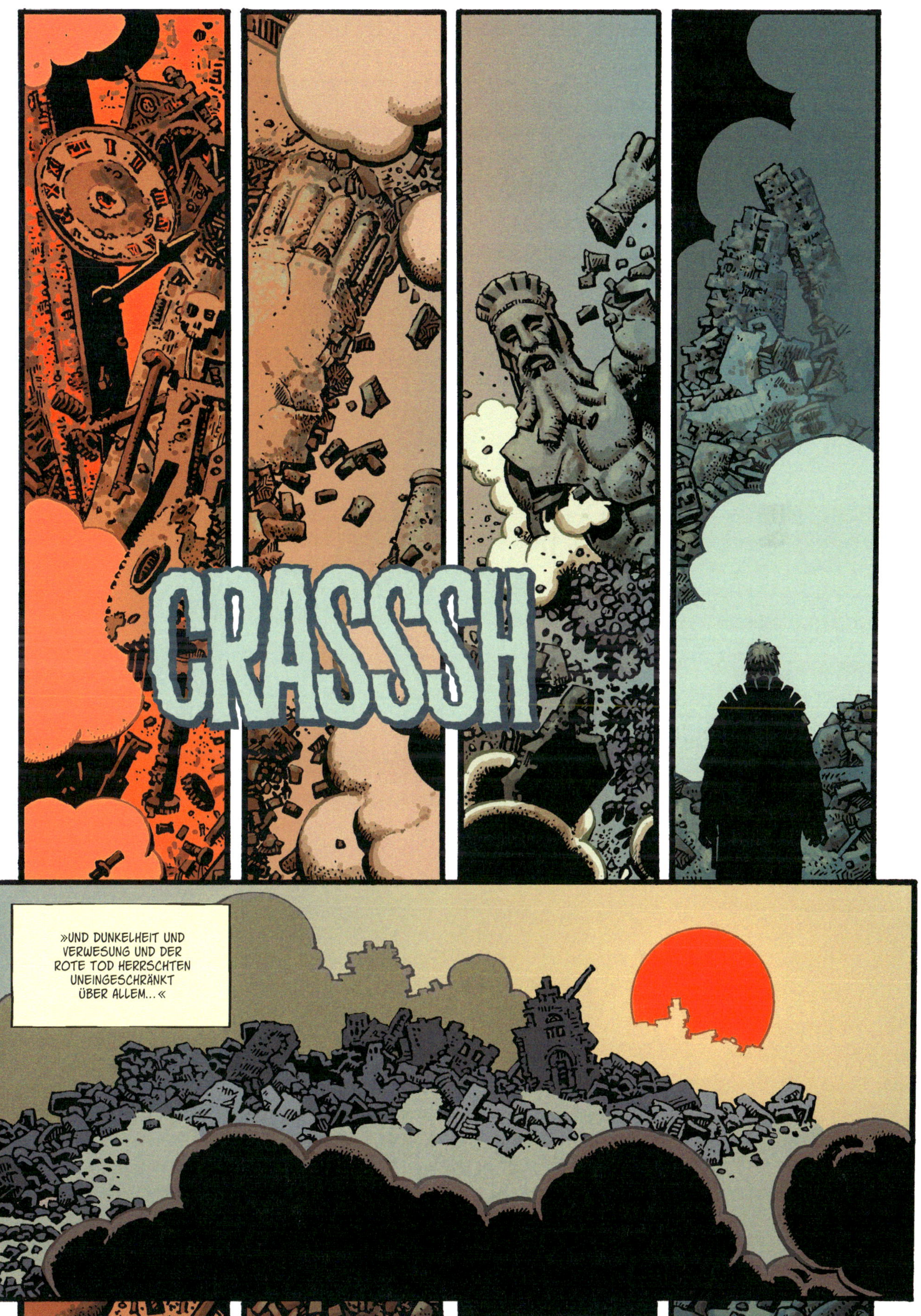
CRASSSH
»UND DUNKELHEIT UND VERWESUNG UND DER ROTE TOD HERRSCHTEN UNEINGESCHRÄNKT ÜBER ALLEM…«

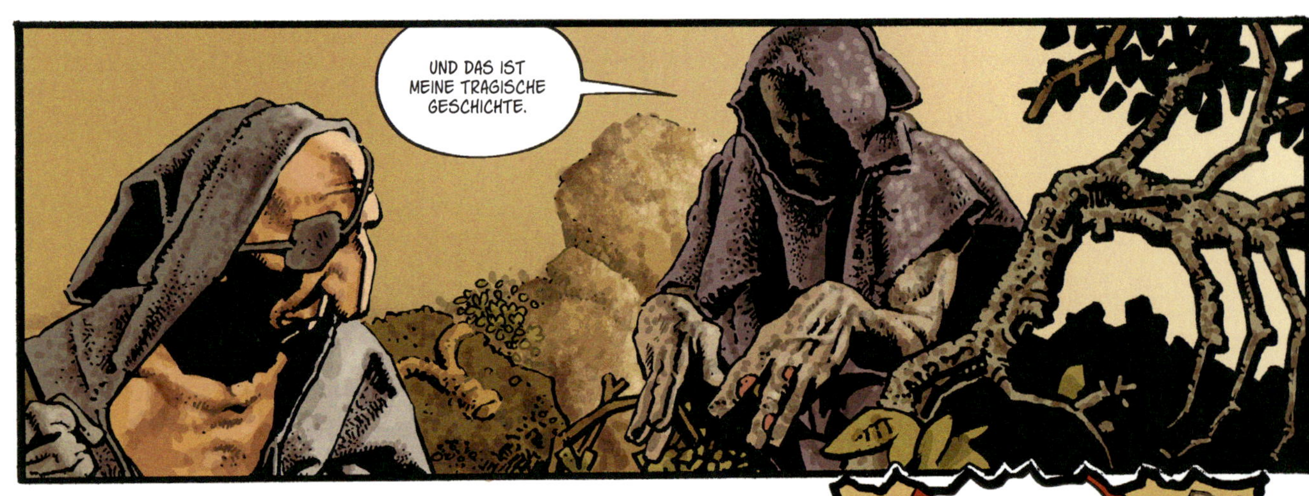
UND DAS IST
MEINE TRAGISCHE
GESCHICHTE.

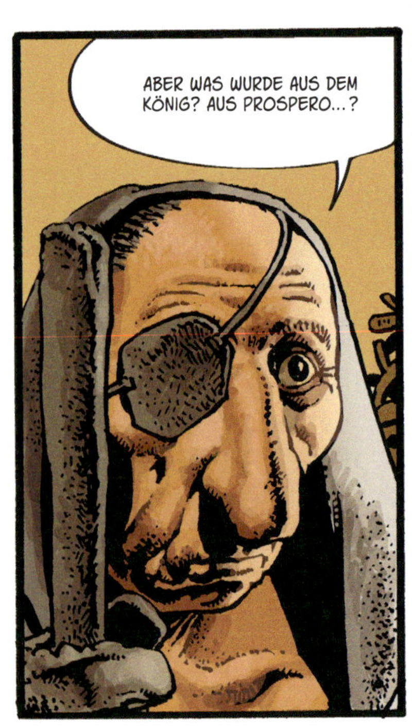
ABER WAS WURDE AUS DEM
KÖNIG? AUS PROSPERO…?

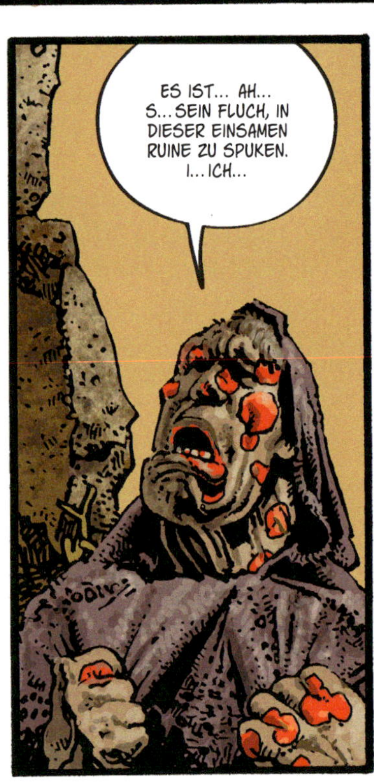
ES IST… AH…
S…SEIN FLUCH, IN
DIESER EINSAMEN
RUINE ZU SPUKEN.
I…ICH…

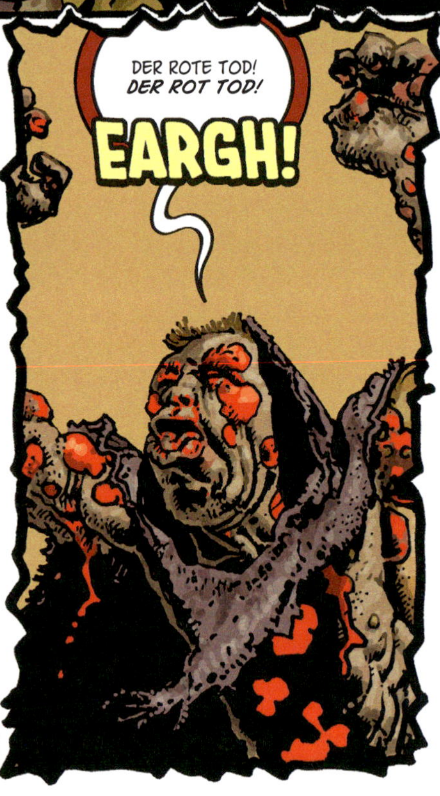
DER ROTE TOD!
DER ROT TOD!
EARGH!

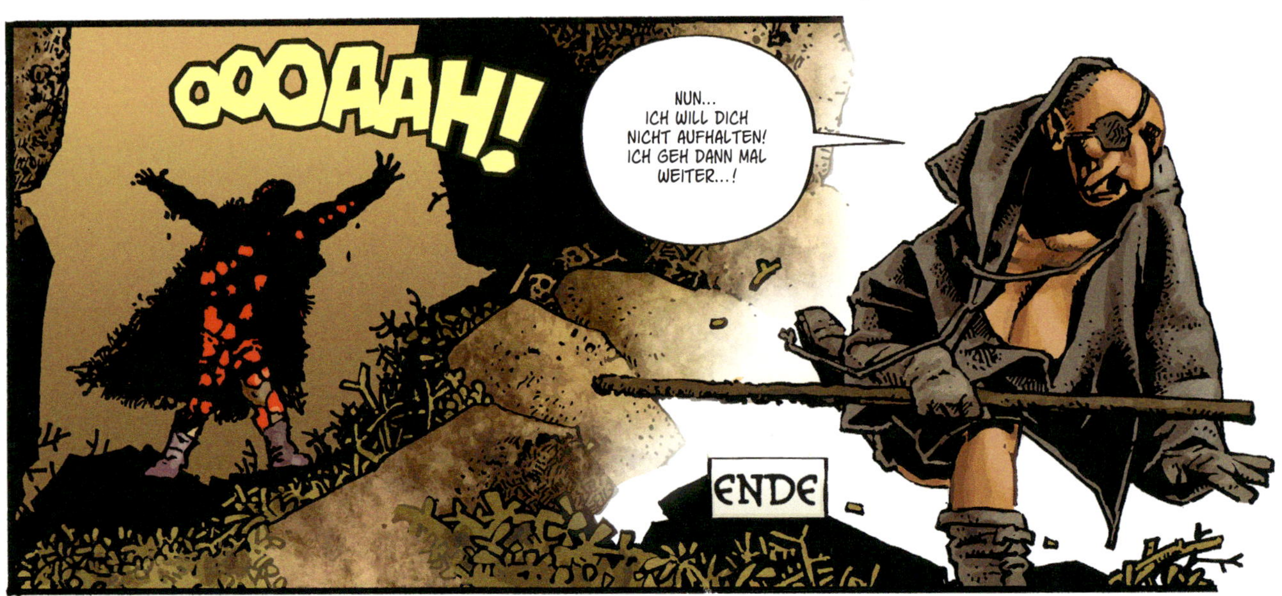
OOOAAH!
NUN…
ICH WILL DICH
NICHT AUFHALTEN!
ICH GEH DANN MAL
WEITER…!
ENDE

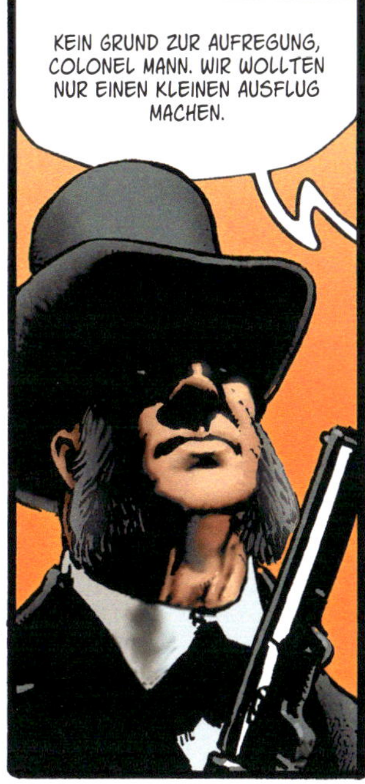
KEIN GRUND ZUR AUFREGUNG, COLONEL MANN. WIR WOLLTEN NUR EINEN KLEINEN AUSFLUG MACHEN.

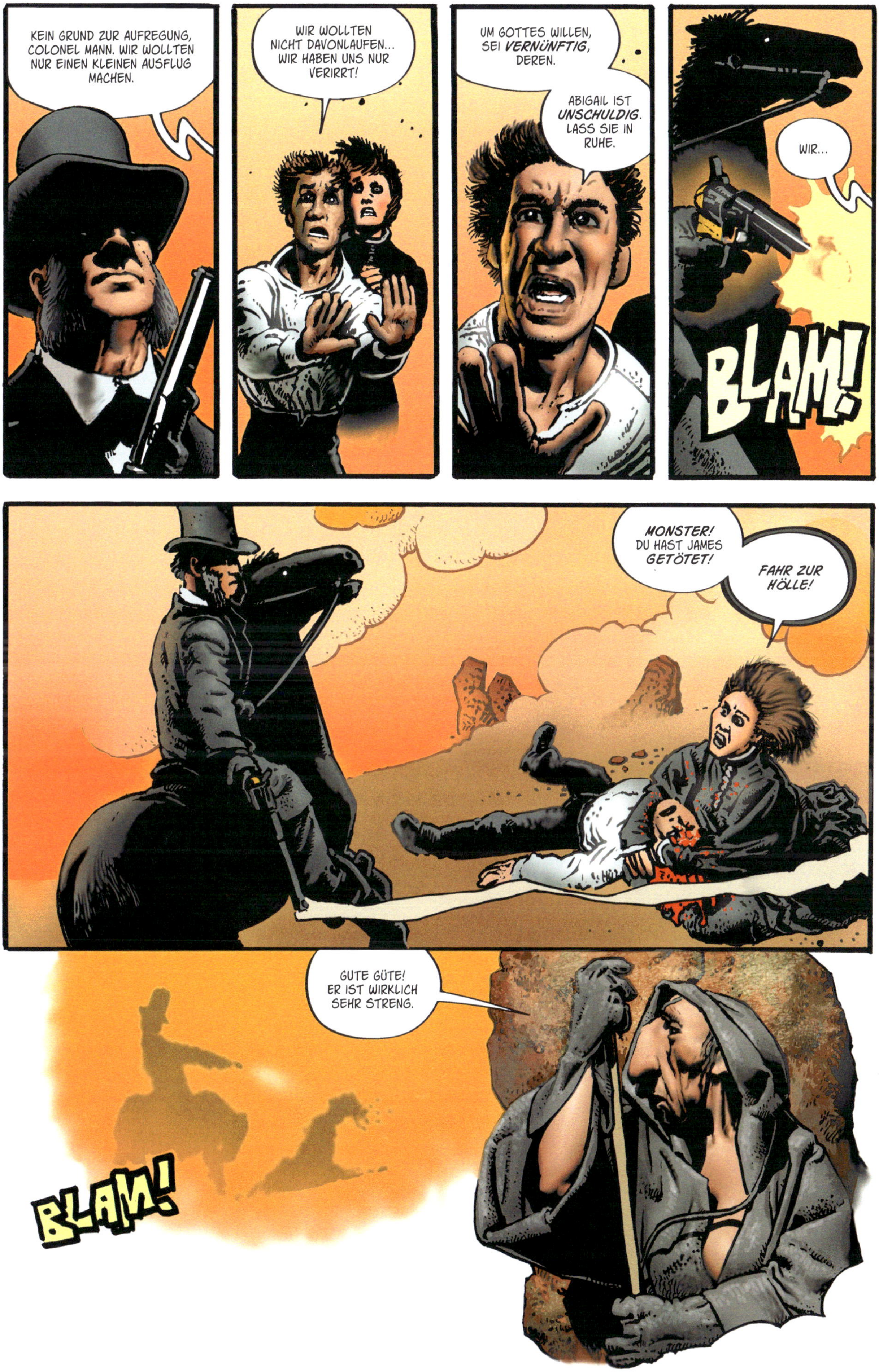

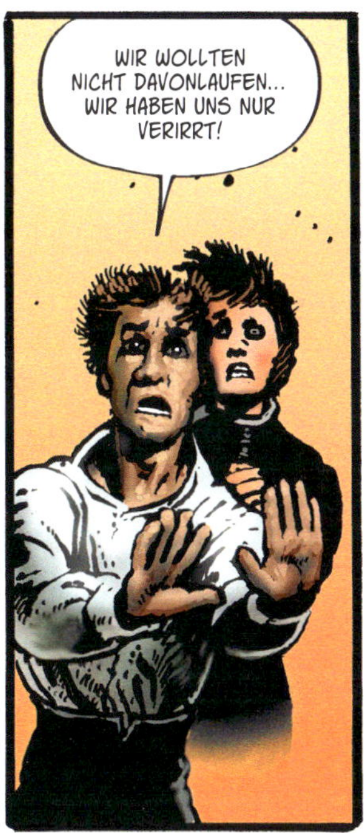
WIR WOLLTEN NICHT DAVONLAUFEN... WIR HABEN UNS NUR VERIRRT!

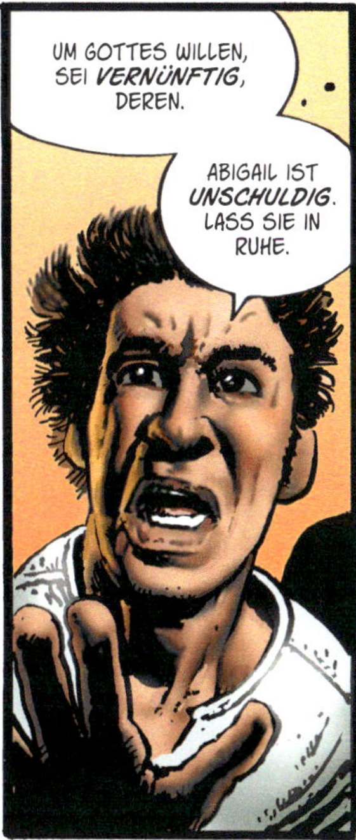
UM GOTTES WILLEN, SEI *VERNÜNFTIG*, DEREN.
ABIGAIL IST *UNSCHULDIG*. LASS SIE IN RUHE.

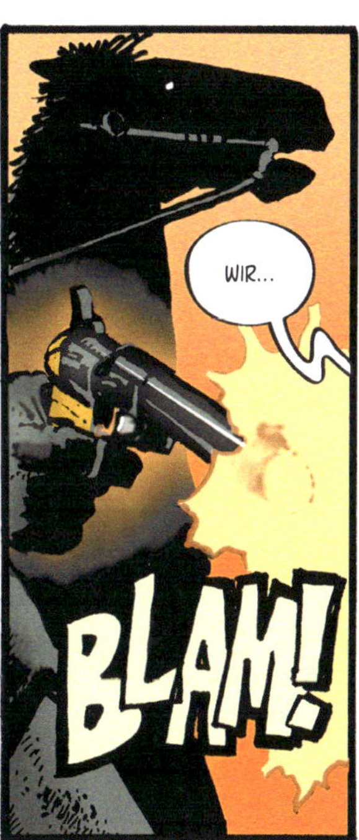
WIR...
BLAM!

MONSTER! DU HAST JAMES *GETÖTET!*
FAHR ZUR HÖLLE!

GUTE GÜTE! ER IST WIRKLICH SEHR STRENG.
BLAM!

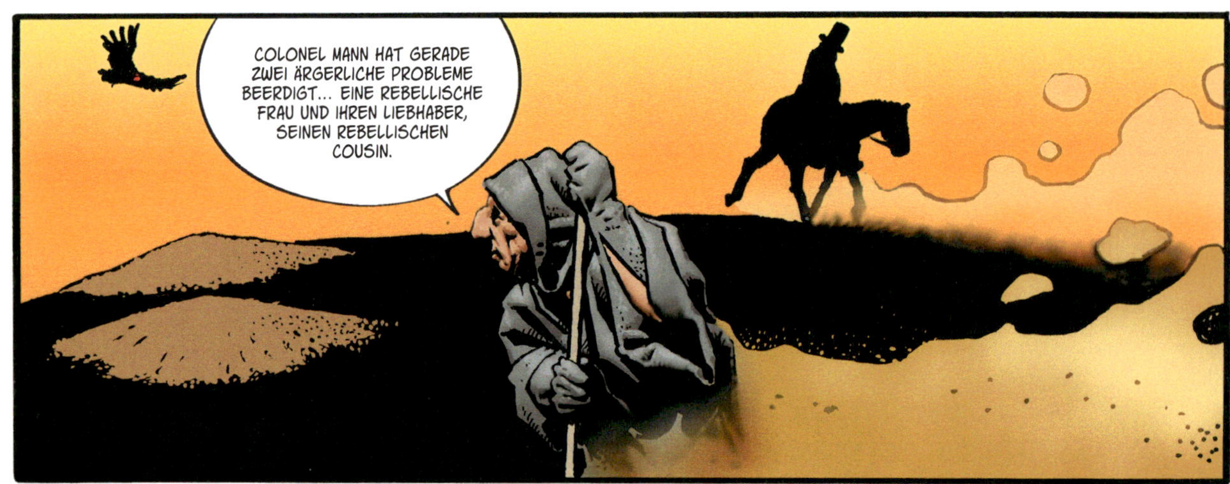

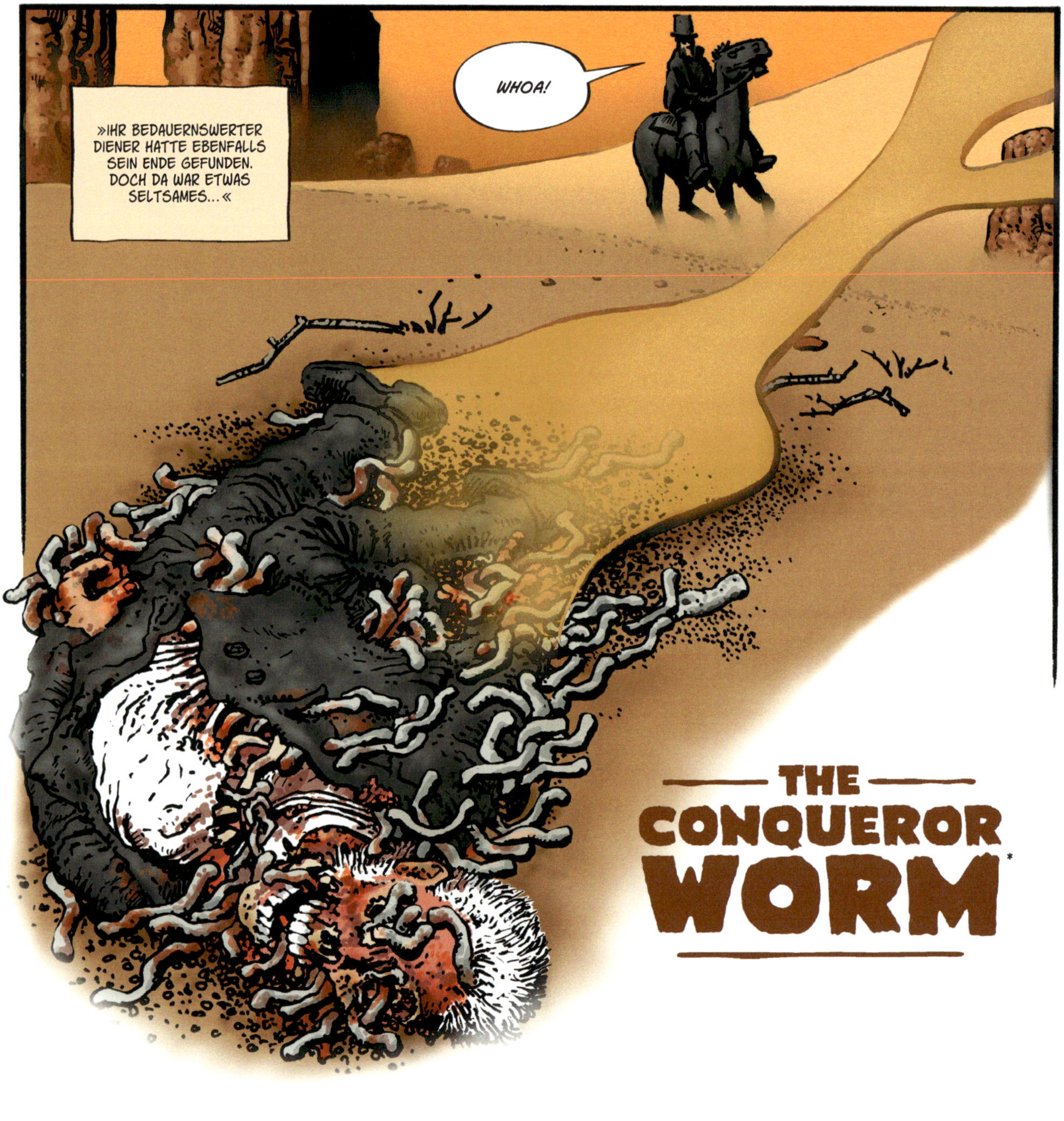

»IHR BEDAUERNSWERTER DIENER HATTE EBENFALLS SEIN ENDE GEFUNDEN. DOCH DA WAR ETWAS SELTSAMES...«

WHOA!

THE CONQUEROR WORM*

* EROBERER WURM

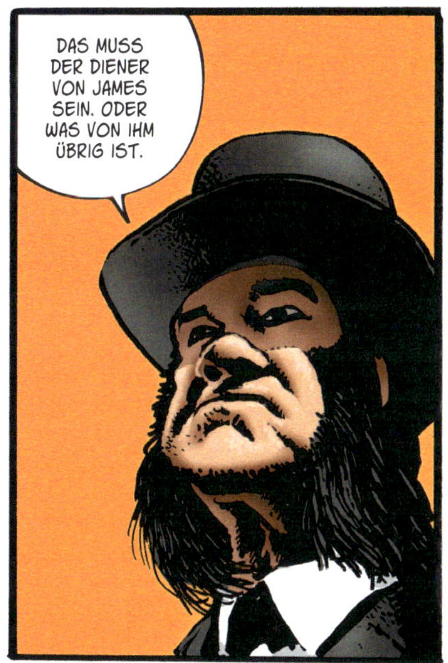

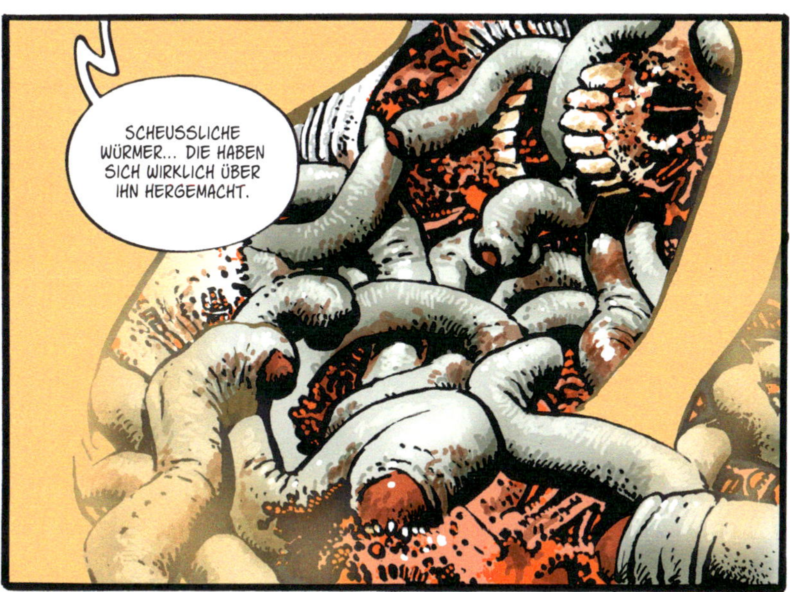

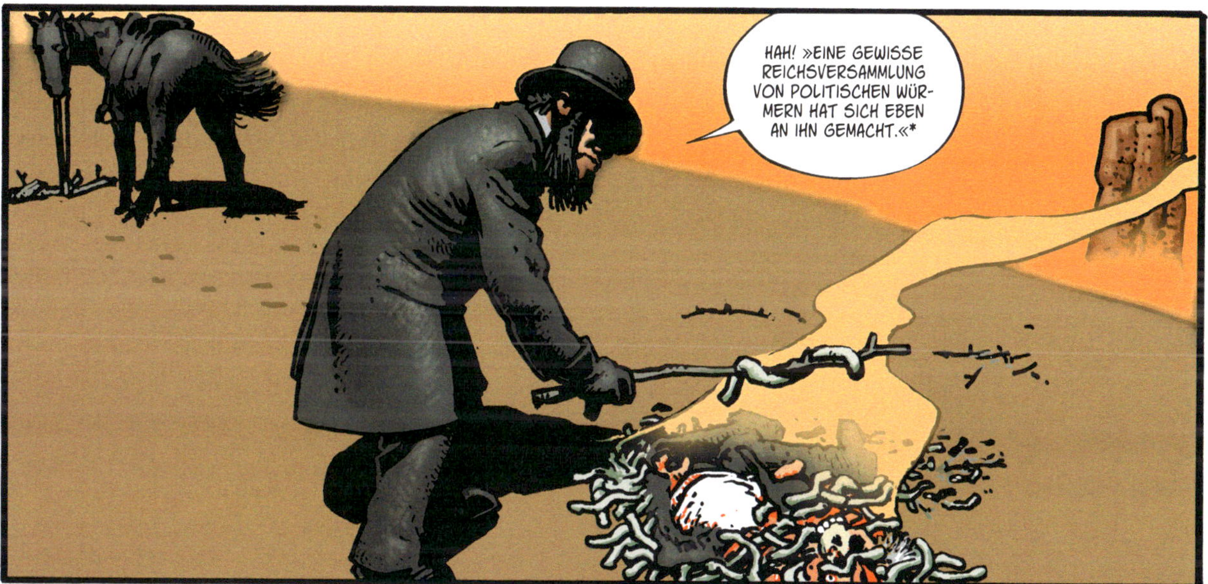

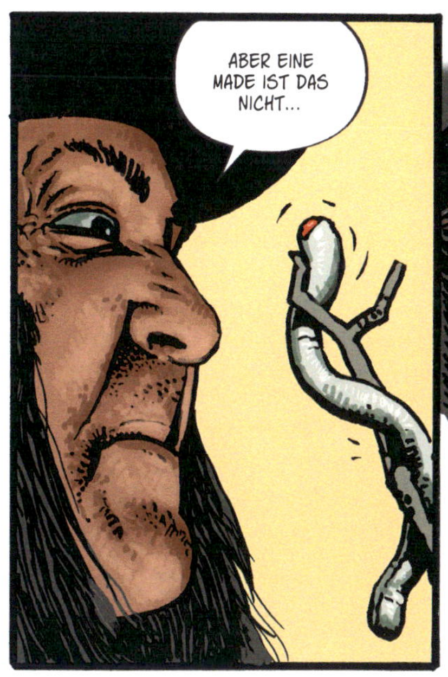

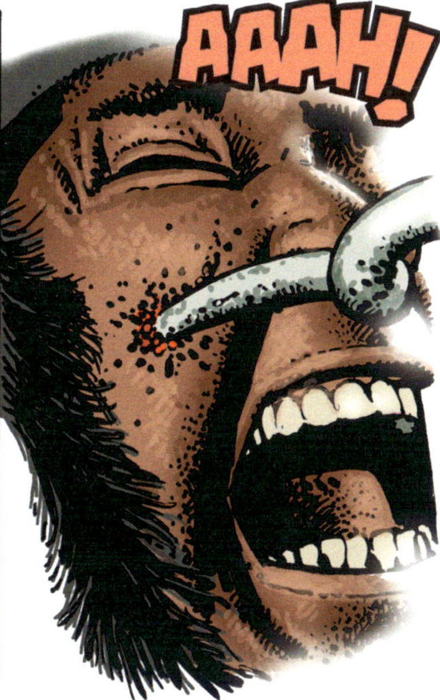

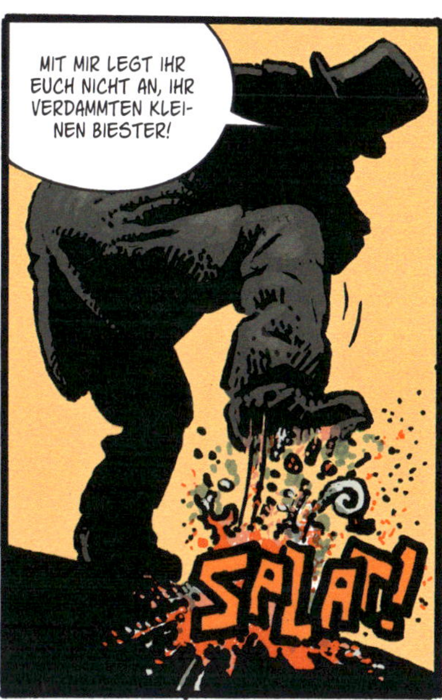

* WILLIAM SHAKESPEARE, **HAMLET**

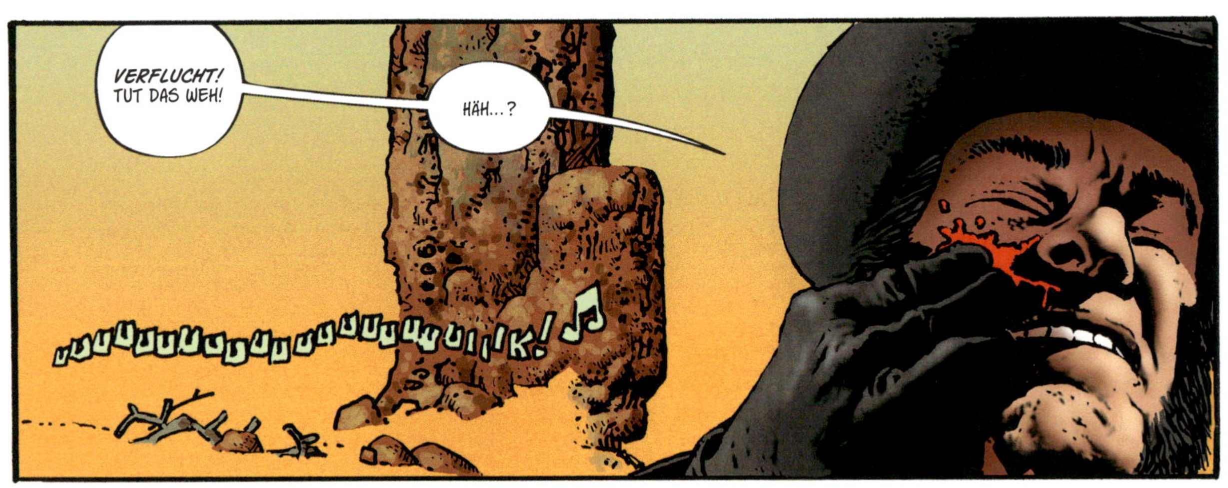
VERFLUCHT!
TUT DAS WEH!
HÄH...?
UUUUUUUUUUUUUUUUUUUUUIIK!♫

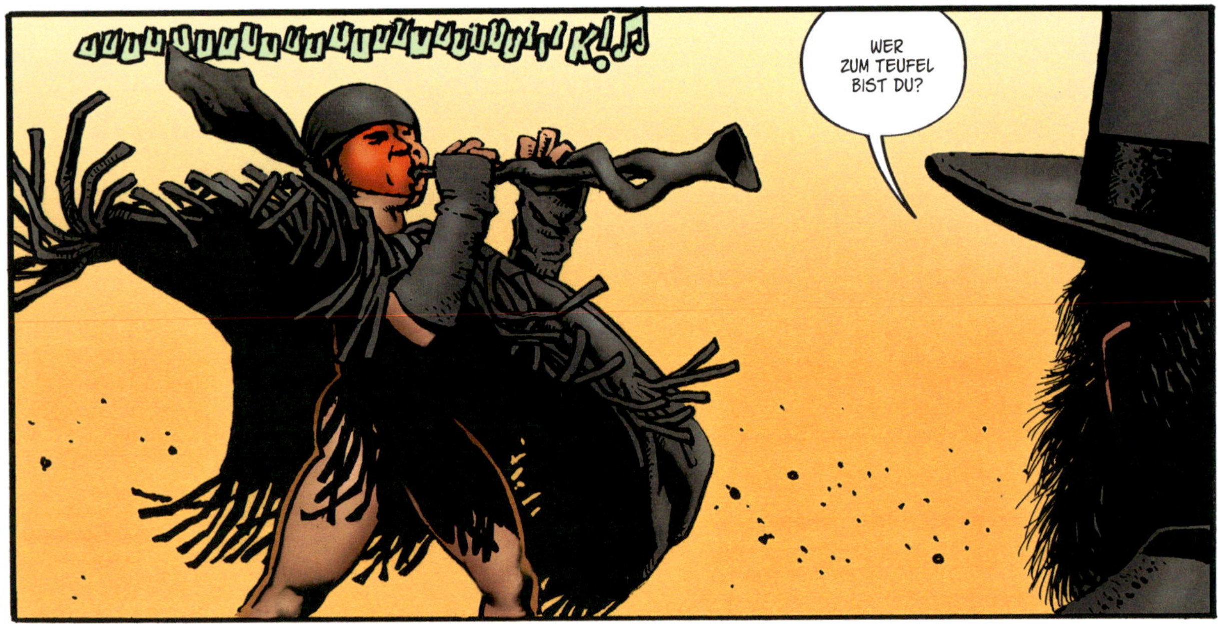
UUUUUUUUUUUUUUUUUUUUUUUUIIK!♫
WER ZUM TEUFEL BIST DU?

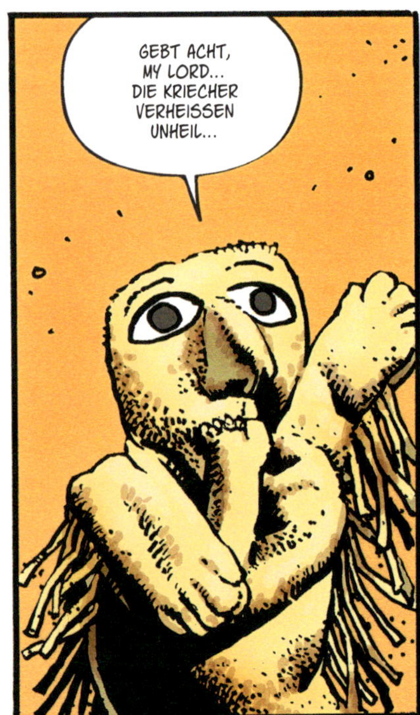
GEBT ACHT, MY LORD... DIE KRIECHER VERHEISSEN UNHEIL...

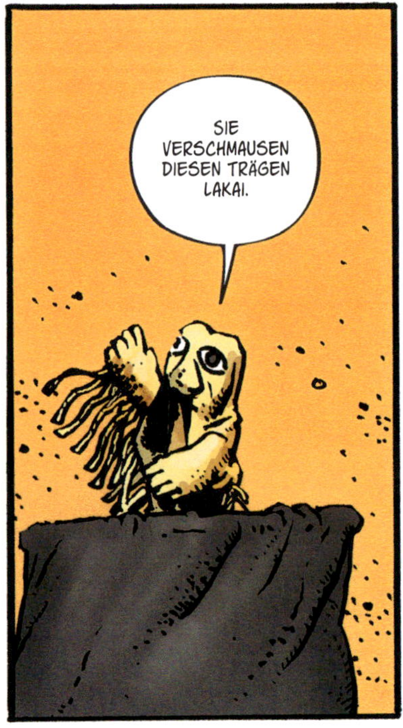
SIE VERSCHMAUSEN DIESEN TRÄGEN LAKAI.

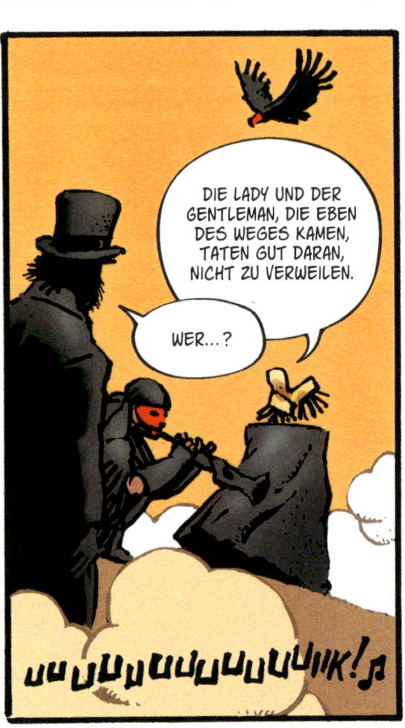
DIE LADY UND DER GENTLEMAN, DIE EBEN DES WEGES KAMEN, TATEN GUT DARAN, NICHT ZU VERWEILEN.
WER...?
UUUUUUUUUUUUUUIIK!♫

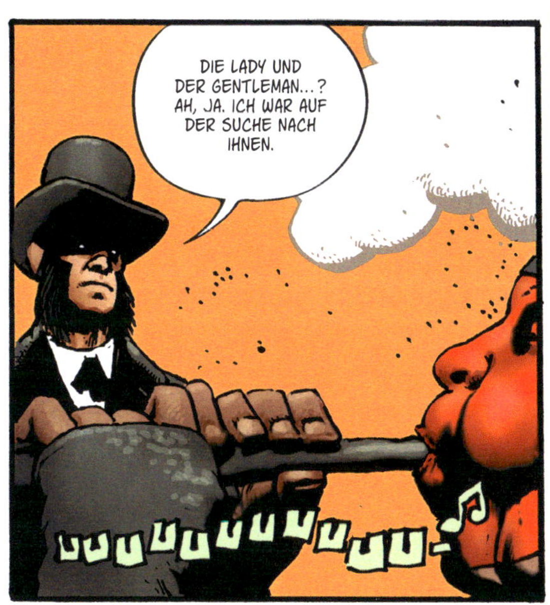
DIE LADY UND DER GENTLEMAN...? AH, JA. ICH WAR AUF DER SUCHE NACH IHNEN.

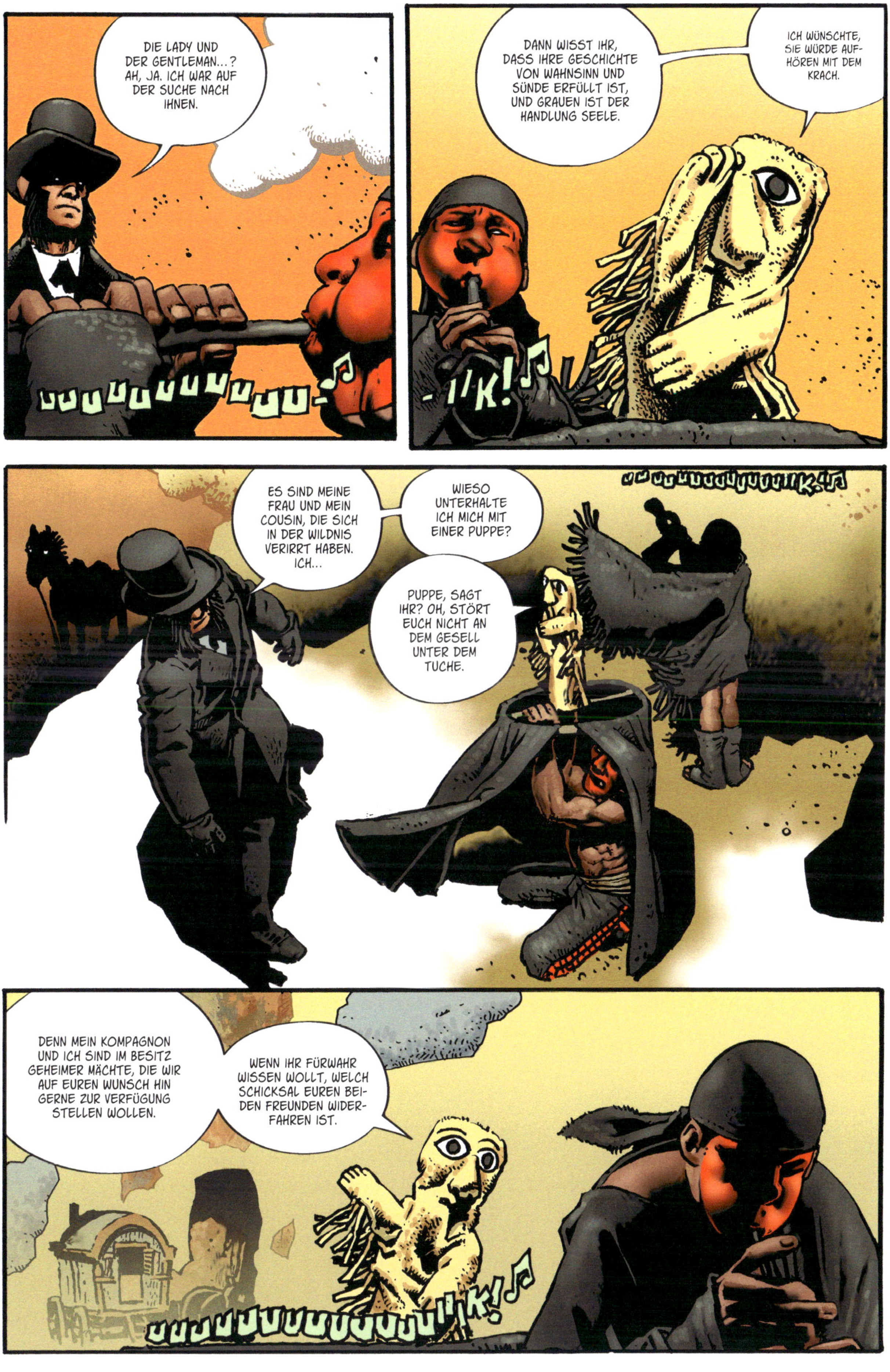

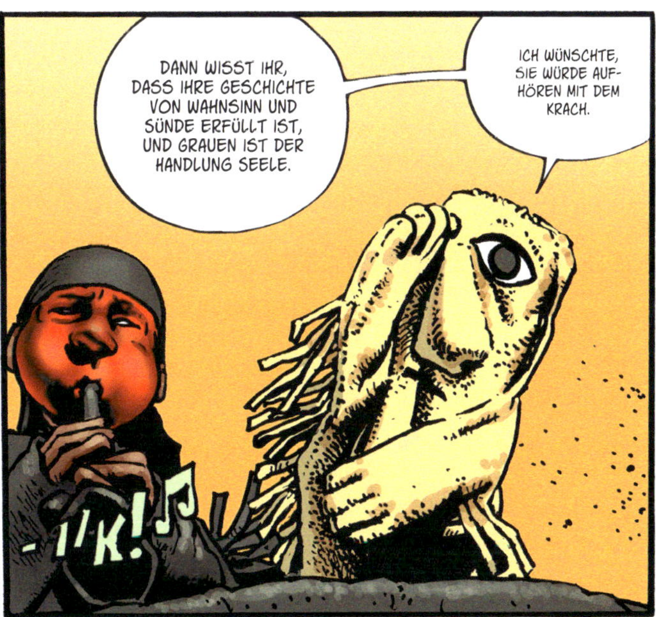
DANN WISST IHR, DASS IHRE GESCHICHTE VON WAHNSINN UND SÜNDE ERFÜLLT IST, UND GRAUEN IST DER HANDLUNG SEELE.
ICH WÜNSCHTE, SIE WÜRDE AUFHÖREN MIT DEM KRACH.
-IIK!

ES SIND MEINE FRAU UND MEIN COUSIN, DIE SICH IN DER WILDNIS VERIRRT HABEN. ICH...
WIESO UNTERHALTE ICH MICH MIT EINER PUPPE?
PUPPE, SAGT IHR? OH, STÖRT EUCH NICHT AN DEM GESELL UNTER DEM TUCHE.
DENN MEIN KOMPAGNON UND ICH SIND IM BESITZ GEHEIMER MÄCHTE, DIE WIR AUF EUREN WUNSCH HIN GERNE ZUR VERFÜGUNG STELLEN WOLLEN.
WENN IHR FÜRWAHR WISSEN WOLLT, WELCH SCHICKSAL EUREN BEIDEN FREUNDEN WIDERFAHREN IST.

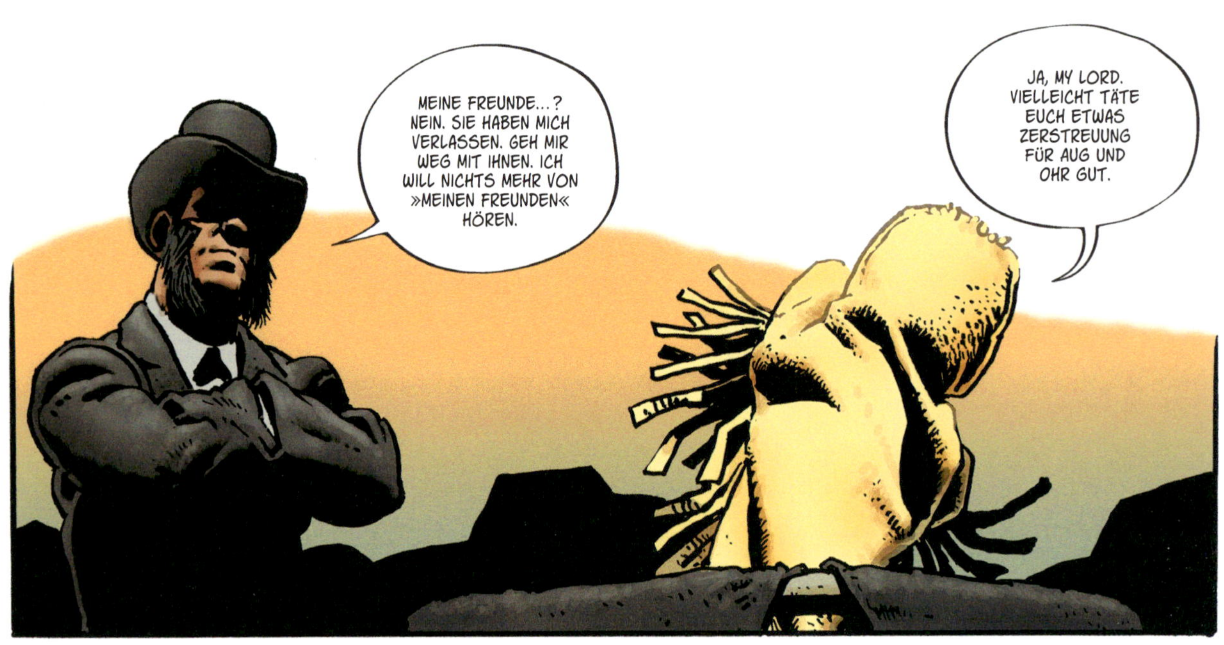
MEINE FREUNDE...? NEIN. SIE HABEN MICH VERLASSEN. GEH MIR WEG MIT IHNEN. ICH WILL NICHTS MEHR VON »MEINEN FREUNDEN« HÖREN.
JA, MY LORD. VIELLEICHT TÄTE EUCH ETWAS ZERSTREUUNG FÜR AUG UND OHR GUT.

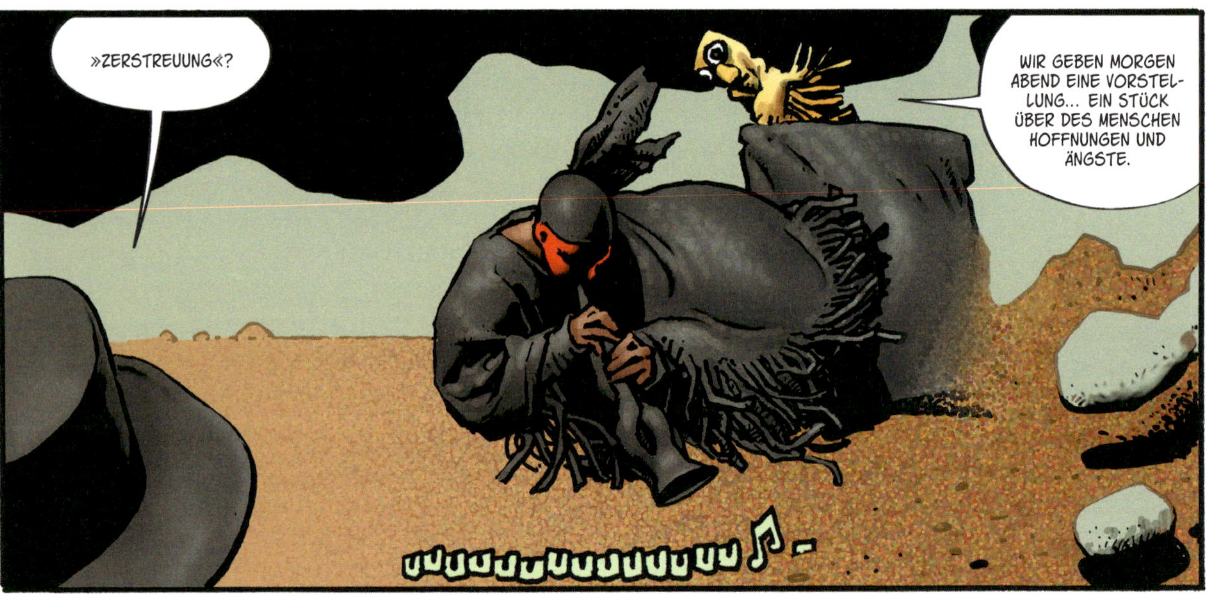
»ZERSTREUUNG«?
WIR GEBEN MORGEN ABEND EINE VORSTEL-LUNG... EIN STÜCK ÜBER DES MENSCHEN HOFFNUNGEN UND ÄNGSTE.
UUUUUUUUUUUUUUU♪-

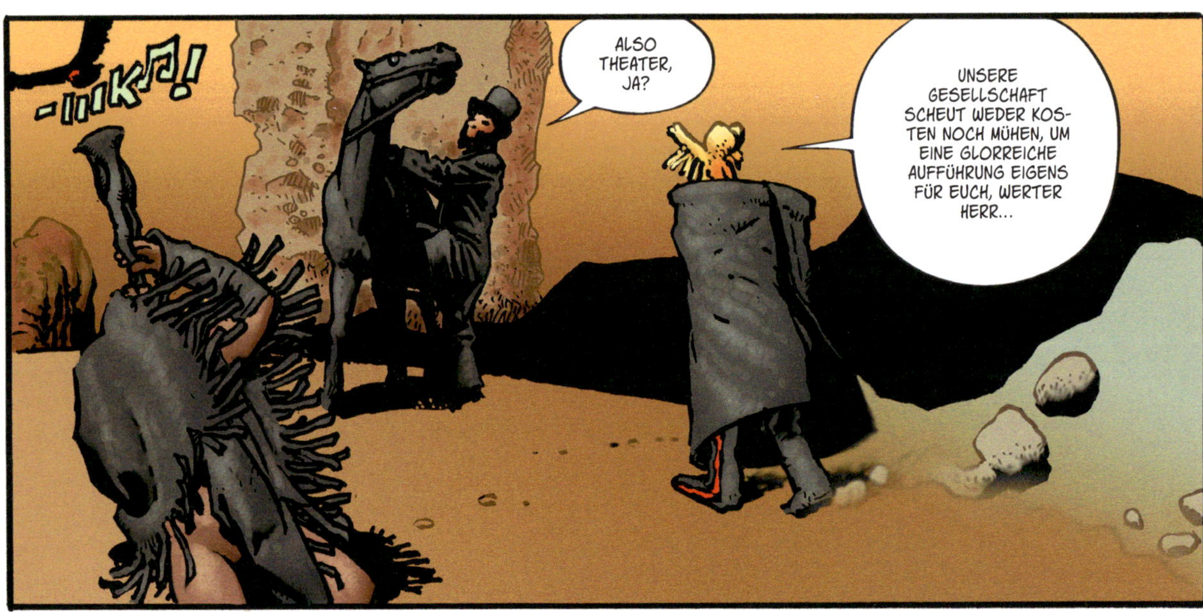
-IIIK♫!
ALSO THEATER, JA?
UNSERE GESELLSCHAFT SCHEUT WEDER KOS-TEN NOCH MÜHEN, UM EINE GLORREICHE AUFFÜHRUNG EIGENS FÜR EUCH, WERTER HERR...

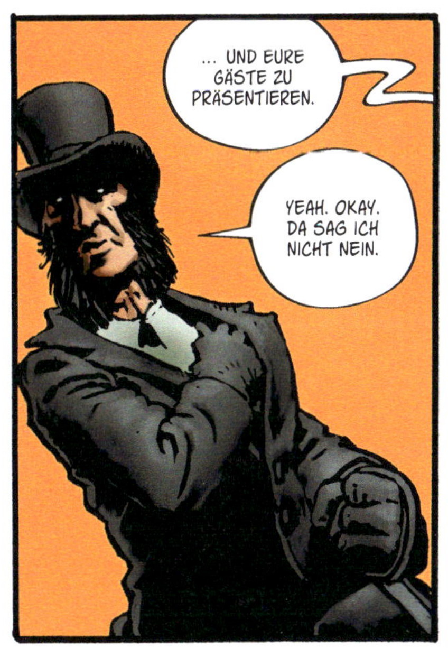
… UND EURE GÄSTE ZU PRÄSENTIEREN.
YEAH. OKAY. DA SAG ICH NICHT NEIN.

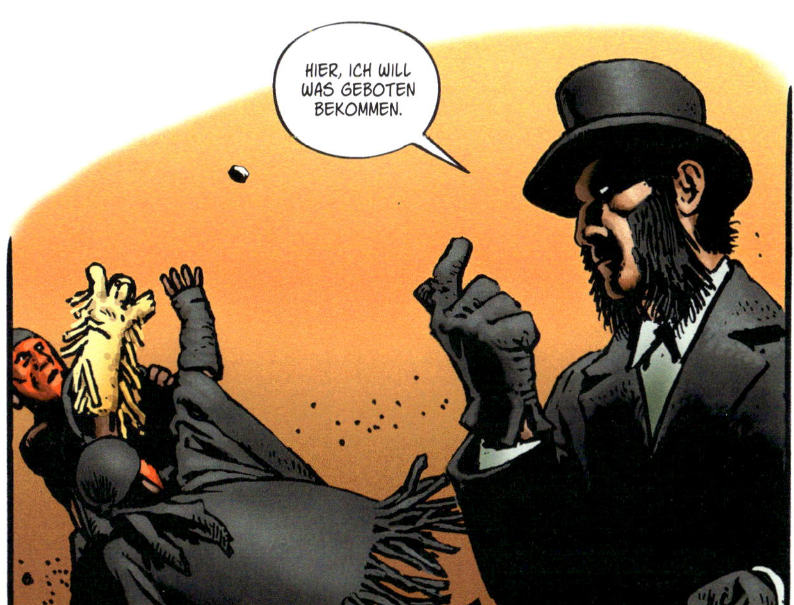
HIER, ICH WILL WAS GEBOTEN BEKOMMEN.

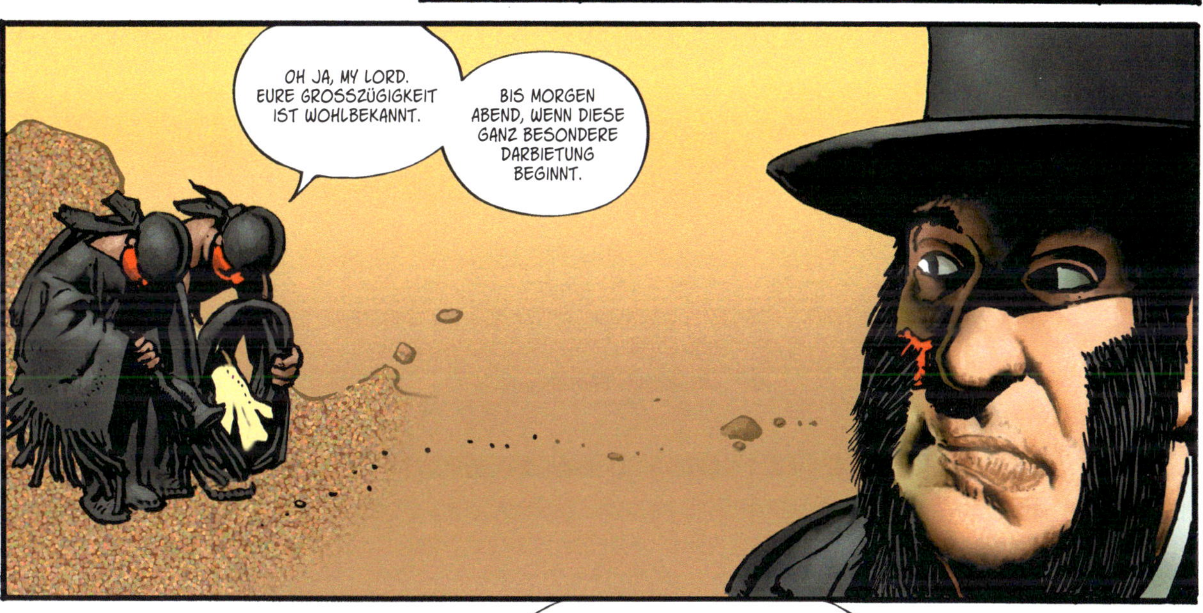
OH JA, MY LORD. EURE GROSSZÜGIGKEIT IST WOHLBEKANNT.
BIS MORGEN ABEND, WENN DIESE GANZ BESONDERE DARBIETUNG BEGINNT.

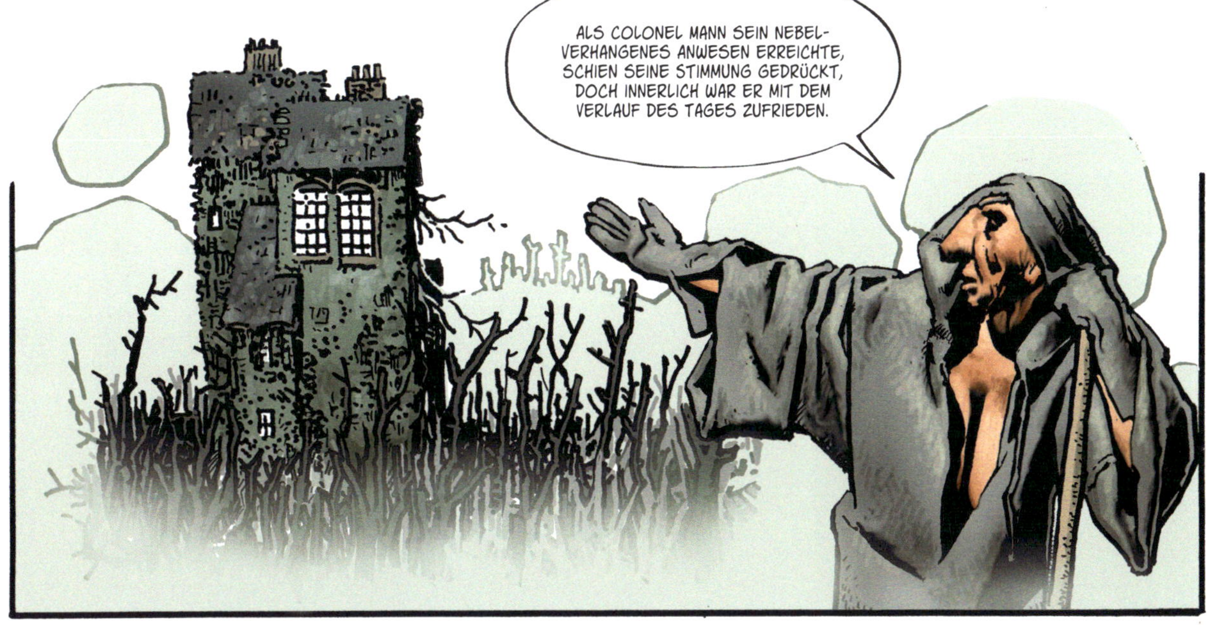
ALS COLONEL MANN SEIN NEBEL-VERHANGENES ANWESEN ERREICHTE, SCHIEN SEINE STIMMUNG GEDRÜCKT, DOCH INNERLICH WAR ER MIT DEM VERLAUF DES TAGES ZUFRIEDEN.

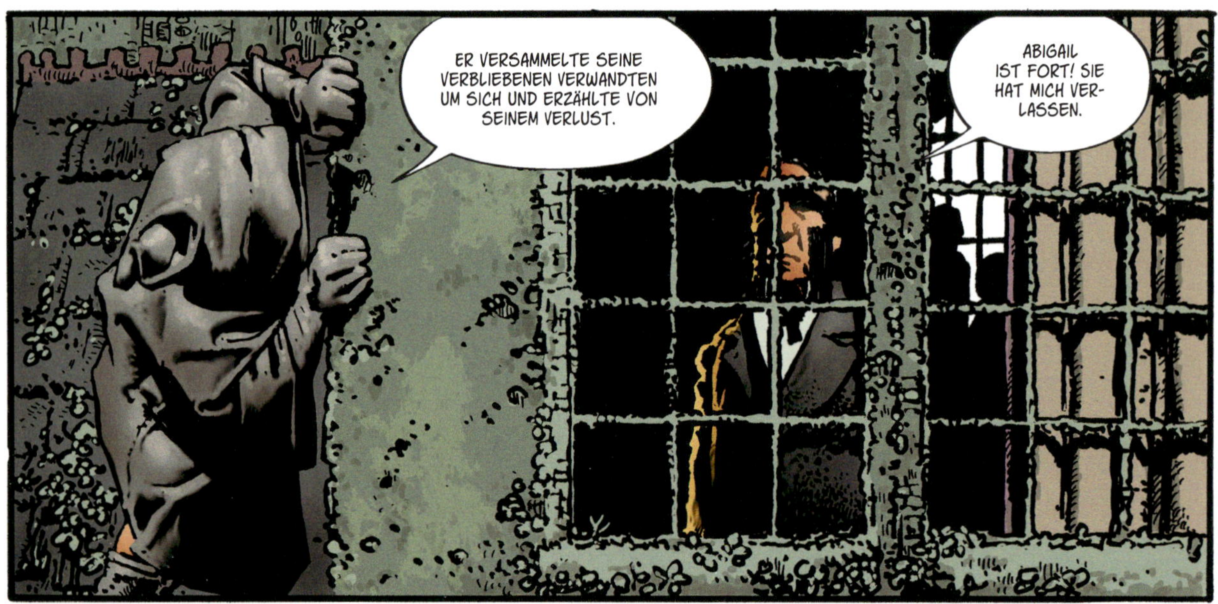
ER VERSAMMELTE SEINE VERBLIEBENEN VERWANDTEN UM SICH UND ERZÄHLTE VON SEINEM VERLUST.
ABIGAIL IST FORT! SIE HAT MICH VERLASSEN.

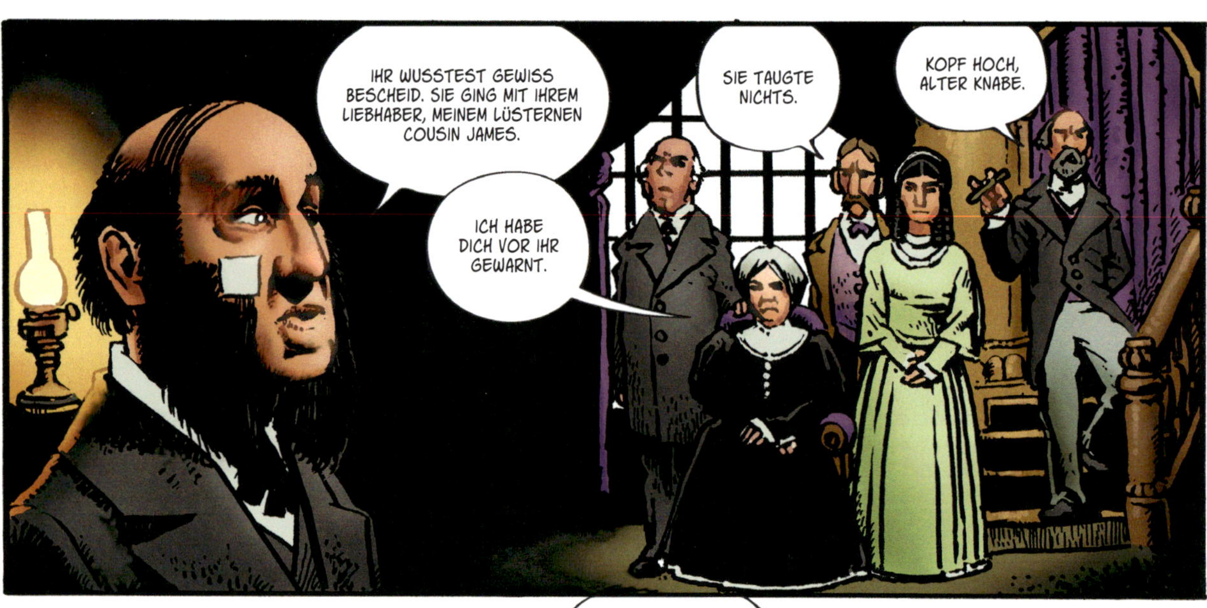
IHR WUSSTEST GEWISS BESCHEID. SIE GING MIT IHREM LIEBHABER, MEINEM LÜSTERNEN COUSIN JAMES.
SIE TAUGTE NICHTS.
KOPF HOCH, ALTER KNABE.
ICH HABE DICH VOR IHR GEWARNT.

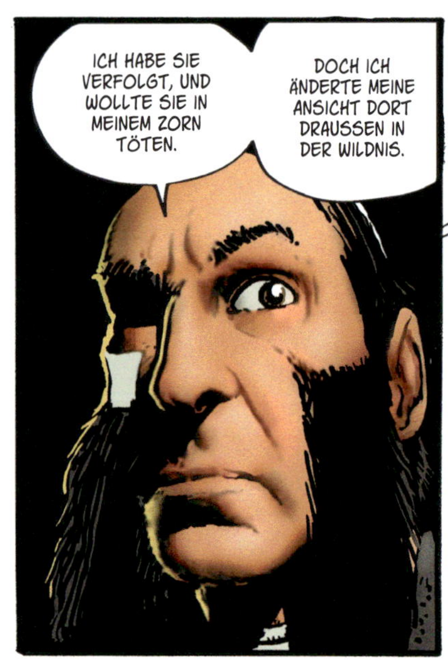
ICH HABE SIE VERFOLGT, UND WOLLTE SIE IN MEINEM ZORN TÖTEN.
DOCH ICH ÄNDERTE MEINE ANSICHT DORT DRAUSSEN IN DER WILDNIS.
ICH LIESS SIE ZIEHEN.

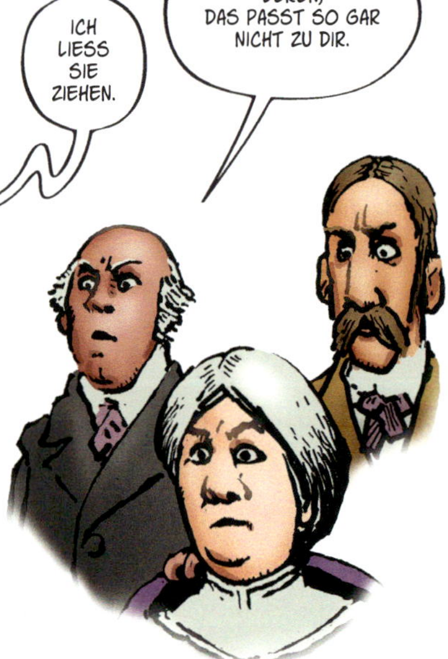
DEREN, DAS PASST SO GAR NICHT ZU DIR.

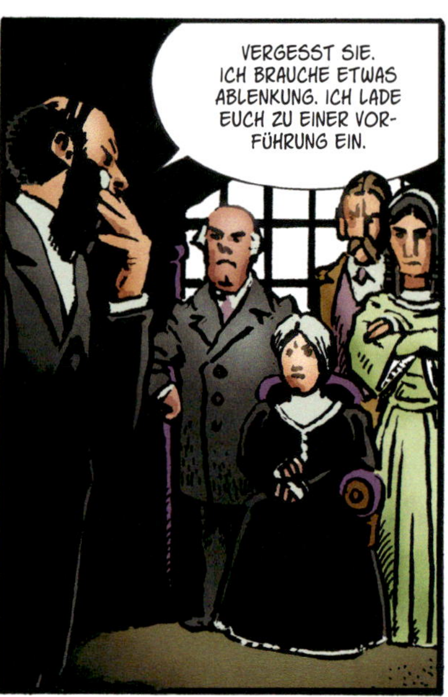
VERGESST SIE. ICH BRAUCHE ETWAS ABLENKUNG. ICH LADE EUCH ZU EINER VORFÜHRUNG EIN.

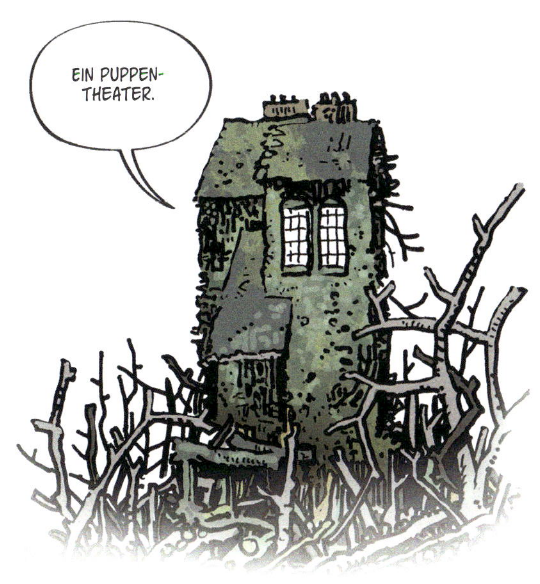
EIN PUPPEN-
THEATER.

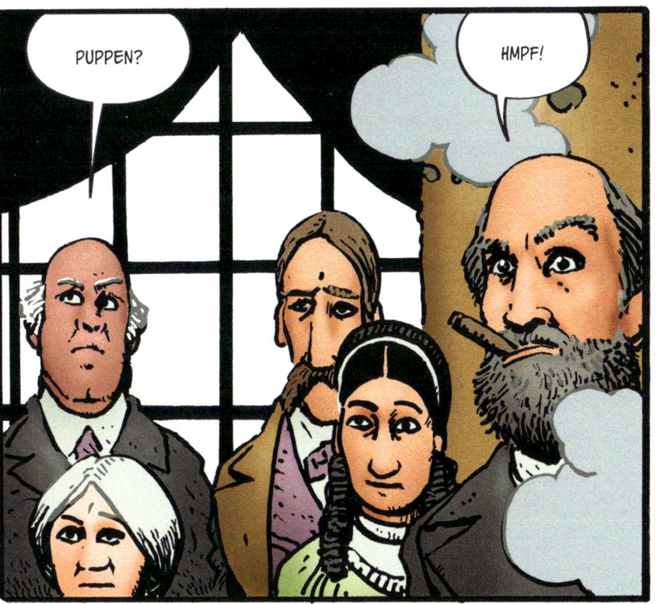
PUPPEN?
HMPF!

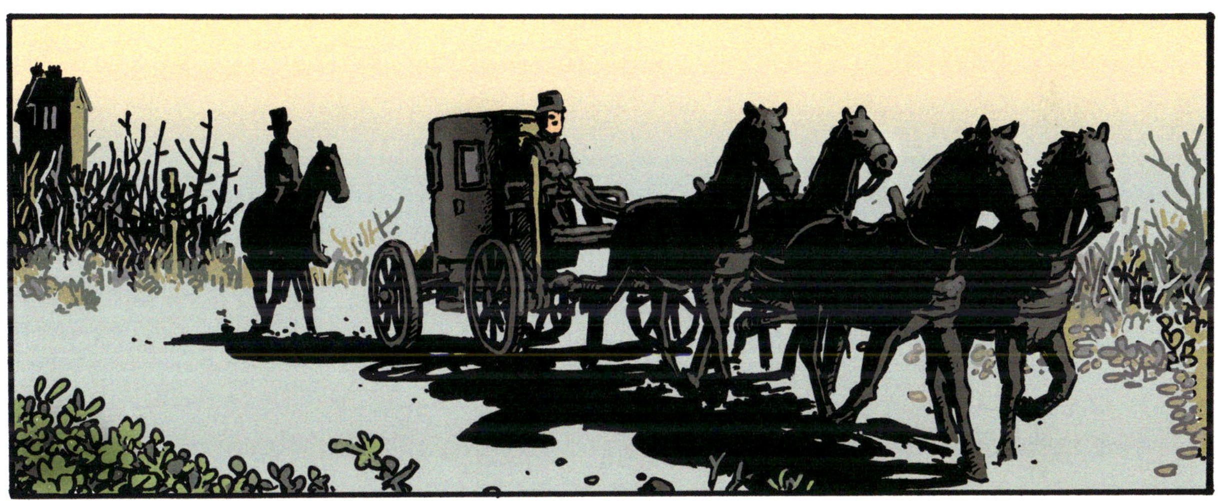

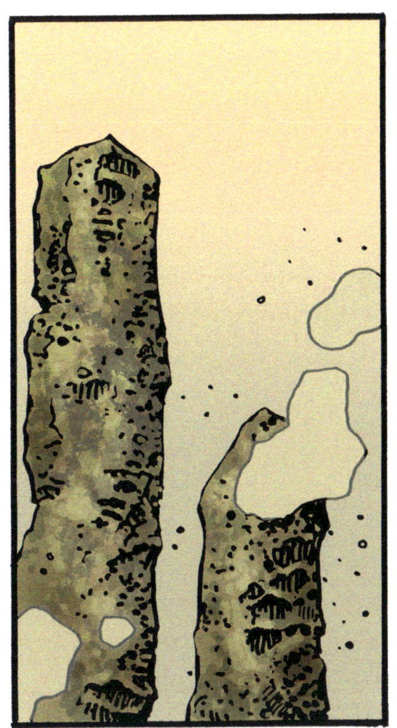

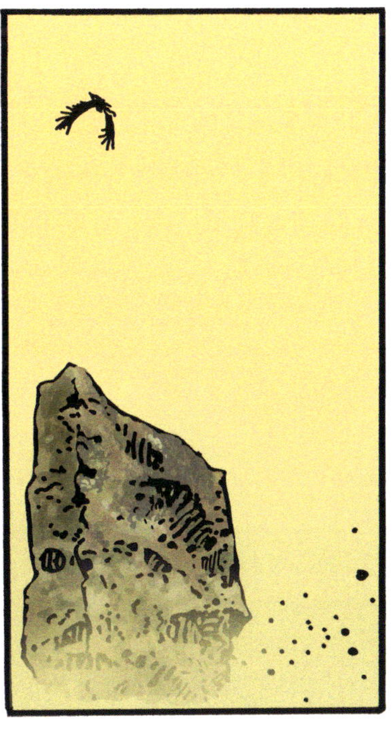

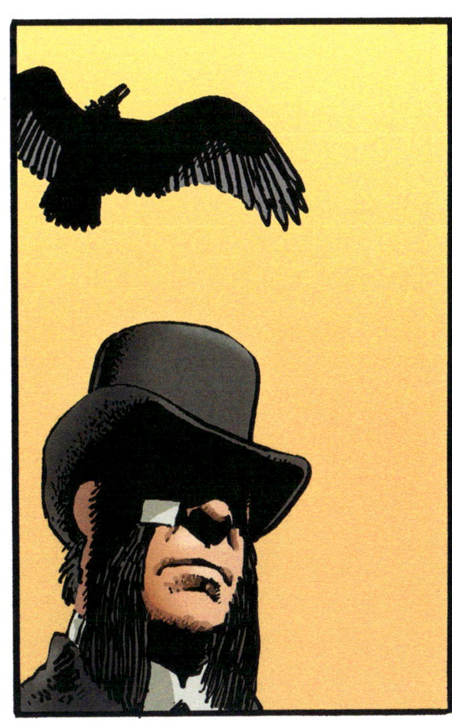

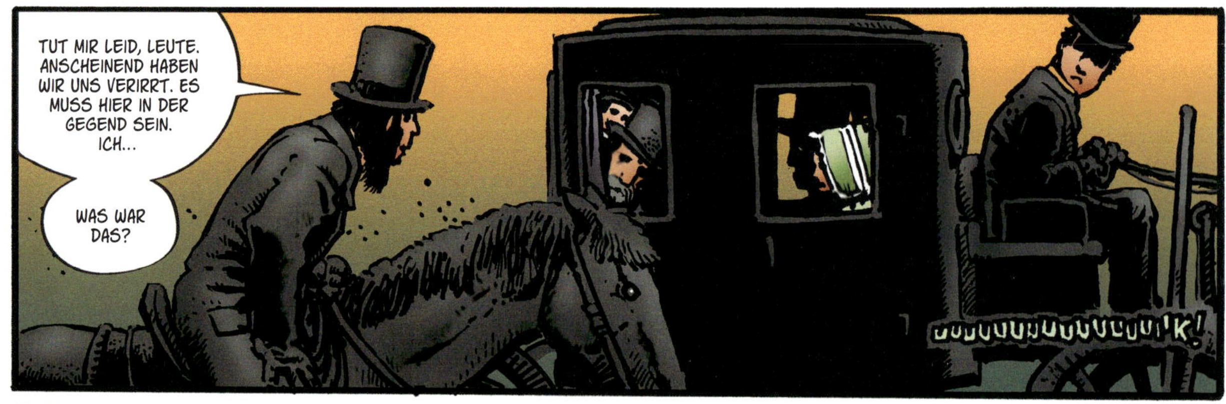
TUT MIR LEID, LEUTE. ANSCHEINEND HABEN WIR UNS VERIRRT. ES MUSS HIER IN DER GEGEND SEIN. ICH...
WAS WAR DAS?
UUUUUUUUUUUUUUIK!

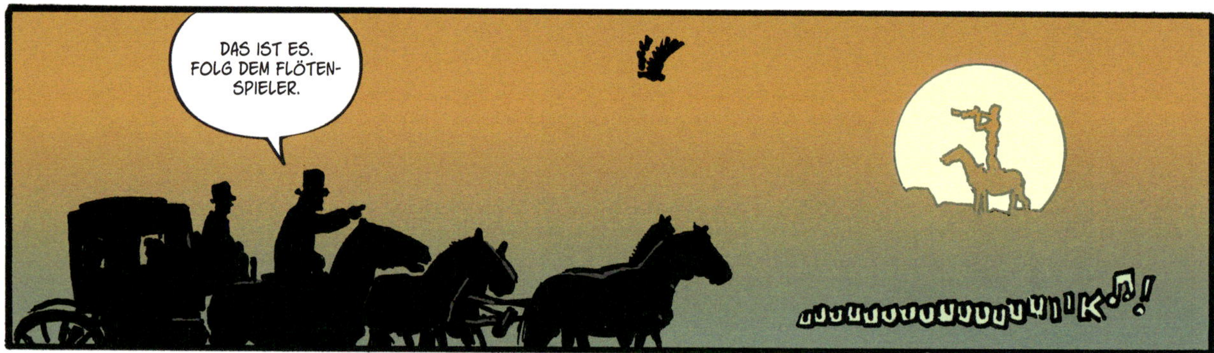
DAS IST ES. FOLG DEM FLÖTEN-SPIELER.
UUUUUUUUUUUUUUUUIIK!

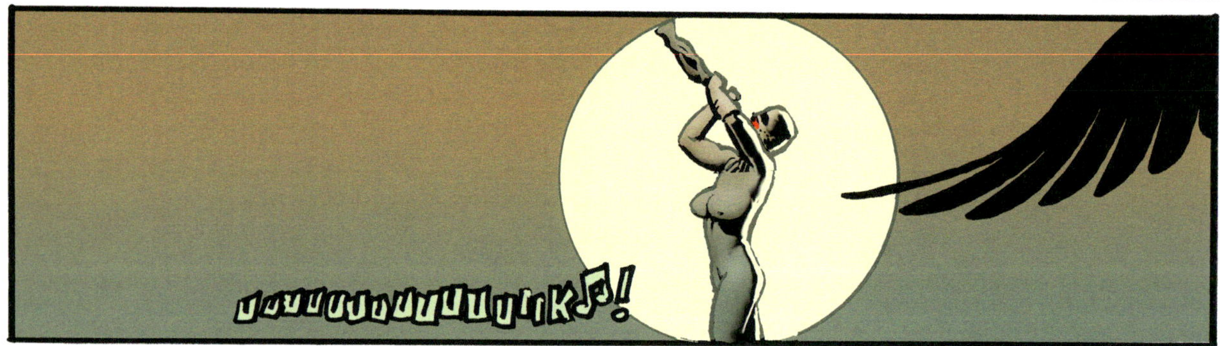
UUUUUUUUUUUUUUUIIK!

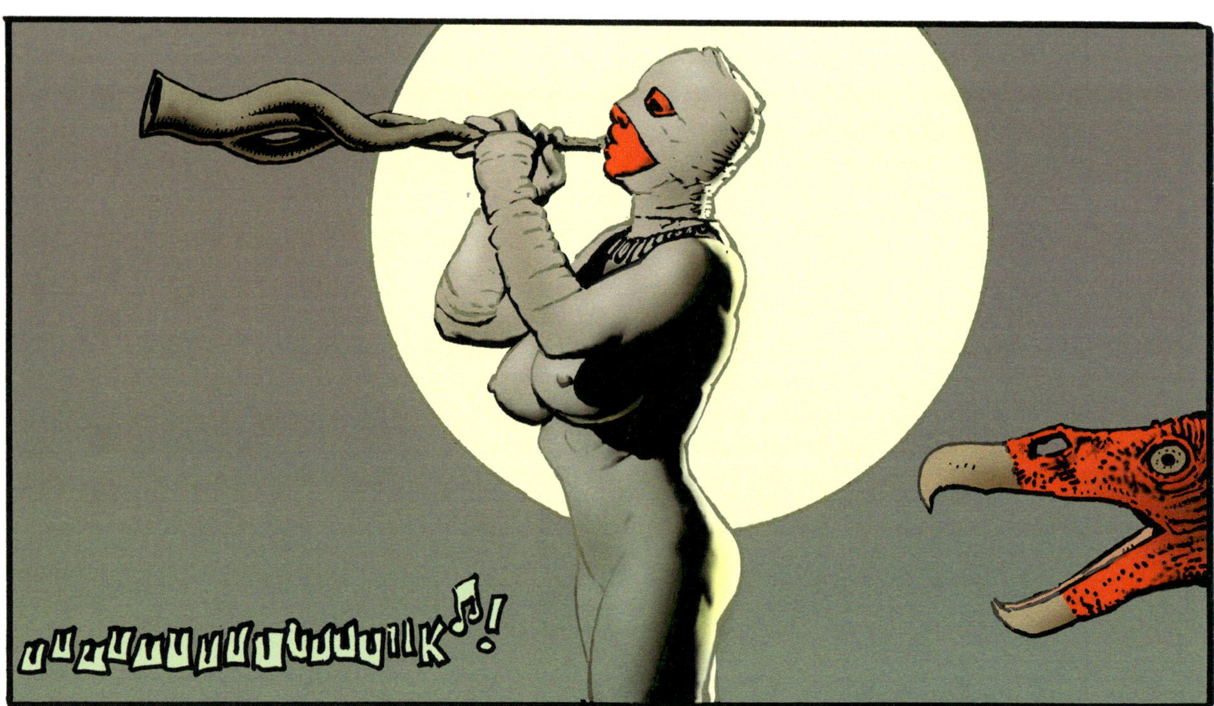
UUUUUUUUUUUUUUUUIIK!

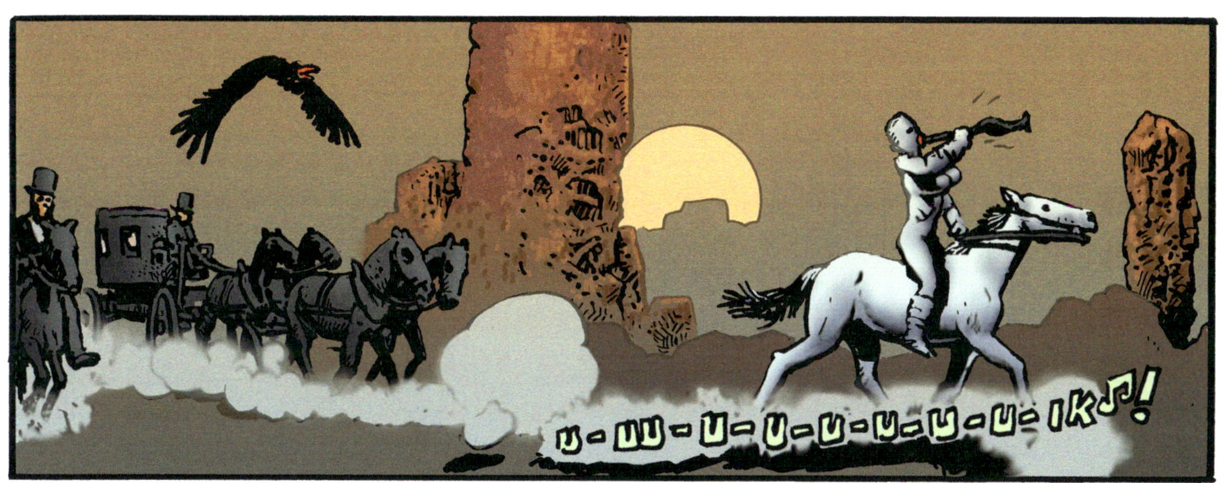
U-UU-U-U-U-U-U-U-IK♪!

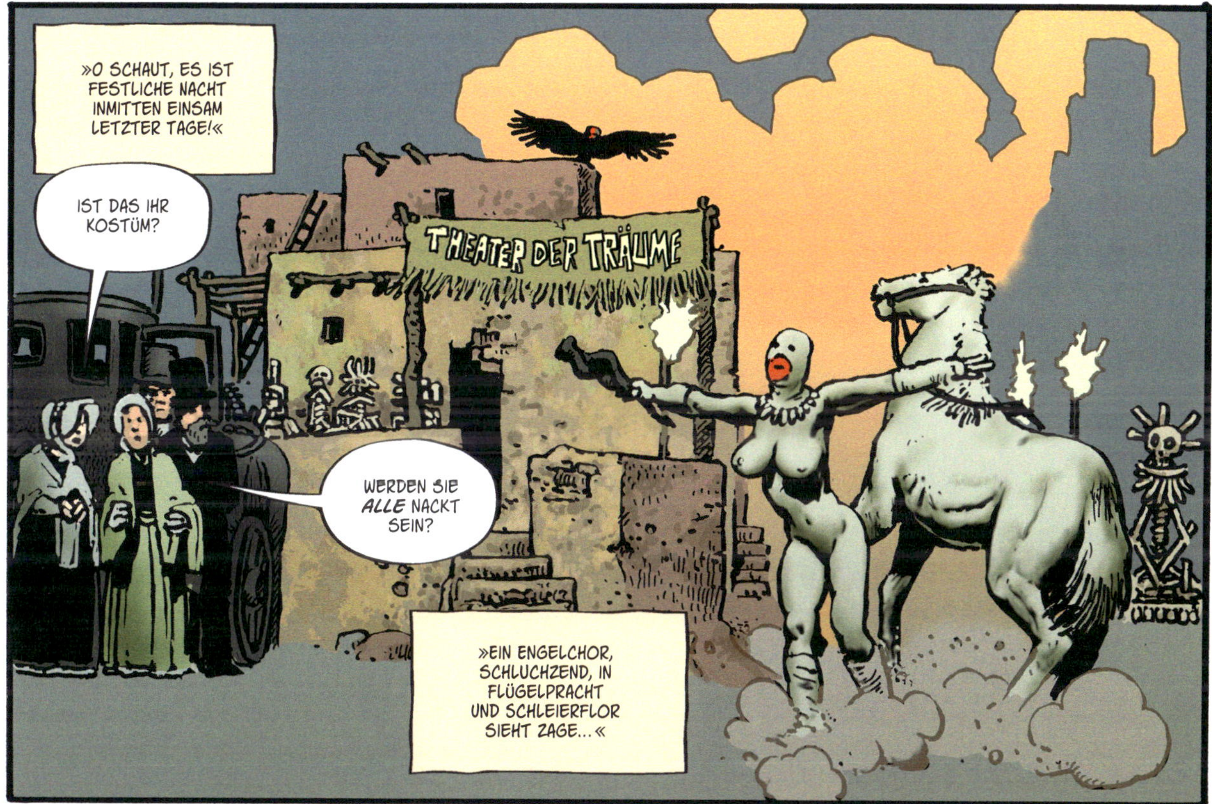
»O SCHAUT, ES IST FESTLICHE NACHT INMITTEN EINSAM LETZTER TAGE!«
IST DAS IHR KOSTÜM?
THEATER DER TRÄUME
WERDEN SIE *ALLE* NACKT SEIN?
»EIN ENGELCHOR, SCHLUCHZEND, IN FLÜGELPRACHT UND SCHLEIERFLOR SIEHT ZAGE...«

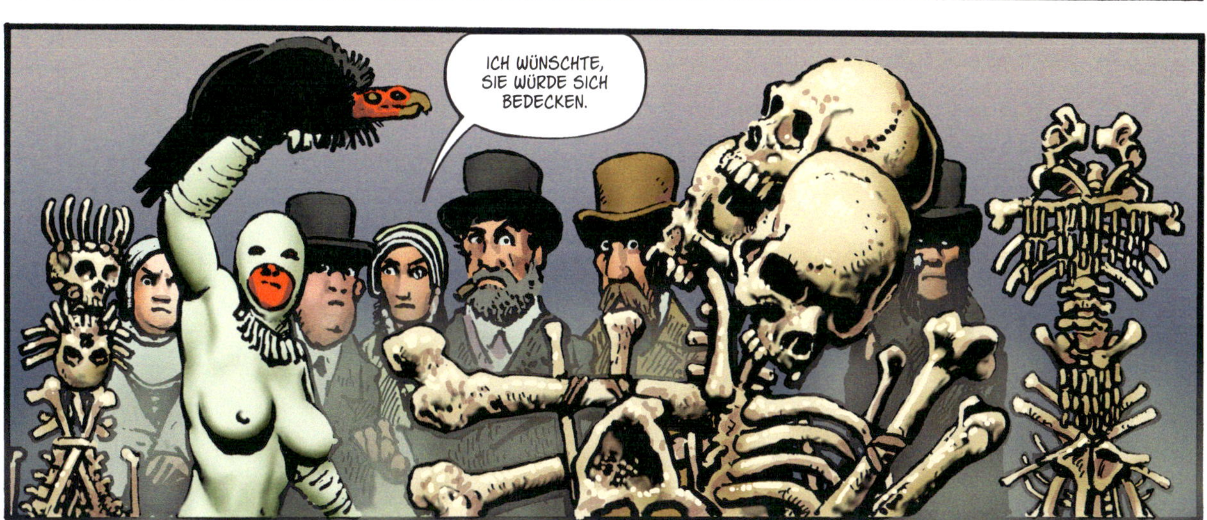
ICH WÜNSCHTE, SIE WÜRDE SICH BEDECKEN.

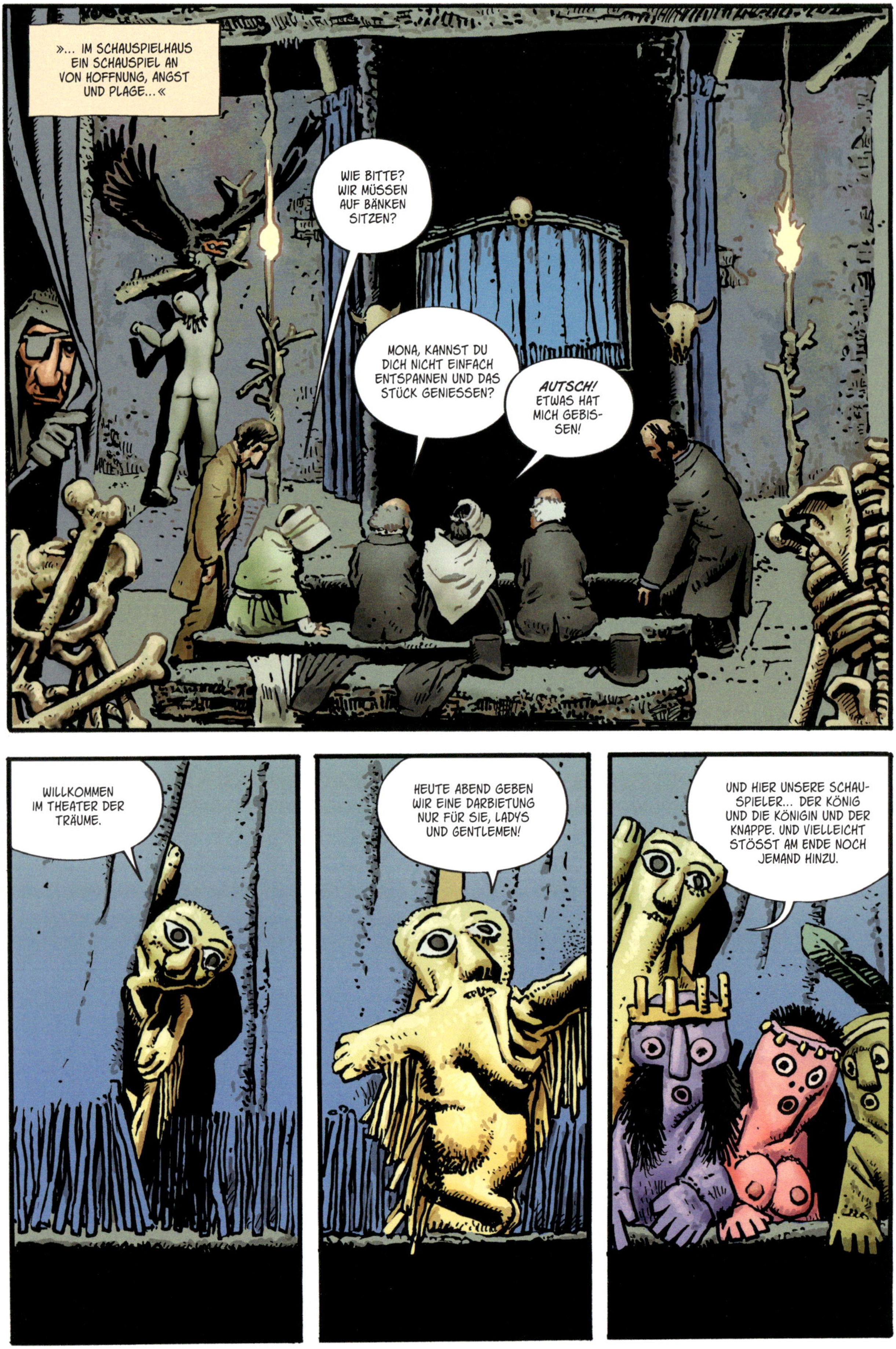

»... IM SCHAUSPIELHAUS EIN SCHAUSPIEL AN VON HOFFNUNG, ANGST UND PLAGE...«

WIE BITTE? WIR MÜSSEN AUF BÄNKEN SITZEN?

MONA, KANNST DU DICH NICHT EINFACH ENTSPANNEN UND DAS STÜCK GENIESSEN?

AUTSCH! ETWAS HAT MICH GEBISSEN!

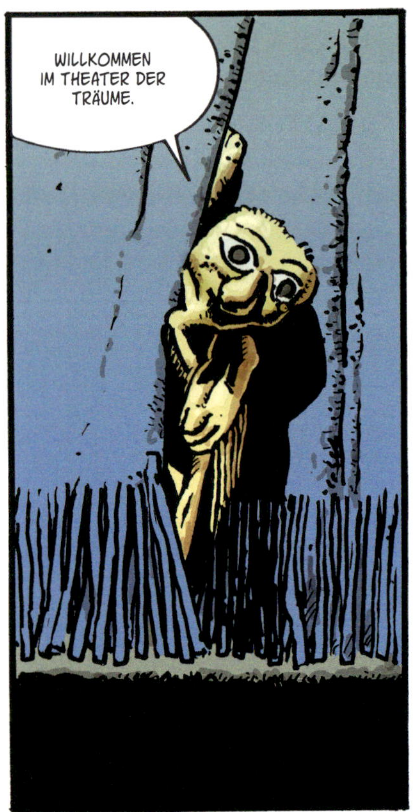

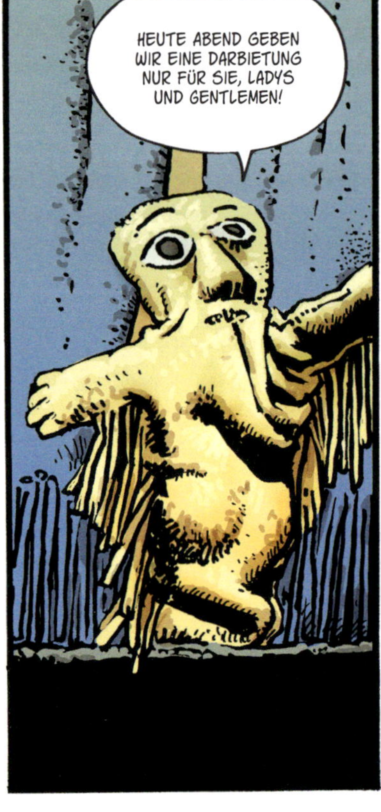

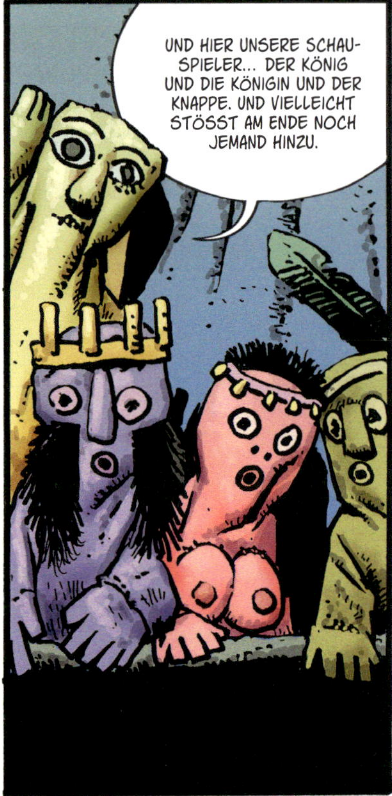

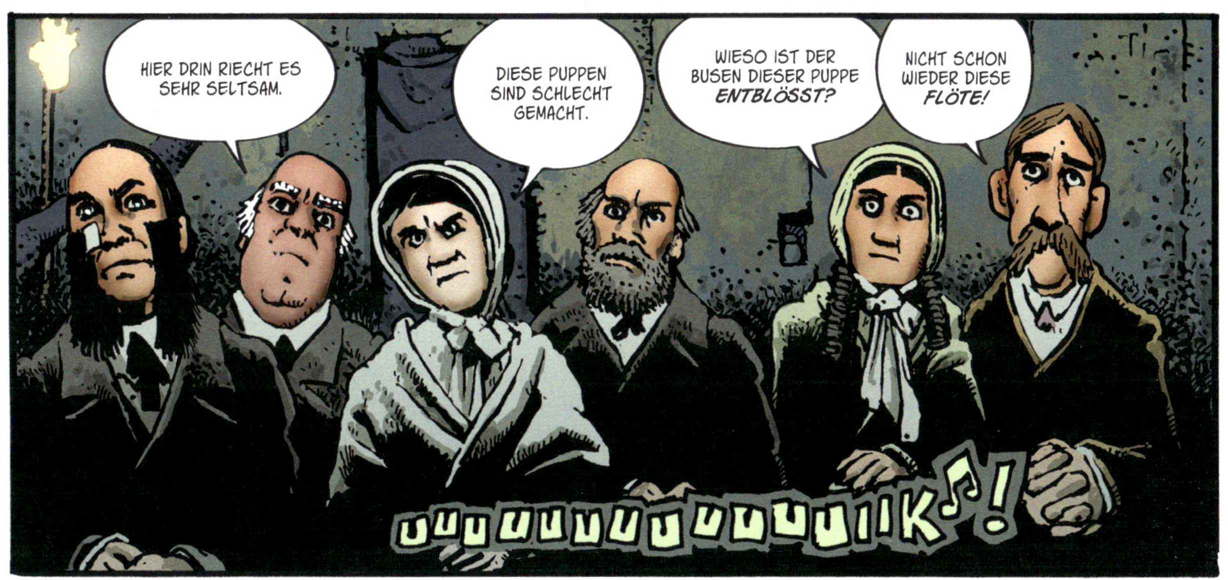
HIER DRIN RIECHT ES SEHR SELTSAM.
DIESE PUPPEN SIND SCHLECHT GEMACHT.
WIESO IST DER BUSEN DIESER PUPPE *ENTBLÖSST?*
NICHT SCHON WIEDER DIESE *FLÖTE!*
UUUUUUUUUUUUUUIIKS!

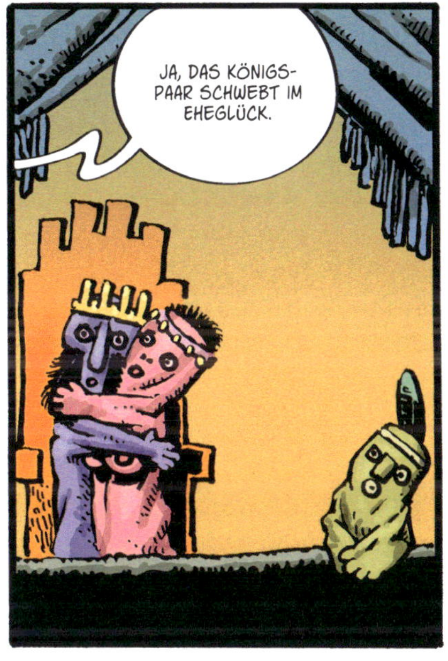
JA, DAS KÖNIGSPAAR SCHWEBT IM EHEGLÜCK.

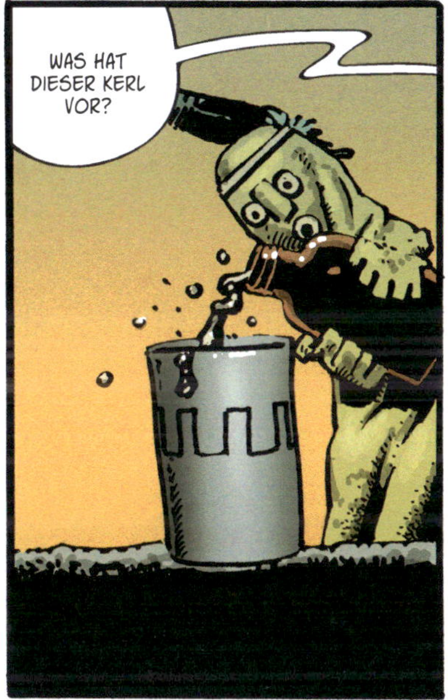
WAS HAT DIESER KERL VOR?

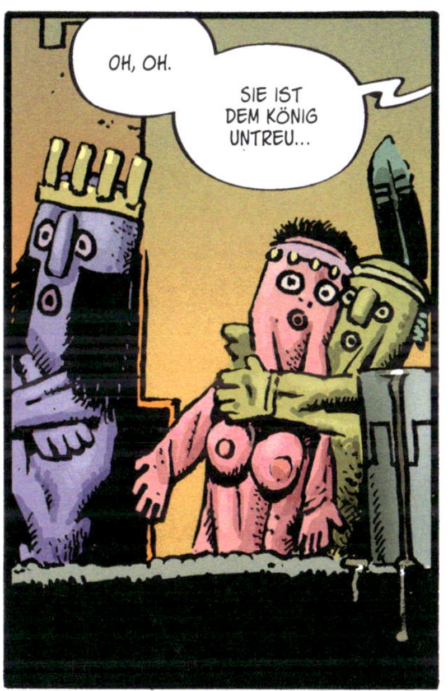
OH, OH.
SIE IST DEM KÖNIG UNTREU...

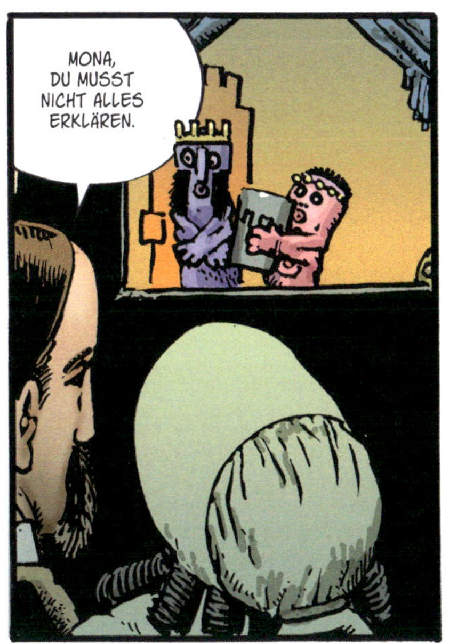
MONA, DU MUSST NICHT ALLES ERKLÄREN.

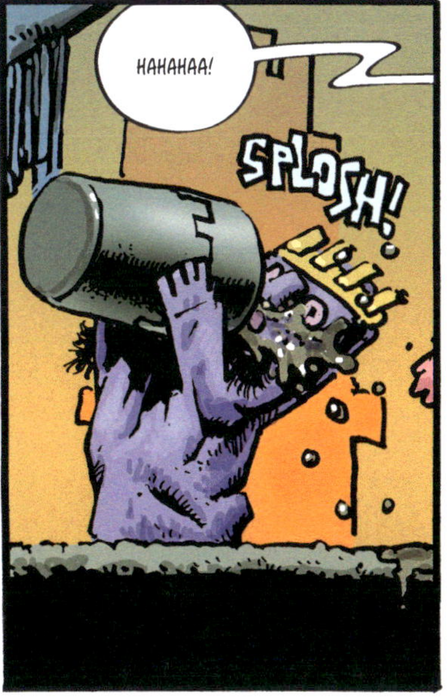
HAHAHAA!
SPLOSH!

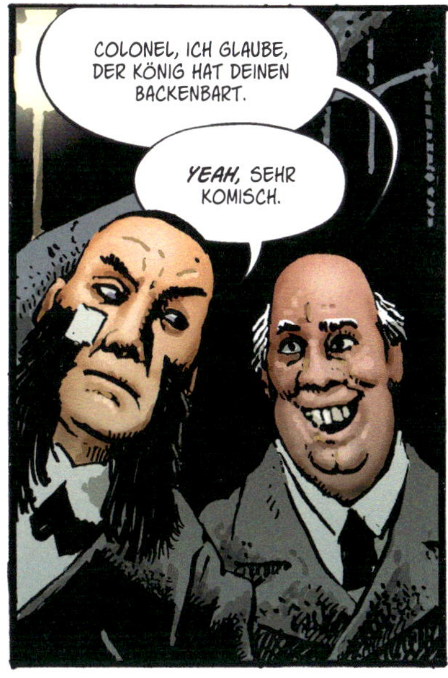
COLONEL, ICH GLAUBE, DER KÖNIG HAT DEINEN BACKENBART.
YEAH, SEHR KOMISCH.

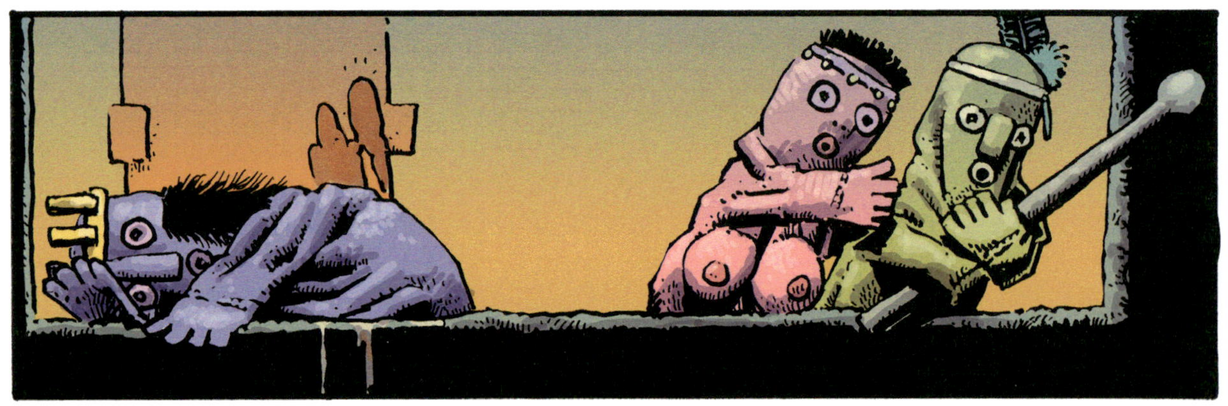
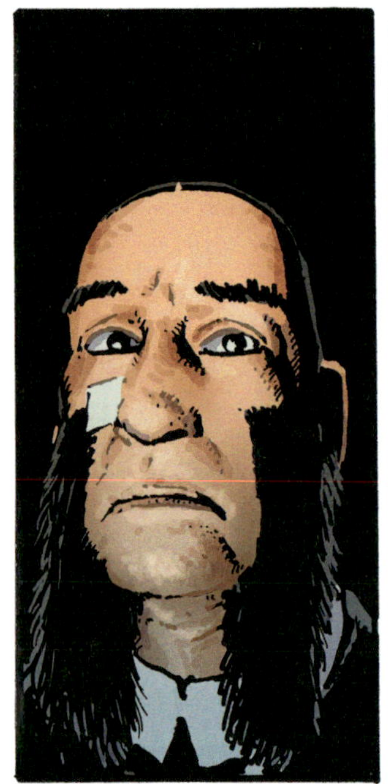
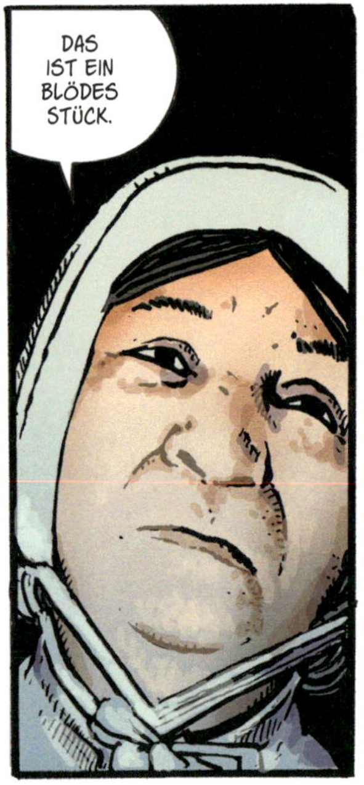
DAS IST EIN BLÖDES STÜCK.
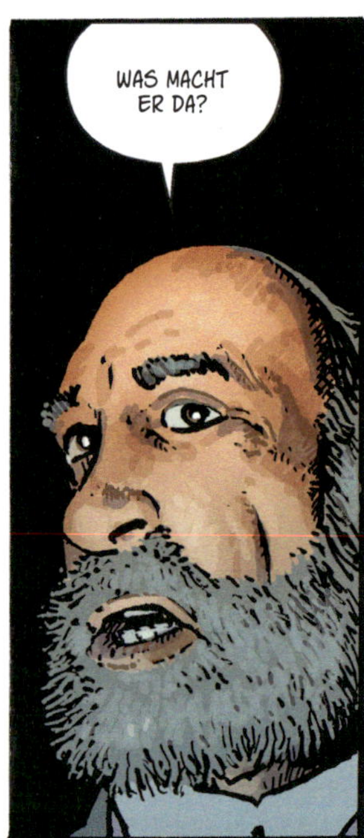
WAS MACHT ER DA?
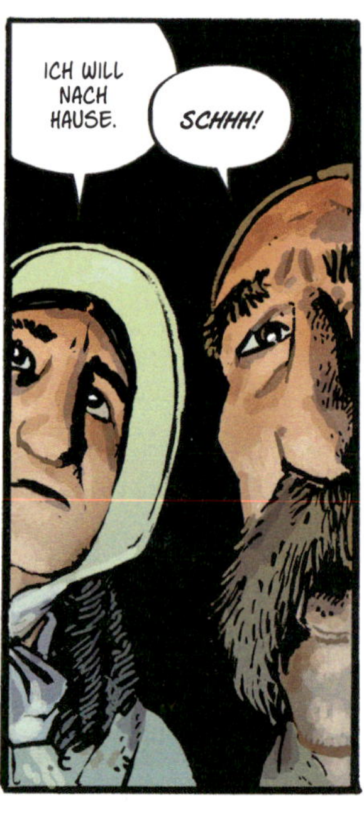
ICH WILL NACH HAUSE.
SCHHH!
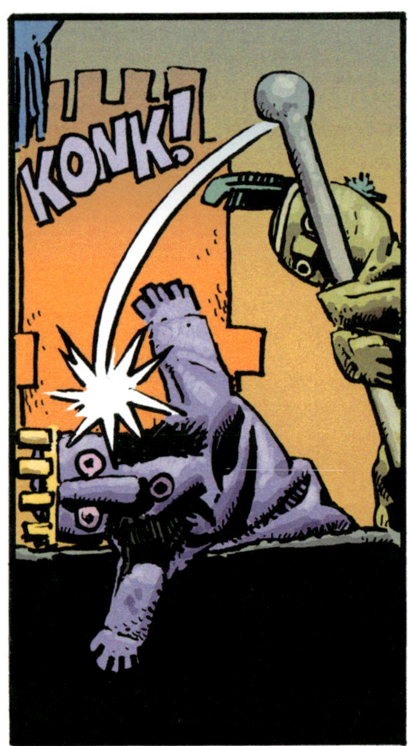
KONK!
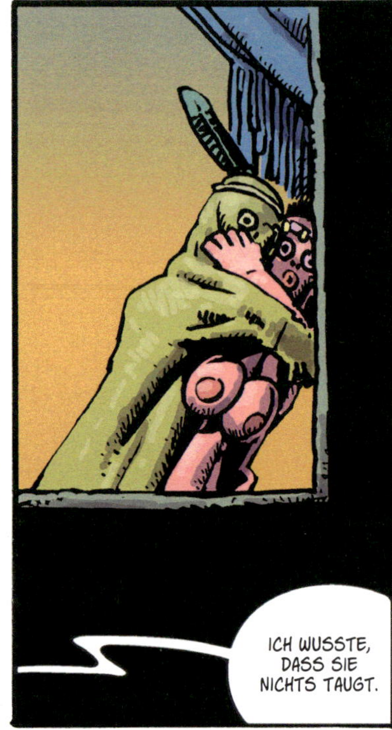
ICH WUSSTE, DASS SIE NICHTS TAUGT.
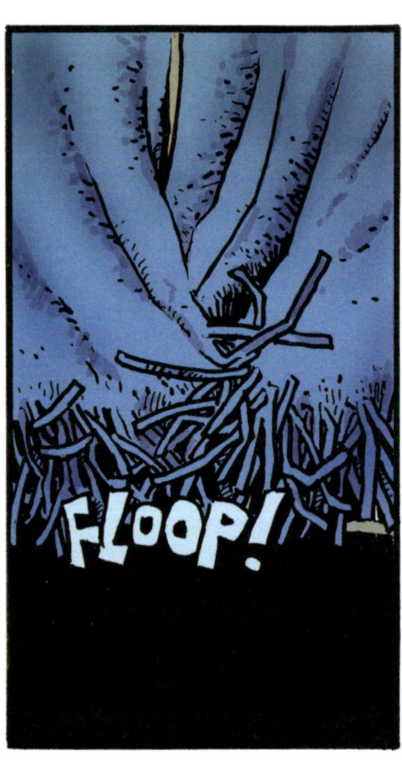
FLOOP!

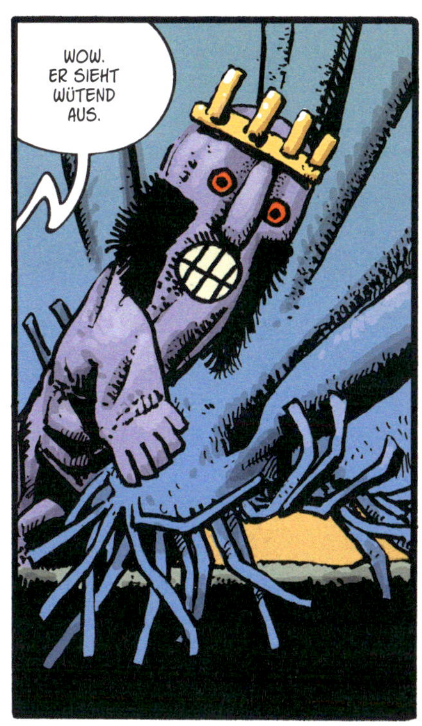
WOW.
ER SIEHT
WÜTEND
AUS.

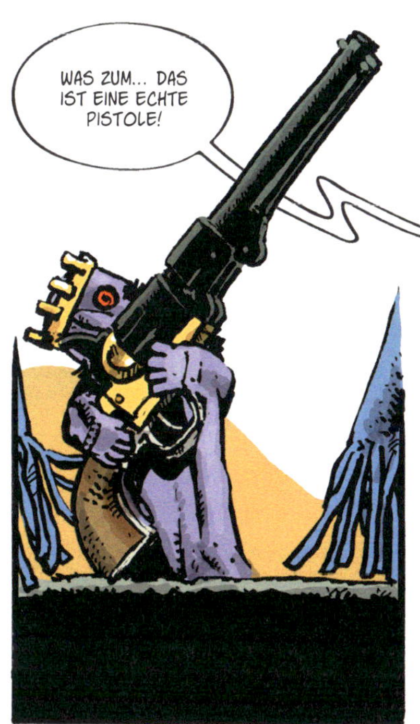
WAS ZUM... DAS
IST EINE ECHTE
PISTOLE!

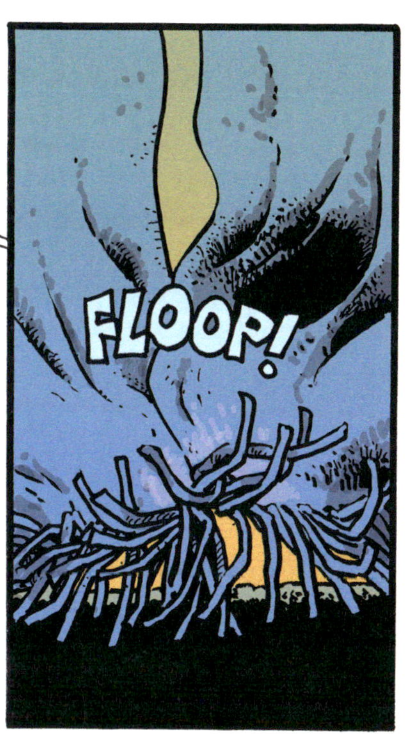
FLOOP!

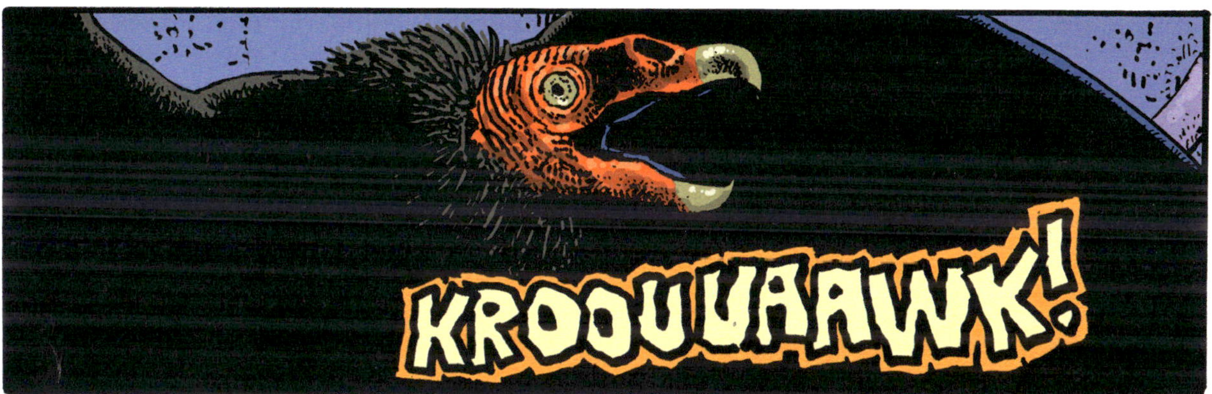
KROOUUAAWK!

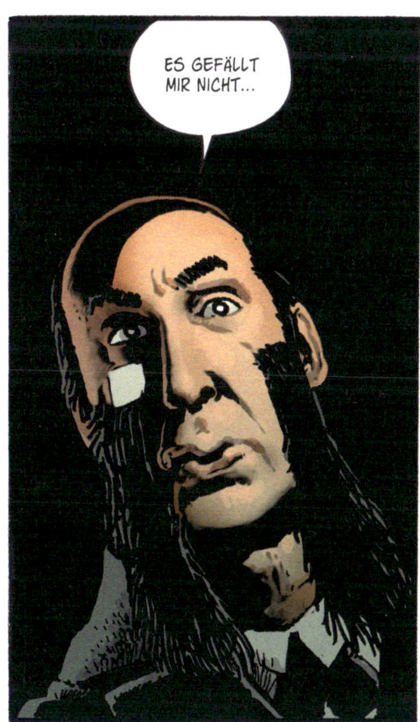
ES GEFÄLLT
MIR NICHT...

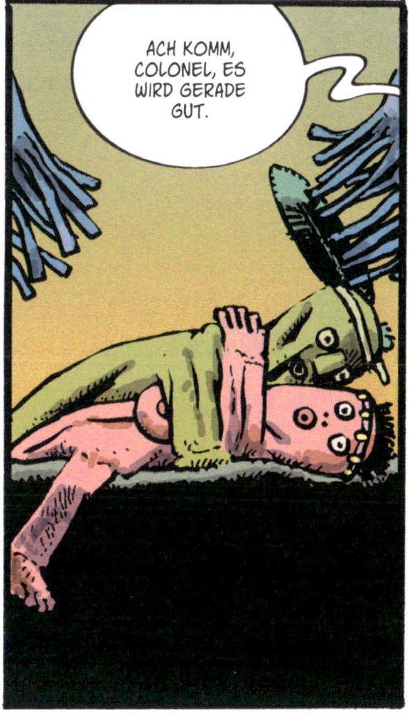
ACH KOMM,
COLONEL, ES
WIRD GERADE
GUT.

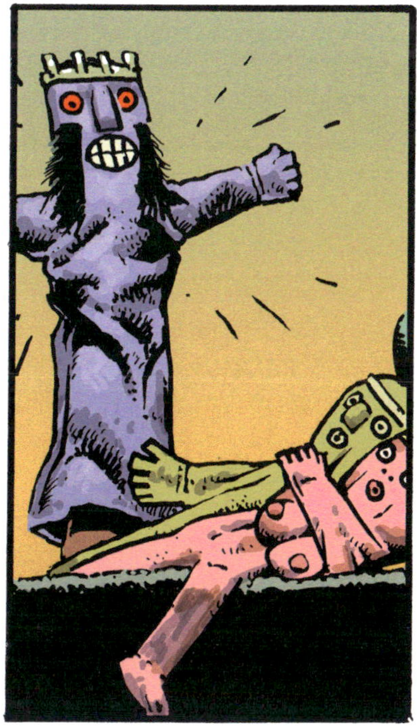

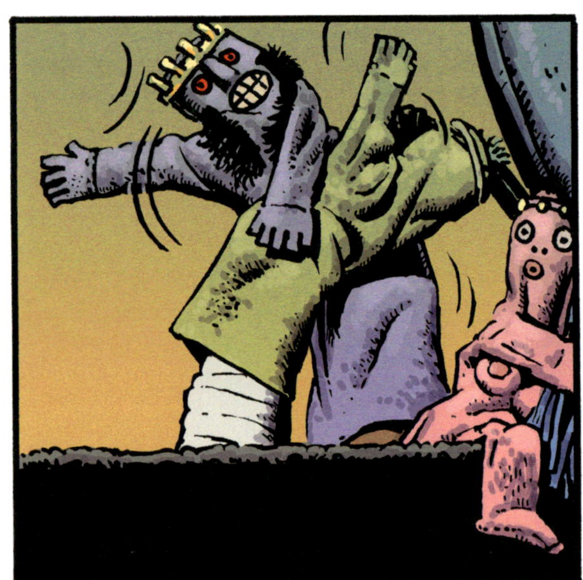
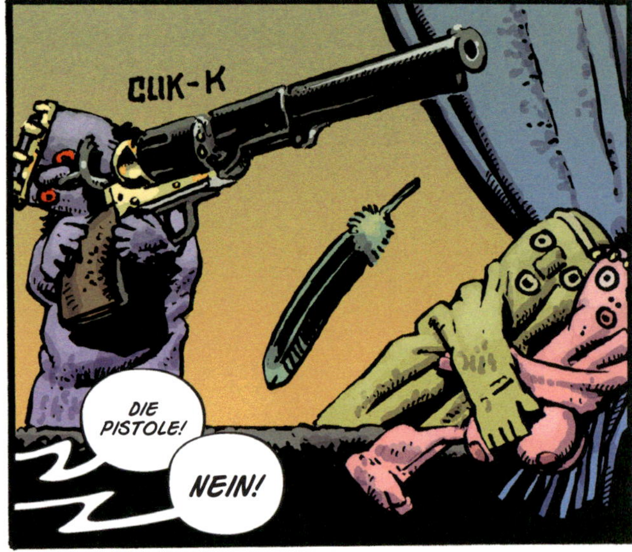
CLIK-K
DIE PISTOLE!
NEIN!
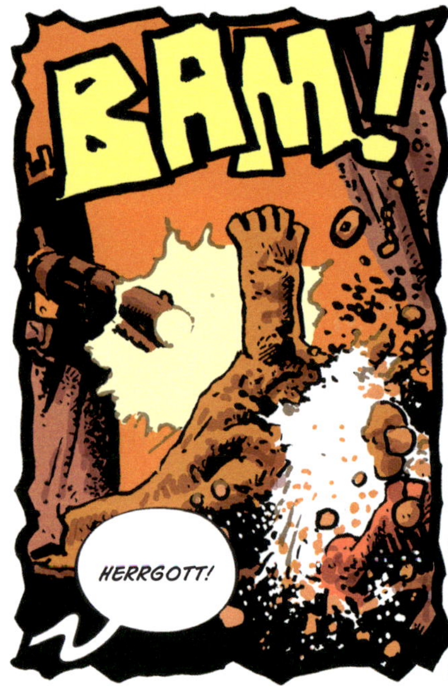
BAM!
HERRGOTT!
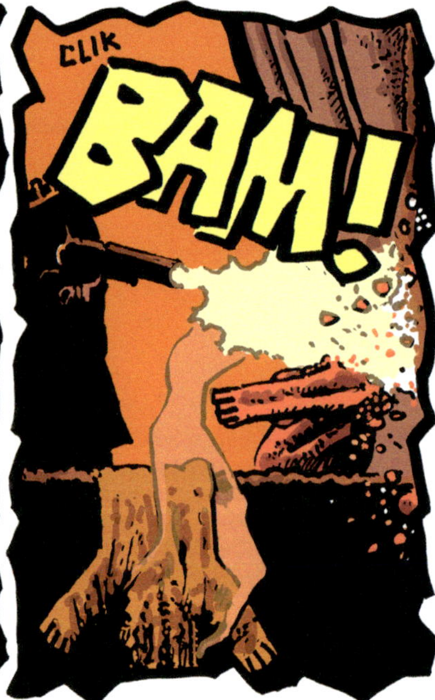
CLIK
BAM!
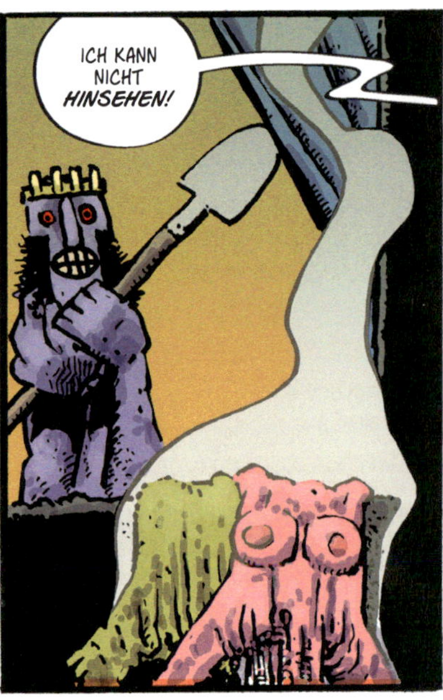
ICH KANN NICHT HINSEHEN!
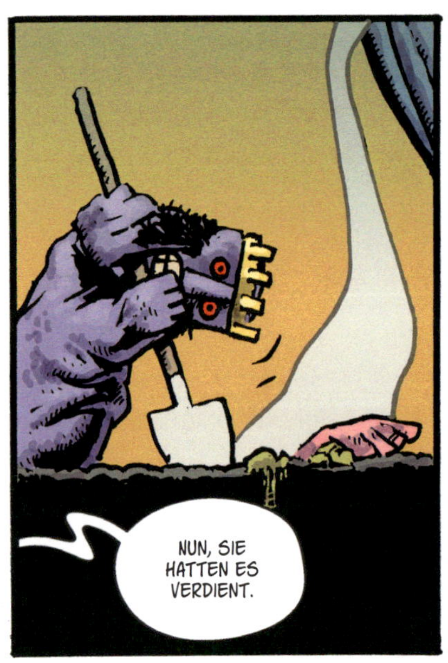
NUN, SIE HATTEN ES VERDIENT.
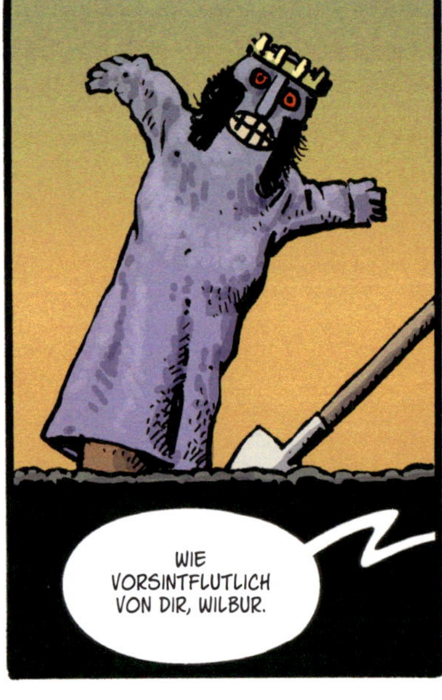
WIE VORSINTFLUTLICH VON DIR, WILBUR.
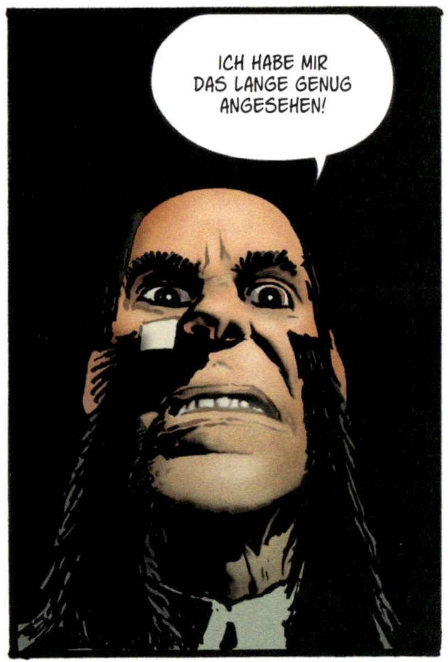
ICH HABE MIR DAS LANGE GENUG ANGESEHEN!

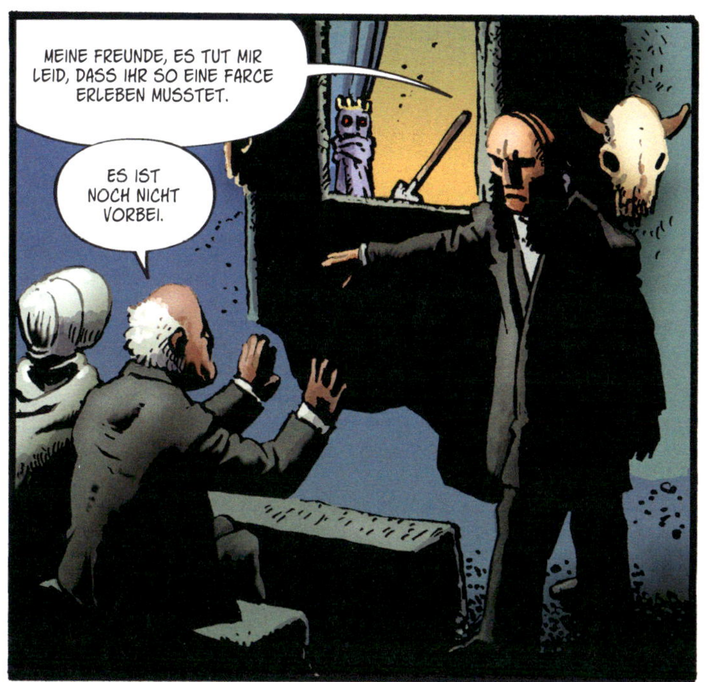
MEINE FREUNDE, ES TUT MIR LEID, DASS IHR SO EINE FARCE ERLEBEN MUSSTET.
ES IST NOCH NICHT VORBEI.

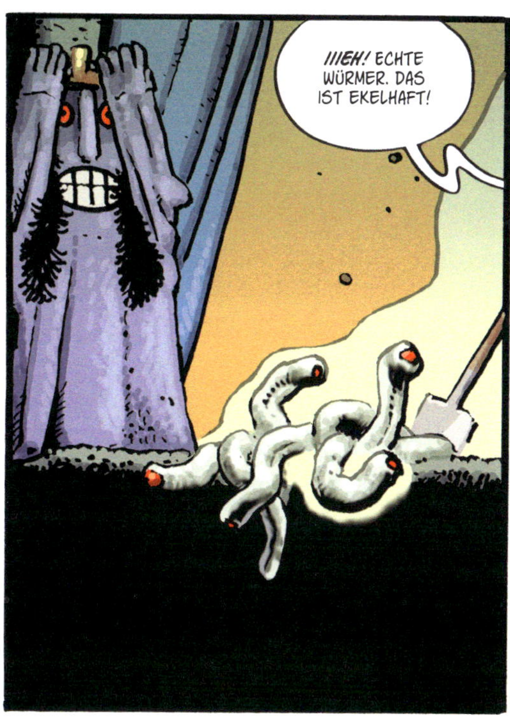
IIIEH! ECHTE WÜRMER. DAS IST EKELHAFT!

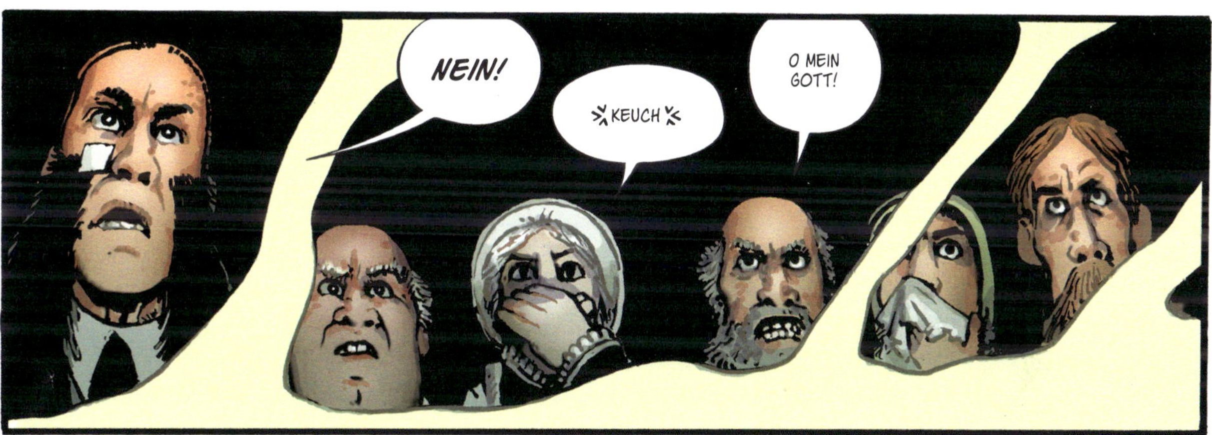
NEIN!
KEUCH
O MEIN GOTT!

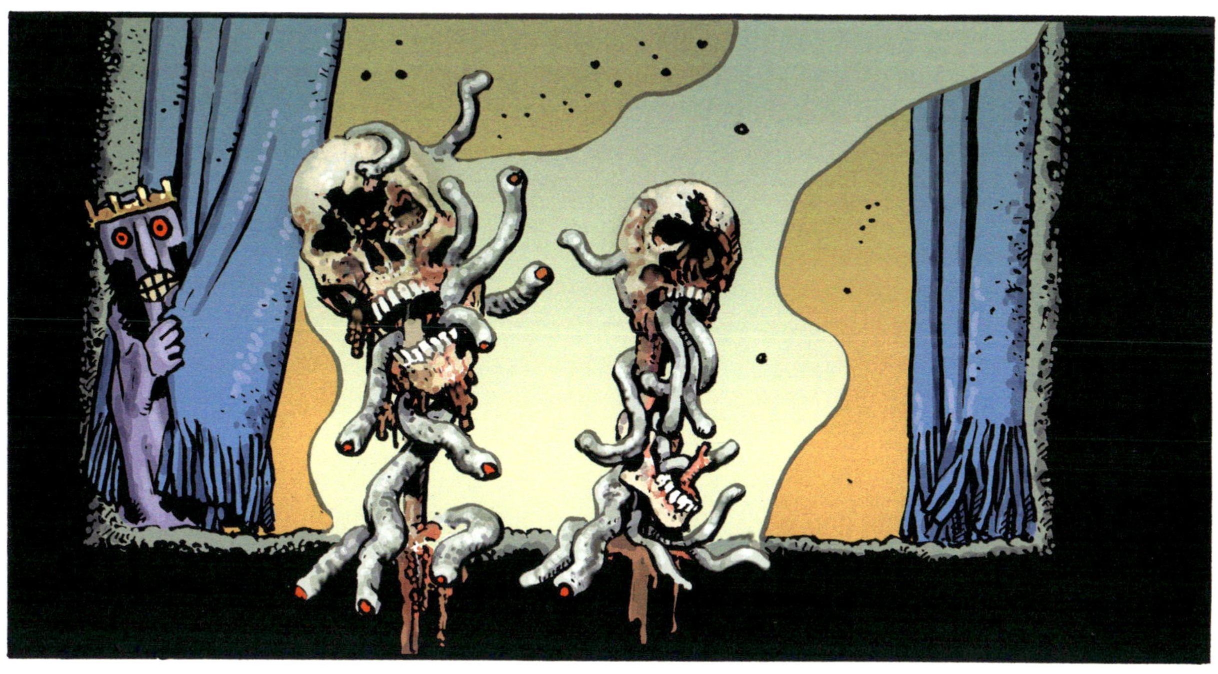

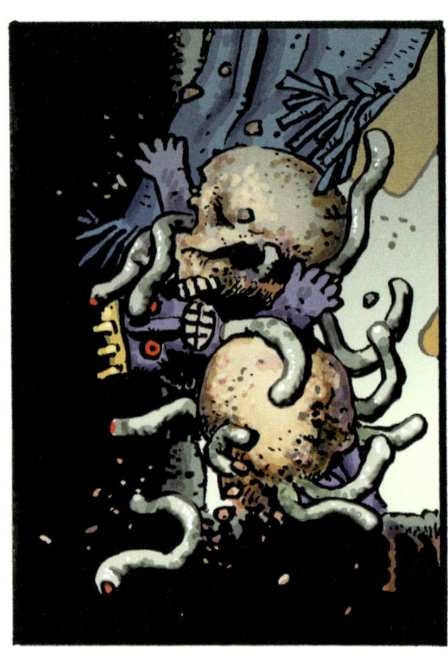

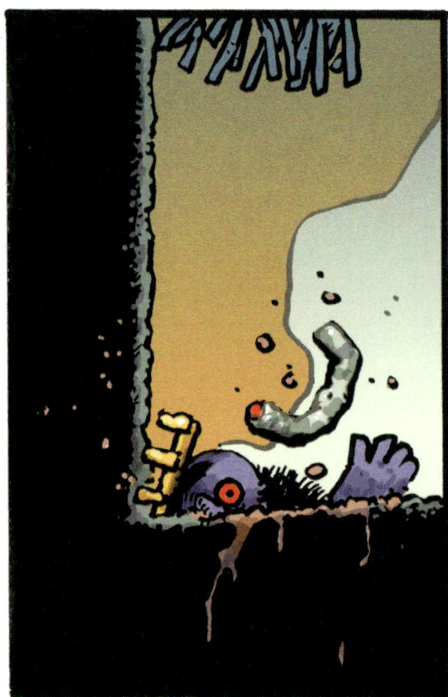

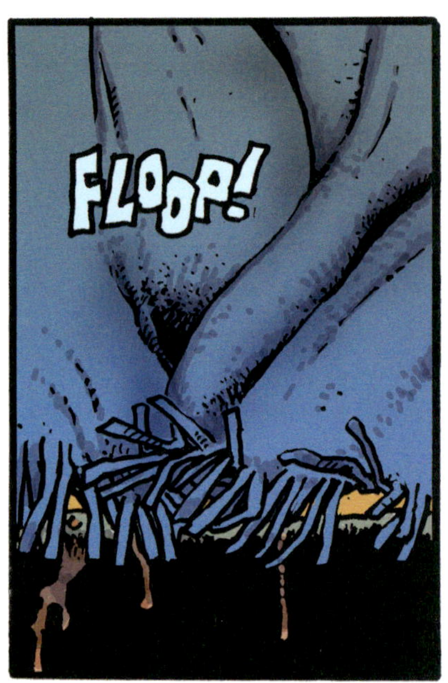
FLOOP!

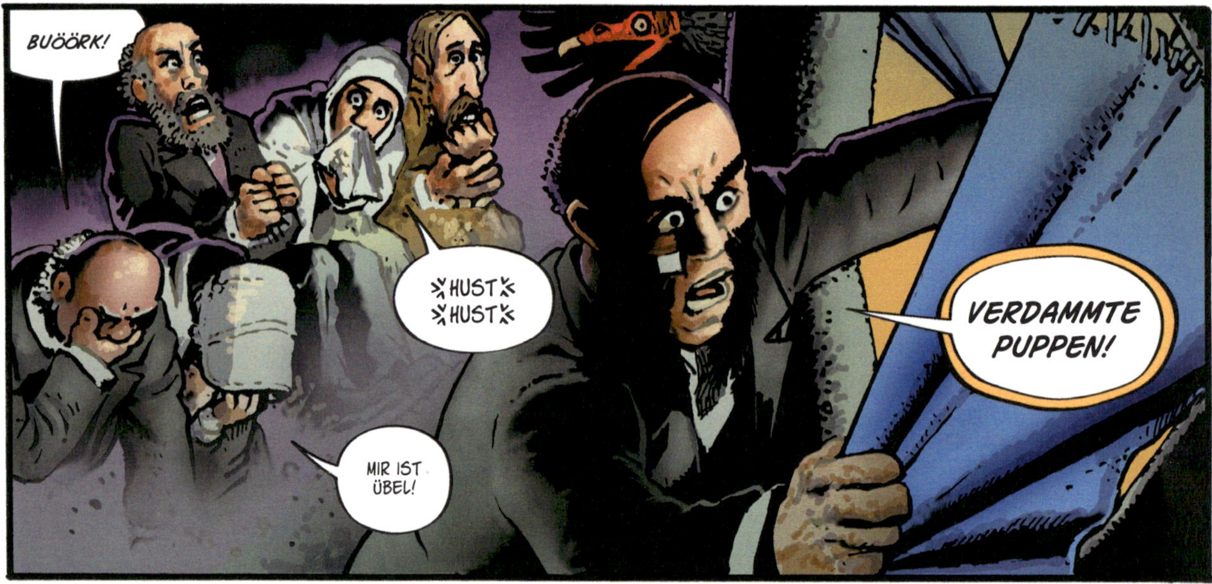
BUÖÖRK!
HUST
HUST
MIR IST ÜBEL!
VERDAMMTE PUPPEN!

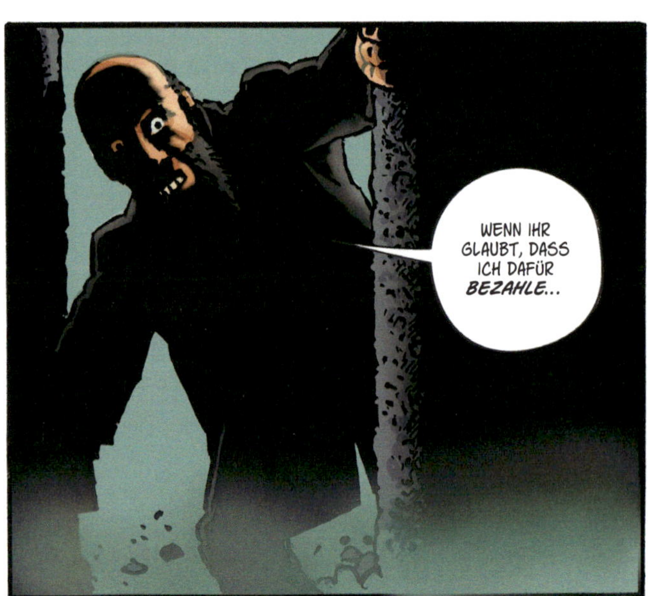
WENN IHR GLAUBT, DASS ICH DAFÜR *BEZAHLE*...

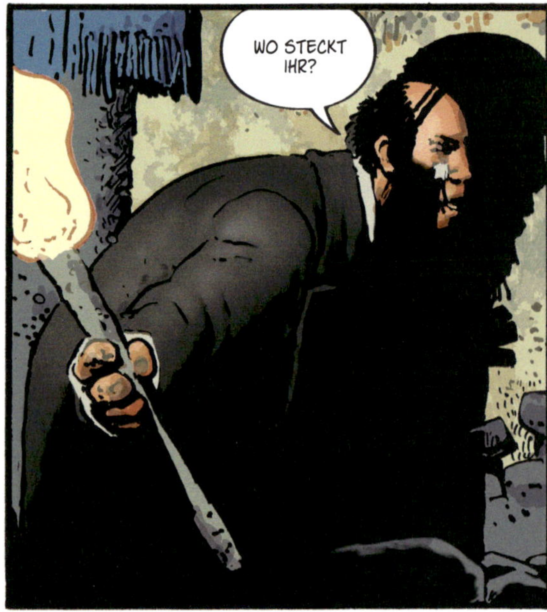
WO STECKT IHR?

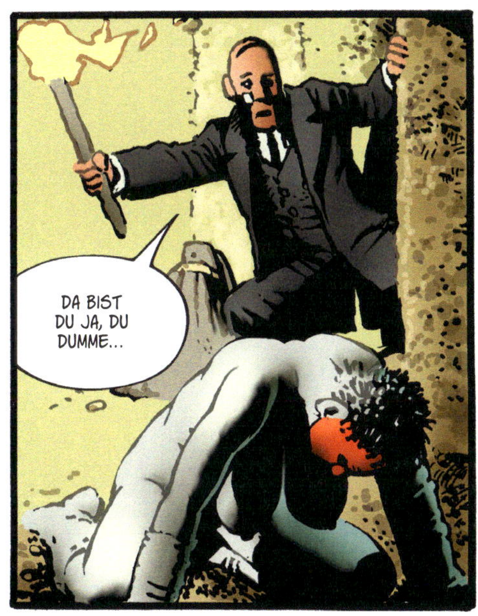
DA BIST
DU JA, DU
DUMME...

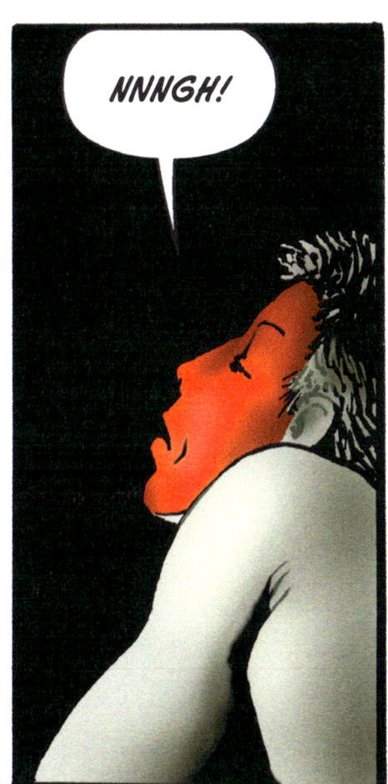
NNNGH!

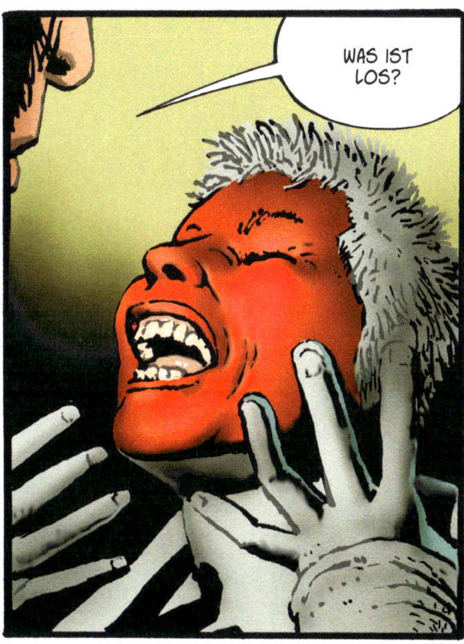
WAS IST
LOS?

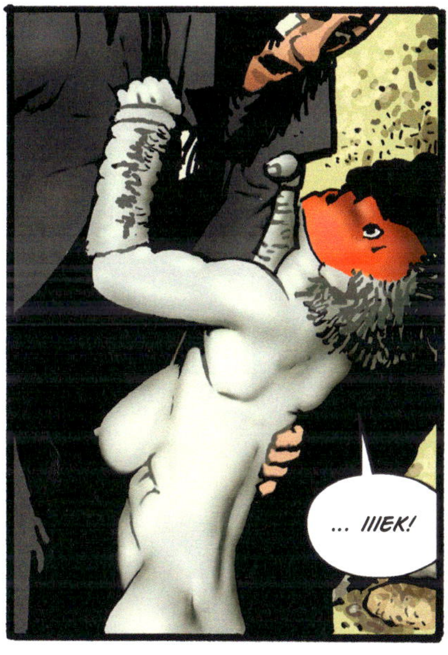
... IIIEK!

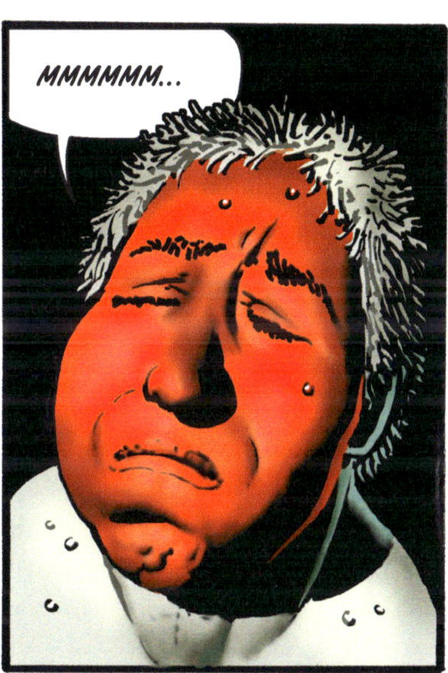
MMMMMM...

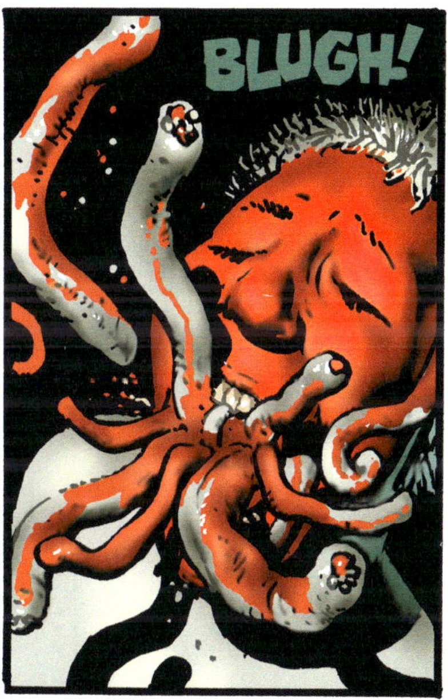
BLUGH!

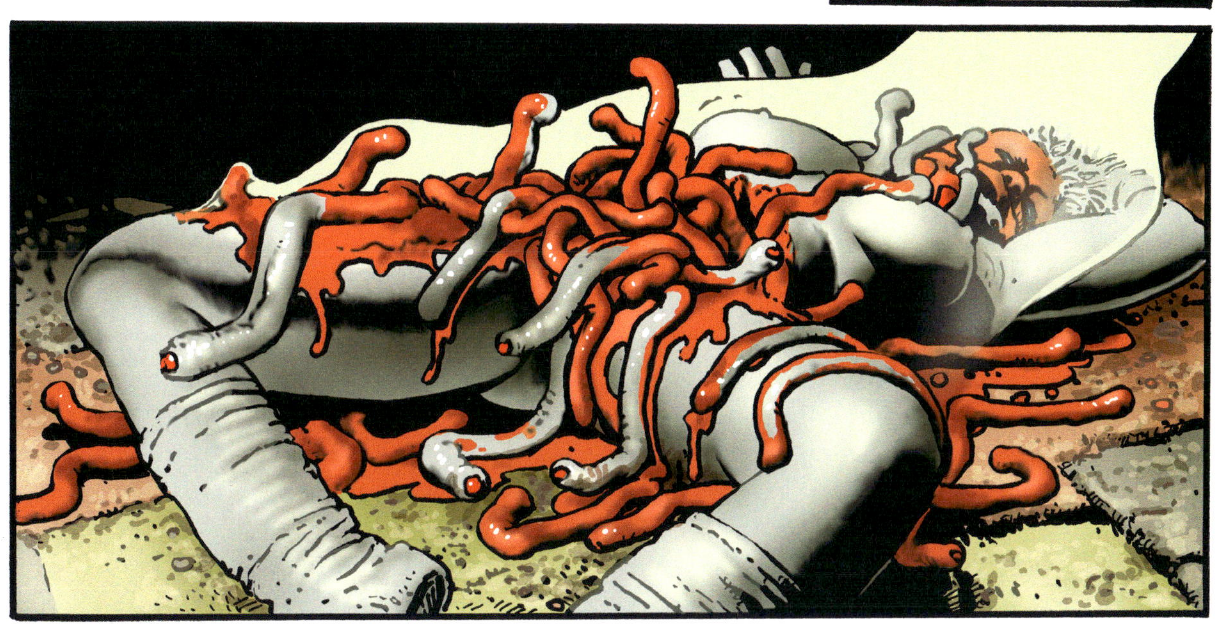

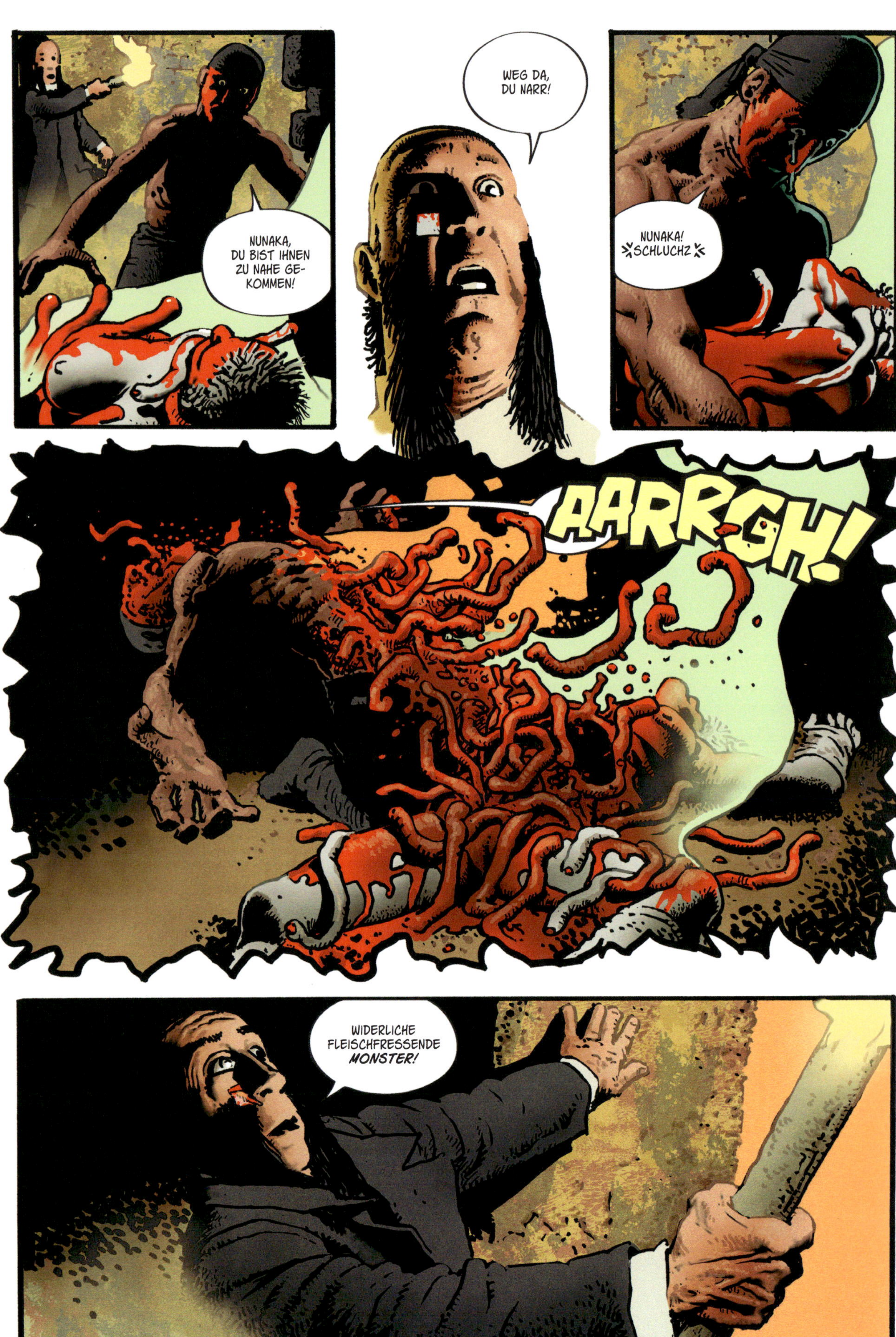
NUNAKA, DU BIST IHNEN ZU NAHE GE-KOMMEN!
WEG DA, DU NARR!
NUNAKA! *SCHLUCHZ*
AARRGH!
WIDERLICHE FLEISCHFRESSENDE *MONSTER!*

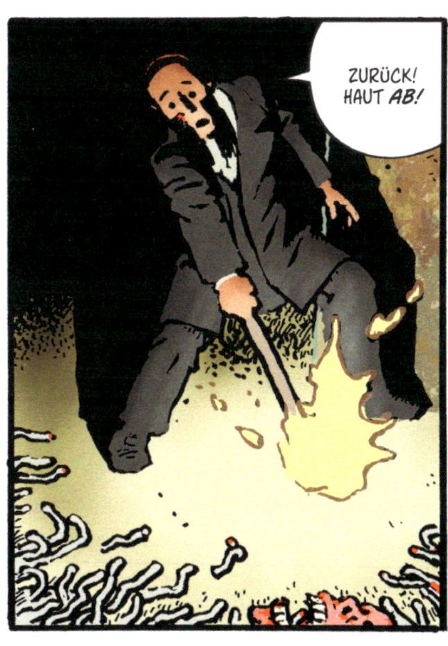
ZURÜCK!
HAUT *AB!*

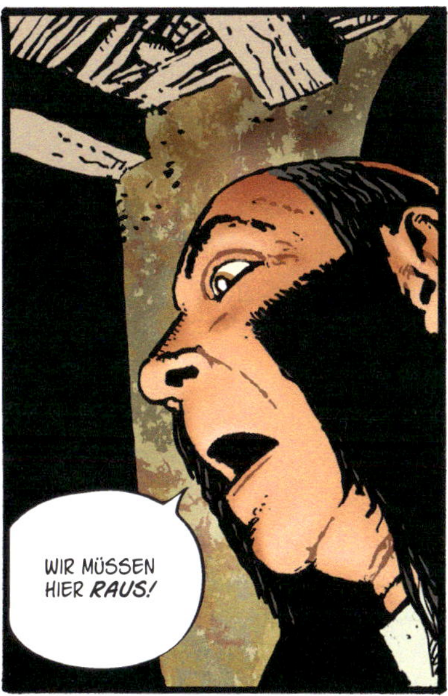
WIR MÜSSEN
HIER *RAUS!*

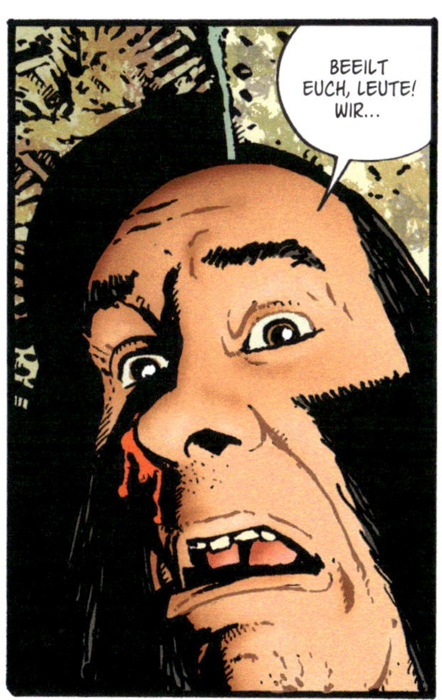
BEEILT
EUCH, LEUTE!
WIR...

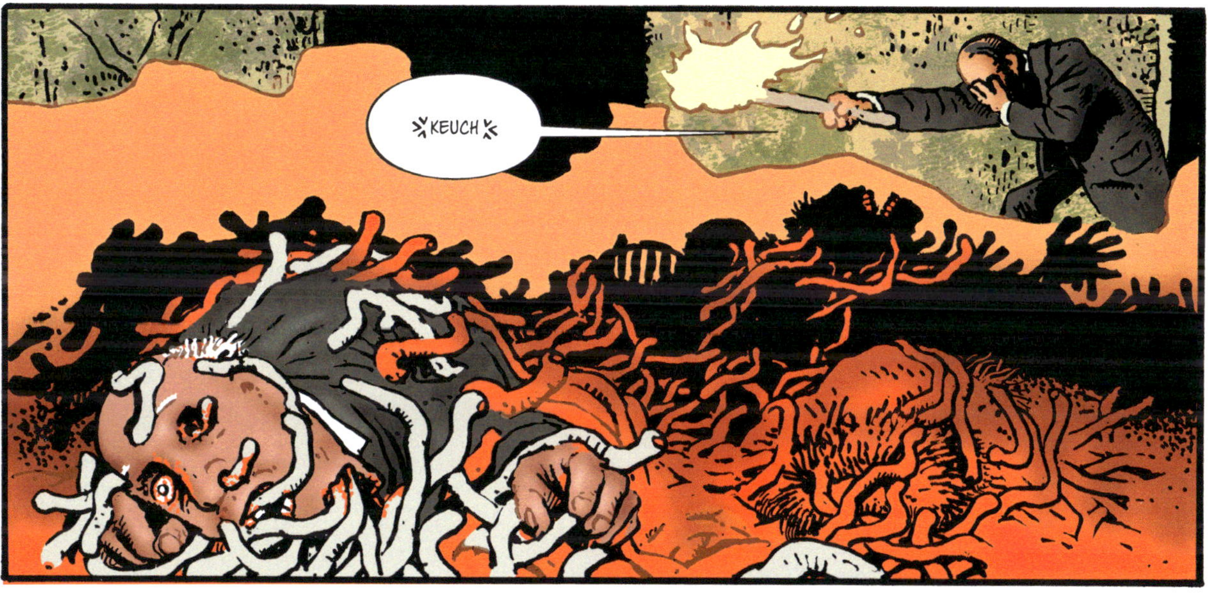
KEUCH

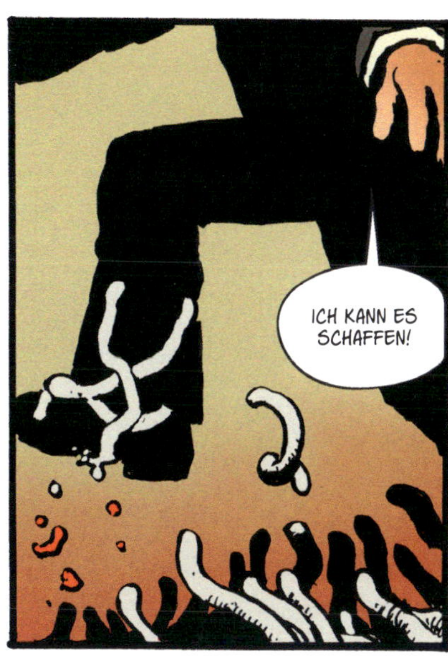
ICH KANN ES
SCHAFFEN!

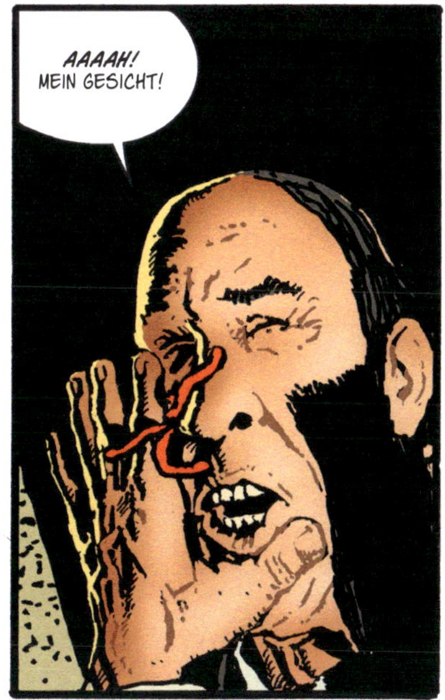
AAAAH!
MEIN GESICHT!

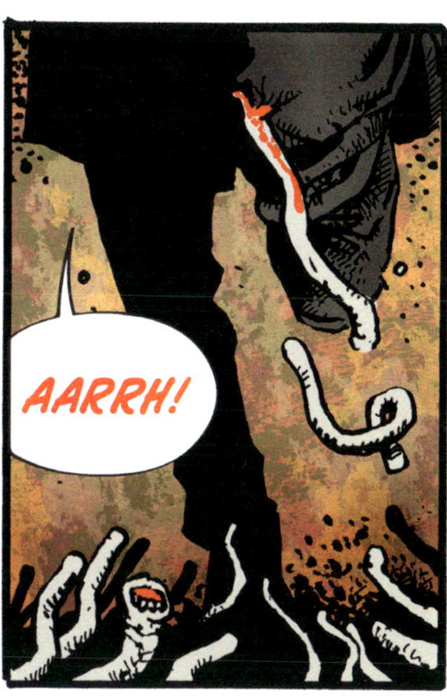
AARRH!

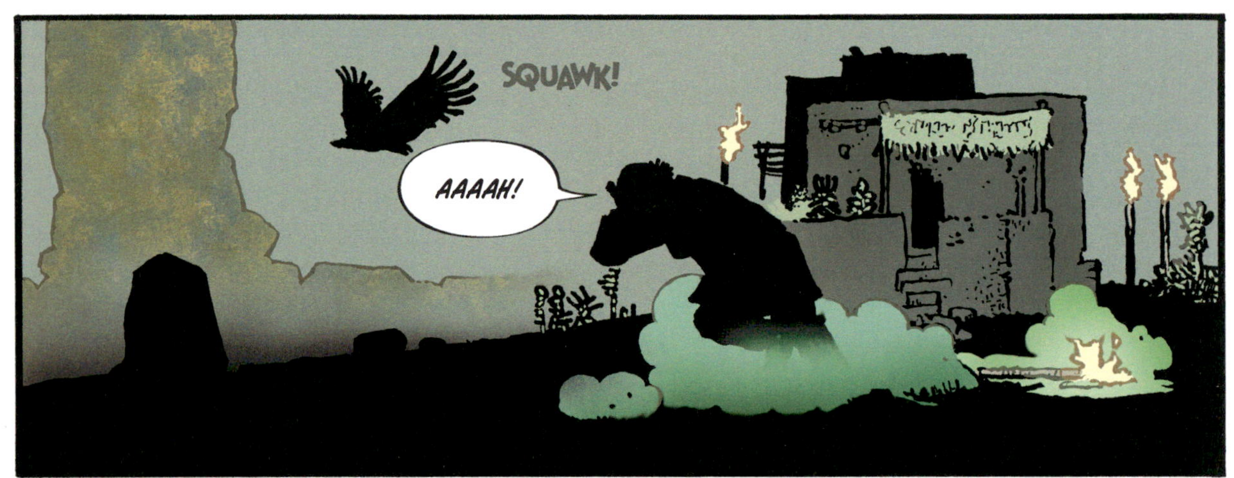
SQUAWK!
AAAAH!

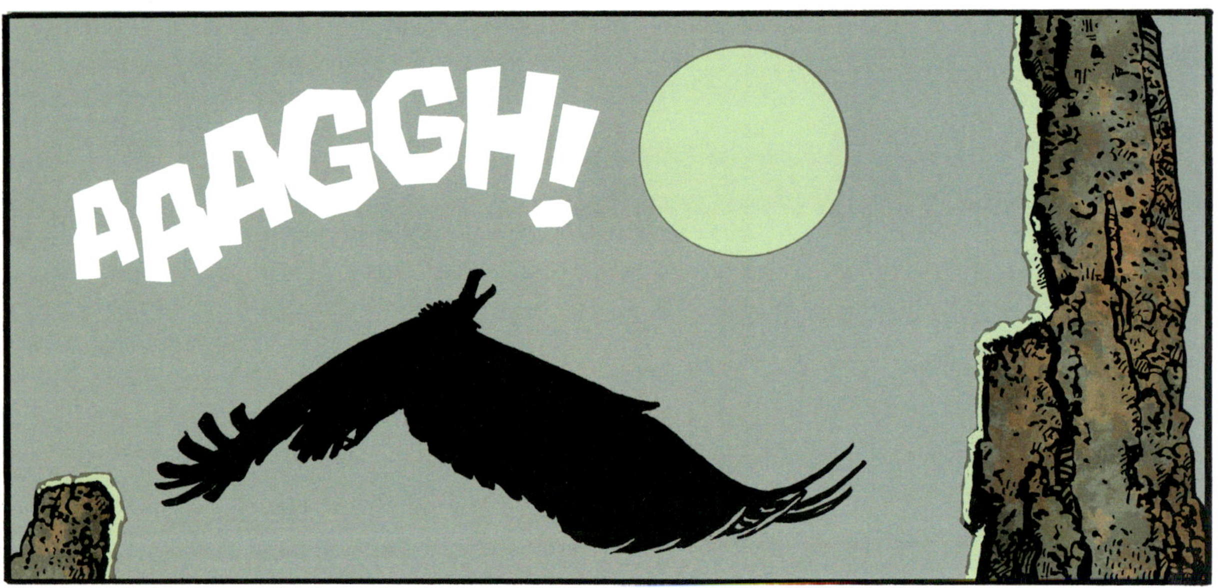
AAAGGH!

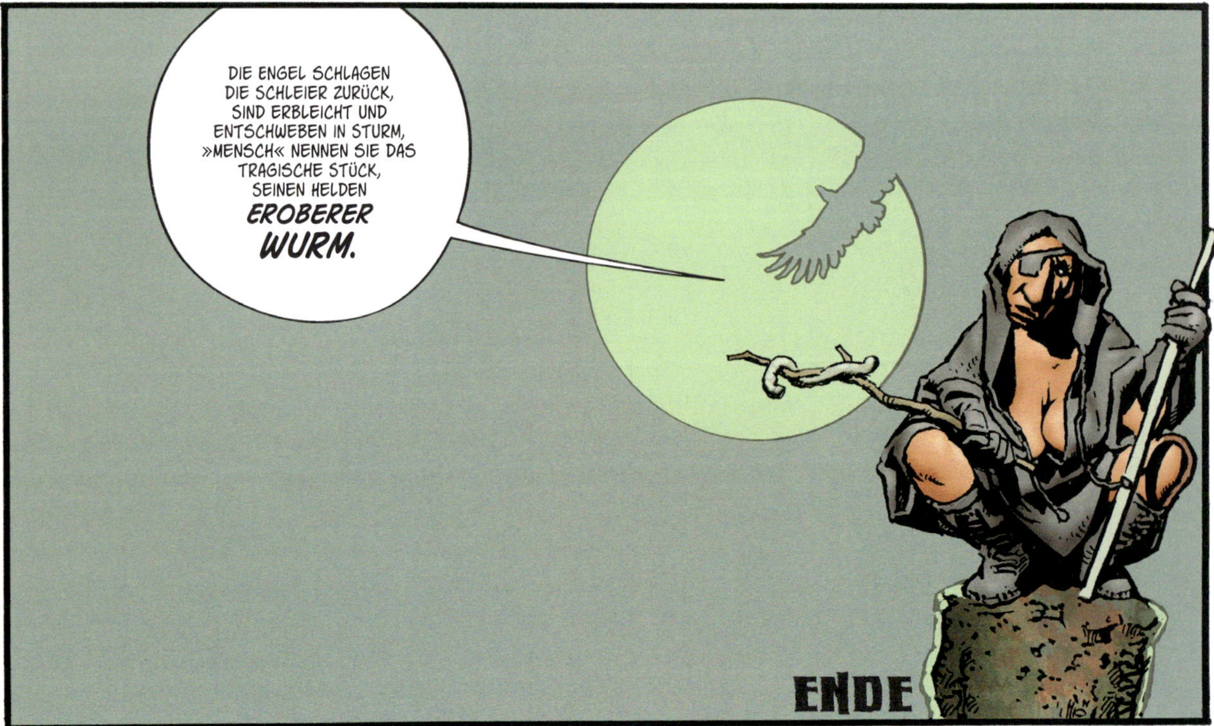
DIE ENGEL SCHLAGEN DIE SCHLEIER ZURÜCK, SIND ERBLEICHT UND ENTSCHWEBEN IN STURM, »MENSCH« NENNEN SIE DAS TRAGISCHE STÜCK, SEINEN HELDEN EROBERER WURM.
ENDE

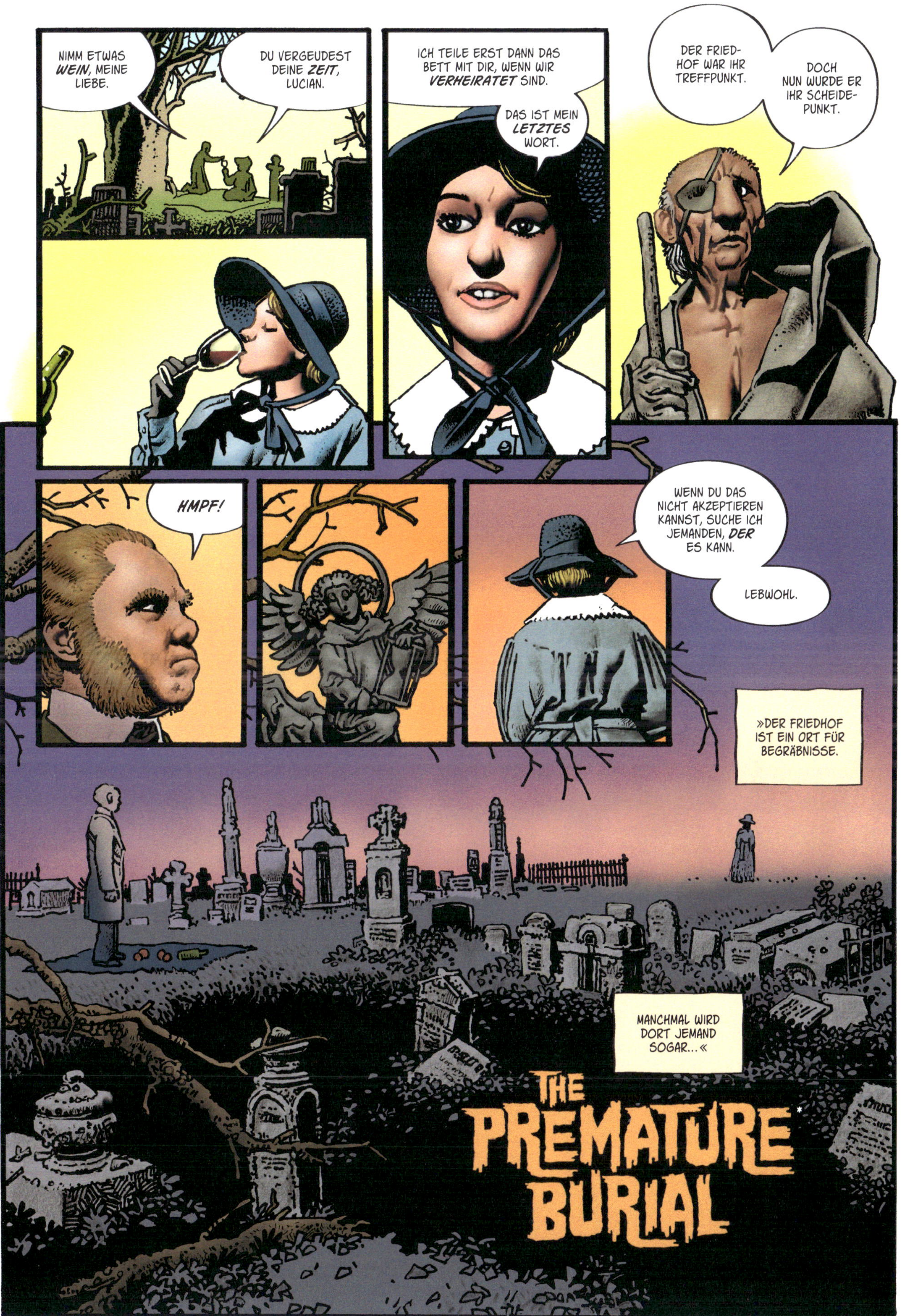

* LEBENDIG BEGRABEN

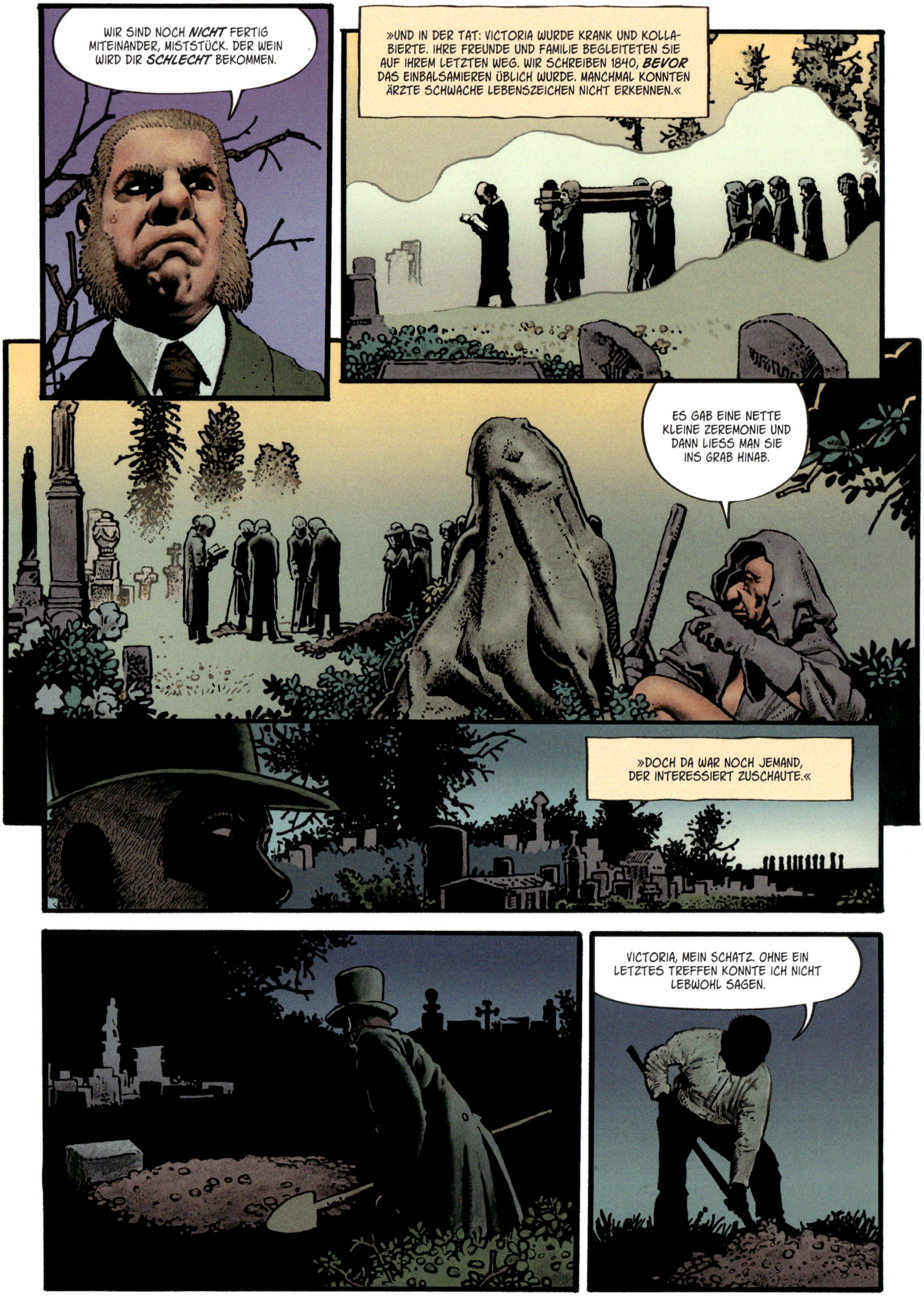

WIR SIND NOCH *NICHT* FERTIG MITEINANDER, MISTSTÜCK. DER WEIN WIRD DIR *SCHLECHT* BEKOMMEN.

»UND IN DER TAT: VICTORIA WURDE KRANK UND KOLLABIERTE. IHRE FREUNDE UND FAMILIE BEGLEITETEN SIE AUF IHREM LETZTEN WEG. WIR SCHREIBEN 1840, *BEVOR* DAS EINBALSAMIEREN ÜBLICH WURDE. MANCHMAL KONNTEN ÄRZTE SCHWACHE LEBENSZEICHEN NICHT ERKENNEN.«

ES GAB EINE NETTE KLEINE ZEREMONIE UND DANN LIESS MAN SIE INS GRAB HINAB.

»DOCH DA WAR NOCH JEMAND, DER INTERESSIERT ZUSCHAUTE.«

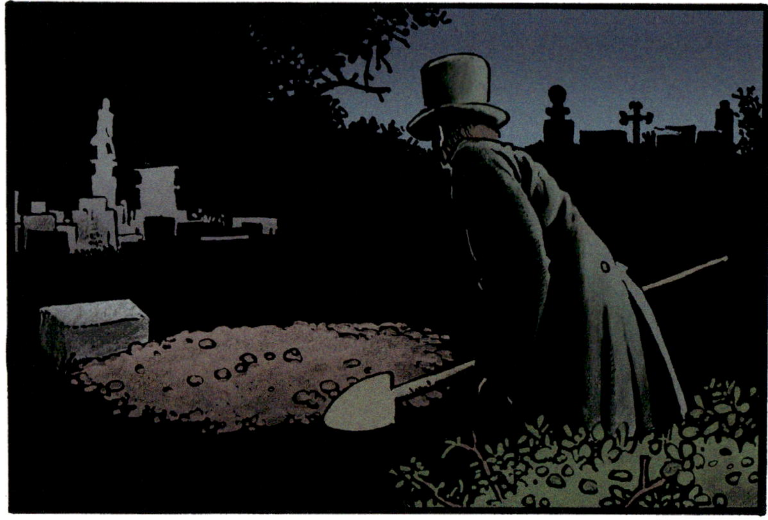

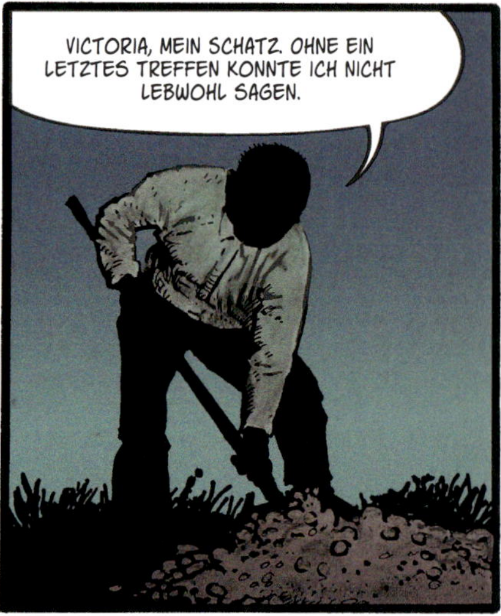

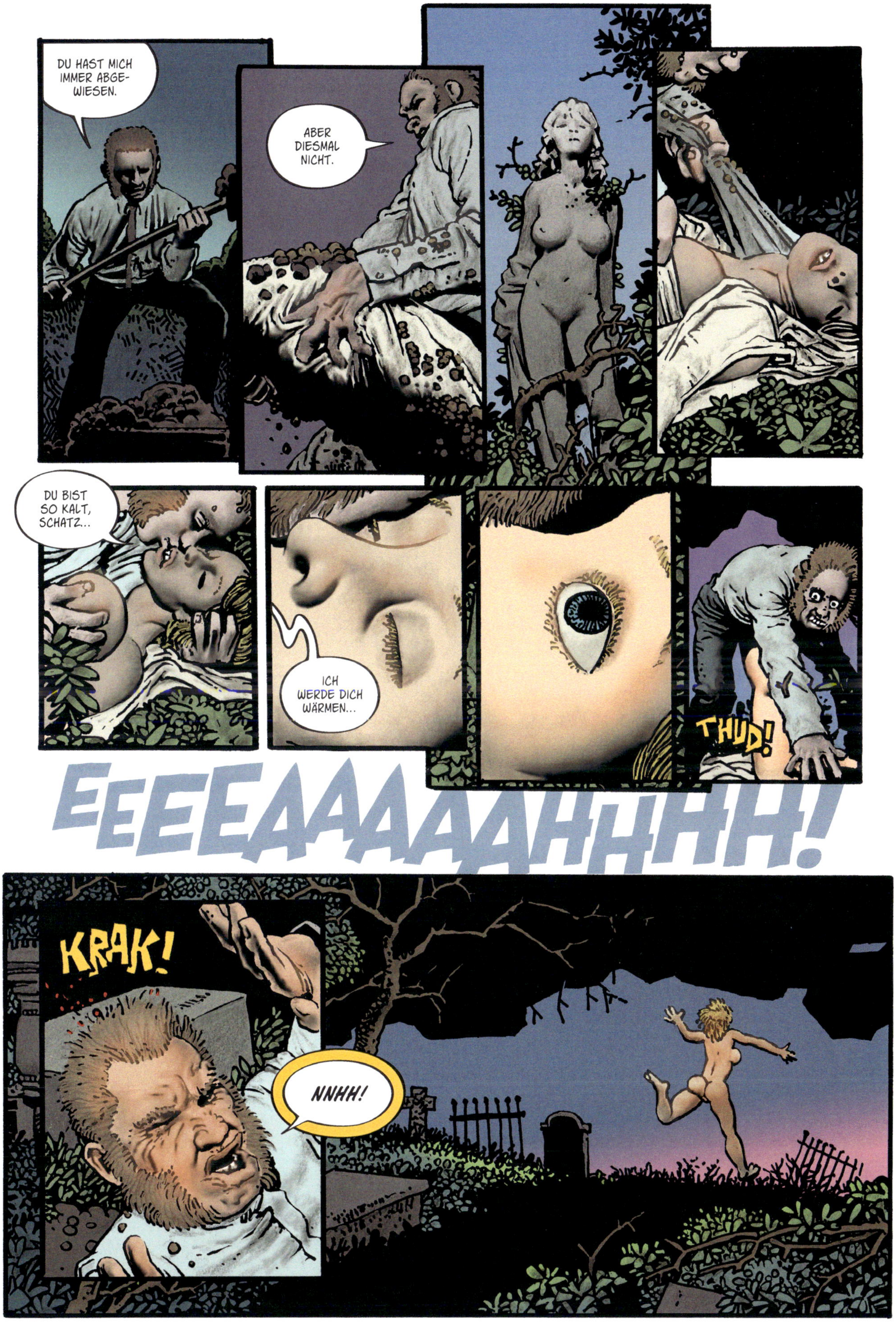

DU HAST MICH IMMER ABGE-WIESEN.

ABER DIESMAL NICHT.

DU BIST SO KALT, SCHATZ...

ICH WERDE DICH WÄRMEN...

THUD!

EEEEAAAAAHHHH!

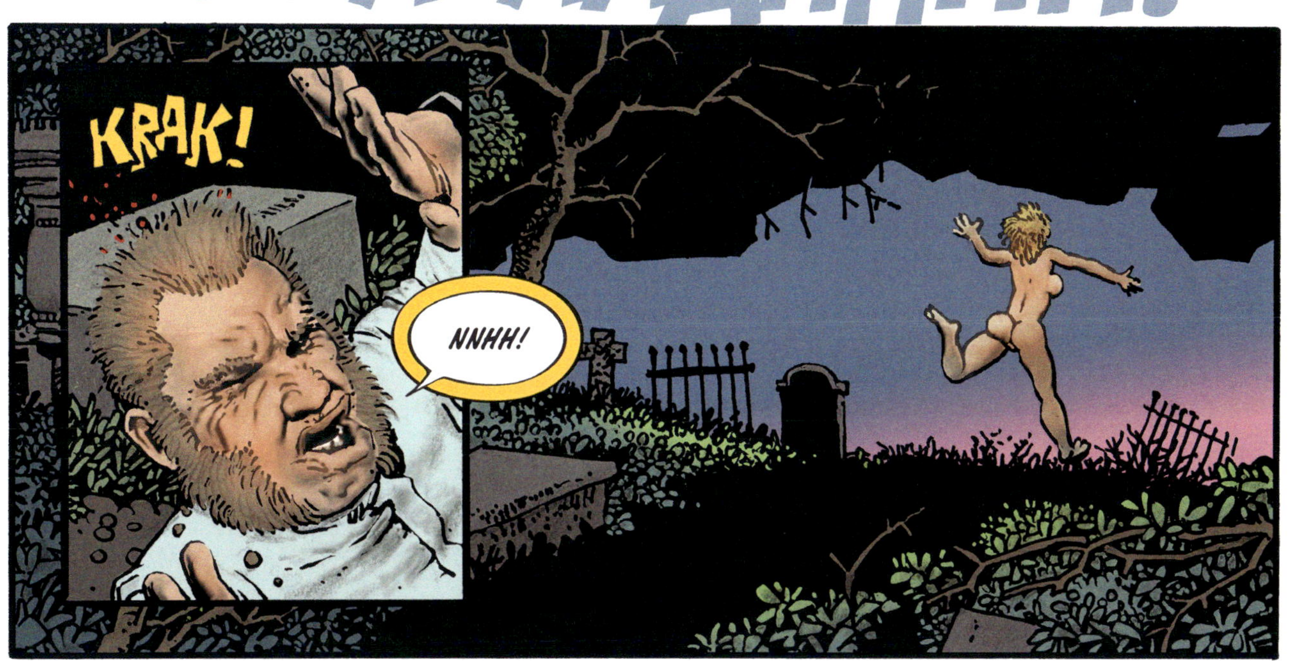

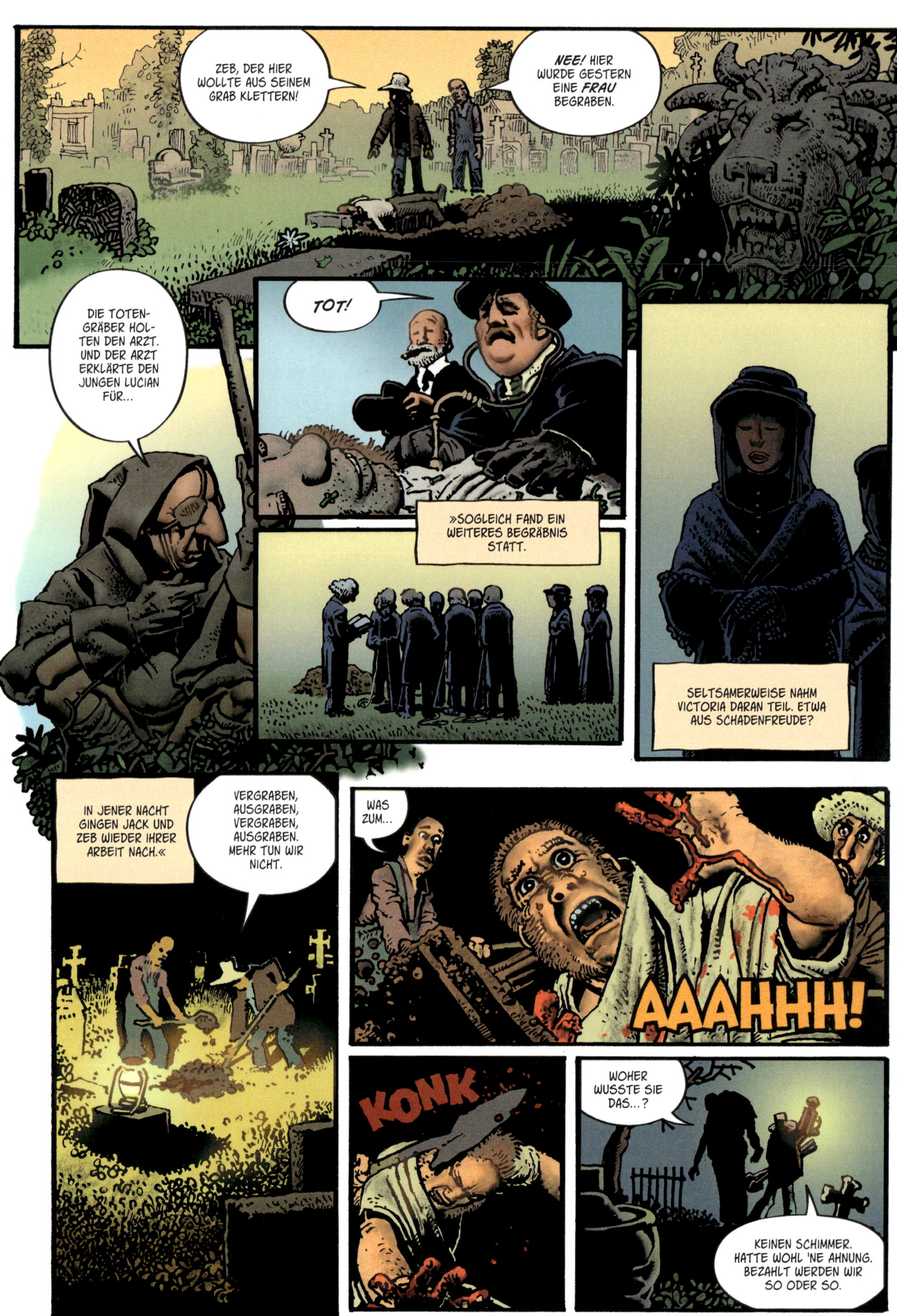
ZEB, DER HIER WOLLTE AUS SEINEM GRAB KLETTERN!
NEE! HIER WURDE GESTERN EINE FRAU BEGRABEN.
DIE TOTEN-GRÄBER HOLTEN DEN ARZT. UND DER ARZT ERKLÄRTE DEN JUNGEN LUCIAN FÜR...
TOT!
»SOGLEICH FAND EIN WEITERES BEGRÄBNIS STATT.
SELTSAMERWEISE NAHM VICTORIA DARAN TEIL. ETWA AUS SCHADENFREUDE?
IN JENER NACHT GINGEN JACK UND ZEB WIEDER IHRER ARBEIT NACH.«
VERGRABEN, AUSGRABEN, VERGRABEN, AUSGRABEN. MEHR TUN WIR NICHT.
WAS ZUM...
AAAHHH!
KONK
WOHER WUSSTE SIE DAS...?
KEINEN SCHIMMER. HATTE WOHL 'NE AHNUNG. BEZAHLT WERDEN WIR SO ODER SO.

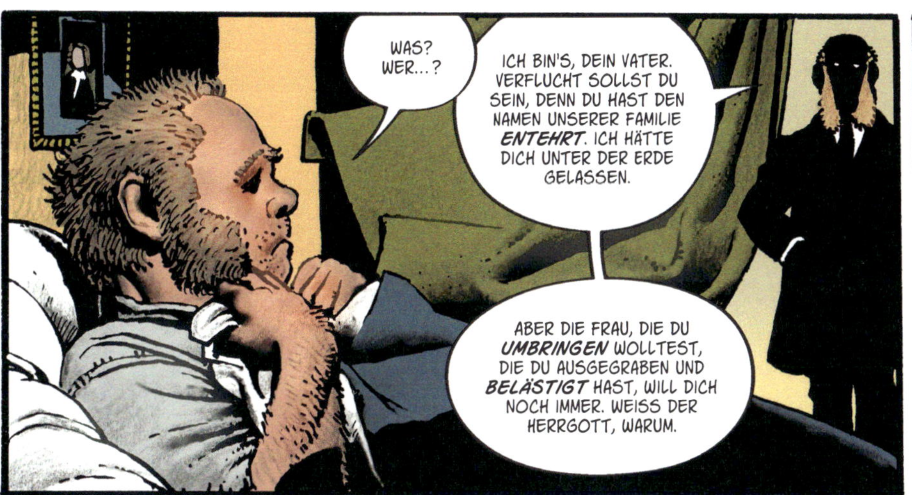
WAS? WER...?
ICH BIN'S, DEIN VATER. VERFLUCHT SOLLST DU SEIN, DENN DU HAST DEN NAMEN UNSERER FAMILIE ENTEHRT. ICH HÄTTE DICH UNTER DER ERDE GELASSEN.
ABER DIE FRAU, DIE DU UMBRINGEN WOLLTEST, DIE DU AUSGEGRABEN UND BELÄSTIGT HAST, WILL DICH NOCH IMMER. WEISS DER HERRGOTT, WARUM.

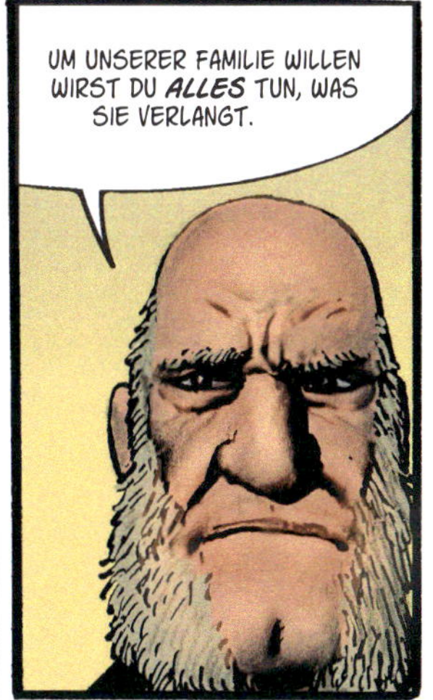
UM UNSERER FAMILIE WILLEN WIRST DU ALLES TUN, WAS SIE VERLANGT.

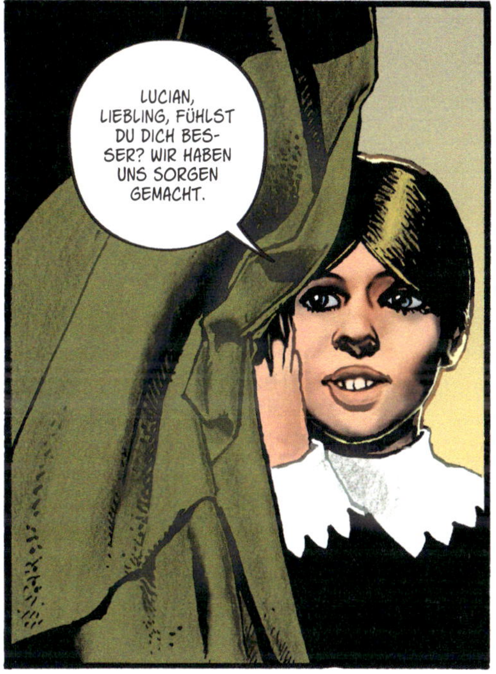
LUCIAN, LIEBLING, FÜHLST DU DICH BESSER? WIR HABEN UNS SORGEN GEMACHT.

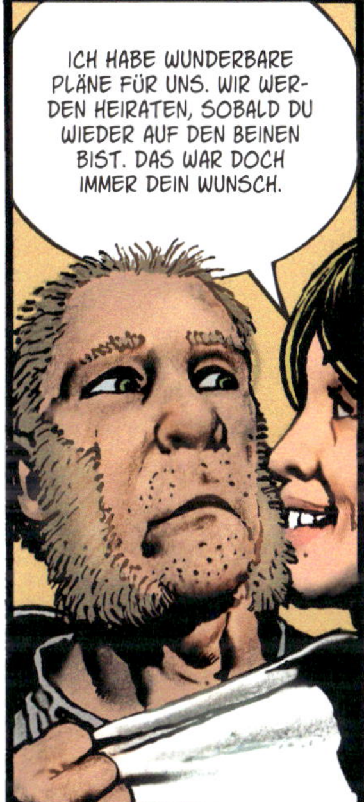
ICH HABE WUNDERBARE PLÄNE FÜR UNS. WIR WERDEN HEIRATEN, SOBALD DU WIEDER AUF DEN BEINEN BIST. DAS WAR DOCH IMMER DEIN WUNSCH.

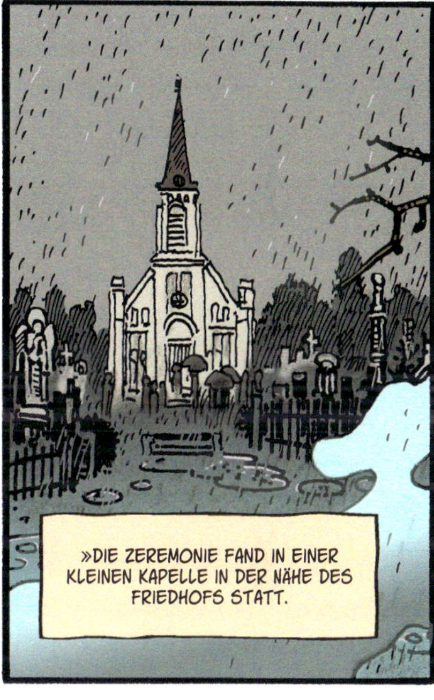
»DIE ZEREMONIE FAND IN EINER KLEINEN KAPELLE IN DER NÄHE DES FRIEDHOFS STATT.

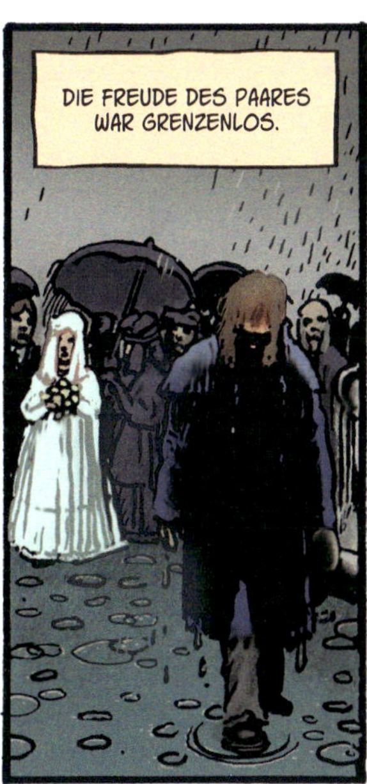
DIE FREUDE DES PAARES WAR GRENZENLOS.

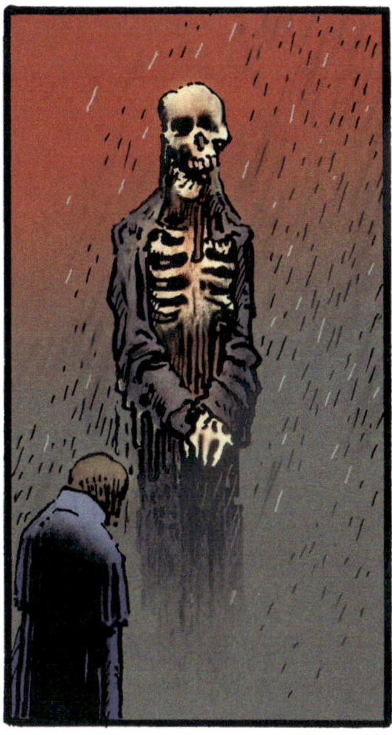

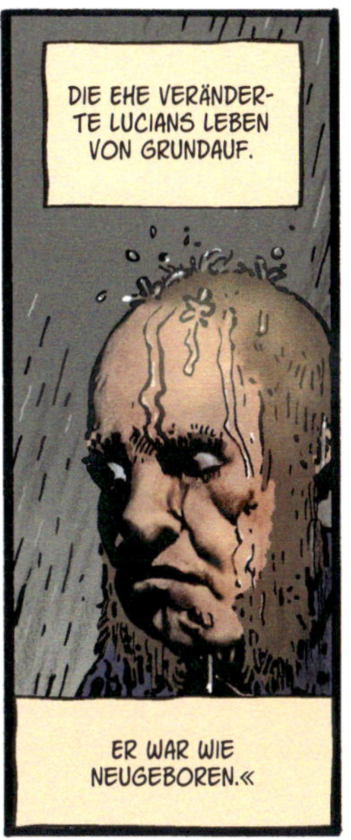
DIE EHE VERÄNDERTE LUCIANS LEBEN VON GRUNDAUF.
ER WAR WIE NEUGEBOREN.«

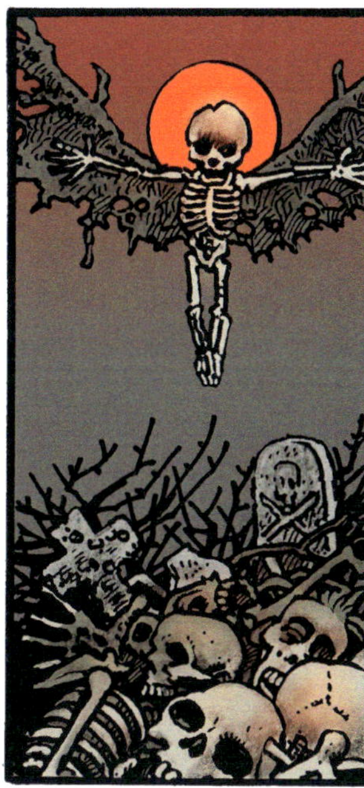

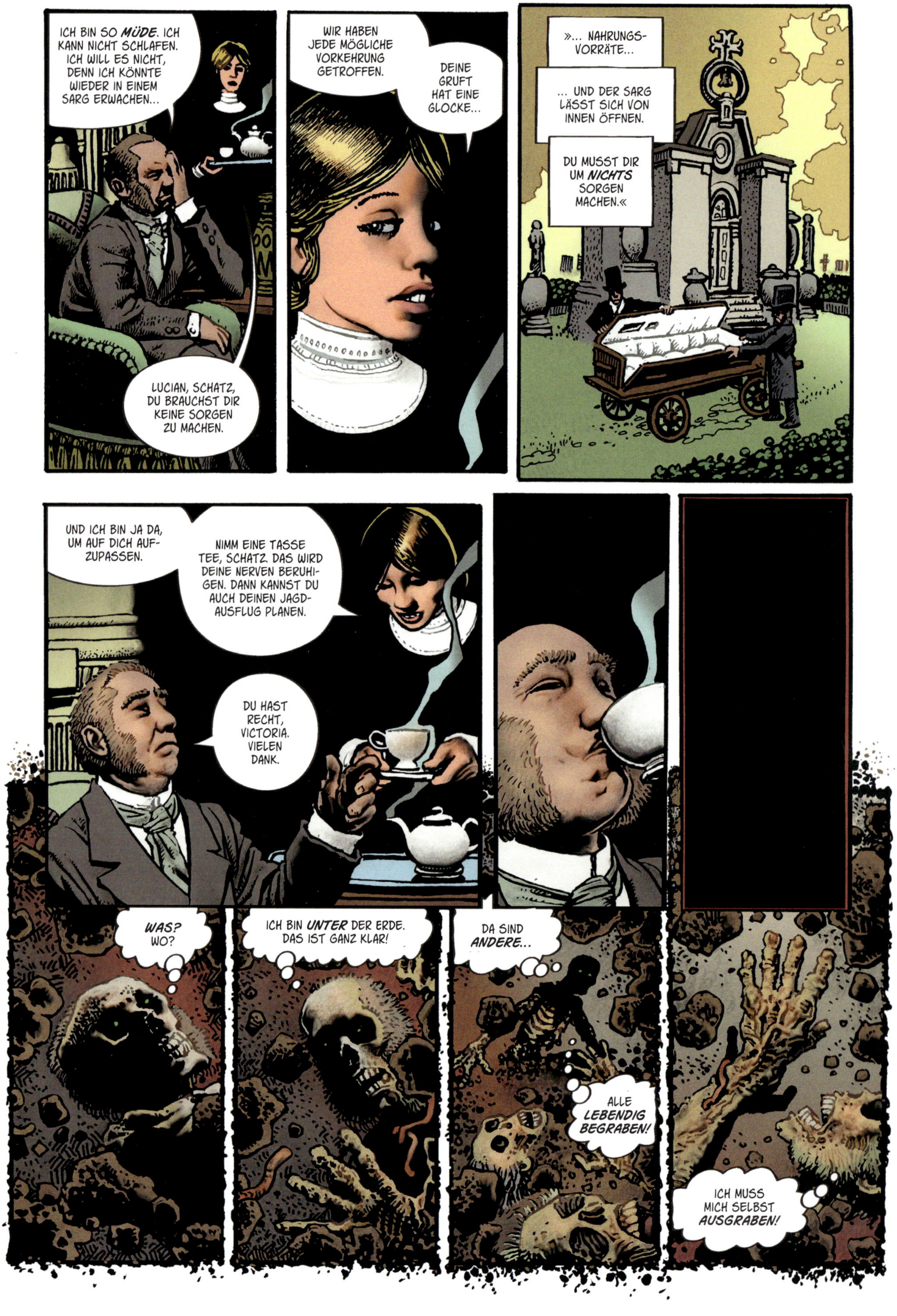

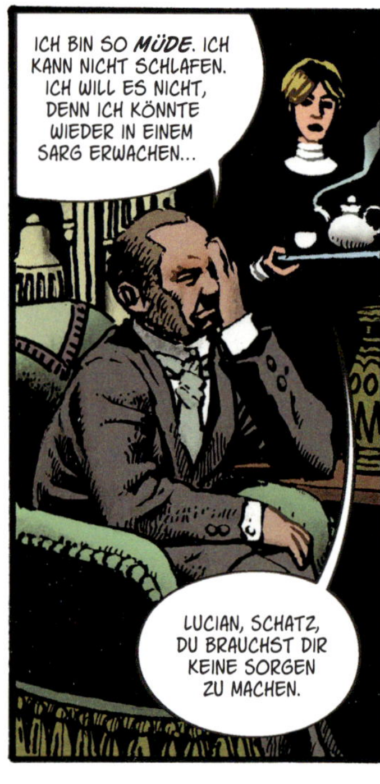
ICH BIN SO MÜDE. ICH KANN NICHT SCHLAFEN. ICH WILL ES NICHT, DENN ICH KÖNNTE WIEDER IN EINEM SARG ERWACHEN…
LUCIAN, SCHATZ, DU BRAUCHST DIR KEINE SORGEN ZU MACHEN.

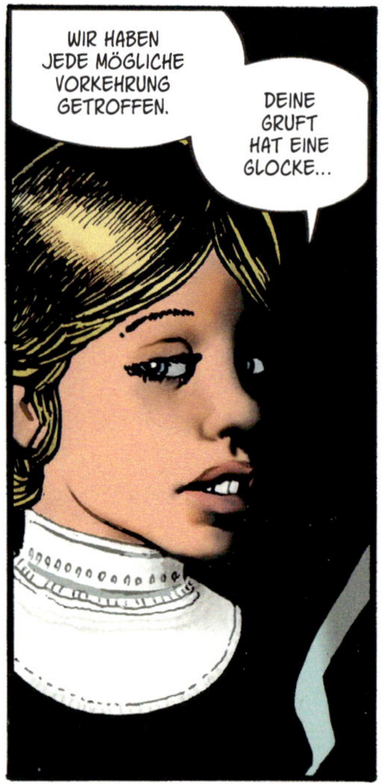
WIR HABEN JEDE MÖGLICHE VORKEHRUNG GETROFFEN.
DEINE GRUFT HAT EINE GLOCKE…

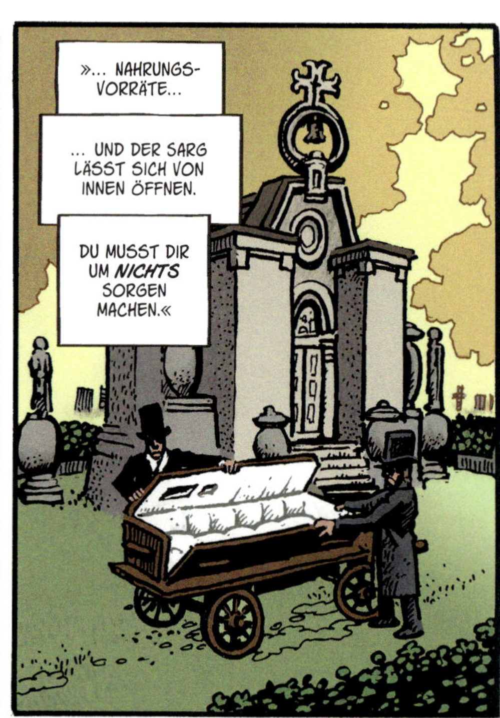
»… NAHRUNGS-VORRÄTE…
… UND DER SARG LÄSST SICH VON INNEN ÖFFNEN.
DU MUSST DIR UM NICHTS SORGEN MACHEN.«

UND ICH BIN JA DA, UM AUF DICH AUFZUPASSEN.
NIMM EINE TASSE TEE, SCHATZ. DAS WIRD DEINE NERVEN BERUHIGEN. DANN KANNST DU AUCH DEINEN JAGDAUSFLUG PLANEN.
DU HAST RECHT, VICTORIA. VIELEN DANK.
WAS? WO?
ICH BIN UNTER DER ERDE. DAS IST GANZ KLAR!
DA SIND ANDERE…
ALLE LEBENDIG BEGRABEN!
ICH MUSS MICH SELBST AUSGRABEN!

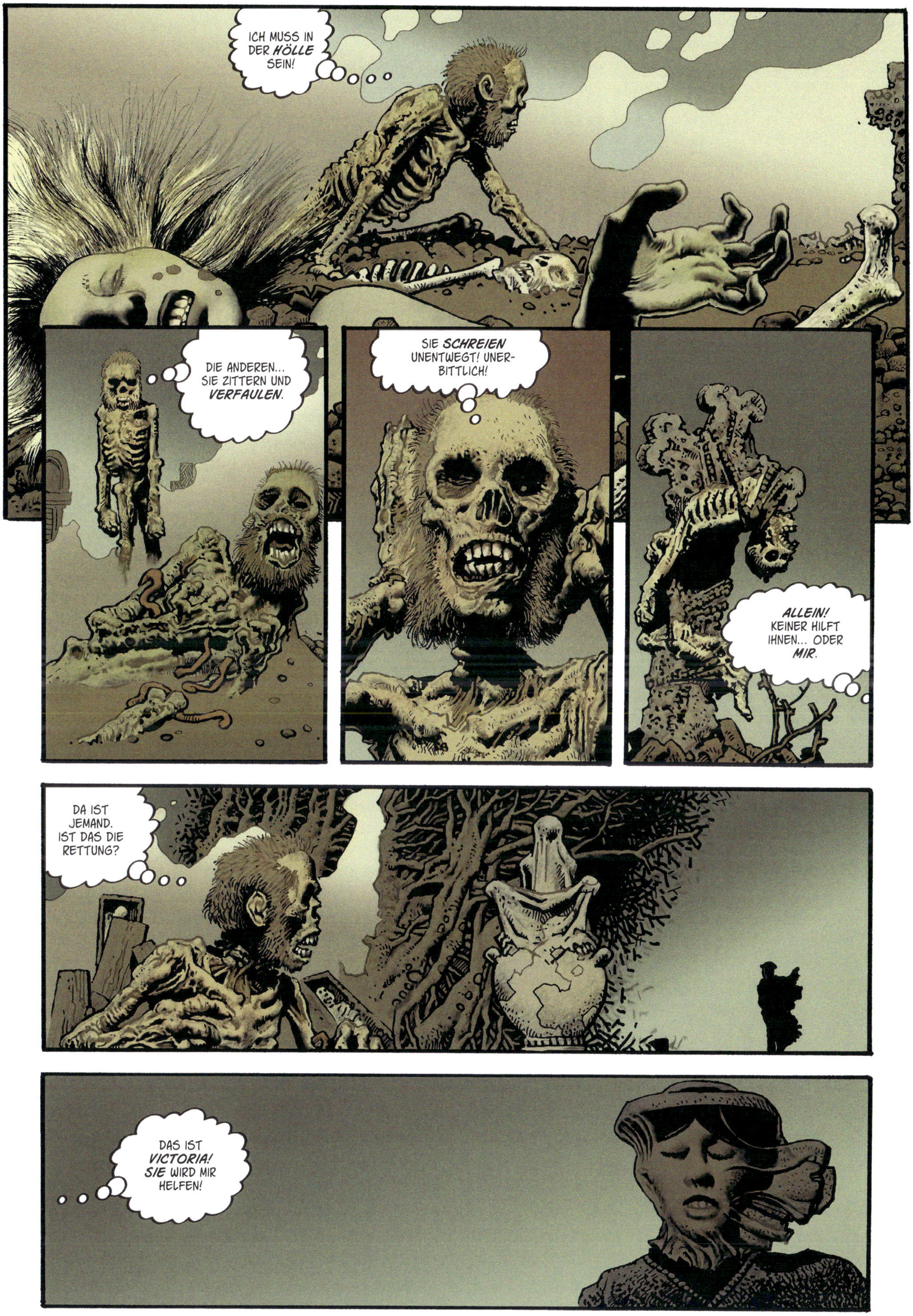

ICH MUSS IN DER **HÖLLE** SEIN!

DIE ANDEREN... SIE ZITTERN UND **VERFAULEN**.

SIE **SCHREIEN** UNENTWEGT! UNERBITTLICH!

ALLEIN! KEINER HILFT IHNEN... ODER **MIR**.

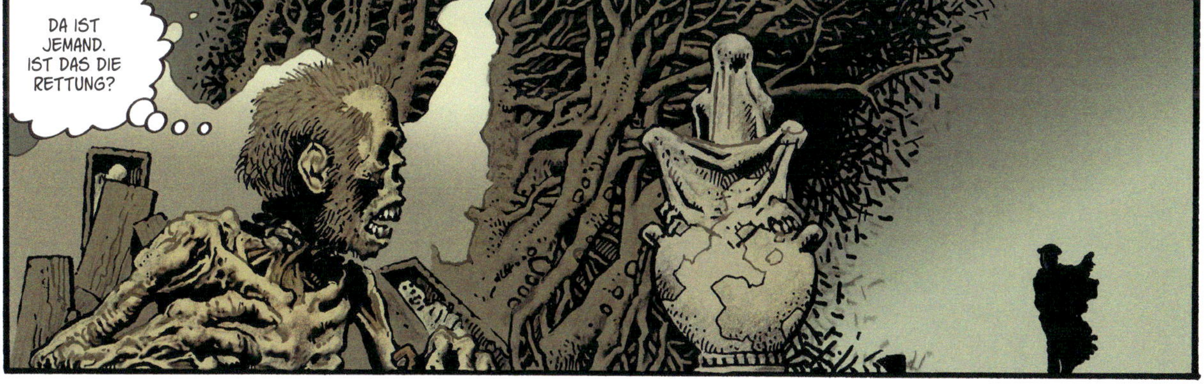

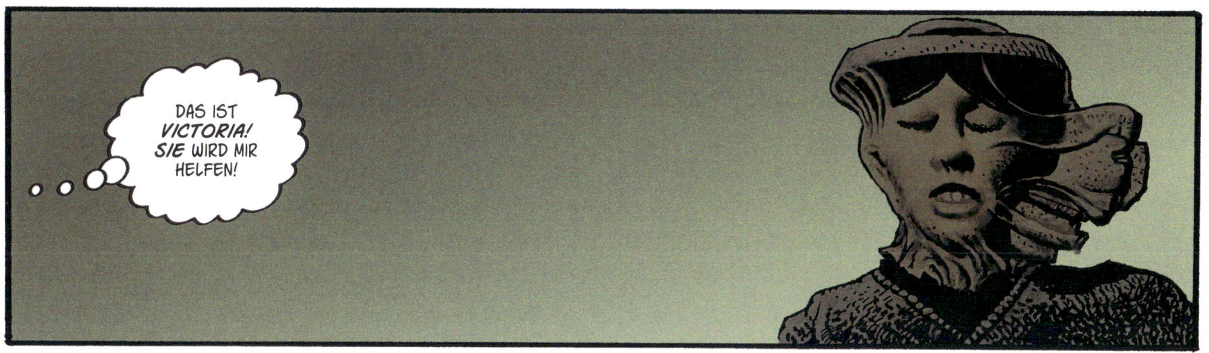

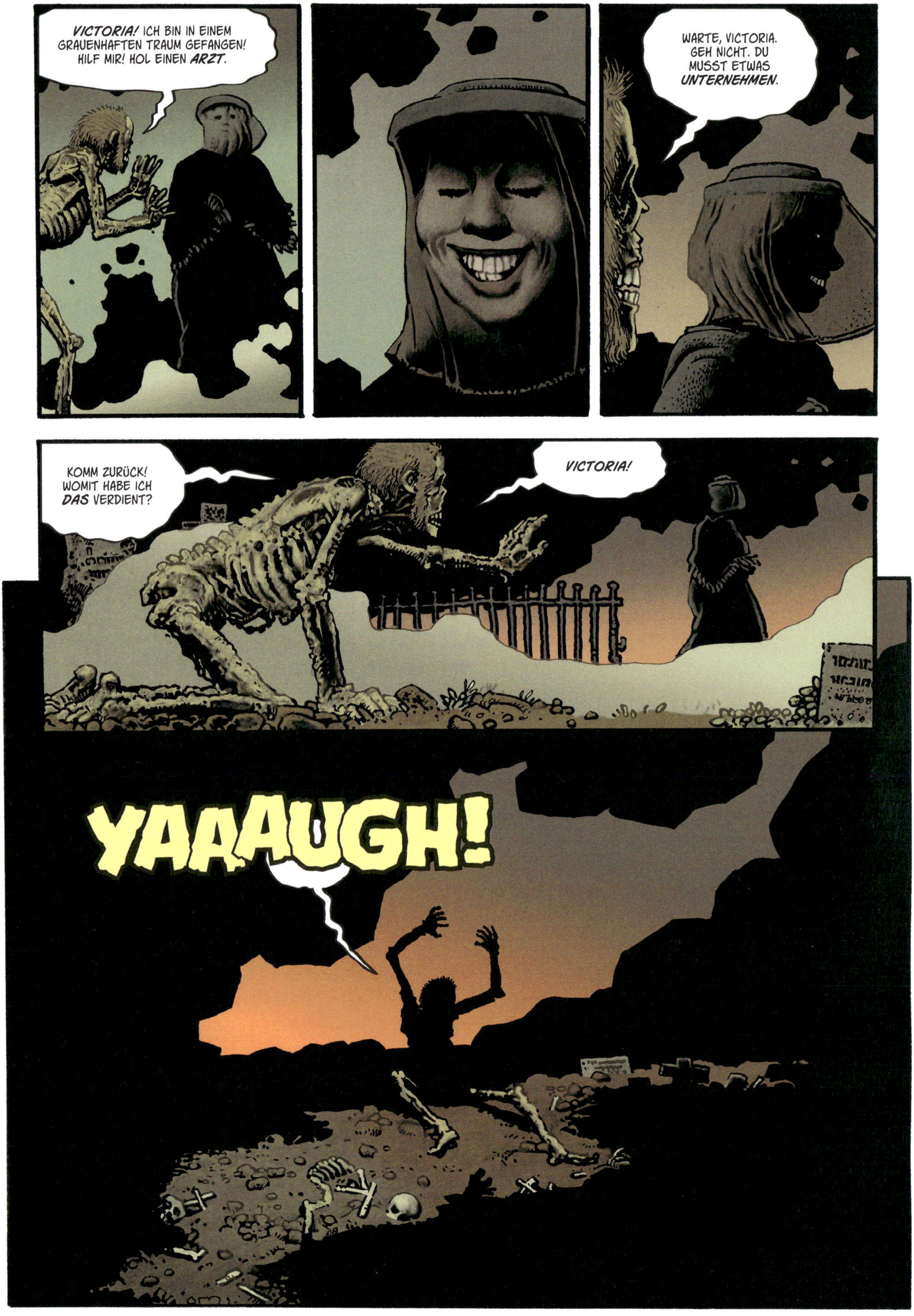

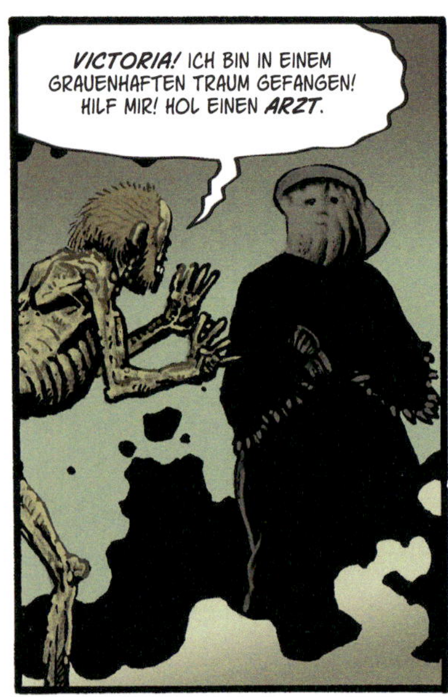

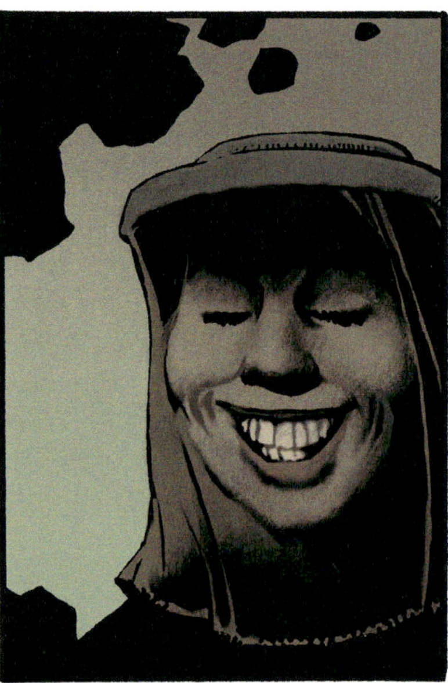

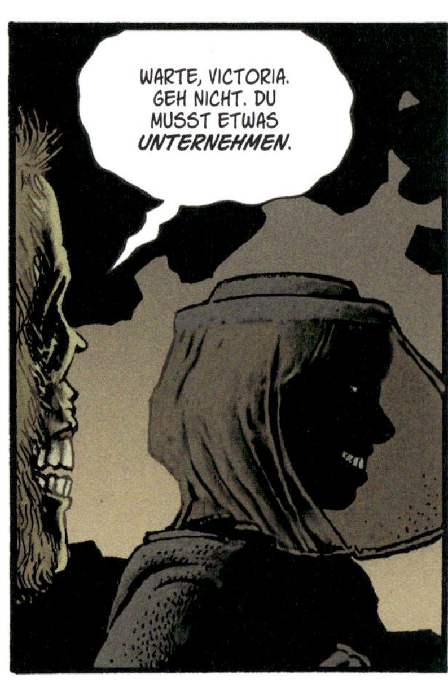

KOMM ZURÜCK! WOMIT HABE ICH *DAS* VERDIENT?

VICTORIA!

YAAAUGH!

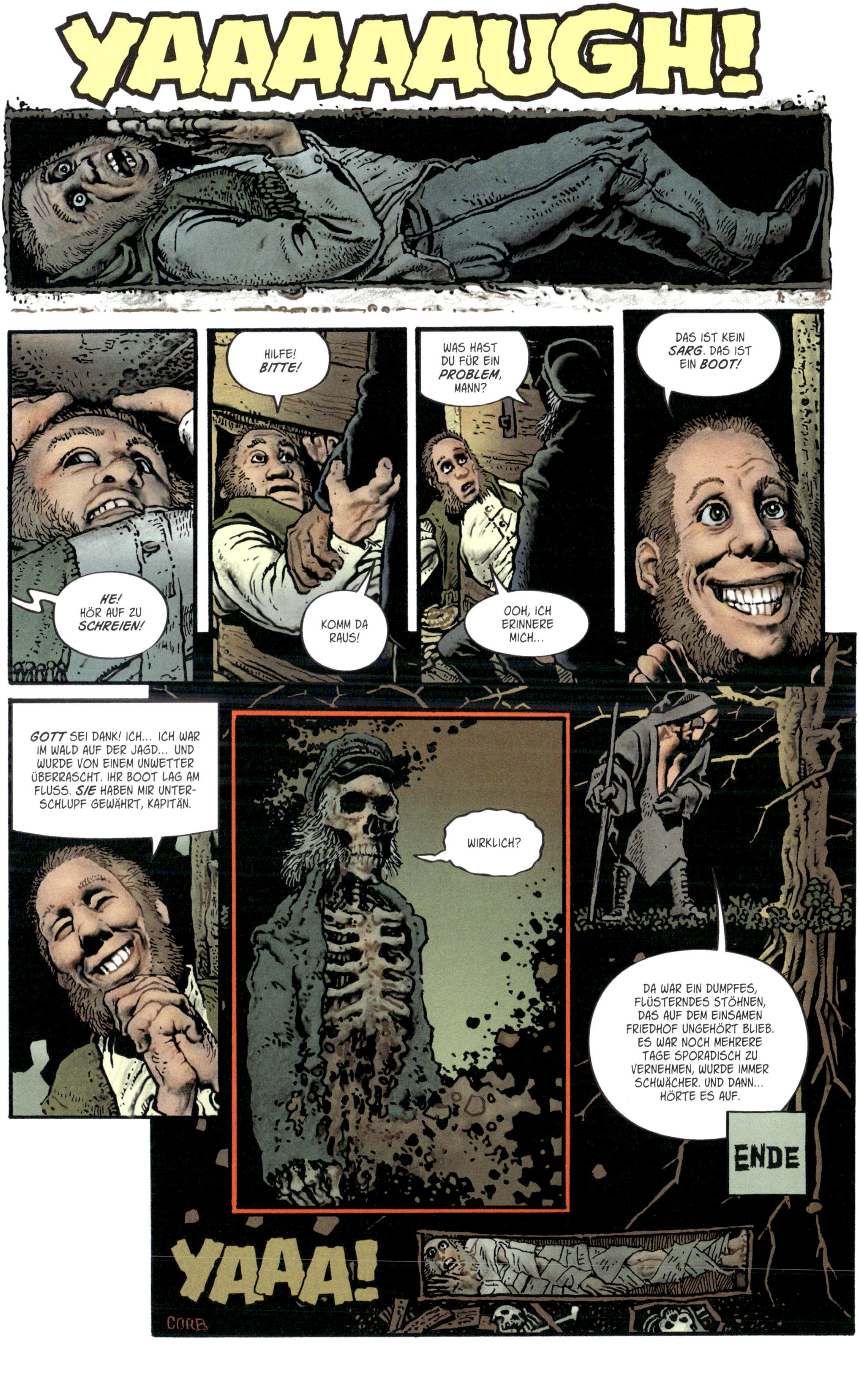

YAAAAAUGH!
HE! HÖR AUF ZU SCHREIEN!
HILFE! BITTE!
KOMM DA RAUS!
WAS HAST DU FÜR EIN PROBLEM, MANN?
OOH, ICH ERINNERE MICH...
DAS IST KEIN SARG. DAS IST EIN BOOT!
GOTT SEI DANK! ICH... ICH WAR IM WALD AUF DER JAGD... UND WURDE VON EINEM UNWETTER ÜBERRASCHT. IHR BOOT LAG AM FLUSS. SIE HABEN MIR UNTERSCHLUPF GEWÄHRT, KAPITÄN.
WIRKLICH?
DA WAR EIN DUMPFES, FLÜSTERNDES STÖHNEN, DAS AUF DEM EINSAMEN FRIEDHOF UNGEHÖRT BLIEB. ES WAR NOCH MEHRERE TAGE SPORADISCH ZU VERNEHMEN, WURDE IMMER SCHWÄCHER. UND DANN... HÖRTE ES AUF.
ENDE
YAAA!
CORB

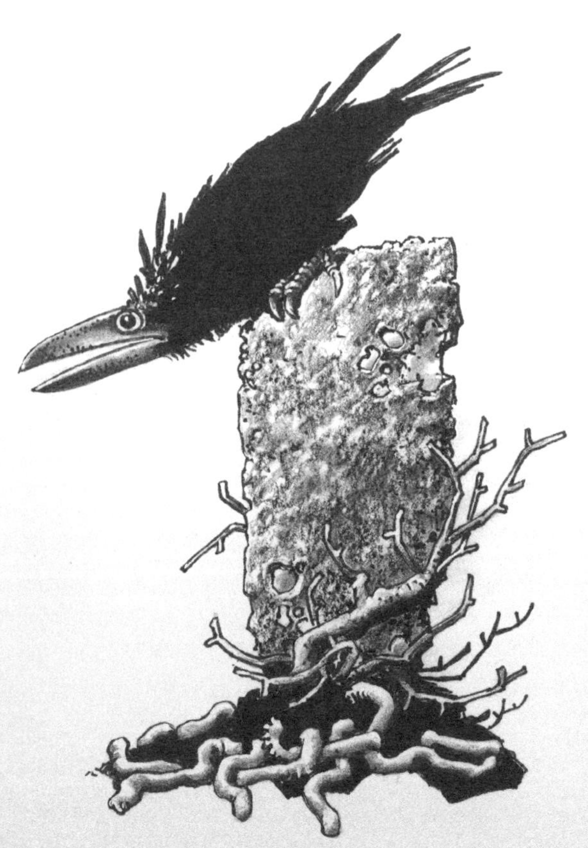

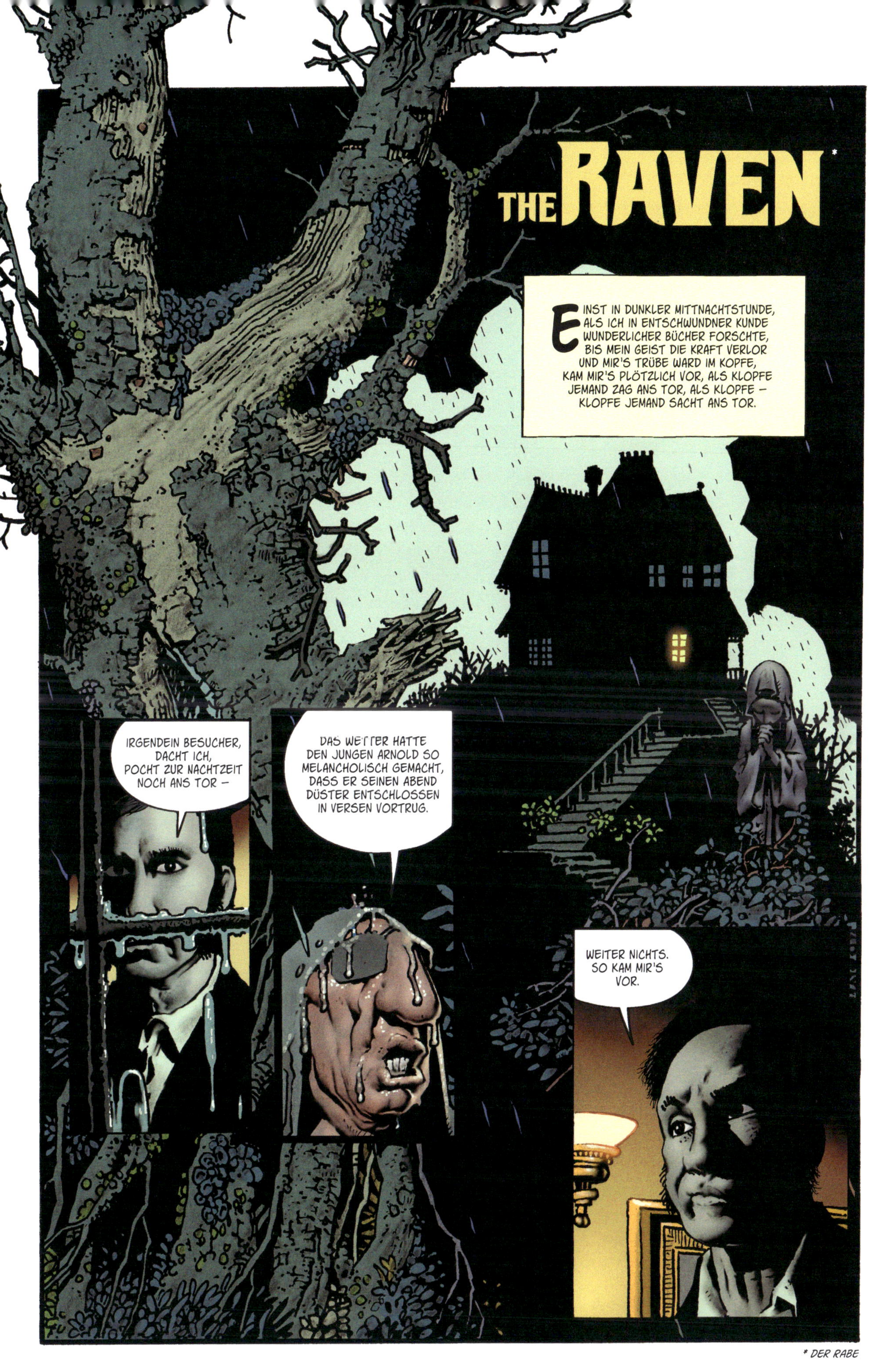
THE RAVEN*
EINST IN DUNKLER MITTNACHTSTUNDE, ALS ICH IN ENTSCHWUNDNER KUNDE WUNDERLICHER BÜCHER FORSCHTE, BIS MEIN GEIST DIE KRAFT VERLOR UND MIR'S TRÜBE WARD IM KOPFE, KAM MIR'S PLÖTZLICH VOR, ALS KLOPFE JEMAND ZAG ANS TOR, ALS KLOPFE – KLOPFE JEMAND SACHT ANS TOR.
IRGENDEIN BESUCHER, DACHT ICH, POCHT ZUR NACHTZEIT NOCH ANS TOR –
DAS WETTER HATTE DEN JUNGEN ARNOLD SO MELANCHOLISCH GEMACHT, DASS ER SEINEN ABEND DÜSTER ENTSCHLOSSEN IN VERSEN VORTRUG.
WEITER NICHTS. SO KAM MIR'S VOR.

* DER RABE

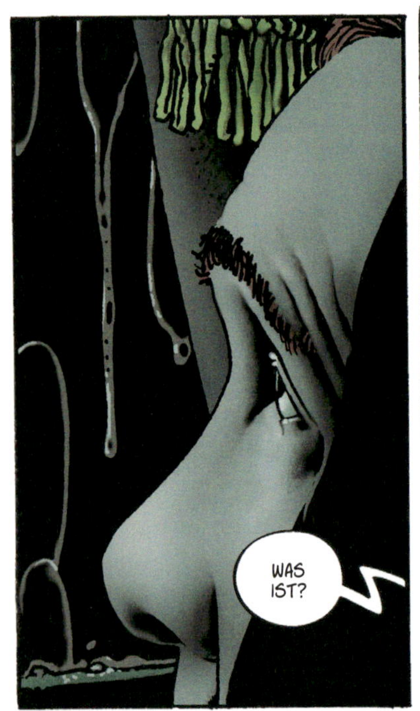
WAS
IST?

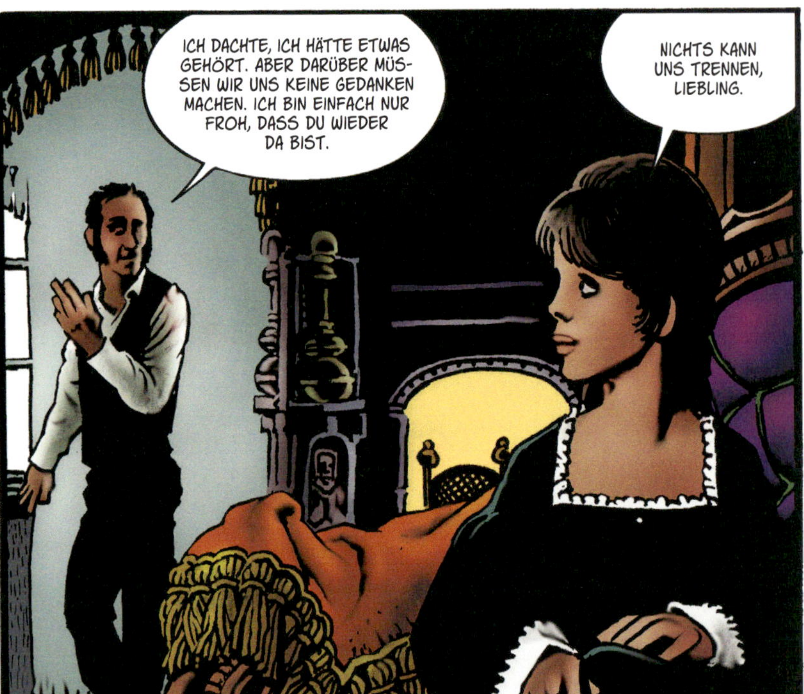
ICH DACHTE, ICH HÄTTE ETWAS GEHÖRT. ABER DARÜBER MÜS-SEN WIR UNS KEINE GEDANKEN MACHEN. ICH BIN EINFACH NUR FROH, DASS DU WIEDER DA BIST.
NICHTS KANN UNS TRENNEN, LIEBLING.

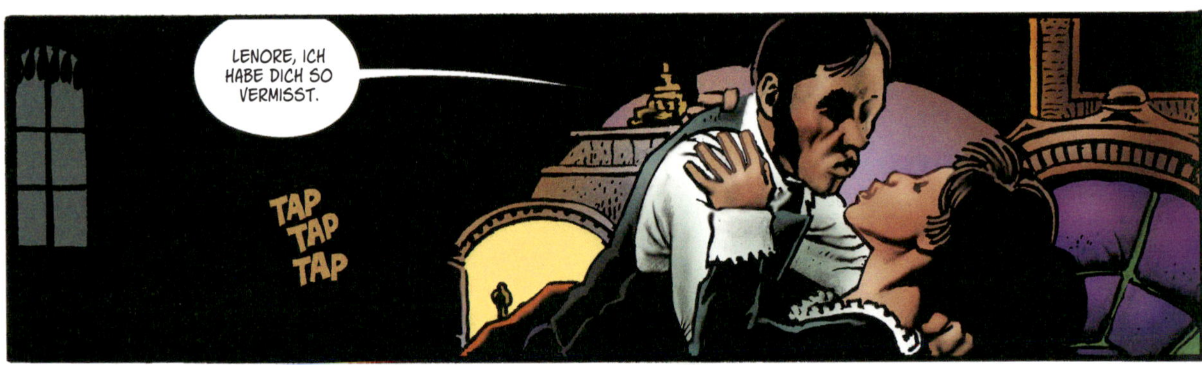
LENORE, ICH HABE DICH SO VERMISST.
TAP
TAP
TAP

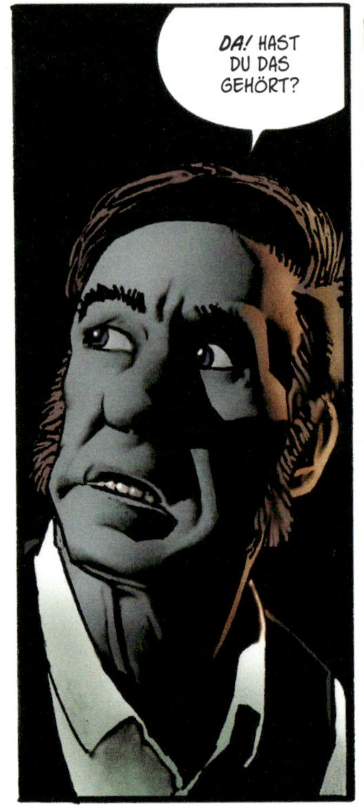
DA! HAST DU DAS GEHÖRT?

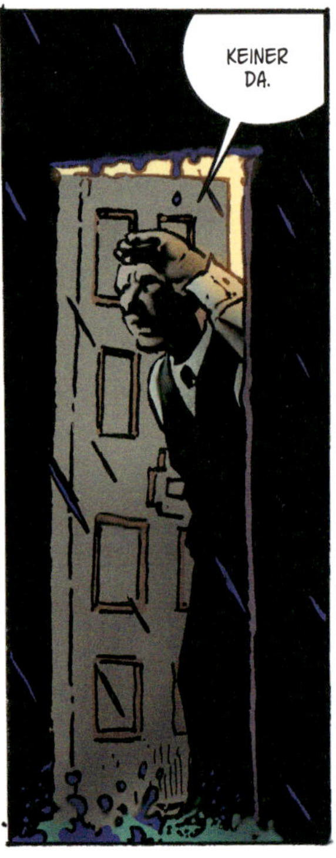
KEINER DA.

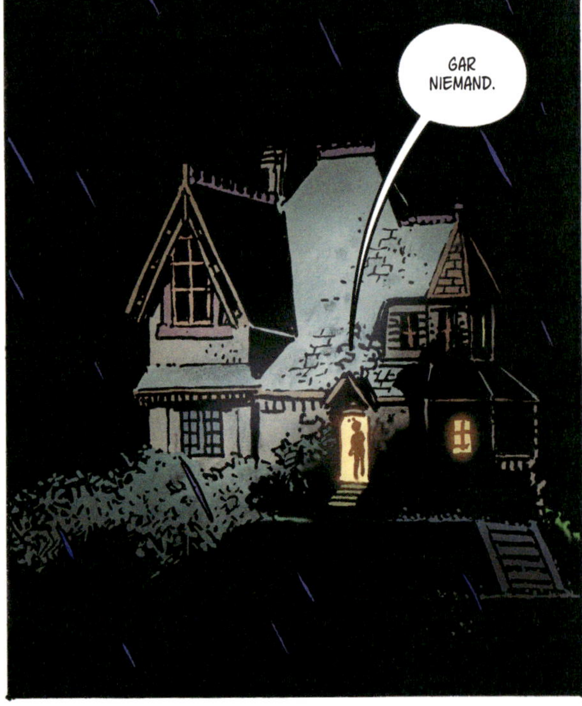
GAR NIEMAND.

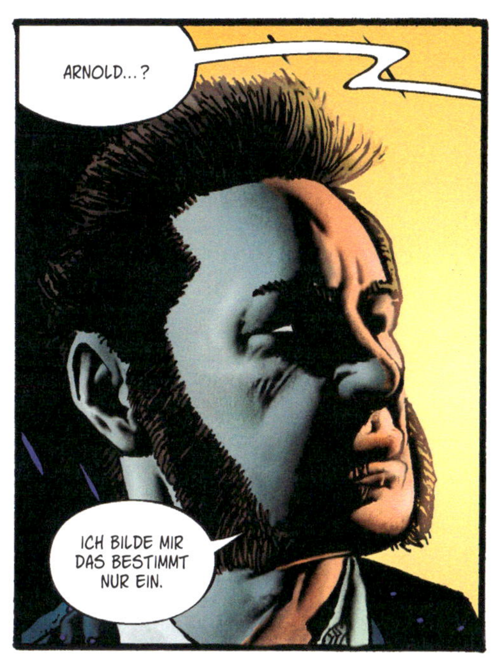
ARNOLD...?
ICH BILDE MIR DAS BESTIMMT NUR EIN.
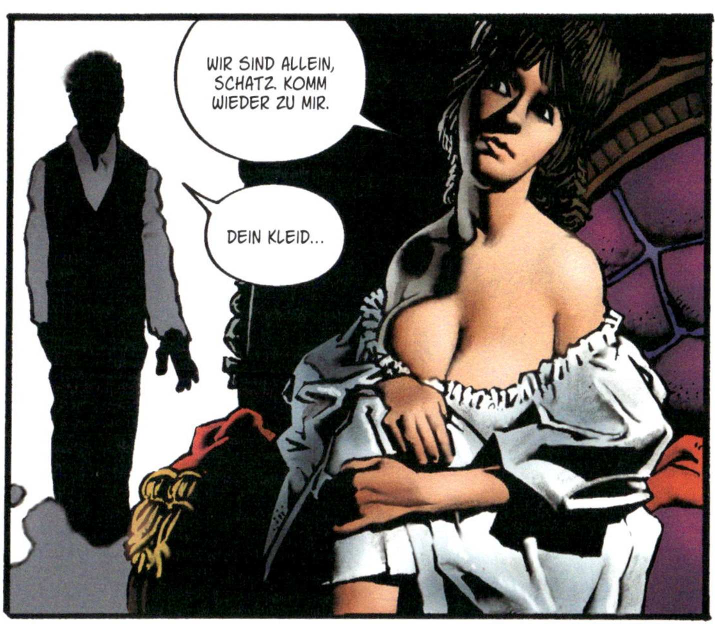
WIR SIND ALLEIN, SCHATZ. KOMM WIEDER ZU MIR.
DEIN KLEID...
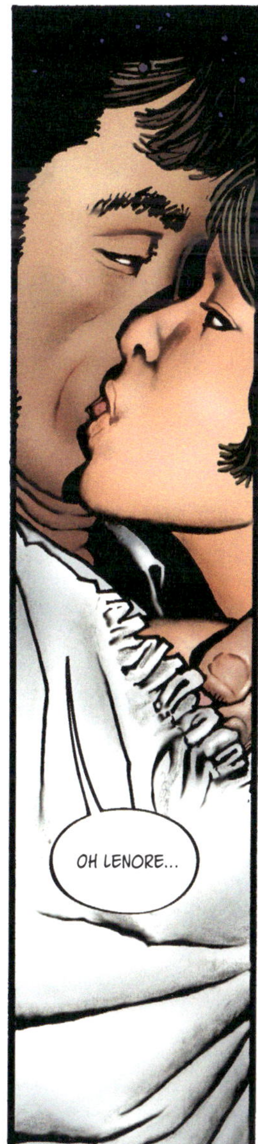
OH LENORE...
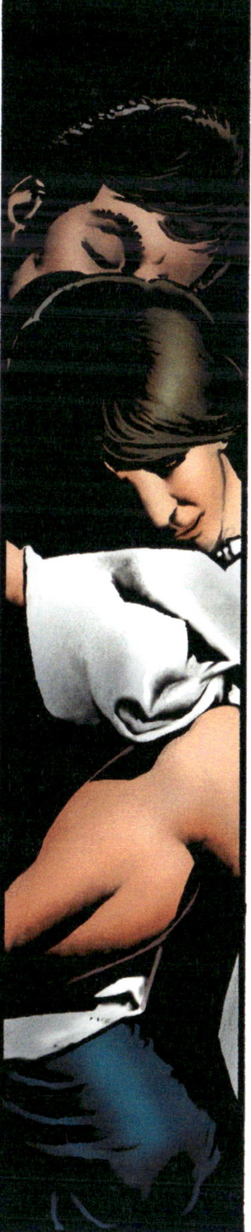
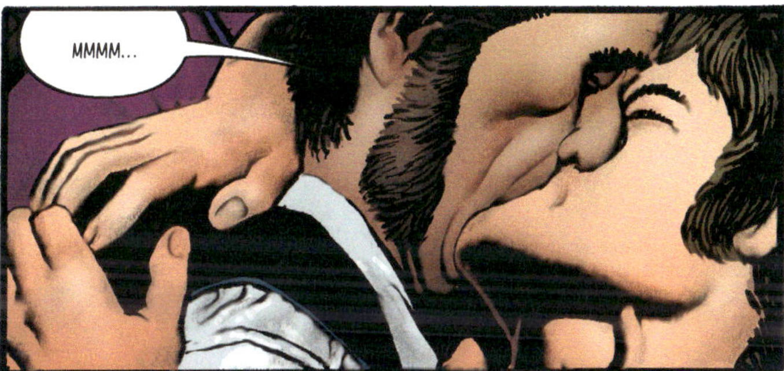
MMMM...
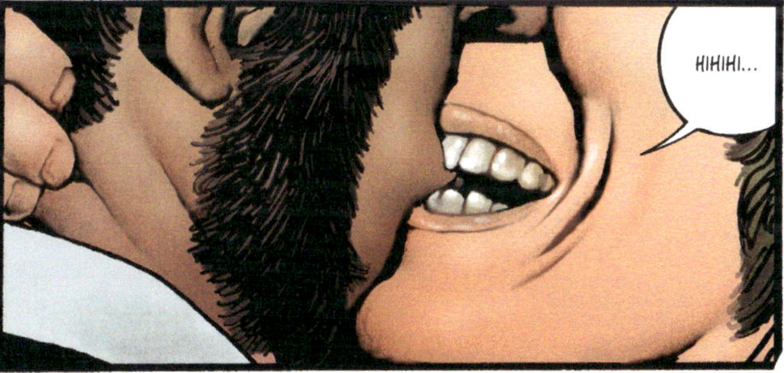
HIHIHI...
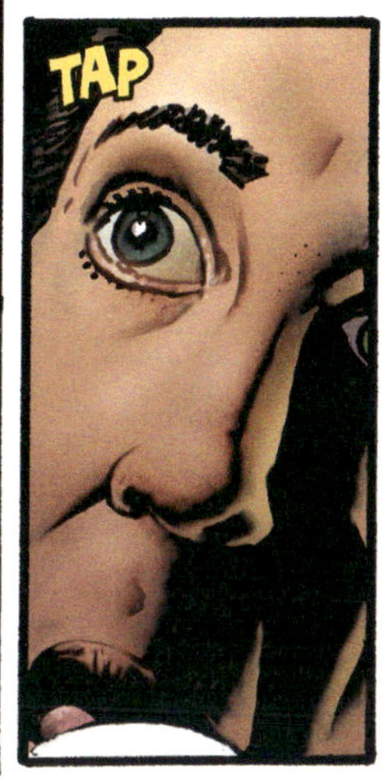
TAP
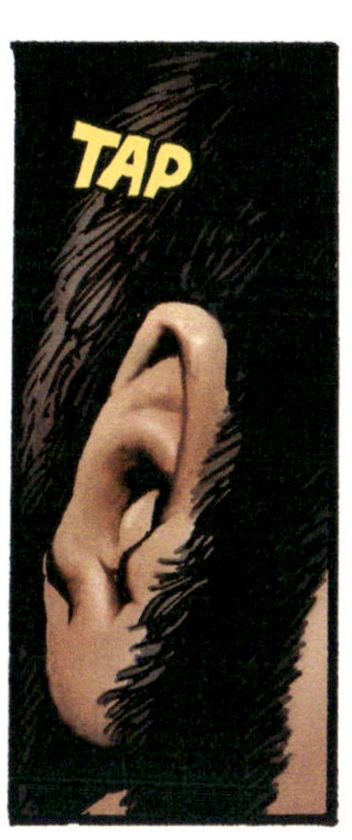
TAP
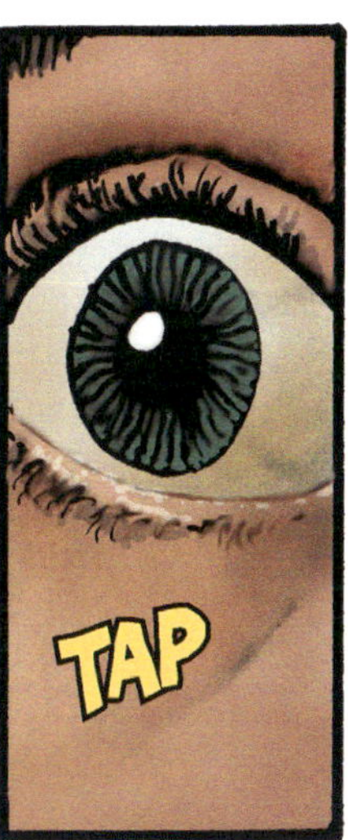
TAP

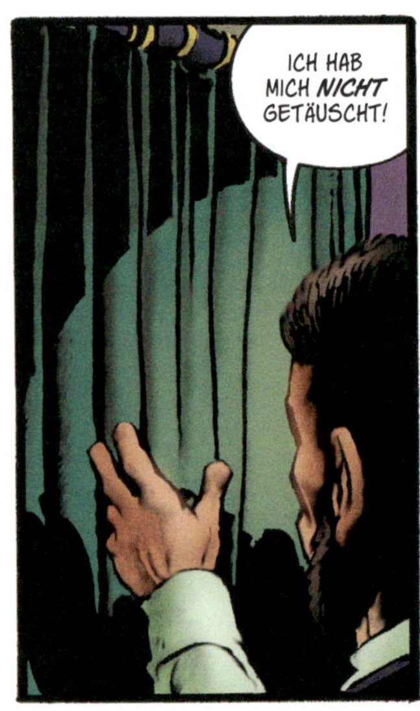
ICH HAB MICH *NICHT* GETÄUSCHT!

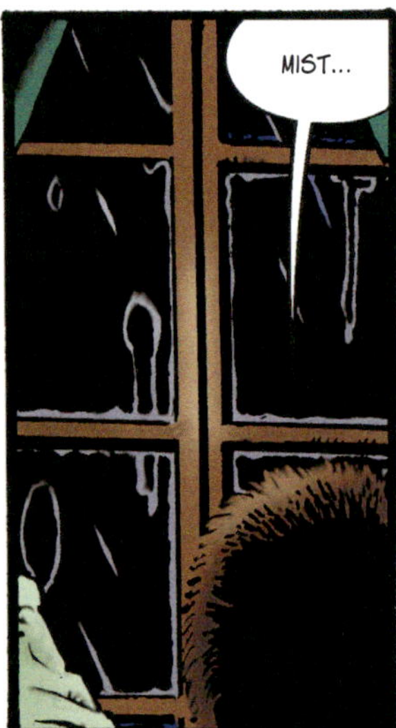
MIST...

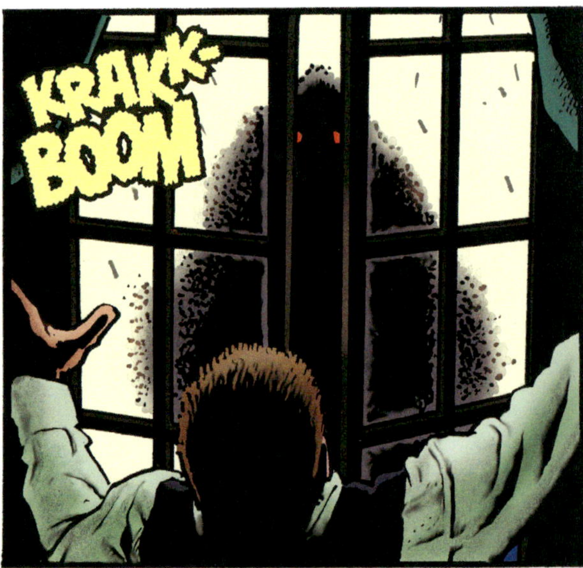
KRAKK-BOOM

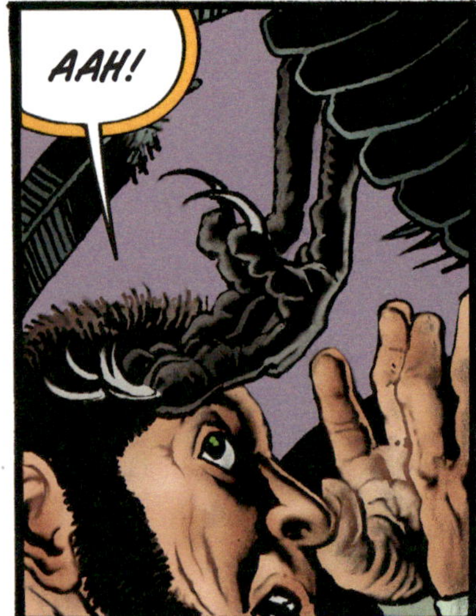
AAH!

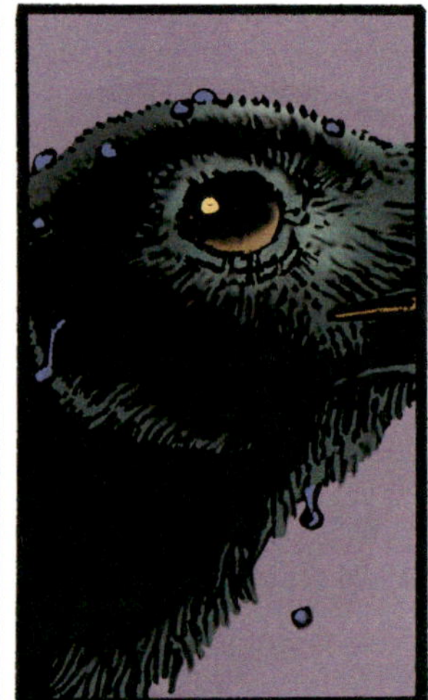

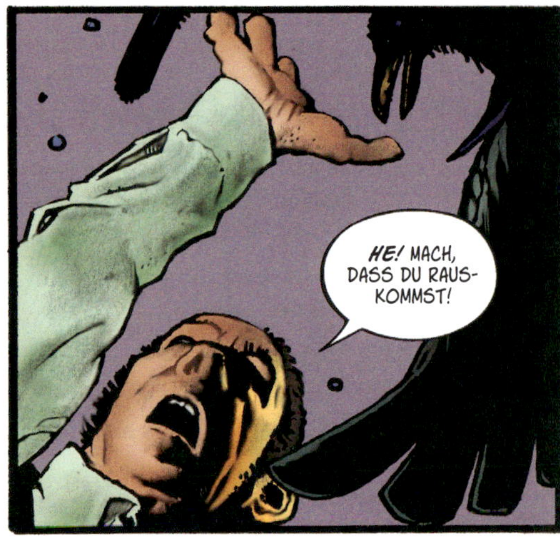
HE! MACH, DASS DU RAUS-KOMMST!

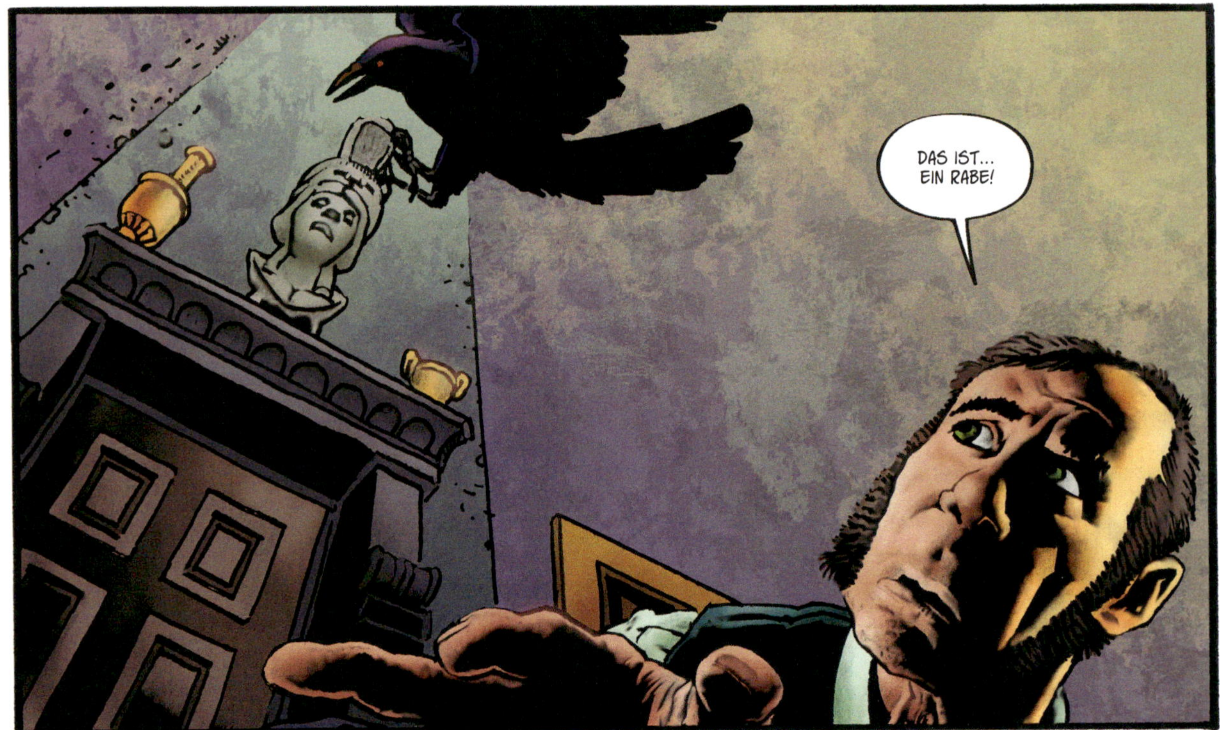
DAS IST... EIN RABE!

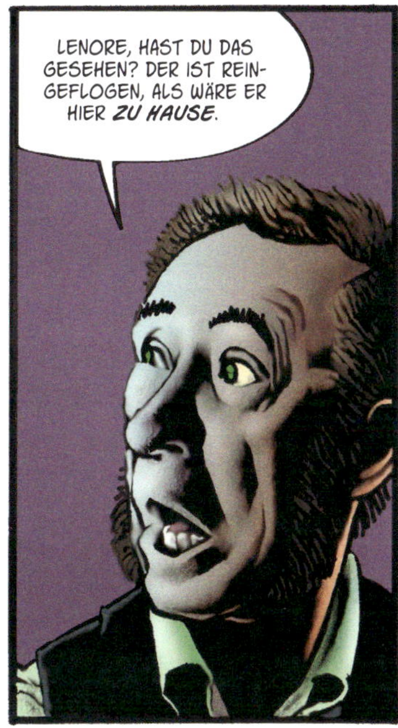
LENORE, HAST DU DAS GESEHEN? DER IST REIN-GEFLOGEN, ALS WÄRE ER HIER *ZU HAUSE*.
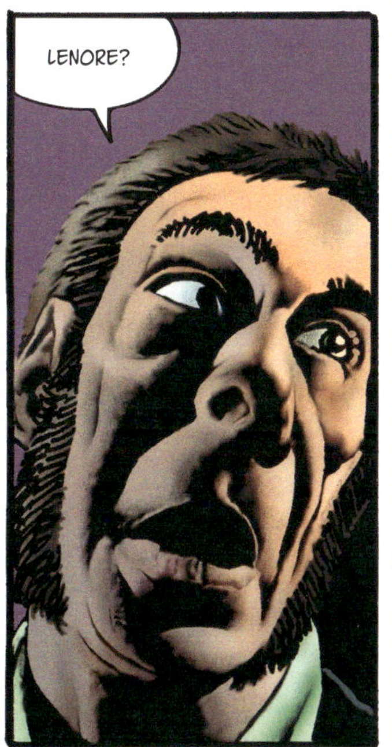
LENORE?
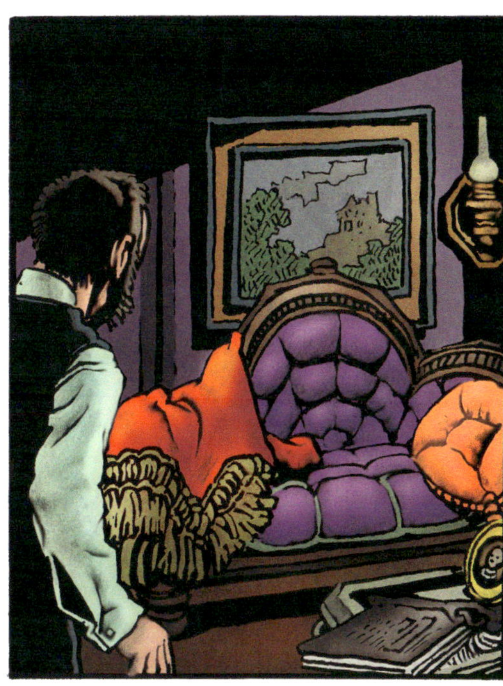
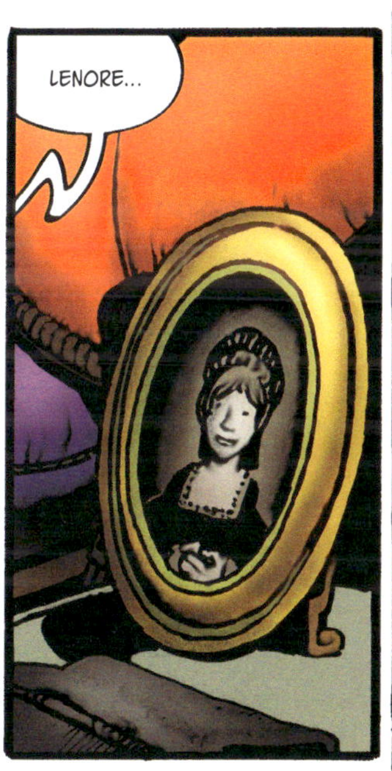
LENORE...
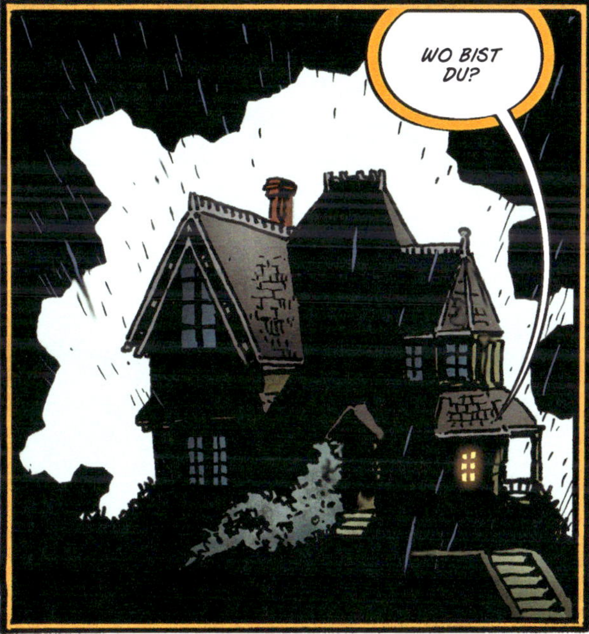
WO BIST DU?
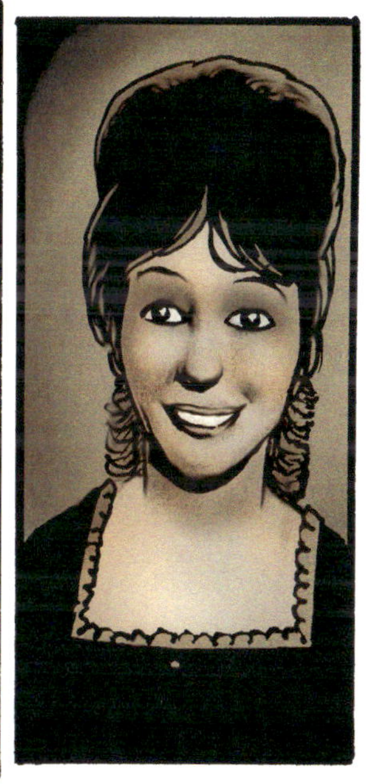
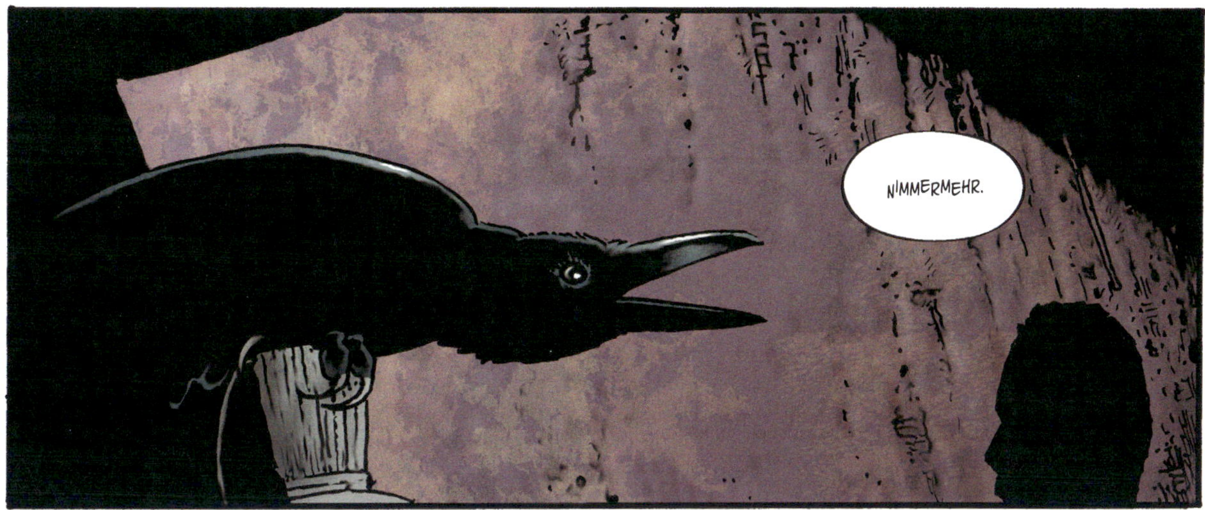
NIMMERMEHR.

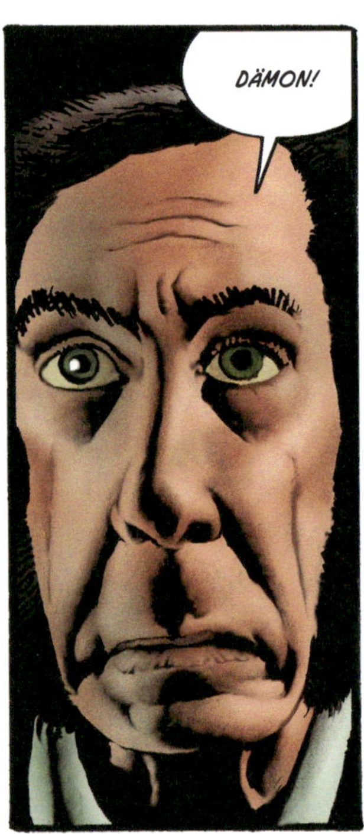
DÄMON!
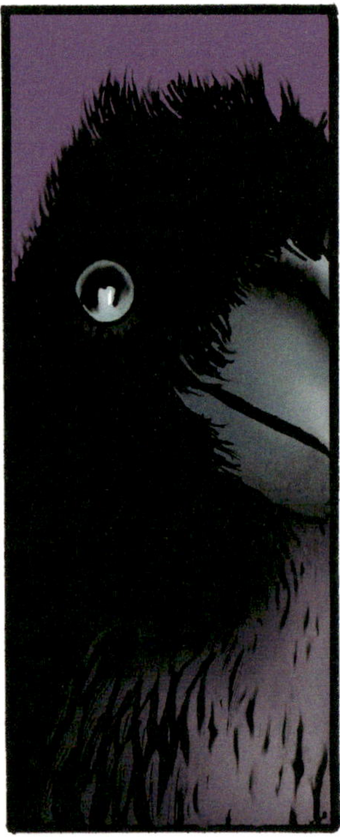
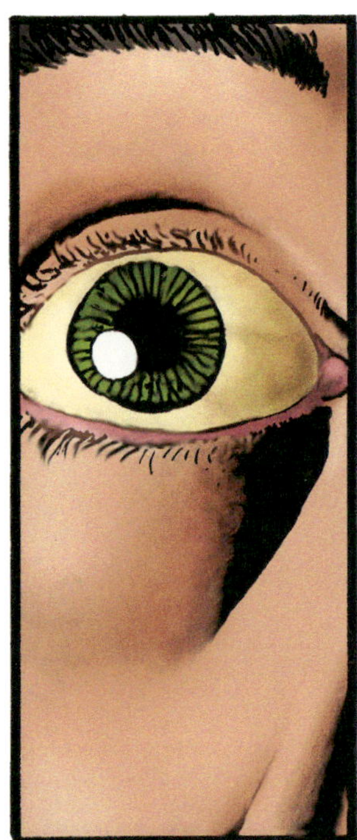
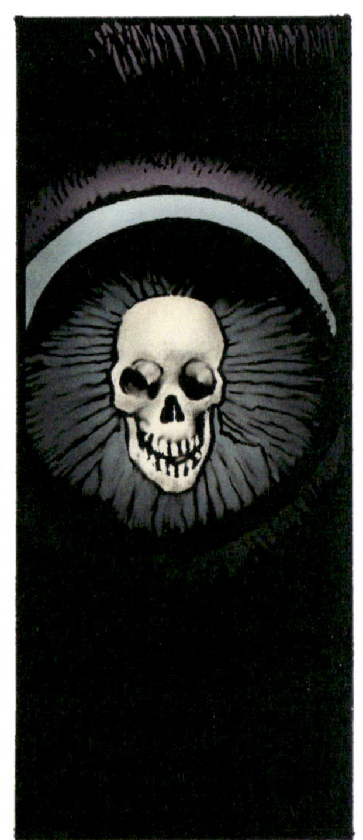
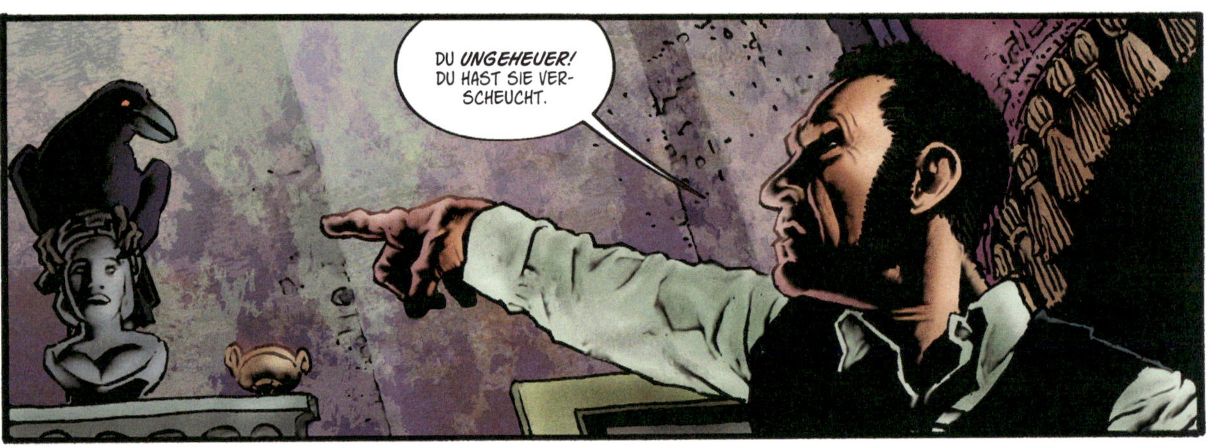
DU *UNGEHEUER!* DU HAST SIE VERSCHEUCHT.
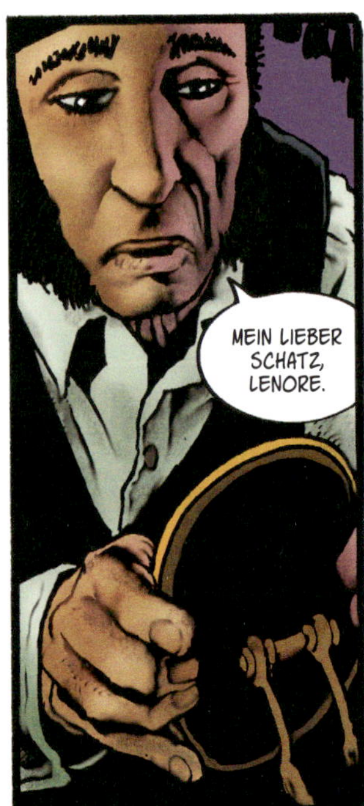
MEIN LIEBER SCHATZ, LENORE.
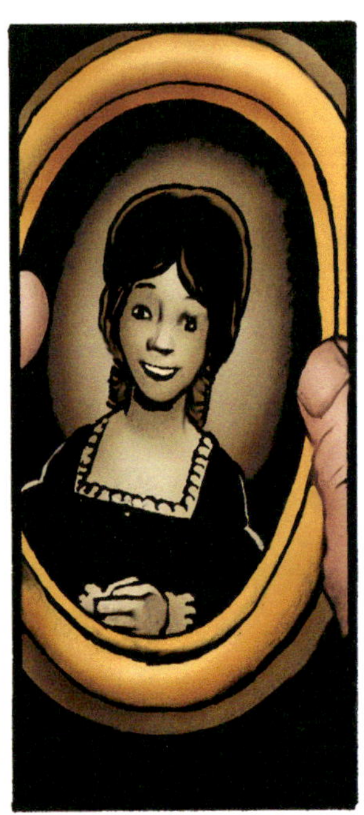
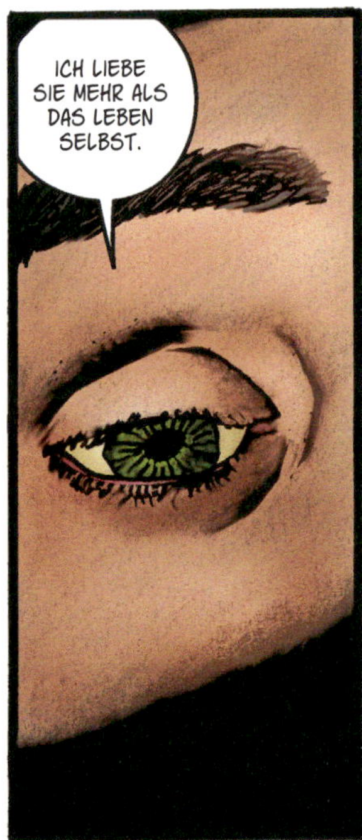
ICH LIEBE SIE MEHR ALS DAS LEBEN SELBST.
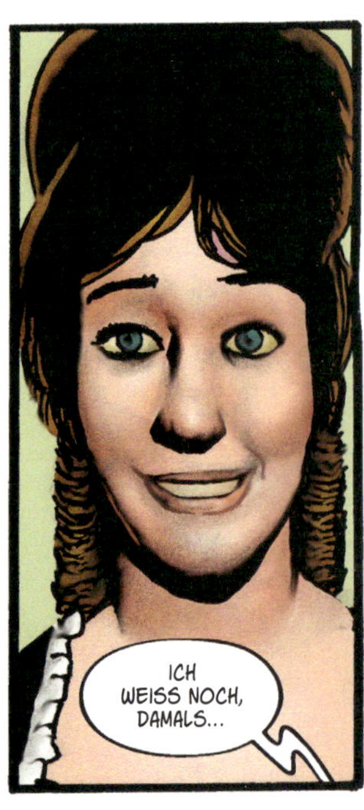
ICH WEISS NOCH, DAMALS...

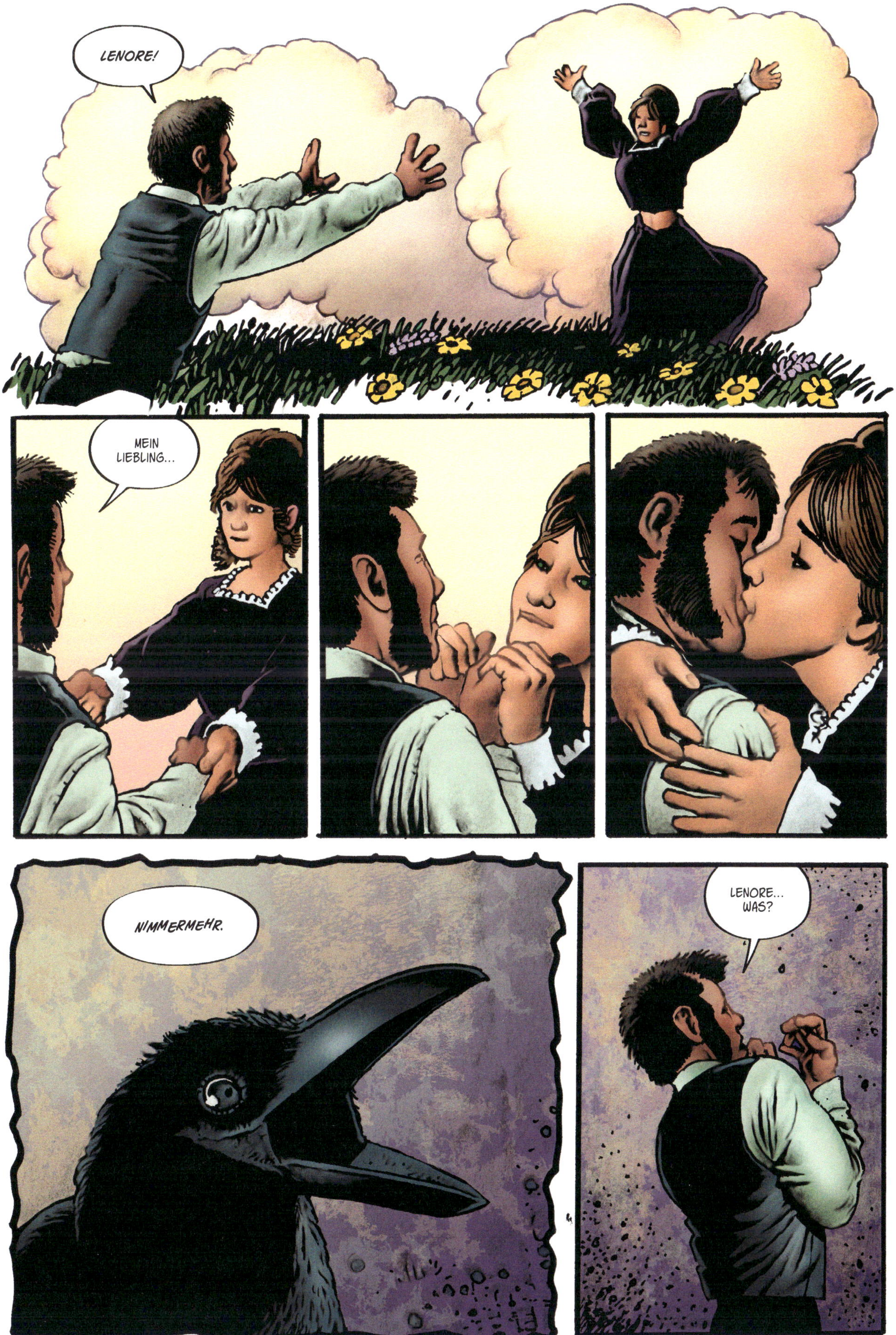

LENORE!

MEIN LIEBLING...

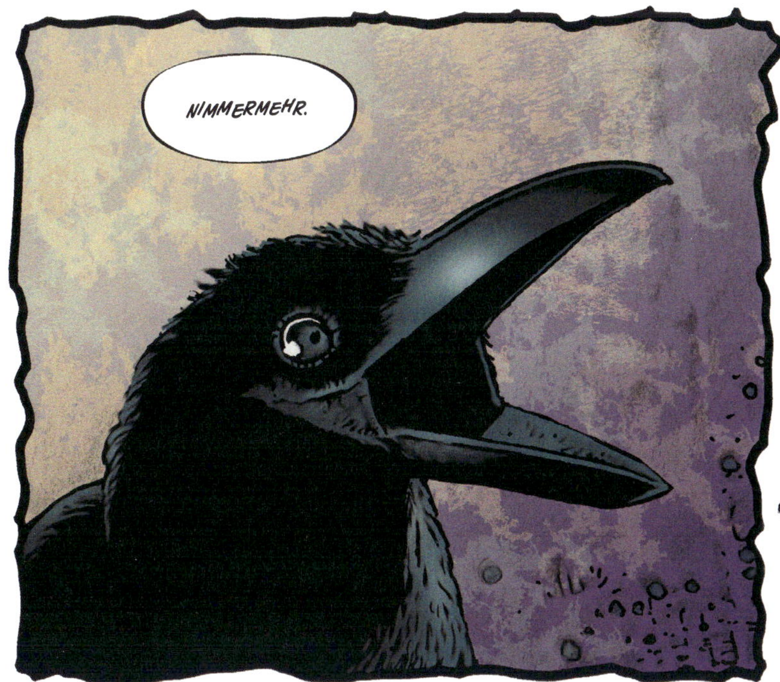

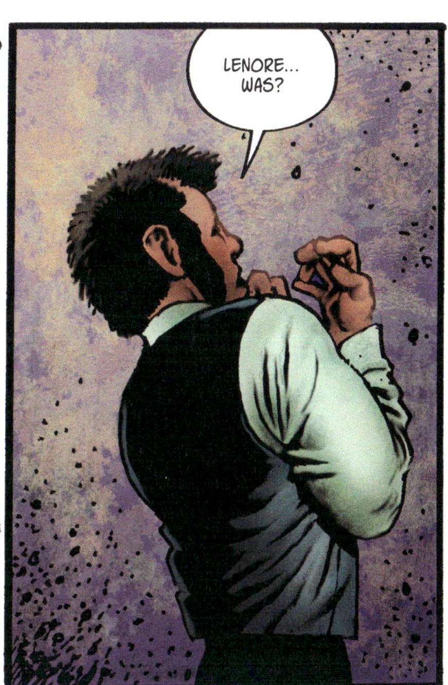

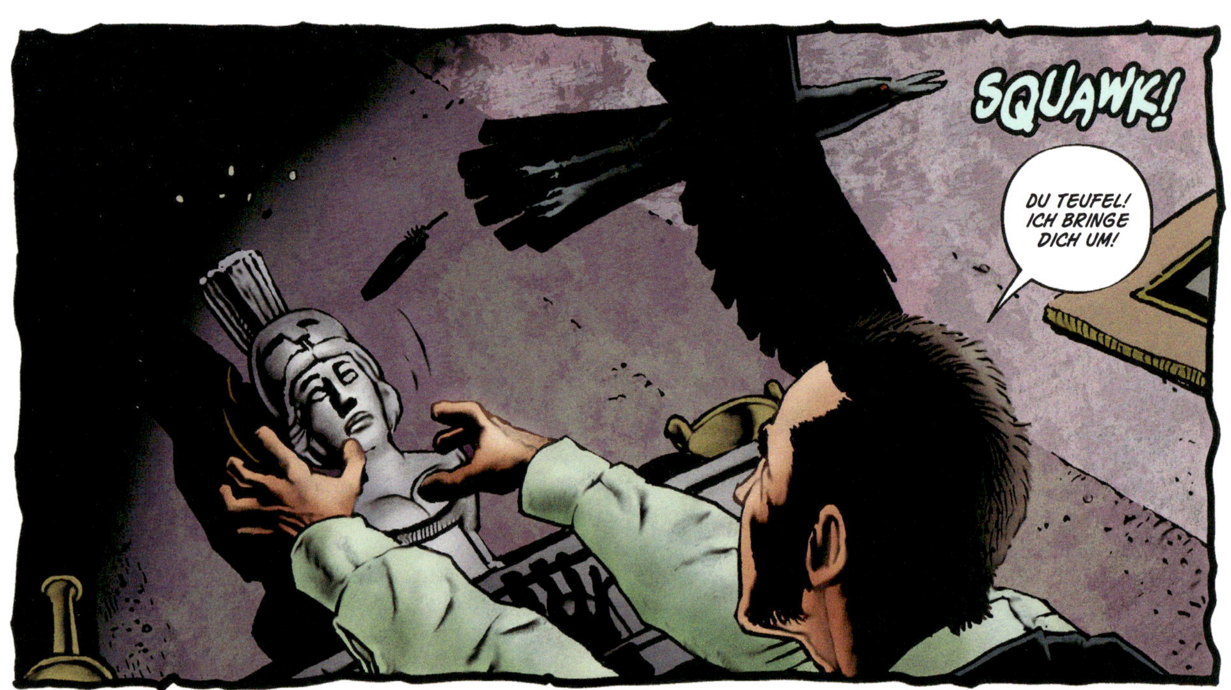
SQUAWK!
DU TEUFEL! ICH BRINGE DICH UM!
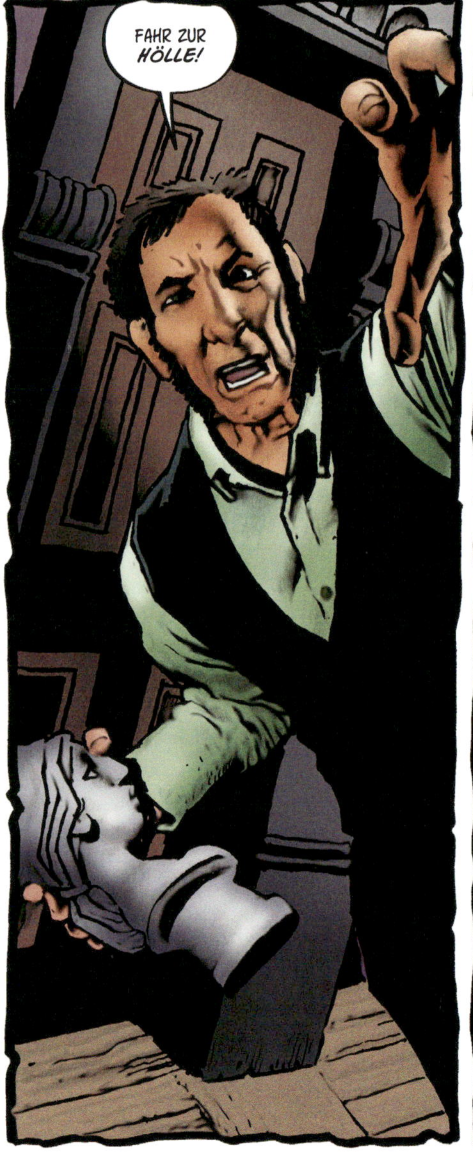
FAHR ZUR HÖLLE!
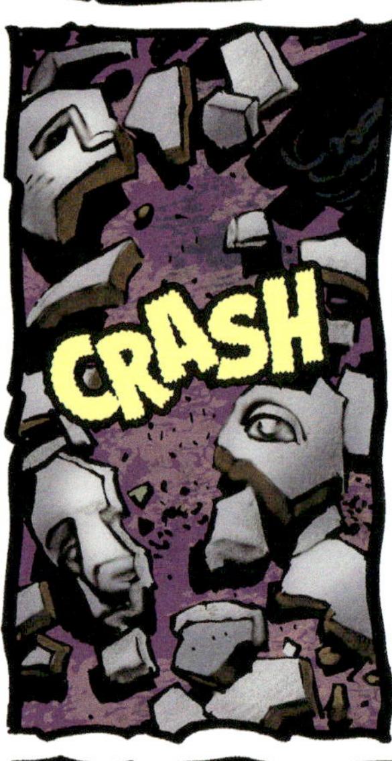
CRASH
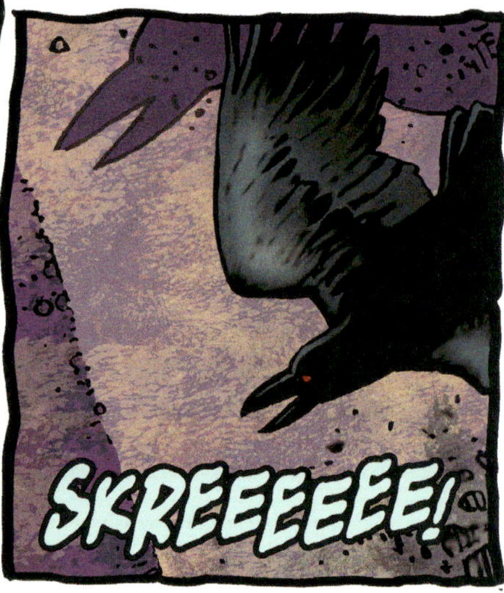
SKREEEEEEE!
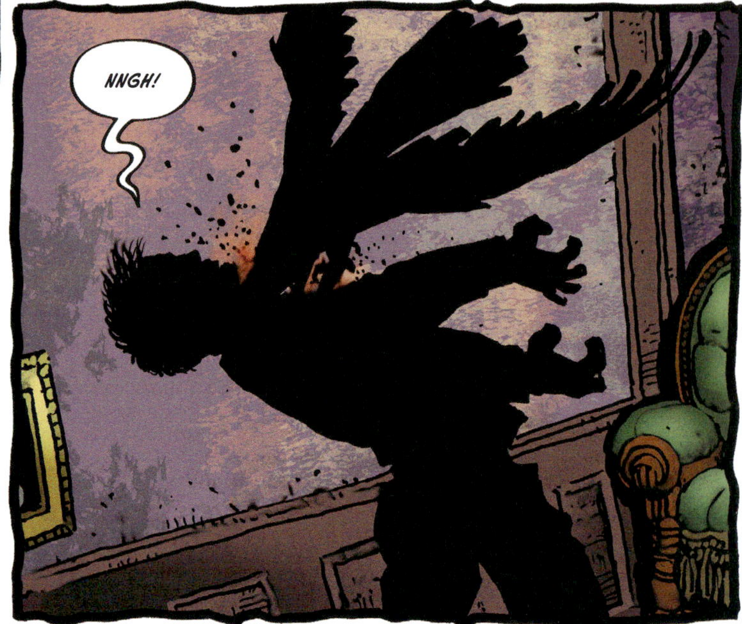
NNGH!

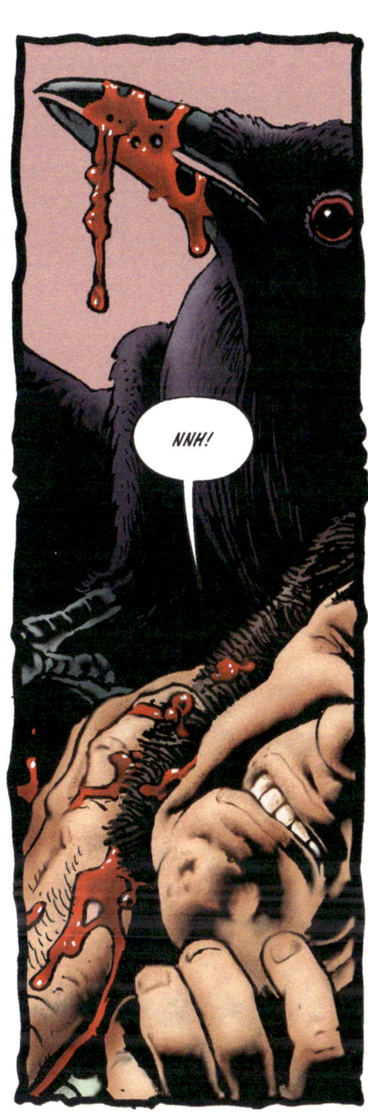
NNH!
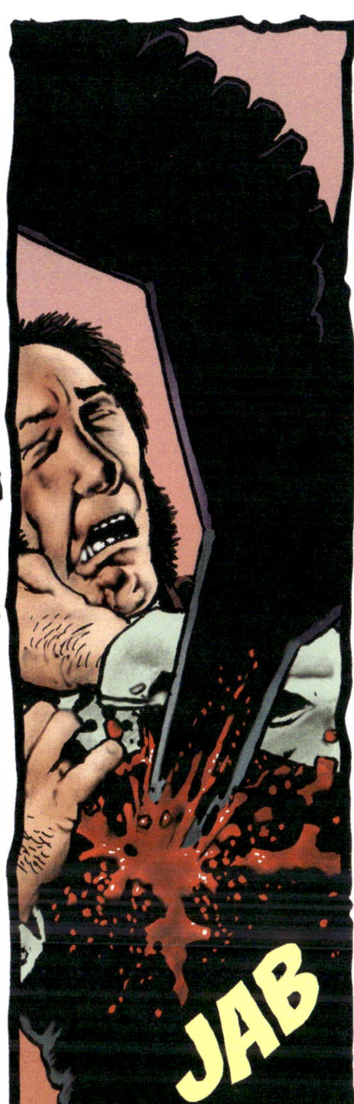
JAB
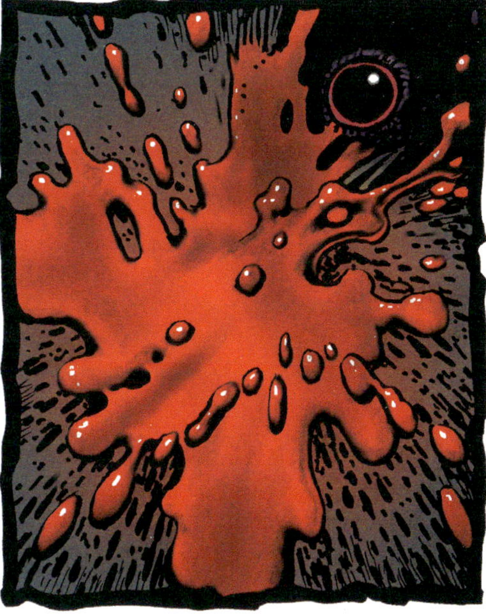
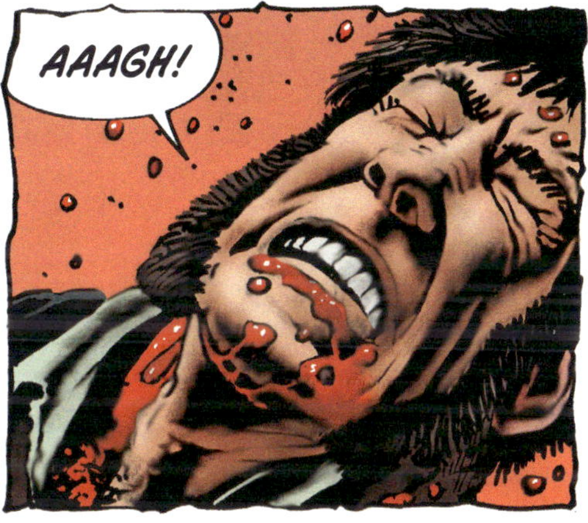
AAAGH!
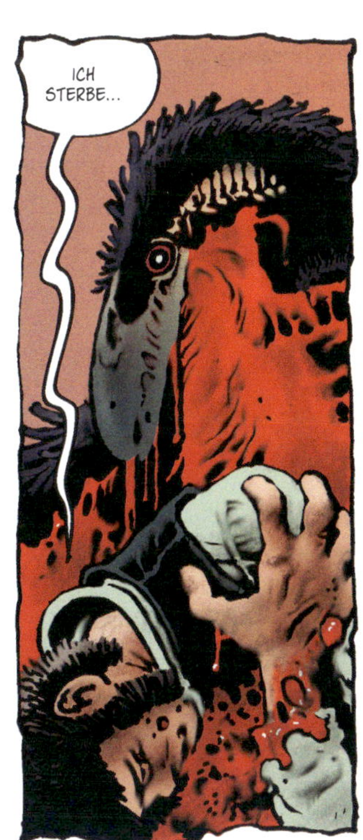
ICH STERBE...
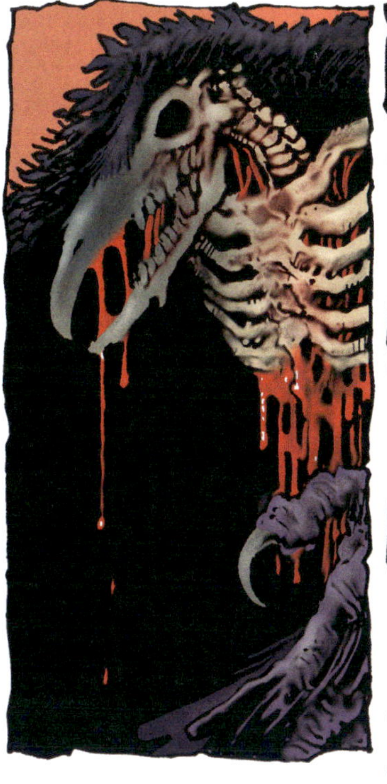
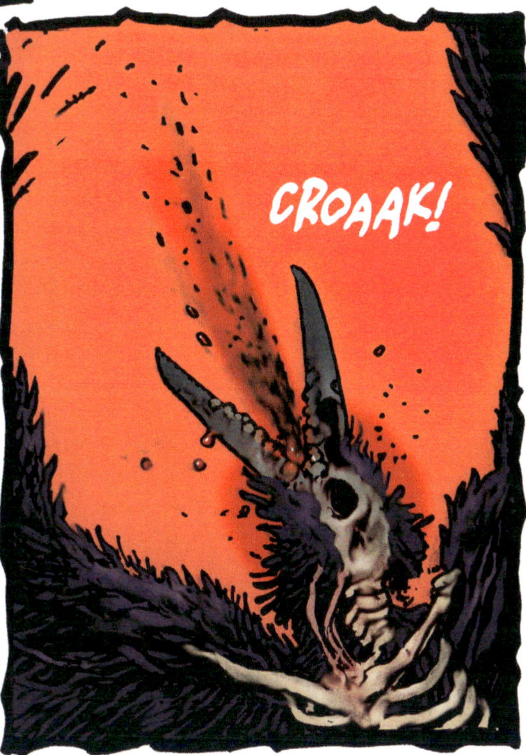
CROAAK!

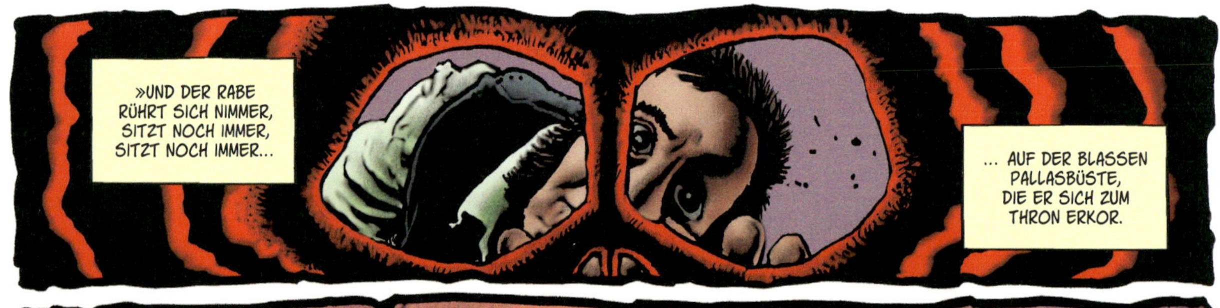
»UND DER RABE RÜHRT SICH NIMMER, SITZT NOCH IMMER, SITZT NOCH IMMER…
… AUF DER BLASSEN PALLASBÜSTE, DIE ER SICH ZUM THRON ERKOR.

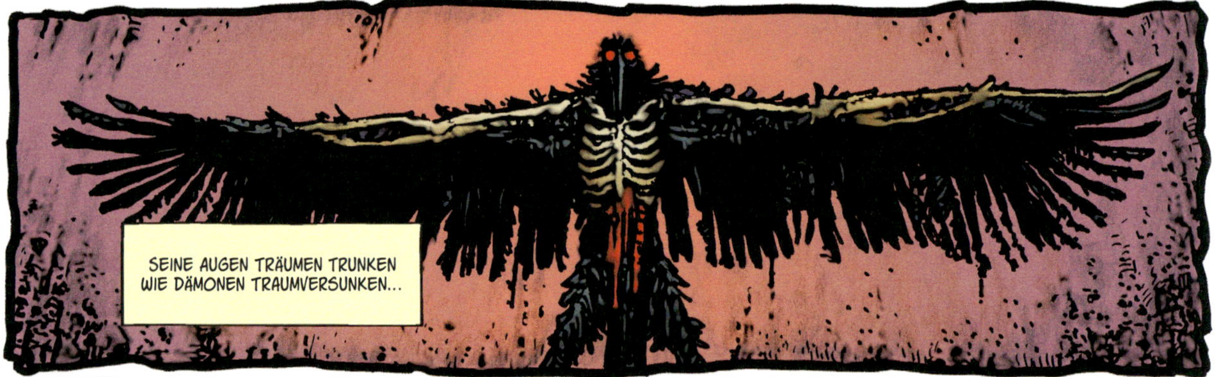
SEINE AUGEN TRÄUMEN TRUNKEN WIE DÄMONEN TRAUMVERSUNKEN…

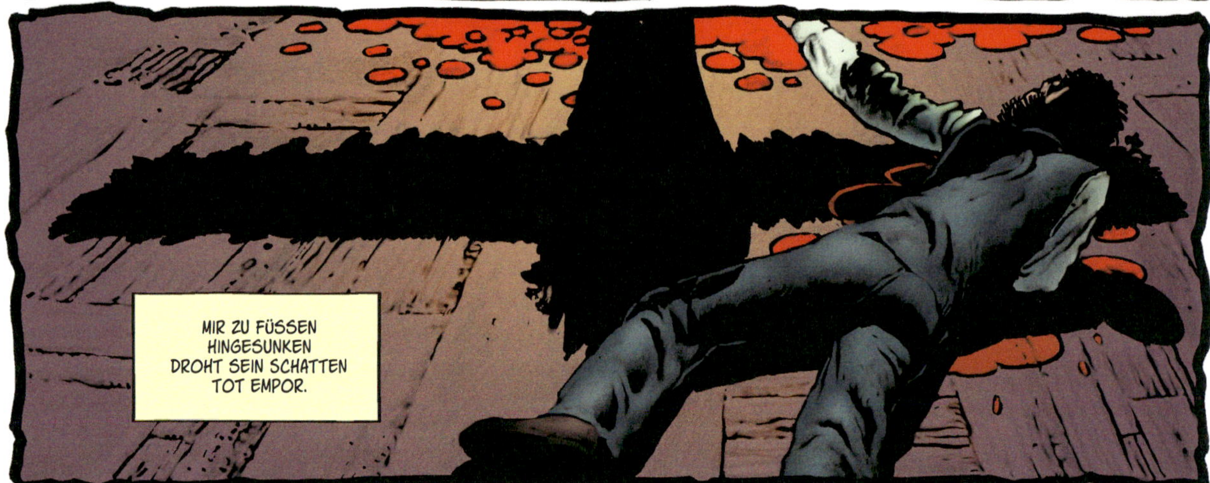
MIR ZU FÜSSEN HINGESUNKEN DROHT SEIN SCHATTEN TOT EMPOR.

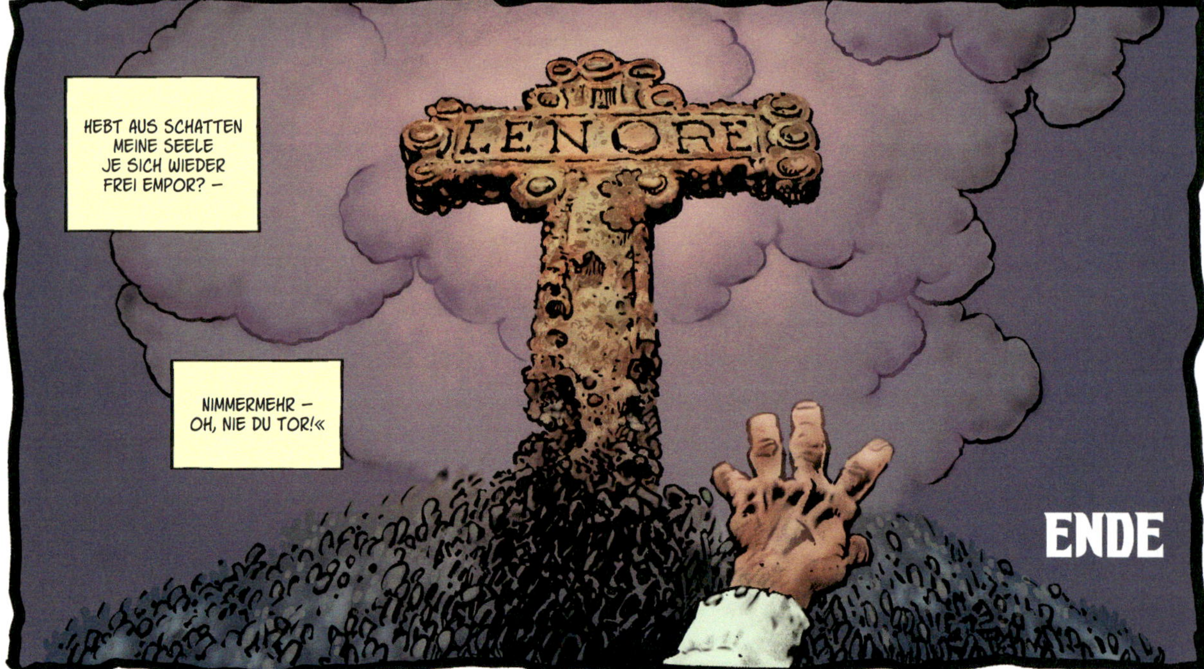
HEBT AUS SCHATTEN MEINE SEELE JE SICH WIEDER FREI EMPOR? –
LENORE
NIMMERMEHR – OH, NIE DU TOR!«
ENDE

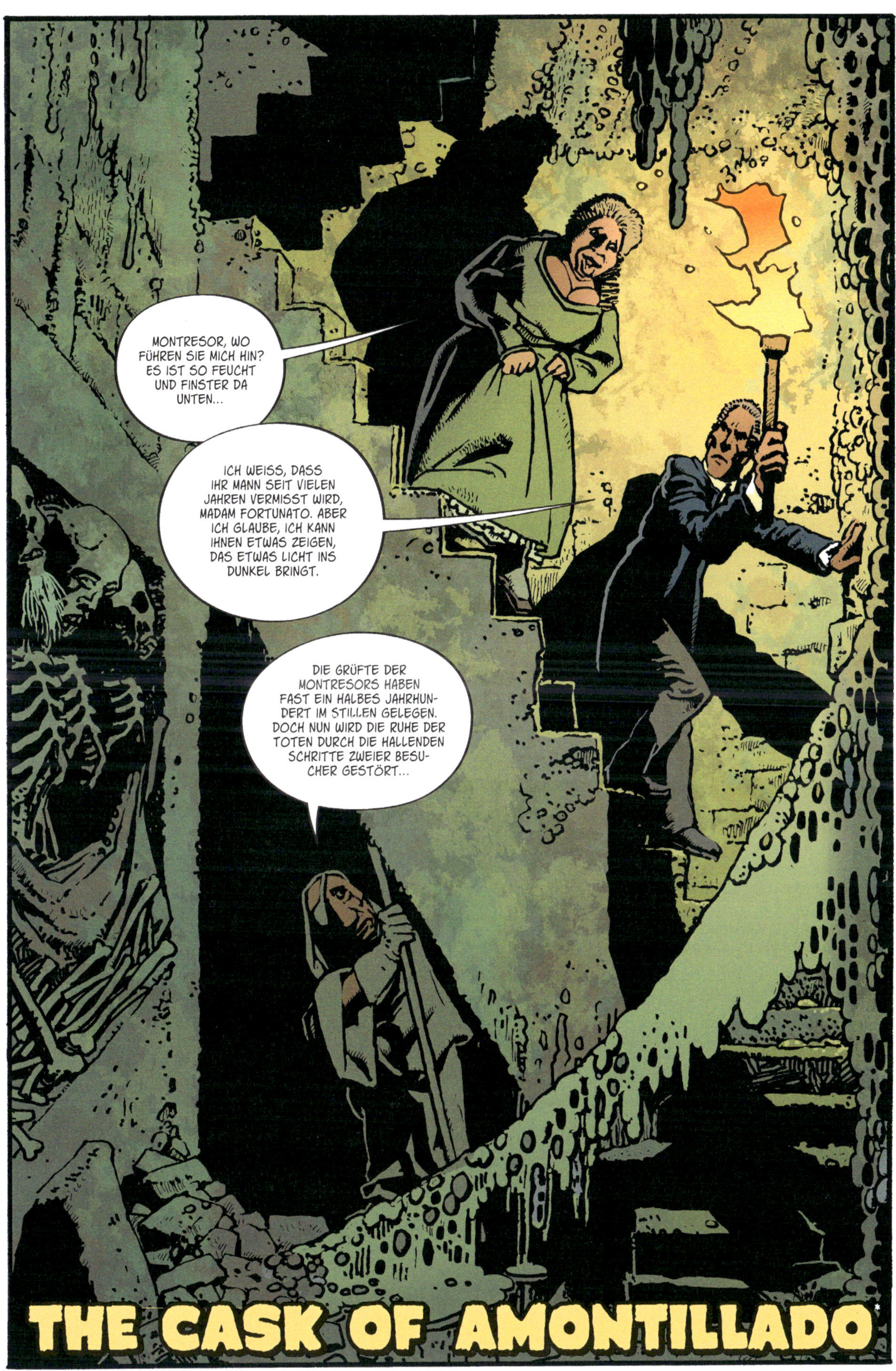

* DAS FASS AMONTILLADO

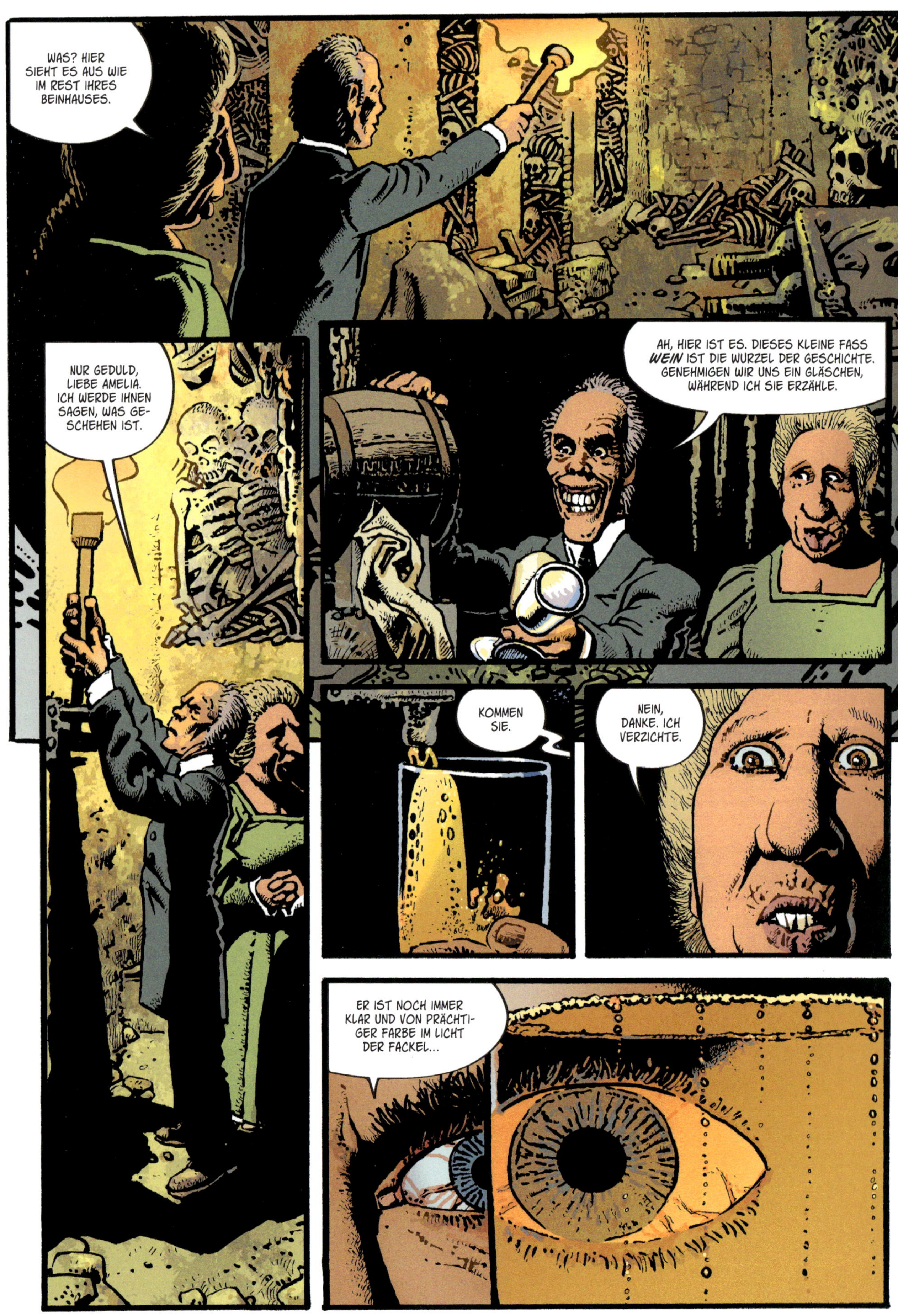
WAS? HIER SIEHT ES AUS WIE IM REST IHRES BEINHAUSES.
NUR GEDULD, LIEBE AMELIA. ICH WERDE IHNEN SAGEN, WAS GESCHEHEN IST.
AH, HIER IST ES. DIESES KLEINE FASS *WEIN* IST DIE WURZEL DER GESCHICHTE. GENEHMIGEN WIR UNS EIN GLÄSCHEN, WÄHREND ICH SIE ERZÄHLE.
KOMMEN SIE.
NEIN, DANKE. ICH VERZICHTE.
ER IST NOCH IMMER KLAR UND VON PRÄCHTIGER FARBE IM LICHT DER FACKEL...

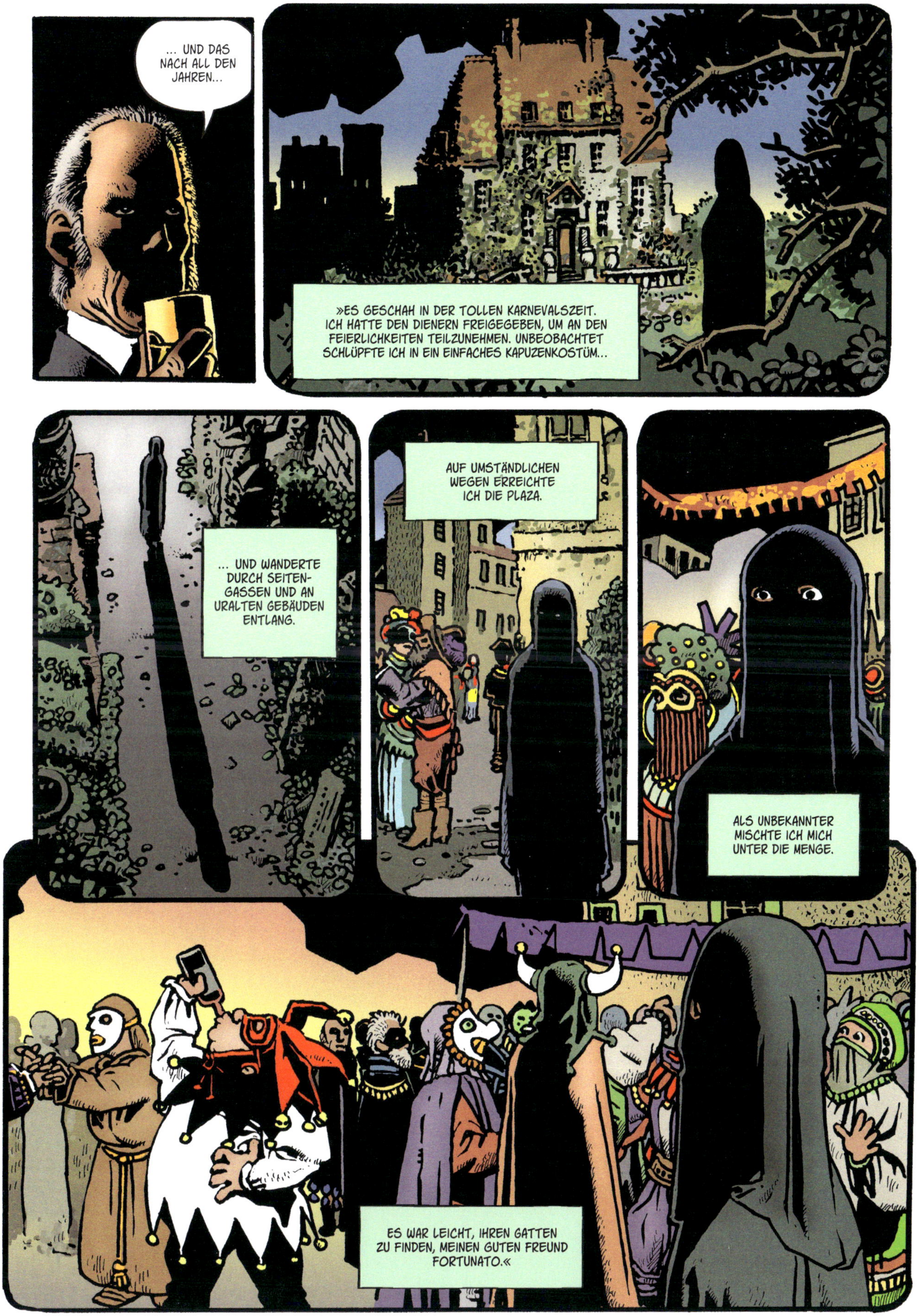

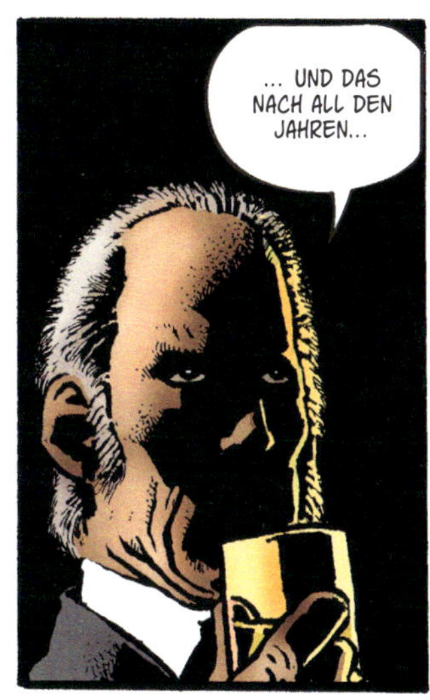

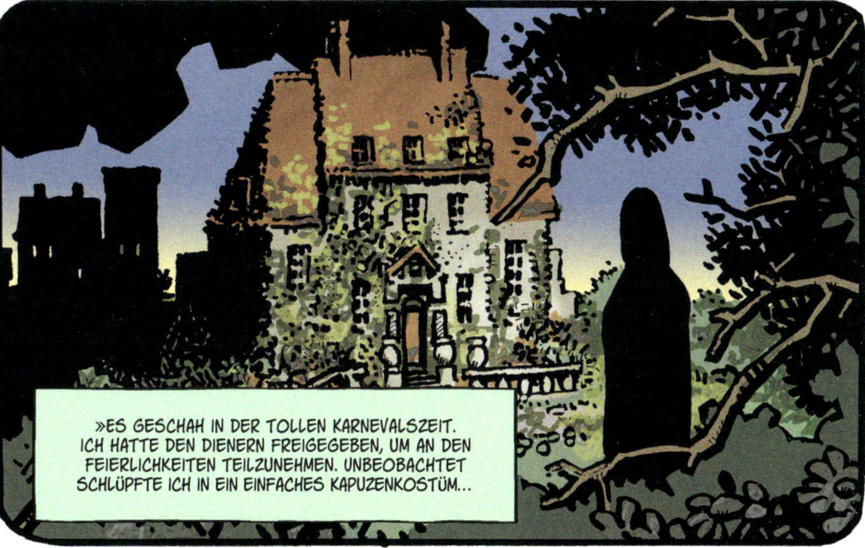

... UND WANDERTE DURCH SEITENGASSEN UND AN URALTEN GEBÄUDEN ENTLANG.

AUF UMSTÄNDLICHEN WEGEN ERREICHTE ICH DIE PLAZA.

ALS UNBEKANNTER MISCHTE ICH MICH UNTER DIE MENGE.

ES WAR LEICHT, IHREN GATTEN ZU FINDEN, MEINEN GUTEN FREUND FORTUNATO.«

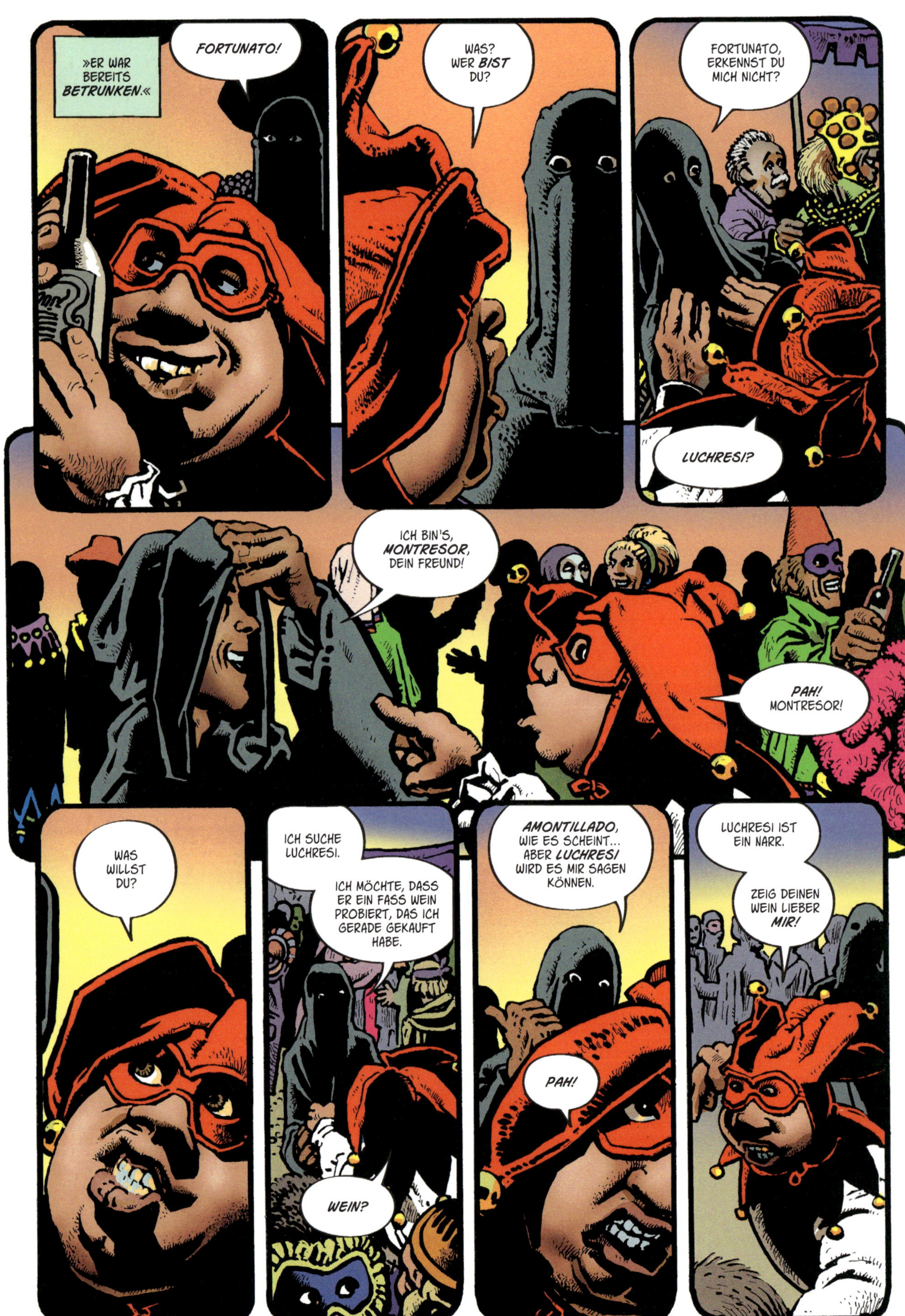
»ER WAR BEREITS BETRUNKEN.«
FORTUNATO!
WAS? WER BIST DU?
FORTUNATO, ERKENNST DU MICH NICHT?
LUCHRESI?
ICH BIN'S, MONTRESOR, DEIN FREUND!
PAH! MONTRESOR!
WAS WILLST DU?
ICH SUCHE LUCHRESI.
ICH MÖCHTE, DASS ER EIN FASS WEIN PROBIERT, DAS ICH GERADE GEKAUFT HABE.
WEIN?
AMONTILLADO, WIE ES SCHEINT... ABER LUCHRESI WIRD ES MIR SAGEN KÖNNEN.
PAH!
LUCHRESI IST EIN NARR.
ZEIG DEINEN WEIN LIEBER MIR!

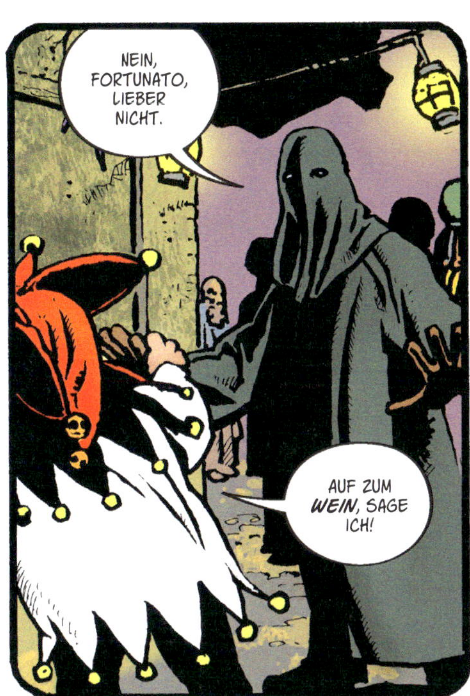
NEIN, FORTUNATO, LIEBER NICHT.
AUF ZUM *WEIN*, SAGE ICH!

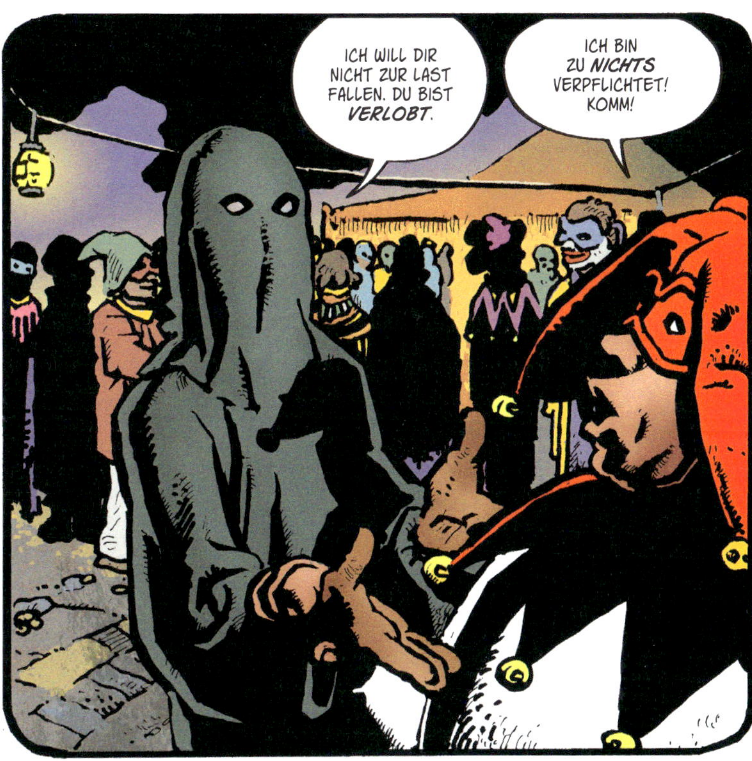
ICH WILL DIR NICHT ZUR LAST FALLEN. DU BIST *VERLOBT*.
ICH BIN ZU *NICHTS* VERPFLICHTET! KOMM!

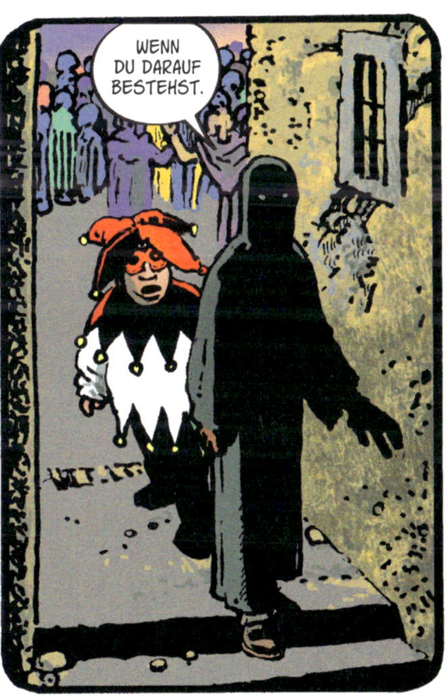
WENN DU DARAUF BESTEHST.

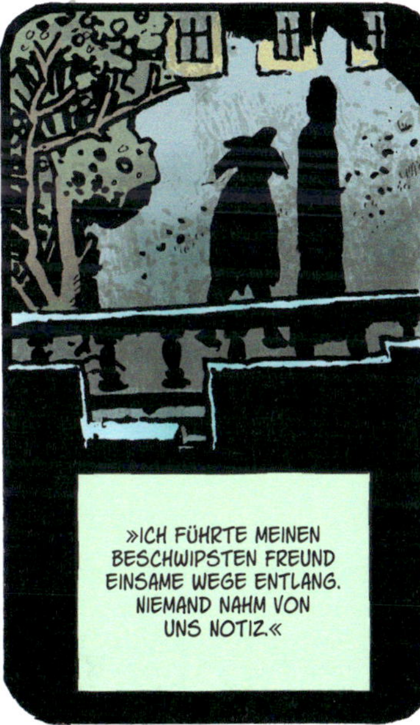
»ICH FÜHRTE MEINEN BESCHWIPSTEN FREUND EINSAME WEGE ENTLANG. NIEMAND NAHM VON UNS NOTIZ.«

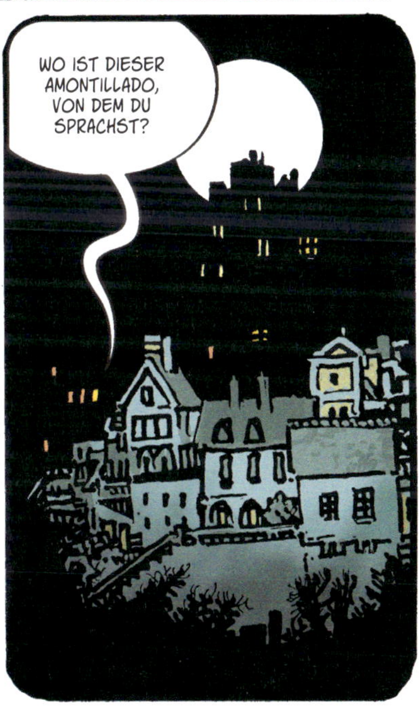
WO IST DIESER AMONTILLADO, VON DEM DU SPRACHST?

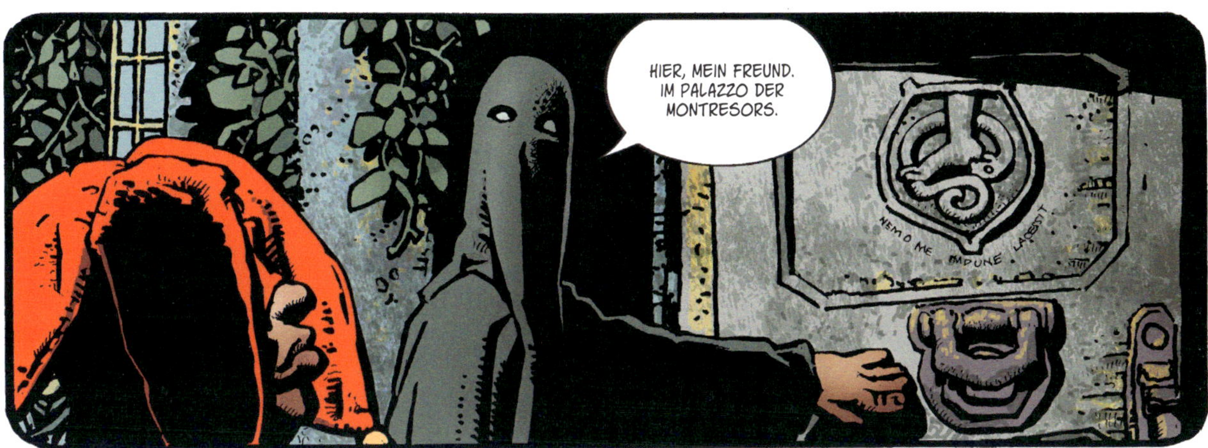
HIER, MEIN FREUND. IM PALAZZO DER MONTRESORS.
NEMO ME IMPUNE LACESSIT

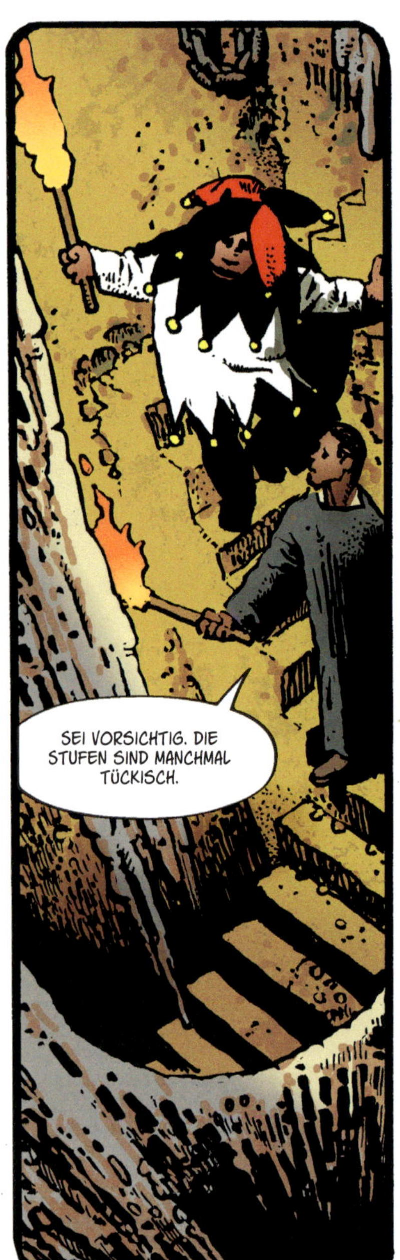
SEI VORSICHTIG. DIE STUFEN SIND MANCHMAL TÜCKISCH.

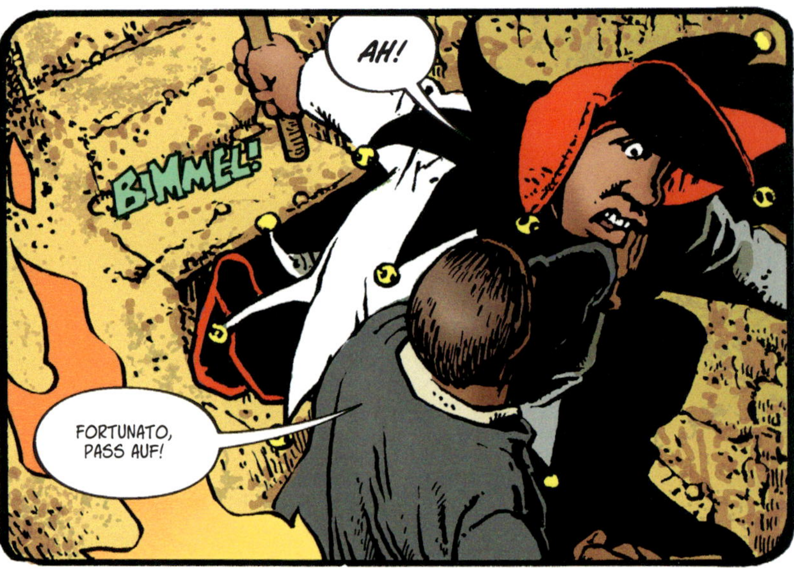
AH!
BIMMEL!
FORTUNATO, PASS AUF!

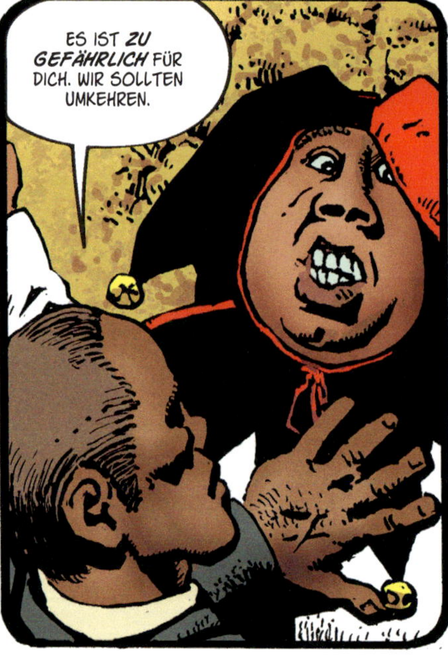
ES IST ZU GEFÄHRLICH FÜR DICH. WIR SOLLTEN UMKEHREN.

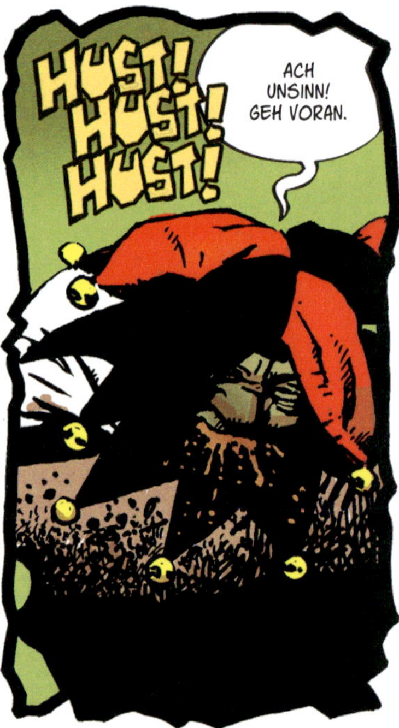
HUST! HUST! HUST!
ACH UNSINN! GEH VORAN.

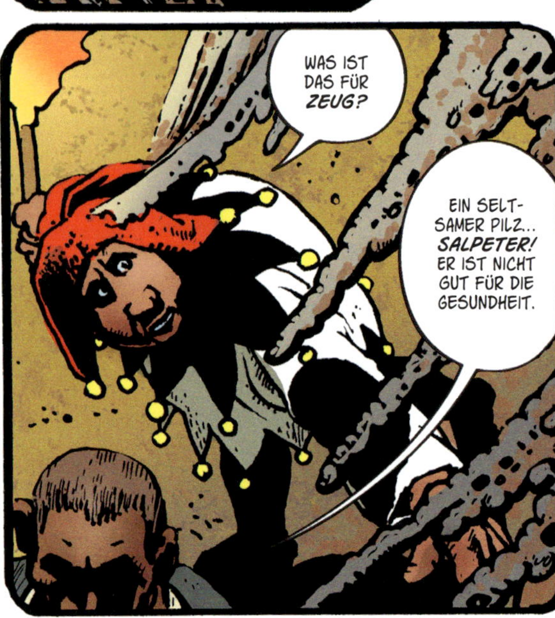
WAS IST DAS FÜR ZEUG?
EIN SELTSAMER PILZ... SALPETER! ER IST NICHT GUT FÜR DIE GESUNDHEIT.

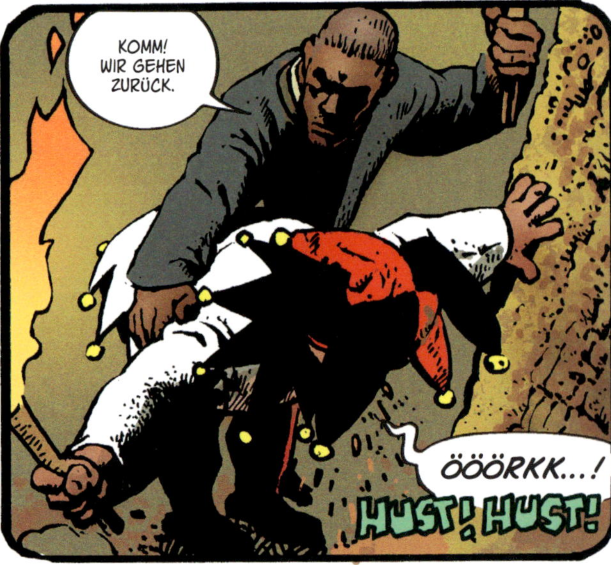
KOMM! WIR GEHEN ZURÜCK.
ÖÖÖRKK...!
HUST! HUST!

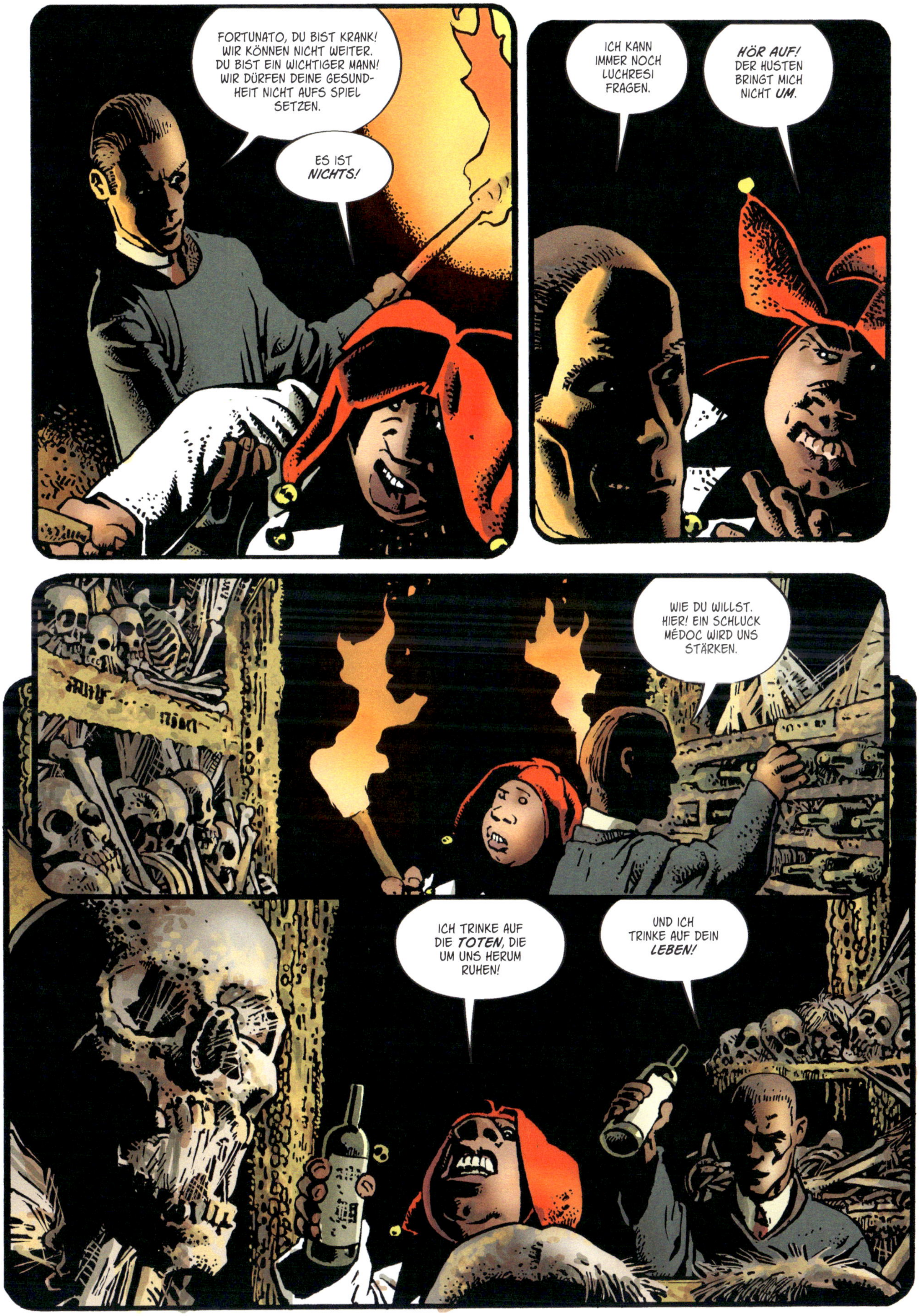

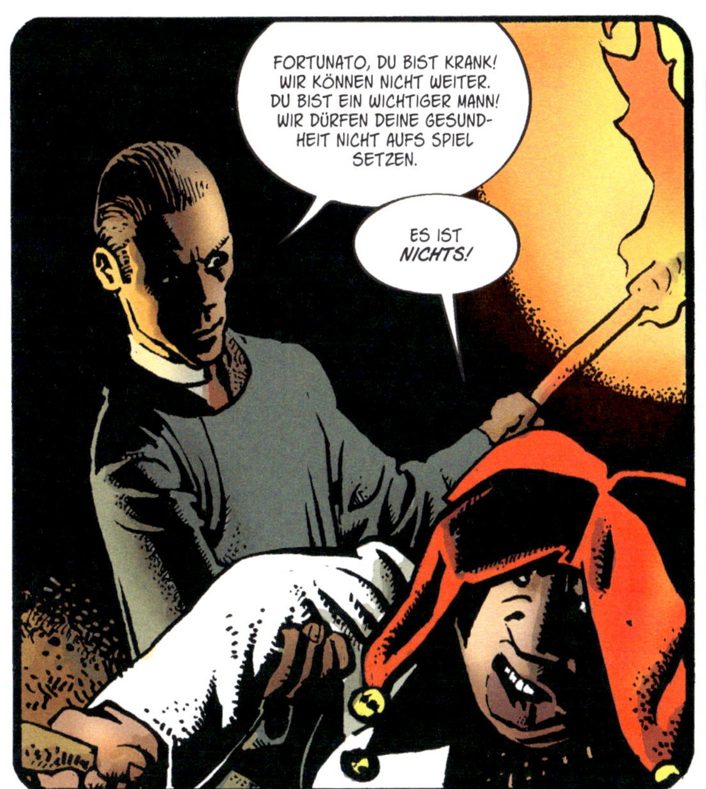
FORTUNATO, DU BIST KRANK! WIR KÖNNEN NICHT WEITER. DU BIST EIN WICHTIGER MANN! WIR DÜRFEN DEINE GESUNDHEIT NICHT AUFS SPIEL SETZEN.
ES IST *NICHTS!*

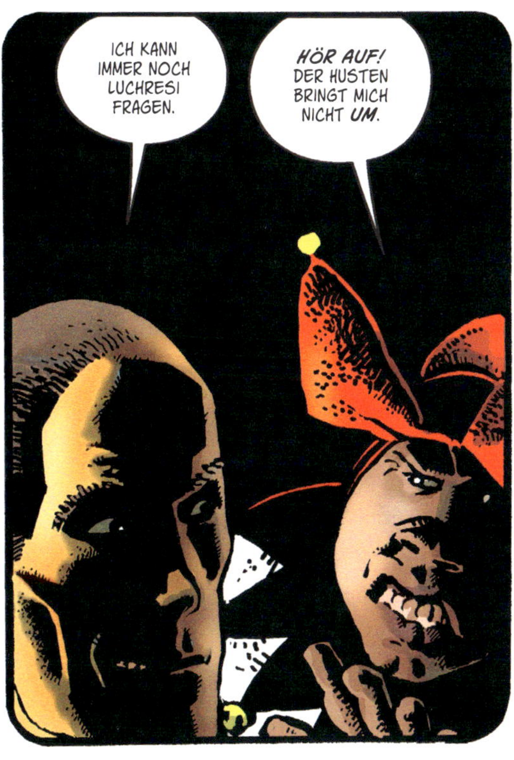
ICH KANN IMMER NOCH LUCHRESI FRAGEN.
HÖR AUF! DER HUSTEN BRINGT MICH NICHT *UM*.

WIE DU WILLST. HIER! EIN SCHLUCK MÉDOC WIRD UNS STÄRKEN.
ICH TRINKE AUF DIE *TOTEN*, DIE UM UNS HERUM RUHEN!
UND ICH TRINKE AUF DEIN *LEBEN!*

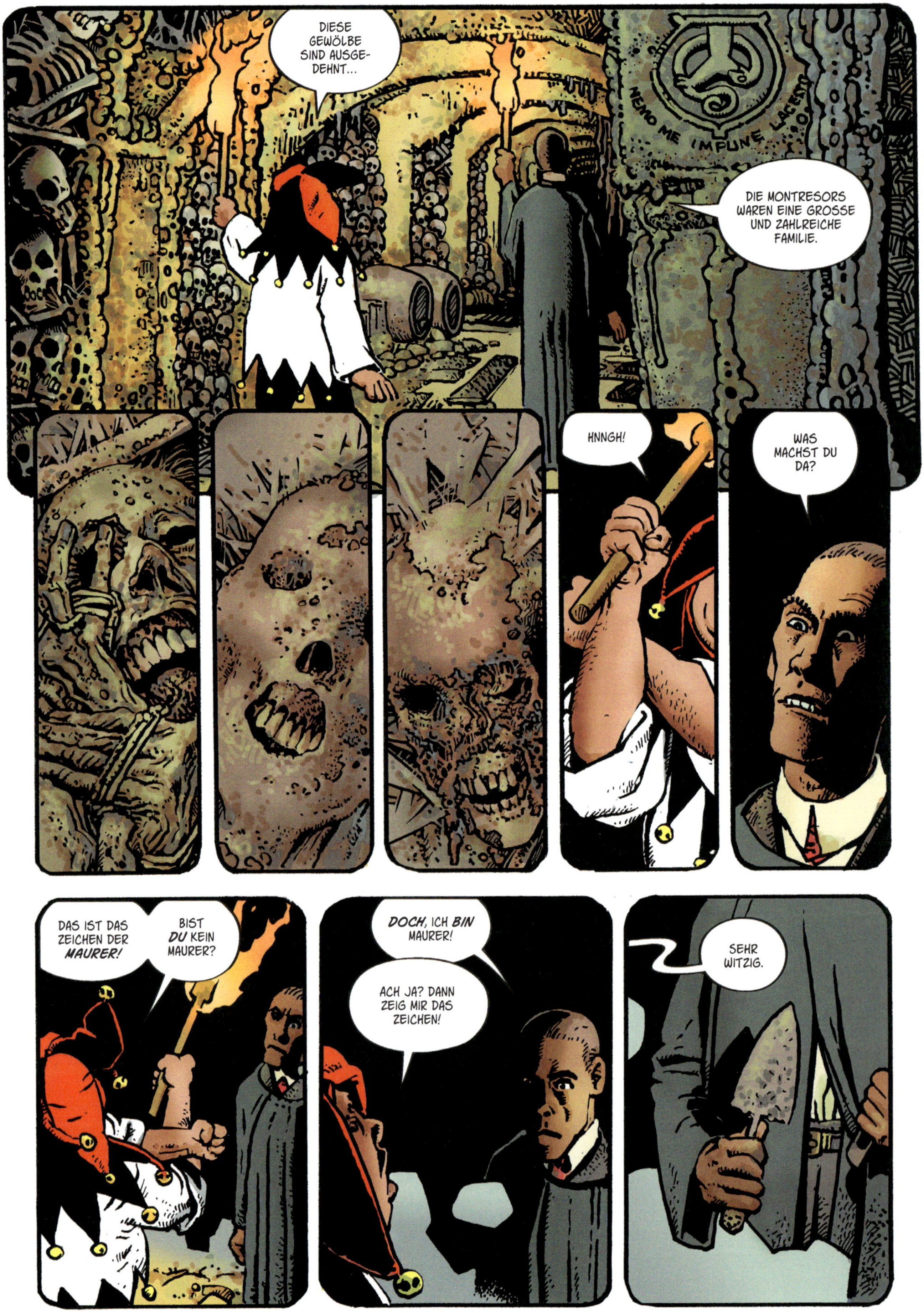

DIESE GEWÖLBE SIND AUSGE-DEHNT…
NEMO ME IMPUNE LACESSIT
DIE MONTRESORS WAREN EINE GROSSE UND ZAHLREICHE FAMILIE.
HNNGH!
WAS MACHST DU DA?

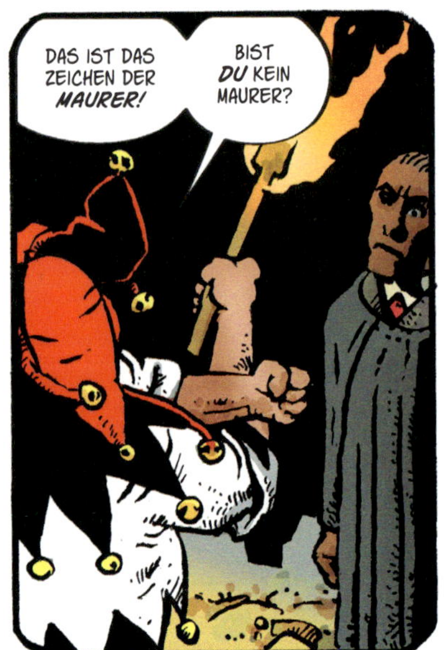

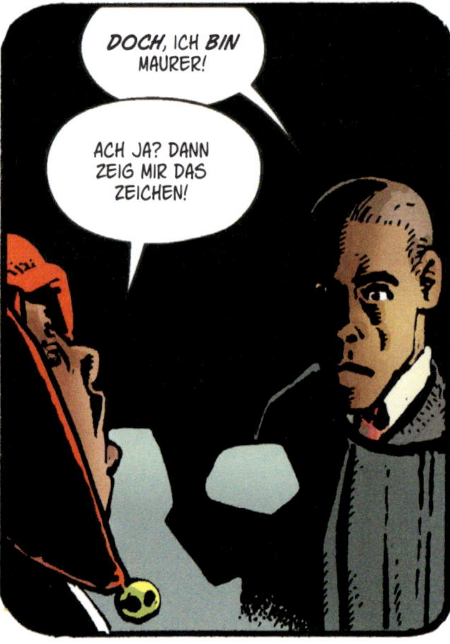

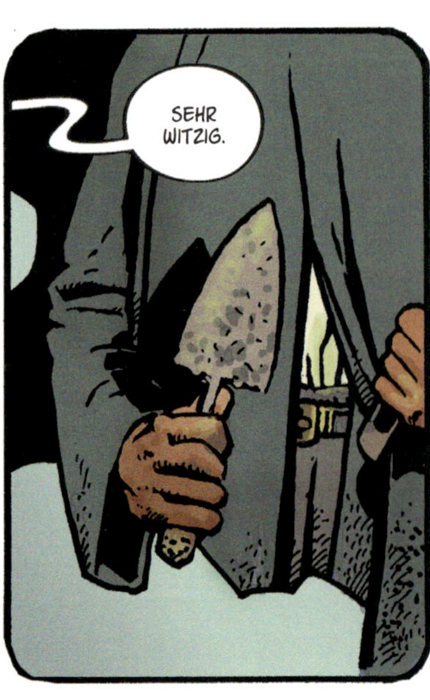

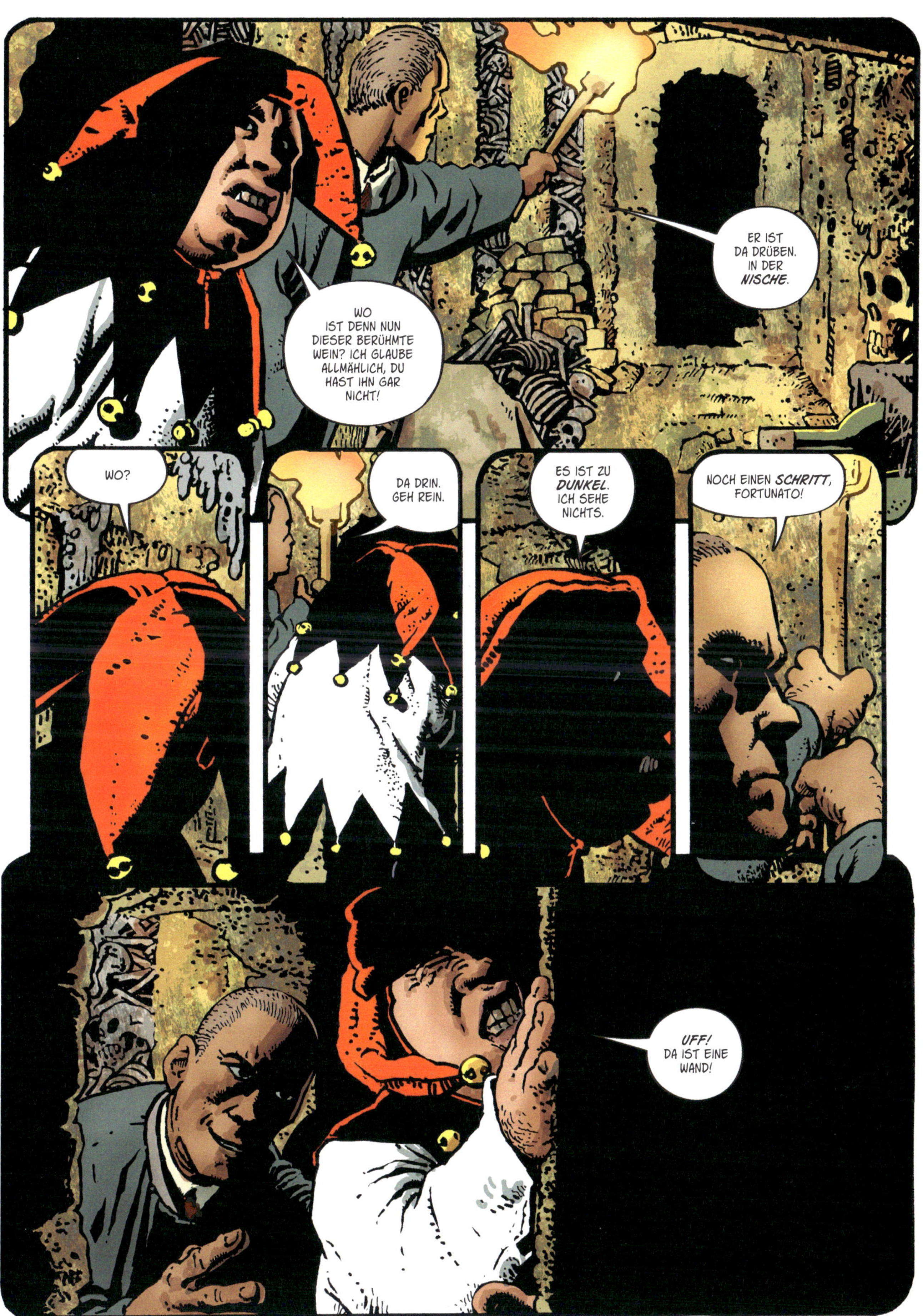
WO
IST DENN NUN
DIESER BERÜHMTE
WEIN? ICH GLAUBE
ALLMÄHLICH, DU
HAST IHN GAR
NICHT!
ER IST
DA DRÜBEN.
IN DER
NISCHE.
WO?
DA DRIN.
GEH REIN.
ES IST ZU
DUNKEL.
ICH SEHE
NICHTS.
NOCH EINEN SCHRITT,
FORTUNATO!
UFF!
DA IST EINE
WAND!

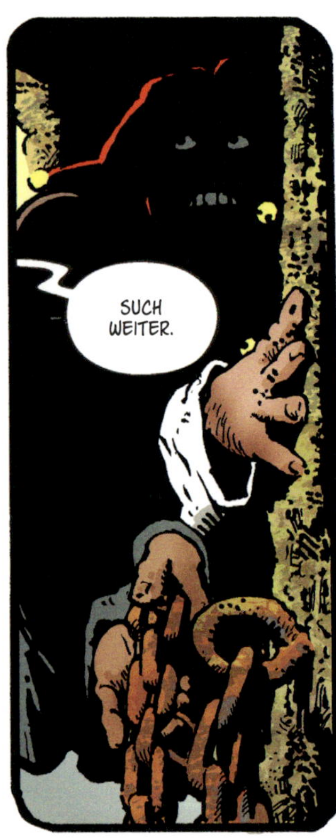
SUCH WEITER.

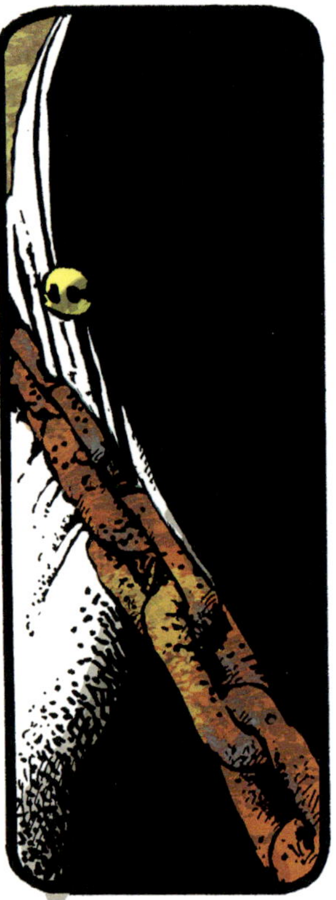

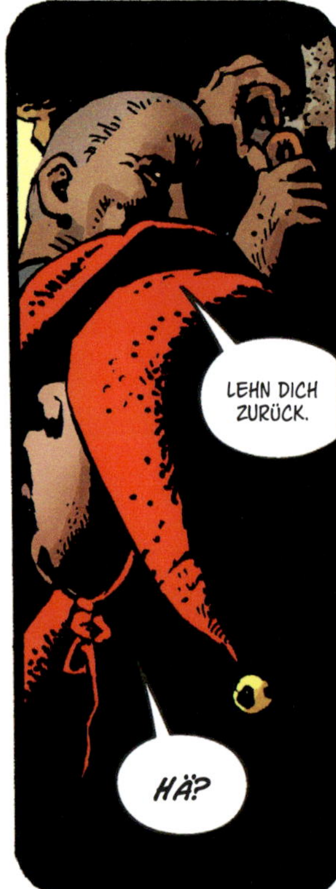
LEHN DICH ZURÜCK.
HÄ?

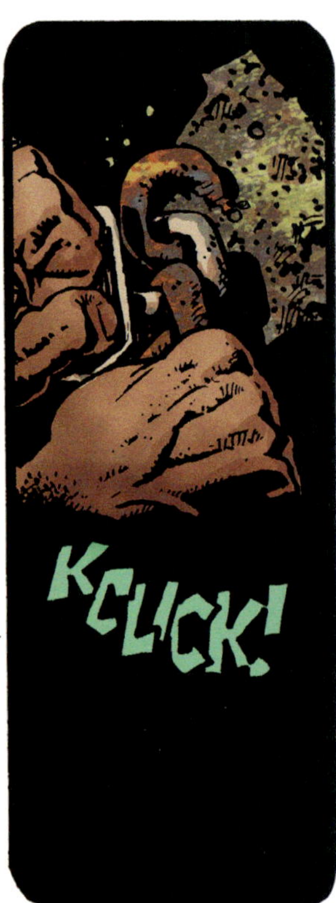
KCLICK!

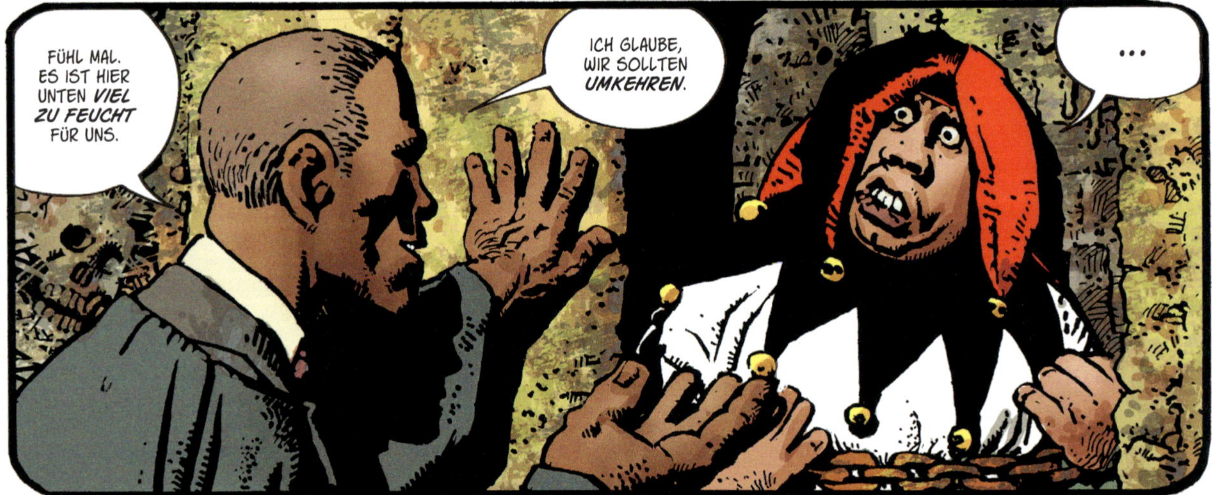
FÜHL MAL. ES IST HIER UNTEN *VIEL ZU FEUCHT* FÜR UNS.
ICH GLAUBE, WIR SOLLTEN *UMKEHREN*.
...

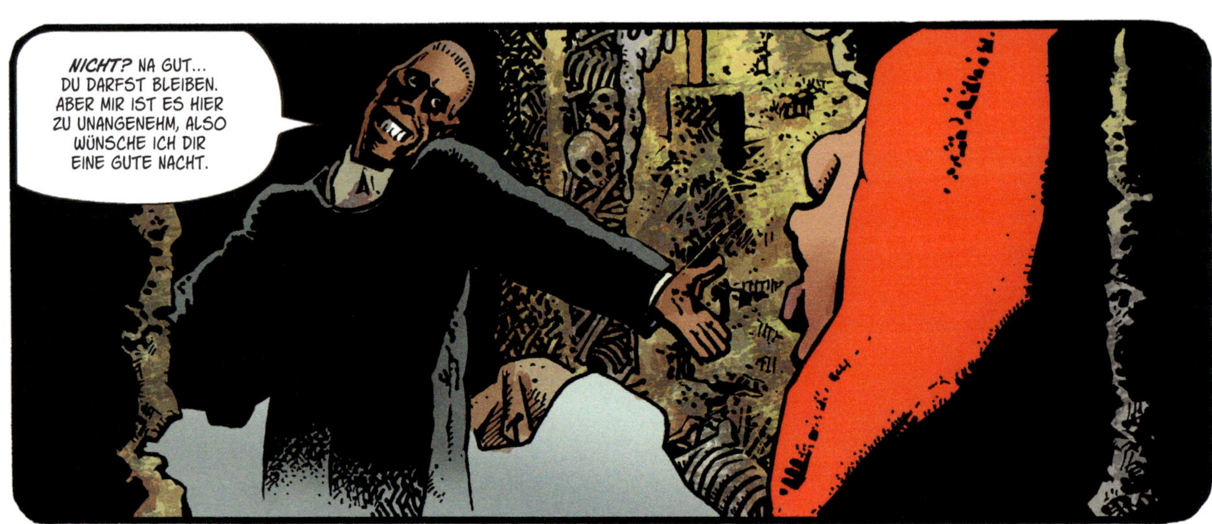
NICHT? NA GUT... DU DARFST BLEIBEN. ABER MIR IST ES HIER ZU UNANGENEHM, ALSO WÜNSCHE ICH DIR EINE GUTE NACHT.

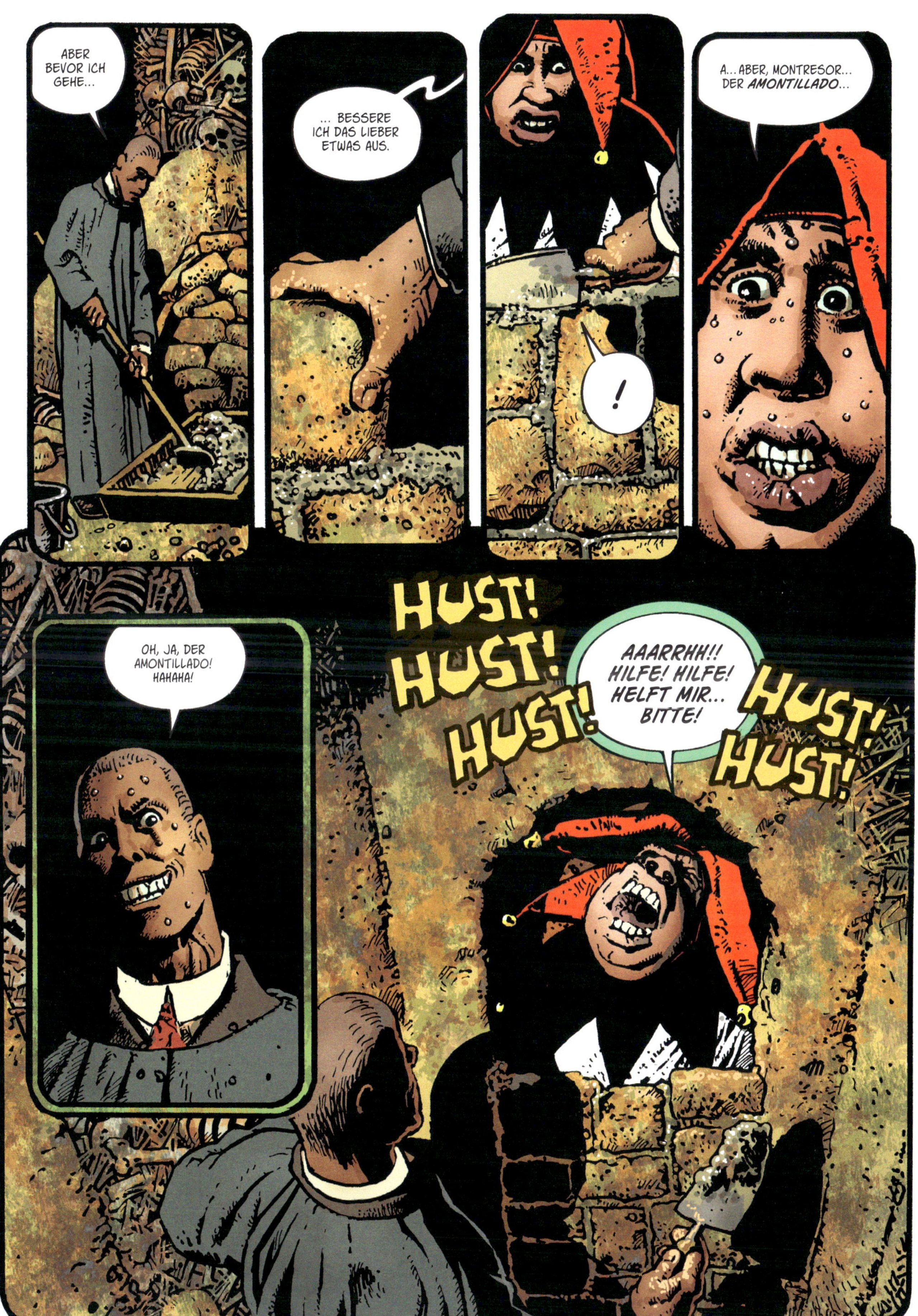
ABER BEVOR ICH GEHE...
... BESSERE ICH DAS LIEBER ETWAS AUS.
!
A... ABER, MONTRESOR... DER AMONTILLADO...
HUST! HUST! HUST!
AAARRHH!! HILFE! HILFE! HELFT MIR... BITTE!
HUST! HUST!
OH, JA, DER AMONTILLADO! HAHAHA!

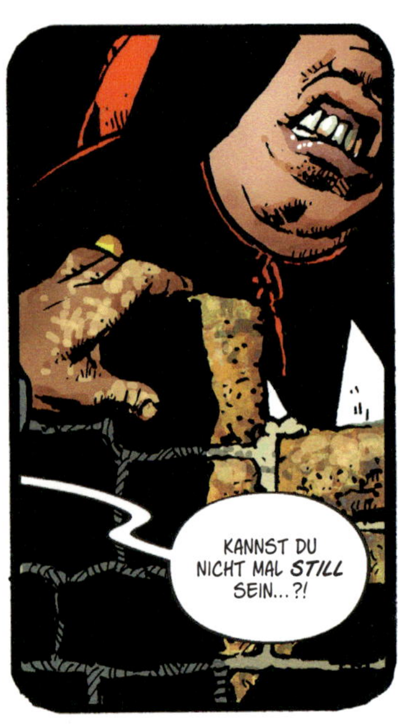
KANNST DU NICHT MAL *STILL* SEIN...?!

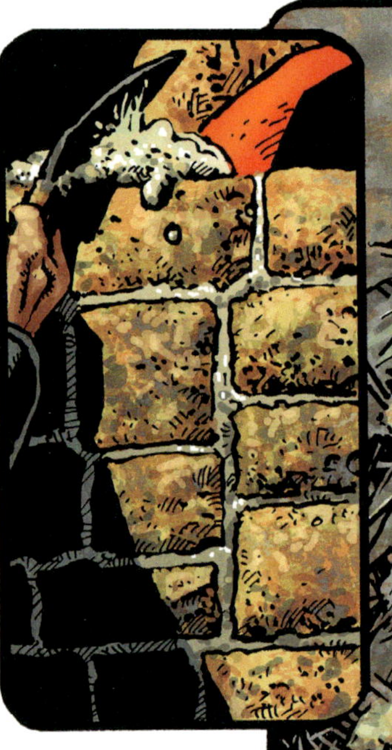

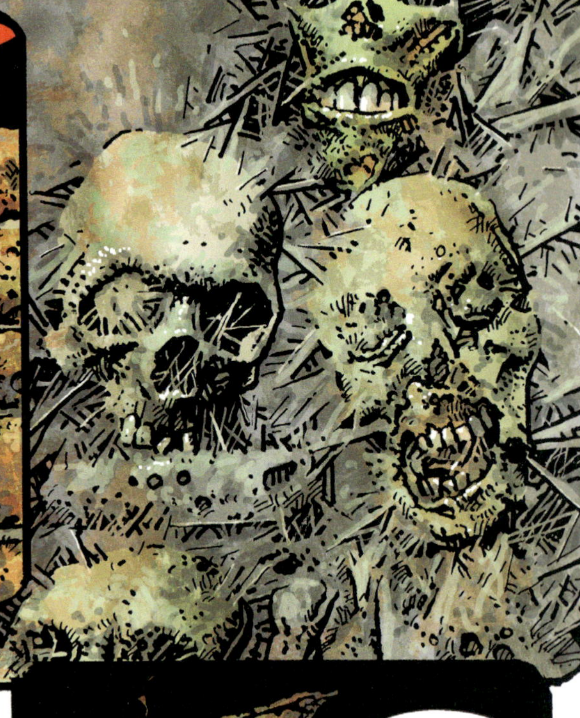

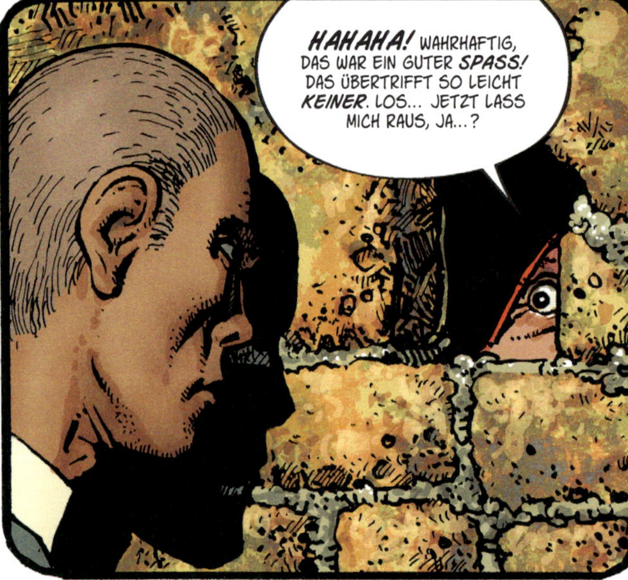
HAHAHA! WAHRHAFTIG, DAS WAR EIN GUTER *SPASS!* DAS ÜBERTRIFFT SO LEICHT *KEINER*. LOS... JETZT LASS MICH RAUS, JA...?

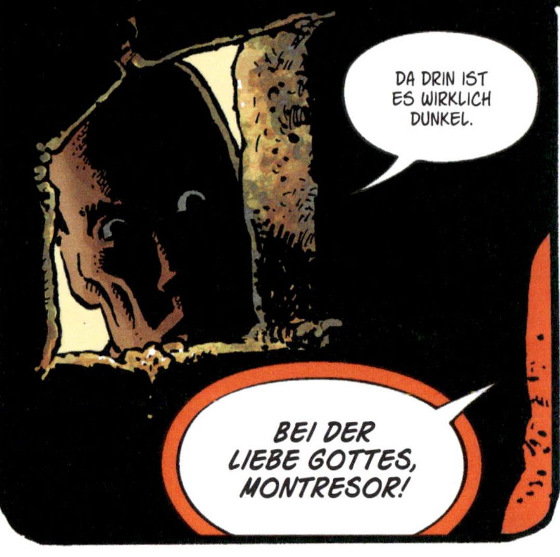
DA DRIN IST ES WIRKLICH DUNKEL.
BEI DER LIEBE GOTTES, MONTRESOR!

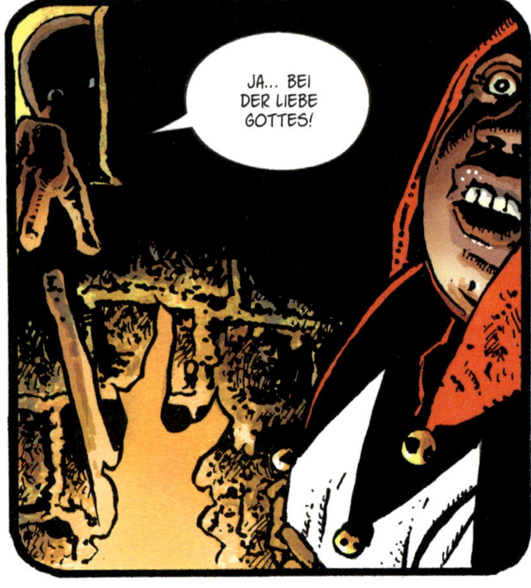
JA... BEI DER LIEBE GOTTES!

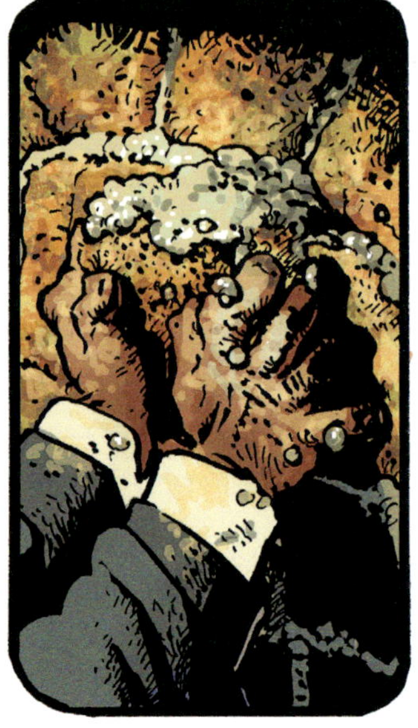

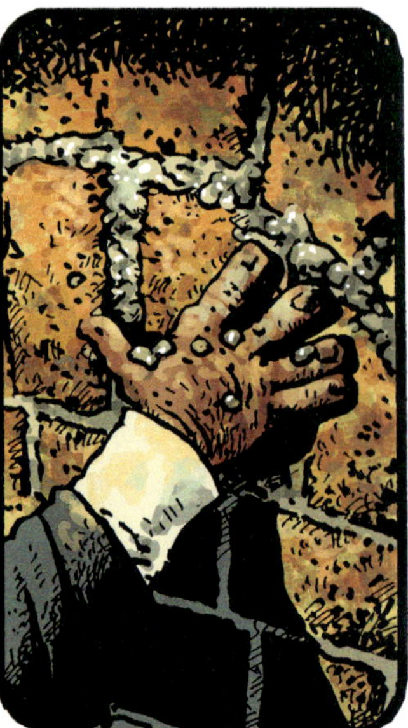

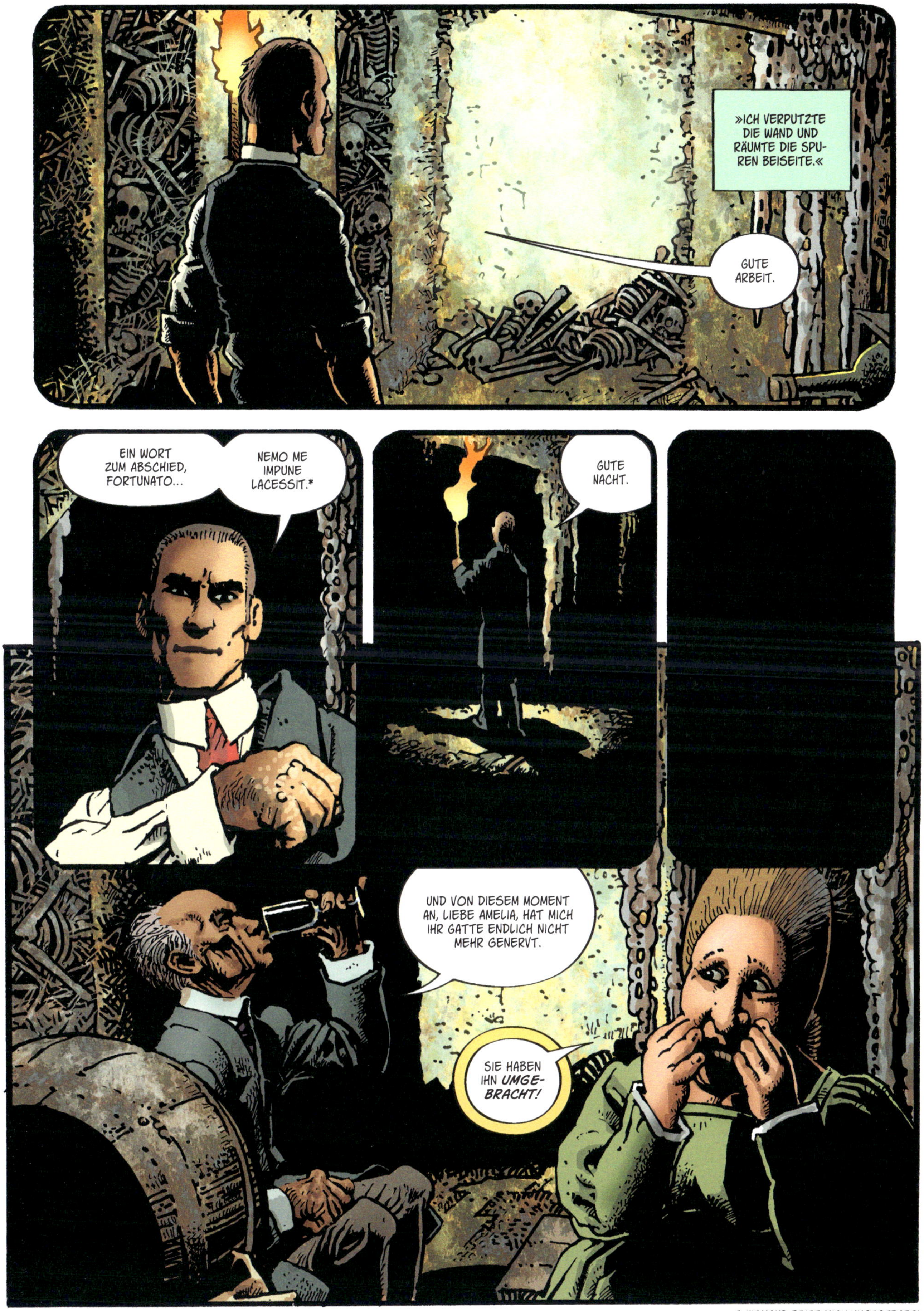

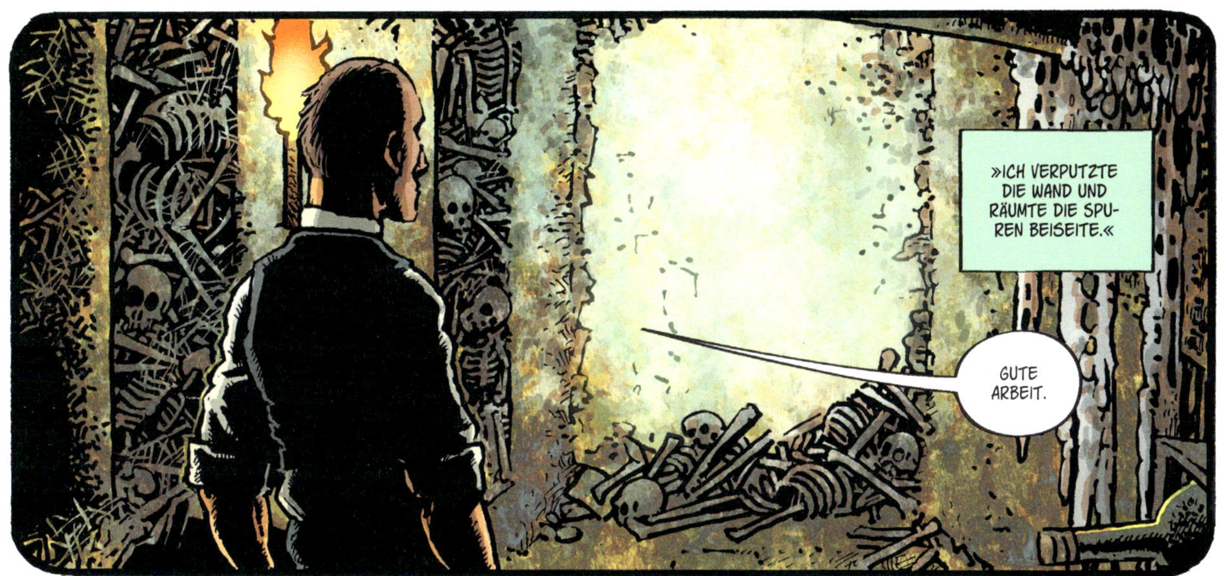

* *NIEMAND REIZT MICH UNGESTRAFT!*

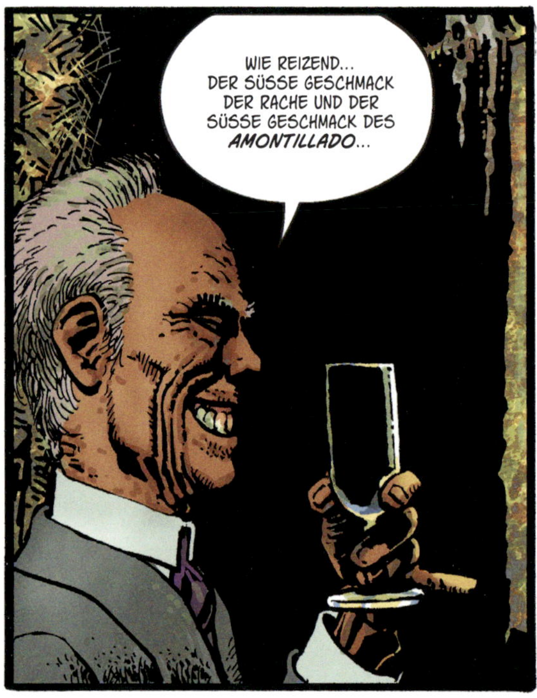
WIE REIZEND... DER SÜSSE GESCHMACK DER RACHE UND DER SÜSSE GESCHMACK DES *AMONTILLADO*...

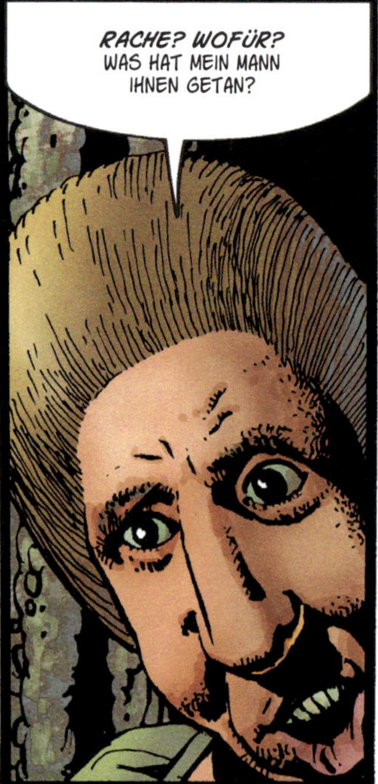
RACHE? WOFÜR? WAS HAT MEIN MANN IHNEN GETAN?

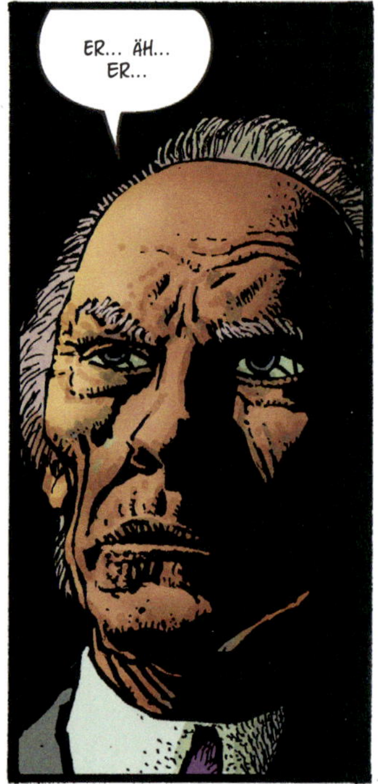
ER... ÄH... ER...

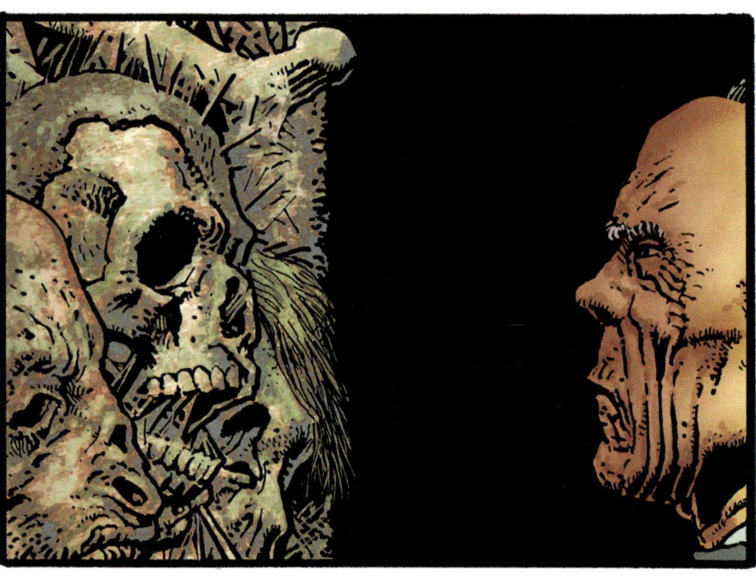

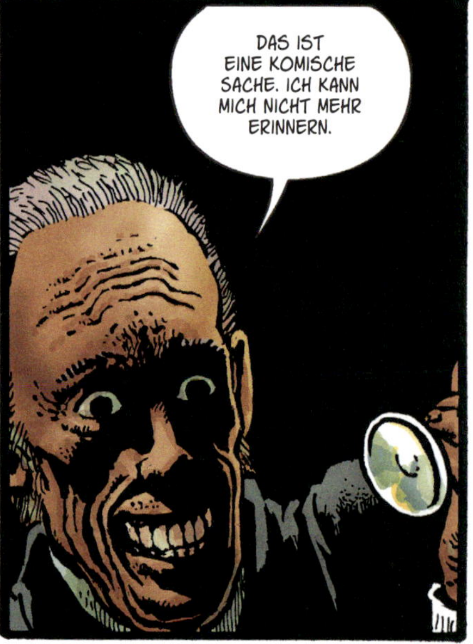
DAS IST EINE KOMISCHE SACHE. ICH KANN MICH NICHT MEHR ERINNERN.

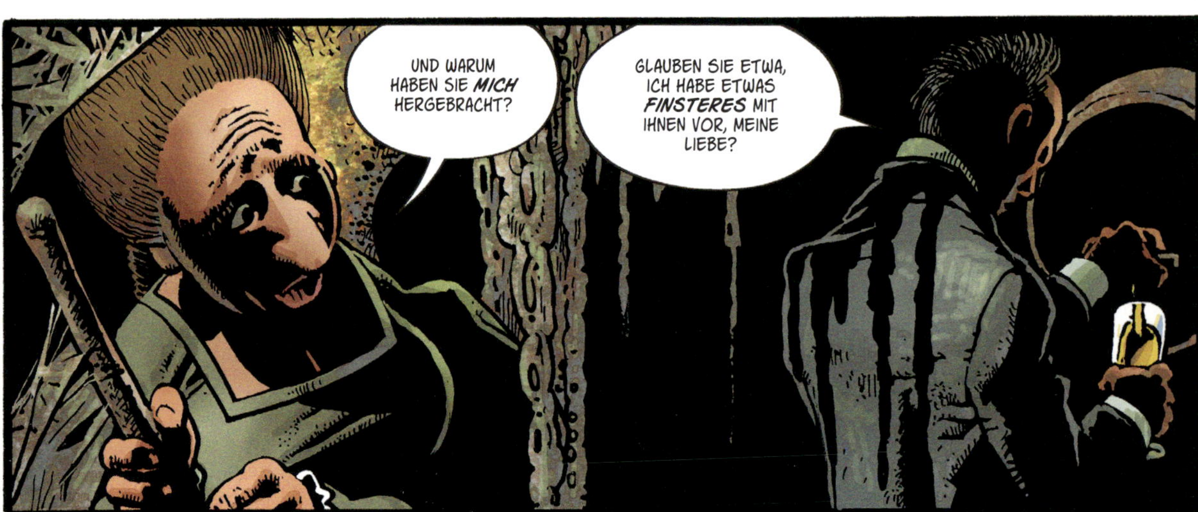
UND WARUM HABEN SIE *MICH* HERGEBRACHT?
GLAUBEN SIE ETWA, ICH HABE ETWAS *FINSTERES* MIT IHNEN VOR, MEINE LIEBE?

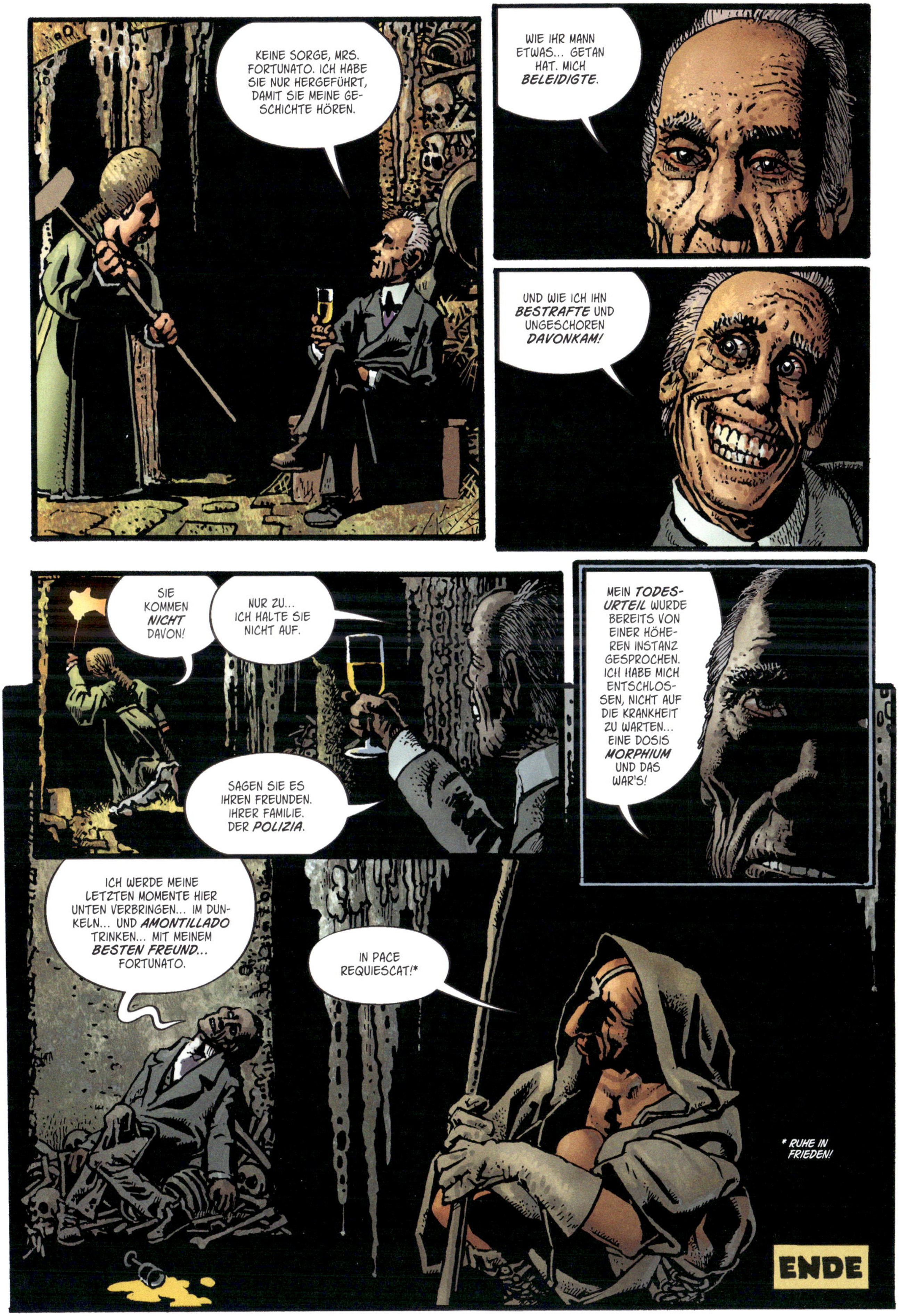

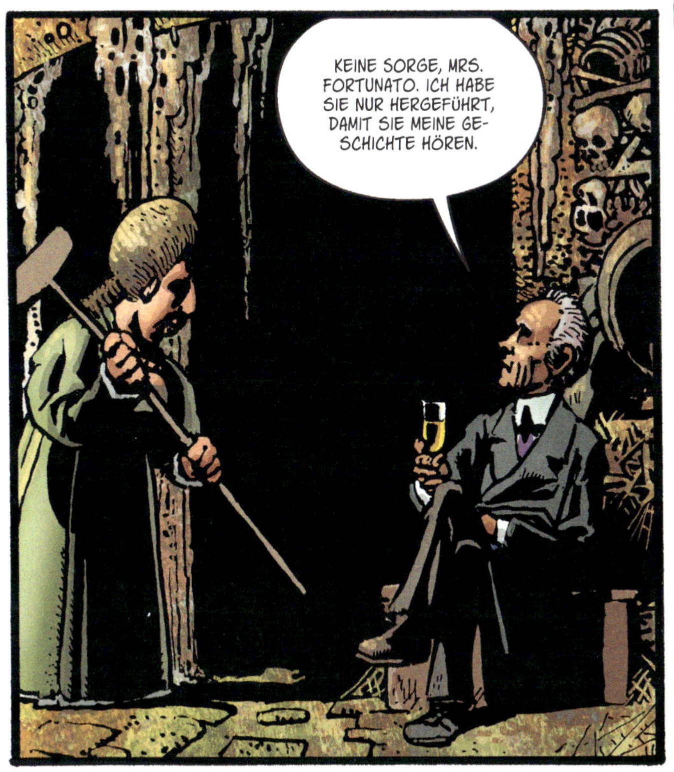

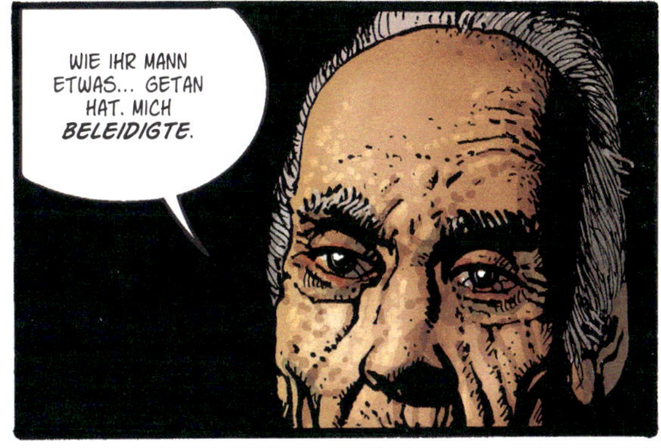

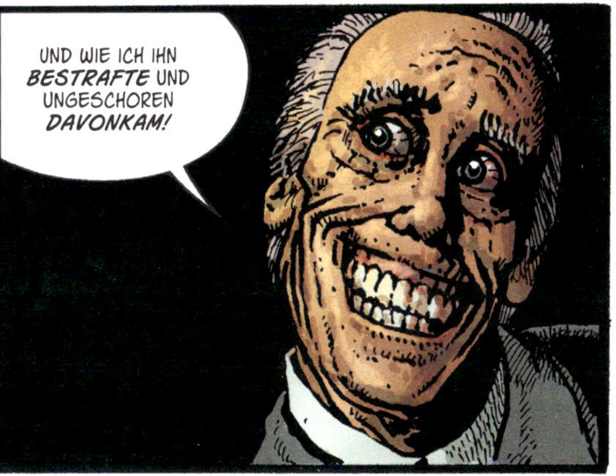

SIE KOMMEN *NICHT* DAVON!

NUR ZU... ICH HALTE SIE NICHT AUF.

SAGEN SIE ES IHREN FREUNDEN. IHRER FAMILIE. DER *POLIZIA*.

MEIN *TODESURTEIL* WURDE BEREITS VON EINER HÖHEREN INSTANZ GESPROCHEN. ICH HABE MICH ENTSCHLOSSEN, NICHT AUF DIE KRANKHEIT ZU WARTEN... EINE DOSIS *MORPHIUM* UND DAS WAR'S!

ICH WERDE MEINE LETZTEN MOMENTE HIER UNTEN VERBRINGEN... IM DUNKELN... UND *AMONTILLADO* TRINKEN... MIT MEINEM *BESTEN FREUND...* FORTUNATO.

IN PACE REQUIESCAT!*

* RUHE IN FRIEDEN!

ENDE

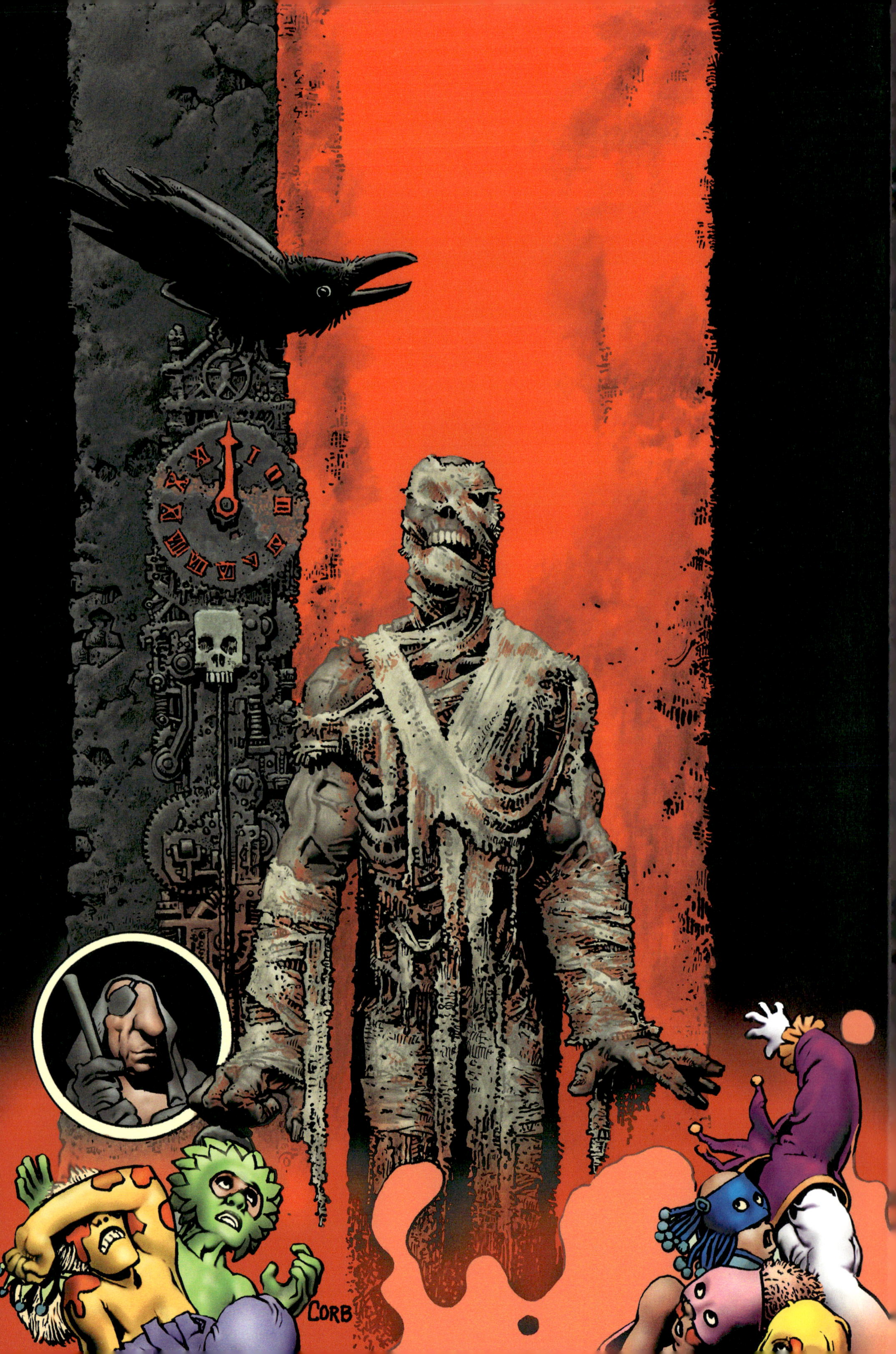
CORB

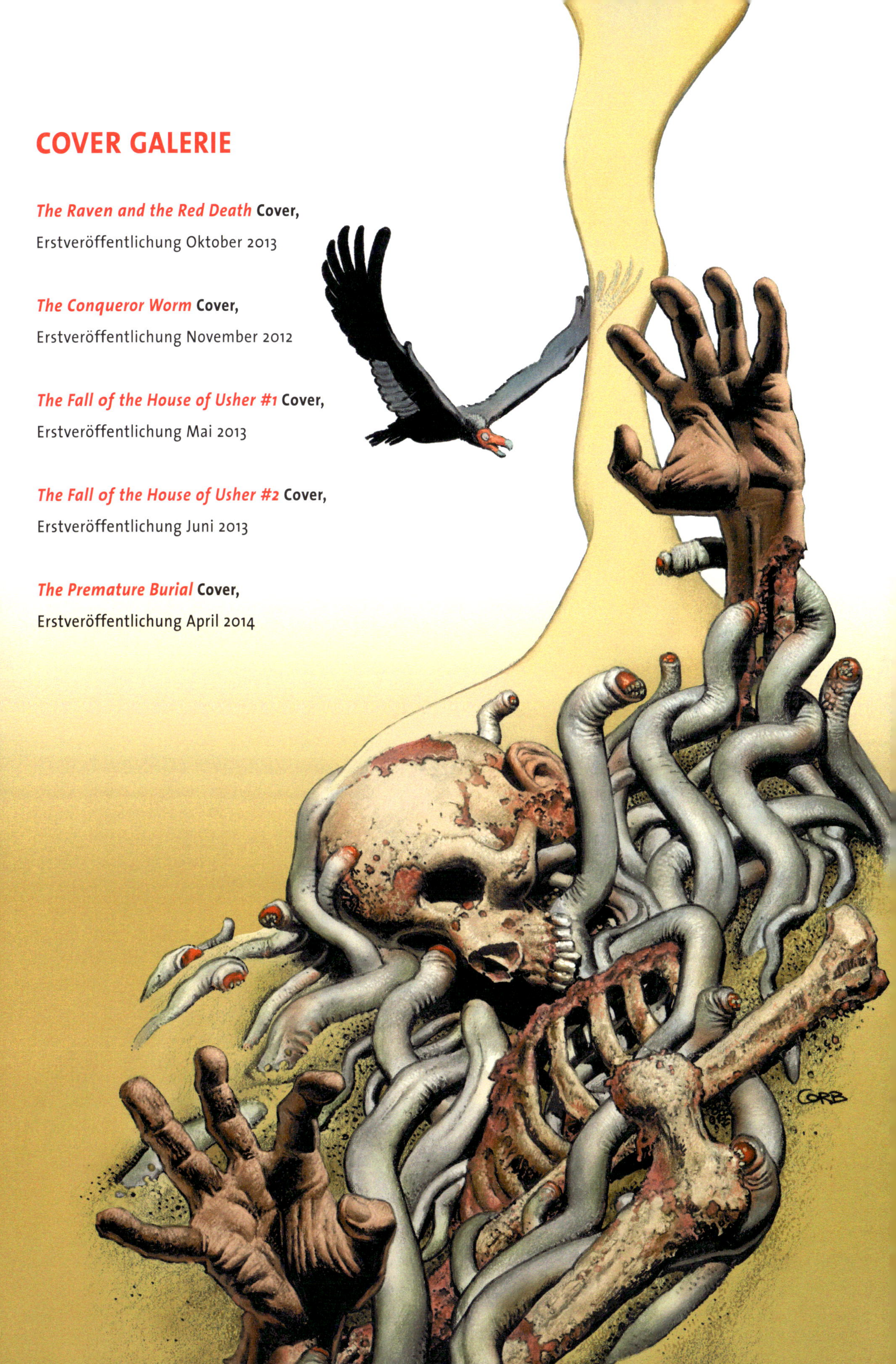

COVER GALERIE

The Raven and the Red Death **Cover,**
Erstveröffentlichung Oktober 2013

The Conqueror Worm **Cover,**
Erstveröffentlichung November 2012

The Fall of the House of Usher #1 **Cover,**
Erstveröffentlichung Mai 2013

The Fall of the House of Usher #2 **Cover,**
Erstveröffentlichung Juni 2013

The Premature Burial **Cover,**
Erstveröffentlichung April 2014

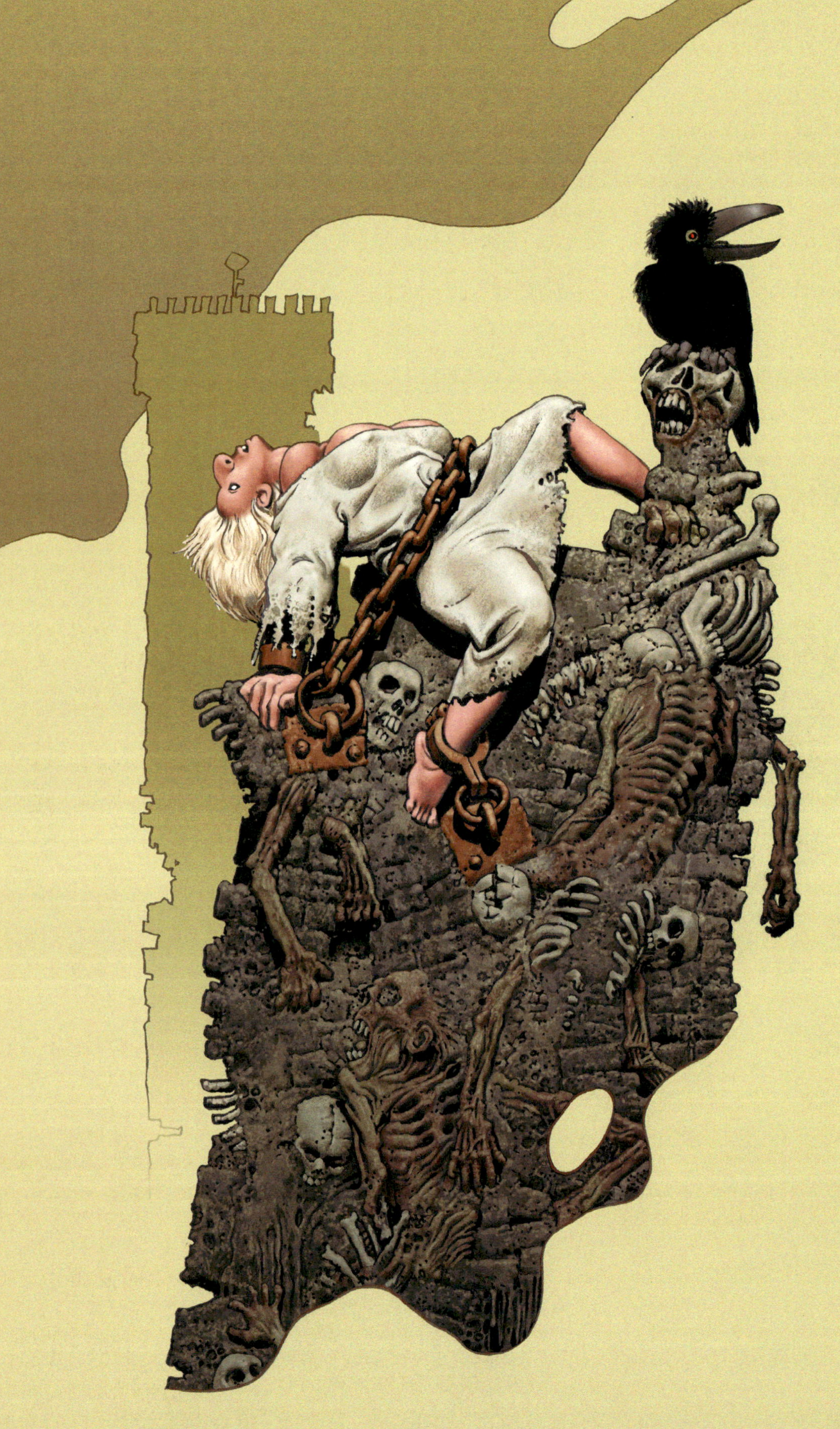

©RICH CORBEN

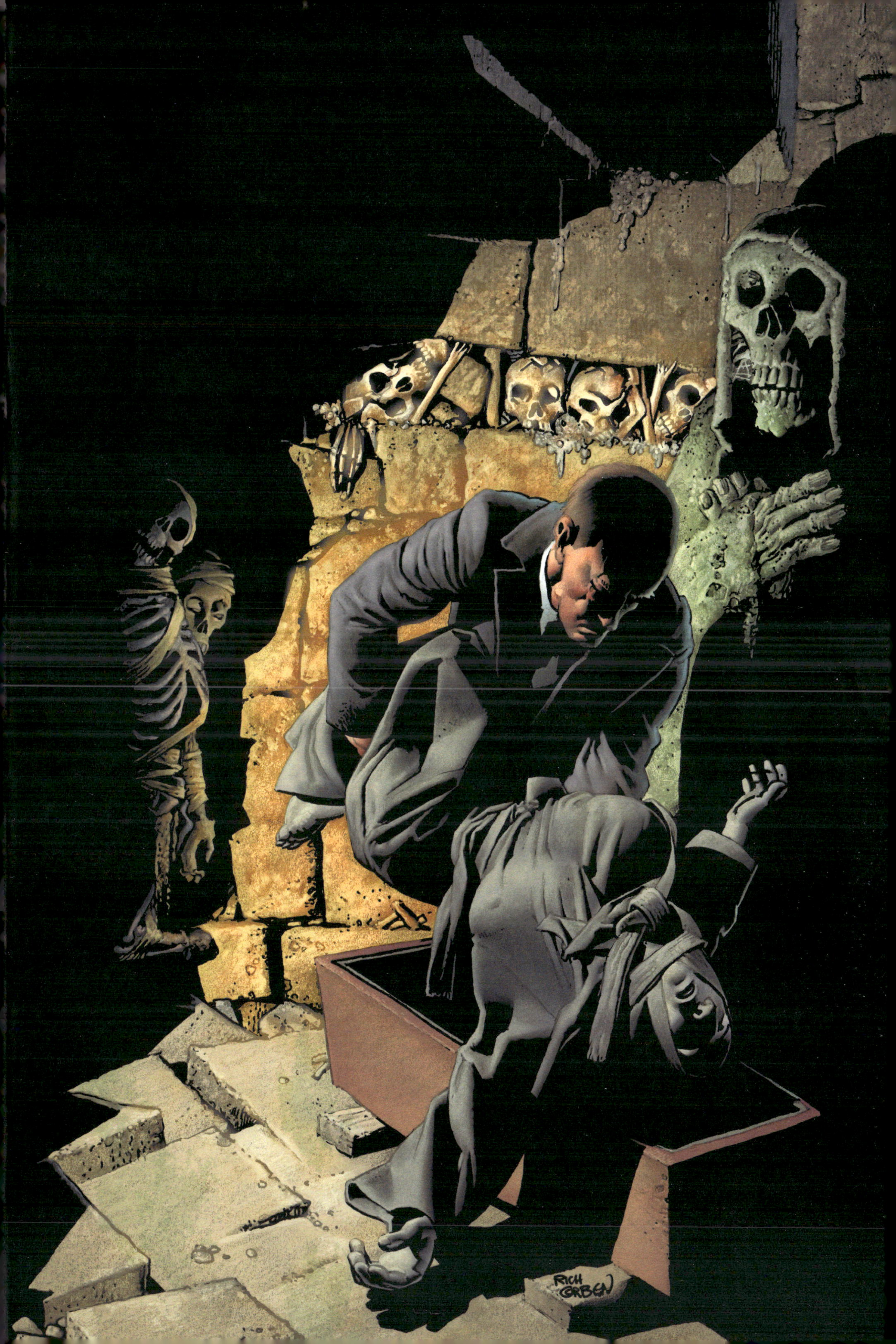
RICH CORBEN

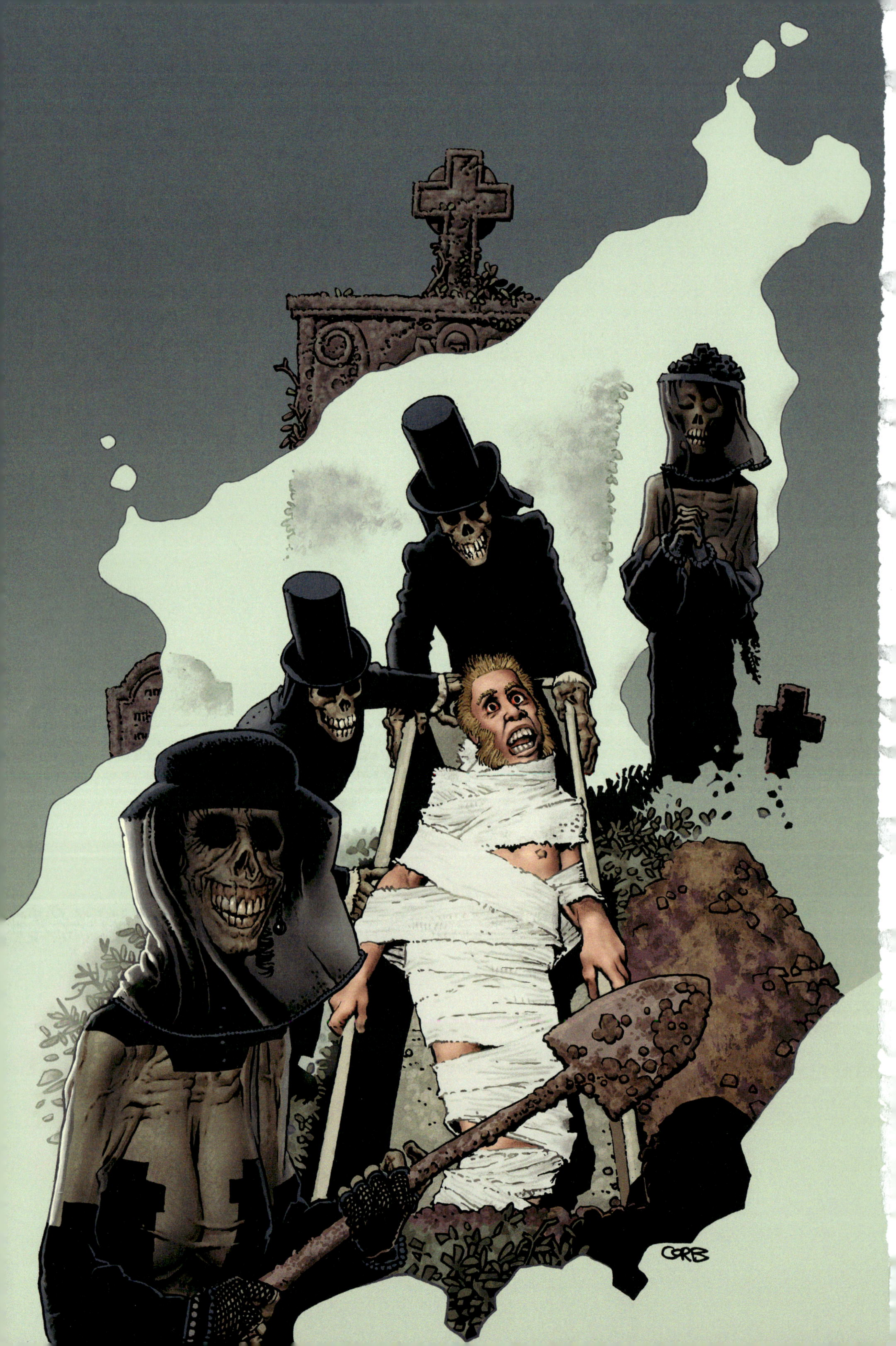